اِک راستہ ہے زندگی

(ناول)

رفیع مصطفیٰ

WHIMSY PUBLICATIONS

WHIMSY PUBLICATIONS
19 Legacy Drive,
Markham, ON L3S 4C4
Canada

www.rafimustafa.org
rafi.mustafa@indusflow.com

Ik Raasta Hai Zindagi
November 2021

ISBN: 978-1-9995631-4-1
1. FICTION, GENERAL

اُن کے نام جنہیں بنگلادیش کی آزادی کی بھینٹ چڑھا دیا گیا

اِن چراغوں کو رکھنا تم روشن

جِن کی لَو میں لہو ہمارا ہے

درخشاں صدیقی

پیش لفظ

میرے پچھلے ناول ''اے تحیرِ عشق''، کے متعلق چند پڑھنے والوں کی شکایت تھی کہ کہیں کہیں اس کی زبان کچھ مشکل ہے۔ ان میں اکثر پڑھنے والے ایسے تھے جن کی مادری زبان اردو نہیں ہے۔ میں نے کوشش کی ہے اس کہانی کو ایسی زبان میں لکھا جائے جو ایک ہائی اسکول گریجویٹ بھی پڑھ سکے۔ ممکن ہے کہ کہیں کہیں زبان کی چاشنی کی خاطر قلم بے قابو ہو جائے۔

چوں کہ یہ کہانی ایک خاندان کی چار پشتوں کی داستان ہے اور قیام پاکستان سے شروع ہوتی ہے لہٰذا وقت کے ساتھ ساتھ زبان، ثقافت اور اقدار میں بتدریج تبدیلیاں آنا لازمی ہے۔ ہر خاندان کی زندگی میں نشیب و فراز بھی ہوتے ہیں لہٰذا آپ کو اس کہانی میں قہقہوں کے ساتھ آنسو بھی ملیں گے۔

جن احباب نے مسودے پر نظرِ ثانی کرکے اپنے مشوروں سے نوازا ان میں سید حسین حیدر نے نہ صرف املا کی غلطیوں کی طرف توجہ دلائی بلکہ کہانی میں جہاں جہاں جھول نظر آئے ان کی نشان دہی کی۔ جناب عرفان اشرف نے مسودے کا تنقیدی جائزہ لیا جس کے نتیجے میں کہانی سے غیر ضروری مناظر کو حذف کرنے میں مدد ملی۔ عظمت اشرف صاحب نے مشرقی پاکستان کے مناظر اور بنگالی زبان کے مکالمات پر نظرِ ثانی کی، ڈاکٹر غیاث احمد نے تھیلیسیمیا اور پوسٹ پارٹم ڈپریشن سے متعلق بیانیہ کی صحت کو چیک کیا، اور محترمہ تنویر رؤف صاحبہ نے پشتو کا تلفظ درست کرنے میں میری رہنمائی کی جس سے رحمٰن بابا اور خوش حال خان خٹک کی پشتو شاعری کو اردو رسم الخط میں لکھنے میں مدد ملی۔ اِن تمام دوستوں کا بے حد ممنون

ہوں کیوں کہ ان کی مدد کے بغیر اس کہانی کو مکمل کرنا ناممکن نہ ہوتا۔

اس کتاب کو آپ تک پہنچانے میں جن دوستوں نے مدد کی ان میں میرے عزیز دوست جناب عبدالسلام سلامی سرِ فہرست ہیں جنہوں نے اشاعت کے تمام مراحل کی نگرانی کے ساتھ ساتھ مسودے میں ترامیم اور پاکستانی ایڈیشن کی ترتیب و تزئین کا ذمہ لیا۔ آپ کو اس کتاب میں جو غلطیاں نظر نہ آئیں ان کا سہرا جناب رضوان الحق کے سر ہے جنہوں نے بڑی باریک بینی سے پروف ریڈنگ اور ایڈیٹنگ کی۔

رفیع مصطفیٰ

مارکھم، کینیڈا

یکم نومبر 2021

rafi.mustafa@indusflow.com

www.RafiMustafa.org

1

یہ کہانی مُنّوں میاں اور ان کے خاندان کے گرد گھومتی ہے۔ ان کا پیدائشی نام تو حفاظت اللہ خان تھا مگر خاندان میں سب انہیں مُنّوں میاں ہی کہتے تھے۔ ویسے بھی اُن کے خاندان میں زیادہ تر افراد کے دو نام ہوتے تھے۔ ایک تو پیدائشی نام جو دادا دادی رکھتے تھے اور دوسری ان کی عرفیت ہوتی تھی جس سے وہ جانے، پہچانے اور پکارے جاتے تھے۔ اصلی نام تو صرف عقیقہ اور نکاح کے لیے استعمال کیا جاتا تھا، یا پھر مرحوم کے انتقال کا سرٹیفیکیٹ بنواتے وقت۔

مُنّوں میاں کا خاندان بِٹّنی کہلاتا ہے جو نسلاً پٹھان ہیں اور وسطی ایشیا سے جنوب کی طرف ہجرت کرکے آئے تھے۔ کچھ بِٹّنی افغانستان میں بھی پائے جاتے ہیں مگر زیادہ تر پاکستان میں کلی مروت، ٹانک ہزارہ اور بنّوں کے ضلعوں میں آباد ہیں۔ بِٹّنیوں کے کچھ گھرانے ہندوستان میں یوپی کے دو ضلعوں، علی گڑھ اور ایٹہ کے قصبوں میں بس گئے تھے۔ مُنّوں میاں کا تعلق ان ہی گھرانوں سے ہے۔ کہا جاتا ہے کہ بِٹّنی ہندوستان میں پندرہویں صدی میں بہلول لودھی کی فوج کے سپاہیوں کی حیثیت سے آئے تھے۔ ہندوستان میں قدم جمانے کے بعد لودھیوں نے انہیں زمینوں اور جائدادوں سے نوازا اور جن کے بزرگوں کا پیشہ لڑنا تھا وہ نرے دہقان بن کر رہ گئے۔

ایک زمانے میں پٹھانوں کے متعلق کچھ ماہرین بشریات (anthropologists) کا خیال تھا کہ وہ بنی اسرائیل کے ان دس قبیلوں میں سے ایک ہیں جنہیں 722 قبل مسیح میں آشوریوں نے ان کے علاقے سے نکال باہر کیا تھا اور وہ سال ہا سال جنگل جنگل صحرا صحرا پھرتے پھرتے بالآخر کھو گئے۔ آج بھی یہودی اپنے کھوئے ہوئے قبیلوں کو ڈھونڈتے پھرتے ہیں۔ وسطی ایشیا میں رسول اکرمؐ کی ولادت کے زمانے سے

تقریباً چار سو سال تک یہودی ریاستیں قائم رہیں، بلکہ سلطنت خذریہ بازنطینیوں اور بنوامیہ کے درمیان حائل ایک غیر جانب دار مملکت تھی جو فریقین میں امن قائم رکھنے کا کام کرتی تھی۔ جیسے جیسے بازنطینی کمزور ہوئے اور اسلام کا غلبہ ہوا تو خذری بھی مسلمان ہو گئے۔

بِٹنّیوں کا نسلی سلسلہ کہیں نہ کہیں بنی اسرائیل سے ضرور ملتا ہے کیوں کہ داستان گوئی میں ان کے بزرگ یہودیوں سے کسی طور کم نہ تھے، خصوصاً اللہ بخشے جب مُنّوں میاں کی والدہ ماجدہ اپنے گرد خاندان کے لڑکوں اور لڑکیوں کو گھیر گھار کر بیٹھ جاتیں تو بزرگوں کی داستانوں کی ایسی ایسی لڑیاں پروتیں کہ ہر ایک کے شجرے میں پُرکھوں کی جائز اور ناجائز اولادوں میں سے ایک ایک کے کرتوتوں کا سارا کچا چٹھا کھول کر رکھ دیتی تھیں۔

مُنّوں میاں دعویٰ کرتے تھے کہ وہ اپنی پیدائش کے چشم دید گواہ ہیں۔ وجہ اس کی یہ تھی کہ انہوں نے اپنی والدہ سے یہ کہانی اتنی بار سنی تھی کہ انہیں گمان ہونے لگا تھا جیسے انہوں نے اپنی پیدائش کا مشاہدہ اپنی آنکھوں سے کیا ہو، اور اپنی ماں کے درد زہ کی ہر ہر لہر کو بذاتِ خود محسوس کیا ہو۔ لہٰذا انہیں پورا واقعہ مع اس کی تفصیلات جوں کا توں حفظ ہو گیا تھا۔

مُنّوں میاں کے والد کا نام تو میکائیل خان تھا مگر وہ نمبر دار صاحب کہلاتے تھے جب کہ ان کے دادا، قابیل خان کو بڑے نمبر دار صاحب کہا جاتا تھا۔ ایک زمانہ تھا جب بڑے نمبر دار صاحب کا طوطی بولتا تھا۔ وہ دیوانگی کی حد تک شکار کے رسیا تھے اور کئی شیر مار چکے تھے۔ ان کے ہر معرکے پر گاؤں گاؤں میں بڑی واہ واہ ہوتی تھی، مگر جیسے ہی انہوں نے بڑھاپے میں قدم رکھا، ان پر گٹھیا نے حملہ کر دیا اور وہ گوشہ نشین ہو گئے۔ اب جب لوگ نمبر دار صاحب کی بات کرتے ہیں تو ان کی مراد چھوٹے نمبر دار صاحب یعنی مُنّوں میاں کے والد سے ہی ہوتی ہے۔

نمبر داری کا اعزاز ان کی کئی پشتوں سے چلا آرہا تھا جب ان کے خاندان کو ملکہ وکٹوریہ کی حکومت نے گاؤں کی موروثی نمبر داری بخشی تھی۔ حالاں کہ اب نمبر داری تو تقریباً ختم ہی ہو گئی تھی مگر اب بھی لوگ نمبر دار کو مانتے تھے اور اپنے معاملات کے فیصلے کروانے کے لیے ان کے پاس آتے تھے۔ ویسے بھی گاؤں میں چھوٹی موٹی چوری چکاری کے سوا اور ہو بھی کیا سکتا ہے۔ چور پکڑا جاتا تو اسے دو چار جوتے مار کر اور لعن طعن کر کے چھوڑ دیا جاتا، یا زیادہ سے زیادہ اس کا منہ کالا کر کے، گدھے پر الٹا بٹھا کر گاؤں کے بچوں کو اس کے پیچھے تالیاں اور ٹین کے کنستر بجانے کے لیے چھوڑ دیا جاتا۔ بہر حال گاؤں کے بڑے کوشش

کرتے تھے کہ بات پولیس اور کورٹ کچہری تک نہ پہنچے کیوں کہ اس سے پورے گاؤں کی سُبکی ہوتی تھی۔ان کے گاؤں کا نام بھرسولی تھا جو ایک روایت کے مطابق ان کے مورث اعلیٰ نے ایک بھنگن کے نام پر رکھا تھا جس سے انہیں عشق ہو گیا تھا۔ایک اور روایت کے مطابق وہ اپنی منجھلی دلہن کو پیار سے بھرسولی کہتے تھے۔ بہر حال جتنے منہ اتنی باتیں۔ بھرسولی کے نام کے متعلق بھانت بھانت کی روایتیں موجود ہیں جن میں سے بیشتر ضعیف ہیں۔اس کے سواؤر کیا کہا جا سکتا ہے کہ واللہ اعلم بالصواب۔

نمبردار صاحب کا اچھا خاصا کھاتا پیتا گھر انا تھا۔ایک زمانے میں کچھ خاندانی جائداد بھی تھی مگر نسل در نسل بٹوارے ہوتے ہوتے تقریباً ختم ہو چکی تھی، پھر بھی کہاوت مشہور ہے کہ ہاتھی مرے تب بھی سوا لاکھ کا ہوتا ہے۔ چنانچہ اللہ کا دیا اب بھی بہت کچھ تھا۔ برابر برابر دو کوٹھیاں تھیں جن میں سے ایک سے خالی ڈھنڈار پڑی رہتی تھی۔ نوکر چاکر تھے اور زندگی بے فکری سے گزرتی تھی۔

جوانی میں نمبردار صاحب بڑے عیاش طبع تھے۔ پانچوں شرعی عیبوں میں سے چوری اور جھوٹ کو چھوڑ کر باقی تین عیب ان میں انتہائی درجے تک موجود تھے۔ وہ جو کہتے ہیں نا کہ بد اچھا، بدنام برا، لیکن اگر بدی ہی بدنامی کی وجہ ہو تو کیا کیا جا سکتا ہے۔ دوستوں کے ساتھ گل چھرے اڑانا نمبردار صاحب کی خصلت میں شامل تھا۔ ٹھرّے اور دیسی شراب کو ہاتھ تک نہیں لگاتے تھے، صرف اونچے کو ٹھوں پر جاتے تھے اور پیسہ پانی کی طرح بہاتے تھے۔ آخر جب خاندان کی تھو تھو نے بڑے نمبردار صاحب کی ناک میں دم کر دیا تو انہوں نے بیٹے کو کھونٹے سے باندھنے کا فیصلہ کر لیا۔ بیٹے نے بڑے ہاتھ پاؤں مارے مگر اسے ڈرا دھمکا کر دو بول پڑھوائے اور بہو کو بیاہ کر گھر لے آئے۔

پہلی رات کو نمبردار صاحب تو دلہن کے کمرے کے باہر کرسی بچھائے رات بھر داخلے کی اجازت ملنے کے انتظار میں اونگھتے رہے اور ان کے والد اندر کرسی پر بیٹھے بہو کے کان بھرتے رہے۔ نو بیاہتا دلہن ساری رات گھونگھٹ کاڑھے، سر جھکائے، اور کمر نیوہڑائے بیٹھی سسر کی تقریر سنتی رہی۔انہوں نے ایک ایک کر کے بیٹے کے سارے کرتوت گنوا دیے اور بہو کو بتایا کہ انہوں نے بیٹے کو راہِ راست پر لانے کے لیے سارے جتن کر ڈالے مگر وہ کسی طور قابو میں نہیں آتا چنانچہ ان کی بہو اب ان کی آخری امید ہے۔ وہ بے چاری نیند سے بوجھل آنکھوں کو بند کیے سسر کو سنتی رہی۔ کئی بار نیند کے جھونکے بھی آئے اور لگتا تھا کہ تکیے پر سجدہ کر رہی ہے، مگر بڑے نمبردار صاحب سر جھکائے اپنا رونا روتے رہے۔ خدا خدا کر کے جب کوٹھی کے باہر درختوں پر بیٹھی چڑیوں نے صبح کی آمد کے ساتھ چہچہانا شروع کیا تو انہوں نے اٹھ کر بہو کے

سر پر ہاتھ پھیرا اور اسے دعا دے کر باہر نکل آئے۔ دروازے کے ساتھ ہی ان کا بیٹا کرسی پر بیٹھا خراٹے لے رہا تھا۔ اس کا کندھا ہلا کر جگایا اور ہاتھ کے اشارے سے اسے داخلے کی اجازت دے کر اپنے کمرے کی طرف چلے گئے۔

نمبردار صاحب کی دلہن چھوٹی نمبردارنی کہلائیں کیوں کہ ان کی ساس، جو بڑی نمبردارنی کہلاتی تھیں، ابھی زندہ تھیں اور بڑی نیک، خاکسار اور تہجد گزار خاتون تھیں۔ وہ اپنی کم گوئی کے لیے مشہور تھیں۔ بہو کے گھر میں داخل ہوتے ہی انہوں نے کنجیوں کا گچھا اپنے کمر بند سے کھول کر اس کے حوالے کر دیا۔ بیشتر کنجیوں میں زنگ لگ چکا تھا اور اُن کے تالوں کا بھی کوئی پتا نہیں تھا۔ بہ ہر حال انہوں نے پورا گچھا بہو کے ہاتھ میں دے دیا اور خود اللہ اللہ کرنے میں لگ گئیں۔

چھوٹی نمبردارنی نے آتے ہی اپنے سسر کی خواہش کے مطابق اپنے شوہر کی باگیں کھینچنا شروع کر دیں۔ گھوڑا اور شوہر چاہے جتنے اڑیل ہوں، کھینچا تانی سے سیدھے ہو ہی جاتے ہیں، مگر مثل مشہور ہے کہ چور چوری سے جائے ہیر اپھیری سے نہ جائے۔ یہی حال نمبردار صاحب کا تھا۔ سچ تو یہ ہے کہ بے چارے متقی بننے کے لیے بڑی محنت کرتے تھے اور بیوی کے سارے چونچلے برداشت کرتے تھے، مگر کم بخت شیطان ایسا پیچھے لگ گیا تھا کہ بقول شخصے نہ جائے ماندن نہ پائے رفتن۔ جب بھی موقع ملتا، جہاں بھی موقع ملتا، منہ مار لیتے اور جب بھانڈا پھوٹ جاتا تو بیوی سے معافی تلافی کر لیتے۔ یہ تو انہیں بہت بعد میں پتا چلا کہ بیوی نے ان کے گرد جاسوسوں کا جال بچھار کھا ہے۔ سارے نوکر نمبردارنی کی بخششوں کے بل بوتے پر اللّے تللّے کرتے پھر رہے تھے۔ وہ نمبردار صاحب کی پل پل کی خبریں انہیں دیتے رہتے اور وہ اپنے سسر کے کان بھرتی رہتیں۔ شادی کو پورا برس ہونے آیا تھا مگر ابھی تک نمبردارنی کی طرف سے خوش خبری سنائی نہیں دی تھی۔ ویسے کسی کو خوش خبری سننے کا انتظار بھی نہیں تھا۔ خدا کے کاموں میں کس کو دخل ہے۔ اس نے ہر چیز کا وقت مقرر کر دیا ہے تو پھر کوئی کیوں فکروں میں اپنی جان جلائے۔

***

وقت نے ثابت کر دیا کہ کچھ گھوڑے اور شوہر اتنے اڑیل ہوتے ہیں کہ لاکھ سدھاؤ مگر سدھ کر ہی نہیں دیتے۔ کہا جاتا ہے کہ کتّے کی دم کو سو سال بھی نلکی میں رکھا جائے تو وہ ٹیڑھی کی ٹیڑھی ہی نکلتی ہے۔

وہی حال نمبردار صاحب کا تھا۔ ہوا یوں کہ جب انہوں نے بیوی کو بتایا کہ وہ دو چار دن کے لیے بھیکم پور جا رہے ہیں تو ان کے کان کھڑے ہوئے۔ ان کے سسرنے پہلے ہی ان کے کان بھر دیے تھے کہ بھیکم پور میں بھی ان کے بیٹے کی ایک رکھیل ہے جس کے مجرے میں وہ بڑھ چڑھ کر پیسہ بہاتا ہے۔ اُس وقت تو وہ چپ رہیں اور شوہر کو خدا حافظ کہہ دیا، مگر ان کے جاتے ہی نوکروں کو ہدایت کی کہ برابر والی خالی کوٹھی میں صفائی کروائیں اور اسے رہنے کے قابل بنائیں۔

وہ کوٹھی ایک زمانے سے خالی پڑی ہوئی تھی۔ عمارت کے بیچوں بیچ ایک وسیع و عریض گول کمرہ تھا۔ نمبردار صاحب کے دادانے ایک ایرانی قالین باف کو اس کمرے کے لیے دیواروں تک ایک دبیز قالین بنانے کی ذمہ داری دی تھی۔ اس کے بننے میں کئی سال لگ گئے اور وہ قالین بڑے نمبردار صاحب نے وصول کیا کیوں کہ اس وقت تک ان کے والد اس دار فانی سے کوچ کر چکے تھے۔ اُس زمانے میں وہ پچیس ہزار روپے کا پڑا تھا۔ آج تو اس کی قیمت اگر کروڑوں میں نہیں تو لاکھوں میں تو ضرور ہو گی۔ بڑے نمبردار صاحب اپنے والد کی طرح بڑے بازوق آدمی تھے۔ انہوں نے اس کمرے کی سجاوٹ خود اپنی نگرانی میں کرائی تھی۔ کمرے میں چار دروازے تھے جو کوٹھی کے مختلف حصوں میں کھلتے تھے۔ ہر دروازے کے اندر دونوں جانب ایک ایک قد آدم پیتل کا آفتابہ تھا جسے نوکر ہر ہفتے پیتل پالش سے رگڑ رگڑ کر چمکاتے تھے۔ کمرے میں چار نشست گاہیں تھیں جو رنگ برنگے ریشمی گاؤ تکیوں سے مزین تھیں۔ دیواروں پر چاروں جانب ان شیروں کے سر آویزاں تھے جو انہوں نے شکار کیے تھے۔ ہر سر کے نیچے وہ بندوق ٹنگی ہوئی تھی جس سے اسے شکار کیا گیا تھا۔ غرض اس کوٹھی میں داخل ہونے والے کو ایسا لگتا تھا جیسے کسی نواب کے محل میں آ گیا ہو۔

جب نمبردار صاحب بھیکم پور سے واپس آئے تو انہیں دربان نے اطلاع دی کہ نمبردارنی نے ان کے گھر میں داخلے پر پابندی لگا دی ہے اور یہ کہ ان کے لیے برابر کی کوٹھی میں رہائش کا انتظام کر دیا گیا ہے۔ یہ سننا تھا کہ وہ آگ بگولہ ہو گئے اور دربان پر چڑھ دوڑے۔ اس کی ہمت کیسے ہوئی کہ ان کا راستہ روکے۔ ہماری بلی اور ہم ہی سے میاؤں۔ جب دربان نے انہیں بتایا کہ ان کے والد بھی اس فیصلے میں شامل ہیں تب ان کے غبارے سے ہوا نکل گئی۔ انہیں اندازہ ہوا کہ سب کچھ سسر اور بہو کی ملی بھگت سے ہو رہا ہے اور وہ پاؤں پٹختے ہوئے برابر والی کوٹھی کی طرف چل دیے۔

***

گھر سے بے دخل ہوئے نمبردار صاحب کو تین دن گزر چکے تھے۔ نمبردارنی نے ان کے لیے اپنا ایک وفادار نوکر رکھ دیا تھا جس کا نام تو کچھ اور تھا مگر اسے شرفو کہہ کر پکارتے تھے۔ شرفو اسی کوٹھی میں رہتا تھا اور پل پل کی خبریں نمبردارنی کو پہنچاتا تھا۔ وہ تینوں وقت شوہر کو کھانا بھیجتی تھیں اور ہر طرح ان کے آرام کا خیال رکھتی تھیں مگر انہیں گھر میں داخلے کی اجازت نہیں تھی۔ بڑے نمبردار صاحب کو بھی بیٹے سے ملنے کی کوئی جلدی نہیں تھی۔ اُدھر بیٹے نے سوچا کہ وہ خواہ مخواہ کڑھ رہے ہیں۔ انہیں تو جشن منانا چاہیے کیوں کہ وہ بیوی کی کِل کِل سے آزاد ہو گئے ہیں۔ چناں چہ انہوں نے نوکر کے ہاتھ ایک دوست کو پرچہ بھیجا کہ میں بھی کیم پور سے واپس آ گیا ہوں۔ آناً فاناً یہ خبر ان کے دوستوں میں جنگل کی آگ کی طرح پھیل گئی اور انہوں نے نمبردار صاحب کی کوٹھی پر دھاوا بول دیا۔ پھر تو وہ دھما چوکڑی مچی کہ نمبردارنی چوکڑی بھول گئیں۔ صبح ہوتے ہی نمبردار صاحب کے دوست آ دھمکتے۔ دن بھر تاش کھیلے جاتے۔ شرفو کو مستقل مصروف رکھا جاتا۔ "شرفو، ذرا دو کپ چائے اور لے آ، شرفو، پان ختم ہو گئے ہیں، شرفو، چلم ٹھنڈی ہو گئی ہے۔" بے چارہ شرفو سارا دن دونوں کوٹھیوں کے درمیان ٹنگنی کا ناچ ناچتا رہتا۔ اس نے دو ایک بار نمبردارنی سے دبے لفظوں میں کہا کہ وہ وہیں چائے بنا لیا کرے، مگر ان کا حکم تھا کہ اس کوٹھی میں چولہا نہیں جلے گا۔ چناں چہ تینوں وقت کا کھانا خود اکر پکوا کر بھیجتی تھیں اور کوئی ایسا وقت نہیں تھا جب کھانے پر نمبردار صاحب کے چار چھ دوست موجود نہ ہوں۔

نمبردارنی کو اپنی اسکیم فیل ہوتی نظر آ رہی تھی، مگر ان کی ضد قائم رہی۔ آخر ان کی رگوں میں بھی تو پٹھان کا خون دوڑ رہا تھا۔ ویسے بھی، کہتے ہیں کہ تین ضدیں ایسی ہیں جن کا مقابلہ کرنا ناممکن ہے۔ تریا ہٹ، راج ہٹ اور بالک ہٹ، یعنی عورت کی ضد، بادشاہ کی ضد اور بچے کی ضد۔ ان میں سب سے زیادہ مشکل تریا ہٹ ہوتی ہے۔ ظاہر ہے کہ اگر خدا نے اماں حوا کی بیٹیوں کو تریا ہٹ نہ دی ہوتی تو وہ اپنے بچوں کی نگہ داشت کے لیے بابا آدم کے بیٹوں کو کیسے سیدھی لائن پر رکھتیں۔

جہاں تک کہ مُنوں میاں کے خاندان کے مردوں کی بات ہے تو ایک سرے سے سب کے سب زن مرید تھے۔ ان کی ناکیں موم کی تھیں اور نکیلیں بیویوں کے ہاتھ میں تھیں۔ پورے مہینے خون پسینہ بہانے کے بعد جو نپی تلی تنخواہ ملتی وہ لا کر چُپ چاپ بیوی کی ہتھیلی پر رکھ دیتے اور خود اس جیب خرچ پر

گزارہ کرتے جو بیوی دے دیتی تھی۔

ویسے اگر تعصب کی عینک کو اتار کر دیکھیں تو ایسا لگتا ہے کہ اس زمین کی اصل تاج دار عورت ہی ہے اور مرد کو تو صرف اس کی اور اس کے بچوں کی نگہ داشت کے لیے پیدا کیا گیا ہے۔ عالم حیوانات میں کئی جانور، خصوصاً گیڑے مکوڑے ایسے ہیں جن میں نر کو زندگی میں صرف ایک بار مادہ کا وصل نصیب ہوتا ہے اور وہ پوری زندگی اس لمحے کے انتظار میں گزار دیتا ہے۔ اس کے بعد یا تو وہ نڈھال ہو کر مر جاتا ہے یا مادہ اسے کھا جاتی ہے۔ قربان جائیے اُس لذتِ وصل کے جو واحد مقصد حیات ہو اور جس کے حصول کے لیے وہ جان بوجھ کر بے دھڑک موت کے گھاٹ اُتر جائے۔

توریت کے مطابق خدا نے اماں حوا کو باوا آدم کی پسلی سے پیدا کیا حالاں کہ اس کے برعکس ہونا چاہیے تھا، مگر ہم کون ہوتے ہیں خدا کی حکمت پر انگلی اٹھانے والے؟ بہر حال اس نے مرد کو گز بھر کی انا دے کر زمین پر بھیج دیا تا کہ وہ زندگی بھر اپنی بیوی اور اس کے بچوں کی غلامی کرتا رہے اور خود کو گھر کا بادشاہ سمجھتا رہے ہے۔

ویسے نمبردارنی مطمئن تھیں کہ ان کے شوہر کی ساری عیاشیاں ان کی نظروں کے سامنے تھیں۔ دوسری جانب نمبردار صاحب کی حالت اس بچے کی سی تھی جس کی ماں اس کا دودھ چھڑا رہی ہو۔ گاہے گاہے مچل جاتے اور بیوی کی کوشش ہوتی کہ وہ دوستوں میں گھرے رہیں تا کہ ان کا دھیان بٹا رہے۔

بڑے نمبردار صاحب اپنے بیٹے کی نکیل بہو کے ہاتھ میں تھما کر فارغ ہو گئے۔ ان کا حال یہ تھا کہ شیخ، پڑاپڑا دیکھ۔ جب بیٹے کو پیر پٹختے تو دل ہی دل میں مسکرا کر رہ جاتے۔ نمبردار صاحب کو گھر نکالا ملے چھ مہینے ہو چکے تھے۔ اس دوران کبھی کبھار رات برات، چوری چھپے آ جاتے تھے مگر کبھی کسی کو کانوں کان خبر نہ ہوئی۔ وہ تو اس وقت بھانڈا پھوٹا جب ایک نو کرانی نے آ کر بڑے نمبردار صاحب کو چپکے سے بتایا کہ اللہ رکھے بہو پیٹ سے ہیں۔ انہوں نے بٹوے سے دو روپے نکال کر نو کرانی کو دیے اور سوچنے لگے کہ اگر بیٹا اسی طرح چھٹے چھما ہے چکر لگا لیا کرے تو کم از کم گھر میں پوتے پوتیاں تو کھیلتی نظر آئیں گی۔

خدا خدا کر کے وہ وقت آیا جب دائی نے بڑے نمبردار صاحب کی گود میں ان کا چاند سا پوتا لا کر دیا۔ وفور جذبات سے ان کے آنسو نکل پڑے۔ انہوں نے بچے کے کان میں اذان دی اور اسے دائی کے حوالے کر دیا۔ انہوں نے بچے کا نام حفاظت اللہ رکھا مگر ماں کی دیکھا دیکھی سب اسے مُنّوں میاں کہہ کر پکارنے لگے۔ جب مُنّوں میاں ڈھائی سال کے ہوئے تو مقسطیٰ خانم کی ولادت ہوئی۔

اُن ہی دنوں میں بڑی نمبر دارنی اچانک اللہ کو پیاری ہو گئیں۔ نہ سانس اکھڑا، نہ ہچکی آئی، بس پلنگ پہ بیٹھی چھالیہ کتر رہی تھیں کہ سر ایک طرف ڈھلک گیا اور ہاتھ کا سرو تا ہاتھ میں ہی رہ گیا۔ ان کے انتقال کے بعد بڑے نمبر دار صاحب ڈھے سے گئے۔ نہ آئے کی پرواہ، نہ گئے کا خیال۔ بس اپنی دنیا میں رہتے تھے۔ ایک وقت وہ تھا جب وہ اپنی خوش سلیقگی اور خوش لباسی کے لیے پورے خاندان میں مشہور تھے۔ وائل کا سفید برّاق، کلف سے اکڑا ہوا کرتا، تنگ مہری کا پاجامہ، اور سر پر وائل ہی کی سفید، چنی ہوئی ٹوپی۔ کبھی کسی نے انہیں کسی اور لباس میں نہیں دیکھا تھا۔ کوئی یہ بھی نہیں کہہ سکتا تھا کہ اس نے ان کے لباس پر کبھی کوئی شکن دیکھی ہو۔ اس کا سہرا بڑی نمبر دارنی کے سر تھا جو ہمیشہ اپنے شوہر کو گُڈّا بنائے رکھتی تھیں۔ بیوی کے انتقال کے بعد بڑے نمبر دار صاحب کی خوش لباسی بھی ختم ہو گئی۔ بہونے جو پہنا دیا، پہن لیا۔ ہر وقت گم سم بیٹھے رہتے تھے۔ اگر کسی نے کچھ پوچھ لیا تو جواب دے دیا۔ اگر کبھی کوئی بھولے سے خیریت پوچھ لیتا تو آہ بھر کر کہتے،

کس کس کو یاد کیجیے، کس کس کو رویئے

آرام بڑی چیز ہے، منہ ڈھک کے سوئیے

نمبر دارنی دونوں بچوں کو صبح ہی صبح نہلا دھلا کر کپڑے پہنا تیں اور سرمہ لگا کر نو کرانی سے کہتیں کہ وہ بچوں کو باپ کے پاس لے جائے۔ روزانہ کا معمول بن گیا تھا کہ نمبر دار صاحب کچھ وقت بچوں کے ساتھ گزارتے تھے۔

ساس کے انتقال کے بعد نمبر دارنی نے محسوس کیا کہ ان کے شوہر خاصے سدھے سے گئے ہیں۔ اب تو یار باشی بھی نام کو رہ گئی تھی۔ چناں چہ انہوں نے شوہر کو پیش کش کی کہ اگر وہ چاہیں تو واپس گھر میں آ جائیں۔ وہ تو دھار کھائے بیٹھے تھے، اللہ دے اور بندہ لے، وہیں بیٹھے بیٹھے شر فو کو کہلا بھیجا کہ ان کا سامان باندھ کر لے آئے۔

***

نمبر دارنی کے گاؤں کا نام ڈھولنہ تھا اور وہ بھر سولی سے آٹھ کوس کے فاصلے پر تھا۔ وہاں کا کوس دو میل کے برابر ہوتا ہے۔ دونوں گاؤں میں ایک زمانے سے آمد و رفت تھی کیوں کہ پشت ہا پشت سے ان

میں بیا ہتیں ہوتی چلی آئی تھیں، ویسے بھی سب ایک ہی برادری کے تھے۔ اگرچہ ڈھولنہ ایک چھوٹا سا گاؤں تھا مگر جب سے وہاں ڈاک خانہ قائم ہوا تھا تب سے اس کی اہمیت بڑھ گئی تھی اور وہ قصبہ کہلایا جانے لگا تھا۔

جب مُنّوں میاں بچپن میں اپنی والدہ کے ساتھ ڈھولنہ جاتے تھے تو ان کے ایک ماموں ضرور ملنے کے لیے آتے تھے۔ ان کا نام تھا ببّن میاں، اور وہ ان کی والدہ کے خالہ زاد بھائی تھے۔ حالاں کہ وہ بے چارے، مُنّوں میاں سے بڑا پیار کرتے تھے مگر مُنّوں میاں کی ان سے جان نکلتی تھی۔ جب بھی ان کا سامنا ہوتا تو وہ سہم کر اپنی والدہ سے چمٹ جاتے۔

ببّن میاں لمبے تڑنگے اور لحیم شحیم تن و توش کے مالک تھے، گل مُچھوں سے ڈھکے رخسار، لمبی لمبی موم سے بٹی ہوئی مونچھیں، جو ہمیشہ اوپر کو تنی رہتی تھیں، اور آنکھوں میں ہمیشہ سرخ ڈورے ہوتے تھے۔ غرض یہ کہ ان کی شخصیت بڑی رعب دار تھی اور وہ کبھی ناک پر مکھی نہیں بیٹھنے دیتے تھے۔ جب ان سے سامنا ہوتا تھا تو مُنّوں میاں خوف سے لرز جاتے تھے کیوں کہ ببّن میاں اگر کسی گزرنے والے کو سلام بھی کرتے تو دہاڑ کر کرتے تھے۔ ایک مرتبہ جب مُنّوں میاں چار پانچ برس کے تھے تو ببّن میاں کی دہاڑ سن کر ان کا پیشاب خطا ہو گیا تھا حالاں کہ وہ کسی کی خیریت دریافت کر رہے تھے۔

ببّن میاں کے والد کا نام نور الہدیٰ خان تھا، مگر کارندے صاحب کہلاتے تھے کیوں کہ وہ ایک زمانے میں کسی نواب کی ملازمت کرتے تھے اور ان کا کام نواب صاحب کے چھتّیس گاؤں سے لگان وصول کرنا تھا۔ ایک سال لگان کی وصول یابی کے بعد جب حساب کتاب ہوا تو نواب صاحب نے کہا، ''کارندے صاحب، اس سال لگان پچھلے سال کے مقابلے میں کم آیا۔'' چوں کہ کارندے صاحب اپنی پٹھانی انا سے مجبور تھے لہٰذا بجائے اس کے کہ رسان سے نواب صاحب کو یاد دلاتے کہ خشک سالی کی بنا پر اُس سال فصل اچھی نہیں ہوئی تھی، انہوں نے منشی جی سے بہی کھاتے منگوا کر نواب صاحب کے سامنے رکھتے ہوئے کہا، ''نواب صاحب، امید ہے کہ آپ کا اگلا کارندہ دو گنا لگان وصول کر کے خزانے میں جمع کرائے گا۔''

نواب صاحب کے تو چھکّے چھوٹ گئے کیوں کہ نور الہدیٰ خان ان کے پرانے کارندے تھے اور بے حد وفادار تھے۔ انہوں نے اٹھ کر کارندے صاحب کو گلے لگا کر معافی مانگی اور ان کی ٹھوڑی میں ہاتھ دے کر لاکھ خوشامد در آمد کی، مگر وہ پٹھان ہی کیا جو اپنے قول سے پھر جائے۔ اس پر طرّہ یہ کہ ان کا جوان خون تھا، جوش کھا گیا۔ وہ نوکری چھوڑ چھاڑ کر گاؤں آ گئے جہاں خود ان کی چھ سو بیگھا زمین تھی، جو کم و بیش ایک سو بیس ایکڑ بنتی تھی۔ ان کی والدہ نے بھی کہا کہ اللہ کا دیا سب کچھ ہے، پھر کسی کی غلامی کرنے کیا

ضرورت ہے۔

قصہ مختصر، برس ہا برس تک نواب صاحب، نورالہدیٰ خان کے پاؤں پڑتے رہے کہ وہ غصہ تھوک دیں اور واپس آ جائیں مگر وہ اپنے فیصلے پر ڈٹے رہے یہاں تک کہ نواب صاحب اللہ کو پیارے ہو گئے۔ نورالہدیٰ خان بوڑھے ہو گئے مگر زندگی بھر کارندے صاحب ہی کہلائے۔ ان کی شان و شوکت اور کرّ و فرّ کا یہ عالم تھا کہ دنیا چاہے اِدھر سے اُدھر ہو جائے مگر وہ اپنے اصولوں کے معاملے میں ٹس سے مس نہیں ہوتے تھے۔ گاؤں کی مسجد ان کے گھر کے بالکل سامنے چالیس قدم پر تھی۔ وہاں وہ پنج وقتہ نماز پڑھاتے تھے اور وقت کی پابندی کے لیے پورے خاندان میں مشہور تھے۔

ایک مرتبہ مغرب کی اذان ہو گئی مگر کارندے صاحب مسجد میں نہیں پہنچے۔ پہلی بار ایسا ہوا تھا ورنہ آندھی ہو یا طوفان، وہ وقت پر مسجد میں موجود ہوتے تھے۔ جماعت کھڑی ہو گئی اور کارندے صاحب کا کوئی پتا نہیں تھا۔ آخر ایک بچے کو ان کے گھر دوڑایا گیا تو معلوم ہوا کہ وہ بخار میں پُھنک رہے ہیں۔ چار و ناچار رمضانی سقّے کو امامت کے لیے آگے بڑھا دیا گیا۔ اس بے چارے نے پہلی دونوں رکعتوں میں قل ہو اللہ پڑھی اور وہ بھی اٹک اٹک کر۔

کارندے صاحب کا معمول تھا کہ وہ مغرب کی نماز سے فارغ ہو کر جب گھر میں داخل ہوتے تو سیدھے دستر خوان پر پہنچتے تھے۔ خواتین کا وتیرہ تھا کہ خواہ ان کی مغرب قضا ہو جائے لیکن ایسا کہیں نہ ہو کہ کارندے صاحب کے پہنچنے تک دستر خوان تیار نہ ہو۔

اگرچہ بنّ میاں بڑے دبنگ آدمی تھے اور ان کی والدہ بڑے فخر سے کہتی تھیں، ''اللہ نظر بد سے بچائے، میرا بیٹا ماشاءاللہ شیر ہے شیر !'' مگر ان کے بر خلاف کارندے صاحب ٹھگنے سے اور ڈیڑھ پسلی کے تھے۔ دیکھنے والے کو ڈر لگتا تھا کہ اگر اس نے پھونک ماردی تو وہ اڑ جائیں گے۔ اس کے باوجود ان کا تھپّڑ جب بنّ میاں کے رخسار پر پڑتا تھا تو پورا پنجہ بن جاتا تھا۔ جب بیٹے پر غصہ آتا تو چک کر اس کا گریبان پکڑ لیتے اور کھینچتے ہوئے کسی کھری چارپائی تک لے جاتے جس پر چڑھ کر اس زور سے تھپڑ مارتے کہ بنّ میاں کو چھٹی کا دودھ یاد آ جاتا تھا۔ وہ ہمیشہ اپنے والد کے سامنے بھیگی بلی بنے رہتے تھے۔ مجال ہے کہ کبھی انہوں نے باپ سے آنکھ ملا کر بات کی ہو۔

2

ڈھولنہ میں خاندان کی اکثر خواتین کی داڑھی مونچھیں تھیں۔ کچھ تو قینچی سے کترتی تھیں اور کچھ باقاعدہ بال صفا پاؤڈر استعمال کرتی تھیں جس سے ان کی ٹھوڑیاں کالی پڑ گئی تھیں اور بالائی ہونٹ پر بھی سیاہی جھلکتی تھی۔ کہا جاتا تھا کہ جائداد کے چکر میں کئی پشتوں سے آپس میں ہی بیاہتیں ہوتی آئی تھیں جس کی بنا پر ان میں اس طرح طرح کی موروثی بیماریاں عود کر آئی تھیں۔

جب مُنّوں میاں کی مسیں بھیگیں تب ہی سے نمبردار صاحب کو ان کی شادی کی فکر پڑ گئی۔ بیوی بہت سمجھاتی تھیں کہ ابھی بچے کو ٹھیک سے جوان تو ہو لینے دو اور پھر اس کی چھوٹی بہن بھی تو ہے جس کی شادی پہلے ہو گی، مگر چوں کہ وہ خود دودھ کے جلے تھے لہٰذا چاہتے تھے کہ بیٹا چھاچھ بھی پھونک پھونک کر پیے۔ خدا خدا کر کے مُنّوں میاں بیس برس کے ہوئے تو نمبردار صاحب نے بیوی سے کہا کہ بیٹا خاصا جوان ہو لیا اور اس سے پہلے کہ وہ بری صحبتوں میں پڑے، اس کی ناک میں نکیل ڈال ہی دی جائے۔ انہوں نے بّبن میاں کی بیٹی کے لیے مُنّوں میاں کا پیغام دینے کے متعلق خیال ظاہر کیا۔ نمبردارنی نے انہیں بتایا کہ بّبن میاں کے گھرانے میں تو ہر عورت کی داڑھی مونچھیں ہیں۔ ان کا ماتھا ٹھنکا اور انہوں نے پوچھا کہ ہونے والی بہو کی مونچھیں تو نہیں ہیں۔ ان کی بیوی نے انہیں یقین دلا دیا کہ لڑکی نہ صرف داڑھی مونچھوں سے بے نیاز ہے بلکہ بڑی خوب صورت اور سگھڑ ہے۔

جب نمبردار صاحب نے اپنے والد سے پوچھا کہ مُنّوں میاں کے لیے ڈھولنہ میں نور الہدیٰ خان کی پوتی کے متعلق ان کا کیا خیال ہے تو وہ بستر پر لیٹے آرام کر رہے تھے۔ بیٹے کی بات سن کر وہ ایک جھٹکے کے ساتھ اٹھ کر بیٹھ گئے اور بولے، ''کون، اس کارندے کی پوتی؟''

11

’’جی،‘‘ نمبر دار صاحب نے ڈرتے ڈرتے کہا۔

’’میری طرف سے اجازت ہے۔ تم کل ہی پیغام بھجوادو،‘‘ بڑے نمبر دار صاحب نے بڑے جوشیلے انداز میں جواب دیا۔ ان کی آنکھوں میں پراسرار چمک اور ہونٹوں پر شریر مسکراہٹ تھی۔

’’آپ جب مناسب سمجھیں تب کارندے صاحب کو خط لکھ دیں۔‘‘

’’ٹھیک ہے، تم کاغذ قلم بھجوا دو، میں ابھی لکھے دیتا ہوں۔‘‘

’’بہتر ہے،‘‘ نمبر دار صاحب نے اٹھتے ہوئے اطمینان کا سانس لیا۔

بڑے نمبر دار صاحب دوبارہ بستر پر دراز ہو گئے۔ انہوں نے مسکرا کر اپنی پیشانی پر بائیں جانب چوٹ کے اس نشان کو انگلی سے ٹٹولا جو بچپن سے ہی ان کے چہرے کا حصہ تھا۔ وہ اپنی مونچھ کو مروڑ کر بڑبڑائے، ’’اب میں دیکھوں گا اس کارندے کے بیٹے کو،‘‘ اور مسکرا کر آنکھیں بند کر لیں۔ وہ سمین ان کی نظروں کے سامنے پھر گیا جب ان کی بچپن میں نورالہدیٰ خان سے لڑائی ہو گئی تھی۔ وہ اپنی والدہ کے ساتھ ڈھولنہ گئے تھے اور انہوں نے نورالہدیٰ خان کو چوہا کہہ دیا تھا۔ کوئی ایسی بری بات تو تھی نہیں۔ گاؤں کے سب ہی بچے انہیں چوہا کہتے تھے، پھر وہ اپنا قصور کیسے مان لیتے۔ وہ تو ویسے بھی وہاں مہمان بن کر گئے تھے۔ نورالہدیٰ خان نے تاک کر ایسا پتھر مارا کہ ان کی پیشانی پر خون کا پر نالہ کھل گیا۔ وہ روتے ہوئے گھر میں گھسے اور ان کی والدہ انہیں دیکھ کر گھبرا گئیں۔ انہوں نے لاکھ جتن کیے مگر بچے کا خون تھا کہ بند ہونے کا نام ہی نہیں لیتا تھا۔ آخرا انہوں نے اپنے بالوں کی ایک لٹ قینچی سے کاٹی اور اسے ماچس دکھا دی۔ بال بھق سے جل اٹھے اور آن کی آن میں راکھ بن گئے۔ جب انہوں نے وہ راکھ بیٹے کے زخم میں بھری تب کہیں جا کر خون بند ہوا۔ وہ زندگی بھر بدلہ لینے کے چکر میں رہے مگر کوئی موقع نہ ملا اور دیکھتے ہی دیکھتے بچپن گزر گیا۔ اب خدا خدا کر کے وہ موقع آیا تھا جب وہ اپنے بچپن کے دشمن کی پوتی کو اپنے پوتے کے لیے بیاہ کر لا رہے تھے۔ ’’اب میں دیکھوں گا کہ یہ کارندہ کیسے میرے سامنے نظریں اٹھا کر بات کرے گا،‘‘ وہ اپنی مونچھوں کو تاؤ دیتے ہوئے بڑبڑائے۔

***

جب بن میاں بیٹی کی شادی کا پروگرام طے کرنے کے لیے اپنے والد سے مشورہ کرنے بیٹھے تو

کارندے صاحب نے کہا کہ برات ظہر اور عصر کے درمیان پہنچنی چاہیے، عصر کے بعد نکاح ہوگا، مغرب کے بعد کھانا ہوگا اور اگلی صبح کو رخصتی ہوگی۔ ببّن میاں نے نمبردار صاحب کو خط لکھ کر پروگرام سے آگاہ کر دیا اور تاکید کر دی کہ وہ وقت کی پابندی کریں کیوں کہ ان کے والد وقت کے معاملے میں کافی سخت ہیں۔ خیر یہ تو دنیا جانتی تھی کہ کارندے صاحب وقت کے اتنے پابند تھے کہ اگر وہ یہ سمجھتے کہ حضرت اسرافیل نے قبل از وقت صور پھونک دیا ہے تو وہ ان کو بھی ڈانٹ ڈپٹ کر خاموش کر دیتے۔

مرفی کا قول ہے کہ اگر کسی کام کے بگڑنے کا اندیشہ ہو تو وہ عین وقت پر ضرور بگڑتا ہے۔ مُنّوں میاں کے خاندان میں دستور تھا کہ ہر شادی کے موقع پر کسی نہ کسی رشتے دار کا روٹھ کر گھر بیٹھ جانا ضروری تھا۔ جب پچھلی شادیوں کے قصے نکلتے تو یاد کیا جاتا کہ کس کی شادی میں کون عزیز روٹھا تھا۔ جب کوئی روٹھتا تو شادی کی تمام رسومات روک کر اسے منانے کے لیے وفد پہ وفد جاتے، معافیاں مانگی جاتیں، ہاتھ جوڑے جاتے اور اس کی شکایت کی تلافی کی جاتی۔ اگر وہ پھر بھی نہیں منتا تھا تو پھر کوئی بزرگ جا کر اسے ایک گھڑی دیتے اور وہ دم دبا کر ان کے ساتھ ساتھ ہو لیتا اور شادی کی رسومات دوبارہ شروع ہو جاتیں۔

مُنّوں میاں کی سگی بہن تو بس ایک ہی تھیں جو ہنوز کنواری تھیں مگر ماشاء اللہ ان کی چچازاد، ماموں زاد، پھوپھی زاد اور خالہ زاد بہنوں اور بھائیوں کی بہتات تھی۔ سرمہ لگائی کے لیے پانچ بھاوجیں اور سہرا بندھائی کے لیے چھ بہنوئی موجود تھے۔ نیگ کا حساب کتاب بڑے نمبردار صاحب نے اپنے پاس رکھا تھا۔ ہر دور سوم کے لیے انہوں نے بیٹے کو گیارہ روپے دیے تھے۔ چناں چہ نمبردار صاحب نے دس روپے سرمہ لگائی کے لیے رکھے اور بارہ روپے سہرا بندھائی کے لیے۔

سرمہ لگائی تو بخیر و خوبی ہو گئی اور ہر بھاوج کو دو دو روپے مل گئے مگر سہرا بندھائی کے وقت فضیحتا کھڑا ہو گیا۔ ہوا یوں کہ عین وقت پر پانچ بہنوئی تو موجود تھے مگر چھٹے کا کوئی پتا نہیں تھا۔ ان کا نام مگن خان تھا اور وہ ویسے بھی خاندان میں پیٹھ پیچھے جل ککڑے مشہور تھے لہٰذا ان کا خاص خیال رکھا جاتا تھا۔ دراصل اس وقت کی آپا دھاپی میں مگن خان کا خیال کسی کو نہیں آیا۔ دوسرے یہ کہ ان کی بیوی مُنّوں میاں کی دور کی بہن لگتی تھیں، مگر بہن تو بہن ہی ہوتی ہے، دور کی ہو یا پاس کی، اور اس کے شوہر کا بھی اتنا ہی حق ہوتا ہے۔ نمبردار صاحب بار بار سب کو یاد دلا رہے تھے کہ وقت پر پہنچنا ضروری ہے۔ اسی روا روی میں سہرا بندھائی ہو گئی اور انہوں نے پانچوں بہنوئیوں کے ہاتھ پہ دو دو روپے سہرا بندھائی کے رکھ دیے۔ اتنے میں مگن خان آن پہنچے اور جب انہوں نے دیکھا کہ سہرا بندھائی ہو چکی ہے تو وہیں سے یہ کہتے ہوئے الٹے پاؤں

واپس ہو لیے کہ ''ہاں، ہم تو کسی گنتی میں ہیں ہی نہیں۔ ''لوگ ان کے پیچھے دوڑے، یہاں تک کہ نمبر دار صاحب خود آگے بڑھ کر ان سے لپٹ گئے مگر غصے سے ان کا یہ حال تھا کہ نہ کوئی تیرا نہ کوئی میرا۔ ہاتھ چھڑا کر تتناتے ہوئے یہ جا اور وہ جا۔ گھر پہنچ کر اندر سے کنڈی لگا لی اور اٹوائی کھٹوائی لے کر پڑ گئے۔

اُدھر برات روانہ ہونے کے لیے بالکل تیار کھڑی تھی۔ سب مل ملا کر لگ بھگ دو سو براتی تھے اور نمبر دار صاحب نے چالیس بیل گاڑیوں کا انتظام کیا تھا جن میں عورتوں اور بچوں کے لیے بائیس رہے تھے اور مردوں کے لیے اٹھارہ پھڑ کیں۔ اگر آپ کو رہّ اور پھِرک کا فرق معلوم نہیں ہے تو یوں سمجھ لیں کہ رہّ میں چاروں طرف پردے تنے ہوتے ہیں اور ان میں موٹے موٹے بیل جوڑے جاتے ہیں جو آہستہ آہستہ ٹہلتے ہوئے چلتے ہیں۔ عورتیں اور بچے اس میں سفر کرتے ہیں۔ پھِرک کھلی ہوئی، ہلکی سی گاڑی ہوتی ہے جس میں بدھیوں کی جوڑی جوتی جاتی ہے۔ بدھیاں چھوٹے چھوٹے بیل ہوتے ہیں جنہیں بچپن میں ہی خصّی کر دیا جاتا ہے اور وہ بہت تیز دوڑتے ہیں۔ برات میں پھِرکوں کی دوڑ ہوتی تھی جن میں کبھی کبھی بیل گاڑیاں الٹ جاتی تھیں اور لوگ زخمی ہو جاتے تھے، خاندان کے بزرگ لڑکوں کو ہمیشہ تنبیہہ کرتے تھے کہ وہ دوڑیں نہ لگائیں ورنہ اگر خدا نخواستہ کوئی حادثہ ہو گیا تو لینے کے دینے پڑ جائیں گے۔

تمام بیل گاڑیاں آگے پیچھے ایک قطار میں کھڑی تھیں۔ رہّ آگے تھے، پھِرکیں پیچھے تھیں، اور بیل جگالی کرتے کرتے تھک گئے تھے۔ مگن خان کو منانے میں دو گھنٹے لگ گئے اور آخر کار براتیوں نے بیل گاڑیوں پر چڑھنا شروع کر دیا۔ نمبر دار صاحب اِدھر سے اُدھر گھبرائے گھبرائے پھر رہے تھے۔ سورج سر پر چڑھ گیا تھا اور سوال ہی پیدا نہیں ہوتا تھا کہ آٹھ کوس طے کر کے وہ عصر سے پہلے ڈھولنہ پہنچ سکتے۔ ان کا بس چلتا تو وہ براتیوں کو کولہوں سے دھکیل دھکیل کر بیل گاڑیوں پر چڑھاتے۔

***

بِبّن میاں نے بیٹی کی شادی پر گرد و نواح کے پانچ گاؤں مدعو کیے تھے۔ ایک میدان میں شامیانے لگائے گئے تھے جن میں عوام کے لیے فرش بچھائے گئے اور خواص کے لیے چار پائیاں لگائی گئیں۔ قریب ہی گڑھے کھود کر چولہے بنائے گئے جن پر باورچیوں کی پوری فوج نے دن بھر دیگیں چڑھا رکھی تھیں۔ دو ہزار سے زیادہ مہمان آئے بیٹھے تھے مگر برات کا دور دور پتا نہیں تھا۔ ایک کونے میں کارندے صاحب اور

ان کے پرانے دوستوں اور عزیزوں کے لیے کچھ کرسیاں بچھی تھیں۔ اسی دوران مسجد میں عصر کی اذان ہوئی اور کارندے صاحب نماز کے لیے اٹھ کر چل دیے۔ ان کے ساتھ کچھ اور لوگ بھی شریک ہوگئے۔

ببّن میاں کے ہوش اڑ رہے تھے کیوں کہ برات کو اب تک پہنچ جانا چاہیے تھا۔ ڈھولنہ میں داخلے کے لیے ایک ہی کچی سڑک تھی جس پر زیادہ تر بیل گاڑیاں چلتی تھیں۔ وہ بار بار خاندان کے کچھ لڑکوں کو وہاں بھیج کر معلوم کرتے کہ برات آنے کے کچھ آثار ہیں یا نہیں، مگر ابھی تک تو کوئی امید افزا خبر نہیں ملی تھی۔

عصر کی نماز سے فارغ ہو کر کارندے صاحب اپنے دوستوں کے ساتھ پھر کرسیوں پر آکر بیٹھ گئے۔ ان کے رویّے سے بالکل ظاہر نہیں ہو رہا تھا کہ ان کی پوتی کی شادی ہے اور برات کا انتظار ہو رہا ہے۔ وہ دوستوں کے ساتھ ادھر ادھر کی باتوں میں مصروف تھے یہاں تک کہ مغرب کا وقت بھی آن پہنچا اور وہ اذان سنتے ہی اٹھ کھڑے ہوئے۔

اندھیرا ہوتے ہی میدان میں جگہ جگہ پیٹرومیکس لیمپ روشن کر دیے گئے۔ کارندے صاحب جو ہی مغرب کی نماز سے واپس آکر بیٹھے تو انہوں نے ببّن میاں کو بلا کر کہا کہ کھانا لگوائیں۔

’’مگر باواجی ابھی برات تو نہیں پہنچی،‘‘ ببّن میاں نے ڈرتے ڈرتے کہا۔

’’بھئی تو اس میں ہمارا کیا قصور ہے؟‘‘ کارندے صاحب نے جواب دیا۔

’’بہتر ہے۔ جیسا حکم۔‘‘

اس زمانے کا دستور تھا کہ جب برات گاؤں کے نکڑ پر پہنچتی تھی تو وہیں ٹھیر کر لڑکی والوں کو اطلاع دی جاتی تھی کہ برات پہنچ گئی ہے۔ لڑکی والوں کی طرف سے کچھ لوگ استقبال کرنے کے لیے آتے تھے اور برات کو اپنے ساتھ لے کر گاؤں میں داخل ہوتے تھے۔ عین کھانے کے دوران ببّن میاں نے آکر اپنے والد کے کان میں کہا، ’’باواجی، برات پہنچ گئی ہے۔‘‘

کارندے صاحب اپنا پلاؤ کا چمچہ منہ تک لاتے لاتے رک گئے اور بولے، ’’مگر نکاح تو عصر کے بعد ہونا تھا۔‘‘

’’باواجی، انہیں پہنچنے میں دیر ہوگئی،‘‘ ببّن میاں نے ڈرتے ڈرتے کہا۔

’’کوئی بات نہیں، وہ مقررہ وقت پر کل پہنچ جائیں،‘‘ کارندے صاحب نے چمچہ منہ میں ڈالتے ہوئے کہا۔

ببّن میاں کے ہاتھوں کے طوطے پھر پھڑا کر اڑ گئے۔ بیٹی کی برات گاؤں کے باہر انتظار کر رہی تھی اور

ان کے والد نے فرمان جاری کر دیا تھا کہ وہ گاؤں میں داخل نہیں ہو سکتی۔

’’باواجی، اب وہ آٹھ کوس جا کر کل صبح کو کیسے واپس آئیں گے؟‘‘ انہوں نے سرگوشی میں پوچھا۔

’’نہیں، واپس مت بھیجو۔ انہیں وہیں کھیتوں میں ٹھیرا دو۔ کھانا بھجوا دو اور سونے کے لیے چارپائیاں بھجوا دو۔ کل ظہر کے بعد آ جائیں۔‘‘

’’جی، باواجی۔‘‘ ببّن میاں چار و ناچار وہاں سے چل دیے۔

’’اور دیکھو، بات سنو،‘‘ کارندے صاحب نے بیٹے کو واپس بلایا۔

’’جی، باواجی؟‘‘

’’برات کے آرام کا خیال رکھنا۔ کسی کو کوئی تکلیف نہ ہو۔‘‘

’’جی، باواجی۔‘‘

’’اور دیکھو، عورتوں اور بچوں کو لے آؤ۔ مردوں سے کہنا کہ ان کے سونے کا انتظام وہیں کر دیا جائے گا۔‘‘

’’جی، باواجی۔‘‘

حکمِ حاکم مرگِ مفاجات کے مصداق ببّن میاں تو اپنے والد کا فرمان سن کر اس پر عمل در آمد کروانے کے لیے وہاں سے چل دیے مگر کارندے صاحب دل ہی دل میں قہقہے لگا رہے تھے۔ ’’بڑا نمبر دار بنا پھرتا ہے۔ غنڈہ کہیں کا! قابیل ہی جو ٹھیرا۔ اب دیکھوں گا کہ چوہا کون ہے۔ ناکوں چنے نہ چبوائے تو میرا نام بھی نور الہدیٰ خان نہیں ہے۔ آیا ہے میری پوتی کو لینے۔ رات بھر کھیت میں ناک رگڑے گا تب جا کر اسے میری پوتی ملے گی۔‘‘

***

ڈھولنہ میں داخل ہونے والی کچی سڑک پر دور تک بیل گاڑیوں کی قطار تھی۔ کچھ لوگ استقبالیہ کمیٹی کا انتظار کرنے کے لیے گاڑیوں سے اتر کر کھڑے ہو گئے تھے۔ ربوں میں سے شیر خوار بچوں کے رونے کی آوازیں آ رہی تھیں۔ ببّن میاں کی سمجھ میں نہیں آ رہا تھا کہ وہ برات کو کیا پیغام دیں۔ مرتا کیا نہ کرتا، وہ خود ان لڑکوں کے ساتھ ہو لیے جو برات کی اطلاع دینے کے لیے آئے تھے۔ نمبردار صاحب، جو آگے ہی

خاندان کے کچھ بزرگوں کے ساتھ کھڑے تھے، بِبّن میاں کو آتا دیکھ کر حیران ہوئے کہ وہ اکیلے ہی چلے آرہے ہیں ورنہ استقبال کے لیے تو آٹھ دس لوگوں سے کم نہیں آتے تھے۔ انہوں نے آگے بڑھ کر بِبّن میاں کو گلے لگایا اور بِبّن میاں نے ان کے کندھے پر ہاتھ رکھ کر کہا، ''میری سمجھ میں نہیں آرہا کہ میں تمہیں کیسے بتاؤں۔''

''کیوں خیریت تو ہے؟''نمبردار صاحب نے پوچھا۔

''نہیں خیریت نہیں ہے،''بِبّن میاں نے جواب دیا۔

''بھئی اس مبارک موقع پر میں کوئی بری خبر سننے کے لیے تیار نہیں ہوں۔''

''دراصل باواجی کہتے ہیں کہ نکاح عصر اور مغرب کے درمیان ہونا تھا۔''

''ہمیں بھی افسوس ہے کہ دیر سے پہنچے۔ آخری وقت پر کچھ مسائل پیدا ہوگئے تھے ان ہی کی وجہ سے دیر ہو گئی۔''

''باواجی کا کہنا ہے کہ برات اب کل آئے اور عصر سے پہلے پہنچ جائے۔''

نمبردار صاحب کا پارہ آہستہ آہستہ چڑھ رہا تھا مگر وہ پھر بھی بڑے ضبط سے کام لے رہے تھے۔ حالاں کہ وہ دونوں سرگوشیوں میں گفتگو کر رہے تھے مگر کچھ براتی آس پاس کھڑے کن سوئیاں لے رہے تھے۔

''اس کا مطلب ہے کہ ہم بھر سولی واپس جائیں اور کل صبح کو پھر وہاں سے چل دیں۔''

''باواجی کا کہنا ہے کہ آپ رات کو یہیں ٹھیریں۔''

''کیا مطلب ہے؟ یہاں کھیتوں میں؟''

''ان کا کہنا تو یہی ہے۔ چارپائیاں آرہی ہیں اور کھانے کا انتظام بھی یہیں ہو جائے گا۔''

''میاں ہوش کے ناخن لو،'' نمبردار صاحب جھنجھلا کر بولے۔ ''سارا دن عورتوں نے رِبّوں میں گزار دیا ہے، بچے رو رہے ہیں۔ یہاں کھیتوں میں تم خواتین کو رفع حاجت کرنے کے لیے بھیجو گے؟''

''نہیں، نہیں۔ باواجی نے کہا ہے کہ میں عورتوں اور بچوں کو لے چلوں اور مردوں کے لیے یہیں انتظام کر دوں۔''

نمبردار صاحب اب بھی ضبط کر رہے تھے مگر براتی بھر گئے۔ ان کا کہنا تھا کہ اس سے زیادہ بے عزتی کیا ہو گی کہ دروازے پر آئی ہوئی برات کو لوٹا دیا جائے۔ بات جب بہت بڑھی تو کان پڑی آواز سنائی نہیں دے رہی تھی۔ ایک ہی مطالبہ کہ برات واپس ہو جائے۔ بِبّن میاں اور نمبردار صاحب خاموش کھڑے

تماشا دیکھ رہے تھے۔ خود ان کی سمجھ میں نہیں آرہا تھا کہ کیا کریں۔

بڑے نمبردار صاحب چھڑی ٹیکتے ہوئے اپنی بیل گاڑی سے اتر کر دریافتِ حال کے لیے آپہنچے۔ بیٹے سے پوچھا تو انہوں نے ساری کہانی سنادی۔ بنّ میاں خاموش کھڑے تھے۔ وہ بے چارے کہتے بھی کیا۔ بڑے نمبردار صاحب نے مسکرا کر ان کے کندھے پر ہاتھ رکھا اور بولے، ''میاں تمہارے باوا کا تو آدم ہی نرالا ہے۔''

''بس خالو، میں کیا کہہ سکتا ہوں؟'' بنّ میاں نے کہا۔

''تم فکر مت کرو، ہمیں چارپائیاں بھجوا دو۔ ہم رات یہاں کھیتوں میں ہی گزار لیں گے۔''

بڑے نمبردار صاحب کے اس جواب سے براتیوں کو سانپ سونگھ گیا۔ وہ رشتے میں کسی کے ماموں، کسی کے تایا اور کسی کے دادا لگتے تھے اور کس کی مجال تھی جو ان سے بحث کرے۔ سب سے زیادہ تعجب ان کے بیٹے کو ہوا۔ سوچا بھی نہیں جا سکتا تھا کہ وہ اتنی بڑی بات کو اتنی آسانی سے پی جائیں گے۔ جب وہ اپنی بیل گاڑی کی طرف واپس جانے لگے تو نمبردار صاحب ان کے ساتھ ہو لیے اور کہنے لگے، ''ابا جان، میری سمجھ میں نہیں آیا کہ آپ نے اتنی آسانی سے یہ بے عزتی کیسے برداشت کر لی۔''

''میاں، تیل دیکھو، تیل کی دھار دیکھو،'' بڑے نمبردار صاحب نے پلٹ کر اپنے بیٹے کے کندھے پر ہاتھ رکھا، ''ہم کارندے کی پوتی کو لینے آئے ہیں اور وہ ہر قیمت پر لے جائیں گے خواہ وہ ہم سے کتنی ہی ناک رگڑوائے۔ جب ایک بار وہ ہمارے گھر میں آجائے گی، پھر دیکھنا کہ میں اُس چوہے کی کیسی خبر لیتا ہوں۔ اگر میں نے اسے تتلی کا ناچ نہ نچایا تو میرا نام بدل کر رکھ دینا۔'' نمبردار صاحب صرف مسکرا کر رہ گئے۔

گیہوں کی فصل کٹ چکی تھی، بھوسہ اٹھ چکا تھا اور پوری زمینوں پر ٹھونٹھ ہی ٹھونٹھ تھے۔ منڈیروں کے ساتھ ساتھ چارپائیاں بچھا دی گئیں جن پر براتی رات بھر کروٹیں بدلتے رہے۔ اگلے روز خدا کرے کے برات کی آمد کا وقت آ ہی گیا۔ کارندے صاحب نے بڑے نمبردار صاحب کا استقبال گلے مل کر کیا اور ایک دوسرے کی خیریت پوچھی۔

***

جب قاضی نے مُنّوں میاں سے پوچھا کہ کیا انہیں اپنا نکاح مسمات امت الہادی بنت مقتدر اللہ خان،

بعوض مہر شرعی بتیس روپے آٹھ آنے، سکّہ رائج الوقت قبول ہے، تو ان کا ماتھا ٹھنکا۔ انہیں تو یہ بتایا گیا تھا کہ انہیں ببّن میاں کی بیٹی، مشفقی بیگم بیاہی جا رہی ہیں جنہیں انہوں نے بچپن میں تو کئی بار دیکھا تھا بلکہ ان کے ساتھ کھیلے بھی تھے، مگر جوان ہونے کے بعد ان کی ایک جھلک سال بھر پہلے ایک شادی میں دیکھ چکے تھے اور اسی وقت ان پر دل و جان سے لٹّو ہو گئے تھے۔ اب اچانک یہ امت الہادی کہاں سے آن ٹپکیں، اور یہ مقتدرِ اللہ خان کون تھے۔ انہیں یقین ہو گیا کہ ان کے ساتھ دھوکا ہو رہا ہے۔ گو وہ ان پہلے ہی زنانے میں ہو آئے تھے اور انہوں نے اعلان کر دیا تھا کہ دلہن نے تین بار سر کی جنبش، سسکی اور سُبکی سے اپنی رضامندی کا اظہار کر دیا ہے۔ قاضی صاحب دولہا سے اظہارِ قبولیت کا انتظار کر رہے تھے۔ حاضرین پر گویا سانپ سونگھ گیا تھا اور چاروں کونوں پر لڑکے کے چھواروں کی ٹوکریاں لیے کھڑے تھے کہ جیسے ہی مبارک سلامت شروع ہو تو وہ بھی آگے بڑھ کر اپنا کام شروع کر دیں۔

مُنّوں میاں کی خاموشی دیکھ کر مہمانوں میں چہ میگوئیاں شروع ہو گئیں۔ آخر جب انہوں نے دونوں ہاتھوں سے اپنے سہرے کی لڑیاں ہٹا کر دیکھا تو سامنے ہی ببّن میاں اپنی خون خوار آنکھوں سے انہیں گھور رہے تھے۔ انہوں نے اپنے ہونے والے سسر کو سہرے کی لڑیوں کے درمیان دراڑوں سے ایسے دیکھا جیسے بکری قصائی کو دیکھتی ہے اور بے اختیار ایک ہی سانس میں تین بار کہہ دیا، ''قبول ہے، قبول ہے، قبول ہے۔'' قاضی صاحب نے فتویٰ صادر کر دیا کہ چوں کہ دولہا نے پہلے ہی تین بار قبول کر لیا لہٰذا انہیں مزید دو مرتبہ پوچھنے کی ضرورت نہیں۔ دعا ہوئی، مبارک باد کا غلغلہ اٹھا، مصافحے اور معانقے ہوئے، چھوارے بٹے اور رخصتی ہو گئی، مگر مُنّوں میاں کے دل کی یہ خلش بڑھتی گئی کہ ان کی محبوبہ کی جگہ نہ جانے کس نکٹی چپٹی کو ان کے پلے باندھ دیا گیا ہے۔ آخر خدا خدا کر کے وہ وقت آ گیا جب رات گئے انہیں زنانے سے حجلۂ عروسی میں داخلے کی دعوت موصول ہوئی۔ جب انہوں نے کانپتے ہاتھوں سے سرخ جوڑے میں لپٹی لپٹائی دلہن کا گھونگھٹ اٹھایا تو اطمینان کا سانس لیا کہ اس گھونگھٹ میں سے مشفقی بیگم کا چہرہ ہی برآمد ہوا۔

3

بزرگوں سے سنا تھا کہ مُنّوں میاں کے اسلاف میں بڑے بڑے نواب گزرے تھے جن کی جائدادوں کا اندازہ اس سے لگایا جاتا تھا کہ کتنے گاؤں ان کی ملکیت میں ہیں۔ یہ جائدادیں پشت در پشت منتقل ہوتی گئیں اور ورثا میں بٹوارے ہوتے ہوتے ہر ایک کی ملکیت میں دس دس بیس بیس بیگھا زمین کے ٹکڑے رہ گئے، مگر انہیں بھی جائداد ہی کہتے تھے۔ پرانے نوابوں کے یہ پوٹ پوٹ وارث بھی نواب ہی کہلاتے تھے۔ گرد و نواح کے بر ہمن جب ہم گزرتے ہوئے ہاتھ جوڑ کر انہیں ''آداب عرض، نواب صاحب'' کہتے تو وہ فخر سے پھولے نہ سماتے۔

جیسے جیسے وقت گزرتا گیا اور زمینوں کے رقبے گھٹتے گئے، ویسے ویسے باہمی رقابتوں اور دشمنیوں میں اضافہ ہوتا گیا۔ شاہ جہاں کے بیٹوں کی مانند، ایک ہی دادا کی اولاد کے درمیان رسہ کشی ہونے لگی۔ آئے دن نوبت مار کٹائی تک پہنچ جاتی۔ جب آپس میں جھگڑا ہوتا تو نہ تو میرا، نہ میں تیرا۔ وہ جو تم بیزار ہوتی بزرگ قبروں میں کسمساتے۔ اگر ایک بھائی کی گائے دوسرے بھائی کے کھیت میں گھس جاتی تو وہ گائے کو ذبح کر کے گوشت رشتے داروں میں بانٹ دیتا۔ جھگڑا اس قدر بڑھتا کہ نوبت مقدمہ بازی تک پہنچ جاتی۔ عدالت میں حاضریوں پہ حاضریاں پڑتیں۔ بھائیوں میں بول چال بند ہو جاتی اور ایک دوسرے کے گھر آوا جائی کا سلسلہ ختم ہو جاتا۔ البتہ پیشی کے دن دونوں بھائی ایک ہی بیل گاڑی میں شہر جاتے اور راستے بھر ایک دوسرے کی خیریت پوچھتے اور اپنے اپنے بچوں کی شرارتوں کا حال سناتے مگر عدالت میں قدم رکھتے ہی ایک دوسرے کو پہچاننے سے انکار کر دیتے۔ دونوں جانب کے وکلا سال ہا سال اپنے موکلوں کو ہلکائے رکھتے حتیٰ کہ ان کی فیس ادا کرتے کرتے دونوں بھائی قلاش ہو جاتے۔ دونوں کی زمینیں بِکنے کے

پاس رہن رکھی ہوتیں اور ہوش اس وقت آتا جب دونوں کے نام قرقی آتی۔ پھر معافی تلافی ہوتی اور دونوں گلے مل کر خوب روتے، مگر اب پچھتائے کیا ہوت، جب چڑیاں چُگ گئیں کھیت۔

پچھلی پشتوں میں کچھ من چلے، طوائفوں کو ان کے کوٹھوں سے بھگا لاتے تھے اور جب نکاح کر کے نئی نویلی دلہن کو لیے گاؤں میں داخل ہوتے تو ہر طرف تھو تھو ہوتی۔ جب بزرگ لعنت ملامت کر کے فارغ ہو جاتے اور مائیں بہنیں دھاڑیں مار مار کر آنسو پونچھ چکی ہوتیں تو سوال پیدا ہوتا کہ انہیں کہاں رکھا جائے۔ عموماً کسی کوٹھی کے خالی حصے میں جگہ مل ہی جاتی تھی۔ اگرچہ ان کی اولادوں کو وہی محبت اور عزت ملتی تھی جو خاندان کے دوسرے افراد کو ملتی تھی مگر نہ ان کے ساتھ بیاہتیں ہوتی تھیں اور نہ جائداد میں کوئی حصہ ہوتا تھا۔

مُنّوں میاں کے دادا چار بھائی تھے۔ ان میں سے سب سے چھوٹے بھائی، جنہیں مُنّوں میاں چھوٹے دادا کہتے تھے، شہر سے بیک وقت دو طوائفیں بھگا لائے تھے۔ دونوں بہنیں تھیں اور ان کے نام تھے راشدہ اور رشیدہ۔ راشدہ بڑی بہن تھیں جن سے انہوں نے باقاعدہ نکاح کیا تھا، اور رشیدہ چھوٹی بہن تھیں جنہوں نے زندگی بھر شادی نہیں کی اور پوری زندگی بہن اور بہنوئی کی خدمت کر کے گزار دی۔ شروع شروع میں رشتے دار بڑی ناک بھوں چڑھاتے تھے مگر آخر کار تھک ہار کر انہیں قبول کر لیا۔ دونوں بہنیں بڑی نیک تھیں۔ تہجد گزار تھیں اور دونوں نے قرآن شریف حفظ کیا تھا۔ رکھ رکھاؤ سے اچھے خاندان کی لگتی تھیں۔ حافظ اور سعدی کا کلام دونوں کو از بر تھا۔ جب وہ چہرے کے گرد دوپٹہ لپیٹے ہوئے جھوم جھوم کر اور لہک لہک کر کریمہ بخشائے برحال ما پڑھتیں تو تمام سننے والیاں بھی جھومنے لگتیں۔ نہ جانے کس ظالم نے انہیں اغوا کر کے بازار میں بٹھا دیا تھا۔

خاندان بھر میں دونوں بہنوں کی بڑی عزت تھی۔ مُنّوں میاں کی پیدائش سے پہلے ہی دونوں بوڑھی ہو چکی تھیں اور بڑی بہن کے سامنے کے دانت بھی اکھڑ چکے تھے۔ خاندان کے سارے لوگ انہیں راشدہ بوبو اور رشیدہ بوبو کہتے تھے۔

اگرچہ مُنّوں میاں کے چھوٹے دادا نے بزرگوں کے سمجھانے بجھانے سے ایک اور شادی خاندان میں سے بھی کر لی تھی جس سے تین بیٹے اور چار بیٹیاں ہوئیں مگر وہ سب سے زیادہ محبت جُمّن میاں سے کرتے تھے جو راشدہ بوبو سے ان کی واحد اولاد تھے۔ جب وہ اپنا وصیت نامہ چھوڑ کر مرے تو معلوم ہوا کہ ان کے ترکے میں جُمّن میاں کا حصہ بھی تھا۔

مُنّوں میاں کے خاندان میں غیروں میں شادی کرنے کا تصور تک نہیں تھا۔ لڑکی چاہے جتنی کانی کُھدری ہو، شادی ہو ہی جاتی تھی۔ دولہا چاہے جیسا لولا لنگڑا ہو، مگر اپنے خاندان کا ہو۔ سارا جھگڑا جائداد کا تھا۔ بزرگوں کو منظور نہیں تھا کہ غیروں میں شادی کی جائے اور ترکے میں چھوڑی ہوئی زمین خاندان سے باہر چلی جائے۔ یہی وجہ تھی کہ جب رشتے طے کیے جاتے تو لڑکی والوں کی نظر ہمیشہ لڑکے والوں کی جائداد پر ہوتی تھی اور وہ پیغام قبول کرنے سے پہلے تخمینہ لگاتے تھے کہ ان کی بیٹی کے بیوہ ہو جانے کی صورت میں کتنی زمین ملنے کی توقع ہے۔

جب اشرافیہ کا دیوالیہ نکلتا ہے تو اس کی وضع داری جاتے جاتے ہی جاتی ہے اور اس اثنا میں کئی پشتیں گزر جاتی ہیں۔ اسی طرح نو دولتیوں میں وضع داری آتے آتے بھی کئی پشتیں لگتی ہیں۔ مُنّوں میاں کے بزرگوں کی جیبیں خالی ہو گئیں مگر وضع داری قائم رہی۔ سفید بُرّاق کرتے پاجامے میں ملبوس، اور سر پر ململ کی کلف دار چُنی ہوئی ٹوپی، جو میلی ہو جاتی تھی مگر چُنّٹیں قائم رہتی تھیں۔ جب وہ راستہ چلتے ہوئے ایک جانب پان کی پیک مار کر سامنے سے آنے والے سے جن القاب و آداب کے ساتھ علیک سلیک کرتے ان سے ان کے رکھ رکھاؤ کا اندازہ ہوتا تھا۔ نشست و برخاست کے آداب و اخلاق میں ان کی خاندانی اقدار کی جھلک اب بھی نظر آتی تھی۔ سخاوت کا یہ عالم تھا کہ جیب میں پھوٹی کوڑی نہیں، لیکن اگر کسی نے قرض مانگ لیا تو بیوی کے گہنے بنیے کے پاس گروی رکھوا کر اسے قرض دے دیا۔

٭٭٭

مُنّوں میاں کی چھوٹی بہن کا نام مقسطیٰ خانم تھا۔ بچپن میں ان کی خالائیں اور ممانیاں انہیں پیار سے للی بوبو کہہ کر پکارتی تھیں لیکن بڑے نمبردار صاحب کو اس نام سے سخت چڑ تھی۔ وہ جب بھی کسی کے منہ سے للی بوبو کا نام سنتے تو اسے ان کی سخت گھُرکی سننی پڑتی تھی۔ چناں چہ آہستہ آہستہ وہ نام متروک ہو گیا اور سب بڑے چھوٹے انہیں مقسطیٰ خانم کے نام سے ہی جانتے اور پہچانتے تھے۔ وہ مُنّوں میاں سے ڈھائی سال چھوٹی تھیں اور اپنے خاندان کی حسین ترین خاتون سمجھی جاتی تھیں۔ چندے آفتاب چندے ماہتاب، گوری چٹی رنگت، کتابی چہرہ، سبز آنکھیں، سنہری بال جو کولہوں تک آتے تھے اور ان کی چُٹیا اتنی موٹی تھی کہ اسے ہاتھ میں لے کر مٹھی بند نہیں کی جا سکتی تھی۔ کومل ایسی کہ جب پان کی پیک نگلتی تھیں تو گلے سے اترتی

ہوئی صاف دکھائی دیتی تھی۔ تقریبات میں وہ چھکتے طوطئ اور دہکتے سرخ، پٹاپٹی کے غرارے میں ایسی کھلتی تھیں کہ ساری نظریں ان ہی پر مرکوز ہو جاتیں۔

خاندان کی بڑی بوڑھیاں جب مقسطی خانم کو دیکھتیں، تو دونوں ہاتھوں کی انگلیاں اپنی کنپٹیوں پر چٹخا کر بلائیں لیتیں اور دعا دیتیں، ''اللہ نظر بد سے بچائے، ماشاءاللہ بالکل گجریا لگتی ہے گجریا ۔'' جب نمبر دار صاحب نے مقسطی خانم کی شادی غیر خاندان میں کر دی تو بڑی بوڑھیوں نے بری ناک بھوں چڑھائی اور مستقل طعنے دیتی تھیں، '' آئے ہائے، ایسی چاند سی لونڈیا غیروں میں بیاہ دی۔ اپنے خاندان میں کیا لونڈوں کا کال تھا؟''

ہوا یوں کہ نمبر دار صاحب اکثر قائم گنج اپنے ایک دوست سے ملنے جاتے تھے جو ان کے پرانے شناسا اور ان کی طرح شکار کے دھتّی تھے، بلکہ وہ نمبر دار صاحب کا تعارف اپنے بندوق بدل بھائی کی حیثیت سے کراتے تھے۔ وہ اپنا پورا نام عبدالباقی خان قائم گنجوی لکھتے تھے مگر لوگ انہیں صرف باقی خاں ہی کہتے تھے۔ البتہ نمبر دار صاحب پورا نام لیتے تھے۔ گھی کے آڑھتی اور تھوک فروش تھے۔ ان کی دکان پر ایک لمبا سا بورڈ آویزاں تھا جس پر لکھا تھا، '' فرخ آباد قائم گنج والوں کی دکان'' کیوں کہ ان کے پارٹنر، مرزا واصل بیگ، فرخ آباد کے تھے جو قائم گنج سے تقریباً اٹھارہ میل کے فاصلے پر ایک چھوٹا سا شہر ہے۔

مثل مشہور ہے کہ کوئلے کی دلالی میں منہ کالا، لہٰذا گھی کی آڑھت میں کپڑے چکنے ہونا لازمی امر ہے، مگر مجال ہے کہ باقی خاں کے، شکن سے پاک، اجلے کرتے پر چکنائی کا کوئی دھبہ نظر آ جائے۔ ان کے لباس کی بگلے کے پروں کی سی سفیدی کا راز یہ تھا کہ یہ دھوبی ان کے کپڑوں کو نہر کے کنارے پتھر کی سل پر مار مار کر نکھارنے سے پہلے ایک تتھڑے میں بکری کی مینگیوں کے ساتھ پکاتا تھا جس سے ہیکڑ سے ہیکڑ دھبے بھی صاف ہو جاتے تھے۔

باقی خاں کے دکان کے دروازے کے قریب اونچے سے کاؤنٹر کے پیچھے بیٹھے گاہکوں سے پیسے وصول کرتے تھے۔ چوں کہ ان کا کاروبار تھوک کا تھا لہٰذا دن بھر میں زیادہ سے زیادہ پندرہ بیس گاہک آ جاتے تھے۔ جب نمبر دار صاحب وہاں جاتے تو باقی خاں کاؤنٹر کے پیچھے ایک اور کرسی بچھا کر انہیں اپنے ساتھ بٹھا لیتے اور سارے دن انہیں باتوں میں مصروف رکھتے۔

ایک روز باتوں باتوں میں نمبر دار صاحب نے تذکرہ کر دیا کہ ان کی بیٹی شادی کی عمر کو پہنچ گئی ہے۔ '' ذرا نظر رکھنا۔ اگر کوئی مناسب رشتہ نظر آئے تو سلسلہ جنبانی کیا جائے ۔''

"لو اور لو، بغل میں چھورا، شہر میں ڈھنڈورا،" باقی خاں نے قہقہہ لگایا۔

"کیا مطلب؟" نمبردار صاحب نے چونک کر پوچھا۔

"بھئی نمبردار، میرا اپنا بھتیجا موجود ہے تو پھر اور کوئی لڑکا ڈھونڈنے کی کیا ضرورت ہے؟" باقی خاں نے جواب دیا۔

"اس سے اچھی بات اور کیا ہوگی کہ ہماری دوستی رشتے داری میں بدل جائے،" نمبردار صاحب نے کہا۔

"کیا تمہارے خاندان میں کوئی مناسب لڑکا نہیں ہے؟"

"دراصل میں اپنی بیٹی کی شادی خاندان سے باہر کرنا چاہتا ہوں تاکہ خاندان آگے بڑھے۔"

باقی خاں نے اُچک کر دکان کی پشت پر نظر دوڑائی۔ ایک نوجوان دو ملازموں کو کسی بات پر ڈانٹ رہا تھا۔ "ارے پیارے میاں، ذرا ادھر تو آنا،" انہوں نے آواز دی۔ نوجوان نے پلٹ کر دیکھا اور ان کے پاس آکر نمبردار صاحب کو سلام کرکے کھڑا ہو گیا۔

"جیتے رہو،" نمبردار صاحب نے جواب دیا۔

"یہ میرے بہت پرانے دوست ہیں اور تمہارے تایا کی طرح ہی ہیں،" باقی خاں نے کہا۔

"جی،" نوجوان سر ہلا کر مسکرایا۔

نمبردار صاحب نے پہلی نظر میں ہی اسے پسند کرلیا۔ دبلا پتلا چیتے جیسا کسرتی بدن، نکتا ہوا قد، باریک تراشی ہوئی موچھیں۔ باادب اور محنتی بھی لگتا تھا۔ اس سے زیادہ داماد میں اور کیا چاہیے۔ باقی خاں نے اسے اجازت دے دی اور وہ سر کے اشارے سے سلام کرکے واپس چلا گیا۔

"کہو، تمہیں لڑکا پسند آیا؟" باقی خاں نے مسکرا کر پوچھا۔

"بھئی، اگر تمہارا بھتیجا ہے تو پسند کیوں نہیں آئے گا؟" نمبردار صاحب نے کہا۔

"پھر بات پکی؟"

"بھئی، پہلے لڑکے کے والدین سے تو بات کرلو۔"

"یہ میرے چھوٹے بھائی کا بیٹا ہے جس کا انتقال جوانی میں ہی ہو گیا تھا۔ وہ دو بیٹے چھوڑ گیا تھا جن کی پرورش میں نے ہی کی۔"

"انا للہ و انا الیہ راجعون۔ خدا غریق رحمت کرے،" نمبردار صاحب نے کہا، "انتقال کیسے ہوا؟"

’’ٹی بی ہو گئی تھی۔ بہت علاج کرایا مگر موت کا علاج کوئی نہیں کر سکتا۔‘‘

’’اس میں کیا شک ہے،‘‘ نمبر دار صاحب نے جواب دیا۔

’’تو پھر میں بات پکی سمجھوں؟‘‘

’’میری طرف سے پکی ہی سمجھو۔‘‘

’’تو پھر ملاؤ ہاتھ۔‘‘

نمبر دار صاحب نے ہاتھ ملایا اور دونوں سیٹوں سے اٹھ کر ایک دوسرے سے بغل گیر ہو گئے۔

’’میں تو سوچ بھی نہیں سکتا تھا کہ اچانک یہ دوستی سمدھیانے میں بدل جائے گی۔‘‘

’’اللہ تعالیٰ مبارک کرے۔‘‘

اس طرح مقسطی خانم بیاہ کر قائم گنج چلی گئیں اور پیارے میاں ان کے خاندان میں داخل ہو گئے، مگر جذباتی طور پر خاندان کا حصہ نہ بن پائے۔ ان کا اصلی نام قہار خان تھا اور اسم با مسمیٰ تھے۔ غصہ ہر وقت ناک پر دھرا رہتا تھا۔ ایک مرتبہ سائیکل پر کہیں سے آرہے تھے۔ راستے میں ایک چھوٹی سی نہر پڑتی تھی جس پر ایک پرانی پُلیا تھی۔ جیسے ہی پُلیا سے اترے تو سامنے ایک انگریز اپنی بیوی کے ساتھ کھڑا ہوا تھا اور اس کے سامنے ایک موٹر سائیکل تھی۔ جب پیارے میاں اس کے سامنے سے گزرے تو اس نے انہیں بڑے تحکمانہ انداز میں روکا۔ پیارے میاں سائیکل سے اتر آئے۔

’’ٹُمارا نام کیا ہے؟‘‘

’’قہار خان،‘‘ پیارے میاں نے جواب دیا۔

’’دیکھو، یہ موٹر سائیکل گیراج میں لے کر مرمّت کراؤ اور اس کو بولو کہ پولیس چوکی میں چھوڑ دے۔‘‘

پیارے میاں غصے سے لال پیلے ہو رہے تھے مگر کچھ بولے نہیں۔ اس انگریز نے ان سے سائیکل لی اور اپنی بیوی کو اشارہ کیا کہ سائیکل کے ڈنڈے پر بیٹھ جائے۔ جیسے ہی اس نے پیڈل پر پاؤں رکھا، پیارے میاں نے کیرئیر میں انگلیاں پھنسائیں اور سائیکل ایک جھٹکے کے ساتھ رک گئی۔ انہوں نے آگے بڑھ کر دونوں ہاتھوں میں اس کی گردن جکڑ کر اپنی طرف کھینچ لیا۔ سائیکل کے ساتھ اس کی بیوی گری اور انگریزی میں مغلظات بکتی ہوئی اپنے شوہر کو بچانے کے لیے ان کی جانب بڑھی۔ انہوں نے اسے اپنی کہنی مار کر دھکا دیا اور وہ مدد کے لیے چیختی ہوئی پُلیا کی دوسری جانب دوڑی۔ جب ان کا شکار کچھ دیر ہاتھ پاؤں مار کر ٹھنڈا

ہو گیا تو انہوں نے اس کی گردن چھوڑ کر اپنی سائیکل اٹھائی اور بڑ بڑاتے ہوئے پیڈل پر پاؤں رکھ دیا، ''سمجھتے ہیں کہ ہم ان کے باپ کے نوکر ہیں۔''

کسی انگریز کا راستہ چلتے ہوئے گلا گھونٹ کر قتل کر دینا ہنسی کھیل نہیں تھا۔ چنانچہ محلّے محلّے میں قہار خان کی تلاش میں ڈھنڈورے پٹنا شروع ہو گئے۔ پولیس اور سی آئی ڈی والے دن بھر ان کے محلّے میں ہر ایک سے قہار خان کے متعلق پوچھتے پھرتے لیکن اگر کوئی قہار خان کا نام جانتا ہوتا تو بتاتا۔ لوگ تو انہیں پیارے میاں کے نام سے جانتے تھے۔ ایک بار خود پیارے میاں سے ایک سی آئی ڈی والا آ ٹکرایا مگر انہوں نے بھی لاعلمی ظاہر کر دی۔

یہ ان دنوں کی بات ہے جب انگریز ہندوستان سے بھاگ رہا تھا۔ چار سُو افرا تفری اور بد نظمی تھی۔ پاکستان بننے کی تیاری ہو رہی تھی اور ہر طرف زندہ باد اور مردہ باد کے نعرے لگ رہے تھے۔ آہستہ آہستہ سی آئی ڈی والوں کی آمد کم ہوتے ہوتے ختم ہی ہو گئی۔

***

جب پاکستان بنا تو باقی خاں اور ان کے فرخ آبادی پارٹنر، مرزا واصل بیگ، لٹ لٹا کر پاکستان آ گئے اور حیدر آباد سندھ پہنچے کیوں کہ ان کے کچھ عزیز حیدر آباد میں آ کر بسے تھے۔ انہوں نے بھنگی پاڑے میں برابر برابر دو جھگیاں ڈال لیں اور وہاں گھی بنانا شروع کر دیا۔ سر شام ہی باقی خاں کی جھگی کے سامنے شہر بھر کے دودھ والوں کا جمگھٹ لگ جاتا تھا جو اپنی دن بھر جمع کی ہوئی بالائی کا اسٹاک بیچنے کے لیے آتے تھے۔ ان کی بالائی تول کے حساب سے خریدی جاتی تھی اور ہر دودھ والے کا حساب رکھا جاتا تھا۔ مہینے کے آخر میں جس کے جتنے پیسے بنتے وہ اسے ادا کر دیے جاتے تھے۔ رات کو بڑے بڑے مٹکوں میں اس بالائی کو تھوڑا سا دہی ڈال کر بلو یا جاتا اور برف ڈال کر ٹھنڈا ہونے کے لیے رکھ دیا جاتا جس سے تازہ گھی اوپر آ جاتا تھا۔ نیچے جو ٹھنڈا ٹھنڈا چھاچھ بچتا تھا وہ محلے میں بک جاتا تھا اور ناشتے میں رات کی باسی روٹی کے ساتھ پیا جاتا تھا۔

قیام پاکستان کے زمانے میں ہر چیز کی کمی تھی لہٰذا چینی، آٹا اور دیگر کئی اشیا راشن سے ملتی تھیں اور شہر میں جگہ جگہ راشن شاپس کھلی ہوئی تھیں۔ رسالہ روڈ پر پولیس لائن کی طرف سے آتے ہوئے لچپت روڈ سے پہلے ایک گلی نکلتی ہے جس میں آگے چل کر ایک سبزی منڈی تھی۔ وہاں سبزی فروش زمین پر اپنی اپنی

دکانیں سجا لیتے تھے اور سبزیوں کو تر و تازہ رکھنے کے لیے گا ہے گا ہے ان پر ٹھنڈا پانی چھڑکتے رہتے تھے۔ سبزی منڈی کے نکڑ پر بھی ایک راشن شاپ تھی جس کے سامنے باقی خاں نے لکڑی کا ایک کیبن خرید لیا اور وہاں گھی بیچنا شروع کر دیا۔ کیبن کے اوپر وہی بورڈ لگا دیا جو ہندوستان سے اپنے ساتھ لے آئے تھے اور اس پر جلی حروف میں لکھا تھا ''فرخ آباد قائم گنج والوں کی دکان''.

4

نمبردار صاحب اور ان کے والد اپنے خاندان میں بس دو افراد تھے جو پاکستان نہیں آئے حالاں کہ بڑے نمبردار صاحب کٹّر مسلم لیگی تھے۔ دن رات قائدِ اعظم کے گُن گاتے تھے اور جہاں مسلم لیگ کا جلسہ ہوتا وہاں پہنچ جاتے۔ وہ 1940 میں لاہور میں منٹو پارک کے اس اجلاس میں بھی موجود تھے جب شیرِ بنگال مولوی فضل الحق نے قرار داد لاہور پیش کی تھی جس کے مطابق مسلم اکثریت کے علاقوں میں خود مُختاری کا مطالبہ کیا گیا تھا۔ جلسہ گاہ میں شُرکاء کا سمندر ٹھاٹھیں مار رہا تھا اور اس میں بڑے نمبردار صاحب نے امیرِ ملت محمد علی جناح زندہ باد کے نعروں کی گونج میں اپنا ہاتھ کھڑا کر کے قرار داد کے حق میں اپنا فیصلہ سنا دیا تھا۔ ان کا خیال تھا کہ خود مُختاری سے مراد انتظامی خود مُختاری تھی اور مسلم اکثریت کے علاقوں کا تعین صوبوں، ضلعوں، تحصیلوں، شہروں اور محلوں کی حد تک ہونا تھا۔ انہیں اس سے غرض نہیں تھی کہ خود مُختار علاقے کیسے ہوں گے ،اور کہاں ہوں گے ۔

بڑے نمبردار صاحب 1946 کے انتخابات میں پیش پیش تھے۔ ان کے گاؤں میں مسلم لیگ اور کانگریس کے امیدواروں کے ووٹر دو میدانوں میں جمع کیے گئے اور گنتی کے وقت دونوں میدانوں میں لوگوں کی تعداد گن لی گئی۔ وہ سارا دن لوگوں کو پکڑ پکڑ کر اور ان کی ٹھوڑیوں میں ہاتھ ڈال کر مسلم لیگ کے میدان میں جمع کرتے رہے تھے۔ جب پاکستان کا تصور اور نام سامنے آیا تو ان کا منہ کھلے کا کھلا رہ گیا۔ معلوم ہوتا تھا کہ مسلمانوں کو ہندوستان سے نکالنے کی سازشیں ہو رہی ہیں۔ عام لوگوں کو اس سے غرض نہیں تھی اور نہ کوئی اندازہ تھا کہ پاکستان کیسا ہو گا ،اور کہاں ہو گا۔

29

جب 1947 میں ملک کا بٹوارا ہوا تو بڑے نمبردار صاحب بڑے دل برداشتہ ہوئے۔ان کا سوال تھا کہ یہ کیسی خود مختاری ہے جس میں ان کا شہر،ان کا محلہ اور ان کا گھر شامل نہیں ہے حالاں کہ مسلمانانِ ہند میں ان کا بھی نام آتا ہے اور ان کے محلے میں مسلمانوں کی اکثریت بھی ہے۔انہیں حیرت تھی کہ اُن کے مطابق وہ ٹوٹا پھوٹا، لولا لنگڑا پاکستان جو ماؤنٹ بیٹن، پٹیل،اور نہرو نے ایک ہڈی کی طرح پھینکا تھا اسے مسلم لیگ نے قبول کر لیا۔ان کے نزدیک اگر انگریزوں کے فرار ہونے کے بعد مسلم لیگ اپنی جدوجہد جاری رکھتی تو کم از کم ان کا محلہ تو پاکستان میں آجاتا اور ممکن تھا کہ اتنی خون ریزی بھی نہ ہوتی۔ جب ان کے عزیزوں نے پاکستان کے لیے رخت سفر باندھتے وقت ان سے چلنے کے لیے کہا تو انہوں نے یہ کہہ کر انکار کر دیا کہ یہ وہ پاکستان تو نہیں ہے جس کا خواب انہوں نے دیکھا تھا۔

''پاکستان صرف بنگال اور سندھ نے نہیں بنایا تھا۔اس میں ہمارے ووٹ بھی شامل تھے بلکہ مسلم لیگ کی اکثریتی سیٹیں تو ان علاقوں کی تھیں جن کو پاکستان میں شامل نہیں کیا گیا،''انہوں نے اپنے بیٹے سے کہا۔

''ابا جان،اب تو پاکستان بن گیا ہے،جیسا بھی بنا ہے،''نمبردار صاحب نے دبے الفاظ میں جواب دیا۔

''تمہارا کہنا صحیح ہے۔ہماری قوت کا مرکز اب پاکستان ہی ہے، مگر دکھ اس بات کا ہے کہ ہمارے ساتھ دھوکا ہوا۔اگر ہمیں پاکستان میں شامل نہیں کیا جانا تھا تو ہمیں پہلے ہی بتا دیتے تاکہ ہم نعرے لگا لگا کر اپنے ہی وطن میں دشمن نہ سمجھے جاتے۔''

''دھوکا تو سب کے ساتھ ہوا۔مسلم لیگ کے ساتھ بھی ہوا مگر پاکستان تو بھاگتے چور کی لنگوٹی ہے۔ اگر مسلم لیگ قبول نہ کرتی تو یہ بھی نہ ملتا۔''

''خیر،جو ہوا سو ہوا۔اب میری طرف سے تمہیں اجازت ہے کہ تم بچوں کو لے کر پاکستان چلے جاؤ۔ ہندوستان میں مسلمانوں کے مستقبل کا انحصار اب اس بات پر ہے کہ پاکستان کتنا مضبوط ہوتا ہے۔اگر پاکستان کم زور ہوا تو یہاں مسلمان گاجر مولی کی طرح کاٹے جائیں گے۔''

نمبردار صاحب کا خیال تھا کہ مسلمانانِ ہند کے لیے جب ایک خود مختار ملک بنا دیا گیا ہے تو ان کے مذہب، تہذیب، ثقافت، زبان اور حقوق کی حفاظت صرف وہیں ہو سکتی ہے، لہٰذا ہندوستان میں بسنے والے ہر مسلمان کا فرض ہے کہ وہ ہجرت کر کے وہیں بسے کیوں کہ اب ہندوستان میں اس کی شناخت کو قائم رکھنا اور باعزت طریقے سے اپنے بچوں کی پرورش کرنا ممکن نہیں ہے۔

ان کی مجبوری یہ تھی کہ وہ اپنے بوڑھے باپ کو چھوڑ کر نہیں جاسکتے تھے اور نہ انہیں مجبور کر سکتے تھے کہ وہ اپنی انا کو بالائے طاق رکھ کر پاکستان چلیں۔ دوسری جانب انہیں اپنی اولاد کا مستقبل عزیز تھا۔ کئی روز اسی ادھیڑ بن میں لگے رہے۔ آخر انہوں نے مُنّوں میاں کو بلایا اور اپنے دل کی بات کہہ دی۔

''بیٹے، میرا مشورہ ہے کہ آپ پاکستان چلے جائیں،'' انہوں نے کہا۔

''ابا جان، کیا میں اکیلا پاکستان چلا جاؤں؟'' مُنّوں میاں نے پوچھا۔

''نہیں بھئی، اپنی دلہن کو بھی لے جائیں بلکہ میں تو کہتا ہوں کہ اپنی بہن اور بہنوئی کو بھی لے جائیں۔''

''تو آپ اور داد جان؟''

''ہم یہیں رہیں گے۔''

''مگر ابا جان، ہم آپ کو یہاں تنہا چھوڑ کر کیسے جاسکتے ہیں؟''

''آپ اپنے باپ کو تنہا نہیں چھوڑ سکتے اور آپ کا باپ اپنے باپ کو تنہا نہیں چھوڑ سکتا،'' نمبردار صاحب نے مسکرا کر کہا۔

''تو پھر داد اجان کو بھی لے چلیں۔''

''آپ کے داد اجان جانے کے لیے تیار نہیں ہیں۔''

''تو ہمیں بھی جانے کی کیا ضرورت ہے، یہاں اللہ کا دیا سب کچھ ہے۔''

''ہے، مگر زیادہ عرصہ نہیں رہے گا۔ وقت کے ساتھ ساتھ ہم پر عرصہ حیات تنگ ہوتا جائے گا۔''

''میرا خیال ہے کہ وہ ایک طوفان تھا جو آیا اور گزر گیا۔''

''نہیں بیٹا، اب یہ طوفان آتے رہیں گے۔ فی الحال دو طوفانوں کے درمیان خاموشی ہے جو کسی لمحے بھی ٹوٹ سکتی ہے۔ بقول شاعر، بارش کی علامت ہے کہ ہوتی ہے ہوا بند۔''

''خدا کرے کہ ایسا نہ ہو۔''

''حالات ہماری خواہشات کے تابع نہیں ہوتے۔ اب جب کہ ہم نے اپنے لیے ایک ملک بنالیا ہے تو ہم سے یہی پوچھا جاتا رہے گا کہ ہم یہاں کیا کر رہے ہیں، اپنے ملک کیوں نہیں چلے جاتے۔''

مُنّوں میاں کے لیے اپنے والد کی بات ماننے کے سوا کوئی چارہ نہیں تھا۔ انہوں نے چلتے وقت اس قبرستان میں جاکر فاتحہ پڑھی جہاں ان کے بزرگ دفن تھے۔ جب وہ رخصت ہونے سے پہلے اپنے داد اسے

گلے ملنے کے لیے گئے تو انہوں نے پوتے کو بڑی دیر تک سینے سے چمٹائے رکھا اور اس کی پیٹھ پر تھپکی دے کر خدا حافظ کہہ دیا۔

بڑے نمبردار صاحب نے ملک کے بٹوارے کو تو تسلیم کر لیا مگر خاندان کے بٹوارے کو نہ سہہ سکے اور اگلی رات حرکت قلب بند ہونے کی بنا پر اپنے بیٹے کو روتا دھوتا چھوڑ کر رخصت ہو گئے۔ جس وقت ان کی میت قبر میں اتاری جا رہی تھی اس وقت مُنّوں میاں اور ان کی بیوی، مع ان کی بہن اور بہنوئی کے سرحد پار کر کے پاکستان میں داخل ہو رہے تھے۔

***

حیدرآباد سندھ میں سکونت اختیار کرنے کا کوئی جواز تو نہیں تھا کیوں کہ مُنّوں میاں کی ددھیال کے سارے عزیز لاہور سے پشاور تک پھیلے ہوئے تھے، مگر ان کے والد نے انہیں اپنے ایک پرانے دوست کا پتہ دے دیا تھا جو حیدرآباد میں قیام پاکستان سے پہلے ہی آبسے تھے اور وہاں انہوں نے کوئی فیکٹری قائم کی تھی۔ جب وہ اس فیکٹری کے پتے پر پہنچے تو معلوم ہوا کہ پرانے مالک فیکٹری بیچ کر لاہور منتقل ہو گئے ہیں۔

اجنبی ملک، اجنبی شہر، اجنبی لوگ، اجنبی ماحول، اور اوپر سے گھر میں بیوی اور بہن پہلی زچگی کے لیے تیار۔ وہ اپنی بہن کے لئے بھی پریشان رہتے تھے۔ بہنوئی حسبِ معمول کسی بات پر ناراض ہو کر گھر چھوڑ گئے تھے حالاں کہ گھر میں بیوی کو نواں مہینہ چل رہا تھا۔ جب سے وہ مُنّوں میاں کے گھرانے کا حصہ بنے تھے تب سے ان کا یہی وتیرہ تھا۔ بات بات پر ناراض ہو کر گھر چھوڑ جاتے تھے اور دو چار ہفتوں کے بعد اس طرح واپس آ جاتے جیسے کچھ ہوا ہی نہیں۔ نہ جانے نمبردار صاحب نے ان میں کیا خوبی دیکھی تھی کہ اپنی بیٹی کا ہاتھ ان کے ہاتھ میں دے دیا تھا، سوائے اس کے کہ وہ ان کے دوست کے بھتیجے تھے۔

مُنّوں میاں خیالات میں گم، خستہ حال، بکھرے بال، سر جھکائے ہوئے شاہی بازار سے گزر رہے تھے کہ کسی سے ٹکراتے ٹکراتے بچے۔ سر اٹھا کر دیکھا تو سامنے ایک جانی پہچانی صورت دیکھ کر انہیں اپنی آنکھوں پر یقین نہ آیا۔ وہی پکار رنگ، چھوٹا سا قد، گول مٹول، سفید شلوار قمیص، سر پر مٹیالے بال اور ان پر سفید دوپٹہ، چہرہ چیچک سے داغ دار، کلے میں پان کی گلوری سے پھولا ہوا رخسار اور بغل میں دبی ہوئی میلی سی پوٹلی۔ وہ سوفی صدّ عائشہ دائی تھیں۔ ان کے بائیں کاندھے پر دوپٹے کا جو پلو پڑا رہتا تھا اس پر وہ سرخ نشان

بھی موجود تھا جو ہمیشہ ہوتا تھا۔ دراصل پان کی پیک ان کی باچھوں سے رستی رہتی تھی جسے وہ گاہے گاہے اپنے دائیں ہاتھ کے انگوٹھے اور شہادت کی انگلی سے پونچھ کر اپنے بائیں پلو پر صاف کر لیتی تھیں۔ ان کے دائیں انگوٹھے اور انگشت شہادت کی پوروں سے ہمیشہ سرخی جھلکتی رہتی تھی۔

''ارے عائشہ خالہ، آپ؟'' مُنّوں میاں نے حیران ہو کر پوچھا۔

''ارے میاں، آپ؟'' عائشہ دائی خود حیران تھیں۔

ہندوستان میں مُنّوں میاں کے گھرانے میں سارے بچے ماں کے پیٹ سے سیدھے نکل کر عائشہ دائی کے ہاتھوں میں آتے تھے۔ اس پاس کے جتنے گاؤں تھے ان میں عائشہ دائی کے ہاتھوں ہی زچگی ہوتی تھی۔ وہ گاؤں گاؤں گھومتی پھرتی تھیں اور انہیں معلوم تھا کہ کس کس گاؤں میں کون کون امید سے ہے۔ جب زچگی کا وقت آتا تو گرد و نواح کے قصبہ جات میں عائشہ دائی کی تلاش میں ڈھنڈور اپیٹ جاتا اور وہ کسی نہ کسی گاؤں میں مل ہی جاتی تھیں۔

قصہ مختصر، مُنّوں میاں عائشہ دائی کو تانگے میں بٹھا کر گھر لے آئے۔ آتے ہی انہوں نے نند اور بھاوج کا معائنہ کیا اور وعدہ کیا کہ وہ باقاعدگی سے چکّر لگاتی رہیں گی کیوں کہ کسی دن بھی زچگی ہونے کا امکان تھا۔ خوش قسمتی سے وہ نزدیک ہی رہتی تھیں اور واپسی میں مُنّوں میاں ان کا گھر بھی دیکھ آئے۔

وعدے کے مطابق عائشہ دائی روزانہ آ کر کچھ وقت مشفقی بیگم اور مقسطی خانم کے ساتھ گزار تیں۔ ان کی بغل میں اکثر ایک چھوٹی سی پوٹلی دبی ہوتی جسے آتے ہی الماری میں رکھ دیتیں۔ ایک دن مشفقی بیگم نے پوچھ ہی لیا۔ ''خالہ، یہ پوٹلیاں کیسی جمع کر رہی ہیں؟''

''ارے بِٹیا، جو چیتھڑے وتھرے، گودڑ گادر ملتا ہے، وہ لے آتی ہوں۔ تم بھی پھٹے پرانے کپڑے رکھ لیا کرو، ضرورت پڑے گی،'' انہوں نے جواب دیا۔

''خالہ، آپ تو ڈرا رہی ہیں۔''

''ارے نا بِٹیا، میں تو نہ جانے کتنی زچگیاں کرتی ہوں۔ کہیں نہ کہیں تو کام آتے ہیں۔''

''میں تو سمجھی کہ خون کے دریا بہیں گے،'' مشفقی بیگم نے کہا۔

''بیٹی، تمہیں گھبرانے کی کوئی ضرورت نہیں ہے،'' انہوں نے مشفقی بیگم کے سر پر ہاتھ پھیرتے ہوئے جواب دیا، ''عورتیں اماں حوا کے زمانے سے بچے جنتی آ رہی ہیں۔ یہ تو خدا نے ہمارے لیے لکھ دیا ہے۔''

جب مقسطیٰ خانم کو درد زہ شروع ہوا تو مُنّوں میاں جاکر عائشہ دائی کو لے آئے۔ انہوں نے بتلایا کہ ابھی کافی وقت باقی ہے۔ شام ہوتے ہوتے مقسطیٰ خانم کے دردوں کا وقفہ کم ہوتا گیا اور شدت بڑھتی گئی۔ جب عائشہ دائی ان کا معائنہ کرکے کمرے سے باہر نکلیں تو مشفقی بیگم اپنے پیٹ پر ہاتھ رکھے آنگن میں کھٹری کچھ سوچ رہی تھیں۔

’’کیوں بِٹیا، خیریت تو ہے؟‘‘ عائشہ دائی نے پوچھا۔

’’بس خالہ، میرا خیال ہے کہ میں بھی تیار ہوں،‘‘ مشفقی بیگم نے جواب دیا۔

’’اچھا، تو اپنی نند کی حرص کر رہی ہو،‘‘ وہ مشفقی بیگم کے کاندھے پر ایک ہلکی سی دھپ مار کر بولیں، ’’پہلے انہیں تو فارغ ہو لینے دو۔‘‘

’’ٹھیک ہے خالہ۔ اگر آپ کہتی ہیں تو میں انتظار کرلوں گی،‘‘ مشفقی بیگم نے معصومیت سے جواب دیا۔

’’ارے نا بِٹیا، میں تو مذاخ کر رہی تھی،‘‘ انہوں نے ہنس کر کہا۔

’’آپ تو سمجھتی ہی ہیں خالہ۔ ہم دونوں کا پہلا بچہ ہے، کوئی اور مدد کرنے والا بھی نہیں ہے۔‘‘

’’تم فکر کیوں کرتی ہو بِٹیا؟ میں ہوں نا،‘‘ عائشہ دائی نے جواب دیا، ’’میں رات کو یہیں رہوں گی اور تم دونوں کو فارغ کرکے ہی جاؤں گی۔‘‘

ایک کمرے میں مشفقی بیگم تھیں اور دوسرے میں مقسطیٰ خانم۔ عائشہ دائی باری باری ایک کمرے سے دوسرے کمرے میں حاضری دے رہی تھیں۔ آخرکار جب پڑوسی کے مرغے نے دیوار پر چڑھ کر اذان دی تو مشفقی بیگم کے کمرے سے پہلی بار نوزائیدہ بیٹے کے رونے کی آواز آئی اور اس کے ٹھیک سوا گھنٹے کے بعد جب محلے کی مسجد سے فجر کی اذان کی آواز آئی تو برابر کے کمرے سے مقسطیٰ خانم کی بیٹی پیدا ہوتے ہی گلا پھاڑ کر روئی۔ مُنّوں میاں نے دونوں بچوں کو گود میں لے کر پہلے بیٹے کے کانوں میں اذان دی پھر بنجی کے کانوں میں۔

پیدائش کے ساتویں روز انہوں نے دونوں بچوں کا عقیقہ کیا۔ مقسطیٰ خانم نے بیٹی کا نام سکینہ خاتون رکھا مگر فیصلہ کیا کہ اسے کہکشاں کے نام سے پکارا جائے گا۔ مُنّوں میاں نے بیٹے کا نام کیقباد خان رکھا۔ دراصل مُنّوں میاں کو ایرانی تہذیب سے عِشق تھا۔ فردوسی کا شاہ نامہ ان کے تکیے کی دائیں جانب رکھا رہتا تھا اور وہ سوتے وقت پابندی سے ایک آدھ صفحہ اس طرح پڑھتے تھے جس طرح بہت سے لوگ

سونے سے پہلے چھ کلمے اور آیتہ الکرسی پڑھ کر اپنے اوپر پھونک لیتے ہیں۔ جہاں شاہ نامے میں رستم، سہراب، منوچہر اور افراسیاب ملتے ہیں وہیں کیقباد بھی ملتا ہے جس نے قدیم ایران پر سو سال تک حکومت کی تھی اور اسی کے نام پر انہوں نے بیٹے کا نام رکھا مگر مشفقی بیگم کو یہ نام قطعی پسند نہیں آیا۔ چناں چہ یہ فیصلہ ہوا کہ پیدائشی نام تو کیقباد ہی ہوگا مگر عرفیت جاوید ہوگی۔

حالاں کہ جاوید اور کہکشاں ایک ہی گھر میں، ایک ہی دن اور ایک ہی دائی کے ہاتھوں پیدا ہوئے مگر جیسے جیسے دونوں بڑے ہوئے تو معلوم ہوا کہ دونوں کی شخصیتوں میں زمین و آسمان کا فرق ہے۔ جاوید نرم گفتار تھا اور بلا ضرورت اپنی آواز اونچی نہیں کرتا تھا۔ اس کے بر خلاف کہکشاں تیز طرّار تھی اور ہمیشہ چیخ کر بولتی تھی۔ جب جاوید اسے سمجھاتا کہ لڑکیاں چیخم دھاڑ کرتی ہوئی اچھی نہیں لگتیں تو کہتی کہ دنیا صرف انہیں سنتی ہے جو زور سے بولتے ہیں۔ اسکول کے زمانے میں اگر کبھی جاوید کو تنگ کرتی تو وہ اسے بڑے پیار سے سمجھاتا، ''دیکھو، میں تم سے بڑا ہوں اس لیے میری عزت کیا کرو اور میرا کہنا مانا کرو۔''

''اچھا جی، ذرا بزرگوار کو تو دیکھو،'' وہ جاوید کی طرف ہاتھ سے اشارہ کرکے کہتی، ''تم مجھ سے صرف سوا گھنٹے بڑے ہو۔ اگر اتنے بد صبرے نہ ہوتے تو میں تم سے بڑی ہوتی۔''

''پھر بھی، سوا گھنٹہ ہو یا سوا سال، بڑا تو ہوں۔''

''ٹھیک ہے۔ قبلہ و کعبہ۔ آئندہ آپ کو عزت و تکریم کے ساتھ مخاطب کیا کروں گی،'' وہ ہاتھ جوڑ کر کہتی۔

مقسطیٰ خانم کا خیال تھا کہ جاوید کے آہستہ بولنے کی وجہ یہ تھی کہ اس کی پیدائش کا اعلان پڑوسی کے بوڑھے مرغے نے بڑی نحیف آواز میں اذان دے کر کیا تھا، جب کہ کہکشاں کی پیدائش کا اعلان محلے کی مسجد کے مولوی صاحب کی اذان سے ہوا تھا جو خاصے موٹے تازے تھے اور ان کی اذان پورے محلے میں سنائی دیتی تھی۔

***

جب جاوید کو اسکول میں داخل کیا گیا تو اس کا نام کیقباد خان لکھا گیا۔ اسے پہلی بار احساس ہوا کہ اس کے نام میں کوئی نقص ہے کیوں کہ دوسرے بچے جس جس طرح اس کے نام کو بگاڑ سکتے تھے، بگاڑتے

35

تھے۔ جتنے منہ اتنے نام۔ جب صبح کو اس کے کلاس ٹیچر حاضری لیتے وقت کیقباد خان کی صدا لگاتے تو پوری کلاس میں کھی کھی شروع ہو جاتی۔ کئی بچے اسے کیک بیڈ کہتے تھے جس سے سوکھے ہوئے باسی کیک کا گمان ہوتا تھا۔ ایک بچہ جو ہکلاتا تھا، اسے مستقل کیقباد کہتا تھا۔ اس کی دیکھا دیکھی اور بچوں نے اسے صرف قق قق کہنا شروع کر دیا۔ غرض یہ کہ اسے اپنے نام سے چڑ ہو گئی۔ اس نے سب کو بہتیرا سمجھایا کہ اس کا نام جاوید ہے مگر سوائے اکّا دکّا گہرے دوستوں کے، سب بچے اس کے نام کا مذاق اڑاتے رہے۔ آخر اس نے تنگ آ کر اپنے والد سے کہا کہ وہ اسکول میں اس کا نام تبدیل کرا دیں۔ مُنّوں میاں نے اس کے کلاس ٹیچر کے نام ایک پرچہ لکھ کر اسے دیا اور اگلے روز سے صبح کو حاضری کے وقت اسے جاوید خان کہہ کر پکارا جانے لگا، مگر اسکول کے ساتھیوں کو اسے کیقباد کہنے کی عادت پڑ گئی تھی، اور عادتیں تو جاتے ہی جاتی ہیں، لہٰذا اسے کیقباد سے جاوید ہوتے ہوتے پورا سال لگ گیا۔

5

حیدرآباد چھاؤنی میں اس زمانے میں پاکستان آرمی کا پورا بریگیڈ متعین تھا جس میں فرنٹیئر فورس، پنجاب رجمنٹ اور بلوچ رجمنٹ کی ایک ایک بٹالین تھی۔ جاوید اور کہکشاں کا بچپن ان بچوں کے ساتھ گزرا جن کا تعلق فرنٹیئر فورس سے تھا الہٰذا وہ دونوں بھی پشتو میں گالیاں اسی روانی سے بکتے تھے جس طرح وہ بچے بکتے تھے جن کی مادری زبان پشتو تھی۔

ہجرت سے پہلے مُنّوں میاں کو اندازہ نہیں تھا کہ پاکستان میں ان کا حشر ایک نوزائیدہ بچے جیسا ہوگا۔ انہوں نے زندگی میں نہ کوئی ملازمت کی تھی اور نہ تجارت۔ پیسہ بھی پاس نہیں تھا کہ بیٹھ کر کھا سکیں۔ بزرگوں نے زندگی بھر زمین داری کی اور اس کی آمدنی بھی ملازمین کے خاندانوں کو پالنے میں نکل جاتی تھی۔ کسی زمانے میں بڑے اللّے تللّے تھے مگر جب ان کا وقت آیا تو بس دال روٹی کا سہارا رہ گیا۔ روکھی سوکھی کھاتے تھے اور خدا کا شکر ادا کرتے تھے کہ سفید پوشی کا بھرم قائم تھا۔ جہاں تک تعلیم کا تعلق ہے تو وہ بھی ایسی نہیں تھی کہ کوئی پیشہ اختیار کر سکیں۔ انگریزی زبان سے نابلد تھے۔ بڑے نمبردار صاحب اپنی جوانی میں انگریزی سرکار کے گرویدہ تھے اور انگریزوں کے لہجے میں ہی انگریزی بولتے تھے۔ جب انگریز افسران اُن کے علاقے سے گزرتے تھے تو ان ہی کی کوٹھی پر قیام و طعام کا انتظام ہوتا تھا۔ جب بڑھاپا آیا تو انہوں نے مولانا اشرف علی تھانوی سے متاثر ہو کر دیوبندی مسلک اختیار کر لیا اور انگریزی تعلیم کو حرام قرار دے دیا۔ چنانچہ انہوں نے اپنے پوتے کو انگریزی سے دور رکھا مگر اردو میں کوئی مُنّوں میاں کا مقابلہ نہیں کر سکتا تھا۔ فارسی میں گلستاں، بوستاں اور شاہ نامے کے علاوہ کئی اور کتابیں پڑھی تھیں۔ رومی کے پرستار تھے اور مثنوی شروع سے آخر تک پڑھی تھی۔ سیاق کی تعلیم البتہ انہوں نے باقاعدگی سے حاصل کی تھی، جو پرانے

زمانے کی اکاؤنٹنگ ہوتی تھی اور جس میں زمینوں کا حساب کتاب، سرخ رنگ کے بھی کھاتوں پر لکھا جاتا تھا۔ پاکستان آکر انہیں معلوم ہوا کہ ان کا سیاق کا علم بھی بے کار ہے۔

ان ہی دنوں میں مُنّوں میاں کی دوستی خان صاحب سے ہوگئی۔ نام تو ان کا عطا محمد شنواری تھا مگر خان صاحب ہی کہلاتے تھے۔ ان کا تعلق کوہاٹ سے تھا اور وہ آرمی کی کینٹین ٹھیکے پر چلا رہے تھے۔ یہ ایک قسم کا جنرل اسٹور تھا جس میں نسوار سے لے کر دندا سہ تک، روزمرہ کی ضروریات کی تمام اشیا ملتی جاتی تھیں۔

پہلی مرتبہ ملنے والا، خان صاحب کی شخصیت سے بے حد مرعوب ہوتا تھا۔ خاصے طویل القامت تھے۔ سرخ و سفید رنگ، بھرا بھرا جسم، ملیشیا کی شلوار قمیص، اور سر پر نسواری رنگ کی ٹوپی پہنتے تھے جسے کپکول کہتے ہیں۔ سر کے بال اور داڑھی کو مہندی سے رنگتے تھے اور بڑی بڑی شربتی آنکھیں ہر وقت مسکراتی رہتی تھیں۔ ان کی عادت تھی کہ گاہے گاہے اپنی داڑھی کو مٹھی میں پکڑتے اور نیچے دو انگلیاں لگا کر جائزہ لیتے رہتے کہ کہیں ان کی داڑھی ایک مشت اور دو انگل کی شرعی حد سے تجاوز تو نہیں کرگئی۔ اگرچہ انگریزی میں اچھی خاصی دسترس تھی مگر بلاضرورت اپنی گفتگو میں انگریزی الفاظ کے استعمال کو بدعت کے زمرے میں شمار کرتے تھے۔ ان کی اردو میں فارسی کی آمیزش تھی مگر بولتے پشتو لہجے میں تھے جو ان کے منہ سے بڑی اچھی لگتی تھی۔ جہاں ضرورت پڑتی، گفتگو میں پشتو کی کہاوتیں چسپاں کرتے چلے جاتے۔ جب مُنّوں میاں نے انہیں بتایا کہ وہ بھی پٹھان ہیں اور ان کا تعلق بٹنی قبیلے سے ہے تو انہوں نے کھڑے ہو کر مُنّوں میاں کو گلے لگا لیا اور اس دن سے انہیں برادر من کہہ کر مخاطب کرنے لگے۔

***

خان صاحب رات کو اس بیرک کے سامنے کرسیاں بچھا کر محفل جماتے تھے جس میں ان کی کینٹین تھی۔ مہمانوں کی تواضع حقے اور نسوار سے کرتے تھے۔ ان کی کینٹین میں کئی قسم کی نسوار بنتی تھی۔ ملازمین تمباکو کے پتوں میں گوند، چونا اور راکھ ملا کر پتھر کی اوکھلیوں میں لکڑی کے موٹے موٹے موصلوں سے سارا دن کوٹتے اور گاہے گاہے پانی کے چھینٹے دیتے جاتے یہاں تک کہ مل ملا کر سبز رنگ کا ایک مرکب تیار ہو جاتا جسے چھوٹے چھوٹے کنستروں میں پیک کرتے تھے۔

گاہک نسوار خریدنے کے لیے اپنی خالی ڈبیا دے دیتا اور کاؤنٹر کا کھڑا لڑکا کنستر سے چمچے میں نسوار بھر

کر ڈبیہ میں جما دیتا۔ اگر کسی کے پاس اپنی ڈبیہ نہ ہو تو اسے خالی ڈبیہ خریدنی پڑتی تھی: چونّی کی نسوار اور اکنّی کی ڈبیہ۔

خان صاحب کا دعویٰ تھا کہ ان کی نسوار بنّوں کی نسوار سے کسی طور کم نہیں تھی۔ اس کے علاوہ ان کے یہاں کالی نسوار بھی تیار کی جاتی تھی جو چارسدہ اور صوابی کی نسواروں کا مقابلہ کرتی تھی۔ وہ جب نسوار کی ڈبیہ کھولتے تو پہلے اسے دیر تک سونگھتے رہتے۔ پھر ایک چٹکی لے کر دوسرے ہاتھ سے اپنا زیریں لب کھینچ کر اس کے پیچھے بڑی احتیاط سے نسوار کی تہہ جماتے۔

’’خان صاحب، اگر آپ کا بس چلے تو نسوار کا عطر کشید کر کے کپڑوں پر چھڑک لیں،‘‘ مُنّوں میاں نے کہا۔

خان صاحب سوچ میں پڑ گئے اور پھر چونک کر بولے، ’’برادرِ من، آپ نے لاکھ روپے کی بات کہی ہے۔ ذرا اور غور کر کے مجھے مشورہ دیں۔ ممکن ہے کہ اس میں تجارت کا کوئی پہلو نکل آئے۔‘‘

ان کی محفل میں ہر آنے والے کو نسوار پیش کی جاتی اور وہ ایک چٹکی لے کر نچلے ہونٹ کے پیچھے دبا لیتا۔ تمباکو کے نشے کا سرور اس کے زیریں دانتوں سے رِس رِس کر جب زبان کی جڑ تک پہنچتا تو وہ زمین پر پچکاری مارنے سے پہلے نسوار کے رس کو اپنے منہ میں ٹہلا ٹہلا کر لذت کو دو بالا کرتا۔ جن مہمانوں کو نسوار کی عادت نہیں تھی ان کو حقہ پیش کیا جاتا تھا۔ خان صاحب نسوار بھی کھاتے تھے اور حقہ بھی پیتے تھے، بلکہ وقفے وقفے سے اپنی جیب سے سونگھنے والی نسوار کی ڈبیہ نکالتے اور دونوں نتھنوں میں ایک ایک چٹکی چڑھا کر نشے کو سہ آتشہ کر دیتے تھے۔

’’خان صاحب، اگر نسوار نہ ہوتی تو آپ کیسے زندگی گزارتے؟‘‘ ایک دن مُنّوں میاں نے ان سے پوچھا۔

’’خدا کی قسم، میں پیدا ہوتے ہی خود اپنا گلا گھونٹ کر مر جاتا،‘‘ خان صاحب نے جواب دیا۔

’’اچھا، ایک بات بتائیں، خان صاحب۔‘‘

’’آپ دس باتیں پوچھیں۔‘‘

’’جو لوگ نسوار نہیں کھاتے، آخر وہ بھی تو زندہ رہتے ہیں۔‘‘

’’اگر اجازت ہو تو میں آپ کے سوال کا جواب سوال سے دوں؟‘‘

’’ارشاد۔‘‘

’’کاغذ کس نے ایجاد کیا؟‘‘

’’لیں، کاغذ کا نسوار سے کیا تعلق؟‘‘

’’تعلق تو میں بتاؤں گا۔ آپ بتائیں کہ کاغذ کس نے ایجاد کیا؟‘‘

’’چینیوں نے۔‘‘

’’بالکل ٹھیک۔ اور بجلی کا بلب کس نے بنایا؟‘‘

’’ایڈیسن نے۔‘‘

’’اور تمباکو سب سے پہلے کس نے دریافت کیا؟‘‘

’’تمباکو کے متعلق میں کچھ نہیں کہہ سکتا۔‘‘

’’بالکل ٹھیک،‘‘ خان صاحب نے فاتحانہ انداز میں مسکرا کر کہا، ’’کوئی نہیں جانتا کہ تمباکو سب سے پہلے کس نے استعمال کیا اور اس کی ایک وجہ ہے۔‘‘

’’ذرا اس کی بھی وضاحت کر دیں،‘‘ مُنّوں میاں نے کہا۔

’’آپ کو معلوم ہے کہ خدا نے آدم اور حوّا کو جنت سے نکالا تھا؟‘‘

’’جی، معلوم ہے۔‘‘

’’بھلا کیوں نکالا تھا؟‘‘

’’اس لیے کہ انہوں نے ممنوعہ پھل کھا لیا تھا۔‘‘

’’بالکل غلط۔‘‘

’’پھر آپ کے نزدیک کیا وجہ تھی؟‘‘

’’یہ تو آپ کو علم ہے کہ خدا نے آدم کو دنیا کی خلافت بخشی تھی،‘‘ خان صاحب کا انداز عالمانہ تھا، ’’جب آدم نے اس کے حکم کی خلاف ورزی کی تو اسے اندازہ ہو گیا کہ اب آدم اپنے فیصلے خود کرنے کے قابل ہو گیا ہے، لہذا اسے زمین پر بھیج دیا تاکہ وہ اپنا کام شروع کرے۔‘‘

’’اس زاویے سے میں نے پہلے نہیں سوچا تھا مگر بات ہو رہی تھی تمباکو کی، یہ آدم و حوا کہاں سے آ گئے؟‘‘

’’میں وہیں آ رہا ہوں برادرِ من، ذرا چھری کے نیچے دم لیں۔‘‘

’’فرمایئے، میں سُن رہا ہوں۔‘‘

’’خدا نے آدم کو جنت سے رخصت کرتے وقت ایک تحفہ عنایت کیا تھا۔ آپ کو پتا ہے کہ وہ تحفہ کیا تھا؟‘‘

’’آپ ہی بتا دیں۔‘‘

’’وہ ایک پودا تھا،‘‘ خان صاحب نے آگے بڑھ کر راز دارانہ انداز میں کہا۔

’’پودا تھا؟‘‘

’’جی!‘‘

’’آپ کا مطلب ہے کہ وہ تمبا کو کا پودا تھا؟‘‘

’’خدا آپ کو خوش رکھے۔ جی ہاں، تمبا کو جنت کا پودا ہے جو حضرت آدم اپنے ساتھ لائے تھے۔‘‘

’’پس ثابت ہوا کہ تمبا کو پینا اور نسوار کھانا عین ثواب ہے؟‘‘ مُنّوں میاں نے سوالیہ انداز میں کہا۔

’’دیکھیں، میں آپ کو دوسری طرح سمجھاتا ہوں،‘‘ خان صاحب پہلو بدل کر بولے۔

’’سمجھائیے۔‘‘

’’یہ تو آپ جانتے ہی ہیں کہ خدا نے مسلمانوں کے لیے شراب کو حرام قرار دیا ہے۔‘‘

’’مانتا ہوں۔‘‘

’’اس کا نعم البدل خدا نے ہمیں تمبا کو کی شکل میں دیا ہے۔‘‘

’’سبحان اللہ،‘‘ مُنّوں میاں نے طنزیہ لہجے میں کہا، ’’کمال ہے خان صاحب۔ اور لوگ بھی تمبا کو نوشی کرتے ہیں مگر آپ نسوار بھی مذہبی فریضہ سمجھ کر کھاتے ہیں۔‘‘

’’بالکل، میں تو ہر پچکاری پر خدائے بزرگ و برتر کا شکر گزار ہوتا ہوں کہ اس نے ہمیں کیسی کیسی نعمتوں سے نوازا ہے۔‘‘

’’فَبِاَیِّ آلَاءِ رَبِّکُمَا تُکَذِّبَان،‘‘ مُنّوں میاں مسکرا کر بولے۔

’’خدا کا فرمان برحق ہے،‘‘ خان صاحب نے آسمان کی طرف انگلی اٹھا کر جواب دیا۔

٭٭٭

مقدمہ بازی خان صاحب کا محبوب مشغلہ تھا۔ ان کے متعدد مقدمات حیدر آباد کی عدالتوں میں چل

41

رہے تھے۔ زیادہ تر مقدمے ان سپلائرز کے خلاف تھے جن کا مال معیار سے گرا ہوا تھا اور انہوں نے رقم واپس کرنے سے بھی انکار کر دیا تھا۔ جب انہوں نے مُنّوں میاں کو اپنے مقدموں کے بارے میں بتایا تو انہیں معلوم ہوا کہ مُنّوں میاں بھی خاندانی مقدمہ باز اور نالش کرنے کے فن میں یکتا ہیں۔ ہندوستان میں ان کی زندگی ہی مقدمہ بازی میں گزری تھی۔

''خدا کی قسم برادرِ من، آپ میرے لیے مسیحا ہیں،'' خان صاحب نے مُنّوں میاں سے ہاتھ ملاتے ہوئے کہا۔

''فرمایئے کیا خدمت کر سکتا ہوں؟''

''مجھے عرصے سے کسی کی تلاش تھی جو ان مقدموں کی پیروی کر سکے کیوں کہ میرے پاس اتنا وقت نہیں ہے کہ میں اپنا کام بھی دیکھوں اور عدالتوں کے چکّر بھی لگاتا پھروں۔''

''آپ فکر نہ کریں، میں دیکھتا ہوں کہ آپ کی کیا مدد کر سکتا ہوں۔''

چنانچہ خان صاحب نے مُنّوں میاں کو اپنے مقدمات کی فائلوں کا پلندہ دے دیا اور انہوں نے وکیلوں سے ملاقاتیں کرنا اور عدالتوں میں حاضر ہونا شروع کر دیا۔ جب یکے بعد دیگرے خان صاحب کے حق میں فیصلے آنا شروع ہوئے تو ایک دن انہوں نے مُنّوں میاں سے کہا، ''آپ نے میرے لیے اتنا وقت لگایا ہے۔ میں آپ کو اس کا محنتانہ دینا چاہتا ہوں۔''

مُنّوں میاں ناراض ہو کر کرسی سے اٹھ گئے اور بولے، ''خان صاحب، آپ نے میری توہین کر دی۔ محنتانہ ملازمین کو دیا جاتا ہے، دوستوں کو نہیں۔''

''ارے برادرِ من، ناراض نہ ہوں،'' خان صاحب نے ان سے بغل گیر ہو کر کہا، ''مجھے تو اس بات کا خیال ہے کہ آپ کا کافی وقت اس کام میں لگ جاتا ہے۔''

''میرے وقت کی فکر نہ کریں خان صاحب۔ جب تک میرے پاس کوئی کام دھندا نہیں ہے تب تک وقت ہی وقت ہے۔''

خان صاحب نے کوئی جواب نہیں دیا۔ کچھ دیر بعد وہ حقے کا کش لے کر بولے، ''میں ایک بات سوچ رہا ہوں۔''

''فرمایئے،'' مُنّوں میاں نے جواب دیا۔

''میں کافی عرصہ سے سوچ رہا ہوں کہ یہ کینٹین اب مجھ سے اکیلے سے نہیں سنبھلتی لہٰذا مجھے ایک مینجر

رکھنا چاہیے۔‘‘

’’نیک خیال ہے۔‘‘

’’مگر اب تک مجھے کوئی اعتبار والا شخص نہیں ملا۔‘‘

’’ہاں، یہ تو ضروری ہے کہ مینجر کے لیے کہ قابل اعتبار شخص ہو۔‘‘

’’میرے لیے آپ سے بڑھ کر اور کون قابل اعتبار ہوگا،‘‘ خان صاحب نے مسکرا کر مُنّوں میاں کی طرف دیکھا۔

’’معلوم ہوتا ہے کہ آپ مجھے ملازمت کی پیش کش کر رہے ہیں،‘‘ مُنّوں میاں نے قدرے توقف کے بعد کہا۔

’’آپ نے صحیح سمجھا، برادر من۔‘‘

’’مگر مجھے کینٹین چلانے کا کوئی تجربہ نہیں۔‘‘

’’تو میں کون سا آپ کو کسی مریض کا آپریشن کرنے یا پُل بنانے کے لیے کہہ رہا ہوں جس کے لیے پیشہ ورانہ تعلیم اور تجربے کی ضرورت ہو۔‘‘

’’ٹھیک ہے، مجھے سوچ لینے دیں۔‘‘

’’اس میں سوچنے کی کون سی بات ہے؟‘‘

’’میں سوچ یہ رہا ہوں کہ میرا اور آپ کا رشتہ دوستی کا ہے، پھر آقا اور ملازم کا ہو جائے گا۔‘‘

’’توبہ کریں برادر من، توبہ کریں۔ میں آپ کو اپنا بڑا بھائی سمجھتا ہوں۔ بقول رحمٰن بابا،

پہ راحت کی خوبہ ہر سڑے دیارشی

یار ہغہ دے چی پہ سختہ کی پکار شی‘‘

’’اب آپ اس کا مطلب بھی بتا دیں،‘‘ مُنّوں میاں نے پوچھا۔

’’راحت میں تو ہر شخص دوست بن جاتا ہے۔ دوست تو وہ ہے کہ جسے مشکل وقت میں پکارا جائے،‘‘ خان صاحب نے جواب دیا۔

’’بے شک،‘‘ مُنّوں میاں نے کہا۔

قصہ مختصر مُنّوں میاں نے خان صاحب کی ملازمت کی پیش کش کو قبول کر لیا اور پہلا کام انہوں نے یہ کیا کہ شاہی بازار جا کر اسٹیشنری کی دکان سے روزنامچے اور بہی خرید لائے۔ ہر خریدار کا کھاتا کھل گیا جو

ادھار پر سودا خرید تا تھا۔ ہر لین دین کا اندراج روز نامچے میں ہونے لگا، یہاں تک کہ دو پیسے کی ماچس بھی بغیر اندراج کے اِدھر سے اُدھر نہیں ہوتی تھی۔ روزانہ شام کو روز نامچے کے خلاصے کو بہی میں منتقل کیا جاتا تھا۔ چند روز ہی میں خان صاحب مُنّوں میاں کو ملازم رکھ کر پچھتانے لگے کیوں کہ وہ خان صاحب کو بھی ایک ایک پیسے کے لیے ترساتے تھے۔ ذاتی اخراجات کے لیے مُنّوں میاں نے ان کی تنخواہ باندھ دی اور اس کے علاوہ اگر انہیں کچھ پیسوں کی ضرورت پڑتی تو مُنّوں میاں حساب مانگتے تھے۔

''برادرِ من، معلوم ہوتا ہے کہ آپ مجھے بھوکا مار دیں گے،'' ایک دن انہوں نے مُنّوں میاں سے شکایت کی۔

''کیوں خیریت، خان صاحب؟''

''مجھے ایک ایک پیسے کے لیے آپ سے مانگنی پڑتی ہے۔''

''خان صاحب، سب آپ ہی کا پیسہ ہے۔ آپ جتنا چاہیں خرچ کریں مگر حساب تو لکھنا پڑے گا اور اگر یہ منظور نہیں تو میری چھٹی کر دیں اور خود سنبھال لیں۔''

یہ مکالمہ مہینے میں دو ایک بار ضرور ہو جاتا تھا اور آخر میں جب مُنّوں میاں چھوڑ جانے کی دھمکی دیتے تو خان صاحب بتاشے کی طرح بیٹھ جاتے۔ انہیں احساس تھا کہ پہلے تو انہیں یہ بھی نہیں معلوم تھا کہ کس پر کتنا ادھار ہے کیوں کہ سارا زرِ بانی جمع خرچ تھا۔ اب ایک ایک پائی کا حساب لکھا جا رہا تھا۔ مقدمات بھی آہستہ آہستہ نمٹ رہے تھے۔ مُنّوں میاں کی پالیسی تھی کہ وہ پیشی کے دن خود عدالت میں موجود ہوتے اور خاص خیال رکھتے کہ وکیل خواہ مخواہ تاریخیں نہ ڈلواتے جائیں۔ ایک ایک کر کے سارے مقدمات کے فیصلے خان صاحب کے حق میں ہو گئے۔

کینٹین میں زیادہ تر ملازمین پشتو بولتے تھے۔ بیشتر ملازمین خان صاحب کے عزیز تھے جنہیں وہ اپنے ساتھ کوہاٹ سے لے کر آئے تھے۔ مُنّوں میاں کو خان صاحب نے بہتیرا سمجھایا کہ وہ پشتو سیکھ لیں کیوں کہ ملازمین کو اردو میں ڈانٹنے کا وہ اثر نہیں ہوتا جو پشتو میں ڈانٹنے کا ہوتا ہے، مگر پشتو سیکھنا مُنّوں میاں کے بس کی بات نہیں تھی۔ وہ استڑے ماشے پخیر راغلے، سنگہ حال دے اور یہ خہ دے خہ سے آگے نہیں بڑھ سکے۔

***

شیرو، خان صاحب کا پالتو کتا تھا۔ نسلاً افغان ہاؤنڈ تھا اور اس کے پورے جسم پر لمبے لمبے سنہری بال تھے۔ سر کے بال گہرے چاکلیٹی رنگ کے تھے جو جھالر کی طرح اس کی آنکھوں پر پڑے رہتے تھے۔ جس کی نظر اس پر پڑتی تھی اس کا دل بے اختیار چاہتا کہ وہ انگلیوں سے کنگھی کرکے شیرو کے بالوں کو آنکھوں کے سامنے سے ہٹادے۔ اس کی آنکھوں سے اداسی جھانکتی تھی اور ایسا لگتا تھا جیسے ابھی رو دے گا۔ دیکھنے والوں کو اس پر بہت پیار آتا تھا۔

خان صاحب روزانہ بلاناغہ اسے کار بالک سوپ سے نہلاتے تھے۔ اسی لیے اس کے بال ریشم کی طرح ملائم رہتے تھے۔ وہ کہتے تھے کہ جب شیرو جوان تھا تو چھلاوا تھا۔ اس زمانے میں انہیں مارخور کے شکار کا شوق تھا۔ مارخور پہاڑی مینڈھا ہوتا ہے جو بلند و بالا چٹانوں پر ملتا ہے اور اس کا شکار علی الصبح ہوتا ہے۔ یہ وہ زمانہ تھا جب مارخور کے شکار پر پابندی نہیں تھی مگر شکاری خود خیال رکھتے تھے کہ وہ صرف ان کا شکار کریں جن کی عمر بارہ سال سے زیادہ ہو۔ مارخور کی متوقع زندگی بارہ سے پندرہ سال ہوتی ہے اور حکومت کی طرف سے پابندی لگنے کے بعد بارہ سال سے کم عمر کے جانور کی ممانعت ہوگئی۔ خان صاحب کے ایک شکاری دوست مارخور کو دور سے دیکھ کر اس کی عمر بتا دیتے تھے۔ جب وہ علی الصبح وادی نیلم میں شکار کے لیے نکلتے تو شیروان کے ساتھ ہوتا تھا۔ جیسے ہی وہ فائر کرتے تو ایسا معلوم ہوتا جیسے شیرو کی نظریں گولی کا تعاقب کر رہی ہوں۔ وہ شکار کے گرتے گرتے پہاڑوں میں زقندیں بھرتا ہوا اس تک پہنچ کر اپنا قبضہ جما لیتا تھا۔

جب خان صاحب نے آگے چل کر پیر صاحب دھولن شریف دام ظلہم العالی کے ہاتھ پر بیعت کرلی اور ان کے مرشد نے انہیں تفریحاً شکار کرنے سے منع کیا تو انہوں نے کنارہ کشی اختیار کرلی۔ ویسے بھی یہ باتیں شیرو کی جوانی کی تھیں مگر اب شیرو بوڑھا ہو چکا تھا۔ خان صاحب اس کی عمر انسانی سالوں میں 92 برس بتاتے تھے۔ وہ ہمیشہ شیرو کو اپنے پاس رکھتے۔ جہاں بیٹھتے وہیں اپنی کرسی کے ساتھ اس کا گدّا بچھا دیتے اور وہ اس پر لیٹ جاتا۔ اسے مستقل کھانسی رہنے لگی تھی اور وہ بڑی مشکل سے رینگ رینگ کر چلتا تھا۔ اس کا محبوب مشغلہ تھا کہ مہمانوں کے سامنے سر جھکا کر کھڑا ہو جاتا۔ خان صاحب کہتے تھے کہ اسے سر کھجوانے کا شوق ہے۔ لوگ کرسی پر بیٹھے بیٹھے آگے جھک کر اس کا سر کھجاتے رہتے اور وہ سر جھکائے کھانستا رہتا۔ جب کوئی تھک کر اپنا ہاتھ کھینچ لیتا یا باتوں میں مصروف ہو جاتا تو شیرو وہاں سے ہٹ کر اگلے مہمان کے سامنے سر

جھکا کر کھڑا ہو جاتا۔ جب تک خان صاحب کی محفل لگی رہتی، ان کے مہمان باری باری شیرو کا سر کھجاتے رہتے۔

کچھ لوگ شیرو کو چھوتے ہوئے کراہیت محسوس کرتے تھے۔ خان صاحب کہتے تھے کہ شیرو نجس نہیں ہے بلکہ جنتی ہے کیوں کہ وہ اصحاب کہف کے کتے کی نسل سے ہے۔ان کے کچھ دوستوں کو واقعی شیرو سے عقیدت ہو گئی تھی مگر زیادہ تر لوگ جنہیں طوعاً و کرہاً خان صاحب کا دل رکھنے کے لیے اس کا سر کھجانا پڑتا تھا وہ اپنے ہاتھ کو کپڑوں سے دور رکھتے اور گھر جا کر ہاتھ دھو لیتے۔

کچھ دنوں سے شیرو نے سر کھجوانا بند کر دیا تھا مگر خان صاحب کی محفل میں شریک ضرور ہوتا تھا۔ وہ ان کی کرسی کے برابر اپنے گدّے پر سوتا رہتا تھا۔ خان صاحب نے بتایا کہ شیرو بیمار ہے۔ وہ اسے ڈاکٹر کلب علی کے پاس لے گئے تھے جو جانوروں کے مشہور ڈاکٹر تھے۔ان کی تشخیص کے مطابق شیرو کو جگر کا سرطان تھا جس کا کوئی علاج نہیں تھا۔ وہ جب درد سے کراہتا تو خان صاحب ایسا محسوس کرتے جیسے کوئی ان کے دل کو مسوس رہا ہو۔اس کی کراہیں سن کر مہمانوں کے دل پھٹنے لگتے اور کچھ کی آنکھیں نم ہو جاتیں۔ وہ خان صاحب کے سامنے منہ اٹھا کر کھڑا ہو جاتا جیسے اپنی ماں سے مدد کے لیے فریاد کر رہا ہو۔ وہ اس کے منہ میں نیند کی گولی ڈال دیتے جو ڈاکٹر کلب علی نے دی تھی اور وہ کراہتا ہوا جا کر گدے پر لیٹ جاتا گویا اسے معلوم تھا کہ کچھ ہی دیر میں اسے درد سے نجات مل جائے گی۔

ایک بار خان صاحب کے ایک دوست نے ان سے پوچھا کہ کیوں نہ وہ ڈاکٹر سے کہیں کہ وہ شیرو کو انجکشن لگا دے تاکہ اسے اس درد سے نجات مل جائے۔ان سے کوئی جواب تو نہ بن پڑا مگر بچوں کی طرح پھوٹ پھوٹ کر رونے لگے۔

آخرا ایک رات جب شیرو درد سے چیخ رہا تھا اور نیند کی دوا کا اس پر کوئی اثر نہیں ہو رہا تھا تو خان صاحب ساری رات اسے گود میں لیے زمین پر بیٹھے اس کا جسم سہلاتے رہے۔ ہر چیخ پر اس کا جسم تشنّج سے اکڑتا اور خان صاحب آنسوؤں کو روکنے کے لیے اپنے جبڑے تان لیتے۔ جیسے جیسے رات گزری، شیرو کی چیخیں کمزور ہوتی گئیں اور اس کا تشنّج بھی ہلکا ہوتا گیا حتی کہ اس نے آخری چیخ لی اور ایک طویل جھر جھری کے ساتھ اس کا جسم ڈھیلا ہو گیا۔

خان صاحب نے اسے اپنی گود سے اٹھا کر گدے پر لٹایا اور آہستہ سے اسے تھپک کر اٹھ گئے۔

***

شیرو کی موت کے بعد خان صاحب کچھ بجھ سے گئے تھے۔ کام میں ان کی دلچسپی ختم ہو گئی اور وہ اپنا بزنس مُنّوں میاں کے حوالے کر کے تقریباً ریٹائر ہو گئے۔ صبح ہی صبح ناشتے سے فارغ ہو کر دوستوں میں دن گزارنے کے لیے نکل پڑتے۔ ہفتے میں ایک آدھ بار ہی کینٹین کا رخ کرتے تھے اور جب مُنّوں میاں بتاتے کہ سب کچھ ٹھیک ہے تو چائے پی کر رخصت ہو جاتے۔

اگر آپ حیدرآباد سندھ سے واقف ہیں تو آپ کو معلوم ہو گا کہ ایک سٹرک ہیر آباد سے شہر کی طرف آتی ہے۔ راستے میں اے۔ ون ریسٹورنٹ پڑتا ہے۔ وہاں سے دائیں جانب سول اسپتال کی طرف مڑنے کے بجائے آپ سیدھے فروٹ مارکیٹ کی طرف جائیں تو نکڑ پر ہی ایک سنیما تھا جس کا نام اس وقت ذہن سے نکل گیا۔ دراصل اتنا زمانہ بیت چکا ہے کہ حیدرآباد کا جغرافیہ بھی کچھ گڈ مڈ ہو گیا ہے۔ اب یہ معلوم نہیں کہ وہ سنیما اب ہے یا ختم ہو گیا۔ ہاں یاد آیا، اس کا نام تھا ایلائیٹ سنیما۔ بہر حال ایلائیٹ سنیما کے برابر والی سٹرک پر مڑیں تو اُس زمانے میں سٹرک پر دونوں جانب پٹھانوں کے کیبن ہوتے تھے، جن میں نسوار، تمباکو اور حقے کے سارے لوازمات ملتے تھے۔ تجارت کم ہوتی تھی اور یار باشی زیادہ تھی۔ لکڑی کی خالی پیٹیوں کو الٹا کر کے کیبنوں کے سامنے کرسیوں کی طرح لگا دیا جاتا تھا اور ان پر یار دوست سارا دن بیٹھے چائے پیتے، نسوار کی پچکاریاں مارتے، حقے گڑ گڑاتے، ایک دوسرے کو دلبر کہہ کر پکارتے، اور پشاور کے گن گاتے تھے۔ بقول خوش حال خان خٹک ؎

خٙکُلّی کہ ڈیر دی، پہ قندھار کی
یا پہ کشمیر کی، یا پہ فرخار کی
لکہ دا خٙکُلّی، د پٙخٙور دی
ہسی بہ نہ وی، پہ ہیچ دیار دی

یعنی خُوب رُو تو قندھار میں بھی بستے ہیں، کشمیر اور فرخار میں بھی بکثرت پائے جاتے ہیں، مگر جیسے خُوب رُو پشاور کے ہیں ویسے کہیں نہیں ملتے۔

خان صاحب کا دن عموماً شمشیر خان کی دکان پر گزرتا تھا جو حقہ ساز کی حیثیت سے حیدرآباد کے

پٹھانوں میں جانی پہچانی شخصیت تھے۔ ان کا دعویٰ تھا کہ وہ پچھلی آٹھ نسلوں سے حقے بناتے آرہے ہیں۔ حقوں کی چلمیں اور نیچے پشاور سے بن کر آتے تھے۔ وہ کہتے تھے کہ پشاور کا ایک کمہار جو نیچہ سازی میں طاق تھا، ایک زمانے میں صرف ان کے لیے ایک خاص مٹی سے نیچے بناتا تھا جس کا علم اس کے خاندان میں سینہ بہ سینہ چلا آ رہا تھا۔ اس مٹی کی خصوصیت تھی کہ اس سے سوندھی سوندھی خوشبو آتی تھی لہٰذا شمشیر خان کے حقے کا دھواں جب نیچے کے پانی سے غسل کر کے دُھلا دُھلایا نکلتا تھا تو اس مٹی کے سوندھے پن کی آمیزش کے ساتھ حقہ نوش کے گلے سے گزرتے ہوئے ہر کش کے سرور کو دو بالا کر دیتا تھا۔ وہ حقے کی نلیوں کے لیے بانس نارووال سے منگواتے تھے مگر انہیں کھوکھلا ان کے ملازمین کرتے تھے اور ان پر سوتی ڈوریاں، نائیلون، پیتل اور تانبے کے تار لپیٹ کر رنگ برنگے ڈیزائن بنانے کا کام وہ نو بیاہتا پٹھان لڑکیوں سے معاوضے پر کرواتے تھے۔ ان کا خیال تھا کہ ایک نو بیاہتا عورت سے فرط انبساط میں ہم آغوشی کا جو نیا نیا سرور رِستا ہے اس کی جھلک ان کے حقوں کی نے میں صاف نظر آتی ہے۔ ہر حقہ آرٹ کا ایک نادر نمونہ ہوتا تھا۔ اس زمانے میں حقے عموماً پچیس، تیس روپے میں مل جاتے تھے مگر شمشیر خان کا حقہ ڈیڑھ سو روپے سے کم میں نہیں بکتا تھا اور صرف وہ لوگ خریدتے تھے جن کے نزدیک شوق کا کوئی مول نہیں ہوتا۔

خان صاحب کے گھر میں خواتین نہیں تھیں۔ ان کے بیوی بچے کوہاٹ میں تھے اور وہ اکیلے ہی رہتے تھے۔ اس گھر میں بڑا سا صحن تھا اور برآمدے کے پیچھے پانچ چھ کمرے تھے۔ صحن اور برآمدے میں لاتعداد چارپائیاں بچھی رہتی تھیں۔ اور ہر وقت ہوٹل کا سا سماں رہتا تھا۔ پندرہ بیس لوگ ہر وقت ان کے یہاں ہوتے تھے۔ ان کے دوست مستقل آتے جاتے جب بھی وہاں سے گزرتے تو کچھ دیر خان صاحب کے پاس ٹھیر کر آگے بڑھتے۔ دن بھر مہمانوں کا تانتا بندھا رہتا۔ باورچی خانے میں چائے کا پتیلا چڑھا رہتا، حقے کا دھواں پورے گھر میں گردش کرتا رہتا، اور نسوار کی ڈبیاں ایک دوسرے کے آگے بڑھائی جاتی رہتیں۔ فرنٹیئر سے جو بھی تلاش معاش کے سلسلے میں آتا تھا اس کی پہلی منزل خان صاحب کا گھر ہوتی تھی۔ جب تک اسے کہیں خاطر خواہ ملازمت نہ مل جاتی تب تک اسے رہنے اور کھانے کی فکر کرنے کی ضرورت نہیں تھی۔

ایک روز جب صبح کو مُنّوں میاں حسب معمول کینٹین پر پہنچے تو خان صاحب وہاں موجود تھے اور ان کا انتظار کر رہے تھے۔

’’کیوں، خیریت؟ یہ صبح ہی صبح چاند کیسے نکل آیا؟‘‘ مُنّوں میاں نے مسکرا کر کہا۔

’’چلیں پیچھے آفس میں چل کر بات کرتے ہیں،‘‘ انہوں نے مُنّوں میاں کا ہاتھ پکڑ کر کہا۔

’’بھئی خیریت تو ہے؟‘‘

’’ہاں خیریت ہے، آپ سے ایک مشورہ کرنا ہے۔‘‘

کینٹین کے پیچھے ایک کمرے کو بطور آفس استعمال کیا جاتا تھا۔ وہاں ایک میز اور چار کرسیاں تھیں اور مُنّوں میاں روزانہ صبح ہی صبح کینٹین کھلنے سے پہلے وہاں بیٹھ کر پچھلے دن کا روزنامچہ مکمل کرتے تھے۔

’’میں نے واپس کوہاٹ جانے کا فیصلہ کر لیا ہے،‘‘ خان صاحب کرسی پر بیٹھتے ہوئے بولے۔

’’یہ اچانک کوہاٹ کیسے یاد آ گیا؟‘‘

’’بس اب یہاں سے دل بھر گیا ہے۔‘‘

’’تو پھر بزنس کا کیا ہو گا؟‘‘

’’بزنس تو آپ چلا ہی رہے ہیں۔‘‘

’’وہ تو میں چلا رہا ہوں مگر آپ کے بغیر کام کیسے چلے گا کیوں کہ قانونی ذمہ داری تو آپ ہی کی ہے۔ یوں آپ ہفتے دو ہفتے کے لیے ہو آئیں تو اور بات ہے۔‘‘

’’میں نے سوچا ہے کہ یہ ٹھیکہ آپ کے نام منتقل کروا دوں۔‘‘

’’لیکن آخر یہ اچانک کیا سوجھی؟‘‘

’’میں نے بتایا نا کہ دل بھر گیا ہے۔ میں بقیہ زندگی اپنے خاندان میں گزارنا چاہتا ہوں۔‘‘

’’مگر میرے پاس اتنا سرمایہ کہاں ہے کہ آپ سے یہ بزنس خرید سکوں۔‘‘

’’پیسے کون خنزیر مانگتا ہے۔ میں نے آپ کو اپنا بھائی سمجھا ہے اور بھائیوں میں پیسے کا لین دین نہیں ہوتا۔‘‘

’’میری سمجھ میں نہیں آتا کہ کیا جواب دوں،‘‘ مُنّوں میاں نے کہا۔

’’کوئی جواب دینے کی ضرورت نہیں۔ میں نے بات کر لی ہے۔ آرمی والوں کو کوئی اعتراض نہیں۔ معاہدہ آپ کے نام منتقل ہو جائے گا بشرطیکہ اس میں کوئی ردوبدل نہ ہو۔‘‘

مُنّوں میاں نے کوئی جواب نہیں دیا۔ خان صاحب بھی گم سوچ میں چھت کے پنکھے کو تک رہے تھے جس کا ایک پر شاید کچھ ڈھیلا تھا کیوں کہ پنکھے سے کھٹ کھٹ کی آواز آ رہی تھی، مگر وہ بھی خاموشی کا ایک

حصہ بن گئی تھی۔ مُنّوں میاں بڑی دیر سے خان صاحب کے چہرے کے تاثرات پڑھنے کی کوشش کر رہے تھے مگر وہ کسی اور ہی سوچ میں گم تھے۔

’’خان صاحب، بات کچھ اور ہے۔ میں آپ کے چہرے پر کچھ پریشانی کے آثار دیکھ رہا ہوں،‘‘ مُنّوں میاں نے کہا۔

خان صاحب نے مُنّوں میاں کو دیکھا مگر کچھ بولے نہیں۔

’’اگر کوئی پریشانی ہے تو کہہ ڈالیے۔ اگر مجھ سے نہیں کہیں گے تو کس سے کہیں گے؟‘‘

’’دراصل میرے والد صاحب کا خط آیا ہے،‘‘ خان صاحب کچھ ہچکچا کر بولے۔

’’خیریت؟‘‘

’’میرے بڑے بھائی کو دشمنوں نے گولی مار دی۔‘‘

’’اوہ، بچ تو گئے نا؟‘‘

’’نہیں۔‘‘

’’انا للہ وانا الیہ راجعون، اللہ تعالیٰ مغفرت کرے،‘‘ مُنّوں میاں اٹھے اور خان صاحب کو گلے لگا لیا۔

’’تو آپ کیوں نہ مہینے دو مہینے کے لیے ہو آئیں۔ جب تک آپ وہاں رہیں گے تب تک میں یہاں سنبھالے رہوں گا،‘‘ مُنّوں میاں نے کچھ توقف کے بعد کہا۔

’’نہیں برادرِ من، اب میرا دل اچاٹ ہو گیا ہے۔ والد صاحب کا کہنا ہے کہ میں واپس پہنچ جاؤں۔ وہاں شنواری قبیلے کے لوگ ٹرانسپورٹ بزنس میں ہیں۔ میرے بھائی ہی بزنس سنبھالتے تھے۔ اس کو بھی دیکھنا ہے اور انتقام کی تیاری بھی کرنی ہے۔‘‘

’’بہرحال جہاں میری مدد کی ضرورت ہو بلا جھجک بتا دیجیے گا۔‘‘

’’میں تو یہ سوچا کرتا تھا کہ یہ ٹھیکہ ختم ہونے کے بعد آپ سے درخواست کروں گا کہ آپ بھی اپنی فیملی کو لے کر میرے ساتھ کوہاٹ چلیں۔ وہاں آپ ہمارے خاندان کا حصہ ہوں گے۔ آپ کو مکان بھی ملے گا اور اگر آپ زمین داری کرنا چاہیں تو زمین بھی ملے گی۔‘‘

’’یہ آپ کی محبت ہے خان صاحب، میرے لیے تو آپ کی حیثیت بھائی کی سی ہی رہے گی،‘‘ مُنّوں میاں نے ایک بار پھر خان صاحب کو گلے لگا لیا۔

6

جب خان صاحب اپنا بزنس مُنّوں میاں کے حوالے کرکے کوہاٹ چلے گئے تو مُنّوں میاں ان کے گھر میں منتقل ہو گئے۔ اس گھر کا آنگن کافی بڑا تھا چناں چہ مشفقی بیگم نے وہاں باغ بانی شروع کر دی۔ وہ مستقل آنگن میں کھر پی سے کھدائی کرتی رہتیں اور دیوار کے سہارے کیاریاں بنا کر کچھ نہ کچھ بو دیتیں۔ مقسطی خانم بھی ان کے ساتھ لگی رہتی تھیں اور اکثر جاوید اور کہکشاں بھی کیاریوں سے گھاس پھونس صاف کرنے میں ان کی مدد کرتے تھے۔ آہستہ آہستہ گھر میں اچھا خاصا باغیچہ بن گیا۔ آنگن میں ہر طرف پھول ہی پھول تھے۔ عشق پیچاں کے اودے اودے پھولوں سے صبح ہی صبح دیواریں ڈھک جاتی تھیں۔ دوپہر ہوتے ہوتے وہ پھول کملا کر نڈھال ہو جاتے مگر جیسے جیسے سورج اوپر چڑھتا، بو گین ویلیا دکھنا شروع کر دیتی اور دیواریں اس کے سرخ، کپاسی، گلابی، بنفشی، نارنجی اور شنگرفی پھولوں کا غلاف اوڑھ لیتیں۔ سہ پہر آتے آتے اس میں موتیا کی تیز خوشبو شامل ہو جاتی تو لگتا تھا جیسے رنگ و بو کا طوفان آ گیا ہو۔ سورج ڈھلنا شروع ہوتا تو گلاب کی میٹھی میٹھی خوشبو کا احساس ہونے لگتا۔ مُنّوں میاں نے نہ جانے کہاں کہاں سے مختلف رنگوں اور قسموں کے گلاب منگوا کر لگائے تھے۔ باہر کے دروازے کے ساتھ ہی کونے میں گلاب کی ایک جھاڑی تھی جو کوئلے کی طرح دہکتے ہوئے سرخ رنگ کے چھوٹے چھوٹے پھولوں سے لدی رہتی تھی۔

مُنّوں میاں کو پھولوں سے عشق تھا۔ ان کے نزدیک ہر پھول کی اپنی شخصیت ہے، اپنا مزاج ہے، اپنی شان ہے اور اپنا راگ ہے۔ وہ کہتے تھے کہ عشق پیچاں کی شخصیت میں بناؤ سنگھار، شیخی اور دکھاوے کے عناصر کوٹ کوٹ کر بھرے ہیں۔ وہ اپنی نمائش کی تیاری پو پھٹتے ہی شروع کر دیتی ہے۔ شبنم کی پھوار سے دھل دھلا کر جب اس کی بیل رات کے پچھلے پہر کی دھیمی دھیمی پُروا میں لچکتی ہے تو لگتا ہے کہ کوئی دوشیزہ

پیکر صبح صادق کے ظاہر ہوتے ہی غسل کرکے گیلے بال لہراتی ہوئی بالاخانے پر آکر کھڑی ہو گئی ہو اور اسی وقت بسم اللہ خان کی شہنائی جاگ گئی ہو۔ پھر عشق پیچاں کے پھول کلبلاتے ہوئے نیند سے بیدار ہونا شروع ہوتے ہیں اور جب اپنی نند اسی آنکھوں سے صبح ہوتی دیکھتے ہیں تو شہنائی کے سُروں کی طرح انگڑائی لے کر نسیم سحر کے جھونکوں میں ڈولتے ہوئے ایک دوسرے کو جگانے کے لیے ہلکے سے چھوتے ہیں۔ دیکھتے دیکھتے شہنائی کی آواز بلند ہوتی ہے اور پھولوں میں کھلبلی مچ جاتی ہے۔ ایک ایک کرکے جلدی جلدی کھلنا شروع ہو جاتے ہیں تاکہ جب ہم جاگیں تب تک سارے پھول کھل چکے ہوں۔ ہم جیسے ہی بستر سے اٹھ کر کمرے سے باہر نکلتے ہیں تو شہنائی کے سُر نقطہ عروج پر پہنچ کر اچانک خاموش ہو جاتے ہیں۔ یہ وہ لمحہ ہوتا ہے جب سارے پھول کھل چکے ہوتے ہیں اور عشق پیچاں کی بیل ہمارے سامنے پوری رعنائی کے ساتھ اپنے سراپا کی نمائش کے لیے تیار کھڑی ہوتی ہے۔

بقول مُنّوں میاں، بوگین ویلیا میں شرارت کوٹ کوٹ کر بھری ہے اور اس کا رواں رواں زندگی سے پُر ہے۔ اس کی رنگین مزاجی، اس کے رنگ برنگے، شوخ اور بھڑ کیلے پھولوں سے ظاہر ہوتی ہے، جیسے کوئی اسپینی فلیمینکو رقاصہ اپنی ہتھیلیوں پر جھنجھناتے ہوئے کیسٹنیٹ بجاتی ناچ رہی ہو۔ کوئی ایسا رنگ نہیں جو اس کے اسکرٹ میں نہ ہو یا بوگین ویلیا کے پھولوں میں نہ ہو۔ بوگین ویلیا احمد رشدی کا پھڑ کتا، تڑپتا، اچھلتا، کودتا گیت ہے۔

موتیا کے متعلق مُنّوں میاں کی رائے کچھ اچھی نہیں تھی۔ وہ کہتے تھے کہ موتیا نہ صرف خود سر، خود غرض، مغرور، ضدی اور ہٹ دھرم ہے، بلکہ اس میں خود اعتمادی کا فقدان ہے چنانچہ ہر وہ گزرنے والے کو اپنی تیز خوشبو سے زبردستی اپنی جانب کھینچ کر، بھنگڑے کے ڈھول کی طرح اعلان کرتا ہے کہ چمن میں اس جیسا کوئی نہیں اور طاہرہ سید کی طرح اترا تا ہے کہ

یہ محفل جو آج سجی ہے

اس محفل میں ہے کوئی ہم سا؟

ہم ساہو تو سامنے آئے

گلاب کے متعلق وہ کہتے تھے کہ گلاب اپنے آپ میں مگن رہتا ہے۔ اسے کوئی فکر نہیں کہ کوئی اسے دیکھتا ہے یا نہیں، کوئی سونگھتا ہے یا نہیں۔ وہ ایک باوقار پھول ہے اور اس کا مزاج شاہانہ ہے۔ اسے نہ خود نمائی کی ضرورت ہے، نہ خوش نمائی کی۔ وہ اپنی دھن میں آنکھیں بند کیے وائلن کی طرح رُوں رُوں

رُوں کرتار ہتا ہے اور سونگھنے والا یہ خود اس کی خوش بو پر ڈولتا ہوا کہیں سے کہیں پہنچ جاتا ہے۔ البتہ اس وقت گلاب کا دل دھک سے رہ جاتا ہے جب کوئی بے ڈھنگے پن سے اس کا پھول توڑ لے۔ اسی لیے وہ انتقاماً گل چیں کی انگلی میں کانٹا بن کر چبھ جاتا ہے۔

دروازے کے ساتھ والی گلاب کی جھاڑی کے پیچھے دیوار میں ایک طاقچہ تھا جس میں ایک چھوٹی سی قینچی رکھی رہتی تھی اور بچوں کو ہدایت کی گئی تھی کہ پھول توڑنے کے بجائے اسے قینچی سے بڑی احتیاط کے ساتھ کاٹیں کیوں کہ ذرا سی بد احتیاطی سے گلاب کا دل دکھ جاتا ہے۔ مُنّوں میاں جب صبح کو کام پر جاتے تو مشفقی بیگم انہیں خدا حافظ کہنے کے لیے دروازے تک ان کے ساتھ جاتیں۔ وہ دروازہ کھولنے سے پہلے بلا ناغہ اس قینچی سے ایک پھول کاٹ کر ان کے بالوں میں لگا دیتی تھیں۔

حیدر آباد سندھ کی شام پورے پاکستان میں مشہور ہے۔ اس کے سامنے شام اودھ بھی ہیچ ہے۔ دن میں خواہ کتنی ہی گرمی ہو مگر شام ہوتے ہوتے ٹھنڈی ٹھنڈی ہوائیں چلنی شروع ہو جاتی ہیں۔ رات کے کھانے کے بعد گھر کے افراد آنگن میں کرسیاں بچھا کر بیٹھتے تھے اور ہوا کے ہر جھونکے میں رات کی رانی کی بھینی بھینی مہک بسی ہوتی تھی۔

کہا جاتا ہے کہ جہاں رات کی رانی ہوتی ہے وہاں سانپ ضرور ہوتا ہے۔ جب چودھویں کی رات ہو اور مطلع صاف ہو تو سانپ رات کی رانی کے نیچے ٹھنڈی ٹھنڈی اور سہ پہر کو کیاری میں لگائے ہوئے پانی سے گیلی زمین پر کنڈلی مار کر بیٹھ جاتا ہے اور اس کی مہک سے بے خود ہو جاتا ہے۔ جب چاند کی روشنی پتّوں سے چھن چھن کر اس پر پڑتی ہے تو اس کا نشہ دو آتشہ ہو جاتا ہے اور اس کی مدہوشی اس قدر بڑھ جاتی ہے کہ اگر اسے پکڑ کر اٹھا بھی لیا جائے تو وہ بے خبر رہتا ہے۔

اگرچہ مقسطی خانم باغ بانی میں اپنی بھاوج کی کافی مدد کرتی تھیں مگر ان کا کام صرف کھدائیاں کرنا، گھاس پھونس صاف کرنا اور پانی لگانا تھا کیوں کہ مشفقی بیگم انہیں اپنے پودوں کو چھونے نہیں دیتی تھیں۔ وجہ اس کی یہ تھی کہ وہ اگر کسی پودے کو بُھولے سے بھی ہاتھ لگا دیتیں تو اس کا سوکھ جانا یقینی تھا۔ کبھی ایسا نہیں ہوا کہ انہوں نے کہیں بیج ڈالا ہو اور وہاں سے کچھ نکلا ہو یا انہوں نے کوئی قلم یا پنیری لگائی ہو اور وہ سوکھ کر جھڑ نہ گئی ہو۔ ان کے برخلاف مشفقی بیگم اگر کیاری میں پتھر کا ٹکڑا بھی گاڑ دیتیں تو اس میں سے بھی کچھ نہ کچھ نکل ہی آتا تھا۔ مُنّوں میاں نے اپنی بیوی کا نام خوش دست رکھ دیا تھا جو غالباً Green Thumb کا ترجمہ ہے۔

***

اسے اتفاق کہیں یا کچھ اور، لیکن جاوید اور کہکشاں کا دودھ کا پہلا دانت ایک ہی دن، ایک ہی وقت اور ایک ہی ساتھ اکھڑا۔ سامنے کا نچلا دانت کئی دن سے ہل رہا تھا اور انہوں نے اسے زبان سے ٹھیلا ٹھیلا کر کافی ڈھیلا کر لیا تھا۔ حالاں کہ زبان پر بار بار کی رگڑ سے چھالا پڑ گیا تھا مگر اس کے باوجود وہ باز نہیں آتے تھے۔ جب بھی زبان سے اس دانت کو زور سے کریدتے تو ایک ٹیس سی اٹھتی جس کا اپنا ہی لطف تھا۔ وہ آنکھیں بند کر کے زبان پر دباؤ بڑھاتے اور دانت بالکل لیٹ جاتا۔ دن بھر ان کی زبان منہ ہی منہ میں دانت سے کھیلتی رہتی، یہاں تک کہ ایک دن جب وہ باہر پھٹو گرم کھیل رہے تھے، کہکشاں نے چٹکی میں دانت پکڑ کر ہلکے سے کھینچا تو باہر نکل آیا۔ جاوید کو سخت جھلاہٹ ہوئی کیوں کہ کہکشاں اس سے بازی لے گئی تھی۔ جاوید کا خیال تھا کہ اصولاً پہلے اس کا دانت اکھڑنا چاہیے تھا کیوں کہ وہ کہکشاں سے سوا گھنٹے بڑا تھا۔ چناں چہ اس نے چٹکی میں اپنا دانت پکڑ کر کھینچا اور نکال کر کہکشاں کو دکھا دیا۔

وہ دونوں اپنا اپنا دانت ہتھیلی پر لیے کھڑے تھے۔ دونوں دانتوں کی جڑ میں ہلکا سا خون جھلک رہا تھا۔ سارے بچے کھیل چھوڑ چھاڑ کر ان دانتوں کا معائنہ کرنے کے لیے جمع ہو گئے اور سب نے چھو چھو کر دیکھا۔ شبیر، جو جاوید اور کہکشاں کا ہم عمر تھا اور جاوید کی کلاس میں ہی پڑھتا تھا، اس سے کہنے لگا کہ وہ اس کا دانت چار آنے میں خرید سکتا ہے۔ اس نے اپنی جیب سے چونّی نکال کر دکھائی مگر جاوید نے انکار کر دیا۔ اس نے کہکشاں کو بھی پیشکش کی مگر اس نے بھی منع کر دیا۔

بچے ان دانتوں کا معائنہ کرنے میں مصروف تھے کہ آواز آئی، ''کیوں بھئی کیا ہو رہا ہے؟'' جاوید نے سر اٹھا کر دیکھا تو نذیر صاحب جھکے ہوئے انہیں دیکھ رہے تھے۔

نذیر صاحب مُنّوں میاں کے گھر کے سامنے رہتے تھے اور اس قدر دراز قد تھے کہ بچوں کو سر آسمان کی طرف اٹھا کر انہیں دیکھنا پڑتا تھا مگر ان میں ایک خوبی یہ تھی کہ وہ جب کسی بچے سے باتیں کرتے تو اس کے سامنے اکڑوں بیٹھ جاتے۔ کہتے تھے کہ بچوں سے ان کی سطح پر پہنچ کر بات کرنی چاہیے۔

''انکل، یہ میرا دانت اکھڑ گیا،'' جاوید نے ہتھیلی کھول کر انہیں دکھایا۔ وہ حسب معمول اس کے سامنے اکڑوں بیٹھ گئے۔

''اور انکل میرا بھی،'' کہکشاں بچوں کو دھکیل کر جاوید کے برابر آ گئی اور ہتھیلی پھیلا کر کھڑی ہو گئی۔

”افوہ، اگر اسی طرح تمہارے دانت اکھڑتے رہے تو پھر تو تم دونوں بالکل پوپلے ہو جاؤ گے ،“ انکل نذیر نے مسکرا کر کہا۔

”نہیں انکل، اور نکل آئیں گے ،“ کہکشاں نے جواب دیا۔

”جی، یہ تو دودھ کے دانت ہیں نا،“ جاوید نے کہا۔

”یہ بات تو ہے۔ تو پھر تم ان دانتوں کا کیا کرو گے ؟“

بچے سوچ میں پڑ گئے۔ ہر ایک نے اپنی اپنی رائے دینی شروع کر دی۔ کسی نے کہا کہ انہیں ایک ڈبیہ میں رکھتے جائیں جب تک سارے دانت نہ اکھڑ جائیں۔ کسی نے مشورہ دیا کہ انہیں گوند سے چپکا کر واپس لگا لیں۔ بہر حال جتنے منہ اتنی باتیں۔

”اچھا ہم بتاتے ہیں کہ کیا کرو،“ نذیر صاحب نے کہا۔

سب بچے ہمہ تن گوش ہو گئے مگر نذیر صاحب خاموشی سے ہر ایک کا جائزہ لے رہے تھے۔ غالباً وہ ان کے تجسس کو بڑھانا چاہ رہے تھے۔

”جی انکل ؟“ آخر جاوید نے خاموشی کو توڑا۔

”ایسا کرو کہ انہیں ایک کیاری میں بو دو،“ انہوں نے جواب دیا۔ سب سوچ میں پڑ گئے۔

”اس سے کیا ہوگا،“ آخر کہکشاں نے پوچھ ہی لیا۔

”پھر یہ ہو گا کہ اس میں دانتوں کے درخت نکلیں گے۔ پہلے ان میں ننھے ننھے دانت نکلیں گے پھر بڑے بڑے دانت نکلیں گے،“ انہوں نے مسکرا کر کہا اور جاوید کی پیٹھ تھپتھپا کر چلے گئے۔

جب جاوید اور کہکشاں گھر کو لوٹ رہے تھے تو سوچ رہے تھے کہ کیا نذیر صاحب واقعی سنجیدہ تھے یا صرف مذاق کر رہے تھے۔ دونوں نے اپنی مٹھیاں کس کر بند کر لی تھیں جن میں ان کے اکھڑے ہوئے دانت دبے ہوئے تھے۔

”تو پھر انہیں بو دیں؟“ کہکشاں نے پوچھا۔

”ہاں، ٹھیک ہے مگر بڑوں کو نہیں بتائیں گے۔ جب دانتوں کے درخت نکلیں گے تو انہیں بھی حیرانی ہوگی تب انہیں بتائیں گے کہ ہم نے اپنے دانت بوئے تھے۔“

”ٹھیک ہے، مگر ان دانتوں کا کریں گے کیا جو درختوں پر لگیں گے؟“

”بیچیں گے۔“

''دانت بیچیں گے؟''

''اور نہیں تو کیا؟''

''مگر دانت کون خریدے گا؟''

''شبیر بھی تو ایک دانت کے چار آنے دے رہا تھا۔''

''وہ تو کھیلنے کے لیے خرید رہا تھا، اور کون خریدے گا۔''

''بوڑھے لوگ خریدیں گے۔ بڑھاپے میں تو سبھی کے دانت اکھڑ جاتے ہیں نا۔''

''ہاں، یہ بات تو ہے۔''

''ہم دانت ایک ایک روپے کے بیچیں گے اور خوب امیر ہو جائیں گے۔''

انہوں نے فیصلہ کر لیا کہ وہ بڑوں سے چھپ کر کیاریوں میں دانت بو دیں گے اور جب درخت نکلیں گے تب انہیں بتائیں گے۔ یہ ان دونوں کی کمزوری تھی کہ روزنت نئے منصوبے بناتے تھے مگر بڑوں کو ہوا بھی نہیں لگنے دیتے تھے تاکہ اگران کا منصوبہ ناکام ہو جائے تو خواہ مخواہ ان کی ہنسی نہ اڑے۔ عموماً چھپ چھپ کر باتیں کرنے اور کانا پھوسی کرنے سے ان کی ماؤں کو اندازہ ہو جاتا تھا کہ وہ کسی قسم کی منصوبہ بندی کر رہے ہیں مگر وہ ان کا دل رکھنے کی خاطر کبھی ظاہر نہیں کرتی تھیں کہ انہیں کسی قسم کا شبہ ہو گیا ہے۔

مُنّوں میاں صحن میں بیٹھے چائے پی رہے تھے۔ ان کی بیوی اور بہن ان کے ساتھ بیٹھی تھیں۔ دونوں بچے برآمدے میں چپکے چپکے اپنے پروجیکٹ کی پلاننگ کر رہے تھے۔

''رات کو جب سب لوگ سو جائیں گے تب ہم دانت بوئیں گے،'' جاوید نے کہکشاں کے کان میں کہا۔

''ٹھیک ہے۔ تم رات کی رانی کے پاس اپنا دانت بو دینا اور میں کیاری کے دوسرے کنارے پر جاؤں گی،'' کہکشاں نے جواب دیا۔

''لیکن اگر رات کی رانی کے نیچے سانپ ہوا تو؟''

''کوئی سانپ وانپ نہیں ہوتا۔ سب کہنے کی باتیں ہیں۔''

مشفقی بیگم اور مقسطی خانم ان کی طرف دیکھ کر مسکرا رہی تھیں گویا انہیں بچوں کے پلان کا علم تھا۔ مشفقی بیگم نے کچھ کہا جس کے جواب میں جاوید نے مُنّوں میاں کی آواز صاف سن لی، ''پھر کوئی سازش کر رہے ہوں گے۔''

ایسی ہی منصوبہ سازیوں کی بنا پر مُنّوں میاں نے دونوں بچوں کو سازشی کا خطاب دے دیا تھا۔ جاوید کو سازشی نمبر ایک اور کہکشاں کو سازشی نمبر دو کہتے تھے۔ بعد میں صرف نمبر ایک اور نمبر دو رہ گئے۔ جب بھی جاوید کو بلاتے تو آواز دیتے، ''نمبر ایک، ادھر آیئے۔''

قصہ مختصر، اُس منصوبے کا وہی انجام ہوا جو ہونا تھا، یعنی دانتوں کا درخت نکلنا تو در کنار، وہاں ایک کلّا تک نہ پھوٹا۔

7

مُنّوں میاں کے نئے گھر میں پانچ کمرے تھے۔ ایک کمرہ مُنّوں میاں اور ان کی بیوی کا تھا، دوسرے میں مقسطٰی خانم اور ان کے شوہر سوتے تھے۔ دو کمرے چھوٹے چھوٹے تھے جن میں سے ایک جاوید کا تھا اور دوسرے میں کہکشاں سوتی تھی۔ دونوں بچوں کے کمروں کے درمیان ایک اور کمرہ تھا جس میں تالا پڑا رہتا تھا۔ خان صاحب اپنا فرنیچر اور لحاف گدے اس کمرے میں چھوڑ گئے تھے اور مُنّوں میاں سے کہہ گئے تھے کہ کسی موقع پر آ کر لے جائیں گے۔ جاوید اور کہکشاں کے نزدیک وہ کمرہ آسیب زدہ تھا۔ رات کو کبھی کبھار اس میں سے طرح طرح کی آوازیں آتی تھیں۔ کبھی لگتا تھا جیسے کوئی چیز گری ہو یا چیخی ہو۔ رات کو جب سب لوگ سو جاتے تو دونوں بچے خوف کے مارے جاگتے رہتے۔ جب کوئی آواز آتی تو کہکشاں دبے پاؤں آگے بڑھ کر کمرے کے دروازے پر کان لگا کر کھڑی ہو جاتی۔ اسے دیکھ کر جاوید کی ہمت بھی بندھتی اور وہ بھی دروازے کی کواڑ سے کان چپکا دیتا۔ اگر کمرے میں کوئی آہٹ سنائی دیتی تو ڈر کے مارے ان کے رونگٹے کھڑے ہونے لگتے اور وہ بھاگ کر اپنے اپنے کمروں میں جا چھپتے۔

گھر کے پیچھے ایک میدان تھا جس میں بچے فٹ بال، پٹھو گرم اور کرکٹ کھیلتے تھے۔ ایک رات کو جب جاوید کو نیند آ ہی چاہتی تھی کہ اچانک اس کی آنکھ کھل گئی۔ معلوم ہوتا تھا جیسے میدان میں کتّوں کا ایک جمِ غفیر ہے۔ انہوں نے بھونک بھونک کر آسمان سر پر اٹھا لیا تھا۔ پہلے تو جاوید سمجھا کہ شاید کوئی چور محلے میں گھس آیا ہے یا پھر محلے کے باہر کا کوئی کتا آ گیا ہے، مگر پھر احساس ہوا کہ جس طرح ایک دوسرے کو بھنبھوڑ رہے تھے اور زخمی ہو کر ٹیاؤں ٹیاؤں کرتے بھاگ رہے تھے اس سے تو لگتا تھا ایک میدانِ کارزار برپا ہے۔

59

''یہ کتے کیوں بھونک رہے ہیں؟'' جاوید کو کہکشاں کی سرگوشی سنائی دی۔ وہ بستر سے اٹھ کر بیٹھ گیا۔ کہکشاں دروازے میں کھڑی تھی۔

''پتہ نہیں۔ تم سوجاؤ،'' جاوید نے کہا۔

''نیند نہیں آرہی۔''

''میری بھی آنکھ کھل گئی۔''

جاوید بستر سے اٹھا اور کہکشاں کے پاس آکر کھڑا ہو گیا۔ اچانک کتے خاموش ہوگئے۔ شاید آخری کتے نے سب کو مار بھگایا تھا۔ ہر طرف گھپ اندھیرا تھا اور اتنی خاموشی تھی کہ اگر سوئی بھی گرتی تو صاف سنائی دے جاتی۔ نزدیک ہی ایک جھینگر کی جھائیں جھائیں خاموشی کو توڑ رہی تھی۔ ڈر تو لگ رہا تھا مگر جاوید اور کہکشاں عادت کے مطابق خان صاحب کے کمرے کی طرف بڑھے اور دروازے سے کان چپکا کر کسی آواز کا انتظار کرنے لگے۔

کہکشاں سرگوشی میں بولی، ''اچھا فرض کرو کہ اگر اس وقت کوئی اندر سے عین اسی جگہ کھٹکھٹا دے جہاں تمہارا کان چپکا ہوا ہے تو تم کیا کرو گے؟''

''کہکشاں کی بچی، کیوں ڈرا رہی ہو مجھے؟'' جاوید نے ایک جھٹکے کے ساتھ اپنا سر کواڑ سے ہٹایا اور اس کے کان کے قریب اپنا منہ لا کر کہا۔

''اگر تم یہاں ڈرنے کے لیے نہیں آئے تو پھر کیوں کھڑے ہو؟''

''ٹھیک ہے۔ میں اپنے کمرے میں جارہا ہوں۔ اگر کوئی اندر سے کھٹکھٹا دے تو صبح کو مجھے بتا دینا۔''

وہ دونوں سرگوشیوں میں باتیں کر رہے تھے کہ اچانک جاوید نے محسوس کیا جیسے نزدیک ہی کوئی کھنکار اہو۔ اس نے مڑ کر دیکھا تو گھپ اندھیرے میں ایک سایہ بالکل اس کے پاس کھڑا ہوا تھا۔ خوف کے مارے اس کی گھگھی بند ھ گئی اور اس نے بے تکان چیخنا شروع کر دیا۔

''ارے بیٹے، ڈریں نہیں، میں ہوں،'' جاوید نے اپنے والد کی آواز صاف پہچان لی مگر اس کی چیخ تھی کہ بند ہونے کا نام ہی نہ لیتی تھی۔

اچانک برآمدے میں روشنی ہوگئی۔ سامنے مشفقی بیگم اور مقسطی خانم کھڑی تھیں اور سمجھنے کی کوشش کر رہی تھیں کہ کیا ہوا۔ جاوید مُنّوں میاں سے چمٹا ہوا بھی تک سسکیاں لے رہا تھا۔

''آخر ہوا کیا؟ آپ لوگ یہاں کھڑے ہوئے کیا کر رہے ہیں؟'' مشفقی بیگم نے پوچھا۔

"مجھے سوتے میں کچھ آہٹ محسوس ہوئی تھی اور میں نے باہر نکل کر دیکھا تو یہ دونوں اندھیرے میں دروازے سے کان چپکائے کھڑے تھے،" مُنّوں میاں نے جواب دیا۔

"لیکن آخر کیوں؟"

"ان ہی سے پوچھو،" مُنّوں میاں نے جاوید کو ہٹاتے ہوئے کہا۔

جب کہکشاں نے انہیں بتایا کہ خان صاحب کے کمرے میں جن ہیں تو انہوں نے خوب مذاق اُڑایا۔ مقسطیٰ خانم نے کہا کہ اگر خواہ مخواہ اپنے اوپر خوف طاری کر لیا جائے تو کونے میں کھڑا ہوا ڈنڈا بھی چلنا شروع کر دیتا ہے۔ ان کا خیال تھا کہ غالباً اس کمرے میں چوہے ہیں۔ مشفقی بیگم نے کہا کہ جب ڈر لگے تو لاحول پڑھ لیا کرو۔ مقسطیٰ خانم نے آیت الکرسی پڑھنے کا مشورہ دیا۔

دونوں بچے اپنی عادت سے مجبور تھے۔ اس واقعہ کے بعد جب وہ رات کے اندھیرے میں اس دروازے سے کان چپکا کر کھڑے ہوتے تو دعائیں پڑھتے جاتے مگر جب وہاں سے ڈر کر بھاگتے تھے تو نہ لاحول کام کرتی تھی اور نہ آیت الکرسی۔ مُنّوں میاں نے کئی مرتبہ سمجھایا کہ گر ڈر لگتا ہے تو وہاں جا کر دروازے سے کان لگانے کی ضرورت ہی کیا ہے۔ اس کا نہ جاوید کے پاس کوئی جواب تھا اور نہ کہکشاں کے پاس، سوائے اس کے کہ اپنے تجسس پر بس نہیں چلتا تھا۔

انگریزی میں ایک کہاوت ہے کہ بلی کو اس کے تجسس نے مار ڈالا۔ اس کا پس منظر یہ ہے کہ بلی ایک بے حد متجسس جانور ہے۔ ہر انجانی چیز کو چھونا، کونوں کھدروں میں گھسنا، اور کنوئیں میں جھانکنا اس کے محبوب مشاغل ہیں۔ اگر کہیں چھپو بھی نظر آ جائے تو اسے گھور نا شروع کر دیتی ہے اور پنجے مار کر اس کے ساتھ کھیلنے لگتی ہے۔ اگر کہیں ذرا سی غفلت ہو جائے تو زندگی سے ہاتھ دھو بیٹھتی ہے۔ غالباً یہی تجسس تھا جو جاوید اور کہکشاں کو خان صاحب کے کمرے تک لے جاتا تھا۔

***

آئے دن مُنّوں میاں کے نِت نئے پلان بنتے تھے۔ ایک روز دونوں بچے اسکول سے آئے تو برآمدے میں، جہاں فرش بچھا رہتا تھا اور جس پر دستر خوان بچھا کر کھانا کھایا جاتا تھا، اب وہاں ایک بڑی سی کھانے کی میز لگی تھی جس کے گرد آٹھ کرسیاں تھیں۔

61

''اب کھانا میز پر لگے گا اور ہم کرسیوں پر بیٹھ کر کھایا کریں گے،'' مشفقی بیگم نے بتایا۔

''کیوں، کیا اب ہم امیر ہو گئے ہیں؟'' کہکشاں نے معصومیت سے پوچھا۔

''ہاں، ہم آج سے امیر ہو گئے ہیں،'' مشفقی بیگم نے جواب دیا۔

''مگر امیر لوگ تو چھری کانٹوں سے کھاتے ہیں،'' جاوید نے کہا۔

''خبردار، اپنے ابو جی کے سامنے مت کہنا ورنہ سچ مچ چھری کانٹے بھی لے آئیں گے۔''

جاوید نے تو خیر اپنے والد سے کچھ نہیں کہا مگر ایک دن جب وہ خود ہی گھر میں داخل ہوئے تو ان کے ہاتھ میں لکڑی کی ایک خوب صورت صندوقچی تھی جو انہوں نے کھانے کی میز پر رکھ دی۔ گھر کے سارے افراد ان کے گرد جمع ہو گئے۔ انہیں تجسس تھا کہ صندوقچی میں کیا ہے۔ جب مُنّوں میاں نے اسے کھولا تو اس میں چھری کانٹوں کا سیٹ تھا۔

''توبہ ہے،'' مشفقی بیگم نے اپنی پیشانی پر ہتھیلی مار کر کہا، ''ایسا لگتا ہے کہ اب ہم مسور کی دال چھری کانٹے سے کھایا کریں گے۔''

''مسور کی دال کیوں، ہم کیک پیسٹری بھی تو کھائیں گے،'' مُنّوں میاں نے جواب دیا۔

مقسطی خانم ٹھٹّا مار کر ہنسیں اور بولیں، ''بھیّا، کیک پیسٹری کھانے کے لیے ان اوزاروں کی کیا ضرورت ہے؟''

''بھئی اور کھانے بھی تو ہوتے ہیں جو چھری کانٹے سے کھائے جاتے ہیں۔''

''ہمارے کھانوں میں کون سے کھانے ہیں؟'' مشفقی بیگم نے پوچھا۔

مُنّوں میاں سے جواب بن نہیں پڑا۔ انہوں نے تو بس اچانک شوق میں آ کر وہ سیٹ خرید لیا تھا ورنہ ضرورت تو کوئی نہیں تھی۔

''ہمارے کھانے نہیں تو ہمیں اور لوگوں کے کھانے بھی ٹرائی کرنے چاہئیں،'' آخر انہوں نے ہتھیار ڈال دیے۔

اگلے روز مُنّوں میاں جاوید اور کہکشاں کو ایجوکیشنل بک ڈپو لے گئے۔ یہ نور محمد ہائی اسکول کے سامنے ایک بہت بڑا بک اسٹور تھا اور مُنّوں میاں وہاں بچوں کو ہر سال کورس کی کتابیں خریدنے کے لیے لے جاتے تھے۔ جب نیا سال شروع ہوتا تو اسکول سے نئی کلاس کی کتابوں کی فہرست ملتی تھی جسے وہ کاؤنٹر پر دے دیتے تھے اور انہیں کتابوں کے دو پلندے مل جاتے تھے جن کے گرد سیلز مین پٹ سن کی سُتلی

باندھ کر گرہیں لگا دیتا تھا۔

اس بار مُنّوں میاں نے ایک کتاب خریدی جس کا نام تھا "مغربی دستر خوان"۔ ہر صفحے پر کھانوں کی رنگ برنگی تصویریں تھیں اور کتاب کے آخر میں ایک پورا باب کھانے کی میز کی ترتیب پر تھا۔ جاوید اور کہکشاں بڑے شوق سے کتاب پڑھ پڑھ کر میز لگاتے تھے۔ پہلے بڑی پلیٹ اور اس کی سیدھی طرف چھری رکھی جاتی تھی۔ بائیں جانب چھوٹی پلیٹ اور اس کے ساتھ کانٹا رکھا جاتا تھا۔ چاول کا چمچہ بڑی پلیٹ کے سامنے اور اس کے ساتھ دائیں جانب پانی کا گلاس رکھا جاتا تھا۔ وہ دونوں اتنے انہماک سے میز سجاتے تھے جیسے پینٹنگ کر رہے ہوں۔ جہاں تک مغربی کھانوں کا تعلق ہے تو ان میں نہ مشفقی بیگم کو کوئی دل چسپی تھی اور نہ مقسطی خانم کو۔ مُنّوں میاں کا جوش بھی کچھ دن میں ٹھنڈا پڑ گیا اور بچوں کا میز لگانے کا شوق بھی ختم ہو گیا، چناں چہ چھری کانٹے صندوقچی میں بند کر کے رکھ دیے گئے اور پھر کسی کو یاد ہی نہیں رہا کہ گھر میں کھانا کھانے کے اوزار ہیں۔

***

کہکشاں سائے کی طرح ہر وقت جاوید کے ساتھ لگی رہتی تھی اور اس کے شوق بھی لڑکوں جیسے تھے۔ محلے میں وہ لڑکوں کے ساتھ کرکٹ اور پھٹو گرم کھیلتی تھی۔ جہاں لڑکوں نے گولیاں کھیلنا شروع کیں اور کہکشاں آ پہنچی۔ جب وہ زمین پر الٹی لیٹ کر الٹے ہاتھ کی درمیانی انگلی کے سامنے نچار کھتی اور دوسرے ہاتھ کی انگلیوں سے کھینچ کر چھوڑتی تو مجال ہے کہ نچا دو چار گولیوں سے ٹکرائے بغیر نکل جائے۔ وہ اٹھ کر کپڑے جھاڑتی تو من بھر مٹی اس کے گرد پھیل جاتی۔ کوئی ایسا موقع نہیں آیا جب کھیل کے آخر میں وہ گود بھر کر جیتی ہوئی گولیاں نہ لائی ہو۔ ظاہر ہے کہ اس مال غنیمت میں جاوید کا حصہ بھی ہوتا تھا۔ گلّی ڈنڈے میں کہکشاں کی مہارت کا یہ عالم تھا کہ جب وہ گلّی کے سرے پر ڈنڈا مارتی تو گلّی پھر کئی بن کر اٹھتی اور جیسے ہی وہ اس کے ڈنڈے کی زد پر آتی تو تارہ بن جاتی تھی۔ اگر کوئی اسے کیچ کرنے کی ہمت کرتا تو یقیناً اس کی ہتھیلی میں سوراخ کرتی ہوئی نکل جاتی، مگر کس میں ہمت تھی کہ کہکشاں کی گلّی کو پکڑنے کی کوشش کرے۔ جاوید اسے بہتیرا سمجھاتا تھا کہ جا کر لڑکیوں کے ساتھ گڑیوں سے کھیلے، پہل دوج کھیلے مگر وہ کہاں سننے والی تھی۔

پتنگوں کے موسم میں سامنے میدان میں پیچ لڑائے جاتے اور آسمان رنگ برنگی پتنگوں سے ڈھک جاتا تھا۔ پتنگیں لڑانے والے لڑکے ان دونوں سے بڑے تھے اور ان کی حیثیت تو صرف تماش بینوں کی تھی یا پھر کٹی پتنگ کو لوٹنے والوں کی۔ آسمان کی طرف اٹھی ہوئی نظریں ہر پتنگ کا تعاقب کرتیں۔ اگر ہری پتنگ نے پیلی پتنگ کے ساتھ اٹھکھیلیاں کرنی شروع کر دیں تو تماش بینوں کی توجہ ادھر ہی مرکوز ہو جاتی۔ ہری پتنگ کسی بے باک لڑکے کی طرح لہراتی ہوئی جب پیلی پتنگ کی طرف بڑھتی تو پیلی پتنگ کسی شرمیلی لڑکی کی طرح اٹھلا کر اس سے دور بھاگتی، پھر پلٹ کر اپنی شوخی دکھاتی تو ہری پتنگ چکر کھا کر پشت سے حملہ آور ہوتی۔ جوں جوں دونوں پتنگیں پیچ پر پیچ کھاتی ہوئی ایک دوسرے سے گتھ جاتیں تو دیکھنے والوں کے منہ کھل جاتے، سانس تیز ہو جاتے اور نگاہیں پتنگوں کا تعاقب کرتی رہتیں۔ آخر ایک پتنگ کٹ کر آزاد ہو جاتی اور آسمان پر ڈولتی ہوئی ہوا کے دوش پر ایک طرف چل دیتی۔ ہارنے والا جلدی جلدی اپنا مانجھا لپیٹتا اور بچے کٹی پتنگ کو لوٹنے کے لیے دوڑ پڑتے۔ کہکشاں آگے آگے ہوتی اور اس کے ہاتھ میں ہمیشہ سوکھی ہوئی جھاڑی کی ایک لمبی سی ڈالی ہوتی تھی۔

کہکشاں جاوید کی دوست تو تھی ہی، مگر دوست سے زیادہ اس کی باڈی گارڈ تھی۔ کس کی مجال تھی کہ جاوید کو ٹیڑھی آنکھ سے دیکھ سکے؟ ویسے وہ کافی شریف لڑکا تھا۔ کبھی کسی سے ابے تبے نہیں کی، کبھی کسی سے لڑا نہیں، مگر ملّان کو اس سے خدا واسطے کا بیر تھا۔ ملّان، صوبے دار گل شیر خان کا بیٹا تھا اور جاوید کا ہم عمر تھا۔ سب بچے اسے ملّا کہتے تھے کیوں کہ جب وہ اپنے کوارٹر کے سامنے دوسرے بچوں کے ساتھ کھیل رہا ہوتا تھا تو اس کی والدہ ملّا کہہ کر اسے آواز دیتی تھیں۔ صوبے دار صاحب کا تعلق مردان سے تھا اور ان کا مشغلہ ہر محفل میں اپنے بزرگوں کی بہادری کی کہانیاں سنانا تھا۔ ثبوت کے طور پر انہوں نے اپنے کمرے کی ایک دیوار پر چیتے کا سر بمع اس کی گردن ٹانگ رکھا تھا۔ ان کے بیان کے مطابق وہ چیتا ان کے تایا نے مارا تھا اور انہوں نے بستر مرگ پر، جب ان کے پانچ بیٹے بستر کے گرد کھڑے ہوئے تھے، وصیت کی تھی کہ چیتے کا سر گل شیر خان کو دے دیا جائے۔ ویسے صوبے دار صاحب تھے بڑے بھلے آدمی، مگر وہ جتنے بھلے تھے، ان کا بیٹا اتنا ہی خوار تھا۔ اچھا خاصا ادا گیر تھا اور راستہ چلتے لڑکوں سے لڑ پڑتا تھا۔ ایک بار خواہ مخواہ جاوید سے الجھ پڑا۔ جاوید کسی سے باتیں کر رہا تھا کہ اچانک وہ دونوں کو دھکا دیتا ہوا درمیان سے گزرا۔ کہکشاں نے دور سے اسے دیکھا اور تیر کی طرح آ کر اس کے سامنے کھڑی ہو گئی۔

’’کیوں دھکا دیا ان کو؟‘‘ وہ اس کی آنکھوں میں آنکھیں ڈال کر بولی۔

’’میں نے تجھے تو دھکا نہیں دیا،‘‘ منان نے جواب دیا۔

’’مجھے دھکا دے کر دیکھ تو پھر پتا چلے گا۔‘‘

منان کہکشاں کو دھکا دے کر آگے بڑھا۔ کہکشاں نے اسکی قمیص کا کالر پیچھے سے پکڑ کر کھینچا اور اس سے چمٹ گئی۔ منان مڑا اور دونوں گتھم گتھا ہو گئے۔ کہکشاں نے اسے زمین پر گرا کر اس کی گدی پکڑی اور اس کی ناک زمین پر رگڑ دی۔ بڑی مشکل سے دونوں کا بیچ بچاؤ کرایا گیا مگر اس وقت تک منان کا حلیہ بگڑ چکا تھا، ناک سے خون نکل رہا تھا اور قمیص کے بٹن اکھڑ گئے تھے۔ وہ روتا ہوا گھر پہنچا اور وہاں اس کی والدہ نے اس کی خوب خبر لی کہ لڑکی سے پٹ کر آ گیا، البتہ اس کا ایک فائدہ یہ ہوا کہ منان کی داداگیری ختم ہو گئی، بلکہ آگے چل کر جاوید سے اس کی بڑی اچھی دوستی ہو گئی۔

اڑوس پڑوس کے لوگ کہتے تھے کہ کہکشاں کو لڑکا ہونا چاہیے تھا۔ کچھ بھی ہو، سچی بات تو یہ ہے کہ جاوید کو کہکشاں سے بڑی محبت تھی۔ ایک بار اسے ٹائیفائیڈ ہو گیا۔ اس دوران جب ایک رات کو اسے بہت تیز بخار تھا اور سرسامی کیفیت تھی، مقسطیٰ خانم نے اپنے ایک دوپٹے کے ٹکڑے کرکے جاوید کو دیے اور کہا کہ وہ ٹھنڈے پانی میں ڈبو ڈبو کر اس کی پیشانی پر رکھے۔ کہکشاں بستر پر پڑی آنکھیں بند کیے کراہ رہی تھی۔ جاوید نے اس کی پیشانی کو چھو کر دیکھا تو آگ کی طرح تپ رہی تھی۔ وہ ایک کٹورے میں ٹھنڈا پانی لے کر اس کے بستر کے برابر کرسی بچھا کر بیٹھ گیا اور رات بھر اس کی پیشانی پر ٹھنڈے پانی کے چھائے رکھتا رہا۔ وہ سوچنے لگا کہ اگر کہکشاں مر گئی تو کیا ہو گا۔ وہ اس کے بغیر اپنی زندگی کا تصور بھی نہیں کر سکتا تھا۔ وہ خود کو ہمیشہ اس کا سایہ سمجھتا تھا مگر وہ اس کے لیے سہ پہر کا سورج تھی جو اسے اپنی قامت سے کئی گنا بڑھا کر پیش کرتی تھی۔

جاوید کے گلے میں ایک گولا سا پھنس گیا اور وہ بار بار تھوک نگلنے لگا۔ ’’اگر کہکشاں مر گئی تو کیا ہو گا؟‘‘ ضبط کرنے کی لاکھ کوشش کی مگر آنسوؤں کی جھڑی لگ گئی۔ اسی حالت میں اسے نیند آ گئی اور وہ کرسی پر بیٹھے بیٹھے سو گیا۔ جب آنکھ کھلی تو کمرے میں سورج کی روشنی پھیلی ہوئی تھی۔ کہکشاں اسے گھور رہی تھی۔ اس نے کہکشاں کی پیشانی کو چھو کر دیکھا تو بخار اتر چکا تھا۔

’’تم رات بھر اسی طرح بیٹھے رہے؟‘‘ کہکشاں نے پوچھا۔

’’ہاں، تمہیں بہت تیز بخار تھا،‘‘ جاوید نے جواب دیا۔

وہ مسکرا کر رہ گئی اور اس ایک لمحے میں بہت کچھ جاوید کی نظروں کے سامنے سے گزر گیا: اس کا دل

بلّیوں اچھلنے لگا اور دنیا اچانک رنگین نظر آنے لگی۔ رنگ برنگے پھولوں سے لدی ڈالیاں، اودے اودے
بادلوں سے ڈھکا آسمان، قوس قزح، اور نہ جانے کیا کیا اس کے سامنے سے گزر گیا۔ اس کا دل چاہا کہ اٹھ کر
کہکشاں کو اپنی بانہوں میں بھینچ لے۔

***

جاوید روزانہ اسکول جاتے ہوئے اس بیرک کے سامنے سے گزرتا تھا جس میں آرمی کے مہتر اپنی
فیمیلیوں کے ساتھ رہتے تھے۔ بیرک میں دیواریں کھینچ کر کمرے بنا دیے گئے تھے اور ہر فیملی کے پاس
ایک کمرہ تھا۔ شام کو جب سارے مہتر ڈیوٹیاں ختم کر کے لوٹتے تو اپنے اپنے کمرے کے سامنے میدان
میں چار پائیاں بچھا کر باہر بیٹھتے اور ان کے بچے آس پاس دھما چوکڑی مچاتے رہتے۔ جاوید گزرتے ہوئے
وہاں کھڑے ہو کر ان بچوں کو بڑی دلچسپی سے دیکھتا تھا۔ ان کی سیدھی سادی زندگی تھی جو اس کے نزدیک
سارے مسائل سے پاک تھی۔ مہتروں میں کچھ مسیحی، کچھ ہندو اور کچھ مسلمان تھے۔ سب ایک ہی بیرک
میں رہتے تھے۔ وہ چھاؤنی میں سارے بیت الخلا صاف کرتے تھے اور فارغ اوقات میں میدانوں میں جھاڑو
دیتے تھے۔ فوج کا کلچر ہے کہ جب وہ حالت جنگ میں نہیں ہوتی تب بھی سپاہیوں کو اتنا مصروف رکھا جاتا
ہے کہ جب رات کو بستر پر لیٹتے ہیں تو تھک کر چور ہوتے ہیں۔ اگر کچھ کام نہیں تو انہیں چھاؤنی میں سارے
درختوں کے تنوں پر سفید پینٹ کرنے پر لگا دیا جاتا ہے۔ جب میدانوں میں مہتر جاروب کشی کرتے تھے اور
سپاہی درختوں پر پینٹ کرتے تھے تو پوری چھاؤنی میں جگہ جگہ بجلی کے کھمبوں اور درختوں پر لاؤڈ سپیکر فٹ
کر دیے جاتے تھے اور دن بھر گانے بجتے تھے۔ سب سے زیادہ پسندیدہ گانا تھا:

آ ئے موسم رنگیلے سہانے،

جیا نہیں مانے،

تو چھٹی لے کے آ جا بالما

ظاہر ہے کہ جو سپاہی فیملی سے دور ہو وہ تو چھٹی کے ہی خواب دیکھے گا جس طرح بلی کو خواب میں
چھیچھڑے نظر آتے ہیں۔ چناں چہ ہر دو چار گانوں کے بعد یہی گانا بجتا تھا۔

8

مُنّوں میاں اپنے بہنوئی کے لیے پریشان رہتے تھے کیوں کہ کبھی کسی نے انہیں خوش نہیں دیکھا۔ پیارے میاں ہمیشہ تیزاب میں بجھے رہتے تھے۔ ذرا ذرا سی بات پر پھٹ پڑتے اور اکثر و بیشتر ناراض ہو کر گھر سے نکل جاتے۔ لوگ ان کے ساتھ بڑی احتیاط سے پیش آتے تھے کیوں کہ انہیں خطرہ لاحق رہتا تھا کہ کہیں وہ کسی بات پر ناراض نہ ہو جائیں۔ ان کی پیشانی پر مستقل دو عمودی سلوٹیں نظر آتی تھیں جن سے ان کے ذہنی تناؤ کا اندازہ ہوتا تھا۔ چوں کہ ان کا کوئی پیشہ ورانہ تجربہ نہیں تھا اور تعلیم بھی واجبی تھی لہٰذا انہیں کوئی ڈھنگ کی ملازمت بھی نہیں ملتی تھی۔ اگر کہیں کوئی کام کاج مل بھی جاتا تو کچھ عرصہ کے بعد ہی لڑ لڑا کر گھر بیٹھ جاتے تھے۔

مُنّوں میاں کے خاندان میں انگریزی پڑھنے کا رواج نہیں تھا مگر بود و باش اور رکھ رکھاؤ کے لحاظ سے خاصے مہذب تھے۔ جاوید کے بڑے بھی اسے "آپ" کہہ کر مخاطب کرتے تھے، مگر پیارے میاں بڑے اکھڑ اور اجڈ تھے۔ ہمیشہ تو تڑاخ اور ابے تبے سے بات کرتے تھے۔ ابتدا میں جاوید کو بہت برا لگا مگر پھر عادت پڑ گئی۔ کبھی کبھار جب انہیں کہکشاں پر پیار آتا تو اسے مسکرا کر دیکھتے اور کہتے، "کتیا کہیں کی!" جب کہکشاں چڑتی تو جاوید اسے سمجھاتا کہ یہ ان کے پیار کا انداز ہے اور انہیں کسی طرح تبدیل نہیں کیا جا سکتا۔

اگرچہ باقی خاں ان کے سگے تایا تھے اور انہوں نے ہی پیارے میاں اور ان کے بڑے بھائی کو پالا تھا مگر وہ تایا کے نام سے ہی چڑتے تھے۔ غالباً وہ بچپن کی تلخ یادیں لے کر جوان ہوئے تھے۔ باقی خاں بھتیجوں کے معاملے میں جلّاد تھے اور بڑی مار پیٹ کرتے تھے۔ لوگ کہتے تھے کہ ان کی سخت گیری کی ایک وجہ یہ تھی کہ ان کا اکلوتا جوان بیٹا بری صحبت میں پڑ کر نشے کا عادی ہو گیا تھا۔ انہوں نے اس سے بڑی امیدیں وابستہ کی تھیں اور بزنس اس کے سپرد کر کے اسے کاؤنٹر پر بٹھا دیا۔ کیش کا حساب کتاب اس کے ہاتھ میں

دے دیااور آہستہ آہستہ اس نے اپنی نشے کی لت پوری کرنے کے لیے کیش چوری کرنا شروع کر دیا۔ کبھی کبھی وہ دو دو دن کے لیے غائب ہو جاتااور کہیں دوستوں کے گھروں میں نشے کی حالت میں پڑا رہتا۔ باقی خاں کو اندازہ ہو گیا تھا کہ بیٹا ہاتھ سے نکل گیا ہے۔ ڈانٹ ڈپٹ سے کام چلانے کی کوشش کی مگر کوئی نتیجہ نہ نکلا۔ایک روز جب دن بھر کی آمدنی کیش رجسٹر سے غائب ہو گئی تو تنگ آ کر انہوں نے بیٹے کو گھر سے نکال دیا۔ دو چار دن میں جب غصہ ٹھنڈا ہوا تو اس کی تلاش شروع کی مگر کچھ پتا نہیں چلا کہ اسے زمین نگل گئی یا آسمان کھا گیا۔ بیٹا آخر بیٹا ہی ہوتا ہے۔اس کے سوا کوئی چارہ نہیں تھا کہ دل پر پتھر رکھ کر بیٹھ رہیں اور زندگی بھر خود کو کوستے رہیں۔

بیٹے کی روپوشی کے کچھ ہی دن کے بعد باقی خاں کے چھوٹے بھائی خون تھوکتے تھوکتے آخر کار اس دار فانی سے کوچ کر گئے اور بھتیجوں کی کفالت کی ذمہ داری ان پر آن پڑی۔ ایسی بات نہیں کہ انہیں بھتیجوں سے محبت نہیں تھی، مگر دودھ کا جلا چھاچھ بھی پھونک پھونک کر پیتا ہے اور رسّی کو بھی سانپ سمجھ کر پیٹتا ہے چناں چہ وہ بیٹے سے ڈسے جانے کے بعد بھتیجوں کی تربیت میں کوئی کسر نہیں چھوڑنا چاہتے تھے۔ بد قسمتی سے ان کا نظریہ یہ تھا کہ بچوں کی تربیت کے لیے ڈانٹ ڈپٹ ضروری ہے۔ ان کا مقولہ تھا کہ بچے کو کھلاؤ سونے کا نوالہ، مگر دیکھو شیر کی نظر سے۔اس زمانے کا دستور یہی تھا۔ بچوں کو اسکول میں داخل کرتے وقت استادوں سے کہہ دیا جاتا تھا کہ ''کھال تمہاری اور ہڈیاں ہماری۔''

تایا کی مار پیٹ کا نتیجہ یہ نکلا کہ پیارے میاں بچپن میں ہی باغی ہو گئے اور جب انہوں نے اسکول میں دوسرے بچوں کی مار پٹائی کرنا شروع کر دی تو انہیں اسکول سے نکال دیا گیا۔ جو پڑھ لیا سو پڑھ لیا، زیادہ پڑھے لکھے نہیں تھے۔ان کے تایا نے انہیں اپنی دکان میں لگا لیا اور ان کی ساری زندگی گھی بیچنے میں گزری۔ کچھ اور کرنے کا انہیں کوئی تجربہ نہ تھا الہٰذا پاکستان آنے کے بعد ان کی سمجھ میں نہیں آیا کہ کیا کریں۔

پیارے میاں کے بڑے بھائی کا نام غفار خان تھا۔ وہ عمر میں ان سے تین برس بڑے تھے اور تایا کے ظلم سے تنگ آ کر گیارہ سال کی عمر میں گھر سے بھاگ گئے تھے۔ سال ہا سال گزر گئے مگر کچھ پتا نہیں چلا کہ زمانے کے تھپیڑوں نے ان کا کیا حشر کیا۔

***

پیارے میاں دنیا بھر سے ناراض رہنے کے باوجود مُنّوں میاں کی عزت کرتے تھے، ان کا مشورہ بھی سن لیتے تھے، اور کبھی کبھی مان بھی لیتے تھے۔ دراصل وہ بچپن سے ہی محبت کے پیاسے تھے۔ زندگی میں کبھی کوئی دوست نہیں بنا اور نہ کوئی ایسا بزرگ ملا جو ان کے سر پر دست شفقت رکھے، حالاں کہ مقسطیٰ خانم ان سے بڑی محبت کرتی تھیں اور شوہر پر ایک حرف تک نہیں آنے دیتی تھیں مگر اس زمانے میں مردوں کی انا برداشت نہیں کرتی تھی کہ اپنی بیوی کے سامنے اپنے جذباتی مسائل کا ڈھکرا رو ویں۔ پوری دنیا میں لے دے کے صرف مُنّوں میاں ہی تھے جن کی وہ عزت کرتے تھے۔ دراصل انہیں مُنّوں میاں میں اپنے بڑے بھائی کا پرتو نظر آتا تھا۔

"پیارے میاں، میری بات مانیں تو آپ مگر مچھ کی کھال پہن لیں،" مُنّوں میاں انہیں سمجھاتے، "آپ کو علم ہے کہ مگر مچھ کی کھال پر گولی تک اثر نہیں کرتی۔ اسے شکار کرنے کا بہترین طریقہ یہ ہے کہ جب وہ منہ پھاڑے تو حلق میں گولی ماری جائے۔"

"جی بھائی صاحب،" پیارے میاں کا جواب ہوتا۔

"لہٰذا میری بات مانیں تو مگر مچھ کی کھال پہن لیں اور منہ بند رکھیں۔ پھر دیکھنا کہ آپ پر نہ کسی تیغ کا اثر ہو گا نہ کسی تفنگ کا۔"

یہ مکالمہ اکثر دہرایا جاتا تھا مگر پیارے میاں کا سدھر نا ناممکنات میں سے تھا۔ دراصل ان کا ماضی ان سے بھوت بن کر چمٹ گیا تھا۔ بچپن کی یتیمی، تایا اور تائی کی بد سلوکی، اور خود اعتمادی کا فقدان، غصے اور جھلاہٹ کی صورت میں ان کی شخصیت میں بس گیا تھا۔

مُنّوں میاں اکثر سمجھاتے کہ اگر خوش ہونے کی کوئی وجہ نہ بھی ہو تو کم از کم خوش رہنے کی ایکٹنگ ہی کر لیا کرو، پھر محسوس کرو گے کہ تم واقعی خوش ہو۔ پیارے میاں کو خود بھی اپنی زود رنجی کا احساس تھا۔ اکثر وہ مُنّوں میاں کو بتاتے کہ وہ خواب میں ہمیشہ خود کو خوش دیکھتے ہیں اور ہنستے بولتے بھی ہیں مگر جب جاگتے ہیں تو انہیں ایسا لگتا ہے جیسے انہوں نے چوری کی ہو۔ ان کا ضمیر ملامت کرنے لگتا ہے کہ انہیں خوش رہنے کا کوئی حق نہیں پھر وہ خواب میں خوش کیوں تھے۔

پیارے میاں کے والد کا انتقال ان کی پیدائش سے ایک ماہ پہلے ہو گیا تھا۔ والدہ کا انتقال بھی اس وقت ہوا جب وہ صرف تین سال کے تھے اور وہ ان کی یاد داشت سے نکل چکی تھیں۔ ایک مرتبہ انہوں نے مُنّوں میاں سے کہا کہ اکثر وہ اپنی والدہ کے متعلق سوچتے ہیں مگر وہ انہیں صرف ایک سائے کی طرح نظر

آتی ہیں۔ان کے کوئی واضح خد و خال نہیں ہوتے، بس ایک پر چھائیں سی ہوتی ہے اور وہ اس وقت بڑی طمانیت محسوس کرتے ہیں، مگر جب وہ ہاتھ بڑھاکر اس پر چھائیں کو چھونا چاہتے ہیں تو وہ دھوئیں کی ماند تحلیل ہو جاتی ہے۔ان کے مطابق ایسے لمحات بہت کم آتے تھے۔

پیارے میاں کبھی کبھار جب گھر آتے تو مُنّوں میاں کے مشورے کے مطابق اپنے اوپر خوشی طاری کر لیتے، مقسطی خانم سے بھی ہنس بول لیتے اور کہکشاں کی پیٹھ بھی تھپتھپادیتے، مگر خوشی کے وہ لمحات بڑے مختصر ہوتے تھے۔ایسا لگتا تھا کہ ان کے نام کا بھی کچھ اثر تھا۔وہ لا کھ پیارے میاں بننے کی کوشش کرتے مگر ان پر قہاریت طاری ہو جاتی تھی۔

’’سب سالے مطلبی ہیں،‘‘ان کا محبوب جملہ تھا۔

’’کیوں نہ ہوں؟‘‘مُنّوں میاں جواب دیتے،’’ہر ایک کو اپنے بیوی بچے عزیز ہوتے ہیں۔‘‘

’’ہم تو ہر ایک کے لیے مرتے ہیں۔‘‘

’’کوئی نہیں مرتے،اور پھر کون کہتا ہے کہ آپ کسی کے لیے مریں؟‘‘

یہ مُنّوں میاں ہی کی ہمت تھی کہ وہ پیارے میاں سے بحث کر لیتے تھے ورنہ کسی اور کی مجال نہیں تھی کہ ان کی بات کا جواب دے۔اگر کسی نے کچھ کہہ دیا تو کھانے کو دوڑتے تھے۔ان کی بیوی اور بیٹی بھی ان کی موجودگی میں سہمی سہمی سی رہتی تھیں اور ایک دوسرے کے ساتھ سرگوشیوں میں گفتگو کرتی تھیں۔

جب مُنّوں میاں نے آرمی کی کینٹین سنبھالی تو پیارے میاں کو اپنے پاس ملازم رکھ لیا۔وہ سارا دن بڑی محنت کرتے تھے۔ان کا کام اسٹاک پر نظر رکھنا تھا۔اگر اسٹور میں کسی چیز کی کمی دیکھتے تو گودام سے کندھے پر پیٹیاں لاد کر لاتے اور ان میں سے سامان نکال کر مقررہ مقامات پر لگاتے۔سارا دن روبوٹ کی طرح گودام سے اسٹور اور اسٹور سے گودام کے چکّر لگاتے رہتے۔ نظریں زمین پر جمی رہتیں اور پورے جسم سے پسینہ ٹپکتا رہتا۔ کبھی سر اٹھا کر کسی کی طرف دیکھ لیا تو ان کی آنکھوں سے عجیب وحشت ٹپکتی دکھائی دیتی تھی۔ وہ سارا دن خاموش رہ کر گزار دیتے۔ کسی اور ملازم کو ان سے گفتگو کرنے کی نہ ضرورت پڑتی تھی اور نہ جسارت ہوتی تھی۔ معلوم ہوتا تھا کہ ہر وقت گہری سوچ میں ڈوبے رہتے ہیں۔ نہ جانے کیا سوچتے رہتے تھے۔ انہوں نے اپنے اندر اپنی ہی ایک دنیا بنا لی تھی جس کے ساتھ ویسی ہی معرکہ آرائی رہتی تھی جیسے اپنے باہر کی دنیا کے ساتھ۔ اکثر راستہ چلتے ہوئے اپنے آپ سے باتیں کرتے تھے۔ کبھی

70

ماتھے پر بل پڑ جاتے، کبھی کسی خیالی مخاطب کو ہاتھ سے جھٹک دیتے۔ ان کے ساتھ کام کرنے والوں نے انہیں ان کے حال پر چھوڑ دیا تھا۔

پیارے میاں کو جو تنخواہ ملتی تھی وہ بیوی کے ہاتھ میں دے دیتے تھے۔ نہ کبھی ان سے پیسے مانگتے اور نہ اپنے ہاتھ سے کچھ خرچ کرتے۔ کہکشاں کے اسکول کی فیس اور کتابوں وغیرہ کا انتظام بھی مُنّوں میاں ہی کرتے تھے۔

***

مُنّوں میاں اکثر کینٹین سے اپنے بیٹے اور بھتیجی کے لیے کوئی چھوٹی موٹی چیز لے آتے تھے۔ ایک دن جب وہ گھر آئے تو دونوں بچوں کو ایک ایک ٹیوب دیا جس پر ایک بچے کی تصویر بنی ہوئی تھی۔ جاوید نے پوچھا تو کہنے لگے، ''اسے ٹوتھ پیسٹ کہتے ہیں، یہ انگریزی منجن ہے۔''

''ٹوتھ پیسٹ، مگر اسے استعمال کیسے کرتے ہیں؟'' کہکشاں بولی۔

''بس ٹیوب کھول کر اسے تھوڑا سا پچکاؤ اور انگلی پر رکھ کر دانت مانجھ لو۔''

اس وقت تک بچے دانت مانجھنے کے لیے وہ منجن استعمال کرتے تھے جو مشفقی بیگم خود بناتی تھیں۔ دہکتے ہوئے کوئلوں کو ٹھنڈے پانی میں بجھا کر ایک دن دھوپ میں سوکھنے دیتیں اور پھر انہیں ہاون دستے میں کالے نمک اور نوشادر کے ساتھ کوٹ کر بالکل باریک کر لیتیں۔ پھر اس میں تھوڑا سا سرسوں کا تیل ڈال کر اس کی مزید کٹائی کرتیں یہاں تک کہ وہ پاؤڈر بن جاتا۔ ان کا بنایا ہوا منجن بچے بڑے شوق سے استعمال کرتے تھے۔ کالے نمک کا ذائقہ، نوشادر کی تیزی، سرسوں کے تیل کی چکناہٹ اور اوپر سے کوئلے کی کرکراہٹ مل کر دانتوں میں عجیب سی سنسناہٹ پیدا کرتی تھی۔ آنگن میں ایک کونے میں چھوٹی سی چوکی بچھی رہتی تھی جس پر بیٹھ کر وہ صبح کو منہ ہاتھ دھوتے تھے۔ چوکی کے ایک سرے پر لوٹے میں پانی بھر کر بیٹھ جاتے اور وہیں دیوار میں ایک طاق تھا جس میں منجن کی ڈبیہ اور صابن دانی رکھی رہتی تھیں۔ ڈبیہ میں گیلی انگلی ڈالتے تو بہت سا منجن انگلی پر لگ جاتا۔ جب اسے دانتوں پر گھستے تو دودھ کی طرح سفید ہو جاتے تھے۔

اگلے روز جب جاوید اور کہکشاں نے ٹوتھ پیسٹ استعمال کرنے کی کوشش کی تو بڑی مایوسی

ہوئی۔ سب سے بڑا مسئلہ یہ تھا کہ وہ گیلی انگلی پر ایک طرف پھسل کر گرجاتا تھا۔ کئی مرتبہ ناکام کوشش کرنے کے بعد آخرکار انگلی دانتوں تک پہنچی اور جلدی سے منہ بند کر لیتا کہ ٹوتھ پیسٹ باہر نہ نکل پڑے۔ جب انگلی سے دانتوں کو رگڑنا شروع کیا تو اس میں نہ منجن کا ذائقہ تھا، نہ تیزی اور نہ کر کراہٹ۔ کلّی کرنے کے بعد جب زبان پھیری تو دانت ویسے کے ویسے ہی محسوس ہوئے۔ جب مُنّوں میاں نے بیٹے سے پوچھا کہ ٹوتھ پیسٹ استعمال کیا تو اس نے صاف صاف بتا دیا کہ اس سے اچھا منجن تو اس کی امی بنا لیتی ہیں۔

کئی روز کے بعد مُنّوں میاں کو کسی سے معلوم ہوا کہ ٹوتھ پیسٹ کے لیے ٹوتھ برش ضروری ہے۔ چنانچہ وہ گھر آتے ہوئے دو ٹوتھ برش لے آئے۔ کہکشاں کا ٹوتھ برش سرخ تھا اور جاوید کا نیلا۔ برش سے دانت مانجنا ان کے لیے نیا تجربہ تھا۔ مسوڑھوں میں برش کرتے وقت جو گدگدی ہوتی تھی اس کا اپنا ہی مزا تھا۔ دونوں اسی شوق میں دن میں کئی کئی بار دانت برش کرنے لگے، مگر مشفقی بیگم کو ٹوتھ برش سے چڑ ہو گئی۔ ان کا خیال تھا کہ ان کا منجن دانتوں کے لیے زیادہ مفید ہے۔ چنانچہ جب وہ بھی بچوں کو برش کرتے دیکھتیں تو ڈانٹ پلا تیں لہٰذا انہوں نے دوبارہ منجن استعمال کرنا شروع کر دیا، البتہ جب مشفقی بیگم اِدھر اُدھر ہوتیں تو بچے نظریں بچا کر جلدی جلدی دانتوں کو برش کر لیتے۔

***

مشفقی بیگم کا سالانہ سوئیٹر کی بُنائی کا موسم شروع ہو چکا تھا۔ ستمبر آتے ہی اُن کی سوئیٹر بُننے کی سلائیاں نکل آتیں اور کیا بڑا کیا چھوٹا، نہ صرف پورے خاندان کے لیے، بلکہ محلے کے بچوں کے لیے بھی سوئیٹر بننا شروع کر دیتی تھیں۔ ان کا ایک ہی اصول تھا۔ پرانا سوئیٹر لے آؤ اور نیا سوئیٹر بُنوا لو۔ گھر گھر سے پرانے سوئیٹر آتے تھے اور مشفقی بیگم مہینہ بھر انہیں اُدھیڑ کر اون کے گولے بناتی تھیں اور اس اون سے نئے سوئیٹر تیار کرتی تھیں۔ اس بات کی کوئی گارنٹی نہیں تھی کہ جس کا اون ہو گا اسی کا سوئیٹر بنا جائے گا۔ البتہ اگر کوئی پڑوسن انہیں اون لا کر دے دیتی تو دوسری بات ہے۔ ان کے پاس رنگ برنگے اون جمع ہو جاتے تھے جن سے رنگ برنگے سوئیٹر بنتی تھیں۔ ان کی کرسی کی دونوں جانب کھجور کے پتوں کی بنی ہوئی ایک ایک ٹوکری رکھی رہتی تھی جن میں سے ایک ٹوکری میں اون کے گولے تھے اور دوسری میں کئی پرانے سوئیٹر، جو ابھی اُدھیڑے نہیں گئے تھے۔

72

مُنّوں میاں اپنی بیوی کے برابر دوسری کرسی پر بیٹھے اخبار پڑھ رہے تھے۔ درمیان میں ایک میز تھی جس پر پرچ میں چائے کی خالی پیالی رکھی تھی اور حسبِ معمول اس کے پیندے میں ایک گھونٹ چائے باقی تھی جو اس وقت تک ٹھنڈی ہو چکی تھی۔ مشفقی بیگم کو سخت چڑ تھی کہ مُنّوں میاں ہمیشہ ایک گھونٹ چائے پیالی میں چھوڑ دیتے تھے۔

’’یہ ایک گھونٹ ٹھنڈی چائے کون پیے گا،‘‘ وہ پیالی اٹھاتے وقت ناک بھوں چڑھاتیں۔

’’بھئی یہ آداب میں داخل ہے۔ تھوڑی سی چائے چھوڑ دیتے ہیں تاکہ کوئی یہ نہ سمجھے کہ پینے والا ہوس کے مارے پیندے تک کو چاٹ گیا،‘‘ مُنّوں میاں جواب دیتے۔

’’میں آپ کے آداب سمجھنے سے قاصر ہوں۔ آپ پانی پیتے وقت بھی گلاس میں ایک گھونٹ چھوڑ دیتے ہیں۔‘‘

’’یہ بھی آداب میں داخل ہے۔‘‘

غرض جب بھی مشفقی بیگم میز سے چائے کی پیالی ہٹاتیں یہی مکالمہ دہرایا جاتا اور اس بار بھی یہی ہوا۔ انہوں نے اپنی اون کی ٹوکریاں سنبھالیں اور اٹھ گئیں۔

مُنّوں میاں کے گھر میں کھانے کے آداب ویسے ہی تھے جس طرح نماز کے ہوتے ہیں۔ کھانے کے بھی فرائض و واجبات اور سنن و نوافل تھے اور ہر ایک کا اپنا مقام تھا۔ کھانے کے دوران چپ چپ کرنا، لقمہ منہ میں ہونے کے دوران کوئی بات کرنا، ایک ہی سانس میں غٹاغٹ پانی پینا، زور سے ڈکار لینا، یہ سب مکروہات تحریمی کے زمرے میں آتے تھے۔ رکابی کو صاف کرنا ٹکّے میں جھاڑو دینے کے مترادف تھا۔ اگر چائے میں شکر ہلاتے وقت چمچی، پیالی سے ٹکرا کر آواز پیدا کرے تو یہ عمل مباح تھا مگر مکروہ تصور کیا جاتا تھا۔ غرض یہ کہ بچپن سے ہی جاوید اور کہکشاں کو کھانے کے آداب سکھائے گئے اور ان پر سختی سے عمل کرایا گیا۔

پیارے میاں کے کام سے واپس آتے ہی جاوید کھانے کی میز صاف کرتا تھا۔ پلاسٹک کے پھولوں کے دو گلدستے میز پر رکھے رہتے تھے۔ وہ انہیں اٹھا کر ایک کونے میں رکھ دیتا کیوں کہ کہیں اور جگہ نہیں تھی۔ کہکشاں رکابیاں لگاتی اور جاوید کا کام پانی کے گلاس اور جگ بھر کر رکھنا تھا۔ مشفقی بیگم اور مقسطی خانم باورچی خانے میں چپاتیوں کا کٹور دان اور سالن کی قابیں تیار کر تیں اور بچے میز پر لا کر رکھتے۔ ویسے تو مُنّوں میاں کا گھرانا روٹی خور تھا مگر مشفقی بیگم ہفتے عشرے میں ایک بار پلاؤ ضرور بناتی تھیں کیوں کہ مُنّوں میاں

کو بے حد پسند تھا۔ کھانے کی ابتدا ہمیشہ روٹی سالن سے کی جاتی تھی اور پلاؤ آخر میں کھایا جاتا تھا۔ اگر میز پر کئی سالن ہوں تو لقمے میں دو سالنوں کو ملانا آداب کے خلاف سمجھا جاتا تھا۔ مُنّوں میاں کا کہنا تھا کہ ہر لقمے میں ایک ہی سالن ہونا چاہیے تاکہ اس کے ذائقے کو محسوس کیا جا سکے اور پکانے والے کو داد دی جا سکے۔ البتہ وہ ماش کی دال کے لقمے کو قورمے کے شوربے سے تر کر کے کھانا جائز سمجھتے تھے، اسی لیے جس دن ماش کی دال پکتی تھی اس روز قورمہ ضرور پکاتا تھا۔

مُنّوں میاں پلاؤ کے معاملے میں بے حد اہتمام کرتے تھے۔ ان کے نزدیک پلاؤ کھانے کے بھی آداب ہوتے ہیں۔ ایک مرتبہ جاوید نے پلاؤ پر قورمے کا شوربہ ڈال لیا تو بڑے ناراض ہوئے۔ اس کی رکابی اٹھا کر کہکشاں کو دی اور اس سے کہا کہ وہ جاوید کو دوسری رکابی لا دے۔

’’پلاؤ پر قورمہ ڈالنا پلاؤ کی سخت توہین ہے،‘‘ انہوں نے بیٹے کو سمجھایا۔ ’’آپ کی امی نے اتنا لذیذ پلاؤ بنایا ہے اور آپ نے اس پر قورمہ ڈال کر اس کی لذت ختم کر دی۔‘‘

’’جی، ابو جی،‘‘ جاوید اور کہتا بھی کیا۔

’’پلاؤ ہمیشہ کباب کے ساتھ کھاتے ہیں یا اس پر تھوڑا سا رائتہ ڈال لیتے ہیں۔ زیادہ سے زیادہ نمک سے دھلی ہوئی پیاز کے باریک ورق اوپر سے ڈالے جا سکتے ہیں۔‘‘

زردے کے معاملے میں بھی مُنّوں میاں بڑے سنجیدہ تھے اول یہ کہ جب ان کی بیوی پلاؤ پکاتیں اور زردہ نہ ہوتا تو وہ شکایت کرتے کہ زردے کے بغیر پلاؤ کھانا ایسا ہی ہے جیسے کھچڑی کھالی ہو، مگر پلاؤ میں زردہ ملانا بھی ان کے نزدیک پلاؤ کی بے حرمتی ہے۔ زردہ ہمیشہ آخر میں بطور سویٹ ڈش کھایا جاتا تھا اور مُنّوں میاں کی تاکید تھی کہ اس میں میٹھا ڈیوڑھا ہونا چاہیے، یعنی ایک سیر چاولوں میں ڈیڑھ سیر شکر۔ ایک زمانے میں وہ میٹھے کے چیونٹے ہوتے تھے۔ ایک نشست میں سیر بھر مٹھائی کھا جاتے تھے مگر جب سے انہیں ذیابیطس ہوئی تب سے زردہ صرف چکھتے تھے۔ ایک طشتری میں چمچہ بھر زردہ اور اوپر سے چائے کی ایک چمچی میں بالائی لے کر ڈال لیتے تھے۔

’’پاکستان آنے سے پہلے میں اکثر کام کے سلسلے میں لکھنؤ جاتا تھا…‘‘ مُنّوں میاں اپنی طشتری میں زردہ ڈالتے ہوئے بولے۔

جاوید اور کہکشاں نے آنکھوں ہی آنکھوں میں مسکراہٹ کا تبادلہ کیا۔ یہ قصہ مُنّوں میاں بیسیوں بار سنا چکے تھے۔ جب بھی زردہ کھاتے، یہ قصہ ضرور سناتے اور انہیں احساس تک نہ ہوتا کہ پہلے بھی

سنا چکے ہیں۔ان کا دل رکھنے کے لیے سب گھر والے اس طرح توجہ سے سنتے جیسے پہلی بار سن رہے ہوں۔

”وہاں حضرت گنج میں ایک مرزا صاحب زردے کا ٹھیلا لگاتے تھے۔ان کا زردہ پورے لکھنؤ میں مشہور تھا۔ کیوڑے اور زعفران کی اشتہا انگیز خوش بو ہر طرف پھیلی ہوتی تھی اور مجال ہے کہ کوئی وہاں سے گزرے اور دو آنے کی زردے کی پلیٹ نہ خریدے۔میں جب بھی لکھنؤ جاتا تھا تو مرزا صاحب کا زردہ ضرور کھاتا تھا۔ ایک مرتبہ جیسے ہی مرزا صاحب نے میرے ہاتھ میں زردے کی پلیٹ تھمائی تو ایک زبوں حال شخص میرے پاس آ کر کھڑا ہو گیا اور بولا کہ حضرت اگر ایک پلیٹ اِدھر بھی عنایت ہو جائے تو آپ کی اگلی سات پشتوں کے لیے دعا گو رہوں گا۔ میں اس کی شائستگی سے بے حد متاثر ہوا اور مرزا صاحب سے کہا کہ ایک پلیٹ زردہ اسے بھی دے دیں۔ میں اپنا زردہ کھانے میں مصروف تھا اور جب میری نگاہ اس پر پڑی تو دیکھا کہ وہ اپنی پلیٹ ہاتھ میں لیے اسے گھورے جا رہا ہے۔ میں نے پوچھا کہ بھئی تم زردہ کیوں نہیں کھا رہے تو کہنے لگا کہ حضور، سوچ رہا ہوں کہ یہ زردہ بغیر بالائی کے اس حقیر فقیر کے حلق سے اترے گا کیوں کر۔ میں نے ہنس کر مرزا صاحب سے کہا کہ اس کے زردے پر دو پیسے کی بالائی ڈال دیں۔“

سب کو پہلے سے ہی علم تھا کہ کہانی کہاں ختم ہوتی ہے۔اسی وقت مشفقی بیگم حسب معمول ایک ڈش میں بالائی لے کر آ گئیں۔ یہ مُنّوں میاں کے گھر کا دستور تھا کہ جب لکھنؤ کی کہانی شروع ہوتی تھی تو مشفقی بیگم بالائی لانے کے لیے اٹھ جاتی تھیں۔

9

پیارے میاں کے وہم و گمان میں بھی کبھی یہ بات نہیں آئی تھی کہ ایک روز اچانک ان کی اپنے تایا سے
مڈ بھیٹر ہو جائے گی۔ ہوا یوں کہ انہیں مُنّوں میاں نے حاجی طیب علی بارود والے کَے بِل کی ادائیگی کرنے کے
لیے بھیجا۔ بارود والا صرف حاجی صاحب کا نام تھا جو ان کے باپ دادا سے چلا آر ہا تھا، ورنہ بارود سے ان کا دور
کا تعلق بھی نہیں تھا، وہ تو مُنّوں میاں کی کینٹین کو مٹی کا تیل سپلائی کرتے تھے۔ پیارے میاں اس علاقے
میں پہلی بار آئے تھے اور جب وہ بتائے ہوئے پتے کے مطابق اس سڑک پر پہنچے جہاں بائیں جانب راشن
شاپ کے برابر حاجی صاحب کی دکان تھی تو اچانک ان کی نظر راشن شاپ کے سامنے دائیں جانب ایک
کیبن پر لگے ہوئے بورڈ پر پڑی، ''فرخ آباد قائم گنج والوں کی دکان''۔ انہیں محسوس ہوا جیسے ان کے اندر بے
شمار چڑیلوں اور بھوتوں کی کریہ چیخیں بیک وقت بلند ہوئی ہوں۔ ان کے قدم وہیں چپک گئے اور پورے
جسم سے ٹیسیں اٹھنے لگیں۔

باقی خاں ایک گاہک کے لیے گھی تول رہے تھے۔ انہوں نے اپنے کُرتے کی آستینیں اوپر چڑھا رکھی
تھیں اور ان کے سلائی کی طرح باریک بازوؤں کی ہڈیاں صاف نظر آر ہی تھیں۔ وہ گاہک کی کسی بات پر منہ
کھول کر ہنسے تو پیارے میاں نے دیکھا کہ ان کا منہ دانتوں سے خالی تھا۔ قائم گنج میں ان کا لباس دودھ کی
طرح سفید ہوتا تھا مگر اب ان کے کرتے پر جگہ جگہ چکنائی کے دھبے تھے اور ان کے سر پر کپڑے کی
میلی کچیلی ٹوپی تھی۔

پیارے میاں نے وہیں کھڑے کھڑے حساب لگایا تو وہ سولہ سال کے بعد اپنے تایا کی شکل دیکھ رہے
تھے۔ ایک لمحے کے لیے انہوں نے سوچا کہ اگر وہ آگے بڑھ کر تایا کو سلام کریں تو وہ انہیں دیکھ کر کیبن سے

اتریں گے اور انہیں گلے لگا لیں گے، مگر یہ خیال آتے ہی ان کی وہ نفرتیں کالی آندھی کی طرح ان کے سینے سے اٹھیں جو ان کے بچپن سے پل رہی تھیں۔ ان کا سینہ لوہار کی دھونکنی کی طرح پھولنے اور پچکنے لگا۔ ان کے جبڑے تن گئے، مٹھیاں بھنچ گئیں، اور دماغ میں جھکڑے سے چلنے لگے۔ اچانک انہیں محسوس ہوا کہ ان کے پاؤں زمین سے اکھڑ گئے ہیں۔ وہ ایک چھڑی کی طرح بلا کسی سہارے کے کھڑے تھے اور کسی بھی لمحے دھم سے گرنے والے تھے۔ ان کے تایا کی نظریں گاہک کی طرف سے ہٹ کر ان پر پڑیں اور انہیں اپنے جسم پر لاتعداد چیونٹیوں کے رینگنے کا احساس ہوا، مگر ان کے تایا کی آنکھوں میں ان کے لیے شناسائی کے کوئی آثار نہیں تھے یہاں تک کہ وہ پیارے میاں کے چہرے پر اپنے لیے نفرت تک نہ پڑھ پائے۔

پیارے میاں آگے بڑھ کر حاجی صاحب کی دکان میں داخل ہوئے اور انہیں ادائیگی کر کے رسید کے انتظار میں ایک کرسی پر بیٹھ کر سامنے کیبن میں بیٹھے ہوئے اپنے تایا کو دیکھتے رہے۔ جب حاجی صاحب نے انہیں رسید دے دی تو وہ دکان سے اترے اور دوسری طرف سے نکل آئے۔ تایا سے آمنا سامنا ان کے لیے سوہان روح بن گیا۔ مندمل ہوتے ہوئے پرانے زخم پھر سے ہرے ہو گئے۔ ایک ایک سین ان کے سامنے آ رہا تھا جب وہ زمین پر لوٹتے تھے اور ان کے تایا ان کے جسم پر چٹاخ چٹاخ قمچیاں برساتے تھے اور ان کے بڑے بھائی انہیں بچانے کے لیے ان کے اوپر لیٹ جاتے اور تایا کی قمچیاں اپنی کمر پر جھیلتے۔ ہر چوٹ پر ان کا جسم ایک جھٹکے کے ساتھ اینٹھتا مگر مجال ہے کہ ان کے منہ سے ہلکی سی چیخ بھی نکلے۔

ایک زمانے میں پیارے میاں کے دماغ میں چوبیس گھنٹے چکی سی چلتی رہتی تھی۔ شاید ہی کوئی ایسی رات آتی تھی جب انہیں سکون کی نیند آتی تھی ورنہ ان کی پوری رات اجنبی گلی کوچوں میں بھٹکتے ہوئے ہی گزرتی تھی۔ خدا خدا کر کے انہوں نے بھیانک خوابوں سے پیچھا چھڑایا تھا اور سوچا تھا کہ آخر کار انہوں نے اپنے اندر دبکی ہوئی بدروحوں کو نکال پھینکا ہے مگر اب معلوم ہوا کہ وہ صرف اونگھ رہی تھیں اور اب بیدار ہو کر پورے زور و شور سے ان پر حملہ آور ہوئی تھیں۔ ڈراؤنے خوابوں کا سلسلہ دوبارہ شروع ہو گیا اور وہ رات بھر غیر مانوس جگہوں پر اجنبیوں سے راستہ پوچھتے پھرتے تھے۔

***

جس دن اخبار میں جاوید اور کہکشاں کا میٹرک کا نتیجہ آیا تو معلوم ہوا کہ دونوں کی فرسٹ کلاس آئی

ہے۔ اسی دن گھر میں ایک بڑا فضیحتا کھڑا ہو گیا۔ پیارے میاں نے فیصلہ سنا دیا کہ کہکشاں آگے نہیں پڑھے گی۔ وہ تو اعلان کر کے کام پر چلے گئے مگر گھر میں ماتمی فضا طاری ہو گئی۔ مشفقی بیگم اور مقسطی خانم گم سُم تھیں اور کہکشاں نے رو رو کر گھر بھر دیا تھا۔ مُنّوں میاں پہلے ہی کام پر جا چکے تھے لہذا انہیں پیارے میاں کے فیصلے کا علم نہیں تھا۔ ان کا معمول تھا کہ وہ صبح ہی صبح سب سے پہلے پہنچ کر کینٹین کھولتے تھے اور پیارے میاں دیر سے جاتے تھے۔ شام کو مُنّوں میاں جلد واپس آجاتے اور پیارے میاں رات کو کینٹین بند کر کے گھر آتے تھے۔

مُنّوں میاں کے گھر کا معمول تھا کہ سہ پہر کو جیسے ہی سورج ڈھلتا، بچے صحن میں چھ کرسیاں دائرے میں بچھا دیتے اور درمیان میں ایک چھوٹی سی میز رکھ دیتے۔ گرمیوں کے موسم میں کرسیاں بچھانے سے پہلے چھڑکاؤ کر دیتے تھے تاکہ دن بھر تپنے والے صحن کی گرمی نکل جائے۔ مُنّوں میاں گھر میں آتے ہی پہلے غسل خانے میں جا کر ہاتھ منہ دھوتے اور پھر سیدھے صحن میں بچھی ہوئی کرسیوں میں سے ایک پر بیٹھ کر چائے کا انتظار کرتے۔ عموماً انہیں انتظار نہیں کرنا پڑتا تھا کیوں کہ جب تک وہ ہاتھ منہ دھو کر باہر نکلتے اس سے پہلے ہی مشفقی بیگم چائے کا کپ میز پر رکھ دیتی تھیں۔

”ہاں بھئی نمبر ایک، آج دن بھر کیا ہوتا رہا؟“ انہوں نے بیٹے سے پوچھا۔

”آج ہمارا رزلٹ آگیا،“ جاوید نے جواب دیا۔

”تو بھئی قریب آکر بتائیں نا۔ آپ تو اس طرح دور سے بتا رہے ہیں جیسے خدانخواستہ فیل ہو گئے ہوں۔“

”نہیں ابو جی، فرسٹ کلاس آئی ہے،“ جاوید نے ان کے قریب آکر کہا۔ انہوں نے اپنا ہاتھ بڑھا کر جاوید کو اپنی طرف کھینچ لیا۔

”اور نمبر دو، آپ کہاں ہیں؟“ انہوں نے کہکشاں کو آواز دی۔

”جی، ماموں جان، میری بھی فرسٹ کلاس آئی ہے،“ کہکشاں بھی آگے آگئی اور مُنّوں میاں نے اس کے سر پر ہاتھ رکھا۔ انہوں نے اپنے بٹوے سے دس دس روپے نکال کر دونوں کو دیے اور وعدہ کیا کہ اگلے روز ڈھیر ساری مٹھائی کھلائیں گے۔

”آپ کے بہنوئی نے فیصلہ کیا ہے کہ ان کی بیٹی آگے نہیں پڑھے گی،“ مشفقی بیگم نے ان کے سامنے

کی کرسی پر بیٹھتے ہوئے کہا۔

’’کیوں بھئی خیریت، آگے کیوں نہیں پڑھے گی؟‘‘ مُنّوں میاں نے پوچھا۔

’’یہ تو ان ہی سے پوچھیے۔‘‘

’’خیر، ہماری بیٹی ضرور آگے پڑھے گی،‘‘ انہوں نے کہکشاں کی پیٹھ تھپتھپا کر کہا۔

’’لیکن اگر باپ کی مرضی نہیں ہے تو آپ کیا کر سکتے ہیں؟‘‘

’’چھوڑو اس قصے کو، بات کو آگے بڑھانے کی ضرورت نہیں۔ میں خود ان سے بات کر لوں گا،‘‘ مُنّوں میاں نے جواب دیا۔ مشفقی بیگم میز پر سے چائے کی خالی پیالی لے کر اٹھ گئیں اور بات وہیں ختم ہو گئی۔

رات کو جب پیارے میاں کام سے واپس آئے تو مُنّوں میاں نے کوئی تذکرہ نہیں کیا۔ بچے محسوس کر رہے تھے کہ گھر میں کشیدگی ہے۔ مقسطی خانم اپنے کمرے میں تھیں، مشفقی بیگم خاموشی سے باورچی خانے میں مصروف تھیں۔ جاوید اور کہکشاں حسب معمول کھانے کی میز لگانے لگے۔

’’کیوں بھئی پیارے میاں، کینٹین تو ٹھیک ٹھاک بند کر دی نا؟‘‘ مُنّوں میاں نے کھانے کے لیے بیٹھتے ہوئے پوچھا۔

’’جی، بھائی صاحب،‘‘ پیارے میاں نے جواب یا۔

بات اس سے آگے نہیں بڑھی۔ کھانے کے دوران بھی خاموشی رہی۔ کھانا بھی کچھ یوں ہی سا تھا۔ نہ پلاؤ تھا نہ زردہ۔ سالن میں مونگچھیاں تھیں اور ٹنڈے ٹماٹر کا بھرتا۔ جاوید کھانا زہر مار کرتے ہوئے کڑھتا رہا۔ ’’بھلا مونگچھیاں بھی کوئی کھانا ہے۔ اس سے تو بہتر ہے کہ آدمی مونگ کی دال ہی کھا لے، اور اوپر سے ٹنڈے۔ اگر بھرتا ہی بنانا ہے تو آلو کا بھرتا بنا لو، کاشی پھل کا بھرتا بنا لو، کچھ نہیں تو بینگن کا بھرتا بنا لو۔ ٹنڈے ہی رہ گئے ہیں بھرتا بنانے کے لیے؟ ٹنڈے کا بھرتا تو حکیم پیچش کے مریضوں کو کھلاتے ہیں۔ یہ پھو بھی جان کو نہ جانے کیا ہو گیا ہے کہ آئے دن ٹنڈے ٹماٹر کا بھرتا بنا کر بیٹھ جاتی ہیں حالاں کہ ٹنڈے نہ مجھے پسند ہیں اور نہ کہکشاں کو۔ اور ہم ناک بھوں چڑھائیں تو کہتی ہیں کہ ٹنڈے کھانا سنت ہے۔ اگلی بار جب وہ یہ کہیں گی تو میں ان سے پوچھوں گا کہ کون سی حدیث میں لکھا ہے کہ رسول اللہ ٹنڈے ٹماٹر کا بھرتا کھاتے تھے۔‘‘ غرض یہ کہ وہ دل ہی دل میں بڑ بڑاتا رہا۔

کھانے کے بعد سب لوگ حسب معمول آنگن میں آ کر بیٹھ گئے۔ عموماً مُنّوں میاں بچوں سے دن بھر

کی رپورٹ لیتے تھے۔ خواتین بھی اس دن کی چیدہ چیدہ خبریں سناتی تھیں، مگر اس رات کوئی کچھ نہیں بول رہا تھا۔

''کیوں بھئی پیارے میاں، مجھے معلوم ہوا ہے کہ یہ دونوں میٹرک میں فرسٹ کلاس میں پاس ہو گئے ہیں،'' آخر مُنّوں میاں نے ہی خاموشی کو توڑا۔

''جی، بھائی صاحب،'' پیارے میاں نے جواب دیا۔

''مبارک ہو۔''

''شکریہ۔''

''میں نے سنا ہے کہ آپ بیٹی کو آگے نہیں پڑھا رہے ہے۔''

''جی، صحیح سنا ہے۔''

''آخر کیوں؟''

''کیا ضرورت ہے؟''

''کیوں بھئی علم تو جتنا حاصل کرو، کم ہے۔''

''بھائی صاحب، آپ اپنی بھانجی کو ڈپٹی کلکٹر بنانا چاہیں تو آپ کی مرضی ہے مگر میں لڑکیوں کے لیے انگریزی تعلیم کے خلاف ہوں،'' پیارے میاں نے تقریباً چلا کر کہا۔

گھر میں کسی نے کبھی انہیں مُنّوں میاں کے سامنے اونچی آواز میں بات کرتے ہوئے نہیں سنا تھا۔ سب مُنّوں میاں کی طرف دیکھنے لگے۔ انہوں نے بھوں کے اشارے سے کہکشاں سے کہا کہ وہ وہاں سے چلی جائے چناں چہ وہ اٹھ کر اپنے کمرے میں چلی گئی۔

''بھئی پیارے میاں، اونچی آواز میں بولنے کی ضرورت نہیں ہے کیوں کہ ہم پڑوسیوں کو اپنی گفتگو میں شامل کرنا نہیں چاہتے،'' مُنّوں میاں نے دھیمی آواز میں کہا۔

''میں تو اس زندگی سے تنگ آ گیا ہوں۔ جب سے ہوش سنبھالا تب سے تایا کے اشاروں پر ناچتا رہا۔ ان سے نجات ملی تو اب آپ لوگوں کا حکم چلتا ہے۔ آخر حکم چلانے کے لیے میری باری کب آئے گی؟'' معلوم ہوتا تھا کہ دن بھر پیارے میاں کے اندر ایک لاوا اِکٹار ہاتھا جو اب پھٹ پڑا تھا۔

''کیوں نہیں بھئی، آپ کی بیٹی ہے اور آپ کا ہی حکم چلے گا۔ میں تو صرف اپنی معلومات کے لیے پوچھ

رہاہوں کہ آپ بیٹی کو آگے کیوں نہیں پڑھانا چاہتے۔''

''ہمارے یہاں لڑکیوں کو انگریزی تعلیم نہیں دی جاتی کیوں کہ ہم ان سے نوکریاں نہیں کرواتے۔''

''مگر تعلیم کا نوکری سے کیا تعلق ہے؟''

''پھر کس لیے پڑھواتے ہیں۔ لڑکیوں کو تو گھر گرہستی کرنی ہے اور بچے پالنے ہیں۔ اس کے لیے بس اتنی تعلیم کافی ہے کہ بہشتی زیور پڑھ لیں اور دھوبی کا حساب لکھ لیں۔''

''اور اگر اس سے زیادہ پڑھ لیں تو کیا نقصان ہے؟'' مُنّوں میاں بڑے دھیمے لہجے میں بول رہے تھے۔

''تو پھر لڑکیوں میں غلط خیالات آنا شروع ہو جاتے ہیں۔''

''کیسے غلط خیالات؟''

''انہیں انگریزی پڑھاؤ تو بال کٹوا کر بازاروں میں بھاگی پھرتی ہیں۔''

''مگر ساری پڑھی لکھی لڑکیاں تو بال کٹوا کر بلا ضرورت بازاروں میں نہیں گھومتی پھرتیں۔''

''بہر حال میں نے فیصلہ کر لیا ہے۔ مجھے اپنی بیٹی کی کمائی نہیں چاہیے اس لیے اسے پڑھنے کی ضرورت نہیں۔''

''اور اگر اسے نوکری کرنی ہی پڑی تو؟''

''کیوں کرنی پڑے گی؟ میں اس کی شادی ایسے لڑکے سے کروں گا جو پڑھا لکھا ہو یا کوئی ہنر جانتا ہو۔''

''اور اگر وہ نکما نکلا تو کیا ہو گا؟''

''کیوں نکما نکلے گا؟ میں دیکھ بھال کر اور ٹھوک بجا کر رشتہ کروں گا۔''

''پھر بھی، سو باتیں ہو سکتی ہیں۔ ہو سکتا ہے کہ بعد میں اسے کسی نشے کی عادت پڑ جائے یا کسی حادثے میں اپاہج ہو جائے، تو تمہاری بیٹی کم از کم چار پیسے کما کر اپنے بچوں کا پیٹ تو بھر سکے گی۔''

''بھائی صاحب، کیوں ایسی باتیں منہ سے نکالتے ہیں؟'' پیارے میاں کی آواز پھر بلند ہو رہی تھی۔

''بات منہ سے نکالیں یا نہ نکالیں، جو ہونی ہوتی ہے وہ ہوتی ہے،'' مُنّوں میاں نے پھر ہاتھ کے اشارے سے انہیں آواز دھیمی رکھنے کی تاکید کی۔

''تو پھر کیا میں مر گیا ہوں کہ اپنی بیٹی کو سہارا نہ دے سکوں گا۔''

’’کیا آپ گارنٹی دیتے ہیں کہ وقت پڑنے تک زندہ رہیں گے۔‘‘

’’بہر حال یہ میرا اٹل فیصلہ ہے کہ کہکشاں آگے نہیں پڑھے گی،‘‘ پیارے میاں اٹھ کر اپنے کمرے کی طرف چلے گئے۔

باقی سب گم سم بیٹھے رہے۔ کہکشاں باہر آکر سب کے ساتھ بیٹھ گئی۔اس کے دوپٹے کا پلو آنسوؤں سے تر تھا اور آنکھیں رو رو کر سرخ ہو گئی تھیں۔ مُنوں میاں نے اسے اپنے پاس بلایا اور اس کی پیٹھ تھپتھپا کر بولے،’’بیٹی صبر سے کام لو۔ سب کچھ ٹھیک ہو جائے گا۔‘‘

اگلے روز پیارے میاں خلاف معمول دو گھنٹے کے بعد ہی کام سے واپس آ گئے۔ گھر میں سب پریشان ہو گئے کہ خدا خیر کرے کوئی نئی آفت تو نہیں آ گئی۔

’’چل بیٹا، تیرے کالج چلتے ہیں،‘‘ انہوں نے کہکشاں سے کہا۔

مشفقی بیگم اور مقسطی خانم کے منہ کھلے کے کھلے رہ گئے اور جاوید کا یہ عالم تھا کہ اندر کا سانس اندر اور باہر کا سانس باہر۔ یہ معجزہ ہی تھا کہ پیارے میاں میں اچانک یہ تبدیلی آئی تھی۔

’’مگر ابا میاں، کالج میں داخلے تو اگلے ہفتے سے شروع ہوں گے،‘‘ کہکشاں پیارے میاں کے پاس آ کر بولی۔ انہوں نے اسے بڑھ کر چمٹا لیا اور بولے،’’چل، آج دیکھ آتے ہیں پھر اگلے ہفتے داخلہ بھی ہو جائے گا۔‘‘

پیارے میاں تو کہکشاں کو لے کر چلے گئے مگر گھر میں باقی لوگ اسی ادھیڑ بُن میں لگے رہے کہ اچانک پیارے میاں کے خیالات میں تبدیلی کیسے آئی۔

جب داخلے شروع ہوئے تو پیارے میاں نے اپنی بیوی سے کہا کہ وہ کہکشاں کو اپنے ساتھ گورنمنٹ گرلز کالج لے جائیں اور خود داخلہ کروائیں۔ جاوید نے گورنمنٹ کالج چھیلیلی میں فرسٹ ایئر سائنس میں داخلہ لے لیا جب کہ کہکشاں آرٹس میں گئی۔

***

جب کالج کے دو سال مکمل ہوئے اور یونیورسٹی میں داخلے کی تیاری ہو رہی تھی تو کہکشاں کے لیے

پیارے میاں کی ہدایت تھی کہ وہ گرلز کالج میں ہی بی۔اے کرے کیوں کہ وہ یونی ورسٹی میں اس کے لڑکوں کے ساتھ پڑھنے کے خلاف تھے۔ مُنّوں میاں نے انہیں بہتیرا سمجھا یا مگر وہ اپنی ضد پر قائم رہے۔ آخر جب مُنّوں میاں نے کہا کہ اس کا مطلب یہ ہے کہ انہیں اپنی بیٹی پر بھروسہ نہیں ہے تب وہ کچھ پس و پیش کے بعد مان گئے۔

اس سال سائنس فیکلٹی سندھ یونی ورسٹی کے نیو کیمپس میں منتقل ہوگئی جو جام شورو میں کئی سال سے زیر تعمیر تھا۔ جام شورو حیدر آباد سے تیرہ میل کے فاصلے پر ضلع داد و میں ایک چھوٹا سا گاؤں تھا جس کی اہمیت وہاں کیڈٹ کالج پٹارو، میڈیکل کالج اور سندھ یونی ورسٹی کیمپس کی تعمیر کے بعد بڑھ گئی۔ آرٹس کی کلاسیں حیدر آباد میں اولڈ کیمپس میں ہی ہو رہی تھیں کیوں کہ جام شورو میں آرٹس فیکلٹی کی عمارتیں ابھی زیر تعمیر تھیں۔

یونی ورسٹی شروع ہوئے ابھی دو مہینے ہی ہوئے ہی تھے کہ اچانک مُنّوں میاں نے پیارے میاں سے کہا کہ وہ ایک گھر کرائے پر لے کر اپنی فیملی کے ساتھ اس میں منتقل ہو جائیں۔ سب گھر والے سناٹے میں آ گئے۔ کیا مُنّوں میاں انہیں گھر سے نکال رہے تھے؟

جب مشفقی بیگم نے مُنّوں میاں سے کہا کہ اگر پیارے میاں علیحدہ گھر میں منتقل ہو گئے تو اپنی بیوی اور بیٹی کو کچا چبا جائیں گے تو انہوں نے جواب دیا، ''خدا کی بندی، میں چاہتا ہوں کہ وہ ذمہ داری محسوس کریں اور اپنا گھر خود چلائیں۔''

''مگر آپ دیکھتے ہی ہیں کہ جب ان پر بھوت سوار ہوتا ہے تو بالکل جنگلی ہو جاتے ہیں۔ مجھے تو ڈر لگتا ہے کہ کسی دن بیوی یا بیٹی پر ہاتھ نہ چھوڑ دیں۔''

''تمہیں فکر کرنے کی ضرورت نہیں ہے۔ وہ جانیں اور ان کی بیوی جانیں۔''

''ان کی بیوی آپ کی بھی تو کچھ لگتی ہے۔ آپ کیسے اپنی بہن کو ایک نیم پاگل کی تحویل میں دے رہے ہیں؟''

''یہ بھی سوچ لو کہ اس نیم پاگل کی ایک بیٹی بھی ہے جس کا حق ہے کہ وہ اپنے ماں باپ کے ساتھ ایک متوازن زندگی گزار سکے۔''

غرض مشفقی بیگم کی ایک نہ چلی۔ مُنّوں میاں نے اپنی بہن کو بھی علیحدہ لے جا کر سمجھا دیا کہ ان کا یہ قدم پیارے میاں کی بہتری کے لیے ہے۔

’’جیسے آپ مناسب سمجھیں بھیّا،‘‘ مقسطی خانم روہانسی ہو کر بولیں۔

مُنّوں میاں نے آگے بڑھ کر ان کی پیٹھ تھپتھپائی۔ ’’ارے بھنّو، پریشان کیوں ہوتی ہو، کیا تم نہیں چاہتیں کہ تمہارا اپنا چولہا چوکی ہو؟‘‘

’’ٹھیک ہے بھیّا، آپ میرا بھلا ہی چاہتے ہیں۔ ویسے بھابھی نے کبھی مجھے احساس نہیں ہونے دیا کہ اس گھر کے چولہے چکی کی مالکہ وہ ہیں۔‘‘

’’یہ اس گھر کی خوش نصیبی ہے کہ نند بھاوج میں اتنا ایکا ہے، لیکن میرے نزدیک یہی بہتر ہے کہ تم خود اپنا گھر سنبھالو۔‘‘

پیارے میاں بھی سخت ناراض تھے۔ ان کا کہنا تھا کہ وہ سوچ بھی نہیں سکتے تھے کہ ان کے سالے اور سلج ایک دن انہیں اپنے گھر سے نکال دیں گے۔ مُنّوں میاں نے انہیں بھی سمجھا بجھا کر خاموش کر دیا۔

چلتے وقت اچھا خاصا رونا پیٹنا مچا۔ نند اور بھاوج خوب گلے مل کر روئیں۔ کہکشاں کی آنکھوں بھی نمی تھی۔ مُنّوں میاں ان کا مذاق اڑا رہے تھے کہ دونوں اس طرح رو رہی ہیں جیسے مقسطی خانم پردیس کو سدھار رہی ہوں۔ ’’بھئی کون سے دساور کو لادی جا رہی ہو۔ صدر تک ہی تو جا رہی ہو۔ پیدل کا راستہ ہے۔ روٹی ہانڈی کر کے آ جایا کرنا،‘‘ انہوں نے ہنستے ہوئے اپنی بہن سے کہا۔

٭٭٭

جب سے مقسطی خانم علیحدہ گھر میں منتقل ہوئی تھیں، جاوید ہفتے میں ایک آدھ بار ضرور چکر لگا لیتا تھا۔ یہ صدر میں چار کمروں کا مکان تھا اور ساٹھ روپے ماہوار کرایہ تھا۔ اُس زمانے میں صدر بڑا صاف ستھرا علاقہ ہوتا تھا اور آبادی بھی زیادہ نہیں تھی۔ سڑکوں پر اکا دکا کل کی گاڑیاں نظر آتی تھیں۔ آج کل کی طرح نہیں کہ ہر طرف غلاظت کے انبار نظر آتے ہیں اور ہر سڑک پر ٹریفک کا طوفان ہوتا ہے۔

اپنی بہن کو علیحدہ کرنے کا مُنّوں میاں کا فیصلہ درست ثابت ہو رہا تھا۔ پیارے میاں کے رویے میں حیرت انگیز تبدیلی آ رہی تھی۔ مُنّوں میاں نے انہیں مشورہ دیا تھا کہ وہ پیسے خود خرچ کیا کریں اور اخراجات کا حساب رکھا کریں تاکہ انہیں پیسے کی قدر و قیمت کا اندازہ ہو۔ وہ اب مقسطی خانم کے ساتھ بھی بہتر سلوک

85

کرنے لگے تھے اور کہکشاں سے بھی اس کی پڑھائی کے سلسلے میں پوچھ لیتے تھے۔ انہیں غصہ اب بھی آتا تھا مگر اس کی شدت میں کمی آ گئی تھی اور فر و بھی جلدی ہو جاتا تھا۔ ان کی شخصیت میں خود اعتمادی بھی آ رہی تھی اور کبھی کبھی حیرت ہوتی تھی کہ کیا وہ وہی پیارے میاں ہیں جو کچھ دن پہلے تک تھے۔

مہینے میں ایک آدھ بار دونوں فیملیاں رات کا کھانا اکٹھے کھاتی تھیں۔ کبھی مُنّوں میاں اپنی بیوی اور بیٹے کو ساتھ لے کر اپنی بہن کی طرف چلے جاتے اور کبھی مقسطی خانم اور کہکشاں سرِ شام مشفقی بیگم کے پاس آ جاتیں اور پیارے میاں رات کو کام سے فارغ ہونے کے بعد پہنچ جاتے۔

پچھلی بار جب پیارے میاں اپنے سالے کے گھر آئے تو ان کے ہاتھ میں ایک تھیلا تھا۔ سب لوگ کھانے سے پہلے آنگن میں بیٹھے ان ہی کا انتظار کر رہے تھے۔ انہوں نے وہ تھیلا مشفقی بیگم کے ہاتھ میں دے دیا۔

’’اس میں کیا ہے، پیارے میاں؟،‘‘ مشفقی بیگم نے پوچھا۔

’’بھابھی، میں نے آپ کے لیے ایک سوٹ کا کپڑا لے لیا تھا،‘‘ پیارے میاں نے بیٹھتے ہوئے کہا۔

سب حیران تھے اور مُنّوں میاں مسکرا رہے تھے۔ پہلی بار ایسا ہوا تھا کہ پیارے میاں نے مشفقی بیگم یا کسی اور کے لیے کچھ خریدا ہو۔

’’ارے پیارے میاں، اس تکلیف کی کیا ضرورت تھی؟،‘‘ مشفقی بیگم نے کہا۔

’’لے لیں، لے لیں،‘‘ مُنّوں میاں بولے، ’’نندوئی کے ہاتھ سے جو کچھ بھی ملے اسے خوشی سے قبول کر لینا چاہیے۔‘‘

مشفقی بیگم نے پیارے میاں کا شکریہ ادا کر کے ان کے ہاتھ سے تھیلا لے لیا۔ جاوید اور کہکشاں کھانے کی میز لگانے کے لیے اٹھ کھڑے ہوئے۔

10

وقت کے ساتھ ساتھ جوں جوں گلّی ڈنڈا کھیلنے اور پتنگ اڑانے کا زمانہ ختم ہوا تو جاوید اور کہکشاں، دونوں ہی سنجیدہ ہوتے گئے۔ جاوید کے دماغ میں اُس دن کی جیتی ہوئی گولیوں کے حساب کی جگہ حیاتیات اور کیمیا کے مسائل نے لے لی، اور کہکشاں کا سب سے بڑا مسئلہ یہ تھا کہ افلاطون کے مکالمات میں کون سے نظریات خود افلاطون کے ہیں اور کون سے سقراط کے۔ جاوید نے اسے مشورہ دیا کہ وہ کوئی ایسا پیمانہ ایجاد کر لے جیسا امام بخاری کے پاس حدیثوں کی صحت کا اندازہ لگانے کے لیے تھا۔ کہکشاں کے مضامین فلسفہ، اردو اور شماریات (statistics) تھے۔ جاوید اس کے انتخاب کا بھی مذاق اڑاتا تھا۔ کہاں شماریات اور کہاں فلسفہ۔

’’شماریات اور فلسفے میں گہرا تعلق ہے،‘‘ وہ جاوید کو سمجھانے لگی، ’’دونوں میں دو اور دو چار ہوتے ہیں۔ فرق صرف اتنا ہے کہ شماریات میں ہمیں گننا پڑتا ہے مگر فلسفے میں دو اور دو چار ایک اٹل حقیقت ہے جس میں گننے کی کوئی ضرورت نہیں۔ کائنات کی تخلیق سے پہلے بھی دو اور دو چار ہوتے تھے، اب بھی ہیں اور اس کائنات کے ختم ہونے کے بعد بھی رہیں گے۔‘‘

’’کائنات کی تخلیق سے پہلے دو اور دو چار کیسے ہو سکتے تھے جب کہ گننے کے لیے کچھ تھا ہی نہیں،‘‘ جاوید نے جواب دیا، ’’دو اور دو چار کیا؟‘‘

’’کیا کے متعلق سوال کرنا ضروری نہیں ہے۔ اچھا یوں سمجھو کہ جب ایک فلم بنتی ہے تو سب سے پہلے کوئی اس کی کہانی لکھتا ہے۔ اس کے کرداروں کا کوئی وجود نہیں ہے مگر کہانی میں وہ موجود ہیں۔ پھر کوئی مکالمات لکھتا ہے، کوئی گانے لکھتا ہے اور آخر میں سارے مواد کو یکجا کر کے اسکرین پلے لکھا جاتا ہے جو اتنا مفصل ہوتا ہے کہ اگر کسی کردار کے بالائی لب پر دائیں جانب تل ہونا چاہیے تو اس کو بھی اسکرین پلے میں بیان کیا جاتا ہے۔ ایک ایک منظر، کرداروں کی حرکات و سکنات، غرض چھوٹی چھوٹی تفصیلات بیان کر دی

جاتی ہیں۔ آخر میں ڈائریکٹر کو اسکرین پلے دے دیا جاتا ہے جو کرداروں کو چنتا ہے اور اسکرین پلے کے مطابق شوٹنگ کرتا ہے۔ اس طرح فلم بن جاتی ہے۔ شوٹنگ تو فلم بندی کا ایک چھوٹا سا حصہ ہوتا ہے۔"

"میرا خیال ہے کہ تم کسی اور طرف چلی گئیں کیوں کہ دو اور دو چار والی بات تو رہ گئی،" جاوید نے کہا۔

"میں اسی طرف آ رہی ہوں۔ فرض کرو کہ اس کائنات کی تخلیق سے پہلے اس کا اسکرین پلے تیار کیا گیا جس میں تمام قوانین فطرت بیان کیے گئے اور ان میں دو اور دو چار بھی شامل تھا۔ پھر ان قوانین کے تحت ایک ایک جز ٹھوس سے لے کر ایک ڈائنوسار کی اندرونی انجینیرنگ بیان کی گئی۔ جب سارا اسکرین پلے تیار ہو گیا تو آخر میں صرف شوٹنگ کی ضرورت تھی جس کے لیے کن فیکون کافی تھا۔"

"تمہارا مطلب ہے کہ ہم اس دنیا میں صرف ایکٹر ہیں جو پہلے سے لکھے ہوئے اسکرپٹ کے مطابق ایکٹنگ کر رہے ہیں۔"

"صحیح سمجھے۔"

"اس کا مطلب ہے کہ ہم تقدیر کے تابع ہیں لہٰذا نہ جزا کے مستحق ہیں نہ سزا کے۔"

"یہیں آ کر ہم بھٹک جاتے ہیں۔ پہلے سے علم ہونے کا مطلب یہ نہیں ہے کہ ہمیں پابند کر دیا گیا ہے۔ اگر مستقبل میں تم پر کوئی مصیبت آئے گی اور تم اس کا مقابلہ کرکے اس مصیبت سے نکل جاؤ گے تو اسکرپٹ میں یہی لکھا ہو گا۔"

"بات سمجھ میں آ گئی، مگر بات شروع ہوئی تھی شماریات اور فلسفے سے۔"

"میں نے جو ماڈل بیان کیا وہ افلاطون کا نظریہ امثال ہے۔ وہ کہتا ہے کہ سارے قوانین فطرت دنیا کی تخلیق سے پہلے ہی موجود تھے اور ان کے مطابق پورا اسکرین پلے مرتب ہوا جس نے ایک تصوراتی دنیا کو جنم دیا۔ باقی رہی ہماری مادی دنیا تو وہ اس تصوراتی دنیا کا ایک چربہ ہے۔ مادی دنیا کی ہر شے کا سانچا تصوراتی دنیا میں موجود ہے جس سے اس شے کی تشکیل ہوتی ہے۔ تصوراتی دنیا میں دو اور دو اسی طرح چار ہوتے ہیں جیسے ہماری مادی دنیا میں ہوتے ہیں۔ باقی رہی شماریات تو اس کے لیے بے شک ہم مادی دنیا تک محدود رہیں اور ہر چیز کو گنتے پھریں۔"

***

جاوید کو یہ تو اندازہ تھا کہ اس کے اور کہکشاں کے درمیان ایک گہرا جذباتی رشتہ ہے، لیکن یہ اس کی سمجھ سے بالاتر تھا کہ اس رشتے کی نوعیت کیا ہے: دوست، ساتھی، ہم دم، ہم نفس، ہم نشین۔ نہ جانے کیا کیا شاعرانہ خطابات اس کے ذہن میں آتے تھے، مگر بیوی کے رول میں اس نے کبھی کہکشاں کے متعلق نہیں سوچا تھا۔

جاوید کا کوئی راز ایسا نہیں تھا جس سے کہکشاں واقف نہ رہی ہو۔ ایک مرتبہ کالج کے زمانے میں اس نے ایک لڑکی کے لیے آہیں بھرنا شروع کر دی تھیں۔ جب اس نے کہکشاں کو بتایا تو اس نے مسکرا کر کہا کہ اسے اپنا عشق تعلیم مکمل ہونے تک ملتوی کر دینا چاہیے یا پھر اس لڑکی سے اظہارِ عشق کر دے اور پڑھائی چھوڑ کر اس سے شادی کر لے کیوں کہ شادی کرنے کے لیے اسے بر سر روزگار ہونا پڑے گا اور اس کے لیے اسے پڑھائی چھوڑنی پڑے گی۔ اس نے کہکشاں کے مشورے کو مد نظر رکھتے ہوئے اپنے عشق کو نہ صرف ملتوی کر دیا بلکہ منسوخ کر دیا۔

جاوید کو قطعی یاد نہیں کہ پہلی مرتبہ کب اسے احساس ہوا کہ کہکشاں جوان ہو گئی ہے اور نہ صرف حسین ہے بلکہ بے حد حسین ہے۔ اسے حسن اپنی ماں کی طرف سے ملا تھا۔ بچپن میں وہ اس کے گول چہرے کا مذاق اڑاتا تھا۔ اس سے کہتا تھا کہ ایسا لگتا ہے جیسے اللہ میاں نے اس کا چہرہ پرکار سے بنایا ہو، مگر پھر وہی چہرہ اس کے سامنے چودھویں کا چاند بن کر آنے لگا جس سے ٹھنڈی ٹھنڈی روشنی رِستی تھی۔ اس کی بڑی بڑی، سیاہ آنکھوں میں سمندر کی اتھاہ گہرائی، مسحور کن کشش اور ایک پر سکون جھیل کی خاموشی تھی۔ جب وہ نیم وا ہونٹوں سے مسکراتی تو اس کے رخساروں میں ننھا سا گڑھا پڑ جاتا تھا۔ دل چاہتا تھا کہ بس مسکراتی رہے۔

دونوں کے تعلقات میں تکلف شامل ہونا شروع ہو گیا۔ ان کی گفتگو عموماً پڑھائی تک محدود ہوتی۔ کہکشاں سے باتیں کرتے کرتے جب جاوید کا خیال اس کے کمان کی طرح تنے ہوئے جسم کی رعنائی کی طرف جاتا تو وہ ادھر ادھر دیکھنے لگتا۔ کہکشاں بھی گفتگو کرتے کرتے اچانک نظریں جھکا لیتی۔ کبھی کبھار جاوید کو سخت جھلاہٹ ہوتی۔ دل چاہتا کہ کہکشاں سے اسی طرح تکیوں سے لڑائی کرے جیسے بچپن میں کرتا تھا مگر شاید آہستہ آہستہ دل میں چور داخل ہو رہا تھا۔

***

89

ایک اتوار کو جب جاوید اپنی پھوپھی کے گھر پہنچا تو کہکشاں نے دروازہ کھولا۔ اس نے گہرے بادامی رنگ کا سوٹ پہنا ہوا تھا اور دوپٹے پر سفید لکیریں اور سیاہ دائرے بنے ہوئے تھے۔ سردی کا زمانہ تھا اور وہ صحن میں بچھی ہوئی ایک کرسی پر سورج کے رخ بیٹھ گیا تاکہ گلابی دھوپ سینک سکے۔

’’یہ تم آج مونارک کیوں بنی ہوئی ہو؟‘‘ جاوید نے کہکشاں کے سراپا کا جائزہ لیتے ہوئے کہا۔

’’مونارک؟‘‘

’’ہاں بھئی۔ مونارک تتلی، جس کے بادامی پروں پر سفید اور سیاہ نقش و نگار ہوتے ہیں۔‘‘

’’اوہ اچھا،‘‘ کہکشاں نے اپنے دوپٹے کا پلو اٹھا کر دیکھا اور مسکرا کر جاوید کے سامنے والی کرسی پر بیٹھ گئی۔

’’تمہیں معلوم ہے کہ مونارک، تتلیوں کی شہزادی کہلاتی ہے۔‘‘

’’بلکہ ملکہ کہو۔‘‘

’’ہاں ملکہ۔ خیر چھوڑو، یہ بتاؤ کہ پھوپھی جان کہاں ہیں؟‘‘ جاوید نے ادھر ادھر دیکھ کر پوچھا۔

’’پڑوس میں گئی ہیں، شبرات کا حلوہ بانٹنے کے لیے،‘‘ کہکشاں نے جواب دیا۔

’’شبرات کا حلوہ؟ یہ پھوپھی جان نے کب سے شبرات منانا شروع کر دی۔ ہمارا گھر اتنا کٹر وہابی ہے۔‘‘

’’ابامیاں نیاز فاتحہ پر یقین رکھتے ہیں۔ وہ امی جان سے شبرات کا حلوہ بنانے کی تاکید کر گئے ہیں۔‘‘

’’پھر تو تمہارے یہاں اب کونڈے بھی ہوا کریں گے اور محرم پر کھچڑے کی دیگ بھی چڑھا کرے گی،‘‘ جاوید نے ہنستے ہوئے کہا۔

’’آگے آگے دیکھیے ہوتا ہے کیا،‘‘ کہکشاں نے جواب دیا۔

’’تو پھر کھلاؤ نا حلوہ۔‘‘

’’تم تو وہابی ہو۔ شبرات کا حلوہ کھانے سے ایمان خراب نہیں ہوگا؟‘‘

’’نہیں، میں فاتحہ کا حلوہ کھاتے وقت وہابی نہیں رہتا۔‘‘

’’اچھا، میں چائے بھی بنا کر لاتی ہوں،‘‘ کہکشاں نے کہا اور اٹھ کھڑی ہوئی۔

’’میں آؤں، اگر کوئی مدد چاہیے؟‘‘

’’نہیں، چائے بنانا کیا مشکل ہے؟‘‘ کہکشاں چلی گئی اور جاوید مونارک کے متعلق سوچنے لگا۔ مونارک تتلی کی پرواز میں ایک عجیب خود رفتگی ہوتی ہے۔ وہ جب باغیچے میں داخل ہوتی ہے تو

رنگ و بو سے بے نیاز، اپنے آپ میں مگن، پھولوں کے جھرمٹوں پر سے گزرتی ہے۔ ہر پھول کا ہاتھ اس طرح اٹھ جاتا ہے جیسے کلاس روم میں ان بچوں کا جنہیں استاد کے پوچھے ہوئے سوال کا جواب معلوم ہو۔ ہر پھول سے باریک سی آواز آتی ہے، ''میں، میں، میں۔'' جس طرح استاد ان بچوں کے ولولے سے محظوظ ہو کر کلاس روم میں اِدھر سے اُدھر مسکراتا ہوا ٹہلتا ہے اور جس طرف سے گزرتا ہے اس طرف کے بچوں کے ہاتھ مزید بلند ہو جاتے ہیں، اسی طرح مونارک، پھولوں کے جس تختے سے گزرتی ہے اس تختے کے پھولوں کی بے چینی بڑھ جاتی ہے۔ انہیں معلوم ہے کہ ان میں صرف ایک ہی ہے جس کی تقدیر میں وصل لکھا ہے مگر کوئی نہیں جانتا کہ وہ کون سا پھول ہے۔ جب مونارک کسی پھول پر بیٹھنے کے لیے نیچے آتی ہے تو ہر پھول لمس کی توقع سے بے چین ہو کر اپنے ہونٹوں کو وا کر کے آنکھیں بند کر لیتا ہے تا کہ مونارک اس کا رس چوس لے مگر جب امید و بیم کا مرحلہ ناامیدی میں بدل جاتا ہے تو وہ چار و ناچار دوبارہ آنکھیں کھول کر دور جاتی ہوئی تتلی کو دیکھتا ہے۔ ہر پھول کو تجسس ہوتا ہے کہ ان میں سے کس خوش قسمت کو مونارک کا بوسہ نصیب ہوا، لیکن یہ اُس پھول کا اپنا راز ہوتا ہے۔ وہ باغیچے میں ہونے والی چہ میگوئیوں سے بے نیاز اس لمس کی لذت میں ڈوب جاتا ہے، مگر خدا سمجھے اس شوخ اور چنچل ہوا سے جو سب کچھ دیکھ رہی ہوتی ہے اور جب وہ اٹھلاتی ہوئی اس کے پاس سے گزرتی ہے تو شرارتی مسکراہٹ کے ساتھ اس کے رخسار کو تھپکتی ہوئی نکل جاتی ہے۔ وہ لاکھ اپنے رخسار کی تمتماہٹ اور شرم سے جھکی ہوئی نگاہوں کو چھپانے کی کوشش کرے مگر راز افشا ہو ہی جاتا ہے۔

پتا پتا بوٹا بوٹا حال ہمارا جانے ہے

جانے نہ جانے گل ہی نہ جانے باغ تو سارا جانے ہے

میر تقی میرؔ

جاوید کے خیالات کا سلسلہ اس وقت ٹوٹا جب اس نے کہکشاں کو ہاتھ میں ٹرے لیے ہوئے سامنے سے آتے دیکھا۔ ٹرے میں بڑے لوازمات نظر آ رہے تھے۔ نہ جانے کیا کیا بلا بھر لائی تھی۔ جب وہ نزدیک آئی تو جاوید کو اچانک احساس ہوا کہ وہ چھوٹا سا اسٹول اس کے راستے میں تھا جو اس کی پھوپھی کرسی پر بیٹھتے وقت اپنے پیروں کے نیچے رکھ لیتی تھیں۔ ان کے گھٹنوں میں مستقل درد رہتا تھا اور اس اسٹول سے انہیں آرام ملتا تھا۔ وہ کہکشاں کو خبردار کرنا چاہ رہا تھا مگر گھبراہٹ میں زبان گنگ ہو کر رہ گئی۔ اسی لمحے وہ

91

اسٹول سے ٹکرائی اور اپنا توازن برقرار نہ رکھ سکی۔ ٹرے ہاتھوں سے اُچھل کر دور جا پڑی اور اس میں رکھے ہوئے برتن اِدھر اُدھر زمین پر بکھر گئے۔ کچھ چائے جاوید کے اوپر بھی گری مگر اس وقت اسے اپنا ہوش کہاں تھا۔ وہ کہکشاں کو سنبھالنے کے لیے اٹھ کر آگے بڑھا اور وہ گرتے گرتے اس سے ٹکرائی۔ جاوید نے اپنے بازو کہکشاں کی کمر کے گرد حمائل کر دیے اور توازن قائم کرنے کے لیے اسے جکڑ لیا۔ کہکشاں نے سنبھلنے کی بہت کوشش کی مگر اس کا رخسار جاوید کے ہونٹوں سے آ چکا۔ اس نے بے اختیار اسے چوم لیا حالاں کہ اس میں اس کے ارادے کو کوئی دخل نہیں تھا۔ اس دوران کہکشاں سنبھل چکی تھی مگر جاوید کے بازو اب تک اس کی کمر کے گرد لپٹے ہوئے تھے۔ اس نے اپنا چہرہ گھما کر جاوید کی طرف دیکھا۔ اس کی آنکھوں میں ایک عجیب سی چمک تھی۔ ممکن ہے کہ ہمیشہ سے ہی رہی ہو مگر پہلے کبھی جاوید نے ان آنکھوں کو اتنے نزدیک سے نہیں دیکھا تھا۔ زندگی میں پہلی مرتبہ اس نے ایک جوان جسم کو اپنی آغوش میں لیا تھا۔ اس کی گرم گرم سانسوں کو وہ اپنے چہرے پر محسوس کر رہا تھا اور کہکشاں خاموش نظروں سے جاوید کی آنکھوں میں دیکھے جا رہی تھی۔ اس کے ہونٹوں میں ایک ہلکا سا ارتعاش ہوا۔ جاوید پر ایسی وارفتگی طاری ہوئی کہ اس کا ایک ہاتھ کہکشاں کی کمر سے ہٹ کر اس کے سر کی پشت پر آ کر خود بخود اپنی جانب کھینچنے لگا۔ اس حالت میں نہ جانے ایک لمحہ گزرا یا ایک صدی، مگر جب انہیں ہوش آیا تو وہ دونوں پسینے میں شرابور تھے اور سانسیں لوہار کی دھونکنی کی طرح چل رہی تھیں۔ کہکشاں جاوید سے الگ ہو کر سامنے کی کرسی پر بیٹھ گئی اور جاوید بھی اپنی کرسی پر جا بیٹھا۔ سمجھ میں نہیں آ رہا تھا کہ کیا بات کریں۔ بس ایک دوسرے کو ٹکٹکی باندھے دیکھتے رہے۔

اچانک دونوں کی ہنسی چھوٹ گئی۔ ہنستے ہنستے پیٹ میں بل پڑ گئے۔ کہکشاں دوپٹے کے پلو سے آنکھیں پونچھے جا رہی تھی اور جاوید نے بھی جیب سے اپنا رومال نکال لیا تھا۔ ان کو قطعی پتا نہ چلا کہ کب مقسطیٰ خانم گھر میں داخل ہوئیں۔

"کیوں بھئی آخر ہمیں بھی تو پتا چلے کہ ایسی کیا بات ہو گئی،" وہ دروازے سے گھستے ہی بولیں۔

"السلام علیکم، پھو پھی جان،" جاوید گھبرا کر اٹھ کھڑا ہوا۔

اتنے میں وہ نزدیک آ گئیں اور انہوں نے زمین پر بکھرے ہوئے برتنوں کے ٹکڑوں کو دیکھا۔ چائے دانی کی ٹونٹی ایک جانب پڑی ہوئی تھی اور دستہ دوسری جانب۔ بقیہ چائے دانی کے تین ٹکڑے ہو گئے

تھے۔ شکر دان، شیر دان اور پیالیاں بھی ٹکڑے ٹکڑے ہو گئی تھیں، البتہ حلوے کی پلیٹ سلامت تھی مگر حلوے کی چکتیاں بھی اِدھر اُدھر بکھری پڑی تھیں۔

’’اگر آپ لوگ اس ابتری پر ہنس رہے ہیں تو اس میں ہنسنے کی کیا بات ہے؟‘‘ مقسطی خانم مسکرا کر بولیں۔

’’نہیں، پھوپھی جان، وہ دراصل کہکشاں کو آپ کے اسٹول سے ٹھوکر لگی تو اس کے ہاتھ سے ٹرے چھوٹ گئی،‘‘ جاوید نے بات بنانے کی کوشش کی۔

وہ برتنوں کے کرچ سمیٹنے میں کہکشاں کی مدد کرنے لگا۔ جب دونوں کی آنکھیں ملیں تو ایک دوسرے کو ٹکٹکی باندھے تکتے رہے۔ کچھ کہنے کی نہ جاوید کو ضرورت تھی اور نہ کہکشاں کو۔

’’آپ لوگ جھاڑو لے لیں، ہاتھ مت لگانا۔ کہیں کوئی کرچ انگلی میں چبھ گئی تو خون نکل آئے گا،‘‘ مقسطی خانم نے باورچی خانے کی طرف جاتے ہوئے کہا۔ انہیں انگلیوں سے خون نکل آنے کی فکر تھی مگر انہیں کیا معلوم تھا کہ وہاں دو دل پہلے ہی گھائل ہو چکے ہیں۔

’’اچھا میں چلتا ہوں،‘‘ جاوید نے ٹوٹے ہوئے برتنوں کے ٹکڑے ٹرے میں جمع کر کے میز پر رکھتے ہوئے سرگوشی میں کہا۔ ایسا لگ رہا تھا جیسے اس کے گلے میں کچھ پھنسا ہوا ہو اور اس کی آواز کہیں دور سے آ رہی ہو۔

’’تمہاری چائے اور حلوہ تو رہ گیا،‘‘ کہکشاں نے بھی سرگوشی میں جواب دیا۔

’’پھر سہی۔‘‘

جاوید نے کہکشاں کی جانب اپنی ہتھیلی بڑھائی۔ اس نے اپنا ہاتھ آگے کر کے اپنی انگلیوں کی پوروں سے جاوید کی انگلیوں کی پوریں چھو دیں اور اس کے بازو میں جھنجھناہٹ سی دوڑ گئی۔

مقسطی خانم باورچی خانے میں کچھ کر رہی تھیں۔ جاوید نے انہیں سلام کر کے ان سے اجازت چاہی۔

’’ارے کیوں بیٹے،‘‘ وہ اٹھتے ہوئے بولیں، ’’آپ نے نہ حلوہ کھایا، نہ چائے پی۔‘‘

’’بس پھوپھی جان۔ ابھی مجھے ذرا جلدی ہے، میں پھر آؤں گا تو حلوہ بھی کھالوں گا اور چائے بھی پی لوں گا۔‘‘

’’اچھا تو اپنے ساتھ تھوڑا سا حلوہ لیتے جائیے۔ بھابھی بھی کھالیں گی۔‘‘

’’ارے چھوڑیں پھوپھی جان۔ آپ ابوجی کو تو جانتی ہی ہیں۔ وہ شب برات وغیرہ کے سخت

خلاف ہیں۔''

''بھیّا کو بتانے کی کیا ضرورت ہے۔ آپ دونوں ماں بیٹے کھا لیں۔''

''اچھا پھوپھی جان، آپ شام کو تو آئیں گی ہی، اپنے ساتھ لیتی آئیے گا۔ دراصل مجھے ابھی کئی جگہ جانا ہے، کوئی دوست جھپٹ لے گا۔'' جاوید کو وہاں سے نکلنے کی جلدی تھی اور اس کی پھوپھی کو اپنے حلوے کی پڑی ہوئی تھی۔

''ٹھیک ہے بیٹے۔ میں شام کو آؤں گی تو لیتی آؤں گی۔''

جاوید دروازے پر پہنچ کر مڑا۔ سامنے ہی کہکشاں کھڑی ہوئی تھی۔ ان کی نظریں ایک بار پھر ملیں اور ایک دوسرے پر جم کر رہ گئیں۔ بالآخر پہل جاوید نے ہی کی۔ اس نے مسکرا کر پلکیں جھپکائیں۔ وہ بھی جوابأ مسکرائی اور پلکیں جھپکا کر خدا حافظ کہا۔ جاوید دروازہ کھول کر باہر نکل لیا۔

***

یہ وہ دنیا تو نہیں تھی جو وہ اپنی پھوپھی کے گھر میں داخل ہوتے وقت پیچھے چھوڑ گیا تھا۔ فضا میں اتنی رنگینی اچانک نہ جانے کہاں سے آ گئی۔ دل چاہتا تھا کہ ہر گزرنے والے کو گلے لگا لے۔ گلی میں کھیلنے والے ننگ دھڑنگ بچے بھی اپنے اپنے سے لگ رہے تھے۔ چلتے چلتے ایک بچے کے سر پر انگلیوں سے گدگدی کر دی۔ مڑ کر دیکھا تو وہ اسے گھور رہا تھا۔ اس نے مسکرا کر ہاتھ ہلایا تو وہ بچہ مسکرا کر شرما گیا۔

زندگی بچوں کی طرح ہوتی ہوئی اس کے ساتھ چل رہی تھی۔ دل چاہا کہ واپس اپنی پھوپھی کے گھر جا کر کہکشاں کو ایک بار پھر چمٹا لے۔ جب بھی اس کے جسم کے اتصال کی لذت کو یاد کرتا تو اسے ایک جھر جھری سی آتی جس کی اپنی لذت تھی۔

حالاں کہ کہیں جانے کی جلدی نہیں تھی مگر اس کی چال میں تیزی آتی گئی۔ برابر سے گزرنے والے راہ گیر، سڑک پر ہارن بجاتا ہوا ٹریفک، سب کچھ یک لخت غائب ہو گیا۔ وہ اکیلا اپنی دھن میں چلا جا رہا تھا۔ تیزی سے چلتے ہوئے سانس، پسینے سے شرابور جسم، اور چہرے سے ٹکراتی ہوئی ٹھنڈی ہوا نے مل جل کر اس کے اعصاب کو پر سکون کرنا شروع کر دیا اور اس کی چال دھیمی ہو گئی۔ اس نے ایک گہرا سانس لیا اور بے اختیار مسکرا دیا۔ اس کا خیال ان ہارمونز کی طرف گیا جو ورزش کے نتیجے میں دماغ میں جاری ہوتے ہیں

94

اور اعصاب میں ایک نشیلا سا سرور پیدا کرتے ہیں۔ ان میں سب سے دلچسپ ہارمون وہ اینڈروفینز کو سمجھتا تھا جن کے مولیکیولز بڑے خوب صورت لگتے ہیں۔ کاربن کی لمبی سی زنجیریں جن میں ہر کڑی پر نائٹروجن، ہائیڈروجن اور آکسیجن کے ایٹم ٹنکے ہوئے اور جگہ جگہ لٹکتی ہوئی بینزین رِنگ، ایک آگے اور ایک پیچھے۔

”لا حول ولا قوت، یہ کیمسٹری اچانک کہاں سے آ دھمکی،“ اس نے سوچا اور سر کو جھٹک کر دوبارہ کہکشاں میں گم ہو گیا۔

***

اُس زمانے میں ایک جانب تو ٹیڈی لڑکے اور لڑکیاں سارنگی کے غلاف جیسی پتلو نیں ٹانگوں پر منڈھے ہوئے، نائٹ کلب میں چبی چیکر کے گانے Let's Twist Again کی دھن پر کولہے مٹکاتے تھے اور دوسری جانب جہاں کسی لڑکے اور لڑکی کی نظریں ملیں، فوراً ظالم سماج نے انگلی اٹھا دی۔ جاوید اور کہکشاں کا صرف ایک مسئلہ تھا اور وہ یہ کہ ہر وقت دھڑکا لگا رہتا تھا کہ کہیں کوئی انہیں اکھٹا نہ دیکھ لے۔

جاوید کا معمول بن گیا تھا کہ روزانہ صبح کو اپنی پھوپھی کے گھر پہنچتا اور کہکشاں کو ساتھ لے کر یونی ورسٹی اولڈ کیمپس چھوڑتا اور وہاں سے نیو کیمپس کی بس لے کر جام شورو پہنچتا تھا۔ واپسی میں وہ اولڈ کیمپس پر اترتا تھا تاکہ کہکشاں کو ساتھ لے کر اس کے گھر چھوڑے۔ وہ تین بجے تک اولڈ کیمپس پہنچ جاتا تھا۔ کہکشاں کی کلاسیں دو بجے ختم ہو جاتی تھیں مگر وہ لائبریری میں اس کا انتظار کرتی تھی۔ اولڈ کیمپس کا مرکزی گیٹ ٹھنڈی سڑک پر ہے جہاں سے بائیں جانب مڑ کر تقریباً آدھے فرلانگ کے فاصلے پر سیدھی طرف ایک پتلی سی گلی آتی ہے جس میں داخل ہوتے ہی نکڑ پر ٹیلی گراف آفس کی چھوٹی سی مسجد ہے اور اس کے قریب ہی ملازمین کے آٹھ دس کوارٹر بنے ہوئے ہیں۔ وہاں سے کینٹونمنٹ کا علاقہ شروع ہو جاتا ہے اور وہی سڑک آگے جا کر دائیں جانب مڑ کر صدر میں داخل ہوتی ہے۔ کہکشاں کا گھر اسی سڑک پر تھا اور اولڈ کیمپس سے اس کے گھر تک پیدل کا راستہ تقریباً پون گھنٹے کا تھا۔ یہ ان کا پسندیدہ راستہ اس لیے تھا کہ سنسان رہتا تھا۔ خال خال کوئی راہ گیر گزر جاتا ورنہ صدر جانے والی سڑک پر مڑنے تک شاذ و نادر ہی کوئی ملتا تھا۔

جاوید لباس کے معاملے میں کہکشاں کی خوش سلیقگی کا ہمیشہ سے قائل تھا۔ وہ عموماً ہلکے رنگ پہنتی

تھی۔اس نے سفید شلوار اور دوپٹہ پہنا ہوا تھا اور سفید قمیص پر لاتعداد چھوٹے بڑے گیندے کے چمکیلے پھول، زرد رنگ سے لے کر عنّابی رنگ تک، ہر شیڈ میں بکھرے ہوئے تھے۔

''اچھی لگ رہی ہو،'' جاوید نے کہا۔

''شکریہ،'' کہکشاں نے مسکراتے ہوئے اس کی طرف دیکھ کر کہا۔

جاوید نے اس کا کندھا دبا دیا، پھر بوکھلا کر گرد و پیش پر نظر ڈالی اور اطمینان کا سانس لیا کہ آس پاس کوئی موجود نہیں تھا۔

''کوئی دیکھ لے گا،'' کہکشاں نے سہم کر ادھر ادھر دیکھا۔

''معلوم ہوتا ہے کہ ہماری زندگی اسی خوف میں گزر جائے گی کہ کوئی دیکھ لے گا،'' جاوید نے مایوس ہو کر کہا۔

''اگر دو گام چل کر منزل سامنے آ جائے تو منزل کی کیا وقعت ہو گی؟''

''لیکن اگر منزل پر پہنچتے پہنچتے کمر خمیدہ ہو جائے تو منزل پر پہنچنے کا فائدہ؟''

''فکر مت کرو۔ کمر خمیدہ ہونے سے پہلے ہی منزل پر پہنچ جائیں گے۔''

''کہکشاں، میں سوچتا ہوں کہ امی اور ابو جی سے بات کروں کہ وہ پھوپھی جان اور پھوپھا جان سے تمہیں میرے لیے مانگ لیں۔''

''سوچ لو، ہم دونوں میں سے کم از کم ایک کو پڑھائی چھوڑ کر ملازمت کرنی پڑے گی۔''

''کیوں؟ ابو جی ہمیں گھر سے نکال تو نہیں دیں گے۔''

''نہیں، مگر مجھے یہ منظور نہیں ہو گا کہ شادی کے بعد بھی ماموں جان ہمیں پالتے رہیں۔''

''تو پھر کیا حل ہے؟ مجھ سے تو اب صبر نہیں ہوتا۔ کوئی ایسا لمحہ نہیں ہوتا جب تم میرے ساتھ نہ ہوتی ہو۔''

کہکشاں جواب میں صرف مسکرا دی اور جاوید سوچ میں گم ہو گیا۔ اب وہ صدر کے موڑ پر پہنچ چکے تھے اور سڑک پر کافی چہل پہل تھی۔

11

اُن دنوں پیارے میاں لاکھ خوش رہنے کی کوشش کرتے مگر ان بد روحوں کا کیا کرتے جو کسی طور انہیں چھوڑنے کے لیے تیار نہ تھیں۔ ان کے دل کی دھڑکن مستقل ان کے کانوں میں ہتھوڑے مارتی رہتی۔ گاہے گاہے وہ اپنی ہتھیلیوں کو کنپٹیوں پر رکھ کر زور سے دباتے اور کبھی انگلیوں کو کانوں میں ٹھونستے، مگر کسی صورت اس دھمک سے نجات نہیں ملتی تھی۔ کسی نے انہیں آیتہ الکرسی کا ورد کرنے کا مشورہ دیا، وہ بھی انہوں نے آزما کر دیکھ لیا مگر کوئی فائدہ نہیں ہوا۔ رات کو سونے کی کوشش میں کروٹیں بدلتے رہتے مگر کسی طرح نیند نہیں آتی تھی۔ آخر جب ان کے دماغ میں الٹے سیدھے خیالات آنے شروع ہوتے تو اطمینان ہو جاتا کہ نیند آیا ہی چاہتی ہے، مگر پھر خوابوں کا سلسلہ شروع ہو جاتا۔

پیارے میاں خواب میں ہمیشہ کہیں جا رہے ہوتے تھے۔ وہ ایک لق و دق، مٹیالے میدان میں چلے جا رہے ہوتے۔ ان کے ارد گرد تا حد نظر مٹی ہی مٹی ہوتی۔ ہر طرف اونچی اونچی کئی منزلہ مٹی کی کچی عمارتیں ہوتیں۔ بیشتر عمارتوں کی دیواروں میں دراڑیں نظر آتیں اور اوپری منزلوں سے کچھ حصے ملبے کی شکل میں ان عمارتوں کے نیچے پڑے ہوتے۔ آسمان پر ملگجے سے بادل چھائے ہوتے جو فضا کے مٹیالے پن میں مزید اضافہ کر دیتے۔ میدان میں جگہ جگہ آدم قد مٹی کے مجسمے آویزاں نظر آتے، جو سرمئی رنگ کی برساتی پہنے اور ہیٹ لگائے ایک ہی سمت میں دیکھ رہے ہوتے، مگر سارے چہرے سپاٹ اور نقوش سے عاری ہوتے۔ ان کے چہروں پر نہ آنکھیں ہوتیں نہ ناک، نہ ہونٹ ہوتے نہ کان اور ان سب کا رخ ایک ہی جانب ہوتا جیسے ان کی نگاہیں سامنے سے اٹھتے ہوئے کسی طوفان پر لگی ہوں۔ پیارے میاں سمجھ جاتے کہ وہ ہزاروں سال پرانی تہذیب کا کوئی شہر تھا جسے محکمہ آثار قدیمہ نے کھود کر نکالا تھا۔ پھر اچانک ساری عمارتیں فضا میں تحلیل

ہو جاتیں۔ تیز ہواؤں کے جھکّڑ چلنے لگتے اور ان کے ساتھ سوکھی ہوئی صحرائی جھاڑیوں کے گولے پورے میدان میں لڑھکتے پھرتے۔ ہر طرف ہوا کے بگولے اپنے ساتھ مٹی اور سوکھے پتوں کو لیے ہوئے چکراتے پھرتے۔ وہ میدان کے بیچوں بیچ سر جھکائے چل رہے ہوتے تھے۔ نہ کوئی سڑک ہوتی، نہ پگڈنڈی، نہ کوئی نشانِ راہ ہوتا، نہ نقشِ قدم۔ اچانک پورا میدان ہر سمت میں جاتے ہوئے ٹریفک سے بھر جاتا جس میں کاریں، سائیکلیں، اسکوٹر، رکشے، گدھاگاڑیاں، سب کچھ ہی ہوتیں۔ پیارے میاں کے برابر سے طرح طرح کے لوگ گزرتے۔ کالے، گورے، ٹھگنے، لمبے، پگڑیاں پہنے ہوئے، ہیٹ لگائے ہوئے۔ان کے گرد لوگوں کا سمندر ہوتا اور وہ اس ہجوم میں ہر گزرنے والے کو روک کر اپنی جانب متوجہ کرنے کی کوشش کرتے۔

"سننا بھیّا۔"

"بھیّا،ذرا سننا۔"

"ذرا میری بات سننا۔"

مگر ہر شخص انہیں خالی خالی نظروں سے گھورتا ہوا گزر جاتا اور وہ مایوس ہو کر کسی اور کو روکنے کی کوشش کرتے۔ لگتا تھا جیسے وہ عمرو عیار کی سلیمانی چادر اوڑھ کر دوسروں کی نظروں سے پوشیدہ ہوگئے ہوں۔ کبھی کبھار کوئی رک جاتا تو وہ کہتے، "بھیّا، مجھے ذرا پتا بتا دو۔"

"آپ کو کہاں جانا ہے؟" وہ شخص پوچھتا۔

"یہ تو مجھے نہیں معلوم،" پیارے میاں جواب دیتے اور وہ انہیں گھورتا ہوا آگے بڑھ جاتا۔

وہ کہاں جا رہے ہوتے تھے، یہ انہیں معلوم نہیں تھا۔انہوں نے اپنی زندگی کہیں جانے میں ہی گزار دی تھی مگر انہیں نہ منزل کا علم تھا اور نہ راستے کا پتا۔ کچھ دن سے ان کے ہیبت ناک خوابوں میں ایک نیا کردار داخل ہو گیا تھا اور وہ تھے ان کے تایا۔ پیارے میاں خواب میں آٹھ سال کے ہوتے اور راستہ پوچھتے پوچھتے اچانک ان کے تایا سامنے آکر انہیں گود میں لینے کے لیے جھکتے اور مسکرا کر دونوں بازو پھیلا دیتے۔ وہ چیخ مار کر پیچھے مڑتے اور بھاگنا شروع کر دیتے۔

مقسطلی خانم ان کے برابر دوسری چارپائی پر سوتی تھیں۔انہیں معلوم تھا کہ پیارے میاں کسی الجھن کا شکار ہیں مگر پوچھنے کی ہمت نہیں پڑتی تھی کیوں کہ وہ ان کی سیدھی بات کا جواب بھی جھنجھلا کر دیتے تھے، لہٰذا وہ بلا ضرورت ان سے بات کرنے سے گریز کرتی تھیں۔ اکثر وہ سوتے میں ان کی چیخ سن کر اٹھ

بیٹھتیں اور ان کی چارپائی پر ایک جانب ان کے کندھے پر اپنا ہاتھ رکھ کر بیٹھ جاتیں۔ ایک رات اچانک مقسطٰی خانم کی آنکھ کھل گئی۔ انہیں یقین تھا کہ سوتے میں کسی کی سسکیاں سنائی دی تھیں۔ انہوں نے کروٹ بدل کر دیکھا تو پیارے میاں اپنی چارپائی پر ایک طرف پاؤں لٹکا کر بیٹھے ہوئے تھے اور انہوں نے دونوں ہاتھوں سے اپنا چہرہ ڈھانپ رکھا تھا۔ وہ تیزی سے اٹھیں اور ان کے برابر بیٹھ کر اپنا بازو ان کی کمر کے گرد حمائل کر دیا۔ پیارے میاں سسکیاں لے رہے تھے۔ مقسطٰی خانم اٹھ کر ایک گلاس میں پانی لے آئیں اور ان کے برابر بیٹھ گئیں۔

’’لیں، پانی پی لیں،‘‘ انہوں نے کہا اور گلاس پیارے میاں کے ہونٹوں سے لگا دیا۔

’’لگتا ہے کہ میرا اتا یا مجھے پاگل کر کے چھوڑے گا،‘‘ پیارے میاں نے گلاس واپس کرتے ہوئے کہا۔

’’کیوں، کیا پھر وہی خواب دیکھا ہے؟،‘‘ مقسطٰی خانم نے پوچھا۔

پیارے میاں نے اثبات میں سر ہلا دیا۔ مقسطٰی خانم اپنا بازو ان کے کندھے پر رکھے بیٹھی رہیں۔

’’میری مانیں تو آپ انہیں معاف کر دیں ورنہ وہ مرنے کے بعد بھی آپ کا پیچھا نہیں چھوڑیں گے۔‘‘

’’تم ٹھیک کہتی ہو،‘‘ پیارے میاں نے کچھ سوچ کر کہا، ’’میں خود بھی اسی نتیجے پر پہنچا ہوں۔‘‘

’’مجھے یقین ہے کہ آپ سکون محسوس کریں گے۔ آپ کی زندگی ہم سب کے لیے بے حد عزیز ہے۔ ابھی تو آپ کو اپنی بیٹی کی خوشیاں دیکھنی ہیں۔‘‘

پیارے میاں نے کوئی جواب نہیں دیا۔ وہ دونوں خاموش بیٹھے سوچتے رہے۔

’’چلو، سو جاؤ۔ میں اب ٹھیک ہوں،‘‘ آخر پیارے میاں نے کہا۔

’’آپ بھی سونے کی کوشش کریں۔ لا حول پڑھتے رہیں، نیند آ جائے گی،‘‘ مقسطٰی خانم اٹھتے ہوئے بولیں۔

پیارے میاں کے سینے سے ایک بھاری بوجھ اٹھ گیا تھا۔ باقی رات انہوں نے بڑی گہری نیند سو کر گزاری۔ عام طور پر جب وہ صبح کو اٹھتے تھے تو ان کی طبیعت میں جھنجلاہٹ اور سر میں ہلکا ہلکا درد ہوتا تھا۔ وہ دیر تک بستر پر ایک جانب پاؤں لٹکائے بیٹھے پیشانی کو ملتے رہتے تھے مگر اس دن جب صبح کو اٹھے تو انہوں نے محسوس کیا کہ خلاف معمول ان کی طبیعت ہشاش بشاش تھی۔ انہیں یاد نہیں تھا کہ زندگی میں پہلے کبھی اتنے تر و تازہ اٹھے ہوں۔ معلوم ہوتا تھا کہ وہ اپنے ماضی سے پیچھا چھڑانے کے لیے تیار

ہو گئے تھے۔

اس روز دو پہر کو پیارے میاں کینٹین میں مُنّوں میاں کے پاس آئے اور بولے کہ وہ کام سے ذرا جلدی چھٹی کریں گے۔

’’کیوں، خیریت تو ہے؟‘‘ مُنّوں میاں نے پوچھا۔

’’آج میں اپنے تایا سے ملنے جاؤں گا،‘‘ پیارے میاں نے مسکراتے ہوئے کہا۔

’’تایا؟ وہ اچانک کہاں سے آ گئے؟‘‘

’’حاجی بارود والا کی دکان کے سامنے ان کی گھی کی دکان ہے۔‘‘

’’اچھا، آپ کو کیسے پتا چلا؟‘‘

’’مجھے ایک مرتبہ آپ نے حاجی صاحب کا بل ادا کرنے کے لیے بھیجا تھا تب میں نے انہیں دیکھا تھا۔‘‘

’’مگر آپ کی توان سے بول چال بند تھی۔‘‘

’’میں نے انہیں معاف کر دیا ہے۔ میں نے آپ کے مشورے کے مطابق، جس جس نے میری راہ میں کانٹے بوئے تھے ان سب کو معاف کر دیا ہے۔‘‘

’’یہ آپ نے بہت اچھا کیا، اب آپ کی زندگی بڑی اچھی گزرے گی۔‘‘

’’امید تو یہی ہے۔‘‘

’’خیر، آپ جائیں۔ اگر دیر ہو جائے تو سیدھے ہمارے گھر آ جانا کیوں کہ آج تو آپ ہمارے ساتھ کھانا کھائیں گے۔‘‘

’’ٹھیک ہے۔‘‘

’’میں شام کو بھنّو اور کہکشاں کو گھر لے جاؤں گا۔‘‘

* * *

جب پیارے میاں رسالہ روڈ سے سبزی منڈی والی گلی میں مڑے تو یہ دیکھ کر ہکا بکا رہ گئے کہ جس کیبن پر فرخ آباد قائم گنج والوں کی دکان کا بورڈ لگار ہتا تھا، اس میں اب ایک آنہ لائبریری تھی۔ کیبن میں

بیٹھا ہوا لڑکا ایک گاہک کو کتاب جاری کر کے رجسٹر میں اندراج کر رہا تھا، چنانچہ پیارے میاں انتظار کرنے لگے۔ جب گاہک کتاب لے کر چل دیا تو انہوں نے آگے بڑھ کر اس لڑکے سے پوچھا، ''کیوں میاں، اس کیبن میں تو گھی والوں کی دکان ہوتی تھی۔''

''یہ کب کی بات کر رہے ہیں آپ؟'' لڑکے نے جواب دیا۔ ''پچھلے پانچ سال سے تو یہ ہماری لائبریری ہے۔''

''غالباً میں اس سے پہلے کی بات کر رہا ہوں،'' پیارے میاں نے جواب دیا۔

''میرے والد کو معلوم ہوگا۔ زیادہ تر وہی یہاں بیٹھتے ہیں مگر آج کل میری اسکول کی چھٹیاں ہیں تو میں بیٹھ جاتا ہوں۔''

''آپ کے والد یہاں کس وقت مل سکتے ہیں؟''

''آپ شام میں تشریف لے آئیں، وہ شام میں یہیں ہوتے ہیں۔''

پیارے میاں مایوس ہو کر وہاں سے واپس ہو لیے۔ کچھ آگے جا کر پھر پلٹے اور سوچا کہ سامنے حاجی طیب علی بارود والا سے بھی پوچھ گچھ کر لیں۔ حاجی صاحب اس علاقے میں مٹی کے تیل کے سب سے بڑے آڑھتی تھے اور مُنّوں میاں کی کینٹین میں وہی تیل سپلائی کرتے تھے۔ پیارے میاں کئی سال قبل حاجی صاحب کی دکان پر ان کا بل ادا کرنے کے لیے آئے تھے۔

حاجی صاحب ٹیلی فون پر کسی گاہک سے محو گفتگو تھے۔ ایک ملازم پیارے میاں کی جانب بڑھا مگر انہوں نے اشارے سے اسے بتا دیا کہ وہ حاجی صاحب سے ہی گفتگو کریں گے۔ جب وہ ٹیلی فون بند کر کے مڑے تو پیارے میاں انہیں سلام کر کے آگے بڑھے۔

''وعلیکم سلام،'' حاجی صاحب نے انہیں سوالیہ نظروں سے دیکھتے ہوئے سلام کا جواب دیا۔

''حاجی صاحب، میں آرمی کی کینٹین میں کام کرتا ہوں،'' پیارے میاں نے کہا۔ ''ہم آپ کے گاہک ہیں۔''

''اچھا، اچھا۔ مُنّوں میاں تو ٹھیک ہیں نا؟''

''جی، دراصل میں آپ سے یہ پوچھنے آیا ہوں کہ سامنے گھی والے کہاں گئے؟''

''کون، باقی خاں؟''

''جی۔''

’’انہیں تو یہ جگہ چھوڑے ہوئے چار پانچ سال ہوگئے۔ فالج ہوا تھا جس کی وجہ سے وہ بستر پر لیٹ گئے۔‘‘

’’ان کا کچھ اتا پتا معلوم ہے؟‘‘

’’بالکل معلوم ہے۔ وہ بھنگی پاڑے میں رہتے ہیں اور پورا محلہ انہیں گھی والوں کے نام سے جانتا ہے۔ میرے ایک ملازم نے ان کی جھگی دیکھی ہے اور وہ ہر مہینے ان کی خیریت معلوم کرنے چلا جاتا ہے۔ مگر وہ ایک ہفتے کی چھٹی لے کر اپنے گاؤں گیا ہے۔‘‘

’’بہت بہت شکریہ، حاجی صاحب۔ میں جا کر دیکھوں گا کہ ان کی جھگی ملتی ہے یا نہیں۔ اگر نہ ملی تو اگلے ہفتے آپ کو تکلیف دوں گا۔‘‘

’’مل جائے گی کیوں کہ وہاں ہر ایک گھی والوں کو جانتا ہے۔‘‘

’’ان کے ایک پارٹنر بھی تو تھے۔‘‘

’’جی، وہ بھی اللہ کو پیارے ہوگئے، بلکہ جس دن ان کا سوئم تھا اسی دن باقی خاں پر فالج گرا۔‘‘

’’بہت بہت شکریہ حاجی صاحب۔ آپ سے کافی مدد ملی ہے،‘‘ پیارے میاں رخصت ہونے کے لیے مڑے۔

***

بھنگی پاڑا حیدرآباد سندھ کا غلیظ ترین محلہ تھا جہاں محلے کے بیچوں بیچ ایک کھلا ہوا گندہ نالا تھا۔ اس کی چار فٹ اونچی دیواروں کے درمیان غلاظت کا سیاہ رنگ کا دریا بہتا تھا جس سے بلبلے اٹھتے تھے اور اس کی سٹراند پورے محلے میں پھیلی ہوتی تھی۔ نالے کی دونوں منڈیروں پر ننگ دھڑنگ بچے قطار بنائے ہوئے ریل ریل کھیلتے تھے۔ سب سے آگے انجن ہوتا تھا جو منہ سے چھک چھک کی آواز نکالتا ہوا اور دونوں بازوؤں کو پہیوں کے پسٹن کی طرح گھماتا ہوا چلتا تھا۔ کبھی کبھار دھکم پیل میں کوئی بچہ نالے میں گر جاتا۔ حالاں کہ اس گاڑھے گاڑھے سیال میں ڈوبنے کے امکانات کم تھے مگر اس سے پہلے ہی کوئی راہ گیر غلاظت میں لتھڑے ہوئے بچے کو بازو سے پکڑ کر باہر نکال لیتا اور ڈانٹ پلا کر آگے بڑھ جاتا۔ مکھیوں کا یہ عالم تھا کہ الامان والحفیظ۔ اگر کوئی راہ چلتا ہوا شخص ایک لمحے کے لیے ساکت کھڑا ہو جاتا تو اس کے چہرے پر مکھیوں کا

نقاب چڑھ جاتا تھا اور نہ وہاں سے گزرنے والے اپنے ایک ہاتھ سے ناک دبائے ہوئے چلتے اور دوسرے ہاتھ کو اپنے چہرے پر بیٹھنے والی مکھیوں کو اڑانے کے لیے استعمال کرتے۔

بھنگی پاڑے کو اگر جھگیوں کی بھول بھلیاں کہیں تو زیادہ موزوں ہوگا کیوں کہ وہاں کوئی گلی سیدھی نہیں تھی۔ جسے جہاں زمین کا ایک خالی ٹکرا ملا وہیں اس نے جھگی ڈال لی۔ اگرچہ کچھ کچے پکے مکانات بن گئے تھے مگر زیادہ تر جھگیاں ہی تھیں جن کی دیواریں چٹائیوں کی تھیں۔ کچھ لوگوں نے چٹائیوں پر گارے سے لپائی کر کے چونے کی پُتائی کر دی تھی۔ جن جھگیوں پر حال ہی میں پتائی ہوئی تھی ان کی سفید دیواریں دھوپ میں چمکتی تھیں مگر زیادہ تر جھگیوں کی چمک ماند پڑ چکی تھی اور ان پر تعویذ گنڈے کرنے والوں، قسمت کا حال بتانے والوں، فال کھولنے والوں اور مردانہ کمزوری کا شرطیہ علاج کرنے والوں کے اشتہارات لکھے ہوئے تھے۔ جب پرانے اشتہارات دھندلے پڑ جاتے تو ان کے اوپر نئے اشتہارات لکھ دیے جاتے۔

فضا میں نالے کی بدبو اس قدر شدید تھی کہ ہر سانس پر ابکائی آتی تھی مگر وہاں رہنے والوں کو اس کا قطعی احساس نہیں تھا۔ یہ غریبوں کی بستی تھی اور لوگ میلے کچیلے کپڑوں میں نظر آ رہے تھے۔ ان کے درمیان پیارے میاں واحد سفید پوش تھے اور لوگ انہیں عجیب نظروں سے دیکھ رہے تھے۔ وہ جھگیوں کی ان گلیوں میں گم ہو گئے مگر اس وقت انہیں اس بات کی فکر نہیں تھی کہ وہاں سے نکلیں گے کس طرح۔ وہ ہر راہ گیر سے گھی والوں کی جھگی کے متعلق پوچھتے مگر کچھ پتا نہ چلا۔ آخر سامنے سے آتے ہوئے ایک خوش پوش عمر رسیدہ صاحب ان کے برابر سے گزرے تو پیارے میاں نے پوچھا، ''چچا، آپ گھی والوں کو جانتے ہیں؟''

''کیوں نہیں برخوردار، باقی خاں کو کون نہیں جانتا؟'' انہوں نے جواب دیا۔

''میں ان ہی کو تلاش کر رہا ہوں۔''

''تو آؤ میرے ساتھ، مگر تم نے اپنا تعارف نہیں کرایا۔''

''جی، مجھے پیارے میاں کہتے ہیں اور وہ میرے تایا ہیں۔''

''اچھا، تو تم ان کے بھتیجے ہو۔ بھئی وہ تمہیں بہت یاد کرتے ہیں۔ کہتے ہیں کہ پاکستان آتے ہوئے بچھڑ گئے تھے۔''

''جی۔''

''وہ تمہیں دیکھ کر بہت خوش ہوں گے۔''

’’معلوم ہوتا ہے کہ آپ کی ان سے اچھی خاصی واقفیت ہے۔‘‘

’’اچھی خاصی واقفیت؟ تمہیں معلوم ہے کہ جب مونگ پھلی کو چھیلو تو اس میں سے دو دانے نکلتے ہیں۔‘‘

’’جی۔‘‘

’’بس، یوں سمجھو کہ ہم مونگ پھلی کے دو دانے ہیں۔‘‘

’’بہت خوب، کیا آپ شاعر بھی ہیں؟‘‘

’’خوب پہچانا برخوردار، بڑے بازوق لگتے ہو۔ مجھے مدہوش سہاوری کہتے ہیں۔‘‘

’’قبلہ، آپ سے مل کر بے حد خوشی ہوئی۔‘‘

ایسا لگتا تھا کہ مدہوش صاحب کسی سے باتیں کرنے کے لیے ترسے ہوئے تھے۔ وہ گلی در گلی کافی دور نکل گئے۔ اچانک رک کر ادھر ادھر دیکھ کر بولے، ’’یہ ہم کہاں آ گئے؟‘‘

’’قبلہ، یہ آپ ہی کا محلہ ہے،‘‘ پیارے میاں نے مسکرا کر جواب دیا۔

’’دراصل ہم ان کی گلی پیچھے چھوڑ آئے ہیں۔‘‘

وہ واپس مڑ کر پچھلی گلی میں داخل ہو گئے۔ نکڑ پر پہلی جھگی کے دروازے پر ایک رنگ بر نگا پردہ لٹک رہا تھا۔ اس کے برابر ایک سیاہ رنگ کی تختی آویزاں تھی جس پر کھریا سے ہذا من فضل ربی لکھا ہوا تھا۔ اس کے برابر والی جھگی کے دروازے پر ٹاٹ کا پردہ پڑا تھا۔ مدہوش صاحب پردہ ہٹا کر دروازے میں داخل ہو گئے اور ان کے پیچھے پیچھے پیارے میاں بھی اندر آ گئے۔

جھگی کے کچے صحن میں بائیں جانب ایک گھڑونچی پر دو مٹکے رکھے ہوئے تھے جن کے گرد کائی جم گئی تھی اور ان پر مکھیاں بھنک رہی تھیں۔ دونوں مٹکوں پر مٹی کے سرپوش ڈھکے تھے اور ایک سرپوش پر ایلومینم کا ٹورا الٹا رکھا ہوا تھا۔ گھڑونچی کے برابر کونے میں چولہا تھا جس میں راکھ کے ساتھ ایک ادھ جلی لکڑی پڑی ہوئی تھی۔ معلوم ہوتا تھا کہ چولہا عرصے سے استعمال نہیں ہوا تھا کیوں کہ اس کے نزدیک باورچی خانے کے کوئی برتن نہیں تھے۔ صحن میں دائیں جانب دروازے کے پاس چٹائی کی دیواریں کھڑی کر کے بیت الخلا بنا دیا گیا تھا اور سامنے چھپر ڈال کر برآمدہ بنا دیا گیا تھا جس کے سامنے دھوپ کو روکنے کے لیے ایک پردہ لٹک رہا تھا۔ مدہوش صاحب نے پردہ ایک جانب کھسکا دیا کیوں کہ سورج اب ڈھل چکا تھا۔

پیارے میاں کی نظر اس چارپائی پر پڑی جس پر ان کے تایا سو رہے تھے۔ پہلی نظر میں وہ انہیں نہیں پہچان سکے کیوں کہ ایک زمانے میں وہ اچھے خاصے موٹے تگڑے ہوتے تھے مگر اب چارپائی پر ہڈیوں کا ایک ڈھانچہ پڑا تھا جس کا منہ کھلا ہوا تھا اور پورا چہرہ مکھیوں سے ڈھکا تھا۔ فالج کے اثر سے ان کا نچلا ہونٹ ایک جانب سے لٹک گیا تھا۔ پیارے میاں کی نظر ان کی سینکوں جیسی کلائیوں پر پڑی تو ان کا دل بھر آیا۔ ان کے تایا کیا سے کیا ہو گئے تھے۔

"باقی خاں، دیکھو کون آیا ہے؟" مدہوش صاحب نے آگے بڑھ کر زور سے کہا مگر باقی خاں پر کوئی اثر نہیں ہوا۔

"بہت اونچا سنتے ہیں، تمہیں چیخ کر بات کرنی پڑے گی،" انہوں نے پیارے میاں سے کہا اور جب باقی خاں کا پیر پکڑ کر ہلایا تو انہوں نے آنکھیں کھول دیں۔ پیارے میاں نے جھک کر ان کے چہرے سے مکھیاں اڑائیں۔ ان کے تایا خاموشی سے انہیں تکتے رہے جیسے پہچاننے کی کوشش کر رہے ہوں۔

پیارے میاں اپنا منہ ان کے کان کے قریب لا کر بولے، "تایا با، میں ہوں پیارے میاں۔"

پہلے تو ایسا لگا جیسے باقی خاں نے سنا ہی نہیں، پھر اچانک ان کی آنکھوں میں چمک سی آئی مگر وہ خاموشی سے پیارے میاں کو تکتے رہے۔ ان کے منہ سے کوئی بات نہیں نکلی مگر آنکھوں سے آنسوؤں کا سیلاب امڈ پڑا۔

"باقی خاں، یہ تمہارا بھتیجا ہے،" مدہوش صاحب نے انہیں پھر یاد دلایا۔

باقی خاں نے کوئی جواب نہیں دیا۔ بس پیارے میاں پر نظریں جمی تھیں اور آنسو بہہ کر تکیے کو گیلا کر رہے تھے۔

"تو آگیا؟" آخر وہ بڑی نحیف آواز میں بولے۔

پیارے میاں نے اپنے آنسو روکنے کی بڑی کوشش کی مگر ان کا سوتا کھل گیا اور آنسوؤں کی جھڑی لگ گئی۔ انہوں نے جھک کر اپنے تایا کو چمٹا لیا مگر وہاں چمٹانے کے لیے تھا ہی کیا، بس ہڈیوں کا ایک پنجر تھا۔

مدہوش صاحب نے پیارے میاں کے کندھے پر ہاتھ رکھ کر کہا، "اچھا بر خوردار، تم اپنے تایا سے ملو، میں چلتا ہوں۔"

پیارے میاں نے اٹھ کر ان کا شکریہ ادا کیا اور اپنے تایا کا ہاتھ اپنے ہاتھ میں لے کر بیٹھ گئے۔ دوسرے ہاتھ سے مکھیاں اڑاتے رہے۔

”بچے ہیں؟“ باقی خاں نے سرگوشی کی۔ ان کی آواز بس اتنی ہی نکلتی تھی۔ پیارے میاں کو اپنا کان ان کے منہ کے سامنے لا کر سننا پڑ رہا تھا۔

”جی تایا ابا، ایک بیٹی ہے،“ پیارے میاں نے ان کے کان میں چیخ کر کہا۔

”اللہ عمر دراز کرے،“ کہہ کر انہوں نے اپنی آنکھیں بند کریں۔

پیارے میاں ان کے پاس خاموش بیٹھے رہے۔ کچھ دیر کے بعد ان کے تایا نے دوبارہ آنکھیں کھولیں اور پوچھا، ”کتّی بڑی ہو گئی ہے؟“

”یونی ورسٹی جاتی ہے۔“

”ماشاء اللہ۔“ باقی خاں نے دوبارہ آنکھیں بند کرتے ہوئے کہا۔ معلوم ہوتا تھا کہ تھوڑی تھوڑی دیر کے بعد ان پر غنودگی طاری ہو جاتی تھی۔

”تائی اماں کا انتقال کب ہوا؟“ پیارے میاں نے پوچھا۔

باقی خاں نے آنکھیں کھولیں اور کچھ سوچ کر بولے، ”یاد نہیں ہے، صدیاں بیت گئیں۔ اب تو کبھی کبھی ان کی شکل بھی بھول جاتا ہوں۔“

پیارے میاں کو اپنے پیچھے آہٹ سی محسوس ہوئی تو انہوں نے مڑ کر دیکھا۔ ایک سات آٹھ سال کا لڑکا وہاں آ کر کھڑا ہو گیا۔

”دادا، چائے پیو گے؟“ بچے نے باقی خاں کے کان میں چیخ کر کہا۔

”نا بیٹا، میرے لیے رہنے دے۔ بس ان کے لیے ایک پیالی لے آ،“ انہوں نے سر موڑ کر بچے کی طرف دیکھا اور بھتیجے کی طرف اشارہ کر کے کہا۔

”نہیں بیٹے، میرے لیے بھی رہنے دو،“ پیارے میاں نے کہا۔ بچے نے ان پر اچٹتی سی نظر ڈالی اور وہاں سے چلا گیا۔

”تایا ابا، یہ بچہ کون ہے؟“ پیارے میاں نے پوچھا۔

”ارے یہ نظام الدین کا بیٹا ہے،“ باقی خاں نے جواب دیا۔

پیارے میاں کو تجسس ہوا کہ نظام الدین کون ہے مگر انہوں نے پوچھا نہیں کیوں کہ انہیں اندازہ تھا کہ ان کے تایا کو بولنے میں دقت ہو رہی ہے، غالباً یہ فالج کا اثر تھا۔ کچھ توقف کے بعد وہ خود ہی بولے، ”نظام الدین بڑھئی ہے۔ سامنے ہی رہتا ہے۔ اس کے بچے میرا بڑا خیال رکھتے ہیں۔ تینوں وقت

مجھے کھانا کھلاتے ہیں۔ لو وہ خود ہی آگیا۔''

پیارے میاں نے مڑ کر دیکھا تو ایک شخص ہاتھوں میں ایک کرسی لیے دروازے سے داخل ہوا تھا۔ وہ پرانی کرسی تھی جس کا رنگ کالا پڑ گیا تھا۔ دونوں ہتّے ٹوٹ چکے تھے اور چولیں بھی ہل رہی تھیں۔

''لو بھیّا، کرسی پے بیٹھ جاؤ۔ مجھے گدّونے بتایا کہ دادا کے مہمان آئے ہیں،'' نظام الدین نے باقی خاں کی چارپائی کے ساتھ کرسی رکھتے ہوئے کہا۔

''بھائی، تم نے بڑی تکلیف کی۔ میں تو اچھا خاصا بیٹھا ہوا تھا،'' پیارے میاں نے کہا۔

''نہیں بھیّا، آرام سے بیٹھو۔''

''یہ نظام الدین ہے۔ بڑا بھلا مانس ہے،'' باقی خاں نے کہا۔

پیارے میاں نے اٹھ کر نظام الدین سے ہاتھ ملایا تو انہیں لگا کہ اس کا ہاتھ بھی لکڑی کا بنا ہوا ہے۔

''بھیّا، یہ کرسی آج ہی ایک روپے کی لایا ہوں۔ اگلی بار آؤ گے تو یہ نئی ہو گی اور تمہیں یہیں ملے گی،'' نظام الدین نے کہا۔

''جی، تایا ابا نے بتایا کہ تم بڑھئی ہو،'' پیارے میاں کرسی سر کا کر بیٹھ گئے۔

''اچھا میں چلتا ہوں، کسی چیز کی ضرورت ہو تو بتا دینا۔''

باقی خاں شاید سو گئے تھے۔ پیارے میاں نے ہاتھ کا پنکھا اٹھایا جو بستر پر پڑا ہوا تھا اور مکھیاں اڑانے کے لیے جھلتے رہے۔ وہ سوچ رہے تھے کہ جوانی میں ان کے تایا بڑے گٹھے ہوئے جسم کے مالک تھے اور اچھے خاصے لمبے تڑنگے ہوتے تھے، مگر اب چارپائی پر سکڑے سکڑائے ایسے پڑے تھے کہ ان کے پیر پائنتی تک بھی نہیں پہنچتے تھے۔ انہوں نے سوچا کہ شاید بڑھاپے کے ساتھ ساتھ قد بھی گھٹنے لگتا ہے۔ ان کا سارا گوشت پگھل کر بہہ چکا تھا۔ دانت بھی اکھڑ چکے تھے اور پوپلا منہ پڑیا کی طرح سمٹ گیا تھا۔ ان کی ڈاڑھی سینے سے نیچے تک بڑھ چکی تھی۔ شاید سال ہا سال سے تراشی نہیں گئی تھی۔ ویسے بھی ان کے رخساروں پر بال نام کو بھی نہیں تھے۔ بس تھوڑی پر چگّی ڈاڑھی جھاڑو کی طرح لٹک رہی تھی۔ انہیں بچپن کا زمانہ یاد آیا جب ان کے تایا شیو کیا کرتے تھے اور جب انہوں نے ڈاڑھی رکھنے کا فیصلہ کیا تو چگّی ڈاڑھی نکلی۔ محلے کے بچوں نے ان کی چڑ بنا لی۔ جہاں وہ باقی خاں کو دور سے آتا دیکھتے، فوراً گانا شروع کر دیتے۔

چگّی ڈاڑھی، تین بال

غصہ آیا، بین ڈال

جب وہ نزدیک آتے تو بچے بھاگ جاتے۔ اگر کوئی بچہ ہاتھ آ جاتا تو اسے ڈانٹ کر بھگا دیتے۔ محلے کے لوگ بھی بچوں کو ڈانٹتے تھے مگر ساتھ ہی ساتھ مسکراتے بھی تھے۔ آخر ایک بار انہوں نے ڈاڑھی منڈوانے کا فیصلہ کر لیا۔ اگلی بار جب وہ حجامت بنوانے کے لیے گئے تو حجام سے کہا کہ وہ ان کا شیو بھی بنا دے۔ محلے کا حجام سال ہا سال سے ان کی حجامت کرتا آ رہا تھا۔ جب باقی خاں نے حجامت اور شیو سے فارغ ہو کر اس سے پیسے پوچھے تو اس نے اتنے ہی بتائے جتنے ہمیشہ لیتا تھا۔

''بھئی شیو کرنے کے پیسے بھی تو بتاؤ،'' باقی خاں نے ہتھیلی پر ریزگاری گنتے ہوئے پوچھا۔

''خان صاحب، اب میں آپ سے تین بالوں کے کیا پیسے لوں گا؟'' حجام نے ہنستے ہوئے پوچھا۔

''کیا بکتا ہے؟'' انہوں نے مسکرا کر اسے ڈانٹا اور چونّی اگلی دے کر وہاں سے نکل آئے۔

پیارے میاں ان ہی دنوں کو یاد کر کے مسکرا رہے تھے کہ یکایک انہیں کھانسی آئی جس سے ان کے تایا کی آنکھ کھل گئی۔ وہ ٹکٹکی باندھے بھتیجے کو دیکھتے رہے، پھر بولے، ''اچھا ہوا تو آ گیا اور مجھے کہاں سا معاف کروانے کا موقع مل گیا۔''

''کیسی باتیں کرتے ہو تایا ابا۔ کون سا کہاں سا معاف کرواؤ گے؟'' پیارے میاں نے ان کے ہاتھ پر اپنا ہاتھ رکھتے ہوئے کہا۔

''میں نے تم دونوں بھائیوں پے بڑے ظلم کیے ہیں۔ زندگی بھر میرا ضمیر مجھے ملامت کی چکی میں پیستا رہا ہے۔''

''ارے تایا ابا، کیسی باتیں کر رہے ہو، تم نے تو ہمیں باپ بن کر پالا تھا۔''

''نہیں بیٹا، میں نے تمہیں بہت مار پیٹا، مگر مجھے تم دونوں سے بڑی محبت تھی۔''

''مجھے معلوم ہے۔ اگر تم ہمیں مارتے بھی تھے تو ہماری بھلائی کے لیے مارتے تھے۔''

باقی خاں کے آنسو بہتے رہے مگر انہوں نے کوئی جواب نہیں دیا۔ پھر کچھ سوچ کر بولے، ''تیرے بھائی سے تو میں نے کہاں سا معاف کروا لیا ہے۔''

''بھائی سے؟'' پیارے میاں نے چیخ کر کہا، ''بھائی تمہیں کہاں مل گئے؟''

''اس کا خط آیا تھا۔''

''خط آیا تھا؟ کہاں سے؟'' پیارے میاں کی آواز رندھ گئی۔

’’وہ مشرقی پاکستان میں ہے۔‘‘

’’تایا ابا، مجھے پوری بات بتاؤ۔ کب خط آیا تھا؟‘‘ پیارے میاں کھڑے ہو گئے۔ ان کی سمجھ میں نہیں آرہا تھا کہ انہیں یک دم پوری کہانی کیسے معلوم ہو جائے۔

’’مجھے ذرا بٹھا دے،‘‘ باقی خاں اب پوری طرح چوکنّے ہو گئے تھے۔ پیارے میاں نے ان کے بستر کی ایک جانب رکھا ہوا گاؤ تکیہ اٹھا کر ان کے سرہانے رکھا اور ان کی پشت پر ہاتھ لگا کر انہیں گاؤ تکیے کے سہارے بٹھا دیا۔

’’تایا ابا، تم بھائی کے متعلق بتا رہے تھے۔‘‘

’’ہاں، اس نے کسی کے ہاتھ خط بھیجا تھا۔‘‘

’’کس کے ہاتھ؟‘‘

’’کوئی حکومت کا ملازم تھا۔ جب وہ یہاں سے مشرقی پاکستان گیا تو اتفاقاً اس کی ملاقات تمہارے بھیّا سے ہو گئی۔ انہوں نے اس سے کہا کہ ان کا تعلق قائم گنج سے ہے تو اس نے انہیں بتایا کہ حیدر آباد میں گھی کی ایک دکان ہے جس کا نام ہے فرخ آباد قائم گنج والوں کی دکان۔ تمہارے بھیّا نے میرے نام ایک خط لکھ کر اسے دے دیا۔‘‘

’’پھر؟‘‘

’’پھر، میں نے جواب دیا۔ اس کے کئی خط آئے۔ میں نے بھی لکھے۔ پھر مجھے فالج مار گیا اور میں یہاں پڑا ہوں۔‘‘

’’تو پھر ان خطوں کا کیا بنا؟‘‘

’’خدا جانے، پھنک پھنکا گئے۔‘‘

’’پھنک پھنکا گئے؟‘‘ پیارے میاں نے رو ہانسے ہو کر پوچھا، ’’ان کا پتہ وتہ تمہارے پاس نہیں ہے؟‘‘

’’نہیں، بس اتّا یاد ہے کہ وہ سرکاری نوکری میں ہے۔ میونسپلٹی میں ہے۔‘‘

’’میونسپلٹی میں؟‘‘

’’ہاں۔‘‘

’’ان کے شہر کا نام یاد ہے؟‘‘

باقی خاں نے ہاتھ کے اشارے سے انکار کیا پھر سوچ کر بولے، ’’ہاں، یاد آیا۔ اس جگہ کا نام

پارسال ہے۔،،

،،پارسال؟،،

،،ہاں، کچھ ایسا ہی نام ہے۔،،

،،باریسال تو نہیں؟،،

،،شاید۔،،

،،اور کیا لکھا تھا ان خطوں میں؟،،

،،وہ سرکاری نوکری میں ہے۔ اس کی بیوی بھی پڑھاتی ہے اور ایک بیٹا ہے۔،،

،،ٹھیک ہے تایا ابّا،،، پیارے میاں نے اٹھتے ہوئے کہا۔ ،،میں تمہیں یہاں سے لے جاؤں گا مگر پہلے میں بھائی کو تلاش کر کے تمہارے پاس لاؤں گا۔،،

،،ارے بیٹا، مجھے یہیں پڑا رہنے دے۔ زندگی کے دن ہی تو پورے کرنے ہیں، یہاں کروں یا تیرے گھر کروں۔،،

،،نہیں تایا ابّا، وہ تمہارا اپنا گھر ہے۔ میں تمہیں یہاں نہیں سڑنے دوں گا۔،،

،،جیتا رہ بیٹا۔ خدا تجھے خوشیاں دکھائے،،، باقی خاں کی آواز گلے میں رندھ گئی۔

پیارے میاں نے جھک کر انہیں گلے لگایا اور وہاں سے نکل آئے۔ سامنے گلی میں کچھ بچے گلی ڈنڈا کھیل رہے تھے، ان میں نظام الدین کا بیٹا بھی تھا۔

،،بیٹا، ذرا اپنے ابّا کو بلاؤ،،، انہوں نے جھک کر بچے کی پیٹھ تھپتھپائی۔ وہ دوڑ کر سامنے کی جھگی میں گیا اور اپنے باپ کو ساتھ لے کر نکل آیا۔

،،کیوں بھیّا، چل دیے؟،، نظام الدین نے پوچھا۔

،،ہاں، میں تم سے کہنا چاہ رہا تھا کہ تمہاری بڑی مہربانی کہ تم میرے تایا کی اتنی خدمت کر رہے ہو۔،،

،،مہربانی کیسی؟ بڑوں کی خدمت تو ہمارا فرض ہے۔،،

پیارے میاں نے جیب سے بیس روپے نکال کر نظام الدین کو دیتے ہوئے کہا، ،،لو یہ رکھ لو، کام آئیں گے۔،،

نظام الدین پیچھے ہٹا اور بولا، ،،ارے بھیّا، یہ کیا کر رہے ہو، مجھے پیسے نہیں چاہئیں۔،،

،،میں انہیں کچھ دن میں لے جاؤں گا۔ ان پر اتنا خرچ کر رہے ہو۔ میں بھی تو کچھ ہاتھ بٹاؤں۔،،

”نہیں بھیا،ان کا خرچ حاجی صاحب دیتے ہیں۔ ہماری جیب سے کچھ نہیں جاتا۔“

”کون حاجی صاحب؟“

”حاجی بارود والا، تم انہیں نہیں جانتے؟“

”میں جانتا ہوں۔ ان ہی سے مجھے معلوم ہوا کہ میرے تایا یہاں ہیں۔“

”حاجی صاحب بڑے نیک آدمی ہیں۔ ہر مہینے پچاس روپے دیتے ہیں اور کہتے ہیں کہ تمہارے تایا کو کوئی تکلیف نہ ہو۔ میرا گزارہ بڑی مشکل سے ہوتا تھا۔ میرے تین بچے ہیں، اور ماں، باپ، ساس، سسر بھی ساتھ رہتے ہیں۔ حاجی صاحب جو پیسے دیتے ہیں ان میں ہماری بھی مدد ہو جاتی ہے اور ہمارے بچوں کی پڑھائی کا خرچ بھی وہی دیتے ہیں۔“

”نیک لوگوں کی دنیا میں کمی نہیں ہے۔ میں آتا رہوں گا اور کچھ دن کے بعد انہیں ساتھ لے جاؤں گا۔“

”ٹھیک ہے بھیا۔“

انہوں نے نظام الدین سے ہاتھ ملایا اور وہاں سے چل دیے۔

12

زندگی میں پہلی مرتبہ اپنے خوش ہونے پر پیارے میاں کا ضمیر ملامت نہیں کر رہا تھا۔ وہ لمبے لمبے ڈگ بھرتے ہوئے جھگیوں کی بھول بھلیوں سے نکلنے کی کوشش کر رہے تھے مگر انہوں نے کسی سے راستہ نہیں پوچھا کیوں کہ انہیں باہر نکلنے کی کوئی جلدی نہیں تھی۔ یہ اتفاق ہی تھا کہ اچانک وہ نالا نظر آگیا جس کے برابر سے گزر کر وہ بھنگی پاڑے میں داخل ہوئے تھے، مگر اس بار انہیں نہ غلاظت کے تعفن کا احساس ہوا اور نہ مکھیوں نے یلغار کی۔ وہ اپنی دھن میں مگن، نالے کے برابر چڑھائی پر چڑھے اور پُل پار کرکے بھنگی پاڑے سے نکل آئے۔

فٹ پاتھ پر پیدل چلنے والوں کا ہجوم تھا۔ ان کی نظر سامنے سے آنے والوں کے چہروں پر تھی اور انہیں ہر شخص ایسا لگ رہا تھا جیسے برسوں سے اس سے جان پہچان ہو۔ ان کا دل چاہا کہ وہ ہر ایک کو روک کر اس سے ہاتھ ملائیں اور وہ بھی انہیں پہچان جائے۔ دونوں آگے بڑھ کر ایک دوسرے کو گلے لگا لیں اور وہیں کھڑے ہو کر گھنٹوں باتیں کریں۔ دنیا اچانک حسین لگ رہی تھی اور ان کے گرد رنگ برنگی پھلجھڑیاں چھوٹ رہی تھیں۔ انہوں نے ہونٹ سکوڑ کر سیٹی بجانے کی کوشش کی مگر منہ سے صرف ہوا نکل کر رہ گئی۔ بچپن میں ان کے بڑے بھائی انہیں سیٹی بجانے کی بہت مشق کراتے تھے مگر انہیں کبھی کام یابی نہیں ہوئی۔ بڑے بھائی کا خیال آتے ہی ان کے چہرے پر اداسی چھا گئی۔ ان کے تایا نے دونوں بھائیوں کو ایک دوسرے کے سامنے جوان ہوتا دیکھنے کے موقع سے محروم کر دیا تھا۔ یہ سوچ کر ان کے چہرے کے اعصاب تن گئے مگر پھر وہ یہ سوچ کر مسکرا دیے کہ انہوں نے اپنے تایا کو معاف کر دیا ہے اور اب جب کہ انہیں اپنے

113

بھائی کا پتا چل گیا ہے تو کبھی نہ کبھی ملاقات ہو ہی جائے گی۔

***

منّوں میاں سر شام ہی کام سے واپسی پر مقسطی خانم اور کہکشاں کو اپنے ساتھ لے آئے تھے۔ کھانے کی میز پر برتن لگے ہوئے تھے اور پیارے میاں کا انتظار ہو رہا تھا۔

''سمجھ میں نہیں آ رہا کہ پیارے میاں آخر کہاں رہ گئے،'' منّوں میاں نے اپنی گھڑی دیکھتے ہوئے کہا، ''رات کے ساڑھے آٹھ بج رہے ہیں۔''

''تعجب تو اس بات کا ہے کہ پچھلے اٹھارہ برس سے ان کے تایا اسی شہر میں تھے اور ہمیں پتا ہی نہیں چلا،'' مشفقی بیگم نے کہا۔

''ایک بار انہوں نے مجھے بتایا تو تھا کہ انہوں نے اپنے تایا کو دیکھا تھا مگر ان کی ہمت نہیں پڑی کہ وہ ان سے ملیں،'' مقسطی خانم نے کہا۔

''بچپن کی نفرتوں کی جڑیں بڑی گہری ہوتی ہیں اور یہ نفرتیں زندگی بھر اندر ہی اندر کھاتی رہتی ہیں،'' منّوں میاں نے جواب دیا، ''مگر خوشی اس بات کی ہے کہ انہوں نے اپنے تایا کو معاف کر دیا ہے۔''

''میں تو جب بیاہ کر ان کے گھر میں گئی تھی تو انہوں نے مجھے بڑا پیار دیا تھا۔ تائی اماں بھی بڑی شفقت سے پیش آتی تھیں،'' مقسطی خانم نے کہا۔

منّوں میاں بولے، ''بچپن میں کئی بار میں نے ان کے گھر میں کھانا کھایا تھا۔ ابا میاں اکثر قائم گنج جاتے رہتے تھے اور کبھی کبھار مجھے بھی ساتھ لے جاتے تھے۔ مجھے یاد ہے کہ ایک مرتبہ کھانے کے بعد انہوں نے مجھ سے پوچھا کہ مجھے کون سا سالن پسند آیا۔ میں نے شرما کر مسر نگیوں کی قاب کی طرف اشارہ کر دیا۔ اس کے بعد ہم جب کبھی قائم گنج جاتے تو ان کے دسترخوان پر مونگ کی دال کی مسر نگیاں ضرور ہوتی تھیں۔''

اتنے میں دروازہ کھلا اور پیارے میاں کا مسکراتا ہوا چہرہ سامنے آ گیا۔

''آیئے، آیئے۔ بھئی پیارے میاں آپ نے تو ہمیں فکر مند کر دیا،'' منّوں میاں نے کہا۔

''کچھ مت پوچھیے بھائی صاحب، میں کہاں کہاں کی خاک چھان کر آرہا ہوں۔'' پیارے میاں کرسی پر بیٹھ کر اپنے جوتوں کے تسمے کھولنے لگے۔

''کیوں خیریت؟ آپ تو اپنے تایا کی دکان پر گئے تھے۔''

''بڑی لمبی کہانی ہے، بھائی صاحب۔ ذرا سادم لے لوں پھر بتاتا ہوں۔''

''جاوید میاں، آپ اندر سے پھوپھا جان کے لیے چپل لے کر آئیں،'' مُنوں میاں نے کہا۔

''مگر پھوپھا جان، آپ اپنی کہانی مت شروع کیجیے جب تک میں نہ آجاؤں،'' جاوید اٹھتے ہوئے بولا۔

''بھئی ہمارے لیے اس سے بڑھ کر بھلا کیا خوشی کی بات ہوگی کہ آپ خوش ہیں،'' مُنوں میاں نے کہا۔

جاوید پیارے میاں کے سامنے چپل رکھ کر اپنی کرسی پر بیٹھ گیا۔

''میں وہاں پہنچا تو تایا ابا کی کیبن میں ایک لڑکے نے لائبریری کھول رکھی تھی۔ میں نے حاجی بارود والا سے دریافت کیا تو انہوں نے بتایا کہ تایا ابا پر پانچ سال پہلے فالج کا حملہ ہوا تھا۔ ان کے پارٹنر کا بھی انتقال ہو چکا تھا چناں چہ انہوں نے دکان بند کردی،'' پیارے میاں نے کہا۔

''تو پھر آپ کی اپنے تایا سے ملاقات نہیں ہو سکی؟،'' مقسطی خانم نے پوچھا۔

''سنو تو سہی، حاجی صاحب نے بتایا کہ تایا ابا بھنگی پاڑے میں ایک جھگی میں رہتے ہیں۔ میں بھنگی پاڑے گیا اور آخرکار وہ مل ہی گئے،''

''شکر ہے۔ وہ ٹھیک تو ہیں نا؟'' مُنوں میاں نے پوچھا۔

''نہیں، سوکھ کے کانٹا ہو گئے ہیں۔ بستر سے اٹھ بھی نہیں سکتے۔ میں تو انہیں دیکھ کے بہت رویا۔''

''تو پھر ان کی خبر گیری کون کرتا ہے؟'' مقسطی خانم نے پوچھا۔

''ان کے سامنے ایک بڑھئی رہتا ہے۔ وہی بے چارہ ان کی دیکھ بھال کرتا ہے اور اس کے بچے ان کا خیال رکھتے ہیں۔''

''واقعی دنیا میں نیک لوگوں کی کمی نہیں ہے،'' مشفقی بیگم نے کہا۔

''ہم دونوں ایک دوسرے کو گلے لگا کر بہت روئے۔''

''میرا تو خیال ہے کہ آپ پہلی فرصت میں انہیں گھر لے آئیں۔ اس طرح بڑھاپے میں بزرگوں کو غیروں کے رحم و کرم پر چھوڑ نا مناسب نہیں ہے،'' مقسطی خانم نے کہا۔

’’تم نے میرے دل کی بات کہہ دی،‘‘ پیارے میاں نے اپنی بیوی کو تحسین آمیز نگاہوں سے دیکھتے ہوئے کہا، ’’میں نے ان سے وعدہ تو کر لیا ہے کہ انہیں وہاں سے نکال لاؤں گا۔‘‘

’’میرا خیال ہے کہ بھنو ٹھیک کہہ رہی ہیں۔ آپ کو پہلی فرصت میں انہیں لے آنا چاہیے،‘‘ مُنّوں میاں نے اپنی بہن کی رائے سے اتفاق کیا۔

’’ایک اور خوش خبری ہے،‘‘ پیارے میاں نے مسکرا کر بولے۔

’’معلوم ہوتا ہے کہ آپ ماشاء اللہ آج خوش خبریوں کا پلندہ لے کر آئے ہیں۔ چلیں وہ بھی سنا ڈالیں،‘‘ مُنّوں میاں نے جواب دیا۔

’’میرے بڑے بھائی کا پتا چل گیا ہے۔ تایا ابا سے ان کی خط و کتابت ہوتی رہی ہے۔‘‘

’’یہ تو واقعی تعجب کی بات ہے۔ ان کا رابطہ کیسے ہوا؟‘‘ مُنّوں میاں نے پوچھا۔

’’وہ مشرقی پاکستان میں ہیں۔ یہاں سے ایک شخص وہاں گیا تھا۔ اس کی ملاقات ان سے ہوئی اور انہوں نے اسے بتایا کہ وہ قائم گنج سے ہجرت کر کے آئے تھے۔ اس نے کہا کہ حیدرآباد میں ایک گھی کی دکان ہے جو فرخ آباد قائم گنج والوں کی دکان کہلاتی ہے۔ تب انہوں نے کہا کہ وہ ضرور ان کے تایا کی دکان ہے اور ان کے لیے خط لکھ کر اسے دیا،‘‘ پیارے میاں خاموش ہو گئے۔

’’پھر؟‘‘ کہکشاں اور جاوید بیک وقت بولے۔

’’پھر کئی خط آئے گئے۔ اس کے بعد تایا ابا کو فالج ہو گیا اور خطوط کا سلسلہ منقطع ہو گیا۔‘‘

’’تو پھر ان کا کوئی اتا پتا ہے؟‘‘

’’نہیں، وہ سارے خطوط ضائع ہو گئے۔ تایا ابا کو بس اتنا معلوم ہے کہ وہ باریسال میں رہتے ہیں۔‘‘

’’تو پھر آپ نے کیا سوچا ہے؟‘‘ مُنّوں میاں نے پوچھا۔

’’میں سوچ رہا ہوں کہ باریسال جا کر انہیں تلاش کروں۔‘‘

’’مگر باریسال تو بہت بڑا شہر ہو گا، کہاں ڈھونڈتے پھریں گے؟‘‘

’’وہ سرکاری ملازمت میں ہیں تو سرکاری دفتروں میں کہیں نہ کہیں ان کا پتا چل جائے گا۔‘‘

’’ٹھیک ہے پیارے میاں، خدا آپ کو کامیاب کرے۔‘‘

’’میں نے تایا ابا سے وعدہ کر لیا ہے کہ میں مشرقی پاکستان سے واپس آ کر انہیں اس جھگی سے نکال لاؤں گا۔‘‘

”میری رائے تو یہ ہے کہ آپ فوراً انہیں لے آئیں۔ یہاں ان کی خدمت کرنے کے لیے ہم موجود ہیں تو کیوں انہیں اتنی کسمپرسی میں چھوڑیں،‘‘ مقسطیٰ خانم نے کہا۔

”میرا بھی یہی مشورہ ہے،‘‘ مُنّوں میاں نے کہا۔

”ابامیاں، کیا خیال ہے اگر آپ مجھے اپنے ساتھ لے چلیں؟‘‘ کہکشاں نے پوچھا۔

”نہیں بیٹی، بھنگی پاڑے میں اتنی گندگی ہے کہ تو داخل ہوتے ہی ہر طرف اوکتی پھرے گی،‘‘ پیارے میاں نے ہنس کر کہا۔

”بہرحال آپ انہیں لے آئیں۔ اگر اس سلسلے میں میری مدد کی ضرورت ہو تو بتا دینا،‘‘ مُنّوں میاں نے کہا۔

***

اگلے روز پیارے میاں حاجی بارود والا سے ملے۔ حاجی صاحب نے اپنی دکان میں ہی ایک میز اور کرسی ڈال کر اپنا دفتر بنا لیا تھا اور وہیں سے ساری لکھت پڑھت کرتے تھے۔ میز کی دوسری جانب دو کرسیاں ملاقاتیوں کے لیے رکھی تھیں۔ وہ پیارے میاں کو پہچان گئے اور ہاتھ کے اشارے سے اپنے سامنے والی کرسی کی طرف اشارہ کیا اور بولے، ”آپ کل باقی خاں کو تلاش کرتے ہوئے آئے تھے نا؟‘‘

”جی، میں کل ان سے بھنگی پاڑے میں جا کر مل لیا،‘‘ پیارے میاں نے جواب دیا۔

”وہ ٹھیک ہیں؟‘‘

”نہیں، بہت کمزور ہو گئے ہیں۔‘‘

”دراصل فالج کے بعد وہ زندگی سے مایوس ہو گئے ہیں۔‘‘

”جی۔‘‘

”آپ کی ان سے کوئی رشتے داری ہے؟‘‘

”وہ میرے تایا ہیں۔ انہوں نے ہی مجھے پالا تھا۔‘‘

”اچھا، اچھا۔ تو آپ اب تک کہاں تھے؟‘‘

”دراصل ہم پاکستان آتے ہوئے بچھڑ گئے تھے،‘‘ پیارے میاں نے بات بنا دی۔

117

’’ہاں بھئی وہ بھی ایک قیامت تھی۔‘‘

’’حاجی صاحب، میں اپنے تایا کو گھر لے جانا چاہتا ہوں۔‘‘

’’یہ اچھی بات ہے،‘‘ حاجی صاحب نے جواب دیا۔

’’مگر مجھے ایک بات کا ڈر ہے اس لیے آپ سے مشورہ کرنا چاہتا ہوں۔‘‘

’’بولو۔‘‘

’’میں نظام الدین سے ملا تھا۔ اس کے بیوی بچوں نے میرے تایا کی بڑی خدمت کی ہے۔‘‘

’’ہاں، میں نظام الدین کو جانتا ہوں۔‘‘

’’اس نے مجھے بتایا کہ آپ ہر مہینے اسے پچاس روپے دیتے ہیں،‘‘ پیارے میاں نے ہچکچاتے ہوئے کہا، ’’وہ بہت غریب آدمی ہے۔ تین بچے ہیں اور اس کے ماں، باپ، ساس اور سسر بھی ساتھ رہتے ہیں۔ میں سوچ رہا تھا کہ اگر میں تایا کو لے گیا تو اس بے چارے کی آمدنی رک جائے گی۔‘‘

حاجی صاحب قہقہہ لگا کر بولے، ’’بھئی پہلی بات تو یہ ہے کہ میں اسے آپ کے تایا کی خدمت کرنے کا معاوضہ نہیں دیتا۔ وہ تو اس کی مہربانی ہے کہ اس کی فیملی ان کا اتنا خیال رکھتی ہے۔ دوسری بات یہ کہ میں اسے اپنی جیب سے کچھ نہیں دیتا۔ وہ تو زکوٰۃ میں سے دیتا ہوں۔ ایک بار اس نے میرے گھر میں کچھ ٹھوک پیٹی کا کام کیا تھا۔ جب اس نے اپنے گھر کا حال بتایا تو میں نے اس کی مدد کرنے کا فیصلہ کر لیا۔ جب مجھے معلوم ہوا کہ باقی خاں کی جھگی اس کے سامنے ہے تو میں نے اس سے کہہ دیا کہ ان کا خیال رکھے۔‘‘

’’مجھے ڈر اس بات کا تھا کہ انہیں وہاں سے نکالنے کے بعد کہیں اس کے پیسے نہ رک جائیں،‘‘ پیارے میاں نے کہا۔

’’نہیں نہیں، ایسی بات نہیں۔ تم خوشی سے اپنے تایا کو وہاں سے لے جاؤ۔ نظام الدین کے پیسے نہیں رکیں گے۔‘‘

’’خدا آپ کو اس کا صلہ دے،‘‘ پیارے میاں نے حاجی صاحب سے ہاتھ ملاتے ہوئے کہا۔

’’آمین۔ بس ہمارے لیے دعا کرتے رہنا اور ملتے رہنا۔ میں بھی کبھی باقی خاں سے ملنے آؤں گا،‘‘ حاجی صاحب نے کہا، ’’اور دیکھو، نظام الدین سے کہنا کہ جب فرصت ہو تو چکر لگا لے۔‘‘

***

پیارے میاں نظام الدین کی جھگی کے سامنے آکر کھڑے ہوئے تو اندر سے رندا چلانے کی لکڑی پر رندا چلانے کی آواز آرہی تھی۔ انہوں نے نظام الدین کو آواز دی تو وہ خود باہر نکل آیا۔

’’ارے بھیا، یہ تم ہو؟‘‘ اس نے کہا۔

’’میں تایا با کو لینے کے لیے آیا ہوں،‘‘ پیارے میاں نے جواب دیا۔

’’ٹھیک ہے، لے جاؤ،‘‘ نظام الدین کی آواز میں مایوسی تھی۔

’’تمہارا بہت بہت شکریہ کہ تم نے ان کی اتنی خدمت کی اور دیکھو، میں کل حاجی بارود والا سے ملا تھا۔ تمہاری ماہوار رقم تمہیں ملتی رہے گی۔‘‘

’’ارے، یہ تو حاجی صاحب کی مہربانی ہے۔‘‘

’’کسی وقت حاجی صاحب سے مل لینا۔ وہ تمہیں یاد کر رہے تھے۔‘‘

’’ٹھیک ہے، لیکن اگر دادا کی جھگی خالی رہی تو کوئی قبضہ کر لے گا۔‘‘

’’یہ جھگی اب تمہاری ہے۔ اگر بچے دو تو سو دو سو مل جانے چاہئیں، ورنہ کرائے پر چڑھا دینا۔ دس بیس روپے مہینہ تو کرایہ یہ مل ہی جائے گا۔‘‘

نظام الدین نے کوئی جواب نہیں دیا۔ پیارے میاں پردہ اٹھا کر باقی خاں کی جھگی میں داخل ہوئے اور ان کے پیچھے پیچھے نظام الدین بھی آگیا۔ باقی خاں آنکھیں بند کیے چارپائی پر لیٹے تھے۔ پیارے میاں نے انہیں آواز دی تو انہوں نے آنکھیں کھول دیں۔

’’تایا با، میں تمہیں لینے آیا ہوں،‘‘ انہوں نے باقی خاں کے کان میں کہا۔ انہوں نے اپنا بایاں ہاتھ اٹھایا۔ پیارے میاں نے ان کا ہاتھ پکڑ کر بے اختیار چوم لیا۔ ان کا دایاں ہاتھ فالج سے بے جان ہو گیا تھا۔ دائیں ٹانگ میں کچھ جان باقی تھی مگر اتنی نہیں کہ کھڑے ہو سکیں۔

’’للا، مجھے بٹھا دے،‘‘ انہوں نے کہا۔

وہ پیارے میاں کو چھوٹا للا اور ان کے بھائی کو بڑا للا کہتے تھے۔ انہوں نے چارپائی کے ایک طرف رکھا ہوا گول تکیہ اٹھا کر سرہانے رکھ دیا اور اپنے تایا کی کمر کے نیچے ہاتھ لگا کر انہیں بٹھا دیا۔

’’نظام الدین، ان کا سامان کتنا ہے؟‘‘ انہوں نے پوچھا۔

’’سامان کیا بھیا، پلنگ کے نیچے ایک بکسا رکھا ہے۔ اس میں تین جوڑی کپڑے ہیں۔‘‘ نظام الدین نے جواب دیا۔

پیارے میاں نے جھک کر دیکھا تو ایک چھوٹا سا ٹین کا بکس تھا۔ انہوں نے اسے گھسیٹ کر نکالا اور چارپائی پر رکھ کر کھولا تو اس میں کچھ قمیصیں اور کچھ پاجامے تھے۔

''نظام الدین، تم یہیں ٹھیرو، میں رکشا لے کر آتا ہوں۔''

''نہیں بھیّا، تم اپنے تایا کے پاس ٹھیرو، میں رکشا لے آتا ہوں،'' نظام الدین نے کہا اور باہر نکل گیا۔ پیارے میاں کرسی پر بیٹھ گئے اور پنکھا جھلنے لگے۔

''للا، تُو نے اپنی بیوی سے پوچھ لیا ہے؟'' باقی خاں نے اپنی نحیف آواز میں پوچھا۔

''کیا پوچھ لیا ہے، تایا با؟''

''یہی کہ وہ مجھے اپنے پاس رکھے گی۔''

''کیسی باتیں کرتے ہو تایا با، تمہارے رہنے سے تو ہمارے گھر میں برکت آئے گی۔''

باقی خاں کی آنکھوں سے آنسو جاری ہو گئے۔ پیارے میاں نے اٹھ کر اپنے رومال سے انہیں پونچھا اور بولے، ''تایا با، تم رو کیوں رہے ہو؟ اپنے گھر ہی تو جا رہے ہو۔''

''مجھے یہیں پڑا رہنے دیتے۔ اب میری وجہ سے خواہ مخواہ تم لوگوں کو تکلیف ہو گی۔''

''کوئی تکلیف نہیں ہو گی، بلکہ ہماری خوش قسمتی ہو گی کہ تمہاری خدمت کر سکیں۔''

اسی وقت باہر رکشا کی آواز آئی اور پیارے میاں کرسی سے اٹھ گئے۔

''چلو تایا با،'' انہوں نے باقی خاں کو دونوں ہاتھوں پر اٹھا لیا۔ نظام الدین جھگی کے اندر آ گیا اور پیارے میاں نے اس سے اپنے تایا کا بکس اور چپل لانے کی ہدایت کی۔ جب وہ جھگی سے باہر نکلے تو رکشا والا اپنی سیٹ سے اتر کر ان کی مدد کرنے کے لیے اٹھا مگر پیارے میاں نے خود ہی جھک کر انہیں رکشا میں بٹھا دیا۔ نظام الدین ان کے پیچھے سامان لے کر کھڑا ہوا تھا۔ پیارے میاں مڑ کر اس سے بغل گیر ہوئے اور بولے، ''بہت بہت شکریہ بھائی نظام الدین کہ تم نے میرے تایا کی اتنی خدمت کی، اپنا خیال رکھنا،'' وہ رکشا میں اپنے تایا کے برابر بیٹھے اور بکس اپنی گود میں رکھ لیا۔

''چلو بھیّا، صدر چلنا ہے،'' انہوں نے رکشا والے سے کہا۔

***

پیارے میاں صبح کو کام پر جاتے وقت اپنی بیوی کو بتا گئے تھے کہ وہ واپسی میں تایا کو لیتے آئیں گے۔ چناں چہ مقسطٰی خانم نے ان کا بستر تیار کر دیا تھا۔ چارپائی پر دری بچھاکر اوپر سے سفید دھلی ہوئی چاندنی بچھادی۔ سرہانے دو تکیے رکھ دیے اور بستر کے دونوں طرف ایک ایک گاؤ تکیہ رکھ دیا۔ پیارے میاں نے انہیں بتادیا تھا کہ تایا کو بیٹھنے کے لیے تکیوں کی ضرورت پڑتی ہے۔ کہکشاں بھی یونی ورسٹی سے واپس آ چکی تھی۔ اس کا معمول تھا کہ وہ گھر میں گھستے ہی پہلے باورچی خانے میں جاکر کیتلی میں پانی اور چائے کی پتی ڈال کر چولہے پر رکھ دیتی اور منہ ہاتھ دھونے کے لیے چلی جاتی، جب تک واپس آتی تب تک چائے ابل کر تیار ہو چکی ہوتی تھی۔ اس دن جیسے ہی اس نے چائے کا آخری گھونٹ لیا اسے باہر رکشا کی آواز آئی۔ اس نے جلدی جلدی چائے کی پیالی دھوئی اور دروازہ کھول کر کھڑی ہوگئی۔ پیارے میاں رکشا سے اتر کر اپنے تایا کو گود میں اٹھارہے تھے۔ کہکشاں ایک طرف کو ہوگئی۔ پیارے میاں نے انہیں بستر پر لٹادیا اور رکشا والے کا حساب کرنے کے لیے باہر چلے گئے۔ دونوں ماں بیٹی ان کے بستر کے برابر آکر کھڑی ہو گئیں اور جب مقسطٰی خانم نے دیکھا کہ انہوں نے دونوں کے سلام کا جواب نہیں دیا تو سمجھ گئیں کہ انہیں ٹھیک طرح سنائی نہیں دیتا۔ انہوں نے پاس جاکر زور سے سلام کیا تو باقی خاں نے ان کی طرف دیکھ کر اپنا ہاتھ اٹھایا۔ مقسطٰی خانم نے آگے بڑھ کر سر جھکادیا اور باقی خاں نے ان کے سر ہاتھ پھیر کر اپنا ہاتھ کہکشاں کی طرف بڑھایا۔ اس نے بھی ان کے پاس چارپائی پر بیٹھ کر اپنا سر جھکا دیا۔

’’لِلّی، ہم بہت اونچا سنتے ہیں،‘‘ باقی خاں نے کہا۔

’’جی تایا با، مجھے اندازہ ہو گیا تھا،‘‘ مقسطٰی خانم کو یاد آگیا کہ جب وہ بیاہ کر قائم گنج ان کے گھر میں آئی تھیں تو وہ انہیں لِلّی کہتے تھے جو ان کے منہ سے بڑا اچھا لگتا تھا۔ ان کی عرفیت لِلّی بوبو تھی مگر ان کو اس نام سے چڑ تھی لہٰذا ددھیال میں سب انہیں مقسطٰی کہتے تھے مگر اپنے ننھیال میں وہ لِلّی بوبو ہی کہلاتی تھیں۔

باقی خاں کہکشاں کے ہاتھ کو اپنے ہاتھ میں لیے لیٹے تھے۔ وہ اس کی طرف دیکھ کر بولے، ’’بِٹیا، تو کون سی کلاس میں پہنچ گئی ہے؟‘‘

’’دادا، میں یونی ورسٹی میں ہوں،‘‘ کہکشاں نے چیخ کر ان کے کان میں کہا۔

’’ہاں ہاں یاد آیا۔ مجھے لِلّی نے بتایا تھا کہ تو ماشاء اللہ روی بستی میں پہنچ گئی ہے۔‘‘

’’دادا، روی بستی نہیں، یونی ورسٹی،‘‘ کہکشاں کھلکھلا کر ہنسی۔

’’ہاں، ہاں رومی بستی۔‘‘

’’جی دادا،‘‘ کہکشاں نے ہتھیار ڈال دیے۔

’’اللہ تیری قسمت اچھی کرے،‘‘ انہوں نے کہکشاں کا ہاتھ تھپتھپا کر کہا۔

پیارے میاں اپنے تایا کا بکس لے کر آ گئے۔ مقسطی خانم نے کھول کر دیکھا تو اس میں تین جوڑی کپڑے تھے جن میں جگہ جگہ پیوند لگے ہوئے تھے۔ ایک پرانی واسکٹ اور دو کپڑے کی ٹوپیاں بھی تھیں۔

’’یہ تو پھٹے پرانے کپڑے ہیں۔ میں کل بازار جا کر کپڑا لے آؤں گی اور تایا ابا کے لیے نیا پاجامہ کرتا سیوں گی،‘‘ انہوں نے بکس کا ڈھکن بند کر کے کنڈی لگا دی۔

’’دادا، آپ چائے پئیں گے ؟‘‘ کہکشاں نے اپنا منہ ان کے کان کے قریب لا کر کہا۔

’’ہاں بیٹیا، اللہ تیری عمر دراز کرے،‘‘ انہوں نے جواب دیا اور کہکشاں چائے بنانے کے لیے اٹھ گئی۔

’’تایا ابا، اگر چاہو تو تھوڑی دیر کے لیے آنکھ لگا لو، تھک گئے ہوں گے،‘‘ پیارے میاں نے کہا۔

’’ناں للا، میں بالکل ٹھیک ہوں۔‘‘

’’تایا ابا، یہ تمہارا اپنا گھر ہے۔ جس چیز کی ضرورت ہو بتا دیا کرو۔‘‘

باقی خاں نے اپنا ہاتھ پیارے میاں کے ہاتھ پر رکھ دیا اور خاموشی سے چھت کو گھورتے رہے۔ آنسو کا ایک قطرہ ان کی آنکھ سے نکل کر کنپٹی پر بہہ گیا۔ پیارے میاں خاموش بیٹھے ہوئے انہیں دیکھتے رہے۔

’’دادا، چائے پی لیں،‘‘ کہکشاں کی آواز سے وہ چونکے۔

پیارے میاں نے ان کی کمر کے پیچھے ہاتھ ڈال کر انہیں بٹھایا اور ان کے سہارے کے لیے ایک گاؤ تکیہ سرہانے رکھ دیا۔

’’لاؤ میں تایا ابّا کو چائے پلاؤں گا،‘‘ پیارے میاں نے کہکشاں کے ہاتھ سے چائے کی پیالی لیتے ہوئے کہا۔

’’نہیں، میں خود پیوں گا۔ ڈاکٹر نے کہا تھا کہ میں جتنا کام کر سکوں خود ہی کروں تاکہ جسم میں کچھ جان آئے۔‘‘

’’تمہیں ڈاکٹر نے کب دیکھا تھا؟‘‘ پیارے میاں نے پوچھا۔

’’جب فالج ہوا تھا،‘‘ انہوں نے جواب دیا۔

’’اسے تو پانچ سال ہو گئے۔‘‘

”ہاں، پانچ سال پہلے ڈاکٹر نے دیکھا تھا۔“

”میں تمہیں ڈاکٹر کے پاس لے چلوں گا۔ وہ تمہارا مکمل طبّی معائنہ کرکے مشورہ دے گا۔“

مقسطٰی خانم باقی خاں کے پاس کرسی پر بیٹھ گئیں اور بولیں، ”تایا ابّا آپ کو کھانے میں کیا اچھا لگتا ہے؟“

”للی، ہم نے بہت دن سے اُرد کی دال نہیں کھائی۔ جب تمہاری تائی زندہ تھیں تو ان سے فرمائش کرکے پکواتا تھا،“ باقی خاں نے جواب دیا۔

”ٹھیک ہے تایا ابّا، کل آپ کو اُرد کی دال ملے گی۔“

”جیتی رہو للی،“ انہوں نے ہاتھ کا اشارہ کرکے دعا دی۔

کہکشاں کے لیے گھر میں ایک بزرگ کی آمد دل چسپی کا باعث تھی۔ اسے کسی بوڑھے شخص کو اتنے نزدیک سے دیکھنے کا تجربہ نہیں تھا۔ وہ اپنی ماں کے برابر دوسری کرسی پر بیٹھی اپنے دادا کے بڑے دادا کا انہماک سے مشاہدہ کر رہی تھی۔ ان کے پتلے پتلے بازو، بڑھے ہوئے ناخن، لمبی سی کچّی داڑھی، ہاتھ میں کپکپاتی ہوئی چائے کی پیالی، پوپلا منہ، گاہے گاہے ان کی آنکھوں سے رستے ہوئے آنسو جنہیں وہ اپنے رومال سے پونچھ لیتے تھے۔ اسی رومال سے وہ باچھوں سے نکلتی ہوئی رال کو صاف کر لیتے تھے۔ اس نے سوچا کہ وہ پہلی فرصت میں ان کے ناخن کاٹے گی۔

”دادا، آپ کی عمر کیا ہے؟“ اس نے اپنی کرسی ذرا آگے بڑھا کر اونچی آواز میں پوچھا۔

”بیٹیا، ایک بار میری اماں نے بتایا تھا کہ وہ 1857 کے غدر میں پیدا ہوئی تھیں اور جب وہ اکیس برس کی ہوئیں تو میں پیدا ہوا۔ اس حساب سے میں چھیاسی برس کا ہو گیا۔“

پھر کچھ سوچ کر بولے، ”اتّا تو جی لیا، اب سوچتا ہوں کہ اور کتّا جیوں گا۔“

”ارے تایا ابّا، کیسی بات کرتے ہیں،“ مقسطٰی خانم نے کہا، ”خدا آپ کا سایہ ہمارے سروں پر رکھے۔“

”ہاں، انسان جتنی سانسیں لکھوا کر لاتا ہے وہ تو پوری کرنی ہی ہوتی ہیں،“ انہوں نے گہری سانس لے کر کہا۔

جب وہ پہلی بار اپنے بھتیجے سے ملے تو کچھ کھوئے کھوئے سے تھے۔ معلوم ہوتا تھا کہ ان کی یاد داشت

بھی ان کا ساتھ نہیں دے رہی تھی مگر پیارے میاں کے گھر میں داخل ہوتے ہی ان میں ڈرامائی تبدیلیاں آ رہی تھیں۔ وہ نہ صرف چوکنّے نظر آ رہے تھے بلکہ اپنے ارد گرد کے ماحول کو بھی سمجھ رہے تھے۔ ظاہر ہے کہ انہوں نے اپنے بڑھاپے کے پانچ سال ایک جھگی میں تنہا پڑے پڑے گزارے تھے۔ فالج کے بعد جسم میں اتنی جان نہیں تھی کہ اپنی نگہ داشت کر سکیں۔ بس زندگی کے دن پورے کر رہے تھے کیوں کہ ان کا عقیدہ تھا کہ موت کی دعا مانگنا حرام ہے۔ اب تک وہ ہر وقت اللہ میاں کے پاس جانے کے لیے تیار تھے مگر اب انہوں نے اپنا ارادہ بدل دیا تھا۔ ذرا سی توجہ نے ان کی زندگی میں نئی رمق پیدا کر دی تھی اور وہ مزید کچھ دن جینا چاہتے تھے۔

''تمہارے بھیّا ابھی تک نہیں پہنچے،'' پیارے میاں نے اپنی بیوی سے کہا۔

''اب تک آ تو جانا چاہیے،'' مقسطی خانم نے جواب دیا۔

''وہ بھی یہیں کہیں رہتے ہیں،'' باقی خاں نے پوچھا۔

''جی تایا ابّا، نزدیک ہی ہیں۔ ہفتے میں ایک دن وہ رات کا کھانا ہمارے یہاں آ کر کھاتے ہیں اور ایک دن ہم ان کے گھر جاتے ہیں۔''

''کے بچے ہیں ان کے؟''

''ایک بیٹا ہے۔''

اچانک دروازہ کھلا اور مُنّوں میاں پردہ ہٹا کر اندر آ گئے۔ ان کے پیچھے پیچھے مشفقی بیگم اور جاوید تھے۔

''سلام علیکم، تایا جان،'' مُنّوں میاں نے ان سے مصافحہ کرنے کے لیے ہاتھ بڑھا دیا۔

''ارے ہاتھ کیا ملانا، گلے لگ جاؤ،'' باقی خاں نے اپنا بازو پھیلا دیا۔ مُنّوں میاں آگے بڑھ کر جھکے اور ان سے گلے ملے۔ مشفقی بیگم بھی ان کے سامنے جھکیں اور باقی خاں نے ان کے سر پر ہاتھ پھیر کر دعائیں دیں، اور جاوید بڑھ کر ان سے گلے ملا۔

''بیٹی، اور کرسیاں لے آ،'' پیارے میاں نے کہکشاں سے کہا۔

''نہیں، تم بیٹھو میں لاتا ہوں،'' جاوید نے کہا اور تین کرسیاں لا کر باقی خاں کی چارپائی کی دوسری طرف رکھ دیں۔

''بیٹا، تم نے مجھے تایا کہا، حالاں کہ میں تمہارا چچا ہوں،'' باقی خاں نے مسکرا کر مُنّوں میاں سے کہا۔

''جی چچا جان،'' مُنّوں میاں نے معذرت کی۔

’’میں تمہارے باوا سے ڈیڑھ سال چھوٹا ہوں۔‘‘

’’جی، مجھے یاد آ گیا۔‘‘

’’تمہارے باوا ہیں کہاں؟‘‘

’’چچا جان، ان کے انتقال کو تو زمانہ گزر گیا۔‘‘

’’انا للہ۔‘‘

’’وہ پاکستان نہیں آئے تھے، کیوں کہ دادا جان کو نہیں چھوڑ سکتے تھے۔‘‘

’’ہاں، تمہارے دادا تو کٹّر مسلم لیگی ہوتے تھے مگر جس طرح پاکستان بنا اس سے وہ خوش نہیں تھے۔‘‘

’’جی۔‘‘

’’وہاں تمہاری کوٹھیوں میں کون رہ رہا ہے؟‘‘

’’ان پر تو ابا جان کے انتقال کے بعد کسٹوڈین نے قبضہ کر لیا تھا۔ اب تو وہاں شرنار تھی رہ رہے ہیں۔‘‘
باقی خاں نے جاوید کا جائزہ لیتے ہوئے پوچھا، ’’کیوں بیٹے، تم بھی رومی بستی جاتے ہو؟‘‘

’’رومی بستی؟‘‘ جاوید نے کہکشاں کی طرف دیکھ کر آہستہ سے پوچھا۔

’’یونی ورسٹی،‘‘ کہکشاں نے مسکرا کر زیرِ لب جواب دیا۔

’’جی دادا، میں بھی رومی بستی جاتا ہوں۔‘‘

’’جیتے رہو، خوب محنت کرو،‘‘ باقی خاں نے کہا۔

مقسطٰی خانم دستر خوان لگانے کے لیے کھڑی ہو گئیں۔ کہکشاں اور جاوید بھی ان کی مدد کے لیے اٹھ کھڑے ہوئے۔

’’تایا ابّا، میں اگلے ہفتے مشرقی پاکستان جا رہا ہوں، بھائی کو ڈھونڈنے کے لیے،‘‘ پیارے میاں نے اپنی کرسی آگے سرکاتے ہوئے کہا۔

’’اس کا پتا مل گیا ہے کیا؟‘‘ باقی خاں نے پوچھا۔

’’نہیں، وہاں پہنچ کر ہی ڈھونڈوں گا۔‘‘

13

پیارے میاں کے بڑے بھائی، غفار خان باریسال میں کمشنر کے دفتر میں ہیڈ کلرک تھے۔ انہوں نے کلکتہ یونی ورسٹی سے بنگالی میں ایم۔اے کیا تھااور وہیں ان کی ملاقات افروزی بیگم سے ہوئی جو موسیقی میں ایم۔اے کر رہی تھیں۔ تعلیم سے فارغ ہونے کے بعد دونوں نے شادی کرلی اور غفار خان کو بنگال کی صوبائی حکومت میں ملازمت مل گئی جب کہ افروزی نے ایک کالج میں میوزک پڑھانا شروع کر دیا۔ جب 1946 میں کلکتے میں ہندو مسلم فسادات پھوٹے تو انہوں نے فیصلہ کیا کہ مشرقی بنگال منتقل ہو جائیں۔ اگرچہ اس وقت یقین نہیں تھا مگر آثار کہہ رہے تھے کہ پاکستان بن جائے گا۔ چناں چہ وہ اپنی بیوی کو لے کر موٹر سا ئیکل پر کھلنا پہنچ گئے اور وہاں سے ملازمت کی تلاش میں باریسال آ گئے۔

انہوں نے اور چیف اکاؤنٹنٹ منظور حسین نے ایک ہی دن ملازمت شروع کی تھی، لہذا دونوں کی دوستی 23 سال پرانی تھی اور وہ پڑوسی بھی تھے۔ دونوں اکھٹے ہی دفتر جاتے اور اکھٹے ہی واپس آتے۔ جب منظور حسین کا پہلا بچہ پیدا ہوا تو ان کی بیوی، خورشیدہ بانو، چھ ماہ تک بیمار رہیں اور ان کے بچے کی پرورش افروزی بیگم نے ہی کی۔ وہ صبح ہی صبح شوہروں کے دفتر جانے کے بعد خورشیدہ بانو کی تیار داری اور ان کے بچے کی دیکھ بھال کے لیے ان کے گھر پہنچ جاتی تھیں۔ ان ہی دنوں میں وہ خود بھی امید سے ہو گئیں۔ دونوں کے بچوں میں ٹھیک ایک سال کی چھوٹ بڑائی تھی۔ منظور حسین کے بیٹے کا نام مرتضیٰ تھا اور غفار خان کے بیٹے کا نام سلمان۔ کل کی سی بات لگتی ہے جب مرتضیٰ اور سلمان پیدا ہوئے تھے۔ اب دونوں ماشاءاللہ ڈھاکہ یونی ورسٹی میں پڑھتے تھے اور ہاسٹل میں رہتے تھے۔

باریسال جھیلوں کا شہر ہے اور اس کے باسی پیار سے اسے بوریشال کہتے ہیں۔ نیلے آسمان کے نیچے ہوا کے دوش پر سفید بادلوں کے پرے کے پرے جھیلوں میں تیرتے نظر آتے ہیں۔ ان کے گرد درختوں کے

جھنڈ ہیں جن کے سبز پتے کچھ زیادہ ہی سبز لگتے ہیں، خصوصاً بارش کے بعد جب ہوا دھلے دھلے درختوں سے گزرتی ہے تو پتوں کی سرسراہٹ سے فضا گنگنانے لگتی ہے۔ باریسال میں بارش بھی خوب ہوتی ہے اسی لیے وہاں چاول کی کاشت کثرت سے ہوتی ہے۔ کہتے ہیں کہ اگر کسی نے باریسال کا چاول نہیں کھایا تو اس نے زندگی میں کبھی چاول کھایا ہی نہیں۔

قیام پاکستان کے بعد منظور حسین اور غفار خان نے چوماتھا جھیل سے دو سو گز کے فاصلے پر برابر برابر ساٹھ ساٹھ گز کے دو پلاٹ خرید کر ان پر دو چھوٹے چھوٹے مکان بنا لیے جو ان کے لیے کافی تھے۔ دونوں گھروں کے دروازے برابر برابر تھے اور سامنے ایک مشترک چبوترہ تھا جو سطح زمین سے تین سیڑھیوں کی اونچائی پر تھا۔ شام کو اکثر وہ چبوترے پر چار مونڈھے اور درمیان میں ایک چھوٹی سی میز بچھا لیتے اور دونوں پڑوسی اپنی بیگمات کے ساتھ مل کر تاش کھیلتے تھے۔

اب تو جھیل کے چاروں طرف بلند و بالا عمارتیں بن گئی ہیں مگر اس زمانے میں دور دور کوئی عمارت نہیں تھی۔ ان کے گھروں کے آگے سو گز لمبی ایک پتلی سی پگڈنڈی تھی جو دائیں ایک سڑک سے مل جاتی تھی۔ ان کا پروگرام تھا کہ اگر وہ کبھی اتنے مالدار ہو گئے کہ کار خرید سکے تو اس پگڈنڈی کو پکّا اور چوڑا کرا لیں گے۔ جب تک وہ سائیکلوں پر آتے جاتے رہیں گے تب تک وہ پگڈنڈی کافی ہو گی۔ گھروں کے سامنے جھیل تھی اور باقی اطراف بر گد کا گھنا جنگل تھا۔ کچھ بر گد تو اتنے بوڑھے ہو چکے تھے کہ ان کی ڈاڑھیاں لٹک کر زمین پر پہنچ چکی تھیں اور انہوں نے اپنی جڑیں پکڑ لی تھیں۔ کہا جاتا تھا کہ وہ درخت سینکڑوں سال پرانے ہیں، لہٰذا شہری حکومت کی طرف سے انہیں کاٹنے پر پابندی تھی۔ یہی وجہ تھی کہ وہاں کوئی اور گھر نہیں بنا، البتہ اکثر لوگ بر گد کا دودھ جمع کرنے کے لیے جنگل میں گھومتے تھے۔ اس سے وہ یونانی اور آیوروید کی دوائیں بناتے تھے۔

غفار خان کے گھر میں سب سے بڑے کمرے میں ان کی لائبریری تھی جس کی چاروں دیواروں پر بُک شیلف لگے ہوئے تھے اور ان میں انگریزی، اردو، ہندی اور بنگالی میں کئی ہزار کتابیں تھیں۔ ان کی بیوی صبح کو ایک مقامی میوزک اسکول میں پڑھاتی تھیں اور شام کو ان کی چھ سات شاگردیں آ جاتی تھیں جن میں سے کچھ کو گانے کی مشق کراتی تھیں اور کچھ ہارمونیم اور ستار پر مشق کرتی تھیں۔ غفار خان زیادہ تر وقت مطالعے میں گزارتے تھے اور ان کا محبوب موضوع یونانی فلسفہ تھا۔

مغربی فکر میں سقراط اور ارسطو کا جو مقام ہے وہ افلاطون کا نہیں مگر غفار خان کا خیال تھا کہ اگرچہ

سقراط افلاطون کا استاد تھا مگر اس نے بذات خود کچھ نہیں چھوڑا۔ جو کچھ سقراط کے حوالے سے ہم تک پہنچا ہے وہ افلاطون کے ذریعہ ہی پہنچا ہے جو اس نے اپنے استاد کے حوالے سے لکھا ہے۔ رہا سوال ارسطو کا، تو وہ ان کے نزدیک افلاطون کا نالائق شاگرد تھا جس کا عقیدہ تھا کہ مردوں کے منہ میں عورتوں کے مقابلے میں زیادہ دانت ہوتے ہیں حالاں کہ وہ شادی شدہ تھا اور بیوی کا منہ کھول کر اس کے دانت گن سکتا تھا۔ خیر ارسطو کے متعلق غفار خان کے خیالات کچھ بھی رہے ہوں مگر اس میں کوئی شک نہیں کہ مغربی تہذیب کی نشو و نما میں ارسطو کا بہت بڑا ہاتھ ہے۔

پورے ڈپارٹمنٹ میں غفار خان جیسا کم گو اور ٹھنڈے مزاج کا کوئی اور نہیں تھا۔ 23 سال کی سروس میں کسی نے انہیں نہ کبھی غصے میں دیکھا اور نہ کسی کی برائی کرتے سنا۔ یہی وجہ تھی کہ ان کے ماتحت اور افسران بالا ان کی بے حد عزت کرتے تھے۔ ان کے رفقائے کار بھی ان کی فراست اور دانش مندی کے قائل تھے۔ وہ اکثر اپنے ذاتی معاملات میں مشورے کرنے کے لیے ان کے پاس آتے تھے۔ دفتر کے لوگ ان کے متعلق قیاس آرائی کرتے تھے۔ اکثر لوگوں کا خیال تھا کہ ان کے بجھے بجھے رہنے کا سبب یہ تھا کہ وہ اپنے اندر کوئی گہرا زخم چھپائے بیٹھے تھے مگر اتنے عرصے میں انہوں نے اپنے ماضی کے متعلق کسی سے کوئی بات نہیں کی۔

کمشنر کی تحویل میں پچاس سے زائد ٹرک تھے جو سرکاری طور پر بار برداری کے لیے استعمال ہوتے تھے۔ جب کمشنر صاحب کے پاس شکایات پہنچنا شروع ہوئیں کہ ملازمین ان ٹرکوں کو ذاتی استعمال میں لاتے ہیں اور پٹرول کے اخراجات بھی بڑھتے جا رہے ہیں تو انہوں نے غفار خان کو بلا کر وہ ٹرک ان کے چارج میں دے دیے۔ وہ ان پر گہری نظر رکھتے تھے اور مجال ہے کہ کوئی ان گاڑیوں کا ناجائز استعمال کرے۔ ابتدا میں بہتوں نے کوشش کی کہ غفار خان سے کہہ سن کر تھوڑی دیر کے لیے ایک ٹرک لے لیں مگر وہ صاف انکار کر دیتے تھے۔ اس کے بعد کسی کی ہمت نہیں پڑی یہاں تک کہ افسران بالا بھی کبھی ان سے کوئی ناجائز درخواست نہیں کرتے تھے۔

٭٭٭

کہتے ہیں کہ بچپن زندگی کا حسین ترین دور ہوتا ہے جس کی یادیں ہمارے ساتھ مرتے دم تک رہتی

ہیں اور ہم جب بھی بچپن میں جھانکتے ہیں تو ہمارے ہونٹوں پر خود بہ خود مسکراہٹ آجاتی ہے۔ غفار خان کے لیے بچپن کی یادیں بڑی اذیت ناک تھیں۔ جتنا وہ ان سے دور بھاگتے تھے اتنا ہی وہ ان کا تعاقب کرتی تھیں۔ جب ان کی عمر تین سال تھی تو ان کے والد کا انتقال ہو گیا اور جب وہ سات سال کے ہوئے تو ان کی والدہ چل بسیں۔ حالاں کہ اپنے باپ کا ایک دھندلا سا عکس ان کی یادوں میں یوں ابھرتا تھا جیسے کوئی آؤٹ آف فوکس تصویر، مگر چہرے کے نقوش ان کے تصور میں محفوظ تھے۔ بھرا بھرا چہرہ، مسکراتے ہونٹ، خشخاشی ڈاڑھی اور زندگی سے پُر سیاہ چمکیلی آنکھیں۔ وہ زندگی بھر اسی الجھن میں رہے کہ وہ چہرہ واقعی ان کے والد کا تھا یا صرف ان کے تصور نے تخلیق کیا تھا۔ ماں کا چہرہ البتہ انہیں اچھی طرح یاد تھا۔ سانولی رنگت، کشادہ پیشانی، گول چہرہ اور کمر تک گھنے سیاہ بال جنہیں وہ کھلا ہی چھوڑتی تھیں۔ ایک مرتبہ وہ باہر کسی بچے سے لڑ کر روتے ہوئے گھر میں آئے تھے اور ان کی ماں نے اپنے بازو پھیلا کر انہیں اپنی بانہوں میں سمیٹ لیا تھا۔ جب بھی وہ اپنی ماں کو یاد کرتے وہ منظر ان کی آنکھوں کے سامنے آجاتا۔ اب بھی وہ اکثر جب خود کو غیر محفوظ سمجھتے تو کچھ دیر کے لیے آنکھیں بند کر کے ماں کی آغوش میں چلے جاتے۔

والد کے انتقال کے بعد ان کی ماں میکے چلی گئیں اور دونوں بچوں کی پرورش ننھیال میں ہی ہوئی، مگر تین سال کے بعد جب ماں کا انتقال ہوا تو دونوں بھائیوں کو ان کے تایا لے آئے۔ وہ ان کے بچپن کا سب سے تلخ دور تھا کیوں کہ ان کے تایا جلاد نکلے۔ رہی سہی کسر ان کی تائی نے نکال دی جو دونوں بھائیوں کو پل بھر کے لیے برداشت نہیں کرتی تھیں۔ اگر ان کا بس چلتا تو دونوں کو کچا چبا جاتیں۔ روز روز کی مار پٹائی سے تنگ آکر غفار خان گیارہ سال کی عمر میں گھر سے بھاگ گئے۔ ساری زندگی ان کا ضمیر ملامت کرتا رہا کہ انہوں نے اپنے چھوٹے بھائی کو تایا اور تائی کے ظلم و ستم پر چھوڑ کر راہ فرار اختیار کی تھی۔ اکثر سوچتے کہ نہ جانے اب وہ کیسا ہو گا، پڑھ گیا ہو گا یا ان پڑھ رہ گیا ہو گا اور پھر یہ سوچ کر ان کے دل کو دھچکا سا لگتا تھا کہ نہ معلوم وہ زندہ بھی ہو گا یا کہیں مر کھپ گیا ہو گا۔

ایک عرصے تک وہ غالب کی طرح یاد ماضی سے پیچھا چھڑانے کے لیے اپنا حافظہ چھن جانے کی دعا مانگتے رہے مگر جب کام یابی نہ ہوئی تو انہوں نے خود کو یقین دلانا شروع کر دیا کہ وہ کوئی اور گیارہ سالہ لڑکا تھا جو گھر سے بھاگ نکلا تھا۔ انہوں نے اس لڑکے کا نام بھی رکھ دیا۔ وہ اسے مُنّا کہتے تھے جو ایک مال گاڑی کے ڈبے میں چھپ کر کلکتہ پہنچ گیا تھا جہاں وہ بھیک مانگ کر اور چوریاں کر کے گزارہ کرتا رہا۔ پھر ایک بوڑھے میاں بیوی نے اسے اپنے یہاں نوکر رکھ لیا اور پڑھا لکھا کر اسے بڑا آدمی بنا دیا۔

زمانہ ہی گزر گیا تھا مگر مُنّا ہمیشہ ان کے ساتھ رہا۔ کبھی کبھار تنہائی میں وہ اس سے باتیں بھی کرتے تھے اور جھڑک کر کہتے، "دور ہو جا میری نظروں کے سامنے سے"، مگر وہ ایک قہقہہ لگا کر کہتا، "اگر میں تم سے دور ہو گیا تو تم بھی نہیں رہو گے۔" وہ جتنا اس سے دور بھاگتے وہ اتنا ہی ان کے اعصاب پر سوار رہتا۔ کبھی راستہ چلتے ہوئے وہ ان کے پاجامے کا پائنچا پکڑ کر ان کے ساتھ ساتھ بھاگتا، کبھی اچانک وہ ان کے سامنے آ کر منہ چڑاتا۔ آخر کار انہوں نے شکست تسلیم کر لی اور ایک روز اس کے سامنے اکڑوں بیٹھ کر دونوں بازو پھیلا دیے۔ مُنّے نے ایک قلقاری ماری اور دوڑ کر ان کے سینے سے آ لگا۔ انہوں نے اسے چمٹا کر اپنے بچپن کو قبول کر لیا۔

***

جب پیارے میاں کراچی ایئر پورٹ پر سیڑھی سے چڑھ کر پی آئی اے کے بوئنگ 707 میں داخل ہوئے تو ان کی کیفیت اس بچے کی سی تھی جو بھرے بازار میں ماں باپ سے بچھڑ جائے۔ سخت گھبرائے ہوئے تھے۔ دروازے میں کھڑی ہوئی ایئر ہوسٹس ان کی گھبراہٹ دیکھ کر سمجھ گئی کہ وہ پہلی مرتبہ ہوائی جہاز میں سفر کر رہے ہیں۔ وہ مسکرا کر آگے بڑھی اور ان کے ہاتھ سے بورڈنگ کارڈ لے کر بولی، "میرے ساتھ آئیے، میں آپ کو آپ کی سیٹ دکھا دیتی ہوں۔"

وہ پھٹی پھٹی آنکھوں سے پہلے سے بیٹھے ہوئے مسافروں کو گھورتے ہوئے ایئر ہوسٹس کے پیچھے چل دیے۔ یہ پرواز لندن سے آ رہی تھی اور کراچی ہوتی ہوئی ڈھاکہ جاتی تھی۔ کراچی سے ڈھاکہ تک ڈھائی گھنٹے کا سفر تھا اور کرایہ 175 روپے تھا۔ پیارے میاں کے سامان میں ایک زِین کا غلاف چڑھا ہوا چھوٹا سا سوٹ کیس تھا اور ایک پوٹلی تھی جس میں اپنے بھائی کے لیے کھانے پینے کی چیزیں جمع کر لی تھیں۔ سوٹ کیس تو انہوں نے ایئر لائن کے حوالے کر دیا تھا مگر پوٹلی ان کی بغل میں تھی۔

ایئر ہوسٹس نے انہیں سیٹ دکھا کر ان کا بورڈنگ کارڈ واپس کر دیا۔ ان کے برابر درمیانی سیٹ خالی تھی اور کھڑکی کے ساتھ ایک اور صاحب بیٹھے ہوئے تھے جنہوں نے سر کے اشارے سے انہیں سلام کیا۔ پیارے میاں نے بھی سر کے اشارے سے سلام کا جواب دیا اور اپنی پوٹلی گود میں رکھ کر سیٹ پر بیٹھ گئے۔ "آپ اپنا سامان اگلی سیٹ کے نیچے رکھ دیں،" ان کے ساتھ بیٹھے ہوئے صاحب نے کہا۔

131

”آپ بھی ڈھاکہ جارہے ہیں؟“ ”پیارے میاں نے اپنی پوٹلی اگلی سیٹ کے نیچے رکھ کر کہا۔

”جی، یہ جہاز ڈھاکہ ہی جارہا ہے،“ انہوں نے مسکرا کر جواب دیا۔

”دراصل میں پہلی مرتبہ جہاز سے سفر کر رہا ہوں،“ پیارے میاں نے کہا۔

”کوئی بات نہیں۔ ایک مرتبہ میں بھی پہلی مرتبہ ہوائی جہاز میں بیٹھا تھا،“ انہوں نے مصافحہ کے لیے ہاتھ بڑھا دیا، ”مجھے راشد کہتے ہیں۔“

”میرا نام پیارے میاں ہے۔“

”آپ ڈھاکہ میں رہتے ہیں؟“

”نہیں، میں رہتا تو حیدرآباد میں ہوں مگر میرے بڑے بھائی باریسال میں رہتے ہیں، ان ہی سے ملنے جارہا ہوں۔“

”اچھا، میں کئی بار باریسال گیا ہوں۔ بڑا خوبصورت شہر ہے۔“

”میں پہلی مرتبہ جارہا ہوں۔ مجھے یہ بھی نہیں پتا کہ ڈھاکہ سے باریسال کیسے جاتے ہیں۔“

”ڈھاکہ سے راکٹ چلتا ہے۔ وہ آپ کو باریسال لے جائے گا۔“

”راکٹ؟“

”اوہ، اسٹیمر! یہ چھوٹا سا پانی کا جہاز ہوتا ہے جس پر سینکڑوں مسافر سفر کرتے ہیں۔“

”اگر آپ ایک پرچے پر لکھ دیں کہ یہ راکٹ کہاں سے ملے گا تو بڑی مہربانی ہوگی۔“

”آپ فکر نہ کریں۔ میں آپ کی مدد کروں گا۔“

”بڑی مہربانی ہوگی۔ دراصل مجھے بنگلا نہیں آتی۔“

”کوئی بات نہیں۔ میں آپ کو ایئرپورٹ سے نکل کر رکشہ میں بٹھا دوں گا۔ آپ اسے دو روپے دے دیجیے گا۔ وہ آپ کو صدر گھاٹ پہنچا دے گا جہاں سے آپ کو باریسال کے لیے اسٹیمر ملے گا۔“

”ٹھیک ہے۔“

”آپ مجھے اپنے بھائی کا پتہ بتا دیں تو میں آپ کو بنگلا میں لکھ کر دے دیتا ہوں۔ جب آپ باریسال میں اتریں تو رکشہ والے کو وہ پرچہ دے دیجیے گا،“ راشد صاحب اپنی جیب سے قلم نکالتے ہوئے بولے۔

”مگر مجھے اپنے بھائی کا پتہ تو معلوم نہیں ہے۔“

”اپنے بھائی کا پتہ نہیں معلوم؟“ راشد صاحب نے کہا، ”تو پھر آپ انہیں ڈھونڈیں گے کہاں؟“

"دراصل ہم دونوں بھائی بچپن میں ہی جدا ہو گئے تھے۔ کچھ دن پہلے ہی معلوم ہوا کہ وہ باریسال میں ہیں اور میونسپلٹی میں کلرک ہیں۔"

"پھر تو بہت آسان ہے۔ وہاں سارے سرکاری دفتر کو لیکٹوریت بھَوبُن میں ہیں۔ یہ بڑی مشہور بلڈنگ ہے۔ بچہ بچہ جانتا ہے۔ آپ رکشہ والے کو بتا دیجیے گا کہ آپ کو لال بلڈنگ میں جانا ہے، وہ آپ کو پہنچا دے گا۔"

"آپ ایک پرچے پر لکھ دیں تو مہربانی ہو گی۔"

"ضرور۔ میں آپ کو لکھ کر دے دوں گا۔"

***

کہنے والے بوڑھی گنگا کو ہر جائی، ہری چنگ، بے وفا، مطلبی، خود غرض اور نہ جانے کیا کیا کہتے ہیں اور کیوں نہ کہیں۔ اُس جیسا طوطا چشم شاید ہی کوئی ہو۔ پُرانے وقتوں میں وہ گنگا میّا کا جنوبی حصہ ہوتی تھی اور ماں کو خلیج بنگال تک پہنچاتی تھی۔ وقت کے ساتھ ساتھ جب گنگا نے اپنا راستہ بدلا تو بوڑھی گنگا اس کا ساتھ دینے کے بجائے دریائے دھالیشوری سے جا ملی۔ اب دریائے تُراگ سے رشتہ جوڑ لیا ہے۔ گنگا سے جدا ہوئے بوڑھی گنگا کو زمانہ گزر گیا مگر اب تک دونوں ہی آلودگی کا رشتہ ہے۔ یہ نہیں کہا جا سکتا کہ دونوں میں سے کون سی زیادہ گندی ہے۔

بوڑھی گنگا واقعی بوڑھی ہے۔ اس نے چندر گپت موریہ کا دور بھی دیکھا اور بدھوں کی سلطنتیں بھی بنتے اور ٹوٹتے دیکھیں۔ جب چار سو سال پہلے بوڑھی گنگا کے شمالی کنارے پر نوابوں نے ڈھاکہ آباد کیا تو چار اور دریا بھی شہر کا حصہ بن گئے۔ اس طرح پانچ دریاؤں کا ہار پہنے ڈھاکہ پروان چڑھتا رہا۔

ڈھاکہ میں بوڑھی گنگا کے صدر گھاٹ ٹرمینل پر ہر وقت مسافروں کا جمگھٹ لگا رہتا ہے۔ روزانہ سینکڑوں کی تعداد میں چھوٹی بڑی کشتیاں، فیریز اور اسٹیمر وہاں سے چلتے ہیں یا وہاں آ کر لنگر انداز ہوتے ہیں۔ ایک زمانہ وہ تھا جب بوڑھی گنگا میں بڑے بڑے پانی کے کار گو جہاز چلتے تھے مگر وقت کے ساتھ ساتھ جیسے جیسے دریا کے دونوں طرف بسنے والی آبادیوں اور ان کی فیکٹریوں سے گندے نالے دریا کی آلودگی میں اضافہ کرتے رہے ویسے ویسے بڑے جہازوں کے لیے اس دریا میں گزرنا ناممکن ہوتا گیا۔

جب پیارے میاں کا رکشہ صدر گھاٹ پر آ کر رکا تو وہ وہاں کے ہنگاموں میں گم ہو گئے۔ ہر طرف سر ہی سر نظر آ رہے تھے۔ گھاٹ پر لنگر انداز اسٹیمر انہیں دو منزلہ اور سہ منزلہ عمارتیں لگے۔ یہ اسٹیمر 1929 میں چلنا شروع ہوئے تھے اور ابھی تک چل رہے تھے۔ فرق صرف اتنا تھا کہ ابتدا میں بھاپ سے چلتے تھے اور پھر ڈیزل سے چلنا شروع ہو گئے مگر پھر بھی کہلاتے اسٹیمر ہی تھے۔

ائیرپورٹ پر راشد صاحب نے انہیں رکشہ میں بٹھا دیا تھا اور کرایہ طے کر کے رکشہ والے کو بتادیا تھا کہ وہ انہیں صدر گھاٹ پہنچا دے۔ انہوں نے جیب سے ایک ایک روپے کے دو نوٹ نکال کر رکشہ والے کو دیے اور اپنا سوٹ کیس اتار کر کھڑے سوچنے لگے کہ کس طرف جائیں۔ گھاٹ کے کنارے پر ایک سائبان تھا جس کے نیچے لوگوں کا جم غفیر تھا۔ لوگ جوق در جوق اس عمارت میں داخل ہو رہے تھے اور اتنے ہی لوگ باہر آ رہے تھے۔ وہ بھی مجمعے کے ساتھ اندر چلے گئے اور لمبی لمبی قطاریں دیکھ کر انہیں اندازہ ہو گیا کہ وہ ٹکٹ خریدنے والوں کی قطاریں ہیں۔ وہ ہر گزرنے والے کے چہرے پر نظر ڈال کر اندازہ لگانے کی کوشش کر رہے تھے کہ اسے اردو آتی ہو گی یا نہیں، مگر کسی سے پوچھنے کی ہمت نہیں پڑ رہی تھی۔ آخر ہمت کر کے ایک شخص سے پوچھ ہی لیا، ”کیوں بھیّا، تمہیں اردو آتی ہے؟“

وہ رک کر ان کی طرف مڑا اور بولا، ”ویشٹ پاکستان سے آیا؟“

”ہاں، میں پہلی بار ایسٹ پاکستان آیا ہوں۔ بنگلا نہیں آتی،“ پیارے میاں نے جواب دیا۔

”کوئی بات نہیں۔ کدھر جانا ہے؟“

”باریسال جا رہا ہوں۔ معلوم نہیں کہ ٹکٹ کہاں سے ملے گا۔“

”اچھا، ام بھی بوری شال جاتا۔ امار شاتھ آؤ۔“

”میرا نام پیارے میاں ہے،“ انہوں نے اپنا ہاتھ مصافحہ کے لیے بڑھا دیا۔

”میرا نام عبدالکریم ہے،“ اس نے ہاتھ ملاتے ہوئے کہا۔

وہ دونوں ٹکٹ خریدنے والوں کی ایک قطار میں لگ گئے۔ عبدالکریم بیس بائیس برس کا دبلا پتلا نوجوان تھا۔ میلے کچیلے کرتے پاجامے سے غریب آدمی لگتا تھا مگر کافی ہنس مکھ تھا۔

”آپ کراچی میں رہتے ہو؟“ اس نے پیارے میاں سے پوچھا۔

”نہیں، میں حیدرآباد سندھ سے ہوں۔“

”اچھا، میرا ماموں کراچی میں ہے۔ وہ بولتا کہ اُدھر بہوت پیسیا ہے۔“

’’تمہارا ماموں وہاں کیا کرتا ہے؟‘‘

’’کسی کے گھر میں باورچی ہے۔ مجھے بولتا ہے تم بھی آ جاؤ۔ بہت پیسا کماؤ گے۔‘‘

’’تو پھر تم جاؤ گے کراچی؟‘‘

’’ہاں، ابھی میں ٹکٹ کے پیسے جمع کرتا ہوں۔‘‘

پیارے میاں نے نوٹ کیا کہ تقریباً ہر شخص کے پاس تہہ کیا ہوا بستر تھا۔ عبدالکریم کی بغل میں بھی ایک بستر دبا ہوا تھا۔

’’جہاز باریسال کس وقت پہنچتا ہے؟‘‘ انہوں نے پوچھا۔

’’کل صبح چھ بجے۔‘‘

’’اور چلے گا کس وقت؟‘‘

’’رات کو آٹھ بجے۔‘‘

’’اچھا، اسی لیے ہر ایک کے پاس بستر ہے،‘‘ پیارے میاں نے کہا۔

’’ہاں، فرسٹ کلاس میں تو بستر دیتے ہیں۔ اگر تم فرسٹ کلاس میں جاؤ تو بستر ملے گا، نہیں تو باہر سے دو چادریں اور ایک تکیہ لے لینا۔ ڈھائی روپے میں ملتا ہے۔‘‘

’’ٹھیک ہے۔‘‘

ٹکٹ خرید کر وہ باہر نکل آئے۔ اس وقت شام کے چار بج رہے تھے۔ ان کے پاس ڈیک کے ٹکٹ تھے۔ عبدالکریم نے کہا کہ انہیں چھ بجے اسٹیمر پر چلے جانا چاہیے تاکہ بستر بچھانے کے لیے کھلی جگہ مل جائے۔ باہر پورا بازار تھا۔ ایک قطار میں کئی دکانیں تھیں جن پر صرف بستر بکتے تھے۔ دو چادروں اور ایک تکیے کی قیمت پانچ روپے تھی۔ رات کو بارش سے بچنے کے لیے ایک پلاسٹک کی چادر علیحدہ سے ڈیڑھ روپے کی تھی۔ چوں کہ مطلع صاف تھا اور بارش کے کوئی آثار نہیں تھے لہٰذا عبدالکریم نے پیارے میاں کو مشورہ دیا کہ پلاسٹک کی چادر خریدنے کی ضرورت نہیں ہے۔ خواہ مخواہ ڈیڑھ روپیہ کیوں خرچ کیا جائے۔ دکاندار نے چادریں تہہ کر کے تکیے کے گرد لپیٹیں اور ان کے گرد ایک ڈوری باندھ کر پیارے میاں کو دے دی۔

’’ابھی بہت وقت ہے۔ ہم چائے پیتے ہیں اور رات کے واسطے کھانا لیں گے،‘‘ عبدالکریم نے کہا۔

’’بھائی تم ہی جانو۔ میں تو یہاں اجنبی ہوں،‘‘ پیارے میاں نے جواب دیا۔

جب وہ واپس ٹرمینل پر آئے تو پیارے میاں کے ایک ہاتھ میں سوٹ کیس تھا اور بغل میں بستر دبا ہوا

تھا۔ دوسرے ہاتھ میں ان کی پوٹلی تھی اور پلاسٹک کے تھیلے میں مچھلی اور چاول تھے۔ ڈیک پر پہنچنے کے بعد ریلنگ کے پاس دونوں نے جگہ روکنے کے لیے اپنی اپنی چادریں پھیلا دیں۔

آٹھ بجے تک ڈیک پر تل دھرنے کی جگہ نہیں تھی۔ پیارے میاں اجنبی ماحول میں گم ہو کر لوگوں کے جمِ غفیر کو تک رہے تھے۔ فضا میں دریا کے گندے پانی کی بو تھی۔ گھنٹہ بھر پہلے سورج غروب ہو چکا تھا۔ اسٹیمر کے انجن چلنا شروع ہو گئے اور ڈیک پر چاروں طرف بجلی کے بلب روشن ہو گئے۔ پیارے میاں کو سخت بھوک لگی تھی کیوں کہ انہوں نے سارے دن میں صرف ایک پیالی چائے پی تھی۔

''بھائی عبدالکریم، میں تو کھانا کھار ہاہوں کیوں کہ سارے دن کا بھوکا ہوں،'' انہوں نے کہا۔

''ٹھیک ہے، میں بھی کھا لیتا ہوں۔ مجھے نیند آ رہی ہے۔ رات کو بالکل نہیں سویا۔'' عبدالکریم نے جواب دیا۔

اسی وقت اسٹیمر نے وقفے وقفے سے تین بار ہارن دیا اور گھاٹ چھوڑ دیا۔ کھانے سے فارغ ہونے کے بعد عبدالکریم نے تولیٹ کر آنکھیں بند کر لیں اور پیارے میاں ریلنگ سے ٹِک کر سامنے کے منظر میں کھو گئے۔ کچھ دور تک دریا کے دونوں جانب دور دور تک آبادی کی روشنیاں ٹمٹماتی رہیں، پھر آگے چل کر جب اسٹیمر کھلے میں پہنچا تو ہر طرف گھپ اندھیرا تھا۔ ایک جانب آسمان ستاروں سے بھرا ہوا تھا اور دوسری جانب چودھویں کا چاند طلوع ہو رہا تھا۔

بوڑھی گنگا میں مدو جزر کا وہی حال ہے جو کھلے سمندر میں ہوتا ہے۔ چاند کے مہینے کی کچھ راتوں میں بوڑھی گنگا بالکل خاموش ہوتی ہے مگر کچھ راتیں ایسی ہوتی ہیں جب لہریں آسمان کو چھوتے چھوتے رہ جاتی ہیں۔ وہ رات ایسی ہی راتوں میں سے ایک تھی۔ جب اسٹیمر آتی ہوئی لہر پر چڑھتا تھا تو ایسا لگتا تھا جیسے کئی منزلہ عمارت پر چڑھ گیا ہو اور جب لہر گزرنے کے بعد گرتا تھا تو دل ڈوبتا ہوا محسوس ہوتا تھا۔ پیارے میاں کی آنکھوں سے نیند غائب ہو گئی تھی۔ ارد گرد سوئے ہوئے مسافروں کے خراٹے، تاروں بھرا آسمان، دریا کا شور، لہروں کے زیر و بم پر ڈولتا ہوا اسٹیمر، ان سب نے مل کر پیارے میاں پر ایک مسحور کن کیفیت طاری کر دی۔ انہیں بچپن یاد آ گیا جب گاؤں میں میلہ لگتا تھا اور بچوں کا سب سے زیادہ رش چرخ پر ہوتا تھا جس میں چار کھٹولیاں ہوتی تھیں جو چرخ کے گھومنے سے اوپر نیچے جاتی تھیں۔ ہر کھٹولی میں دو بچے بیٹھتے تھے اور چرخ والا دونوں سے ایک ایک پیسہ لیتا تھا۔ ہر چکر میں جب کھٹولی نیچے آتی تو دل بیٹھتا ہوا محسوس ہوتا تھا اور

بچے آنکھیں بند کر لیتے تھے۔ اس وقت لہروں پر جھولتا ہوا اسٹیمر پیارے میاں کے لیے وہی چرخ تھا جس پر بچپن میں جھولتے تھے۔

گھپ اندھیری رات میں تاروں بھرے آسمان پر گاہے گاہے کوئی تارہ ٹوٹ کر تیر کی طرح رواں ہو جاتا۔ آسمان پر ٹوٹتے ہوئے تارے دیکھ کر انہیں اپنی والدہ یاد آ جاتی تھیں۔ ان کے بچپن میں آسمان ستاروں سے بھرا ہوتا تھا جب آنگن میں ان کی والدہ انہیں سلاتے وقت کہانی سناتی تھیں۔ انہیں اپنی والدہ کی شکل تو یاد نہیں تھی کیوں کہ جب وہ تین سال کے تھے تب ان کی والدہ کا انتقال ہو گیا تھا مگر ان کے نرم پہلو کی حرارت ابھی تک تازہ تھی۔ وہ انہیں بتاتی تھیں کہ جب شیطان جنت میں گھسنے کی کوشش کرتا ہے تو فرشتے اسے بھگانے کے لیے کوئی ستارہ پکڑ کر مارتے ہیں اور ہم زمین پر اسے لکیر کی طرح دیکھتے ہیں۔ ان کے ذہن میں شیطان کا تصور ایک شریر لڑکے کا تھا جسے معلوم ہے کہ وہ جنت میں داخل نہیں ہو سکتا مگر پھر بھی فرشتوں کو تنگ کرنے کے لیے خواہ مخواہ گھسنے کی کوشش کرتا ہے۔ جب فرشتے اسے ستارہ اٹھا کر مارتے ہوں گے تو وہ ضرور قلقاری مار کر ہنستا ہوا بھاگ جاتا ہو گا۔ اگلی مرتبہ جیسے ہی اسٹیمر ایک لہر سے اترا، ایک تارہ ٹوٹا اور ان کی نظر آسمان کی طرف اٹھ گئی۔

’’شیطان کہیں کا!‘‘ انہوں نے مسکرا کر کہا اور آنکھیں بند کر کے کچھ دیر سونے کی کوشش کرنے لگے۔

***

غفار خان حسب معمول اپنی میز پر جھکے ہوئے کام میں مصروف تھے۔ ان کی دائیں جانب فائلوں کا ڈھیر تھا جس سے وہ سب سے اوپر کی فائل اٹھاتے اور ورق گردانی کر کے اپنا نوٹ لکھ کر دستخط کر کے بائیں جانب انہیں رکھ دیتے۔ اچانک انہیں احساس ہوا کہ سامنے دروازے میں کوئی کھڑا ہے۔ انہوں نے سر اٹھا کر دیکھا تو بھونچکے سے رہ گئے۔ انہیں ایسا لگا جیسے وہ آئینہ دیکھ رہے ہوں۔ سامنے جو شخص کھڑا تھا وہ ہو بہو ان کی کاپی تھا۔ وہ اپنی کرسی سے اٹھے اور آہستہ آہستہ چلتے ہوئے اس کے سامنے کھڑے ہو گئے۔ دونوں خاموشی سے ایک دوسرے کو گھورے جا رہے تھے۔ وہ دو قدم اور آگے بڑھے اور سرگوشی میں بولے، ’’پیارے میاں؟‘‘

”بھائی؟“ انہیں جواب بھی سرگوشی میں ملا۔

”تو زندہ ہے؟“

انہوں نے آگے بڑھ کر اپنے چھوٹے بھائی کو گلے لگالیا۔ دیر تک ایک دوسرے کو چمٹائے کھڑے رہے اور آنسوؤں کا سیلاب دونوں کی آنکھوں سے رواں ہو گیا۔ دونوں کی ہچکیاں بندھ گئیں اور آنسو تھے کہ تھمنے کا نام نہیں لے رہے تھے۔ غفار خان نے اپنے بھائی کے دونوں کندھوں کو پکڑ کر خود سے علیحدہ کیا اور اس کے چہرے پر نظریں گاڑے اسے غور سے دیکھتے رہے۔ ان کا چہرہ آنسوؤں سے تر تھا مگر ہونٹ مسکرا رہے تھے۔ ان کے منہ سے بے اختیار نکلا، ”تو واقعی زندہ ہے!“ اور ایک بار پھر انہوں نے اسے چمٹالیا۔

14

مشرقی پاکستان سے پیارے میاں کے دو خط آئے۔ ایک تو انہوں نے وہاں پہنچ کر لکھا جس سے معلوم ہوا کہ انہوں نے اپنے بڑے بھائی کو ڈھونڈ نکالا ہے اور اب ان ہی کے ساتھ ٹھیرے ہوئے ہیں۔ دوسرا وہاں سے واپسی سے پہلے لکھا جس میں اپنی روانگی کی تاریخ درج کی تھی اور لکھا تھا کہ وہ عوام ایکسپریس سے حیدر آباد پہنچیں گے۔ اس زمانے میں حیدر آباد اور کراچی کے درمیان سفر صرف ٹرین سے ہو سکتا تھا۔ عوام ایکسپریس، جسے لوگ پیار سے ''عوامی'' کہتے تھے، ان دنوں نئی نئی چلی تھی اور سب سے پسندیدہ گاڑی سمجھی جاتی تھی کیوں کہ کراچی کینٹ سے صبح ہی صبح چلتی تھی اور تیسرے روز سر شام پشاور پہنچا دیتی تھی۔

پہلے مُنّوں میاں نے سوچا کہ کراچی جا کر ایئرپورٹ پر پیارے میاں کا استقبال کریں مگر پھر فیصلہ کیا کہ حیدر آباد میں ہی ریلوے اسٹیشن پر پہنچ جائیں گے۔ عوام ایکسپریس صبح گیارہ بجے حیدر آباد پہنچتی تھی۔ جاوید اور مُنّوں میاں دس بجے ہی اسٹیشن پر پہنچ گئے اور پچیس پچیس پیسے کے پلیٹ فارم ٹکٹ خرید کر اندر داخل ہو گئے۔ ٹرین پلیٹ فارم نمبر دو پر آتی تھی چناں چہ وہ پُل پار کر کے دوسری طرف اتر گئے۔

پلیٹ فارم پر لوگوں کا جمِ غفیر تھا۔ چائے والے ''چائے گرم'' کی صدائیں لگا رہے تھے۔ ان کے ایک ہاتھ میں بڑی سی کیتلی اور دوسرے ہاتھ میں بالٹی لٹک رہی تھی جس میں چائے کی استعمال شدہ پیالیاں پانی میں پڑی دھل رہی تھیں۔ پان سگرٹ والے اپنی ٹرے ایک ہاتھ پر رکھے اور دوسرے ہاتھ میں لمبا سا اسٹول لیے پورے پلیٹ فارم پر گھوم رہے تھے۔ جہاں کسی گاہک نے روکا انہوں نے اسٹول کھڑا کر کے اپنی ٹرے اس پر رکھ دی۔ مزید گاہک ادھر ادھر سے آ کر اس کے گرد جمع ہو گئے اور اس نے پان بنانا شروع کر دیے۔ سوڈے والا دونوں ہاتھوں میں بالٹیاں لٹکائے ''سوڈا برف'' کی آوازیں لگاتا ہوا پورے پلیٹ

139

فارم پر گھوم رہا تھا۔ بالٹیاں برف میں لگی ہوئی پاکولا کے سبز کریم سوڈے کی بوتلوں سے بھری ہوئی تھیں۔

کالج کے زمانے میں جاوید اور اس کے تین چار دوست شام کو اکثر ریلوے اسٹیشن جاتے تھے اور پلیٹ فارم ٹکٹ خرید کر وہاں چہل قدمی کرتے ہوئے آتی جاتی ٹرینوں کو دیکھتے تھے۔ جب کوئی ٹرین آتی تو پورے پلیٹ فارم پر کہرام مچ جاتا تھا۔ قلی اپنے گاہکوں کو کھڑکیوں میں دھکے دے دے کر چڑھاتے اور ان کے سامان کو ادھر ادھر ٹھونستے۔ ان سے فارغ ہو کر اترنے والے مسافروں کے سامان پر قبضہ کر لیتے۔''صاحب، جو مرضی ہو دے دینا''سے بات شروع ہوتی اور ہمیشہ بخشا بخشی پر ختم ہوتی۔ آنے والے مسافروں اور ان کا استقبال کرنے والوں کے جھمگھٹوں کے درمیان، ہی جانے والے مسافروں اور انہیں خدا حافظ کہنے والوں کے ہجوم شامل ہوتے تھے۔ یہ بتانا مشکل تھا کہ کون آرہا ہے اور کون جا رہا ہے۔ ہر جانے والے سے گلے ملنے والے اتنے ہوتے تھے کہ جب سیٹی بجتی اور گاڑی کھسکنا شروع ہوتی تب بھی لوگ ٹرین کے ساتھ ساتھ دوڑتے تھے تاکہ کھڑکی میں سے ہی جانے والے سے ہاتھ سے ہاتھ ملا سکیں۔ کچھ لوگ جو اپنے عزیزوں کو رخصت کرنے کے لیے ڈبوں میں چڑھ جاتے تھے تاکہ ان کے لیے اچھی سیٹ کا انتظام کر سکیں اور ان کے سامان کو بھی ٹھیک طرح سیٹ کر سکیں، وہ آخری وقت تک سلام دعا کرنے میں مشغول رہتے اور جب ٹرین چلنا شروع ہوتی تب انہیں ہوش آتا اور چلتی ہوئی ٹرین سے جلدی جلدی اترتے، اس سے پہلے کہ وہ رفتار پکڑے۔

مُنّوں میاں پلیٹ فارم پر چہل قدمی کرتے ہوئے بار بار گھڑی دیکھ رہے تھے۔ اسٹیشن کے لاؤڈ سپیکر پر جو اعلان ہوا، اس کا ایک لفظ سمجھ میں نہیں آیا مگر چوں کہ وقت ہو چکا تھا لہٰذا اندازہ ہو گیا کہ عوام ایکسپریس پہنچ رہی ہے۔ پلیٹ فارم پر بیٹھے ہوئے لوگ اٹھ کھڑے ہوئے، قلی سامان کو اٹھا کر سروں پر رکھنے لگے، خدا حافظ کہنے والوں کے معانقے شروع ہو گئے اور بے صبرے پلیٹ فارم پر آگے جھک کر آتی ہوئی ٹرین کو دیکھنے کے لیے بے تاب ہونے لگے۔ اسٹیشن سے ذرا پہلے ایک ہلکا سا موڑ تھا جس پر جھگیوں کی ایک بستی تھی۔ ٹرین موڑ پر پہنچنے سے پہلے جھگیوں کی پشت پر ہوتی تھی اور نظر نہیں آتی تھی مگر وہیں سے وقفے وقفے سے سیٹی بجاتی تھی۔ جیسے ہی ٹرین موڑ سے گزری اور انجن نظر آیا تو پلیٹ فارم کے سرے پر جھکے ہوئے لوگ پیچھے ہٹنا شروع ہو گئے۔

اسٹیشن میں داخل ہوتی ہوئی ٹرین کا انجن بڑا پر شکوہ ہوتا ہے۔ ایک دیو ہیکل شے آہستہ آہستہ، اپنے پورے جاہ و جلال کے ساتھ پلیٹ فارم کے سامنے آگے بڑھتی چلی آتی ہے۔ اس کی طاقت کا اندازہ اس بات سے لگایا جاتا ہے کہ وہ ٹنوں کے حساب سے وزن کھینچتا ہے۔ ٹرین ڈرائیور کھڑکی سے سر نکالے پلیٹ فارم پر

اس طرح شاہی انداز سے نظر دوڑاتا ہے جیسے کوئی شہنشاہ بالا خانے پر کھڑا اپنی رعایا کو دیکھ رہا ہو۔

عوام ایکسپریس آہستہ آہستہ کھسکتی ہوئی آئی اور بریکوں کی ہلکی سی چرچراہٹ کے ساتھ پلیٹ فارم پر کھڑی ہو گئی۔ دروازوں میں کھڑے ہوئے لوگ اچک اچک کر استقبال کے لیے آئے ہوئے عزیزوں کو تلاش کرنے لگے۔ ان کا اترنا دو بھر ہو گیا کیوں کہ جانے والے مسافر انہیں دھکیل کر اوپر چڑھنے لگے تا کہ اچھی سیٹوں پر قبضہ کر سکیں۔ ان کے ساتھ قلی بھی شامل تھے۔ مُنّوں میاں اور جاوید پلیٹ فارم پر کھڑے اس دھکم پیل سے محظوظ ہو رہے تھے اور ساتھ ہی اُن کی نظریں ہر ڈبے کا جائزہ لے رہی تھیں۔

اچانک پیارے میاں ایک ڈبے سے اترتے ہوئے دکھائی دیے۔ انہوں نے ادھر ادھر نظر دوڑائی اور آخر مُنّوں میاں کو ہاتھ ہلاتے ہوئے دیکھ ہی لیا۔ پیارے میاں نے آگے بڑھ کر دونوں کو گلے لگا لیا۔ جاوید حیران تھا کیوں کہ اس کے پھوپھانے اسے زندگی میں پہلی بار چھوا تھا۔ اسے ان کی شخصیت میں اتنی بڑی تبدیلی دیکھ کر حیرانی بھی ہوئی اور خوشی بھی۔

پیارے میاں کے ساتھ دو قلی اترے جنہوں نے سامان سنبھال رکھا تھا اور ان کے پیچھے ایک نوجوان لڑکا جو جاوید کی عمر کا ہی لگتا تھا، ڈبے سے اترا۔ جاوید نے ایک ہی نظر میں اس کے سراپا کا جائزہ لے لیا۔ ہلکے گلابی رنگ کی قمیص اور کریم کلر کی پتلون بے داغ اور بے شکن تھیں جیسے ابھی ابھی لانڈری سے ڈرائی کلین ہو کر آئی ہوں۔ لگتا تھا جیسے اس نے ابھی شیو کیا ہو اور بالوں میں برل کریم لگا کر کنگھا کیا ہو۔ اس کی آنکھوں پر رے بین کا نیلا چشمہ تھا اور کندھے سے رولی فلیکس کیمرہ لٹک رہا تھا۔ وہ چشمہ اتار کر مسکراتا ہوا اترا اور لپک کر پیارے میاں کے برابر آ گیا۔ جاوید نے پہلی نظر میں ہی محسوس کیا کہ وہ پیارے میاں کی کاربن کاپی تھا۔ دونوں میں بال برابر بھی فرق نہیں تھا۔ فرق صرف اتنا تھا کہ اس کے دائیں رخسار پر کسی زخم کا ہلکا سا نشان تھا۔

"یہ میرا بھتیجا ہے، سلمان۔ اس کی چھٹیاں تھیں تو میں ساتھ لے آیا کہ جاوید اسے یہاں کی سیر کرا دے گا،" پیارے میاں نے اس کی پیٹھ پر ہاتھ رکھ کر کہا۔

جاوید نے محسوس کیا کہ سلمان کی بھر پور مسکراہٹ قہقہے سے کم نہیں تھی اور اس کی آنکھوں کی چمک سے ایسا لگتا تھا جیسے وہ مقابل کو اس کے اندر گھس کر دیکھ رہا ہو۔ اس کی شخصیت میں ایسی مقناطیسی کشش تھی جو جاوید نے پہلے کسی اور میں نہیں دیکھی تھی۔

’’اور یہ جاوید ہے، یہ بھی میرا بھتیجا ہے،‘‘ پیارے میاں نے جاوید کی طرف اشارہ کیا۔

جاوید نے اس کی طرف مصافحہ کے لیے ہاتھ بڑھایا مگر سلمان دونوں بازو پھیلا کر اس کی طرف بڑھا اور اسے چمٹا کر بولا، ’’بھئی تم سے ملنے کا تو مجھے اتنا اشتیاق تھا کہ کچھ نہ پوچھو۔ چچا جی جب تک وہاں رہے، تمہارے ہی گُن گاتے رہے۔‘‘

جب وہ جاوید سے گلے مل کر علیحدہ ہوا تو جاوید نے مصافحہ کے لیے ہاتھ بڑھا دیا۔ اس کے ہاتھ کے گرد سلمان کی گرفت مضبوط تھی جس سے اس کے والہانہ پن کا اندازہ ہوتا تھا۔ پیارے میاں کچھ دور کھڑے مُنّوں میاں کو ہنس ہنس کر اپنے سفر کا حال سنا رہے تھے۔ ان کی آواز پلیٹ فارم پر لوگوں کے شور میں دب گئی تھی مگر ان کے ہاتھوں کے اشاروں سے لگ رہا تھا کہ وہ کافی پُر جوش ہیں۔ ان کا یہ روپ جاوید نے پہلی بار دیکھا۔

گارڈ کی ہر سیٹی پر خدا حافظ کہنے والوں کے معانقوں میں مزید تیزی آگئی اور مسافر جلدی جلدی ٹرین میں چڑھنے لگے۔ جاوید اس منظر میں ایسا گم ہوا کہ سلمان کو بالکل بھول گیا۔

’’آپ سے مل کر بڑی خوشی ہوئی،‘‘ آخر جاوید نے چونک کر کہا۔

اس کا ہاتھ ہنوز سلمان کے ہاتھ میں تھا۔ اس نے دوسرا ہاتھ جاوید کے کندھے پر رکھتے ہوئے کہا، ’’یہ کیا تکلف لگا رکھا ہے۔ جب ہماری دوستی ہو جائے گی تب تو ہم آپ سے تم ہو جائیں گے نا؟‘‘

جاوید اس کی شخصیت سے بے حد مرعوب ہو گیا تھا بلکہ احساس کمتری میں مبتلا ہو گیا تھا۔ جب وہ قلیوں کو ساتھ لے کر اسٹیشن سے باہر نکلنے لگے تو سلمان نے انہیں ہاتھ کے اشارے سے روک کر کہا، ’’ایک منٹ، میں ذرا تصویر کھینچ لوں۔ آپ تینوں برابر برابر کھڑے ہو جائیں۔‘‘ اس نے اپنے کندھے سے کیمرہ اتار کر ویو فائنڈر کھولا اور جھک کر اس میں جھانکتے ہوئے قلیوں سے کہا، ’’بھیّا، سامان ان کے سامنے رکھ دو اور تم دونوں بھی ساتھ کھڑے ہو جاؤ تا کہ معلوم ہو کہ ہم سفر کر رہے ہیں۔‘‘

مُنّوں میاں سلمان کی تیاریاں دیکھ کر مسکرا رہے تھے۔ قلی ان کے ساتھ کھڑے ہونے سے ہچکچائے تو سلمان نے ویو فائنڈر میں دیکھتے ہوئے انہیں ہاتھ کے اشارے سے کہا کہ نزدیک ہو جائیں۔

’’زبردست تصویر آئے گی،‘‘ سلمان نے شٹر دبا دیا۔

’’سلمان، معلوم ہوتا ہے کہ فوٹو گرافی تمہارا محبوب مشغلہ ہے،‘‘ جاوید نے کہا۔

’’ایسا ویسا؟ میں نے گھر میں ہی ڈارک روم بنا رکھا ہے۔ فلم بھی خود ڈویلپ کرتا ہوں اور پرنٹ بھی

خود نکالتا ہوں۔،،

وہ اسٹیشن سے باہر نکلتے ہی تانگے والوں کے گھیرے میں آ گئے۔

،،میرا خیال ہے کہ ہم دو تانگے کر لیتے ہیں کیوں کہ سامان زیادہ ہے،،، مُنّوں میاں نے کہا۔

جاوید اور سلمان ایک تانگے میں بیٹھ گئے اور مُنّوں میاں، پیارے میاں کے ساتھ دوسرے تانگے میں۔ انہوں نے سامان کو بھی دو حصوں میں بانٹ لیا۔ جاوید کو بنگالی میں کچھ شد بد تھی کیوں کہ ایک زمانے میں اسے بنگلا سیکھنے کا شوق ہوا تھا۔ اچھی خاصی پڑھ لیتا تھا اور لکھ بھی لیتا تھا مگر بولنے میں جھجک محسوس ہوتی تھی۔ وہ پہلے اردو میں سوچتا تھا، پھر دل ہی دل میں بنگالی میں ترجمہ کرتا تھا اور اس کے بعد بولتا تھا، مگر بولنے کا کوئی موقع ہاتھ سے نہیں جانے دیتا تھا۔

،،شولمان، آپونی بوریشولے کو تھائے پوڑاشونا کورین (سلمان، آپ باریسال میں کہاں پڑھتے ہیں)؟،، جاوید نے گفتگو چھیڑنے کے لیے پوچھا۔

،،امی بوریشولے نا، ڈھاکا یونیبرشٹی تے پوڑاشونا کوری (میں باریسال نہیں، ڈھاکہ یونی ورسٹی میں پڑھتا ہوں)،، سلمان نے جواب دیا۔

،،آپونی ہوسٹیلے تھاکن (تم ہاسٹل میں رہتے ہو)؟،،

،،ہیں، آمی چھٹی تے بوریشولے ایشے چھی (جی، میں چھٹیوں میں باریسال سے آیا تھا)۔،،

جاوید کی سمجھ میں نہیں آ رہا تھا کہ آگے کیا پوچھے۔ سلمان نے اس کی مجبوری بھانپ لی۔

،،اگر تمہیں بنگلا میں گفتگو کرتے ہوئے دقت ہو رہی ہے تو اردو بول سکتے ہو،، اس نے مسکراتے ہوئے کہا،،،میری اردو بنگلا سے کہیں بہتر ہے۔،،

،،وہ تو میں دیکھ چکا ہوں۔ میں تو صرف تمہیں مرعوب کرنے کی کوشش کر رہا تھا،،، جاوید نے ہنس کر کہا۔

،،اور میں مرعوب ہو گیا،، اس نے جاوید کے ہاتھ پر ہاتھ مارتے ہوئے جواب دیا۔

،،تم ڈھاکہ یونی ورسٹی میں کون سے ایئر میں ہو؟،،

،،بی۔ایس سی آنرز، فائنل ایئر میں۔،،

،،اچھا، میں بھی فائنل ایئر میں ہوں، تمہارے سبجیکٹس کیا ہیں؟،،

،،میرا مائیکرو بایولوجی میجر ہے، زولوجی اور کیمسٹری مائنر ہیں۔،،

”اچھا، یہی سبجیکٹس میرے بھی ہیں۔“

”معلوم ہوتا ہے کہ ہماری پسند اور ناپسند مشترک ہیں،“ اس نے مسکرا کر کہا۔

ان کے تانگے اسٹیشن روڈ پر چل رہے تھے جو اس زمانے میں حیدرآباد کی سب سے چوڑی، صاف ستھری، اور پُررونق سڑک ہوتی تھی۔

”یہ لیڈی ڈفرن ہو سپٹل ہے،“ جاوید نے بائیں جانب ایک عمارت کی طرف اشارہ کرتے ہوئے کہا، ”یہ میٹرنٹی اسپتال ہے اور کافی پرانا ہے۔“

”اچھا، میری والدہ بتاتی ہیں کہ وہ کلکتے کے جس اسپتال میں پیدا ہوئی تھیں اس کا نام بھی لیڈی ڈفرن ہو سپٹل تھا۔“ اس نے جلدی سے اپنا کیمرہ کھولا اور تصویر لے لی۔ ”میں انہیں یہ تصویر دکھاؤں گا۔“

”بھئی اس نام کا اسپتال ہندوستان کے ہر بڑے شہر میں ہے۔ تمہیں معلوم ہے کہ یہ لیڈی ڈفرن کون تھی؟“ جاوید نے پوچھا۔

”نہیں۔“

”ایک برٹش وائسرائے کی بیوی تھی جو چندہ جمع کر کے عورتوں کے لیے اسپتال بنواتی تھی۔“

باتوں میں پتا ہی نہ چلا کہ وہ کب گھر پہنچ گئے، پیارے میاں بے حد خوش تھے۔ مُنّوں میاں نے تانگے والوں کو پیسے دینے کے لیے جیب سے پرس نکالا تو پیارے میاں نے بڑھ کر ان کے پرس پر ہاتھ رکھ دیا اور بولے، ”ارے بھائی صاحب، آپ کیوں تکلیف کرتے ہیں، میں دے دوں گا۔“

”نہیں پیارے میاں، ہم نے تمہیں گھر تک پہنچانے کا ذمہ لیا تھا اور اس میں تانگے والوں کو ادائیگی کرنا شامل ہے،“ مُنّوں میاں نے جواب دیا اور تانگے والوں کا حساب کر دیا۔

جاوید اور سلمان نے سوٹ کیس اٹھا لیے اور مُنّوں میاں کے پیچھے پیچھے گھر میں داخل ہوئے۔ پیارے میاں پہلے ہی آگے بڑھ کر دروازہ کھٹکھٹار ہے تھے۔ کہکشاں نے دروازہ کھولا اور پیارے میاں نے اس کے سر پر ہاتھ رکھ کر اس کے سلام کا جواب دیا۔ انہوں نے سامان صحن میں ہی ایک جانب رکھ دیا۔ پیارے میاں نے سلمان کا تعارف مقسطیٰ خانم اور کہکشاں سے کرایا اور برآمدے میں بچھی ہوئی کرسیوں کی طرف چل دیے۔

”اچھا، تو آپ ہیں کہکشاں!“ سلمان نے مسکرا کر کہکشاں کو مخاطب کیا، ”کچھ نہ پوچھیں کہ کتنی خوشی ہوئی آپ سے مل کر۔“

’’مجھے بھی ایک اور کزن کی دریافت پر بڑی خوشی ہوئی۔ ایک نہ شد دو شد،‘‘ کہکشاں نے جاوید کی طرف دیکھتے ہوئے جواب دیا۔

’’کیا مطلب، کیا یہ شخص آپ کو تنگ کرتا ہے؟‘‘ سلمان نے جاوید کے کندھے پر ہاتھ رکھتے ہوئے پوچھا۔

’’ارے نہیں، یہ تو بڑا پیارا آدمی ہے۔ میں صرف مذاق کر رہی تھی۔‘‘

’’بہر حال اگر یہ آپ کو تنگ کرے تو آپ سمجھ لیں کہ یہ خادم آپ کے دفاع کے لیے آگیا ہے،‘‘ سلمان نے اپنے سینے پر ہاتھ رکھ کر کہا۔

سلمان کی ایک خصوصیت یہ تھی کہ وہ جس سے بھی ملتا تھا اسے پہلی ملاقات میں ہی احساس ہوتا تھا جیسے وہ سلمان کو برسوں سے جانتا ہو۔ ڈیل کارنیگی کی کتاب جاوید نے بھی پڑھی تھی مگر سلمان لوگوں کا دل موہ لینے کے آرٹ کا ماہر تھا۔

’’تایا ابّا سو رہے ہیں کیا؟‘‘ پیارے میاں نے پوچھا۔

’’ہاں، ان کی آنکھ لگ گئی تھی۔ میں نے ان کے کمرے کا دروازہ بند کر دیا ہے،‘‘ مقسطیٰ خانم نے جواب دیا۔

’’اچھا بھئی، اب ہمیں چلنا چاہیے،‘‘ مُنّوں میاں نے اپنی گھڑی کو دیکھا اور اٹھ گئے۔

’’نہیں بھیّا، آپ کھانا کھائے بغیر کیسے جا سکتے ہیں؟‘‘ مقسطیٰ خانم نے کہا۔

’’ارے بہنو، کھانے کا تکلف مت کرو، تمہاری بھاوج انتظار کر رہی ہوں گی،‘‘ مُنّوں میاں نے جواب دیا۔

’’بھیّا کھانا تیار ہے۔ آپ کھا کر ہی جائیں گے۔ بھا بھی قطعاً انتظار نہیں کر رہی ہوں گی۔ وہ سوچ بھی نہیں سکتیں کہ آپ بہن کے گھر سے کھانا کھائے بغیر چلے جائیں گے۔‘‘

’’چلو، اگر تم اصرار کرتی ہو تو ہم رک جاتے ہیں۔‘‘

’’بس پانچ منٹ میں کھانا لگ جائے گا،‘‘ مقسطیٰ خانم نے کہا اور باورچی خانے کی طرف چل دیں۔ کہکشاں بھی ان کے ساتھ چلی گئی۔

’’تو بھئی پیارے میاں، اب یہ بتاؤ کہ تم نے اپنے بھائی کو ڈھونڈا کیسے؟‘‘ مُنّوں میاں نے پوچھا۔

’’بس بھائی صاحب، میں میونسپلٹی پہنچ گیا، وہاں کسی نے بتایا کہ کمشنر کے دفتر میں غفار خان نام کے

ہیڈ کلرک ہیں، لہٰذا میں سیدھا وہیں پہنچ گیا،''پیارے میاں نے جواب دیا۔

''تو تم نے ایک دوسرے کو پہچان لیا؟''

''پہچاننا کیسا، ہمیں تو ایک دوسرے کی شکل تک یاد نہیں تھی کیوں کہ ہم جب بچھڑے تھے تو میری عمر آٹھ سال تھی اور وہ گیارہ سال کے تھے۔''

''پھر؟''

''پھر یہ کہ جب میں ان کے کمرے میں پہنچا تو وہ میز پر جھکے ہوئے کچھ لکھ رہے تھے۔ میں سامنے کھڑے ہو کر انتظار کرنے لگا۔ آخر جب انہوں نے سر اٹھا کر دیکھا تو میں حیران رہ گیا۔ میں سمجھا کہ آئینہ دیکھ رہا ہوں۔ وہ بھی مجھے بیٹھے ہوئے گھورتے رہے۔ پھر وہ کرسی سے اٹھ کر میرے پاس آئے اور بازو پھیلا کر مجھے چمٹالیا۔ پھر ہم اتنا روئے، اتنا روئے کہ ہماری قمیصیں تر ہو گئیں،'' پیارے میاں کی آواز رندھ گئی اور وہ خاموش ہو گئے۔

مُنّوں میاں نے جیب سے رومال نکال کر اپنی اشک بار آنکھیں پونچھیں۔ پیارے میاں کے تھوک نگلنے کی آواز سے ظاہر ہوتا تھا کہ وہ بھی کافی جذباتی ہو رہے تھے۔ جاوید خاموش بیٹھا پیارے میاں اور ان کے بھائی کی ملاقات کے متعلق سوچتا رہا۔

باقی میاں کے کمرے سے ان کے کھانسنے کی آواز آئی تو پیارے میاں کرسی سے اٹھ کر بولے،''معلوم ہوتا ہے کہ تایا ابّا اٹھ گئے ہیں۔''انہوں نے کمرے کا دروازہ کھول کر دیکھا تو ان کے تایا بستر پر بیٹھے ہوئے تھے۔

''ارے للا، تو آ گیا؟''انہوں نے کہا۔ پیارے میاں ان سے چمٹ گئے۔

''تایا ابّا، تمہیں کوئی تکلیف تو نہیں ہوئی؟''

''تکلیف کیسی بیٹا، تیری بیوی اور بیٹی نے میری ایسی خدمت کی ہے کہ دن رات ان کے لیے دل سے دعا نکلتی ہے۔''

''میں جب تک وہاں رہا، مستقل تمہارا ہی خیال رہا،'' پیارے میاں نے کہا اور چارپائی کی پٹّی پر بیٹھ گئے تاکہ انہیں زیادہ چیخنا نہ پڑے۔

''ارے، مجھے چھوڑ۔ یہ بتا کہ تیرا بھیّا کیسا ہے؟''

''بھائی اور بھابھی دونوں بڑی محبت کے ہیں۔''

”تو انہیں ساتھ لایا ہے؟“

”نہیں، وہ بعد میں آئیں گے۔ ابھی چھٹی نہیں مل سکی، مگر میں ان کے بیٹے کو ساتھ لایا ہوں۔“

”اچھا کیا۔ اسے بھی اپنے خون سے ملنے کا موقع ملے گا۔“

اتنے میں سلمان نے دروازے سے اندر جھانکا۔ پیارے میاں نے مڑ کر دیکھا اور بولے، ”آجاؤ سلمان، اپنے دادا سے ملو۔“

”السلام علیکم دادا،“ سلمان آگے بڑھا۔

باقی خاں نے اپنا بازو اٹھا کر سلمان کو چمٹا لیا۔ ان کی آنکھوں سے آنسو بہنا شروع ہو گئے۔ سلمان دیر تک ان سے چمٹا رہا۔

”دادا، کھانا لگ گیا ہے،“ دروازے سے کہکشاں کی آواز آئی اور باقی خاں نے اپنا بازو سلمان کے کندھے سے ہٹا لیا۔

سلمان پیچھے ہٹا تو اس کی آنکھیں نم تھیں۔ کہکشاں نے اسے دیکھا تو کھلکھلا کر ہنسی اور بولی، ”مجھے نہیں معلوم تھا کہ آپ اتنے جذباتی ہیں۔“

”زندگی میں پہلی بار اپنے دادا سے ملا ہوں تو جذباتی تو ہوں گا،“ سلمان نے اپنی آنکھیں رومال سے پونچھتے ہوئے کھسیانے انداز میں کہا۔

”چلیں تایا ابّا، کھانا کھالیں،“ پیارے میاں انہیں گود میں اٹھانے کے لیے جھکے۔

”نہیں، مجھے گود میں مت لو۔ تمہاری بیوی اور بیٹی نے مجھے چلنے کے قابل بنا دیا ہے۔“

”ابّا میاں، میں دادا کو اٹھاتی ہوں، آپ ہٹیں،“ کہکشاں نے کہا۔

باقی خاں سرکتے سرکتے چارپائی کی پٹّی تک پہنچ گئے اور پاؤں لٹکا کر بیٹھ گئے۔ کہکشاں نے جھک کر ان کے کندھے کے نیچے ہاتھ لگا کر انہیں کھڑا کیا اور ان کے دائیں بازو کو پکڑ کر اپنے کندھے پر رکھ کر دوسرے ہاتھ سے کھینچ لیا۔

”آسان کام نہیں ہے مگر دادا کے لیے مشکل نہیں رہا،“ کہکشاں نے ہنستے ہوئے کہا۔

پیارے میاں اور سلمان اسے دلچسپی سے دیکھ رہے تھے۔ باقی خاں کی داہنی ٹانگ میں کچھ جان باقی تھی۔ کہکشاں اپنے پاؤں سے ان کا پاؤں گھسیٹ کر آگے بڑھاتی تھی اور دوسرا قدم وہ خود بڑھاتے تھے۔ اسی طرح چلتے ہوئے وہ کمرے سے باہر آ گئے۔ مُنّوں میاں اور جاوید انہیں دیکھ کر کھڑے

ہو گئے اور سلام کر کے ایک طرف کو ہٹ کر کھڑے ہو گئے۔ کہکشاں نے انہیں دستر خوان کے سامنے دیوار کے سہارے بٹھا دیا۔ باقی لوگ بھی آ کر بیٹھ گئے۔

’’میں بہت زمانے کے بعد محفل میں بیٹھ کر کھانا کھا رہا ہوں ورنہ نظام الدین کے بچّے کھانا لے آتے تھے اور میں لیٹے لیٹے ہی کھا لیتا تھا۔‘‘

’’اس کا سہرا آپ کے سر ہے تایا ابّا،‘‘ مقسطٰی خانم نے کہا، ’’آپ کی جیسی ہمت میں نے کسی اور میں نہیں دیکھی۔‘‘

’’نالّی، تم نے اور تمہاری بیٹی نے میری جو خدمت کی ہے اسے دیکھ کر اب جینے کو جی چاہتا ہے۔‘‘ باقی خاں کی آواز پھر رندھ گئی۔

’’فوٹو ٹائم،‘‘ سلمان نے کہا اور اپنا کیمرہ لینے کے لیے اٹھ گیا۔

’’اس لڑکے کو تصویریں لینے کا خبط ہے،‘‘ پیارے میاں نے اپنے تایا کی پلیٹ میں سالن ڈالتے ہوئے کہا۔

’’آپ لوگ بس کھانا شروع کریں،‘‘ سلمان نے ویو فائنڈر میں دیکھتے ہوئے دو تین تصویریں لیں اور جاوید سے کہا کہ ایک تصویر وہ لے لے جس میں سلمان بھی موجود ہو۔

15

اگلے روز اتوار تھا۔ جاوید صبح ہی صبح اپنی پھوپھی کے گھر پہنچ گیا کیوں کہ اس نے سلمان سے وعدہ کر لیا تھا کہ اسے حیدر آباد کی سیر کرائے گا۔ وہ پہنچا تو ناشتہ لگ رہا تھا۔ برآمدے میں ایک کونے میں فرش بچھا ہوا تھا۔ کھانے کے وقت اسی پر دسترخوان لگا دیا جاتا تھا۔

’’معلوم ہوتا ہے کہ آج اسپیشل ناشتہ ہو رہا ہے،‘‘ جاوید نے کہا۔

’’ہاں بھئی تین دن تک تو سلمان کی خاطر کرنی ہے کیوں کہ گھر میں آنے والا ہر نیا شخص پہلے تین دن مہمان ہوتا ہے،‘‘ مقسطی خانم نے آملیٹ کی پلیٹ دسترخوان پر رکھتے ہوئے کہا۔

’’تو بس پھوپھی جان، تین دن میں بھی یہیں کھانا کھاؤں گا،‘‘ جاوید نے جواب دیا۔

’’کیوں نہیں، جب تک سلمان میاں یہاں ہیں تب تک آپ بھی یہیں آ جایا کریں۔‘‘

’’مگر سلمان ہے کہاں؟‘‘

’’ابھی غسل خانے سے نہیں نکلا،‘‘ کہکشاں نے کہا۔

’’ارے پھر تو پراٹھے ٹھنڈے ہو جائیں گے،‘‘ جاوید نے کہا۔ اسی وقت سلمان اپنی قمیص کے کف بٹن لگاتا ہوا آ گیا۔

’’آ جاؤ بھئی سلمان، اس سے پہلے کہ پراٹھے ٹھنڈے ہوں۔ پھوپھی جان، کہکشاں، بھئی آپ بھی لوگ بھی آ جائیں۔‘‘

’’آپ لوگ ناشتہ کریں، میں بعد میں کروں گی،‘‘ مقسطی خانم نے جواب دیا۔

’’دادا کہاں ہیں؟‘‘

’’وہ ذرا سو گئے ہیں۔ صبح ہی اٹھ جاتے ہیں اور ناشتہ کرنے کے بعد تھوڑی دیر کے لیے سو لیتے ہیں۔‘‘

’’اور کہکشاں تم؟‘‘ جاوید نے پوچھا۔

’’میں بھی صبح ہی کر چکی، تم لوگوں کی طرح سست نہیں ہوں،‘‘ کہکشاں نے جواب دیا۔

’’بھئی جاوید، یہ لڑکی ہمارے سامنے اس ڈر سے کھانا نہیں کھاتی کہ ہمیں اس کی بلا خوری کا علم ہو جائے گا،‘‘ سلمان ناشتے کے لیے بیٹھتے ہوئے بولا۔

’’دراصل میں ہوا کھاتی ہوں،‘‘ کہکشاں نزدیک ہی ایک کرسی پر بیٹھتے ہوئے بولی، ’’تم لوگ کھانے کے بعد جو ڈکاریں لیتے ہو، اس سے آس پاس کی ہوا سانس لینے کے قابل نہیں رہتی۔‘‘

’’معلوم ہوتا ہے کہ تم وہاں ہمارے نوالے گننے کے لیے بیٹھی ہو،‘‘ جاوید نے کہا۔

’’نہیں، میں صرف یہ دیکھنا چاہتی ہوں کہ تم دونوں میں کون بلا خور ہے۔‘‘

’’خیال رکھنا کہ اگر ہمیں کھاتے ہوئے دیکھ کر منہ میں پانی آئے تو رال مت ٹپکنے دینا ورنہ خواہ مخواہ شرمندگی ہوگی۔‘‘

جاوید کو حیرت تھی کہ سلمان کو اس نے پچھلی رات ہی اپنی پھوپھی کے گھر چھوڑا تھا اور صبح تک وہ کہکشاں کے ساتھ مذاق کرنے کی حد تک بے تکلف ہو گیا تھا۔ اسے کچھ عجیب سا لگا۔

’’سلمان، تمہارا زوڈیاک سائن کیا ہے؟‘‘ جاوید نے موضوع تبدیل کرنے کی خاطر پوچھا۔

’’ایریز۔‘‘

’’کمال ہے۔ میں اور کہکشاں بھی ایریز ہیں۔‘‘

جب اس نے اپنا یوم پیدائش بتایا تو جاوید اور کہکشاں حیران رہ گئے۔

’’I don’t believe it.‘‘ دونوں نے بیک زبان کہا۔

’’کیوں اس میں حیرت کی کیا بات ہے؟‘‘ سلمان نے چائے کی پیالی میں چمچی چلاتے ہوئے پوچھا۔

’’اس لیے کہ تمہاری تاریخ پیدائش وہی ہے جو میری اور کہکشاں کی ہے،‘‘ جاوید نے کہا، ’’تمہیں معلوم ہے کہ تم کس وقت پیدا ہوئے تھے؟‘‘

’’میری نانی بتاتی ہیں کہ جب میں پیدا ہوا تو مسجد میں فجر کی اذان ہو رہی تھی،‘‘ اس نے جواب دیا۔

’’کہکشاں، تم نے سنا؟ سلمان عمر میں تمہارے برابر ہے،‘‘ جاوید نے مڑ کر کہکشاں سے کہا۔

’’نہیں، اس کا مطلب ہے کہ یہ مجھ سے ایک گھنٹہ بڑے ہیں کیوں کہ مشرقی پاکستان ہم سے ایک

گھنٹہ آگے ہے،‘‘ کہکشاں نے جواب دیا۔

سلمان شاید کچھ نہ سمجھ سکا کیوں کہ اس کے چہرے پر سوالیہ نشان تھا۔

’’تم کہکشاں سے ایک گھنٹہ بڑے اور مجھ سے صرف پندرہ منٹ چھوٹے ہو،‘‘ جاوید نے سلمان کو سمجھایا۔

’’سلمان، تمہاری پیدائش عائشہ دائی کے ہاتھوں تو نہیں ہوئی تھی؟‘‘ کہکشاں نے پوچھا۔

’’جس دائی کے ہاتھوں ہماری پیدائش ہوئی تھی اس کا نام عائشہ تھا،‘‘ جاوید نے اسے سمجھایا۔

’’اوہ اچھا، میری ڈیلیوری اسپتال میں ہوئی تھی،‘‘ سلمان نے جواب دیا۔

’’اپنی والدہ سے پوچھنا کہ اس نرس کا نام کیا تھا جس نے تمہاری ڈیلیوری کی تھی۔‘‘ جاوید نے کہا۔

’’مجھے یقین ہے کہ اس کا نام بھی عائشہ ہو گا،‘‘ کہکشاں نے کہا۔

’’ایسا لگتا ہے کہ ہم تینوں کی تقدیریں کسی نہ کسی طرح ایک ہی لڑی میں پروئی ہوئی ہیں،‘‘ جاوید نے کچھ سوچ کر کہا۔ سلمان نے کوئی جواب نہیں دیا اور خاموشی سے ناشتہ کرتا رہا۔ کہکشاں بھی چپ چاپ بیٹھی انہیں دیکھتی رہی، پھر اٹھ کر چلی گئی۔ شاید کوئی کام یاد آ گیا تھا۔

***

باقی خاں کا بچپن تنہائی میں گزرا تھا۔ ان کے چھوٹے بھائی ان سے دس سال اور تین مہینے چھوٹے تھے۔ اس وقت تک وہ اپنے ماں باپ کی اکلوتی اولاد تھے اور ان کے لاڈپیار سے بگڑ گئے تھے۔ دوسرے یہ کہ ان کی ماں بلا کی وہمی تھیں۔ انہیں ہر وقت دھڑکا لگا رہتا تھا کہ کہیں بچے کو چوٹ نہ لگ جائے، کا ٹنا نہ چبھ جائے، خون نہ نکل آئے۔ وہ کھڑکی کے سامنے کھڑے، باہر گلی میں بچوں کو کھیلتے ہوئے دیکھتے رہتے مگر ماں کا سختی سے حکم تھا کہ باہر نہ نکلیں کیوں کہ وہ ان کے ساتھ کھیلنے سے بگڑ جائیں گے۔ چناں چہ وہ بچپن سے ہی تنہا تنہا رہے۔ ماں انہیں کاغذ، قینچی اور لئی دے کر پلنگ پہ بٹھا دیتی تھیں اور وہ دن بھر کاغذ کے کھلونے بناتے رہتے تھے۔ کاغذ کی کشتیاں، گیندیں، پھول، چھینکے اور نہ جانے اور کیا کیا الا بلا۔

جب ماں کو دق ہوئی تو باقی خاں سترہ برس کے تھے۔ صحیح تشخیص اس وقت ہوئی جب حکیم ارشد اللہ خان نے ان کے بلغم میں خون کی آمیزش دیکھی۔ جب مریضہ کو بتایا گیا تو ان کا جواب اتنا تھا کہ وہ اپنی

زندگی میں بیٹے کا گھر بسانا چاہتی ہیں۔ان کی نظر اپنی چھوٹی بہن کی بیٹی پر پڑی۔ان کے میاں کو کیا اعتراض ہو سکتا تھا۔ وہ خود بے چارے اپنے ماں باپ کے اکیلے ٹرٹروں ٹوں تھے۔ کون سی ان کی بھانجی بھتیجی بیٹی تھی جس کے لیے وہ سوچتے۔ جب باقی خاں کی والدہ نے اپنی بہن سے تذکرہ کیا تو وہ ششدر و پنج میں پڑ گئی۔

"آپا، وہ تو ابھی تیرہ برس کی بوند ہے،"اس نے کہا۔

"اری بھنّو، میں کون سا تم سے ابھی اسے بیاہ دینے کے لیے کہہ رہی ہوں۔ میں تو چاہ رہی ہوں کہ اپنی زندگی میں اپنے بیٹے کو اس کے پلو سے باندھ جاؤں تا کہ وہ کسی اور گھر میں نہ جا پہنچے۔ تم اپنے میاں سے بات کرکے تو دیکھو۔ بس نکاح کردو، خیر سے رخصتی اگلے برس کر دینا۔"

قصہ مختصر نکاح ہو گیا اور رخصتی کی تاریخ سال بھر کے بعد مقرر ہو گئی، مگر اس وقت کسے خبر تھی کہ وہ تاریخ باقی خاں کی والدہ کے چہلم کے اگلے روز آ کر پڑے گی۔ چوں کہ مرحومہ رخصتی کی تاریخ طے کرکے گئی تھیں لہٰذا ان کی خواہش کے احترام میں رخصتی کردی گئی۔ بھلا کون سا ایسا بیٹا ہو گا جو ساری زندگی ماں کی موت کا ماتم نہ کرے، مگر باقی خاں کی بیوی ان کی ماں کے روپ میں ان کے گھر میں آئیں اور مرتے دم تک ان کی وہ خدمت کی کہ ماں کو بھی مات کردیا۔

باقی خاں کے بس دو ہی دوست تھے۔ ایک تو نمبردار یعنی مُنّوں میاں کے والد، اور دوسرے ان کے پارٹنر مرزا واصل بیگ۔ دراصل ہندوستان میں گھی کی آڑھت ان کے والد نے شروع کی تھی اور مرزا صاحب کے والد ان کے پارٹنر تھے۔ اس طرح بیٹوں کو وہ بزنس وراثت میں ملی تھی۔ جب وہ لٹ پٹ کر پاکستان پہنچے تو گھی کی چھوٹی سی دکان کھولنے سے زیادہ کچھ نہ کر پائے۔

اچھے دنوں میں جب باقی خاں کی بیوی زندہ تھیں تو انہیں سویرے صبح فجر کے بعد بلاناغہ چائے کے ساتھ دو توس دیتی تھیں جنہیں وہ چائے میں ڈبو ڈبو کر کھاتے تھے اور اس کے بعد گھنٹے بھر کے لیے سو لیتے تھے۔ ان کا کہنا تھا کہ صبح کی گھنٹے ڈیڑھ گھنٹے کی نیند رات کی آٹھ گھنٹے کی نیند سے زیادہ فرحت بخش ہوتی ہے۔ ان کی بیوی نے شادی کے بعد ساٹھ برس تک ان کا ساتھ دیا اور پورے عرصے میں شاید ہی کبھی ان کی چائے اور توس کا ناغہ ہوا ہو۔ جس دن ان کی بیوی ان سے منہ موڑ کر دنیا سے رخصت ہوئیں اسی دن سے ان کی چائے اور توس نے بھی ان کا ساتھ چھوڑ دیا۔ بیوی کے انتقال کے بعد جیسے تیسے ان کی زندگی کی گاڑی گھسٹتی رہی۔

جب وہ بھتیجے کے گھر آئے اور اگلی صبح ان کی بھتیجی بہو منہ اندھیرے ان کے لیے چائے اور توس لے
کر آئی تو ان کی آنکھوں میں آنسو آگئے۔ ایک زمانے کے بعد ہی انہیں صبح کی چائے کے ساتھ توس ملے تھے۔
مقسطی خانم کو یاد تھا کہ جب وہ بیاہ کر سسرال میں آئی تھیں تو وہ صبح ہی صبح اپنے سسر کو چائے کے ساتھ دو
توس دیا کرتی تھیں۔

***

باقی خاں کی آنکھ ان کے اپنے قہقہے سے کھلی تھی۔ انہیں یاد نہیں تھا کہ وہ پچھلی بار کب ہنسے تھے مگر
انہیں یقین تھا کہ یہ قہقہہ ان کا ہی تھا۔ وہ سال ہا سال سے اپنی جھگی میں پڑے ہوئے زندگی کے دن پورے کر
رہے تھے۔ فالج گرنے کے بعد توان کا چلنا پھر نا بھی موقوف ہو گیا تھا۔ بستر پر پڑے رہتے تھے۔ ہر دن پچھلے
دن جیسا ہوتا تھا۔ نہ وقت معلوم کرنے کی ضرورت تھی، نہ تاریخ۔

جب وہ جاگنے کے بعد پوری طرح ہوش میں آئے تو باہر سے بچوں کی باتیں کرنے کی آوازیں آرہی
تھیں۔ وہ سمجھ گئے کہ سلمان نے کسی بات پر قہقہہ لگایا تھا۔ اس کی ہنسی پر انہیں اپنی ہنسی کا گمان ہوتا تھا۔
انہوں نے مسکرا کر کروٹ بدلی اور سامنے دیوار پر لگے ہوئے کلاک کو دیکھ کر سمجھ گئے کہ وہ پورے دو گھنٹے
سوئے تھے۔ ان کی نظر چھت سے چپکی ہوئی چھپکلی پر پڑی جو عین ان کے بستر کے اوپر تھی۔ انہیں چھپکیوں
سے ہمیشہ ڈر لگتا تھا خصوصاً جب وہ چھت کے نیچے چل رہی ہوں۔ وہ سمجھتے تھے کہ اب گری، اب گری۔
اگر وہ صحت مند ہوتے تو اٹھ کر اسے بانس سے ڈرا کر بھگا دیتے۔

انہوں نے چھپکلی سے توجہ ہٹا کر سلمان اور کہکشاں کے متعلق سوچنا شروع کر دیا۔ پچھلی رات دونوں
ان کے بستر پر آ کر بیٹھ گئے تھے سلمان ان کے پاؤں دبانے لگا اور کہکشاں ان کی کمر دباتی رہی۔ دونوں ان کی
زندگی کے متعلق طرح طرح کے سوال کرتے رہے اور وہ انہیں اپنی رام کہانی سناتے رہے۔ جب رات گئے
انہیں نیند کے جھونکے آنے لگے تو دونوں انہیں خدا حافظ کہہ کر اٹھ گئے مگر ان کے جانے کے بعد ان کی نیند
غائب ہو گئی اور وہ دیر تک سلمان اور کہکشاں کے متعلق سوچتے رہے۔ کیا ہی اچھا ہو کہ دونوں کی شادی
ہو جائے۔ انہوں نے سوچا کہ وہ پیارے میاں سے بات کریں گے۔ اس سے اچھی اور کیا بات ہو گی کہ
دونوں بھائیوں کی اولادیں یکجا ہو جائیں۔

153

***

ناشتے کے بعد جاوید اور سلمان شہر کی سیر کے لیے نکل گئے۔ حسب معمول سلمان کے کندھے سے اس کا کیمرہ لٹک رہا تھا اور وہ گاہے گاہے اس کا چڑے کا کور کھول کر تصویریں لیتا۔ کبھی جاوید کو فٹ پاتھ پر اپنے سامنے کھڑا کر کے تصویر کھینچتا اور کبھی جاوید کے ہاتھ میں کیمرہ دے کر اپنی تصویر کھنچواتا۔ اس کے کیمرے میں تصویریں جمع ہوتی جا رہی تھیں۔ لوگوں کی تصویریں، دکانوں کی تصویریں، ٹریفک کی تصویریں۔

’’سلمان، معلوم ہوتا ہے کہ تمہیں فوٹو گرافی کا شوق جنون کی حد تک ہے،‘‘ جاوید نے کہا۔

’’دراصل، میں ماضی کو ریکارڈ کرتا ہوں کیوں کہ ایک وقت ایسا آئے گا جب میرا نہ کوئی حال ہو گا اور نہ مستقبل۔ صرف ماضی ہی میری زندگی کا حصہ ہو گا جو میرے مرنے کے بعد بھی زندہ رہے گا۔‘‘

’’بڑی گہری بات کہہ دی تم نے،‘‘ جاوید نے جواب دیا۔

’’بات صرف اتنی ہے کہ ایک وقت ایسا آئے گا جیسا اس وقت دادا کا ہے۔ میں نہیں سمجھتا کہ وہ اب مستقبل کے پلان بناتے ہوں گے۔‘‘

’’ظاہر ہے۔‘‘

’’اور اس عمر تک پہنچتے پہنچتے حال کا حال بھی یہی ہوتا ہے کہ یہاں درد ہے، وہاں درد ہے۔ نہ اچھی طرح دکھائی دیتا ہے، نہ سنائی دیتا ہے، نہ سجھائی دیتا ہے۔ لہٰذا حال بھی اپنا نہیں رہتا۔ لے دے کے ماضی ہی ہے جسے کسی سے کوئی نہیں چھین سکتا، لیکن اگر اس سے اس کی یادداشت چھن جائے تو اس کا ماضی بھی اس کا ساتھ چھوڑ دیتا ہے۔ اسی لیے میں ماضی کو ریکارڈ کر رہا ہوں۔‘‘

’’اچھا خیال ہے۔ تمہارے البم تو اب تک ڈھیروں کے حساب سے جمع ہو چکے ہوں گے۔‘‘

’’تم آؤ گے تو دیکھ لو گے۔‘‘

جاوید کو یاد نہیں تھا کہ کبھی اس نے رکشا استعمال کیا ہو۔ عموماً پیدل ہی چلتا تھا۔ وہ دونوں صدر سے نکل کر تلک چاڑھی ہوتے ہوئے گھنٹہ گھر پہنچے اور وہاں سے شاہی بازار میں داخل ہوئے جہاں سر ہی سر نظر آتے تھے اور چلتے ہوئے کھوے سے کھوا چھلتا تھا۔ راستے میں سلمان کو ریشم گلی دکھا کر واپس شاہی بازار آئے اور پکے قلعے پر پہنچے جو لگ بھگ دو سو سال پرانا ہے اور میاں غلام شاہ کلہوڑے نے اس وقت تعمیر کیا تھا

جب حیدرآباد شہر بسایا تھا۔

پکے قلعے سے وہ کچے قلعے گئے جس میں کلّی شاہ بابا کی درگاہ ہے اور جہاں ہر وقت لوگوں کا اِزدِحام رہتا ہے۔ وہ سیڑھیوں سے چڑھ کر اوپر پہنچے تو دروازے میں لگی ہوئی گھنٹی ہاتھ مار کر بجائی تاکہ کلّی شاہ بابا کو علم ہو جائے کہ وہ ان کی زیارت کے لیے آ گئے ہیں۔ ہر طرف لمبے لمبے بالوں والی ملنگنیں سر دھن رہی تھیں اور ملنگ دھمال کے سُروں پر بیٹھے بیٹھے اچھل رہے تھے۔ قبر کے گرد روتے، پیٹتے، سجدے میں پڑے، گڑگڑاتے لوگوں کے درمیان تل دھرنے کی جگہ نہیں تھی۔ قلندر کی دھمال ڈالتے ہوئے معتقدین کے سیلاب میں وہ بھی گم ہو گئے۔ وہاں کے شور میں سلمان کے کیمرے کے شٹر کی کلِک بھی شامل تھی اور امید نہیں تھی کہ ڈھول کی دھمک سے کانوں کے پردے سلامت رہیں گے۔ جب وہ وہاں سے نکلے تو دیر تک کانوں میں سنسناہٹ ہوتی رہی۔ سلمان نے بیسیوں تصویریں لیں۔ کھلے بالوں والی ملنگنیں، سجدے میں پڑے ہوئے لوگ، دھمال ڈالتے ہوئے لوگوں کے درمیان جاوید کے اٹھے ہوئے بازو اور نہ جانے کیا کیا۔ یہ تو تصویریں دھلنے کے بعد ہی پتا چلتا کہ کیا کیا محفوظ ہو گیا تھا۔

جاوید نے سلمان کو بتایا کہ کلّی شاہ کے مزار پر حج بھی ہوتا ہے۔ جو لوگ حج کے لیے مکہ نہیں جا سکتے وہ وہیں آ کر حج کر لیتے ہیں۔

''اچھا شغل ہے،'' مزار سے نکلتے ہوئے سلمان نے کہا۔

''مذہب تو جو ہے سو ہے، مگر یہ لوگ خوش ہیں،'' جاوید نے کہا۔

''دراصل کچھ لوگ مر مر کر جیتے ہیں اور کچھ مرتے دم تک جیتے ہیں۔ یہ لوگ مرتے دم تک جینے کے قائل ہیں۔''

''پھر تم نے بڑی فلسفیانہ بات کہہ دی۔''

''فلسفہ ولسفہ تو میں نہیں جانتا مگر میں نے یہ فیصلہ کر لیا ہے کہ میں مرتے دم تک جیوں گا۔''

''اچھا فیصلہ ہے۔ میں بھی اب یہی فیصلہ کروں گا۔''

''گڈ!''

''اب یہ بتاؤ کہ تمہاری سیاست کیا ہے۔ ایسٹ پاکستان میں تو طلبہ سیاست میں پیش پیش ہوتے ہیں۔''

''کبھی تم نے سوچا کہ کیوں؟''

’’کیوں؟‘‘

’’کیوں کہ ہمارے معاشرے کی بنیاد غصب پر ہے۔ یہ غاصبوں کا معاشرہ ہے اور اس کا قدرتی ردِعمل احتجاج ہوتا ہے۔ اگر احتجاج کا کوئی ردِعمل نہ ہو تو اگلا اقدام فساد ہوتا ہے۔ طلبہ کی سیاست احتجاج کی ایک شکل ہے۔‘‘

’’اسکول کے زمانے میں میں بھی کٹّر کمیونسٹ ہوتا تھا،‘‘ جاوید نے کہا۔

’’پھر کیا ہوا؟‘‘ سلمان نے پوچھا۔

’’پھر میں بڑا ہو گیا،‘‘ جاوید نے ہنس کر جواب دیا۔

’’اس کا مطلب ہے کہ پھر سب ٹھیک ہو گیا؟‘‘

’’نہیں، پھر میں اسلامی جمعیت طلبہ میں چلا گیا۔‘‘

’’اور میں اسلامی چھاترو شنگو میں شامل ہو گیا۔‘‘

جاوید قہقہہ لگا کر بولا، ’’یار، میری سمجھ میں نہیں آتا کہ ہم تینوں میں اتنی مماثلت کیسے ہے۔ کہکشاں بھی جمعیت میں کافی سر گرم تھی۔‘‘

’’میں بھی ایک زمانے میں کمیونسٹ ہوتا تھا اور ایسٹ پاکستان اسٹوڈنٹس یونین کا عہدے دار تھا جو مولانا بھاشانی کی نیشنل عوامی پارٹی کا اسٹوڈنٹس وِنگ تھا۔‘‘

’’پھر کیا ہوا؟‘‘ جاوید نے پوچھا۔

’’پھر میں بھی بڑا ہو گیا،‘‘ سلمان نے ہنس کر جواب دیا۔

’’تو اب کیا ارادہ ہے؟‘‘

’’اب میں اپنی ایک تنظیم بنانے کے چکر میں ہوں جو پاکستان میں انقلاب لے کر آئے گی۔‘‘

’’زبردست، ایک ممبر تو تمہیں یہیں مل گیا،‘‘ جاوید نے اپنے سینے پر ہاتھ رکھتے ہوئے کہا۔

واپسی ہوتے ہوتے شام ہو چلی تھی۔ وہ دونوں اتنا پیدل چلے تھے کہ تھک کر چور ہو گئے تھے۔

’’اچھا دن گزرا، خصوصاً یہ کچے قلعے کا تجربہ میرے لیے بالکل نیا تھا۔‘‘

’’میں بھی پہلی مرتبہ یہاں آیا ہوں۔‘‘

’’اکثر گھروں کی چھتوں پر یہ چھوٹے چھوٹے مٹی کے صندوق کیسے ہیں؟‘‘ سلمان نے ایک مکان کی چھت کی طرف اشارہ کر کے پوچھا۔

''یہ ہوادان ہیں۔ پرانے گھروں کی چھتوں پر اکثر بنائے جاتے تھے۔ گرمیوں میں ہوا عموماً ایک ہی سمت میں چلتی ہے اور ان ہوادانوں سے ٹکرا کر نیچے کمرے میں پہنچتے پہنچتے ٹھنڈی ہو جاتی ہے۔ دوپہر کو اگر ہوادان کے نیچے چارپائی بچھا کر سوئیں تو بڑی اچھی نیند آتی ہے۔''

''بہت خوب، لیکن چچاجی کے گھر میں مجھے کوئی ہوادان نظر نہیں آیا۔''

''نئے گھروں میں اب عام طور پر نہیں بناتے۔''

''ویسے مجھے یہاں کا آر کی ٹیکچر بڑا منفرد لگتا ہے۔''

''بھئی حیدرآباد ایک تاریخی شہر ہے،'' جاوید نے کہا۔ ''تم ایسا کرو کہ کل صبح گھر سے نکلو اور رکشا پکڑ کر شہر گھومو۔ کل میری کئی کلاسیں ہیں اس لیے تمہارا ساتھ نہیں دے سکوں گا۔''

انہیں گھر پہنچتے پہنچتے رات ہو گئی۔ مقسطٰی خانم حسب معمول باورچی خانے میں تھیں۔ پیارے میاں کام سے واپس آ چکے تھے اور دونوں لڑکوں کا انتظار کر رہے تھے۔ ان کے سامنے کرسی پر ان کے تایا بیٹھے تھے۔ جاوید اور سلمان سیدھے ان کے پاس آئے اور سلام کر کے کھڑے ہو گئے۔ انہوں نے مسکرا کر ان کے سلام کا جواب دیا۔

''دادا، آپ کی طبیعت ٹھیک ہے؟'' سلمان نے ان کے پاس جا کر پوچھا۔

''ہاں بیٹا، خدا کے شکر کے سوا اور کیا کہا جا سکتا ہے۔ وہ کھلا رہا ہے، پلا رہا ہے۔ اس کے علاوہ اور کیا چاہیے،'' انہوں نے سلمان کی پیٹھ تھپتھپاتے ہوئے کہا۔

''بھئی تم لوگ کہاں کہاں آوارہ گردی کر آئے؟'' پیارے میاں نے پوچھا۔

''پھوپھا جان، میں نے آپ کے بھتیجے کو پورا حیدرآباد گھما دیا ہے،'' جاوید نے جواب دیا۔

کہکشاں باورچی خانے سے سالن کا دونگا دونوں ہاتھوں میں سنبھالے ہوئے نکلی۔ جاوید نے پلٹ کر پیارے میاں کی طرف دیکھا۔ ان کی توجہ اس کی طرف نہیں تھی لٰہذا اس نے جلدی سے ان سے آنکھ بچا کر کہکشاں کو دیکھا اور حسب معمول مسکراتے ہوئے ہلکے سے پلکیں جھکا کر اسے آداب کیا۔ اس نے بھی پلکیں بھینچ کر اشارے سے جواب دیا۔ ایک اور چوری پکڑی جانے سے رہ گئی۔

16

جاوید نے جب اولڈ کیمپس کی مرکزی لائبریری میں قدم رکھا تو سامنے مطالعے کے کمرے میں کہکشاں نظر آگئی لیکن اس کے لیے یہ بات غیر متوقع تھی کہ سلمان بھی کہکشاں کے برابر بیٹھا ہوا تھا۔ اس نے سوچا کہ سلمان کہکشاں سے خطرناک حد تک قریب ہوتا جا رہا ہے۔ کیا وہ اس کے اور کہکشاں کے درمیان فصیل بن رہا ہے۔ اس سے پہلے کہ ان دونوں کی نظر اس پر پڑے، اس نے اپنے چہرے پر ابھرنے والی ناگواری کی علامات پر قابو پا لیا۔

''آؤ جاوید، ہم تمہارا ہی انتظار کر رہے تھے،'' سلمان نے سرگوشی میں کہا۔ لائبریری میں اونچی آواز سے باتیں کرنا ممنوع تھا۔

''مگر تم کہاں سے آ ٹپکے؟'' جاوید نے پوچھا۔

''چلو باہر چل کر باتیں کریں گے ورنہ وہ بڑے میاں باہر نکال کریں گے،'' کہکشاں نے سامنے کاؤنٹر پر بیٹھے ہوئے بوڑھے لائبریرین کی طرف اشارہ کیا۔ اس نے اپنی کتابیں سمیٹ کر تھیلے میں رکھیں اور اٹھ کھڑی ہوئی۔

وہ لائبریری سے باہر نکل آئے اور صدر دروازے سے گزر کر سٹرک پر آگئے۔

''میں نے پوچھا تھا کہ تم یہاں کیسے آگئے،'' جاوید نے اپنا سوال دہرایا۔

''صبح میں کہکشاں کے ساتھ ہی نکل آیا تھا۔ اسے یونیورسٹی چھوڑ اور پھر حیدرآباد کی سیر کرنے کے لیے نکل گیا،'' سلمان نے جواب دیا۔

''تو پھر کیا کیا دیکھا؟''

"یار، تمہارے حیدرآباد میں دیکھنے کے لیے ہے ہی کیا، بس لے دے کے وہ پکّا قلعہ ہے،اسی کے چکر لگاتے پھرو۔"

"ایسی بات نہیں، حیدرآباد کی پرانی عمارتیں فنِ تعمیر کے لحاظ سے ایک منفرد مقام رکھتی ہیں۔"

وہ سڑک پار کرکے اس پتلی سی گلی میں داخل ہوگئے جو ان کا پسندیدہ راستہ تھا کیوں کہ وہ نسبتاً سنسان علاقہ تھااور کوئی ان کی تنہائی میں مخل نہیں ہوتا تھا۔ جاوید کو سخت کوفت ہورہی تھی کہ سلمان ان دونوں کے درمیان کباب کی ہڈی بنا ہوا تھا۔اسے یقین ہوگیا کہ سلمان اس کا رقیب ہے اور بہر صورت اسے سلمان کواپنے راستے سے ہٹانا پڑے گا۔ کہکشاں اور سلمان بھی خاموش تھے۔ غالباً انہیں جاوید کی بیزاری کا احساس ہو گیا تھا۔

"کہکشاں، لاؤ میں تمہارا تھیلا اٹھا لیتا ہوں،" سلمان نے کہکشاں کے کندھے پر لٹکتے ہوئے کتابوں کے تھیلے کی طرف اشارہ کرتے ہوئے کہا۔

"ارے نہیں سلمان، کتابیں ہی تو ہیں۔ میں روزانہ لے کر آتی ہوں۔"

جاوید نے سوچا کہ سلمان نے بڑی اوچھی حرکت کی تھی۔ اس کے تھیلے میں دو کتابیں ہی تو تھیں۔ کوئی ایسا وزنی بھی نہیں تھا۔ بس اس نے کہکشاں کی توجہ کے لیے یہ پیشکش کی تھی۔ اچھا ہوا کہ کہکشاں نے انکار کردیا۔

"کہکشاں، تمہارا دن کیسا گزرا؟" جاوید نے پوچھا۔

"آج میرے صرف دو پیریڈ تھے مگر میں خاص طور پر پروفیسر فاروقی کا لیکچر میس نہیں کر سکتی تھی، " کہکشاں نے جواب دیا۔

"اچھا، پروفیسر فاروقی جو اقبالیات کے لیے مشہور ہیں؟"

"ہاں، میری مانو جاوید، تو تم کسی دن آکران کا لیکچر سنو۔ معلوم ہوتا ہے کہ خود اقبال بول رہا ہو۔"

"مجھے تو اقبال کے پیغام میں دورِ حاضر کے تقاضوں کے ساتھ نہ کوئی ربط نظر آتا ہے اور نہ مطابقت، " سلمان نے کہا۔ "ایک وقت تھا جب اقبال کے کلام کی ضرورت تھی مگر اُس وقت بھی اسے کوئی خاطر خواہ کامیابی نہیں ہوئی۔"

"تم یہ کیسے کہہ سکتے ہو۔ کم از کم دو نسلوں کی نشو و نما میں اقبال کے کلام نے کلیدی کردار ادا

کیا ہے،‘‘ جاوید نے جواب دیا۔

’’میں جب فضا میں پرواز کرتے ہوئے شاہینوں کو گننے کے لیے آسمان کی طرف نگاہ اٹھاتا ہوں تو مجھے ایک بھی نظر نہیں آتا اور نہ زمین پر ایسے لوگ دکھائی دیتے ہیں جن سے خدا ان کی نہ رضا پوچھتا پھرے؟‘‘

کہکشاں خاموشی سے ان دونوں کی گفتگو سن رہی تھی۔ اس موضوع کو وہ زیادہ اہمیت نہیں دیتی تھی کیوں کہ اسے معلوم تھا کہ دونوں کی بحث کا کوئی نتیجہ نہیں نکلے گا، لہٰذا اس نے بہتر سمجھا کہ ان دونوں کو آپس میں ہی نمٹنے دے۔ اُس وقت وہ دو مرغوں کی لڑائی سے محظوظ ہو رہی تھی۔ اس نے سوچا کہ کیا وہ دونوں اسے متاثر کرنے کے چکر میں ہیں۔ خیر جاوید کو تو اسے متاثر کرنے کی کوئی ضرورت نہیں تھی کیوں کہ وہ دونوں ایک دوسرے کو اس طرح جانتے تھے جیسے اپنے آپ کو، البتہ سلمان وہ بحث جیتنے کے لیے ایڑی چوٹی کا زور لگا رہا تھا۔

’’جہاں تک شاہینوں کے منڈلانے کا تعلق ہے تو اُس کا انحصار اِس پر ہے کہ دیکھنے والے کی آنکھیں کیا دیکھنا چاہتی ہیں،‘‘ جاوید نے جواب دیا، ’’اگر خلوص کے ساتھ اپنے گرد و پیش میں دیکھو تو ایسے ہزاروں لوگ نظر آئیں گے جن کی سوچ پر اقبال کی مہر ثبت ہے۔‘‘

’’یہی تو میں پوچھ رہا ہوں کہ اگر بالفرض ایسے لوگ موجود ہیں تو اُنہوں نے کون سا تیر مار لیا۔‘‘

’’تیر مارنے کے لیے پہلی شرط تو یہ ہے کہ تمہیں اس بات کا ادراک ہو کہ تم تیر مار سکتے ہو، اور اقبال کا پیغام وہ ادراک پیدا کرتا ہے۔‘‘

’’اور اس ادراک کے نہ ہونے کا نقصان؟‘‘

’’نقصان یہ ہے کہ بقول اقبال، کارواں کے دل سے احساس زیاں جاتا رہا۔‘‘

’’میں تو یہ سمجھتا ہوں کہ اقبال نے ایک قوم کے عروج کی کہانی میں نمک مرچ لگا کر ایک ایسے افسانے کی تخلیق کی ہے جسے وہ تاریخ کہتا ہے مگر اس کا حقیقت سے کوئی واسطہ نہیں،‘‘ سلمان نے کہا۔

کہکشاں نے سوچا کہ وہ بھی اس گفتگو میں کود پڑے کیوں کہ اب سلمان کے استدلال میں کھسیانے پن کی آمیزش نظر آ رہی تھی، مگر پھر اس نے فیصلہ کیا کہ وہ جاوید کے جواب کا انتظار کرے گی۔

’’سلمان، تم یہ کیسے کہہ سکتے ہو؟ جب اقبال کہتا ہے کہ۔

اے حرم قرطبہ عشق سے تیرا وجود
عشق سراپا دوام جس میں نہیں رفت و بود

تو کیا وہ ایک فرضی مقام سے مخاطب ہے؟‘‘

’’نہیں، میں مانتا ہوں کہ وہ فرضی مقام نہیں ہے۔ میں مسلمانوں کے عروج اور ان کے علمی کارناموں کا منکر نہیں ہوں، مگر وہ بھی ایک تماشا تھا جس طرح مصری، یونانی، اور منگول اپنے اپنے تماشے دکھا کر چلے گئے اسی طرح مسلمان بھی چلے گئے۔ بقول اقبال، تماشا دکھا کے مداری گیا۔ گو اس نے مغربی سرمایہ دارانہ نظام پر پھبتی کسی ہے مگر اس کا اطلاق ہر اس عروج و زوال کی کہانی پر ہوتا ہے۔‘‘

’’کون کہتا ہے کہ مداری ایک بار ہی تماشا دکھاتا ہے؟‘‘ جاوید نے پوچھا۔

’’میرے نظریے کے مطابق تاریخ تو یہی ثابت کرتی ہے۔ اب تک تو ہر قوم کو ایک ہی موقع ملا ہے،‘‘ سلمان نے کہا۔

’’تاریخ کچھ ثابت نہیں کرتی۔ وہ تو صرف ایک ڈائری ہے۔ واقعات تاریخ کے تابع نہیں ہوتے، تاریخ واقعات کے تابع ہوتی ہے۔‘‘

’’مگر یہ تو تمہیں ماننا پڑے گا کہ تاریخ اپنے آپ کو نہیں دہراتی۔‘‘

’’اسے ماننے میں صرف اتنی قباحت ہے کہ کوئی ایسا مسلّمہ اصول نظر نہیں آتا جس کی بنا پر کہا جا سکے کہ تاریخ اپنے آپ کو نہیں دہرا سکتی۔ یہ صرف مشاہدہ ہے کہ اب تک تاریخ نے اپنے آپ کو نہیں دہرایا مگر اس سے یہ ثابت نہیں ہوتا کہ آئندہ ایسا نہیں ہو سکتا۔‘‘

’’چلو، میں مانے لیتا ہوں لیکن کچھ آثار تو ہونے چاہئیں کہ اقبال کے پیغام کے نتیجے میں تاریخ اپنے آپ کو دہرانے والی ہے۔‘‘

’’کارواں کے دل میں احساس زیاں پیدا ہونے کے لیے امت مسلمہ کو ابھی مزید پستی میں جانا پڑے گا،‘‘ جاوید نے کہا۔

’’کتنی پستی میں؟‘‘

’’خدا جانے۔‘‘

’’کیا تمہارے پاس پستی کا کوئی پیمانہ ہے جس سے اندازہ لگایا جا سکے کہ اس وقت پستی کی کس سطح پر ہیں اور احساس زیاں پیدا ہونے کے لیے مزید کتنا گرنا ہو گا؟‘‘ سلمان نے پوچھا۔

جاوید خاموش ہو گیا۔ ’’میرے پاس تمہارے سوال کا کوئی جواب نہیں،‘‘ آخر اس نے کافی سوچ بچار کے بعد کہا۔

’’کہکشاں، تم نے اپنے خیالات کا اظہار نہیں کیا،‘‘ سلمان نے کہا۔

’’میں تم دونوں سے متفق ہوں،‘‘ کہکشاں نے جواب دیا، ’’اقبال کا پیغام دراصل انگریز کے دور غلامی کا رد عمل ہے اور اس کی اہمیت سے انکار نہیں کیا جا سکتا۔ میں تمہارے نظریے سے متفق ہوں کہ اس پیغام کا ما حصل وہ نہیں نکلا جو اقبال کا مقصد تھا اور جاوید سے بھی اتفاق کرتی ہوں کہ اس پیغام کی ضرورت تھی اور اب بھی ہے۔‘‘

’’دراصل اگر معاشرے میں سارے افراد اقبال کے مردانِ مومن بن جائیں تب بھی ضروری نہیں کہ وہ کامیاب معاشرے کی تشکیل کر سکیں،‘‘ جاوید بولا۔

’’جاوید، تم خود اپنے دعوے کی تردید کر رہے ہو۔ میں تو یہ سمجھتا ہوں کہ معاشرہ افراد ہی سے بنتا ہے اور یہ کیوں کر ممکن ہے کہ کامیاب افراد سے تشکیل پانے والا معاشرہ ناکام ہو،‘‘ سلمان نے کہا۔

’’کیوں کہ معاشرے کی اپنی شخصیت ہوتی ہے، اپنی نفسیات ہوتی ہے جس کا اس کے افراد کی نفسیات سے کوئی تعلق نہیں ہوتا۔ مہذب ترین افراد بھی مجمعے میں جنگلی پن کا اظہار کر سکتے ہیں۔‘‘

’’تو پھر تمہاری نظر میں حل کیا ہے؟‘‘ کہکشاں نے پوچھا۔

’’حل یہ ہے کہ صرف ایک مرد مومن چاہیے جس سے خدا خود اس کی رضا پوچھے اور معاشرے کی باگ ڈور اس کے ہاتھ میں ہو۔ انقلاب ہمیشہ اوپر سے آتا ہے اور اس کی کامیابی کا دار و مدار صرف قائدِ انقلاب پر ہوتا ہے۔‘‘ جاوید نے جواب دیا۔

’’میں تو سمجھتا ہوں کہ انقلاب وہی کامیاب ہوتا ہے جس کی جڑیں عوام میں ہوں،‘‘ سلمان نے کہا۔

’’اس کے بر خلاف عوامی انقلاب کبھی کامیاب نہیں ہوتے۔ ان کی اہمیت جیل خانے کی ہڑتال سے زیادہ نہیں ہوتی اور انہیں آسانی سے کچل دیا جاتا ہے۔ اگر عوامی انقلاب کام یاب ہوتے تو آج فلسطینی بھی آزاد ہوتے اور کشمیری بھی۔ انقلاب تو ماؤزے تنگ اور مصطفیٰ کمال پاشا جیسے لوگ ہی لاتے ہیں۔‘‘

’’مجھے تو یہ بڑا احمقانہ خیال لگتا ہے کہ عوام کی طاقت کے بغیر انقلاب لایا جا سکتا ہے۔‘‘ سلمان نے کہا۔

جاوید نے جواب نہیں دیا۔ اسے حیرت ہوئی کہ سلمان نے اس کی بات کو احمقانہ خیال کہا تھا۔ ایسے ذاتی حملے کا مطلب تو یہی تھا کہ اب سلمان کے پاس کچھ اور کہنے کے لیے نہیں ہے حالاں کہ ابھی اس گفتگو کو مزید آگے بڑھایا جا سکتا تھا۔ جاوید کہنا چاہتا تھا کہ اُس کا مطلب یہ نہیں تھا کہ انقلاب عوام کے بغیر لایا

جاسکتا تھا۔ ظاہر ہے کہ عوام ہی انقلاب کا منبع ہوتے ہیں لیکن بغیر قیادت کے ان کی حیثیت بھیڑوں کے اس ریوڑ سے زیادہ نہیں ہوتی جن کا کوئی چرواہانہ ہو۔ اب معلوم ہوتا تھا کہ سلمان نے بحث کو ختم ہی کر دیا تھا لہٰذا جاوید خاموش رہا۔ کہکشاں نے بھی جاوید کے چہرے پر ناگواری کے تاثرات دیکھے، جیسے اس نے کوئی کڑوی چیز نگل لی ہو۔ باکسنگ کی اصطلاح میں سلمان نے بیلٹ کے نیچے گھونسا مار کر فاؤل کر دیا تھا۔

***

سلمان رات کو ساڑھے گیارہ بجے بستر پر چلا گیا تھا اور اس وقت ڈیڑھ بج رہا تھا۔ نیند لانے کی کوشش میں باریسال کے سارے لیٹر بکس گن چکا تھا، لمبی لمبی سانسیں بھی لے چکا تھا مگر نتیجہ کچھ نہ نکلا۔ نیند نے نہ آنا تھا نہ آئی۔

اس کا بچپن بڑی تنہائی میں گزرا تھا کیوں کہ نہ اس کے دادا دادی تھے اور نہ نانا نانی۔ اس کی ماں بھی اپنے ماں باپ کی اکلوتی اولاد تھی لہٰذا اس کی کوئی خالہ تھی، نہ ماموں۔ خون کے رشتوں کا اسے کوئی تجربہ نہ تھا۔ چچا کے ساتھ آ کر اسے پہلی بار احساس ہوا کہ خون کے رشتے کیا ہوتے ہیں۔ گھر میں ایک بزرگ کی موجودگی نے اسے بے حد متاثر کیا۔ وہ اپنے چچا اور چچی کے متعلق سوچتا تھا، جاوید اور اس کے والدین کے متعلق سوچتا تھا اور پھر کہکشاں کی بات ہی کچھ اور تھی۔

اگرچہ اس کے دوست کہتے تھے کہ وہ دوستیاں کرنے میں ماہر ہے، مگر یہ بات صرف وہ جانتا تھا کہ اسے نئے لوگوں سے ملنے میں بڑی الجھن ہوتی تھی، خصوصاً لڑکیوں کے معاملے میں وہ بے حد شرمیلا تھا۔ ان سے بات کرتے ہوئے اسے ہمیشہ پسینہ آتا تھا اور گلے میں کچھ اٹکنے لگتا تھا۔ کہکشاں اس کی زندگی میں پہلی لڑکی تھی جس کے سامنے وہ بلا جھجک گفتگو کر سکتا تھا۔ سب سے بڑی بات یہ تھی کہ وہ اس کی کزن تھی۔

’’کزن، کزن، کزن!‘‘ اس نے دل ہی دل میں کئی بار دہرایا۔ کتنی اپنائیت تھی اس ایک لفظ میں۔

پھر اسے جاوید کا خیال آیا۔ وہ سوچنے لگا کہ جاوید کے ساتھ اس کا کیا رشتہ ہوا۔ وہ اس کی چچی کا بھتیجا تھا، یعنی اس کی کزن کا کزن تھا، تو پھر تو وہ اس کا بھی کزن ہوا۔ اس نے سوچا کہ سبھی لوگ اتنے اچھے ہیں۔ جاوید بھی اپنا کام چھوڑ چھاڑ کر اسے شہر گھمانے میں لگ گیا تھا۔

سوچتے سوچتے وہ پھر کہکشاں میں گم ہو گیا۔ جب وہ مسکراتی تھی تو اس کے گالوں میں گڑھے پڑتے

تھے۔ دل چاہتا تھا کہ انہیں انگلی سے چھو کر دیکھا جائے۔ جب وہ اپنے گھنے بال کھولتی تھی تو اس کے کولہوں تک آتے تھے۔ لمبے بال کہکشاں کو اپنی ماں کی طرف سے ملے تھے۔ فرق صرف یہ تھا کہ اس کے بال سیاہ تھے اور اس کی ماں کے سنہری۔ بالوں کا رنگ اسے باپ کی طرف سے ملا تھا۔ کھلے ہوئے بالوں میں اس کا گول چہرہ دیکھ کر سلمان کو آرزو لکھنوی کا یہ شعر یاد آ جاتا تھا۔

پوچھا جو ان سے چاند نکلتا ہے کس طرح

زلفوں کو رخ پہ ڈال کے جھٹکا دیا کہ یوں

کیا یہ ممکن تھا کہ وہ ہمیشہ کے لیے کہکشاں کو پا لے؟ جیسے جیسے وہ کہکشاں کے متعلق سوچتا رہا، اس کے سانس گہرے ہوتے گئے۔ اس کی زندگی ایک نئے موڑ پر آ گئی تھی۔ ایک نئے مستقبل کا خاکہ ابھر کر سامنے آ گیا تھا جس میں کوئی ایسا لمحہ نہیں تھا جب کہکشاں اس کے ساتھ نہ ہو۔ وہ منظر اس کے سامنے تھا جب وہ باریسال میں کہکشاں کا ہاتھ پکڑے اس جھیل کی طرف دوڑ رہا ہو گا جو اس کے گھر کے سامنے صرف آدھے فرلانگ کے فاصلے پر تھی۔ وہ بچپن میں باورچی خانے سے ڈبل روٹی چرا کر جھیل کی طرف بھاگتا تھا اور اس کی امی ہنستی ہوئی اس کے پیچھے پیچھے پکڑنے کے لیے بھاگتی تھیں مگر وہ قہقہے لگاتا ہوا یہ جا وہ جا۔ شاید اس کی امی جانتے بوجھتے اسے نکل جانے دیتی تھیں اور دروازے پر کھڑے ہوئے ان کی نگاہیں اس وقت تک اس کا تعاقب کرتیں جب تک وہ جھیل پر نہیں پہنچ جاتا تھا۔ مرغابیوں کے غول کے غول جھیل پر منڈلاتے رہتے۔ سلمان ڈبل روٹی کے ٹکڑے توڑ توڑ کر ہوا میں اچھالتا اور مرغابیاں ان کو ہوا میں ہی جھپٹ لیتیں۔ گاہے گاہے وہ اوپر سے سیدھی گرتیں اور غوطہ کھا کر اپنے پنجوں میں چھوٹی چھوٹی مچھلیاں پکڑ کر اڑ جاتیں۔ وہ گھنٹوں جھیل کے کنارے مرغابیوں سے کھیلتا رہتا۔ کبھی کبھی وہاں بارش ہونے لگتی اور وہ گھر کی طرف بھاگتا۔ حالاں کہ اسے معلوم تھا کہ جلد ہی بارش شروع ہو جائے گی کیوں کہ جھیل کے اوپر کالے کالے بادل گھر آتے تھے مگر اسے نہ بادلوں کی گرج وہاں سے ہٹا سکتی تھی اور نہ بجلی کی چمک۔ بارش بھی وہاں اس طرح ہوتی تھی جیسے اوپر سے بالٹیاں انڈیلی جا رہی ہوں مگر وہ اس وقت تک وہاں سے نہیں ٹلتا تھا جب تک اس کے کپڑے پانی میں شرابور نہ ہو جاتے۔

لیکن اب سلمان بڑا ہو گیا تھا۔ جھیل اب بھی اس کے گھر کے سامنے تھی مگر شاذ و نادر ہی اس کی نظر ادھر جاتی تھی۔ اس نے سوچا کہ اب وہ جھیل پر جایا کرے گا اور مرغابیوں کے لیے ڈبل روٹی بھی اس کے

ہاتھ میں ہوگی مگر اب اس کے ساتھ کہکشاں بھی ہوا کرے گی۔ وہ ہاتھ میں ہاتھ ڈالے قہقہے لگاتے ہوئے جھیل کی طرف دوڑا کریں گے۔ کہکشاں دھانی رنگ کی ساڑھی پہنے ہوگی جو اس کے گورے رنگ پر قیامت ڈھائے گی۔ پھر کالے کالے بادل جھیل پر چھا جائیں گے، بجلی کڑکے گی اور دیکھتے دیکھتے موٹی موٹی بوندیں جھیل کی سطح پر لہروں کے دائرے بنانے لگیں گی۔ وہ کہکشاں کو رابندر ناتھ ٹیگور کا بارش کا گیت سنائے گا جو اس کی امی نے اسے بچپن میں سکھایا تھا۔

اجی جُھڑو جُھڑو مو کھارو باؤر دینیں

اجی جُھڑو جُھڑو مو کھارو باؤر دینیں

جانی نیں، جانی نیں

کے چھوتے کینو جے مونو لاگے نا

جُھڑو جُھڑو مو کھارو باؤر دینیں

اجی جُھڑو جُھڑو مو کھارو باؤر دینیں

اچانک نہ چاہتے ہوئے بھی وہ چونکا، اور جب گھڑی پر نظر پڑی تو رات کے ڈھائی بج رہے تھے۔ وہ بیت الخلا جانے کے لیے اٹھ کر باہر نکلا تو سامنے ہی کہکشاں کا کمرہ تھا۔ دروازہ بند تھا مگر کواڑ کی دراڑوں سے روشنی چھن چھن کر آ رہی تھی۔

’’یہ ابھی تک جاگ رہی ہے؟‘‘ اس نے دل ہی دل میں کہا۔

وہ سوچنے لگا کہ کیا ہی اچھا ہو اگر کہکشاں اس وقت اپنے کمرے سے نکل آئے۔ کوئی بھی وجہ ہو سکتی ہے۔ ممکن ہے کہ اسے بھوک لگ رہی ہو۔ پھر دونوں چائے پینے کا پروگرام بنائیں گے، کچھ کھائیں گے اور گپیں لگائیں گے، لیکن خیال رکھیں گے کہ سرگوشیوں میں باتیں کریں تاکہ چچا اور چچی نہ اٹھ جائیں۔

وہ بیت الخلا سے نکلا اور آہستہ آہستہ اپنے کمرے کی طرف بڑھا۔ کچھ دیر اس امید پر دروازے میں ہی کھڑا رہا کہ شاید کہکشاں اپنے کمرے سے نکل آئے مگر آخر مایوس ہو کر دروازہ بند کیا اور لائٹ آف کر کے لیٹ گیا کہ شاید نیند آ جائے۔

***

کہکشاں کی آنکھوں میں نیند نام کو نہیں تھی۔اس نے قرۃ العین حیدر کے ''آگ کا دریا'' کا دوسرا حصہ ابھی ابھی ختم کیا تھااور اسے بے حد مایوسی ہوئی تھی کہ اس حصے میں گوتم نیلمبر کہیں نظر نہیں آیا۔البتہ اس کے والدین کے مکان کا دو ہزار سال پرانا کھنڈر موجود تھا۔ جب ابوالمنصور کمال الدین نے اس کھنڈر کو دیکھا تو اس نے ایک دیہاتی سے پوچھا کہ کیا وہ کسی راجا کے محل کا کھنڈر ہے۔ اس نے ہنس کر جواب دیا، ''ارے راجا کا مکنوا اتنا چھوٹا؟ راجا کے محلوا پر تو ہل چل گئیں۔ ای تو ہجاران برس پرانی حویلی ہوئے۔ پرکھن سے سنے ہن ای ماکوؤ باہمن پر وہت رہت رہے۔ان کا لڑکا ہو بڑااور دوان رہا۔''

کہکشاں کو یہ مکالمہ اتنا پسند آیا کہ اس نے کئی بار دہرایا۔ وہ سوچ رہی تھی کہ آگے کچھ اور پڑھے یا سو جائے۔اس نے اپنی سائڈ ٹیبل پر رکھی ٹائم پیس پر نظر ڈالی۔ رات کے تین بج کر پانچ منٹ ہوئے تھے۔ اس نے ورق کا کونا موڑ کر کتاب میز پر رکھی اور لیمپ کا سوئچ آف کرکے کروٹ بدل لی۔ نیند کا تو دور دور پتا نہیں تھا مگر پھر بھی اس نے آنکھیں بند کر لیں۔ اس روز سارے دن اس کے ذہن پر سلمان اور جاوید کا مباحثہ رہا تھا۔ہ دن بھر اسی ادھیڑ بن میں لگی رہی تھی کہ سلمان کی اِس دلیل کے جواب میں جاوید کو یہ کہنا چاہیے تھااور جاوید کے اُس ثبوت کے جواب میں سلمان کو وہ کہنا چاہیے تھا۔ ہوتے ہوتے اُس مباحثے سے ہٹ کر کہکشاں کی سوچ جاوید اور سلمان تک محدود ہو گئی، جب سے سلمان اس کے گھر میں مہمان بن کر آیا تھا تب ہی سے وہ اس کا مطالعہ بڑی دل چسپی سے کر رہی تھی۔

سلمان کی شخصیت کا ایک پہلو جس نے اسے متاثر کیا تھا وہ اس کا پر خلوص اور مشفقانہ انداز تھا۔ جب کہکشاں کسی کام کے لیے اٹھنے لگتی تو وہ فوراً ''ارے میں کر دیتا ہوں'' کہہ کر اٹھ جاتا تھا۔ صبح بھی جب وہ چائے بنانے کے لیے اٹھی تھی تو سلمان بولا تھا، ''ارے میں بنا دیتا ہوں۔'' ویسے بھی وہ کہکشاں سے بے تکلفی کا اظہار کرنے کے باوجود اس کے ساتھ گفتگو میں رسمی فاصلہ رکھتا تھا اور اس کی یہ عادت کہکشاں کو بے حد پسند تھی۔

وہ بار بار کروٹ بدلتی اور تکیے کو گردن کے نیچے سیدھا کرتی مگر خیالات کا سیل رواں تھا کہ تھمنے کا نام ہی نہیں لیتا تھا۔اسے بچپن کی وہ رات یاد آگئی جب وہ بخار میں پھنک رہی تھی اور جاوید نے ساری رات اس کے پاس بیٹھے بیٹھے گزاری تھی۔ وہ اس کے بچپن کا ساتھی تھا۔ وفور جذبات سے اس کی آنکھوں میں نمی آگئی۔

اس نے پھر کروٹ بدلی اور اپنی توجہ خالی الذہنی کی طرف مرکوز کرنے کی کوشش کرنے لگی، مگر لاکھ

کوشش کے باوجود سلمان اور جاوید اس کے سامنے کھڑے تھے۔ سوتے جاگتے ذہن نے اس کے سامنے ایک ترازو لا کھڑی کی جس کے ایک پلڑے میں سلمان تھا اور دوسرے پلڑے میں جاوید۔ اس نے سوچا کہ سلمان کی شخصیت میں ٹائپ اے پر سنلٹی کے عناصر کوٹ کوٹ کر بھرے ہیں اور وہ بے دھڑک اجنبیوں میں گھس کر اپنا مقام پیدا کر لیتا ہے۔ اس نے سلمان کے پلڑے کو نیچے کی طرف کھسکتے ہوئے دیکھا۔ اس کے بر خلاف جاوید کی شخصیت میں ایک قسم کا چاؤ تھا، ٹھیراؤ تھا اور وہ ہر قدم اٹھانے سے پہلے اس کے موافق و مخالف پہلوؤں پر نظر رکھتا تھا۔ اس لحاظ سے جاوید کا پلڑا بھاری تھا۔

چند لمحات کے لیے کہکشاں کا ذہن خالی ہوا لیکن ایک جھٹکے کے ساتھ سلمان پھر اس کے سامنے آ کھڑا ہوا۔ ظاہر ہے کہ سلمان اس کے تایا کا بیٹا تھا، ایسے تایا کا جو بچپن میں ہی اس کے والد سے جدا ہو گئے تھے۔ اسے اندازہ نہیں تھا کہ دونوں بھائیوں نے کس قدر احساس محرومی کے ساتھ زندگی گزاری ہو گی۔ وہ سوچ رہی تھی کہ اس کے تایا کیسے ہوں گے۔ اس کے والد نے بتایا تھا کہ دونوں بھائی ہم شکل تھے اور جو انہیں نہیں جانتے تھے ان کے لیے بہت مشکل تھا کہ انہیں دونوں میں کوئی فرق نظر آئے۔ اس نے سوچا کہ ایک روز وہ ضرور اپنے تایا اور تائی سے ملنے مشرقی پاکستان جائے گی۔ اس وقت تک اس کی پڑھائی بھی ختم ہو چکی ہو گی اور اس کی شادی بھی ہو چکی ہو گی۔ وہ اور جاوید اکٹھے ہی جائیں گے۔

وہ اور جاوید؟ اچانک اس کی آنکھ کھل گئی۔ وہ اور جاوید۔ تو پھر وہ سلمان کے متعلق کیوں اتنا سوچ رہی تھی۔ کیا وہ جاوید سے محبت کرتی تھی؟ کیوں نہیں۔ جاوید تو اس کا بچپن کا ساتھی تھا۔ بلکہ اگر وہ ہندو ہوتی تو کہتی کہ جاوید کا اور اس کا جنم جنم کا ساتھ تھا۔ ہاؤ رومینٹک!

اسے یوں لگا جیسے اسے سلمان سے بھی محبت ہو گئی ہو۔ یہ کیسا ظلم تھا کہ اسے ان دونوں میں سے ایک کو چننا تھا۔ ''اگر مرد دو عورتوں سے محبت کر سکتا ہے تو عورت دو مردوں کو کیوں نہیں چاہ سکتی؟'' وہ کروٹ بدل کر مسکرائی اور آخر نیند آ ہی گئی۔

***

جاوید دیر تک پڑھتا رہا تھا۔ بستر پر پہنچتے پہنچتے رات کے بارہ بج گئے۔ سونے کے لیے لائٹ بھی بند کر دی مگر ابھی نیند نہیں آ رہی تھی۔ اس کی عادت تھی کہ سوتے وقت دن بھر کی مصروفیات کا جائزہ لیتا تھا

168

اور اگلے دن کی پلاننگ کرتا تھا۔اس دن سلمان کے ساتھ اقبال کے متعلق گفتگو کے بعد اس کی شخصیت کے منفی پہلو ایک ایک کر کے اس کے سامنے آ رہے تھے۔ابتدا میں وہ اس کی خوداعتمادی سے بڑا متاثر ہوا تھا مگر جب اس کا خول اترا تو معلوم ہوا کہ اس میں عزت نفس کا اس قدر فقدان تھا کہ وہ اس کو چھپانے کے لیے گفتگو کے دوران ہر جملہ ''میں '' سے شروع کرتا تھا۔ایک موقع پر اس نے سوچا بھی کہ وہ اس سے کہے کہ ''کیا میں میں لگار کھی ہے؟''

جاوید کا خیال تھا کہ جو لوگ میں میں کرتے ہیں وہ بڑے خود غرض ہوتے ہیں۔ انہیں صرف اپنی ذات سے ہی دلچسپی ہوتی ہے۔ دوسروں کے خیالات، جذبات اور احساسات کی ان کے نزدیک کوئی وقعت نہیں ہوتی۔ اسے یقین ہو گیا کہ سلمان اس کا رقیب ہے۔ وہ اور کہکشاں ایک ہی چھت کے نیچے سورہے تھے۔ پھر یہ کیوں کر ممکن تھا کہ کہکشاں اس کی جانب متوجہ نہ ہو۔ ویسے اس میں کہکشاں کا بھی کوئی قصور نہیں تھا۔ وہ اسے یہ بھی نہیں کہہ سکتا تھا کہ وہ سلمان کو لفٹ نہ دے کیوں کہ سلمان بھی اسی طرح اس کا کزن تھا جس طرح وہ تھا۔

''میں بھی دیکھتا ہوں کہ وہ کس طرح کہکشاں کو مجھ سے چھینتا ہے،''اس نے کروٹ بدلتے ہوئے اپنے آپ سے کہا۔

***

مُنّوں میاں کے یہاں رات کا کھانا مغرب کے فوراً بعد کھا لیا جاتا تھا۔ان کی تاکید تھی کہ جاوید سورج غروب ہونے سے پہلے پہلے گھر آ جایا کرے اور اگر کسی وجہ سے دیر تک رکنے کا پروگرام ہو تو صبح باہر نکلتے وقت اپنی ماں کو بتا دیا کرے تاکہ رات کے کھانے پر اس کا انتظار نہ کیا جائے۔ وہ بڑی پابندی سے اس ہدایت پر عمل کرتا تھا۔مُنّوں میاں نے یہ عادت اپنے دھیاسر سے سیکھی تھی جن کی وجہ سے ان کی برات نکاح کے بغیر واپس ہوتے ہوتے رہ گئی تھی کیوں کہ وہ وقت پر نہیں پہنچی تھی اور پوری برات کو گاؤں سے باہر کھیتوں میں سونا پڑا تھا۔انہیں جب بھی وہ واقعہ یاد آتا تھا،اُن کے ہونٹوں پر آپ ہی آپ مسکراہٹ آ جاتی۔

اُس روز جاوید گھر پہنچا تو مُنّوں میاں آ چکے تھے مگر گھر میں خلاف معمول کچھ خاموشی سی تھی۔اس نے سوچا کہ شاید اس کے والدین میں لڑائی ہوئی ہے، ویسے ان کے درمیان شاذونادر ہی جھڑپ کی صورت

169

پیدا ہوتی تھی۔ عموماً تنازعہ میں شدت پیدا ہونے سے پہلے ہی آپس میں معاملہ رفع دفع کر لیتے تھے۔ جاوید نے ایک مرتبہ اپنے والد سے پوچھا بھی تھا کہ ان کے اور اس کی والدہ کے درمیان اس قدر امن کیسے قائم رہتا ہے۔ انہوں نے کہا تھا کہ لڑائی تو ان دونوں میں بھی ہوتی ہے مگر انہوں نے شادی ہوتے ہی فیصلہ کر لیا تھا کہ چاہے وہ آپس میں کتنا ہی لڑیں مگر کسی تیسرے کو پتا نہیں چلنے دیں گے لہذا ان کے زیادہ تر جھگڑوں کا اسے علم نہیں ہو پاتا تھا۔

''امی، خیریت تو ہے، گھر میں کچھ خاموشی سی ہے،'' جاوید نے دبی زبان میں پوچھا۔

''آپ کے پھوپھا جان اپنی بیٹی کی منگنی کر رہے ہیں،'' انہوں نے جواب دیا۔

''کیا؟'' جاوید نے تقریباً چیخ کر کہا۔ اسے ایسا محسوس ہوا جیسے واقعی پاؤں کے نیچے سے زمین نکل گئی ہو، ''مجھے تو کہکشاں نے کچھ نہیں بتایا، اور نہ پھوپھی جان نے۔''

کہکشاں کا نام لیتے ہوئے اسے ایسا لگا جیسے اس کے دل کو کسی نے ہاتھ میں لے کر زور سے مٹھی بند کر دی ہو۔ وہ منظر اس کی نظروں میں گھوم گیا جب اس نے کہکشاں کو پلکوں سے سلام کیا تھا اور اس نے جواباً مسکرا کر اپنی پلکیں جھپکا دی تھیں۔

''مجھے یقین ہے کہ وہاں کسی کو معلوم نہیں ہے۔ پیارے میاں نے آپ کے ابو جی کو آج کام پر بتایا تھا کہ وہ بیٹی کی منگنی کر رہے ہیں۔''

''مگر کس سے؟'' جاوید نے رو ہانسا ہو کر پوچھا۔

''اپنے بھتیجے سے،'' مشفقی بیگم نے کہا، ''وہ اپنے بھائی کو زبان دے آئے ہیں۔''

جاوید نے کوئی جواب نہیں دیا۔ کہتا بھی کیا؟ زبان گنگ تھی، گلا رندھ گیا تھا، حلق سے آواز نہیں نکل رہی تھی اور غصے سے اس کے ناخن ہتھیلیوں میں کھبے جا رہے تھے۔ غالباً اس کی ماں نے اس کی ذہنی کیفیت کا اندازہ لگا لیا مگر کچھ نہیں بولی۔ اس کا معمول تھا کہ گھر آ کر سب سے پہلے کپڑے تبدیل کرتا تھا لہذا اپنے کمرے میں جا کر دروازہ بند کیا اور کرسی میں گر گیا۔

جاوید نے کہکشاں کے ساتھ زندگی گزارنے کے جو خواب دیکھے تھے وہ سب اسے چکنا چور ہوتے نظر آئے۔ پھر اسے سلمان کا خیال آیا جسے وہ اتنے پیار سے گھماتا پھراتا تھا۔ اسے کیا معلوم تھا کہ وہ ایک رقیب کے ہاتھ میں ہاتھ ڈالے گھوم رہا ہے جو اس کے پہلو میں چھرا گھونپنے جا رہا ہے۔ وہ اتنا معصوم نہیں ہے جتنا نظر آتا ہے۔

جاوید اسی ادھیڑ بُن میں مصروف تھا کہ کسی نے دروازہ کھٹکھٹایا۔ اس نے اٹھ کر دروازہ کھولا تو اس کے والد کھڑے تھے۔

''کیوں خیریت تو ہے؟'' انہوں نے پوچھا۔

''جی ابو جی، میں کپڑے بدل کر آتا ہوں،'' اس نے جواب دیا۔

مُنّوں میاں سر ہلا کر چلے گئے۔ شاید مشفقی بیگم نے انہیں بتا دیا تھا کہ وہ کہکشاں کی منگنی کی خبر سن کر کچھ مضطرب ہو گیا تھا۔ وہ کپڑے بدل کر باہر نکلا تو اس کے والدین میں بحث ہو رہی تھی۔

''بھئی، وہ اس کا باپ ہے۔ اگر وہ اپنی بیٹی کے لیے کوئی فیصلہ کرتا ہے تو ہم کون ہوتے ہیں دخل دینے والے؟'' مُنّوں میاں نے کہا۔

''ٹھیک ہے، وہ فیصلہ کریں،'' مشفقی بیگم نے جواب دیا، ''ہم کب کہتے ہیں کہ انہیں فیصلہ کرنے کا اختیار نہیں ہے، مگر اس کی ماں بھی تو ہے۔ بغیر اس سے مشورہ کیے کیسے اپنے بھائی کو زبان دے دی؟''

''یہ وہ جانیں اور ان کی بیوی جانے۔ آپ دخل مت دیں۔''

''دخل کیسے نہ دیں۔ آخر وہ ہماری بھی تو کچھ لگتی ہے۔ کم از کم ہمارے کان میں بات تو ڈال دیتے۔ یہ تو ہمارا حق تھا۔''

''بہرحال ابھی تو انہوں نے خیال ظاہر کیا ہے۔ آپ بات کا بتنگڑ نہ بنائیں، وقت آنے پر دیکھا جائے گا۔''

٭٭٭

جاوید خیالات میں گم تھا، ''سوال ہی پیدا نہیں ہوتا کہ میں کہکشاں کو چھوڑ سکوں۔ میرا اور اس کا ساتھ پیدائشی ہے۔ کس کی مجال ہے کہ ہمیں جدا کر سکے؟ اگر سیدھی انگلیوں سے کام نہیں نکلا تو ٹیڑھی کرنی پڑیں گی۔ کہکشاں کو لے کر کہیں بھاگ جاؤں گا اور شادی کرکے ہم دونوں اپنا گھر بنائیں گے۔ شادی کرنا کیا مشکل ہے۔ دو گواہوں کی ہی تو ضرورت پڑتی ہے۔ کسی مسجد میں جاکر مولوی صاحب سے کہہ دیں گے کہ ہم نکاح کرنا چاہتے ہیں۔ وہ نمازیوں میں سے ہی دو آدمیوں کو گواہ بننے کے لیے روک لیں گے۔ ایجاب و قبول کروائیں گے اور نکاح ہو جائے گا۔ کون سے ہل بیل لگتے ہیں۔ ایک چھوٹا سا مکان کرائے پر لے لیں گے،

171

ایک چارپائی اور کچھ کھانے پینے کے برتن خرید لیں گے : دو پلیٹیں، دو گلاس، دو کپ، دو چمچے اور ایک دیگچی۔ بس کافی ہیں۔ مگر پڑھائی چھوڑ کر نوکری کرنی پڑے گی۔ تو کیا ہوا، اگر مزدوری کرنی پڑی تو وہ بھی کرلوں گا۔ لیکن مزدوری کیوں کرنی پڑے گی؟ اتنی تعلیم تو ہے کہ کہیں کلرکی مل جائے گی یا پھر ٹیچنگ مل جائے گی۔ مجھے ویسے بھی پڑھانے کا شوق ہے۔ ہاں، یہ ٹھیک ہے۔ میں کسی اسکول میں ٹیچنگ کرلوں گا۔ البتہ کہکشاں پڑھتی رہے گی۔ وہ ایم۔اے۔ کرکے ملازمت کرلے گی تو میں واپس یونیورسٹی چلا جاؤں گا اور اپنی ایم۔ایس سی مکمل کروں گا، لیکن اگر بچے پیدا ہوگئے تو کیا ہوگا؟ نہیں، بچے پیدا نہیں کریں گے جب تک تعلیم مکمل نہ ہو جائے۔ پھر ہم دونوں ملازمت کریں گے، اور ہماری آمدنی دوگنی ہو جائے گی لہٰذا بقیہ فرنیچر خریدیں گے۔ ایک صوفہ سیٹ ہوگا، ایک ڈائننگ سیٹ ہوگا اور بس۔ ہاں ایک اچھا سا ڈنر سیٹ بھی خریدیں گے۔ آخر گھر میں مہمان تو آئیں گے نا۔ یار دوست بھی کھانے پر آیا کریں گے تو ان کے لیے ڈھنگ کے برتن تو درکار ہوں گے نا۔ ''

اچانک اس کا خیال سلمان کی طرف چلا گیا اور نفرت سے اس کے ہونٹ سکڑ گئے۔ اسے غصہ اس بات پر تھا کہ کتنا معصوم بن رہا تھا کہ ایک بار بھی اس نے کہکشاں سے اپنی منگنی کا تذکرہ نہیں کیا۔ اس نے سوچا کہ واقعی ایسے لوگ ہوتے ہیں کچھ، اور نظر آتے ہیں کچھ، بغل میں چھری، منہ پہ رام رام۔

ہیں کواکب کچھ نظر آتے ہیں کچھ

دیتے ہیں دھوکا یہ بازی گر کھلا

غالبؔ

اسے یاد آیا کہ اس نے سلمان سے وعدہ کر لیا تھا کہ اگلے روز اسے کچھ دوستوں سے ملائے گا، مگر اب اسے سخت جھلاہٹ ہو رہی تھی۔ اس کے متعلق سوچتے ہی وہ تلملانے لگا۔

''نہیں، میں اتنی آسانی سے کہکشاں کو اس کے حوالے نہیں کر سکتا،'' اس نے سوچا، ''اور پھر کہکشاں بھی کیسے تیار ہوگی؟ میرا خیال ہے کہ میں امی اور ابو جی کو بتا دوں کہ میں کہکشاں سے محبت کرتا ہوں اور اگر شادی کروں گا تو اسی سے کروں گا۔ ''

''بیٹے کھانا لگ گیا ہے،'' برآمدے سے اس کی ماں کی آواز آئی اور اسے ایسا محسوس ہوا جیسے سنیما ہاؤس میں چلتی ہوئی فلم اچانک ٹوٹ جائے۔ وہ ایک گہری سانس لے کر اٹھا اور اپنے کمرے سے نکل لیا۔

172

17

چھیلیلی کینال دریائے سندھ سے نکلتی ہے اور کوٹری بیراج سے شروع ہو کر حیدرآباد، ٹنڈوفاضل اور ٹنڈومحمد خان ہوتی ہوئی ماتلی تک جاتی ہے۔ اس نہر کا مقصد کھیتوں کو سیراب کرنے اور پینے کے پانی کی فراہمی ہے۔

جاوید نے گورنمنٹ کالج میں جو دو سال گزارے وہ ان دو سالوں میں تقریباً روزانہ ہی چھیلیلی کے پُل سے گزرتا تھا کیوں کہ کالج نہر کے پار تھا۔ پُل سے گزرنے والے ٹریفک میں پیدل چلنے والوں کے علاوہ بیل گاڑیاں، تانگے، اسکوٹر، سائیکلیں، بسیں اور بھینسیں شامل ہوتی تھیں۔ عامل کالونی اور چھیلیلی کے درمیان ایک بھینس کالونی تھی جہاں سے صبح کو سینکڑوں بھینسیں قافلے کی شکل میں نکلتی تھیں اور گرمی کی شدت سے بچنے کے لیے نہر میں جاپڑتی تھیں جہاں وہ دن گزار کر سورج ڈھلنے کے بعد واپس آتی تھیں۔ بسیں اور کاریں تو خیر ہارن بجاتی ہوئی بھینسوں کے درمیان سے گزر جاتی تھیں مگر باقی ٹریفک بھینسوں کے پیچھے پیچھے ہی چلتا تھا۔ راہ گیر بھی چوکنّے ہو جاتے تھے کیوں کہ کبھی کبھار دو بھینسوں میں لڑائی ہو جاتی اور وہ بدک کر ادھر ادھر دوڑنا شروع کر دیتیں۔ راہ گیر حواس باختہ ہو کر بھاگنے لگتے اور نزدیک ترین دکانوں میں پناہ لیتے۔ صبح کو کالج جاتے وقت ضرور بھینسوں سے مقابلہ ہوتا تھا۔ اگر بھینسوں سے پہلے پُل تک پہنچ گئے تو اطمینان کا سانس لیتے ورنہ کلاس میں لیٹ ہو جانا یقینی تھا۔

پُل کے نیچے نہر کے دونوں جانب دھوبی گھاٹ تھے۔ ہر دھوبی کا اپنا پتھر تھا جس پر وہ سارا دن میلے کپڑوں کو مار مار کر ان کا میل نکالتا تھا۔ غرض یہ کہ پُل کے ارد گرد بڑی رونق رہتی تھی۔ پُل سے نہر کے دھارے کی مخالف سمت میں تقریباً دو فرلانگ کے فاصلے پر ایک نیا پُل تھا جو پرانے پُل سے صاف نظر آتا تھا۔ نئے پُل پر کوئی ٹریفک نہیں تھا۔ غالباً ابھی سرکاری طور پر اس کا افتتاح نہیں ہوا تھا۔ جاوید اور اس کے

تین چار دوست مل کر مہینے میں ایک آدھ بار چھٹی کے دن نئے پُل کے قریب پکنک کیا کرتے تھے۔ان کی دوستی اسکول کے زمانے سے تھی۔ان میں صلاح الدین اور ناصر جگّا تو جاوید کے ساتھ یونیورسٹی میں تھے۔ صلاح الدین کا میجر پولیٹیکل سائنس اور ناصر جگّا کا میجر فزکس تھا۔اس کا نام تو ناصر خان تھا مگر سب اسے جگّا اس لیے کہتے تھے کہ اسکول کے زمانے میں وہ چھٹا ہوا دادا گیر ہوتا تھا۔اگر کسی سے جاوید کی ان بن ہو جاتی تو جگّا سے کہہ کر اسے دو چار ہاتھ لگوا دیتا تھا۔ باقی عباس اور ستّار جاوید کے اسکول کے ساتھیوں میں سے تھے۔ عباس لیاقت میڈیکل کالج میں تھا مگر ستار نے ساتویں کلاس کے بعد اسکول چھوڑ دیا تھا۔اس کے والد کی لچھپت روڈ پر پرچون کی دکان تھی اور ان کا خیال تھا کہ بیٹے نے بہت پڑھ لیا اور اسے چاہیے کہ آ کر دکان سنبھال لے۔

وہ دن بھر مچھلیاں پکڑتے اور نہر میں تیرتے۔اِدھر اُدھر ماہی گیر مٹکوں پر بیٹھے تیرتے اور نہر میں لگائے ہوئے جال سنبھالتے رہتے۔صلاح الدین بچپن سے ہی دبلا پتلا اور پستہ قد تھا۔اسکول کے زمانے میں سب اسے تِنکا کہتے تھے۔اسے پُل پر چڑھ کر نہر میں چھلانگ لگانے کا شوق تھا چنانچہ وہ جب پُل کی دیوار پر کھڑے ہو کر تیاری کرتا تو دیکھنے والوں کو چکر آنے لگتے۔ وہ دونوں کانوں کو ہاتھ لگا کر توبہ کرتا اور دونوں بازو پھیلا کر چھلانگ لگا دیتا۔اس زمانے میں پھلیلی کا پانی اتنا صاف ہوتا تھا کہ چلو بھر بھر کے پیے جاؤ اور مجال ہے کہ پیٹ میں ذرا سی بھی گڑ گڑاہٹ ہو۔ اب تو حیدرآباد کی ساری غلاظت اور سارا صنعتی فضلہ پھلیلی میں پھینکے جانے کی بنا پر اس کا پانی زہر سے زیادہ زہریلا ہو گیا ہے۔

جاوید کے پاس ایک سفری بیگ تھا جس میں ایک تولیہ اور ایک جانگیا رکھتا تھا۔ جب پھلیلی پر پکنک کا پروگرام بنتا تو وہ بیگ ساتھ لے جاتا تھا۔ تیرنے کے لیے جانگیا پہن لیتا اور کپڑے اتار کر بیگ میں رکھ لیتا۔ شام کو واپسی پر گیلے جانگیے اور تولیہ کو دھو کر اگلی پکنک کے لیے تیار کر لیتا۔ اُس روز پھلیلی پر پکنک کا پروگرام تھا اور اس نے پچھلے دن سلمان سے وعدہ کر لیا تھا کہ اسے بھی لے جائے گا، مگر اب وہ سلمان کی شکل تک دیکھنے کا روادار نہیں تھا۔ جتنا وہ اس کے متعلق سوچتا اتنا ہی جھنجھلاتا۔ مشکل یہ تھی کہ اسے اپنے پھوپھا کا خیال آ جاتا تھا، چنانچہ چہ و ناچار اس نے ایک فالتو جانگیا اور تولیہ بیگ میں ڈال لیا اور پھوپھی کے گھر کو چل دیا۔

***

جیسے ہی جاوید اپنی پھوپھی کے گھر والی سٹرک پر مڑا تو اسے سلمان نظر آیا۔ اس کے ہاتھ میں کیمرہ تھا اور وہ گھر کے آگے کھڑا ہوا ارد گرد کی تصویریں لے رہا تھا۔ جب اس کی نظر جاوید پر پڑی تو ہاتھ کا اشارہ کر کے بولا، ''ایک سیکنڈ، وہیں ٹھیرو،'' اور کیمرے کا رخ اس کی طرف کر کے شٹر دبا دیا۔

''آؤ، میں تمہارا ہی انتظار کر رہا تھا،'' اس نے جاوید سے کہا، ''تم اندر آؤ گے یا چلیں؟''

''نہیں بس چلتے ہیں، مجھے نکلنے میں دیر ہو گئی،'' جاوید نے جواب دیا۔

سلمان نے مڑ کر گھر میں جھانکا اور بولا، ''کہکشاں، ہم لوگ جا رہے ہیں، دروازہ بند کر لو۔''

''تم کچھ بجھے بجھے سے لگ رہے ہو، طبیعت تو ٹھیک ہے نا،'' سلمان نے جاوید کے کندھے پر ہاتھ رکھتے ہوئے کہا۔

''کوئی خاص بات نہیں،'' جاوید نے پھیکی سی مسکراہٹ کے ساتھ کہا۔

''نہیں کوئی بات ضرور ہے، تم کل کی طرح چہک نہیں رہے۔''

''دراصل میرا خیال ہے کہ کئی دن کی تھکن جمع ہو گئی ہے۔''

''مجھے تعجب نہیں ہو گا، ہم پورے ایک ہفتے سے مستقل چل رہے ہیں۔''

جاوید نے اپنے کندھے کو ذرا سا اچکایا، صرف اسے یہ پیغام دینے کے لیے کہ وہ اپنا ہاتھ ہٹا لے۔ اس کا دل سلمان سے باتیں کرنے کے لیے قطعاً نہیں چاہ رہا تھا اور اندر ہی اندر اس کے دو غلے پن پر سلگ رہا تھا۔ جس تیزی سے وہ کہکشاں پر چھا گیا تھا اس سے سراسر اس کی کمینگی ظاہر ہوتی تھی۔ وہ بطور مہمان آیا اور ان کی زندگیوں پر قابض ہو گیا۔ جاوید کو عرب کے اونٹ کی کہانی یاد آ گئی جو اس نے اپنی بچپن میں انگریزی کی کتاب میں پڑھی تھی۔ اس کہانی میں ایک عرب مسافر نے سورج غروب ہونے کے بعد صحرا میں رات گزارنے کے لیے ایک خیمہ نصب کیا اور اپنے اونٹ کو خیمے کے باہر باندھ کر خود سونے کے لیے اندر لیٹ گیا۔ کچھ دیر کے بعد اونٹ نے اس سے کہا کہ باہر سردی زیادہ ہے۔ اگر مالک اجازت دے تو وہ اپنی گردن خیمے کے اندر کر لے۔ مالک نے اجازت دے دی اور اونٹ کو جگہ دینے کے لیے ایک طرف کو سکڑ گیا۔ تھوڑی دیر کے بعد اونٹ نے کہا کہ اسے بہت سردی لگ رہی ہے۔ اگر مالک اجازت دے تو وہ اپنی اگلی ٹانگیں ٹینٹ میں لے آئے۔ مالک کچھ اور سکڑ گیا۔ کرتے کرتے آدھی رات ہونے تک اونٹ مکمل طور پر ٹینٹ کے اندر تھا اور مالک باہر کھڑا سردی میں ٹھٹھر رہا تھا۔

''اس کو کہتے ہیں انگلی پکڑتے پکڑتے پہنچا پکڑنا،'' اس نے سوچا۔ اچانک اس کا ذہن بھٹک کر کہکشاں

کی طرف چلا گیا۔ اسے کہکشاں پر بھی غصہ آنے لگا۔ وہ پیدائش ہی سے ایک دوسرے کی زندگی کا حصہ رہے تھے، مگر وہ دو دن میں ہی سارے رشتے بھول کر کسی اور پر ریجھ گئی۔ کہاں تو اس کے ساتھ اتنے حسین لمحات گزارے تھے اور کہاں اس کے سامنے ہی سلمان پر ریشہ خطمی ہوئی جا رہی تھی۔

’’لوگ کہتے ہیں کہ عورت پیکرِ وفا ہوتی ہے۔ جب کسی کا دامن تھام لے تو زندگی بھر نہیں چھوڑتی۔ او نہہ! سب کتابی باتیں ہیں،‘‘ وہ خیالات میں گم، اپنے گرد و پیش سے بے خبر، کسی روبوٹ کی طرح چلا جا رہا تھا۔

’’اگر تمہاری طبیعت ٹھیک نہ ہو تو واپس چلتے ہیں،‘‘ سلمان نے اپنا کیمرہ اتار کر دوسرے کندھے پر لٹکاتے ہوئے کہا۔

جاوید نے چونک کر اس کی طرف دیکھا۔

’’سوری، میں نے خواہ مخواہ تمہیں بور کر دیا، میں بالکل ٹھیک ہوں،‘‘ اس نے سلمان کے کندھے پر ہاتھ رکھ کر کہا۔

اس نے سوچا کہ سلمان کے متعلق اس کے جذبات اپنی جگہ، لیکن اگر اس نے سلمان کو اپنے دوستوں سے ملانے کا وعدہ کر لیا تھا تو اسے زیب نہیں دیتا کہ وہ اس کے ساتھ بے رخی کا اظہار کرے۔ چناں چہ اس نے زبردستی اپنے اوپر خوش مزاجی طاری کر لی۔ وہ پرانے پُل پر پہنچ گئے تھے۔ جاوید نے خدا کا شکر ادا کیا کہ راستے میں بھینسیں نہیں ملیں۔ پُل کی دونوں جانب کی منڈیریں جگہ جگہ سے ٹوٹ گئی تھیں اور کہیں کہیں لوگوں نے وہاں رسیاں باندھ دی تھیں۔

’’یہ پُل کافی مخدوش ہے،‘‘ سلمان نے کہا۔

’’بہت پرانا ہے، اور ہمارے یہاں مرمت تو ہوتی ہی نہیں۔ اب جب نیا پُل کھل جائے گا تو شاید اسے بند کر کے مرمت کریں،‘‘ جاوید نے جواب دیا۔

پل سے اتر کر وہ بائیں جانب مڑ گئے اور نہر کے کنارے کنارے چل دیے۔ نیا پُل وہاں سے تقریباً دو فرلانگ کے فاصلے پر تھا اور صاف نظر آ رہا تھا۔ دائیں جانب ایک کچی سڑک تھی جس پر زیادہ تر بیل گاڑیاں چلتی تھیں جو کھیتوں سے چری لاد کر نکلتی تھیں جسے مشین سے کٹائی کر کے چارا بناتے تھے۔

پکنک اسپاٹ پر پہنچتے پہنچتے دو پہر کا ایک بج گیا۔ وہ عام طور پر گیارہ بجے تک جمع ہو جاتے تھے اور سب لوگ پہلے ہی پہنچ چکے تھے۔ عباس نہر کے کنارے پانی میں بنسی ڈالے بیٹھا تھا۔ اس نے دور ہی سے ہاتھ

176

ہلا دیا۔ ستار اپنا نیا باربی کیو لایا تھا اور اس میں کو ئلے دہکانے کے لیے ایک گتّے سے پنکھا جھل رہا تھا۔ پیچھے اس کی موٹر سائیکل کھڑی تھی۔ اس کا گھر بھی کے پار عامل کالونی میں تھا اور وہ موٹر سائیکل پر باربی کیو لاد کر لاتا تھا۔ ناصر اور صلاح الدین پانی میں تھے۔ جاوید نے سلمان کو عباس سے ملایا۔ اس کے برابر ہی کیچووں کا ڈبہ تھا اور اس وقت وہ کانٹے پر کیچوا لگا رہا تھا۔

”عباس، یہ میرے کزن ہیں سلمان، یہ ایسٹ پاکستان سے آئے ہیں،“ جاوید نے کہا۔

عباس نے اسی ہاتھ کا پہنچا مصافحے کے لیے بڑھا دیا جس میں اس نے کیچوا تھام رکھا تھا۔ سلمان نے اس کی کلائی پکڑ کر مصافحہ کیا۔

”اب تک کیا کچھ پکڑ لیا،“ جاوید نے عباس سے پوچھا۔

اس نے برابر رکھا ہوا تھیلا کھول کر دکھایا۔ ایک ڈمبرا، تین کھگا اور تین چار چھوٹی چھوٹی مچھلیاں تھیں۔

”زبردست، کافی ہیں۔ اب مزید بنسی لگانے کی کیا ضرورت ہے؟“ جاوید نے پوچھا۔

”میں نے سوچا کہ جب تک ستار باربی کیو گرم کرے تب تک کانٹا ڈال دیتا ہوں۔ شاید کوئی بھولی بھٹکی آ پھنسے۔“

”ایک منٹ ٹھیرو، میں تمہاری تصویر لیتا ہوں،“ سلمان نے کندھے سے اپنا کیمرہ اتارتے ہوئے کہا، ”جاوید تم عباس کے برابر کھڑے ہو جاؤ۔“

”میں بھی کھڑا ہو جاؤں؟“ عباس نے پوچھا۔

”نہیں، تم بنسی ڈالے بیٹھے رہو، اور جاوید تم اس کے برابر کھڑے ہو۔“

منظر سیٹ کرنے کے بعد سلمان نے سر جھکا کر اپنے کیمرے میں دیکھا اور شٹر دبا دیا۔

”تھینک یو سلمان،“ عباس نے ہاتھ اٹھا کر کہا۔

جاوید نے اپنا بیگ اٹھایا اور سلمان سے کہا، ”میں تمہارے لیے ایکسٹرا جانگیا اور تولیہ لے آیا ہوں۔“

”نہیں، تم جاؤ۔“

”کیوں؟ تم تیرو گے نہیں؟“

”مجھے تیرنا نہیں آتا۔“

”کمال ہے، ایسٹ پاکستان تو پانیوں کا دیس ہے۔“

’’مجھے پانی سے ڈر لگتا ہے،‘‘ وہ ہچکچاتے ہوئے بولا۔

’’تم پانی میں چلو تو سہی، تمہارا ڈر نکل جائے گا،‘‘ جاوید نے اس کا ہاتھ پکڑ کر کہا۔

’’نہیں، نہیں۔ تم جاؤ،‘‘ سلمان اپنا ہاتھ چھڑانے کی کوشش کرنے لگا۔

’’ارے چلو بھی، میں تمہیں تیر نا سکھاؤں گا۔‘‘

’’چھوڑو یار، اگر سلمان پانی میں نہیں جانا چاہتے تو تم ضد کیوں کر رہے ہو؟‘‘ عباس نے جھنجھلا کر کہا۔

جاوید نے سلمان کا ہاتھ چھوڑ دیا اور جھاڑیوں کے پیچھے کپڑے بدلنے کے لیے چل دیا۔ مرفی کا قانون ہے کہ اگر کسی کام کے بگڑنے کا ذرا سا بھی احتمال ہو تو وہ ضرور بگڑے گا۔ چنانچہ جب اس نے پتلون اور انڈر ویر اتارنے کے بعد جانگیا پہنا تو معلوم ہوا کہ اس کا ازار بند ایک طرف سے نکل کر اُس کی چنٹوں میں گھس گیا ہے۔ اسے ایک پنسل یا قلم کی ضرورت تھی جس سے ازار بند دوبارہ ڈال سکے مگر وہاں بھی مرفی کا قانون کام کر رہا تھا۔ ادھر ادھر دیکھا کہ کہیں کوئی پتلی سی ڈنڈی مل جائے مگر ہر طرف ریت اور مٹی ہی تھی۔ جھاڑیاں کانٹے دار تھیں لہٰذا ان کی ایک شاخ توڑنا بھی اتنا آسان نہیں تھا۔ خدا خدا کر کے ازار بند ڈالنے کا مرحلہ طے ہوا۔ اس وقت تک اس کی جھنجلاہٹ کھسیاہٹ کے مختلف مدارج طے کرتی ہوئی غصے کی حدود میں داخل ہو چکی تھی۔

اپنے متعلق جاوید کا خیال تھا کہ اسے غصہ بہت کم آتا ہے، اور اگر آتا بھی ہے تو وہ اسے آسانی سے پی جاتا ہے۔ اس کے ساتھ انا کا بھی اتنا خاص مسئلہ نہیں تھا۔ شکست تسلیم کرنے میں اسے زیادہ دقّت نہیں ہوتی تھی، مگر کبھی کبھار خواہ مخواہ کچھ دیر کے لیے بلڈ پریشر بڑھانے اور خون کھڑا کرنے کو جی چاہتا تھا۔ یہ بھی ضروری نہیں تھا کہ غصے کی کوئی خاص وجہ ہو۔ بقول اس کے، غصہ ہماری صحت کے لیے مضر ہے مگر غصہ ٹھنڈا ہونے کا عمل بڑا پُر سکون ہوتا ہے۔ ممکن ہے کہ وہ کبھی کبھی غصہ صرف اس لیے کرتا ہو کہ اس کے ٹھنڈا ہونے کے عمل سے محظوظ ہو سکے جس طرح کچھ لوگ صرف اس لیے گناہ کرتے ہیں کہ گڑ گڑا گڑ گڑا کر توبہ کرنے کا لطف اٹھا سکیں۔

اس نے اپنے کپڑے تہہ کر کے بیگ میں ڈالے اور اوپر تولیہ رکھ کر بیگ بند کر دیا۔ جب جھاڑیوں سے نکل کر نہر کی طرف نظر پڑی تو سارے دوست سلمان کو گھیرے کھڑے تھے۔ صلاح الدین اور ناصر پانی سے نکل آئے تھے، عباس نے اپنی بنسی نکال لی تھی اور ستّار کا باربی کیو تیار ہو چکا تھا۔ سلمان انہیں ہاتھوں کے اشاروں سے کچھ سمجھا رہا تھا اور وہ سب قہقہے لگا رہے تھے۔ چوں کہ وہ کچھ فاصلے پر تھا لہٰذا ان کی گفتگو

صاف سنائی نہیں دے رہی تھی۔ اسے یہ دیکھ کر سخت غصہ آیا کہ سلمان نے اس کے دوستوں پر بھی قبضہ کر لیا ہے۔

آپ چاہیں اسے جاوید کا احساسِ کمتری کہیں یا حسد، مگر اس کا تجزیہ یہ تھا کہ دوسروں سے سلمان کا مطالبہ یہی ہوتا تھا کہ ان کی توجہ بس اسی کی طرف رہے۔ ''بس میری طرف دیکھتے رہو اور میری باتیں سنتے رہو۔'' وہ دوسروں کو بولنے کا موقع ہی نہیں دیتا تھا۔ جاوید کے نزدیک سلمان کی شخصیت میں نرگسیت کوٹ کوٹ کر بھری ہوئی تھی۔

وہ نزدیک پہنچا تو ستارنے کہا، ''یار جاوید، یہ تمہارا کزن تو زبردست آدمی ہے۔''

''میں ابھی ذرا ڈبکی لگا کر آتا ہوں،'' جاوید سنی ان سنی کر کے آگے بڑھ گیا۔

''بھئی اب تو لنچ کی تیاری کر رہے ہیں،'' پیچھے سے عباس نے کہا۔

''بس مجھے آواز دے دینا،'' جاوید نے مڑتے ہوئے جواب دیا۔

اسی لمحے جاوید غیر ارادی طور پر پلٹا اور سلمان کے کندھے سے کیمرہ اتار کر زمین پر ڈال دیا۔

''سلمان، آج میں تمہارا پانی کا ڈر نکالے دیتا ہوں،'' اس نے سلمان کی کمر میں ہاتھ ڈال کر اسے کندھے پر اٹھا لیا۔ اس نے بہت ہاتھ پاؤں مارے مگر جاوید نے اسے کیکڑے کی طرح جکڑ لیا تھا۔ وہ بری طرح چیخ رہا تھا، ''نہیں، نہیں۔ مجھے پانی سے ڈر لگتا ہے۔''

جاوید کے جبڑے تنے ہوئے تھے اور دانتوں پر دانت جمے ہوئے تھے۔ وہ اپنی کیفیت کو کوئی نام نہ دے سکا۔ نہ جانے یہ نفرت تھی یا حقارت۔ وہ کمر تک پانی میں پہنچا اور سلمان کو دونوں ہاتھوں پر اچھال کر نہر میں پھینک دیا۔ جیسے ہی اس کا سر پانی کی سطح سے نیچے گیا، اس کی چیخیں بند ہو گئیں۔ جاوید نے اس کی طرف انگلی اٹھا کر پیچھے دیکھا اور ایک وحشیانہ قہقہہ لگا کر بولا، ''اسے پانی سے ڈر لگتا تھا۔''

سارے دوست مبہوت کھڑے تھے جیسے وہ جاوید کو پہچانتے ہی نہیں تھے۔ اسے بھی گرد و پیش اجنبی اجنبی سے لگ رہے تھے۔ اس نے اپنے قہقہے کی درندگی کو خود محسوس کیا تھا اور اس ایک لمحے میں ایسا لگا تھا جیسے وہ اپنی راہ میں آنے والی ہر چٹان کو ایک بُل ڈوزر کی مانند اٹھا کر ایک طرف پھینک سکتا ہے۔ صلاح الدین، ستار، عباس اور ناصر پر باری باری اس کی نظر پڑی اور اسے ان کی آنکھوں میں خوف نظر آیا۔ سب کچھ ایک ڈرائؤنے خواب کی طرح سلو موشن میں ہو رہا تھا۔ صلاح الدین آگے بڑھا اور جاوید نے اپنا بازو پھیلا کر اس کے سینے کے سامنے کر دیا۔

’’کیوں، اس کو بچاؤ گے نہیں؟‘‘ جاوید کو اس کی سرگوشی سنائی دی۔

اس نے پلٹ کر دیکھا۔ سلمان نے سر ابھارا اور پھر ڈوب گیا۔ جاوید نے دونوں بازو پھیلائے اور لمبی سی جمپ کر کے غوطہ کھا کر چار پانچ بٹر فلائی اسٹروکس میں ہی اس تک پہنچ گیا۔ سلمان کا ہاتھ اس کی گردن پر پڑا اور اس نے دوسرا ہاتھ بڑھا کر جاوید کی گردن دبوچ لی۔ کہتے ہیں کہ ڈوبتے کو تنکے کا سہارا ہوتا ہے۔ ڈوبنے والے کے ہاتھ میں جو کچھ آتا ہے اسے پکڑ لیتا ہے۔ اگر بچانے والا احتیاط سے کام نہ لے تو وہ بھی بچانے کی کوشش میں ڈوب جاتا ہے۔ جاوید نے گھبرا کر اپنی ٹانگوں سے سلمان کو دھکا دیا اور اس کی گردن سلمان کے ہاتھوں سے نکل گئی۔ وہ دیوانہ وار اپنے ہاتھ ہر طرف مار رہا تھا اور جاوید ڈر رہا تھا کہ کہیں وہ اسے پھر نہ پکڑ لے۔ چنانچہ وہ تیر کر اس کی پشت پر پہنچا اور اس کی بغلوں میں ہاتھ ڈال کر اوپر کھینچ لیا۔ اس کا سر پانی کی سطح کے اوپر آ گیا اور جاوید نے اس کی کمر کے گرد اپنا بازو ڈال کر کنارے کی طرف تیرنا شروع کر دیا۔ صلاح الدین نے بڑھ کر سلمان کو کنارے پر گھسیٹ لیا۔ اس کی پیشانی سے خون رس رہا تھا۔ غالباً جب جاوید نے اسے پانی میں پھینکا تھا تو وہ سر کے بل گرا تھا اور اس کی پیشانی کسی پتھر سے ٹکرائی تھی۔ اس کا منہ کھلا ہوا تھا، آنکھیں پھٹی تھیں، اور وہ سانس لینے کی کوشش کر رہا تھا۔ باقی لوگ اس کے گرد جمع ہو گئے اور جاوید نے اسے الٹا لٹا کر پسلیوں کو بار بار دبایا۔ آخر اسے کھانسی آئی اور بہت سارا پانی اس کے منہ سے نکل گیا۔ اب وہ باقاعدگی سے سانس لے رہا تھا۔

’’اب ٹھیک ہو؟‘‘ جاوید نے اس کی پیٹھ تھپتھپاتے ہوئے پوچھا۔

اس نے کوئی جواب نہیں دیا۔ جاوید نے اسے سیدھا کر کے بٹھا دیا اور گہرے گہرے سانس لینے کے لیے کہا۔ آہستہ آہستہ اس کی حالت معمول پر آ گئی اور وہ سر جھکائے خاموش بیٹھا رہا۔ ستار نے اپنا رومال پھاڑ کر اس کی پیشانی کے گرد کس دیا۔

اچانک سلمان بیٹھے بیٹھے رونے لگا۔ پہلے تو بسور تا رہا پھر بچوں کی طرح بلک بلک کر رونا شروع کر دیا۔ جاوید کے ہاتھ پاؤں پھول گئے اور وہ اٹھ کر کھڑا ہو گیا۔ سارے دوستوں کو باری باری دیکھا مگر ہر ایک کے چہرے پر سوالیہ نشان تھا۔ منظر خاصہ مضحکہ خیز تھا اور سمجھ میں نہیں آ رہا تھا کہ سلمان کو چپ کیسے کرایا جائے۔ ناصر گلاس میں پانی لے آیا۔ جاوید اس کے ہاتھ سے گلاس لے کر بیٹھ گیا اور سلمان کے منہ سے لگا دیا۔ پانی پی کر وہ خاموش تو ہو گیا مگر تھوڑی تھوڑی دیر کے بعد سسکیاں لیتا رہا۔

’’آئی ایم سوری،‘‘ آخر اس نے ایک گہرا سانس لے کر کہا، ’’یہ میری بہت بڑی کمزوری ہے کہ میں

آسانی سے رو دیتا ہوں اور پھر خود کو کنٹرول نہیں کر پاتا۔‘‘

’’کوئی بات نہیں۔ ہم سب میں کوئی نہ کوئی کمزوری ہوتی ہے جسے چھپاتے چھپاتے زندگی گزر جاتی ہے،‘‘ جاوید نے اسے تسلی دیتے ہوئے کہا۔

بظاہر وہ سلمان سے ہمدردی کا اظہار کر رہا تھا مگر اندر اس کا دل بلیوں اچھل رہا تھا۔ وہ تو سمجھا تھا کہ سلمان کا اور اس کا مقابلہ ہی نہیں تھا کیوں کہ اس کے خیال سے سلمان جتنا اسمارٹ تھا، وہ تو اس کا عشر عشیر بھی نہیں تھا مگر اُس وقت وہ بالکل چوہا بنا بیٹھا تھا۔ جاوید کا جی چاہا کہ وہ اپنے دونوں بازو اوپر اٹھا کر اپنی فتح کا اعلان کر دے۔ اس نے پالا مار لیا تھا اور اپنے احساس کمتری کو چاروں شانے چت گرا دیا تھا۔

جاوید کو سلمان کی حالت دیکھ کر یونانی دیومالا کا کردار ایکیلیز یاد آ گیا جس کی پیدائش کے موقع پر کاہنوں نے پیش گوئی کی تھی کہ وہ جوانی ہی میں مر جائے گا۔ ایکیلیز کی ماں پیش گوئی کا اثر ختم کرنے کے لیے اسے دریائے اسٹیکس پر لے گئی جس کے پانی میں نہانے کے بعد آدمی ناقابل تسخیر ہو جاتا ہے۔ وہاں اس نے بیٹے کو ایڑی سے پکڑ کر الٹا لٹکایا اور دریا میں ڈبکی دے دی۔ بڑے ہو کر ایکیلیز زبردست جنگ جو نکلا اور اسے شکست دینا ناممکن ہو گیا۔ نہ کوئی تلوار اسے زخمی کر سکتی تھی اور نہ کوئی تیر اس کے جسم میں پیوست ہو سکتا تھا۔ آخر ٹروجن کے شہزادے پیرس نے تاک کر ایکیلیز کی ایڑی میں تیر مارا جس سے وہ مر گیا۔ کہانی کے مطابق اپالو دیوتا نے پیرس کے تیر کو ایکیلیز کی ایڑی کی طرف موڑ دیا تھا کیوں کہ اسے معلوم تھا کہ ایکیلیز کی ماں نے اسے ایڑی سے پکڑ کر دریائے اسٹیکس میں ڈبکی دی تھی اور اس کی ایڑی سوکھی رہ گئی تھی۔

کہتے ہیں کہ دشمن چاہے جتنا طاقت ور ہو مگر اس کی کوئی نہ کوئی ایکیلیز کی ایڑی ہوتی ہے، کوئی نہ کوئی ایسی کمزوری ہوتی ہے جس پر حملے کی تاب لانا اس کے لیے ناممکن ہوتا ہے۔ وہ تو اتفاق تھا کہ جاوید کو سلمان میں ایکیلیز کی ایڑی کا علم ہو گیا۔ اس کا سینہ فخر سے پھول گیا اور ہونٹوں پر مسکراہٹ دوڑ گئی۔ اس کی انا ساتویں آسمان پر تھی اور کود کود کر ناچ رہی تھی، بل کھا کھا کر ناچ رہی تھی۔ مانا کہ جو کچھ اس نے کیا تھا وہ ناقابل معافی تھا مگر اس کا ضمیر صاف تھا۔ اس کا عقیدہ تھا کہ جنگ اور عشق میں سب کچھ جائز ہے۔

جاوید نے سلمان کا ہاتھ پکڑ کر اٹھا لیا۔ ابھی تک فضا مکدر تھی اور ہر ایک خاموش تھا۔ اسے بے حد کوفت ہو رہی تھی کہ ابھی تک ہر ایک پر مردنی چھائی ہوئی تھی اور وہ سرگوشیوں میں باتیں کر رہے تھے۔

’’چلو یار، مچھلیاں بھونتے ہیں،‘‘ ستارے نے کہا، ’’اس سے پہلے کہ باربی کیو ٹھنڈا ہو جائے۔‘‘

جاوید اور سلمان وہیں رہ گئے کیوں کہ سلمان کی حالت اس وقت تک دگرگوں تھی۔ باقی سب لوگ

بار بی کیو کے گرد جا کر جمع ہو گئے۔

''اب میں ٹھیک ہوں،'' آخر سلمان اٹھ کر کھڑا ہو گیا۔

''چلو، لنچ کرتے ہیں،'' جاوید نے کہا اور وہاں سے چل دیے۔

ستار نے انہیں دیکھ کر کہا، ''میں سلمان کے لیے دوسرے کپڑے لے کر آتا ہوں کیوں کہ گیلے کپڑوں میں اسے زکام ہو جائے گا۔''

''چھوڑیں ستار، ابھی یہ خود سوکھ جائیں گے، دھوپ کافی تیز ہے،'' سلمان نے کہا۔

''نہیں بھئی مجھے آنے جانے میں دس منٹ سے زیادہ نہیں لگیں گے، پُل کے پار تو میرا گھر ہے،'' ستار نے جواب دیا۔

''ٹھیک ہے ستّار، تم دوسرے کپڑے لے آؤ،'' صلاح الدین نے کہا، ''قمیص اور بنیان تو سوکھ جائے گی مگر جینز تو اسپنج کی طرح پانی چوس لیتی ہیں، جلدی سوکھنے والی نہیں۔''

''سلمان، تم ایسا کرو کہ کپڑے اتار کر جانگیا پہن لو اور اوپر سے تولیہ اوڑھ لو۔ کپڑوں کو جھاڑیوں پر پھیلا دو تو جلدی سوکھ جائیں گے،'' عباس نے مشورہ دیا۔

''میں سلمان کے لیے جانگیا اور تولیہ لے کر آیا تھا،'' جاوید نے کہا۔

سلمان راضی ہو گیا اور جاوید اسے اپنا بیگ دکھانے کے لیے لے چلا تو صلاح الدین بولا، ''ناصر، تم ان کے ساتھ جاؤ، کہیں جاوید سلمان کو پھر پانی میں نہ دھکیل دے۔''

ایک فلک شگاف اجتماعی قہقہہ بلند ہوا۔ جاوید نے بغیر مڑے، ہاتھ کے اشارے سے سب کو گھڑک دیا اور سلمان کے کندھے پر ہاتھ رکھ کر کہا، ''یار سلمان، مجھے بے حد افسوس ہے کہ میری بے وقوفی کی حرکت سے تمہیں دکھ پہنچا۔''

''اور مجھے اپنے اوپر غصہ آ رہا ہے کہ میں اجنبیوں کے سامنے بچوں کی طرح پھوٹ پھوٹ کر رویا۔''

''خیر اس میں شرمندگی کی کیا بات ہے۔ رونا ایک فطری ردِ عمل ہوتا ہے۔ ہم نے من مانے قواعد مرتب کر لیے ہیں کہ کب، کیوں، کیسے، اور کس کے سامنے رو سکتے ہیں۔ میرا نظریہ تو یہ ہے کہ جب رونا آئے رو لو۔ اپنی آنکھیں ہیں، اپنے آنسو ہیں۔ کسی کو کیا لینا دینا۔''

سلمان نے کوئی جواب نہیں دیا۔ وہ جاوید کے ساتھ سر جھکائے چلتا رہا۔ جاوید کو اس پر ترس آنے لگا، مگر پھر اس نے سوچا کہ کم زوریاں تو کس میں نہیں ہوتیں۔ اس کے اندر بھی کم زوریاں تھیں، مثلاً اسے

کتوں سے بڑا ڈر لگتا تھا۔ اگر اسے معلوم ہو جاتا کہ کسی گھر میں کتا ہے تو پھر اس گلی سے بھی نہیں گزرتا تھا۔ شہد کی مکھی سے بھی اسے ڈر لگتا تھا۔ اگر کسی پارک میں پھولوں کے تختے کے قریب سے گزرتا اور شہد کی مکھی نظر آجاتی تو سر پر پاؤں اور گردن پر ہتھیلی رکھ کر وہاں سے بھاگتا تھا کیوں کہ اسے ایسا معلوم ہوتا تھا جیسے شہد کی مکھی اس کا تعاقب کر رہی ہو اور آ کر اس کی گردن سے چمٹ جائے گی۔

''مجھے واقعی شرمندگی ہے سلمان۔ امید ہے کہ تم مجھے معاف کر دو گے،'' جاوید نے آخر کار خاموشی کو توڑتے ہوئے کہا۔

''فورگیٹ اِٹ یار،'' سلمان نے اس کے کندھے پر ہاتھ رکھ کر کہا، ''مجھے معلوم ہے کہ تم اچھے آدمی ہو مگر ہم سب کے ساتھ کمزوری کے ساتھ ایسے لمحات آتے ہیں جب اپنے اوپر قابو نہیں رہتا۔ اکثر کسی پر آیا ہوا غصہ کسی اور پر نکلتا ہے۔''

سارے بیگ وہیں عباس کی بنسی اور کیچوؤں کے ڈبے کے پاس رکھے ہوئے تھے جہاں چھوڑے تھے۔ جاوید نے اپنے بیگ سے تولیہ میں لپٹا ہوا ایک جانگیا نکال کر سلمان کو دے دیا۔

''وہ سامنے جھاڑیوں کے پیچھے اتار کر جھاڑیوں پر ہی سوکھنے کے لیے پھیلا دینا،'' اس نے کہا۔

***

وہ کوشش کرتے تھے کہ سورج غروب ہونے سے پہلے پکنک ختم کر دیں ورنہ ان کا واسطہ مچھروں کی یلغار سے پڑتا تھا۔ سلمان نے اپنی پٹی اتار دی تھی اور اس کی پیشانی کے زخم پر خون جم کر خشک ہو گیا تھا۔ وہ اور جاوید پہلے ہی نکل لیے کیوں کہ جاوید کو کوئی کام یاد آ گیا تھا، مگر ان کے جلدی نکلنے کا کوئی فائدہ نہیں ہوا کیوں کہ پُل پار کرتے ہی انہیں بھینسوں کا ریوڑ مل گیا۔ وہ اپنا دن نہر میں گزار کر واپس لوٹ رہی تھیں۔

''بھینسوں کے متعلق میرا ایک نظریہ ہے،'' جاوید نے کہا۔

''وہ کیا؟'' سلمان نے پوچھا۔

''بھینسیں بہت باتونی ہوتی ہیں۔ وہ راستے میں ایک دوسرے سے گپّیں لگاتی ہوئی چلتی ہیں۔ اسی لیے آہستہ چلتی ہیں۔''

''میرا خیال ہے کہ تمہارا نظریہ صحیح ہے۔ ان دو بھینسوں کو دیکھو۔ کیسی سر سے سر جوڑے چل

183

رہی ہیں۔‘‘

’’شاید وہ اس تیسری بھینس کی غیبت کر رہی ہیں جو ان کے آگے خراماں خراماں چل رہی ہے۔‘‘

’’پل پار کر کے ہیر آباد میں ایک ریسٹورنٹ ہے۔ ہم وہاں چائے پینے کے لیے رکیں گے۔ پھر میں تمہیں گھر چھوڑ دوں گا،‘‘ جاوید نے کہا۔

18

جاوید نے تہیہ کر لیا کہ وہ سلمان سے دو ٹوک بات کرے گا اور اسے بتا دے گا کہ اس نے اور کہکشاں نے ایک ساتھ زندگی گزارنے کا فیصلہ کر لیا ہے لہٰذا سلمان کو پُر امن طریقے سے پیچھے ہٹ جانا چاہیے۔ پکنک پر سلمان کی درگت بنانے کے بعد جاوید کے نزدیک اس کی حیثیت اس بِھڑ کی سی رہ گئی تھی جو برسات میں اپنا ڈنک کھو بیٹھتی ہے۔ بچپن میں وہ برسات کے مہینے میں زرد رنگ کی بِھڑیں پکڑتا تھا اور ان کے گرد باریک دھاگا باندھ کر انہیں اس طرح اڑاتا تھا کہ دھاگے کا دوسرا سرا اس کے ہاتھ میں رہتا تھا۔ اس کے دوستوں کی بھی اپنی اپنی پالتو بھڑیں ہوتی تھیں۔ کبھی کبھی ان کے دھاگے آپس میں الجھ جاتے اور وہ بڑی احتیاط سے انہیں سلجھاتے تھے۔ اگر کوئی بھڑ اڑتے اڑتے کسی کے سر پر آ بیٹھتی تو وہ چیخ مار کر اپنے ہاتھ سے اسے دھکیلتا ہوا بھاگتا۔ عام حالات میں اگر بھڑ جسم کے کسی حصے پر ڈنک مار دیتی ہے تو وہ حصہ سوج جاتا ہے اور اس میں سخت تکلیف ہوتی ہے مگر برسات کے موسم میں بھڑ کا ڈنک بے کار ہو جاتا ہے اور وہ بے ضرر ہو جاتی ہے۔ جاوید یہ سوچ کر مسکرا دیا کہ اس نے سلمان کو بھی برسات کی بھڑ کے طرح بے ضرر بنا دیا تھا۔

’’ہم آگے چل کر ریسٹورنٹ میں کچھ دیر چائے پینے کے لیے رکیں گے،‘‘ جاوید نے کہا۔

’’ٹھیک ہے۔ لیکن ذرا جلدی اٹھ جائیں گے کیوں کہ چچا جی نے صبح کام پر جاتے وقت کہہ دیا تھا کہ وہ آج جلدی واپس آئیں گے،‘‘ سلمان نے جواب دیا۔

اے۔ون ریسٹورنٹ حیدرآباد میں ایک چھوٹا سا صاف ستھرا ایرانی ریسٹورنٹ تھا جس میں اسپیشل چائے پچیس پیسے کی ملتی تھی۔ اس زمانے میں کراچی اور حیدرآباد میں جگہ جگہ نکڑوں پر چھوٹے چھوٹے ایرانی ریسٹورنٹ تھے۔ کام کرنے والے پاکستانی ہوتے تھے مگر کاؤنٹر پر ایرانی مالک بیٹھتا تھا۔ اس کی پشت پر ایک

185

فریم کی ہوئی تحریر دیوار پر ٹنگی ہوتی تھی جس پر جلی حرف میں لکھا ہوتا تھا ''یا بہاء الابھے''، جس کا مطلب ہے کہ خدا اعلیٰ نور ہے۔ یہ ایک طرح سے بہائی مذہب کا کلمہ ہے۔ جب 1850ء میں ایران کے حکمران قاچاری بادشاہوں، محمد علی شاہ اور ناصر الدین شاہ کے احکامات پر 20 ہزار سے زیادہ بہائی قتل کر دیے گئے تو انہوں نے ایران سے نکلنا شروع کر دیا۔ اس زمانے سے ہی بہائی ہندوستان آنا شروع ہو گئے تھے اور زیادہ تر بمبئی میں آبسے تھے۔ پاکستان بننے کے بعد ان میں سے کثیر تعداد سندھ میں کراچی، حیدر آباد اور میر پور خاص میں منتقل ہو گئی۔

جیسے ہی جاوید اور سلمان اے۔ ون ریسٹورنٹ میں داخل ہوئے۔ کاؤنٹر کے پیچھے بیٹھے ہوئے ایرانی مالک نے مسکرا کر ہاتھ ہلایا اور جوابًا جاوید نے بھی ہاتھ ہلا دیا۔ جاوید اکثر دوستوں کے ساتھ اس ریسٹورنٹ میں آتا تھا اور وہاں کے بیرے بھی اسے پہچاننے لگے تھے۔ اُس وقت وہاں صرف ایک میز پر دو لوگ بیٹھے تھے۔ باقی ساری میزیں خالی تھیں۔ انہوں نے کونے کی ایک میز منتخب کی اور ان کے بیٹھتے ہی بیرا ایک ٹرے میں دو گلاس پانی اور دو اسپیشل چائے لے آیا۔ اسے معلوم تھا کہ جاوید اور اس کے دوست ہمیشہ اسپیشل چائے آرڈر کرتے ہیں جس کے لیے وہاں لپٹن یلو لیبل چائے استعمال کی جاتی تھی۔

جاوید کی سمجھ سے بالاتر تھا کہ کس طرح سلمان سے گفتگو کا آغاز کرے کیوں کہ آج تک اس کی کسی کے ساتھ محاذ آرائی کی نوبت نہیں آئی تھی۔

''سلمان، مجھے تم سے ایک شکایت ہے،'' آخر جاوید ہمت کر کے بولا۔

''خیریت؟'' سلمان نے گھبرا کر پوچھا۔ وہ اس وقت اپنی چائے میں شکر ملانے کے لیے چمچی چلا رہا تھا۔ اس کا ہاتھ وہیں رک گیا۔

''تم نے مجھے نہیں بتایا کہ تمہارے چچا اور والد تمہارے رشتے کی بات کر رہے ہیں۔''

''میرے رشتے کی بات؟'' سلمان نے چائے کی چمچی طشتری میں رکھتے ہوئے پوچھا۔

''تمہارے رشتے کی بات۔''

''مگر کس سے؟''

''تمہارے والد نے تمہیں نہیں بتایا؟''

''یار تم پہیلیاں کیوں بجھوا رہے ہو۔ آخر وہ کون بدقسمت لڑکی ہے جس سے میرا رشتہ طے کیا جا رہا ہے؟'' سلمان نے قہقہہ مار کر پوچھا۔

’’کہکشاں سے۔‘‘

’’کہکشاں سے؟‘‘ سلمان نے ایک جھٹکے کے ساتھ اپنا سر پیچھے ہٹایا جیسے کسی نے اس کی پیشانی پر گھونسا مارا ہو، پھر اچانک اس کے ہونٹوں پر مسکراہٹ آگئی۔

’’جاوید، میرے لیے یہ نئی خبر ہے، مگر اچھی خبر ہے۔ کہکشاں اچھی لڑکی ہے بلکہ بہت اچھی ہے۔ مجھے تو واقعی اس سے محبت ہوتی جا رہی ہے۔‘‘

جاوید نے کوئی جواب نہیں دیا۔ سلمان نے اس ناگوار خاموشی کو جو اس نے محسوس کیا فضا پر مسلط تھی۔ اس نے جاوید کے چہرے پر جو تاثرات دیکھے انہیں کوئی معنی نہ پہنا سکا۔ اسے بالکل اندازہ نہ ہو سکا کہ وہ غم تھا یا غصہ۔

’’تم کیا سوچ رہے ہو جاوید؟ کیا میں یہ سمجھوں کہ کہکشاں کے ساتھ تمہاری جذباتی وابستگی ہے؟‘‘ سلمان نے پوچھا۔

’’تم صحیح سمجھے،‘‘ جاوید نے جواب دیا۔

’’کیا کہکشاں بھی اس وابستگی میں شامل ہے؟‘‘

’’ہاں۔‘‘

سلمان نے کوئی جواب نہیں دیا۔ اس نے تو کہکشاں کے خواب دیکھنا شروع کر دیے تھے۔ وہ بظاہر مجلسی شخصیت کا مالک تھا اور بڑی آسانی سے دوست بنا لیتا تھا۔ تقریبات میں وہ لوگوں کا مرکزِ نگاہ بن جاتا تھا مگر اندر سے بالکل تنہا تھا اور خود کو غیر محفوظ سمجھتا تھا۔ اسے ہمیشہ دھڑکا لگا رہتا تھا کہ کہیں کچھ ہونہ جائے۔ اب اس کی زندگی میں پہلی مرتبہ کوئی لڑکی آئی تھی، اور وہ بھی ایسی جو محبت کا پیکر تھی۔ اس کی موجودگی میں وہ خود کو محفوظ سمجھتا تھا۔ اس نے سوچا کہ وہ جاوید کے سامنے گڑ گڑا کر کہے کہ اسے کہکشاں کی ضرورت زیادہ ہے مگر وہ اپنی عزتِ نفس کو کس طرح قربان کر سکتا تھا۔

’’سلمان!‘‘ دور سے کوئی آواز آئی۔

’’ہوں؟‘‘ اس نے چونک کر سر اٹھایا۔ وہ آواز جاوید ہی کی تھی۔

’’مجھے تمہارے جواب کا انتظار ہے۔‘‘

سلمان نے ایک گہری سانس لی اور تھوک نگل کر بولا، ’’جاوید، کیا تم سمجھتے ہو کہ میں اتنا گر سکتا ہوں کہ پیچھے نہ ہٹوں گا؟‘‘

’’سلمان، مجھے تمہارے جذبات کا احساس ہے۔ کاش میں پیچھے ہٹ سکتا۔‘‘

’’اس کی ضرورت نہیں۔ اگر تم دونوں نے اپنے لیے یہ فیصلہ کر لیا ہے تو مجھے کوئی حق نہیں کہ رقیب بن کر خواہ مخواہ بدمزگی پیدا کروں۔‘‘

’’میں تمہارا اشکر گزار ہوں کہ تم نے میرے اوپر سے اتنا بھاری بوجھ اتار دیا۔‘‘

’’آؤ چلیں،‘‘ سلمان نے اٹھتے ہوئے کہا۔

جاوید نے جیب سے پیسے نکال کر میز پر چھوڑ دیے، پچاس پیسے چائے کے اور بیس پیسے ٹپ کے، اور وہ دونوں ریسٹورنٹ سے نکل آئے۔

دن بھر موسم ٹھیک رہا تھا مگر اچانک تیز ہوا کے جھکڑ چلنا شروع ہو گئے تھے۔ معلوم ہوتا تھا کہ آندھی کے آثار ہیں۔ سڑک پار کرتے وقت سلمان آگے تھا۔ جب اس نے دوسری جانب فٹ پاتھ پر پاؤں رکھا تو وہیں رک گیا اور پلٹ کر جاوید کا گریبان پکڑ لیا۔ جاوید ہکا بکا رہ گیا۔ اس کی سمجھ میں نہیں آ رہا تھا کہ اس کا کیا ردّعمل ہونا چاہیے۔ بیچ سڑک پر وہ کسی قسم کی ہاتھا پائی نہیں کرنا چاہتا تھا۔

’’ہوں، اب میری سمجھ میں آ گیا،‘‘ سلمان نے مسکرا کر ایک گھونسا ہلکے سے جاوید کی ناک پر مارا۔

’’ارے، ارے سلمان، یہ کیا کر رہے ہو؟‘‘ جاوید نے بوکھلا کر کہا۔

’’بچو، اب میں سمجھا کہ آج تم نے کیوں مجھے سب کے سامنے ذلیل کیا،‘‘ سلمان نے اس کا گریبان چھوڑ کر کہا، ’’یہ سب کچھ کہکشاں کی وجہ سے تھا۔‘‘

’’مجھے بے حد شرمندگی ہے، سلمان۔ نہ جانے مجھ پر کیسی درندگی طاری ہو گئی تھی۔‘‘

’’کوئی بات نہیں، میں آج کی خواری کا انتقام تو لوں گا، اور ایسا بھیانک انتقام لوں گا کہ تمہیں چھٹی کا دودھ یاد آ جائے گا،‘‘ جاوید کو سلمان کے دانت پیسنے کے انداز میں درندگی نظر آئی جس سے وہ ایک لمحے کے لیے لرز گیا مگر فوراً سلمان نے ہنستے ہوئے کہا، ’’کیوں ڈر گئے؟‘‘

’’ہاں، ڈر گیا۔ تم جو سزا دو گے منظور ہے۔ بس اتنا خیال رکھنا کہ ہڈی پسلی سلامت رہے۔‘‘

’’گارنٹی نہیں دیتا۔ تمہیں معلوم ہی ہے کہ محبت اور جنگ میں سب کچھ جائز ہے۔ اسی لیے میں نے تمہیں فی الحال چھوڑ دیا ہے مگر آئندہ کی گارنٹی نہیں دے سکتا،‘‘ سلمان نے مسکرا کر جاوید کے کندھے پر ہاتھ رکھ دیا۔

’’خیر میں کل سے ہی جان بنانا شروع کر دوں گا تا کہ مقابلہ برابر کا ہو۔‘‘

اچانک وہ دونوں ایک صاحب کی طرف متوجہ ہو گئے جو سامنے سے چلے آرہے تھے۔ جتنے پستہ قد تھے اتنے ہی فربہ تھے۔ ہوا تیز تھی اور اس کا رخ ان کی پشت سے تھا لہٰذا وہ ہوا کے دوش پر فٹ بال کی طرح لڑھکتے ہوئے چلے آرہے تھے۔ انہوں نے ایک بے داغ، استری شدہ نیلے رنگ کا سوٹ پہن رکھا تھا۔ ہوا سے ان کا کوٹ پیراشوٹ کی طرح پھولا ہوا تھا اور ان کی سفید چمکیلی ٹائی ان کے چہرے کے سامنے پتنگ کی دُم کی طرح لہرا رہی تھی۔ اس پر طرّہ یہ کہ ان کے منہ میں پان کی اتنی پیک جمع ہو گئی تھی کہ کسی بھی لمحے ان کی باچھوں سے رِسنے والی تھی۔ وہ کبھی اپنا کوٹ سنبھالتے، کبھی ٹائی کو پکڑ کر کوٹ کے اندر ڈالتے اور کبھی برابر سے گزرنے والی نالی میں پان کی پیک تھوک کر کم از کم ایک مسئلے سے نجات پانا چاہتے تھے۔ خدا خدا کرکے انہیں ایک لمحہ میسر آیا جس میں انہوں نے آگے جھک کر نالی میں پیک ماری مگر شومئ قسمت سے اسی وقت ان کی ٹائی ان کے پھولے ہوئے کوٹ سے نکل کر عین ان کے منہ کے سامنے لہرائی۔ نتیجہ ظاہر ہے۔ ان کے چہرے پر ایسے آثار نمودار ہوئے جیسے زلزلے کے دوران اپنے آپ کو سنبھالنے کی کوشش کر رہے ہوں۔ انہوں نے ادھر ادھر دیکھا کہ کسی نے دیکھ تو نہیں لیا، اور اپنی پتلون کی جیب سے سفید رومال نکال کر ٹائی پر رگڑنا شروع کر دیا۔ جب وہ اپنی ٹائی کو صاف کرتے ہوئے جاوید اور سلمان کے برابر سے گزرے تو انہوں نے باری باری دونوں کی طرف دیکھا مگر دونوں ایسے بن گئے جیسے انہوں نے کچھ دیکھا ہی نہیں۔ وہ جب گزر گئے تو جاوید نے پیچھے مڑ کر دیکھا۔ وہ صاحب اپنی ٹائی اتار کر کوٹ کی جیب میں رکھ رہے تھے۔

’’کیا سیکھا ان صاحب کا حشر دیکھ کر؟‘‘ سلمان نے بغیر مڑے جاوید سے پوچھا۔

’’یہی کہ ٹائی اور پان کا ساتھ نہیں ہے،‘‘ جاوید نے جواب دیا۔

’’ویسے اگر دیکھو تو ٹائی تمہارے لباس کا ایسا جزو ہے جس کا کوئی مصرف نہیں۔ بہتر ہوتا کہ ٹائی کو بطور رومال استعمال کیا جاتا۔ پانی پینے کے بعد اس کی پشت سے منہ پونچھ لو، یا چھینک آنے کے بعد ٹائی سے ناک پونچھ لو پھر تو کوئی بات بھی بنے۔‘‘

’’کہتے ہیں کہ جب ٹائی ایجاد ہوئی تھی تو اس کا مصرف یہی تھا،‘‘ جاوید نے سلمان کے کندھے پر ہاتھ رکھ کر کہا۔

سلمان نے جواب میں کچھ کہا مگر برابر سے گزرتے ہوئے ٹرک کے کان پھاڑنے والے ہارن سے

اس کی آواز دب گئی۔

***

جب جاوید نے دروازہ کھٹکھٹایا تو کہکشاں نے کھولا۔ وہ صحن میں بچھی ہوئی کرسیوں پر بیٹھ گئے۔

’’پھوپھی جان نہیں ہیں؟‘‘ جاوید نے ادھر ادھر دیکھتے ہوئے کہا۔

’’نہیں۔ وہ اور ابامیاں تمہارے گھر گئے ہیں۔‘‘

’’اچھا، مگر اس وقت؟‘‘

’’ہاں، آج کھانا تمہارے گھر کھانے کا پروگرام ہے۔ میں دادا کی وجہ سے رک گئی تھی،‘‘ کہکشاں نے جواب دیا۔

’’دادا کہاں ہیں؟‘‘

’’اپنے کمرے میں ہیں، ان کے کوئی دوست آئے تھے، ابھی ابھی اٹھ کر گئے ہیں۔‘‘

’’دادا کے دوست؟‘‘ جاوید نے پوچھا۔

’’ہاں، کوئی شاعر تھے اپنا تازہ کلام سنانے کے لیے آئے تھے،‘‘ کہکشاں نے کہا، ’’اور تم لوگ بتاؤ، دن کیسا گزرا؟‘‘

’’بتا دوں؟‘‘ سلمان نے جاوید کی طرف دیکھ کر کہا۔

’’چھوڑ و یار، وہ آپس کی بات تھی،‘‘ جاوید نے جواب دیا۔

’’کیا، کیا، کیسی آپس کی بات؟‘‘

’’بھئی، دراصل میری اور تمہاری شادی ہوتے ہوتے رہ گئی،‘‘ سلمان نے مسکرا کر کہا۔

’’پوری کہانی سناؤ۔‘‘

’’اپنے اس کزن سے ہی سن لو۔‘‘

’’دراصل پھوپھا جان نے ابو جی کو بتایا تھا کہ انہوں نے اپنے بھائی سے تم دونوں کے رشتے کی بات کی ہے،‘‘ جاوید نے کہا۔

’’نیک خیال ہے،‘‘ کہکشاں نے ہنستے ہوئے کہا۔

"کیا مطلب، نیک خیال ہے،" جاوید اپنی کرسی سے اٹھ کر کھڑا ہو گیا۔

"سلیمان، نہ میں گڑیا ہوں اور نہ تم گڈے ہو کہ بیٹھے بٹھائے شادی رچائی جائے۔ جب وقت آئے گا تب دیکھا جائے گا،" کہکشاں نے سنجیدگی سے کہا۔

"بھئی جاوید، ایسا لگتا ہے کہ ابھی میرا سکوپ ہے،" سلیمان نے اپنی بھوئیں اچکا کر جاوید کا بازو دبایا۔

"مذاق چھوڑو، یہ تمہاری پیشانی پر چوٹ کیسے لگی؟" کہکشاں نے پوچھا۔

"یہ بھی تم اپنے اسی کزن سے پوچھو۔ یہ مجھے تم سے دست بردار ہونے کی ترغیب دے رہا تھا۔"

"کیا مطلب، کیا ہاتھا پائی ہو گئی؟" کہکشاں نے مسکرا کر پوچھا۔

"چھوڑو بھئی، بات ختم ہو گئی،" جاوید نے جھینپ کر کہا۔

"بات ختم کیسے ہو گئی۔ جس کہانی میں میں شامل ہوں اسے سننے کا میرا حق تو بنتا ہے نا؟"

آخر کہکشاں کے اصرار پر جاوید اور سلیمان کو پوری کہانی سنانی پڑی۔ کہکشاں مسکرا کر بولی، "تو یہ خون خرابا میرے لیے ہوا؟"

"اور کیا؟ وہ تو غنیمت تھا کہ اسے قتل کرنے کی نوبت نہیں آئی۔" جاوید نے جواب دیا۔

"ہاؤ رومینٹک!" کہکشاں نے جاوید کو پیار بھری نظروں سے دیکھتے ہوئے کہا۔

"مجھے بے حد افسوس ہے کہ میری وجہ سے تم لوگوں کی خوش باش زندگی میں خواہ مخواہ کا خلفشار ہو گیا۔"

"کوئی خلفشار نہیں ہوا،" کہکشاں نے جواب دیا، "یقین کرو سلیمان، ہمیں تمہاری آمد سے بے حد خوشی ہے۔ کم از کم دور دراز سے آئے ہوئے ایک عزیز سے ملاقات ہو گئی۔ میں تو بے چینی سے اپنے تایا اور تائی سے ملنے کا انتظار کرتی رہوں گی۔"

"مجھے تو سب سے بڑی خوشی یہ ہے کہ پھوپھا جان کی زندگی میں جو خلا تھا، اسے بھرنے کی کوئی صورت پیدا ہوئی ہے،" جاوید نے کہا۔

"میں نے تو یہ ایک ہفتہ اس طرح گزارا ہے جیسے کہ کسی اور کی زندگی جی رہا ہوں۔ تم لوگوں کی محبت دیکھ کر اچانک یہ احساس ہوا ہے کہ ایسے لوگ بھی موجود ہیں جن کے خون کی آمیزش میرے خون میں ہے۔"

"یقین کرو سلیمان، تم سے مل کر ہمیں بھی اتنی ہی خوشی ہوئی ہے، جتنی تمہیں ہوئی ہے،"

جاوید نے کہا۔

’’اور سب سے بڑی بات یہ ہے کہ آپ وئی بنگلا کو تھا بولا شجو پے یے چھن،‘‘ سلمان نے قہقہہ مارا۔

’’کیا، کیا، یہ کیا بول گئے؟ ضرور میرا مذاق اڑایا ہے،‘‘ کہکشاں نے احتجاج کیا۔

’’کچھ نہیں، یہ جاوید کو بنگلا بولنے کا خبط ہے نا۔ مجھے آتے ہی اس نے بنگلا بول کر مرعوب کر دیا تھا۔ وہی میں اس کو یاد دلا رہا ہوں۔‘‘

’’تم لوگ جاؤ، وہاں کھانے پر تمہارا انتظار ہو رہا ہو گا۔ ابامیاں کہہ گئے ہیں کہ جیسے ہی تم لوگ یہاں پہنچو، میں تمہیں فوراً بھیج دوں۔‘‘

’’ٹھیک ہے، پہلے دادا کو سلام کر لیں،‘‘ سلمان نے کہا اور اٹھ گیا۔ جاوید بھی اس کے ساتھ ہی اٹھ گیا۔

***

جاوید حسب معمول علی الصبح جام شورو کے لیے بس لے کر آٹھ بجے پروفیسر مطیع الرحمٰن کے لیکچر کے لیے وقت پر پہنچ گیا۔ وہ خلیاتی حیاتیات پڑھاتے تھے اور ان کے تحقیقی مقالے بین الا قوامی جرنلوں میں شائع ہوتے رہتے تھے۔ اگر کوئی ایک بار بھی ان کی کلاس میں دیر سے پہنچتا یا غیر حاضر ہوتا تو اسے ہمیشہ یاد رکھتے تھے اور جب بھی اس سے آمنا سامنا ہوتا، فوراً اسے طعنہ دیتے، ’’میاں، تم فلاں تاریخ کو میری کلاس میں دس منٹ دیر سے پہنچے تھے۔‘‘ اس معاملے میں وہ لڑکیوں کو بھی نہیں بخشتے تھے۔ ان کے شاگردوں کا کہنا تھا کہ ہاتھی بھول سکتا ہے مگر پروفیسر مطیع الرحمٰن نہیں بھول سکتے۔ اس دن جاوید کی دو مزید کلاسیں تھیں جن کے بعد وہ دو بجے کی بس لے کر واپس حیدر آباد اولڈ کیمپس پہنچا۔

پروگرام کے مطابق سلمان اور کہکشاں بس اسٹینڈ پر اس کا انتظار کر رہے تھے۔ سلمان کے ہاتھ میں شیخ احسان الٰہی و اولادہ کا شاپنگ بیگ تھا جو کافی وزنی لگ رہا تھا۔

’’معلوم ہوتا ہے کہ چچا نے دل کھول کر شاپنگ کرائی ہے،‘‘ جاوید نے کہا۔

’’ایسی ویسی۔ ان کا بس چلتا تو پوری دکان خرید لیتے،‘‘ سلمان نے جواب دیا۔

’’سلمان، تم خوش قسمت ہو کہ ابامیاں تمہیں شاپنگ کے لیے لے گئے ورنہ مجھے تو ہمیشہ حسرت ہی رہی کہ کبھی مجھے بھی لے جائیں، مگر....،‘‘ کہکشاں نے کہا۔

’’تم پھوپھا جان کے ساتھ انصاف نہیں کر رہیں،‘‘ جاوید نے کہکشاں کی بات کاٹی۔’’وہ جب بھی شاپنگ کے لیے جاتے ہیں، تمہارے لیے ایک آدھ سوٹ کا کپڑا ضرور لاتے ہیں۔‘‘

’’مگر وہ مجھے ملتا ہی کب ہے؟ وہ تو امی جان میرے جہیز کے لیے سینت کر رکھ دیتی ہیں،‘‘ کہکشاں نے جواب دیا۔

’’اچھا ہے۔ کم از کم تمہارے شوہر کو زندگی بھر تمہارے لیے کپڑے بنانے کی ضرورت نہیں پڑے گی،‘‘ سلمان نے کہا۔

وہ چلتے چلتے فردوس سنیما کے سامنے سے گزرے۔ پوری عمارت پر قلوپطرہ کے بڑے بڑے بورڈ آویزاں تھے۔

’’مگر ہم جا کدھر رہے ہیں؟‘‘ کہکشاں نے پوچھا،

’’بھئی پروگرام یہ ہے کہ سلمان کو شکیل ایکسپریس سے کراچی کے لیے پی آئی اے کا ٹکٹ خریدنا ہے،‘‘ جاوید نے کہا۔

’’تو تم کراچی ٹرین سے نہیں جا رہے ہو؟‘‘ کہکشاں نے سلمان سے پوچھا۔

’’پہلے تو پروگرام یہی تھا مگر پھر جاوید نے مشورہ دیا کہ ہوائی جہاز سے بہتر رہے گا۔ وقت بھی بچے گا اور وہیں ایئر پورٹ سے ہی دو گھنٹے کے بعد ڈھاکہ کی فلائٹ مل جائے گی۔‘‘

اس زمانے میں حیدر آباد سے کراچی کے لیے پی آئی اے کی دن میں دو پروازیں جاتی تھیں، ایک صبح کو آٹھ بجے اور دوسری شام کو آٹھ بجے۔ صبح کی فلائٹ میں ناشتہ دیتے تھے، شام کی فلائٹ میں رات کا کھانا، اور کرایہ صرف 25 روپے تھا۔

فردوس سنیما سے آگے نکڑ پر برابر برابر دو ریسٹورنٹ تھے جن میں سارا دن فُل والیوم پر ریکارڈنگ کا مقابلہ ہوتا تھا اور گزرنے والوں کو کان پڑی آواز سنائی نہیں دیتی تھی۔ وہاں سے بائیں جانب مڑ کر رسالہ روڈ پر آگئے جہاں آگے چل کر گورنمنٹ ہائی اسکول کے سامنے گول بلڈنگ ہے جس میں شکیل ایکسپریس کا دفتر تھا۔

’’سلمان، تم کچھ دن اور ٹھیر جاتے تو اچھا ہوتا،‘‘ جاوید نے کہا۔

’’کاش ٹھیر سکتا،‘‘ سلمان نے جواب دیا۔ ’’میرے لیے یہ ایک ہفتہ اس طرح گزرا ہے جیسے کوئی خواب دیکھا ہو، بلکہ پورا مہینہ ہی کسی طلسماتی دنیا میں گزرا ہے۔ ایک مہینہ پہلے میں سوچ بھی نہیں سکتا تھا

کہ میرے کوئی چچا بھی ہیں اور ان کی ایک اتنی پیاری سی بیٹی بھی ہے۔''

''کیوں، تمہارے والد نے کبھی نہیں بتایا؟'' جاوید نے پوچھا۔

''نہیں، انہوں نے کبھی اپنے خاندان کا تذکرہ نہیں کیا۔ بچپن سے ہی مجھے تنہائی کا احساس تھا۔ جب میں دوسرے بچوں سے ان کے دادا، دادی اور چچا، تایا کے متعلق سنتا تھا تو میری بھی خواہش ہوتی تھی کہ میرے بھی کوئی عزیز ہوں۔ جب میں اپنے والد سے پوچھتا تھا کہ کیا ہمارے رشتے دار نہیں ہیں تو وہ مسکرا کر کہہ دیتے، نہیں بیٹا، میں تو بس آسمان سے ٹپکا تھا اور زمین پر گرتے ہی بڑا ہو گیا۔ مجھے صرف اتنا معلوم تھا کہ میرے دادا اور دادی کا انتقال میرے والد کے بچپن میں ہی ہو گیا تھا۔''

جاوید اور کہکشاں نے کوئی جواب نہیں دیا۔ آخر جاوید نے خاموشی کو توڑتے ہوئے پوچھا، ''کیا انہوں نے تمہیں یہ بھی نہیں بتایا کہ وہ بچپن میں گھر سے بھاگ گئے تھے؟''

کہکشاں اور سلمان نے چونک کر جاوید کی طرف سوالیہ نظروں سے دیکھا اور انتظار کرنے لگے کہ وہ آگے بھی کچھ بولے۔

''نہیں، مجھے نہیں بتایا،'' سلمان نے جواب دیا اور برابر سے گزرتی ہوئی کاروں، رکشوں اور گدھا گاڑیوں کو گننے لگا۔

''چپ کیوں ہو گئے، آگے بولو نا،'' کہکشاں نے کہا۔

''پھوپھا جان اور سلمان کے والد بچپن میں ہی یتیم ہو گئے تھے اور دونوں بھائیوں کو ان کے تایا نے پالا، مگر ان کے تایا اور تائی بڑے ظالم نکلے اور چھوٹی چھوٹی باتوں پر ان کی پٹائی کرتے تھے۔ آخر تمہارے والد گیارہ سال کی عمر میں گھر سے بھاگ لیے،'' جاوید نے سلمان کے کندھے پر ہاتھ رکھ کر کہا۔

سلمان نے کسی رد عمل کا اظہار نہیں کیا۔ وہ خاموشی سے گزرتے ہوئے ٹریفک کو دیکھتا رہا۔

''تمہیں یہ سب کیسے معلوم ہوا؟'' کہکشاں نے پوچھا۔

''ابو جی نے ہی ایک بار بتایا تھا،'' جاوید نے جواب دیا۔ ''پھوپھا جان گھر سے نہیں بھاگ سکے، وہ اس وقت آٹھ سال کے تھے۔ ان کے تایا اور تائی زبان کے تیز تھے اور ہمیشہ ان پر لعن طعن کرتے تھے۔''

''اسی لیے ابا میاں کی شخصیت مسخ ہو کر رہ گئی ہے،'' کہکشاں نے کہا۔

''میری سمجھ میں نہیں آتا کہ گیارہ سال کا بچہ اسال گھر سے بھاگ کر کہاں گیا ہو گا؟'' سلمان نے سرگوشی میں کہا۔ معلوم ہوتا تھا کہ وہ اپنے آپ سے ہی سوال کر رہا ہو۔

’’میں سوچ بھی نہیں سکتی تھی کہ کسی کا بچپن اتنا بھیانک ہو سکتا ہے،‘‘ کہکشاں نے کہا۔ ’’ابامیاں کی طبیعت میں اتنی جھنجلاہٹ ہے جیسے وہ ہر اس شخص کو اپنے اذیت ناک ماضی کا ذمہ دار سمجھتے ہوں جس پر ان کی نظر پڑے۔‘‘

’’ابو جی نے پھوپھا جان کو مشورہ دیا تھا کہ وہ اپنے تایا کو معاف کر دیں تو انہیں ذہنی سکون ملے گا۔ آخر پھوپھا جان نے انہیں معاف کر دیا اور گھر لے آئے۔‘‘

’’میں بھی زندگی میں پہلی بار ابامیاں کو خوش دیکھ رہی ہوں۔‘‘

’’سلمان، تمہارے والد بھی غصے کے تیز ہیں؟‘‘ جاوید نے پوچھا۔

’’نہیں، ابا بڑے کم گو ہیں۔ ہر وقت سوچ میں ڈوبے رہتے ہیں۔‘‘ سلمان نے گہرا سانس لیا اور جاوید نے اس کے کندھے پر ہاتھ رکھ کر بادیا۔ تینوں خاموشی سے راستہ طے کرتے رہے۔

’’ان کے ماضی کے متعلق نہ مجھے کوئی علم تھا اور نہ ماں کو۔ شاید وہ اپنے ہمیں اپنے درد میں شریک نہیں کرنا چاہتے،‘‘ سلمان نے کہا۔ ’’غالباً چاچا جی بھی اپنے بچپن کی باتیں نہیں کرتے۔‘‘

’’نہیں، ابامیاں کا رویہ اس کے برعکس ہے۔ جب وہ پھٹ پڑتے ہیں تو اپنے ماضی کو جی بھر کے کوستے ہیں،‘‘ کہکشاں نے جواب دیا۔

’’شاید ابا نے اپنے ماضی کو قبول کر کے آگے بڑھنے کا فیصلہ کر لیا ہے،‘‘ سلمان نے کہا۔

’’سلمان، یہ بہت اچھا ہوا کہ تم آ گئے۔ میں نے ابامیاں کو اپنی زندگی میں اتنا خوش کبھی نہیں دیکھا۔‘‘

’’مجھے جاوید نے ابا کے بچپن کے متعلق جو کچھ بتایا ہے اس سے مجھے بھی انہیں سمجھنے میں مدد ملے گی،‘‘ سلمان نے جاوید کی طرف دیکھ کر کہا۔

’’اچھا بھئی کل اتوار ہے، کیوں نہ ہم تینوں فلم دیکھیں کیوں کہ پرسوں تو سلمان چلا جائے گا۔‘‘

’’پتا نہیں، امی تو خیر کچھ نہیں کہیں گی مگر ابامیاں سے اجازت لینی پڑے گی کیوں کہ وہ پسند نہیں کرتے کہ میں یونیورسٹی کے سوا کہیں اور بھاگی پھروں۔‘‘

’’چاچا جی سے اجازت لینے کا کام تم مجھ پر چھوڑ دو،‘‘ سلمان نے کہا۔

سامنے ہی سڑک کی دوسری جانب گول بلڈنگ تھی۔ انہوں نے تیزی سے سڑک پار کی اور تشکیل ایکسپریس کے دفتر میں داخل ہو گئے۔

19

پیارے میاں نے اپنے تایا پر بڑی محنت کی تھی۔ ڈاکٹر نے انہیں بتایا تھا کہ انہیں کوئی بیماری نہیں ہے لیکن فالج کا جو اثر ان کی ٹانگ اور بازو پر ہوا ہے اسے پوری طرح دور تو نہیں کیا جا سکتا مگر باقاعدہ ورزش سے اس پر کسی حد تک قابو پایا جا سکتا ہے۔ چنانچہ پیارے میاں انہیں روزانہ صبح و شام آنگن میں ٹہلاتے تھے۔ ان کا دایاں بازو اپنے کندھے پر رکھ کر ہاتھ سے کھینچ کر رکھتے اور ان کے دائیں پاؤں کو اپنے پیر سے دھکا دے کر آگے بڑھاتے۔ ایسا لگتا تھا کہ آہستہ آہستہ ان کی ٹانگ میں جان آ رہی ہے۔ وہ اپنا دایاں پاؤں خود آگے بڑھانے لگے تھے مگر ابھی زمین پر زور دے کر نہیں رکھ سکتے تھے۔ ڈاکٹر نے امید دلائی تھی کہ اگر اسی طرح انہیں ورزش کرائی جاتی رہے تو ممکن ہے ایک دن وہ خود بلا کسی سہارے کے چل سکیں۔

باقی خاں کو ورزش سے جتنا فائدہ ہوا تھا اس میں ان کی اپنی ہمت کو بھی بہت دخل تھا۔ ان میں زندہ رہنے کی امنگ جاگ اٹھی تھی۔ خصوصاً کہکشاں، سلمان اور جاوید کی توجہ نے ان میں ایک نئی روح پھونک دی تھی۔ وہ تینوں انہیں مصروف رکھتے تھے۔ کہکشاں تو ان کے ساتھ مذاق بھی کر لیتی تھی اور جب وہ منہ کھول کر ہنستے تو وہ ان کے پوپلے منہ میں جھانک کر دیکھتی اور کہتی، ''دادا، آپ کے منہ میں لائٹ لگوا دیں گے کیوں کہ اندر اندھیرا اندھیرا سا رہتا ہے۔''

اس پر وہ قہقہہ مارتے اور ان کے حلق کا کوّا صاف نظر آتا۔ کہکشاں پھر ان کے منہ میں جھانک کر دیکھتی اور انگلی اٹھا کر کہتی، ''دیکھیں دادا، آپ کا کوّا کیسا پھدک رہا ہے۔''

ہنستے ہنستے ان کے پیٹ میں بل پڑ جاتے اور وہ منتیں کرتے، ''بس بٹیا بس، اب تو ہنسا بھی نا جاتا،'' اور کہکشاں اپنے بازو بڑھا کر انہیں چمٹا لیتی۔

کہتے ہیں کہ اگر بڑھاپے میں جوانوں اور بچوں کی صحبت ملتی رہے تو پھر بڑھاپا ہلکا لگتا ہے۔ باقی خاں کو زندگی نے جو مار لگائی تھی اس نے ان کے کس کس بل نکال دیے تھے۔ اب جو آرام انہیں میسر آیا تو اس سے بھی انہیں ڈر سا لگتا تھا۔ سوچتے تھے کہ کہیں یہ صرف خواب نہ ہو اور جب آنکھ کھلے تو وہ اپنی جھگی میں اکیلے پڑے ہوئے ہوں۔

اُس دن وہ صبح کی چائے کے بعد گھنٹہ بھر سو کر اٹھے تھے اور پیارے میاں نے انہیں آنگن میں کرسی پر بٹھا دیا تھا۔ موسم بہار کی آمد تھی اور گلابی جاڑے میں صبح کی دھوپ کی دھیمی دھیمی تپش انہیں اچھی لگ رہی تھی۔ سلمان ایک کرسی کھسکا کر ان کے سامنے آ بیٹھ گیا۔

”دادا، میں کل واپس جا رہا ہوں،“ اس نے چیخ کر کہتا کہ آواز ان کے کانوں میں پہنچ جائے۔

”کیوں بیٹا، ایسی جلدی کیا ہے، ابھی اور ٹھیرو،“ انہوں نے کہا۔

”بس دادا، میری رومی بستی کھل رہی ہے،“ اس نے مسکرا کر جواب دیا۔

”اچھا، اپنے باوا سے کہنا کہ وہ بھی ہمیں اپنی شکل دکھا جائیں۔“

”جی، وہ بھی چھٹیاں ملنے پر آئیں گے۔“

”ان سے کہنا کہ دونوں میاں بیوی آئیں۔“

”جی۔“

”آ جائیں بھئی، ناشتہ تیار ہے،“ کہکشاں کی آواز آئی۔

”چچا جی کو تو آنے دو،“ سلمان نے کہا۔

”ابا میاں بھی آ جائیں گے، تم دادا کو لے کر آؤ۔“

سلمان اٹھا اور باقی خاں کو سہارا دے کر اٹھایا۔ پیارے میاں نے سب گھر والوں کو ٹریننگ دے دی تھی کہ ان کے تایا کو چلنے میں کس طرح مدد دی جا سکتی ہے۔ سلمان نے انہیں کھڑا ہونے میں سہارا دیا اور قدم بڑھانے میں مدد کر کے انہیں برآمدے میں لا کر دستر خوان کے سامنے بٹھا دیا۔

کہکشاں ایک گاؤ تکیہ لیے ہوئے پیچھے کھڑی تھی۔ اس نے آگے بڑھ کر ان کی کمر کے پیچھے لگا دیا۔

پیارے میاں کام پر جانے کے لیے کپڑے بدل کر کمرے سے نکلے اور بولے، ”یہ جاوید کہاں رہ گیا؟“

”آتا ہی ہو گا،“ کہکشاں نے جواب دیا، ”آپ شروع کریں ورنہ سب کچھ ٹھنڈا ہو جائے گا۔“

’’چچی، آپ بھی آ جائیں نا،‘‘ سلمان نے اپنی چچی کو آواز دی۔

’’آپ لوگ شروع کریں، میں بعد میں کر لوں گی،‘‘ مقسطیٰ خانم نے باورچی خانے سے ہی جواب دیا۔

’’نہیں چچی، آپ بھی ہمارے ساتھ بیٹھیں گی۔‘‘

’’آپ لوگ شروع تو کریں، یہ دو چار پوریاں کڑھائی میں رہ گئی ہیں، وہ نکال کر آتی ہوں۔‘‘

اتنے میں باہر کا دروازہ کھلا اور جاوید نے جھانک کر دیکھا۔

’’اخّاہ، یعنی آپ لوگ میرے بغیر ہی شروع ہو گئے،‘‘ اس نے کہا۔

’’آجاؤ، آجاؤ۔ ہم تمہارا انتظار کر رہے تھے،‘‘ پیارے میاں نے تھوڑا سا کھسک کر جاوید کے لیے جگہ بنائی۔

’’السلام علیکم دادا،‘‘ اس نے بیٹھتے ہوئے کہا۔

’’جیتے رہو بیٹا،‘‘ باقی خاں نے ہاتھ اٹھا کر اسے دعا دی۔

’’گرم گرم پوریاں ہیں۔ بس شروع کر دیں،‘‘ مقسطیٰ خانم پوریوں سے بھری ہوئی پلیٹ لیے ہوئے آئیں اور کہکشاں کے برابر بیٹھ گئیں۔

’’زبردست، آج پوری اور آلو کی ترکاری کا ناشتہ ہے،‘‘ جاوید نے کہا۔

’’ادھر کٹوردان میں حلوہ بھی ہے،‘‘ مقسطیٰ خانم نے کہا۔

کہکشاں نے اپنے دادا کی پلیٹ میں آلو کی ترکاری ڈالی تو بولے، ’’کتنا اچھا لگ رہا ہے کہ سب اکٹھے بیٹھے کھانا کھا رہے ہیں۔ کوشش کر کے اکٹھے ہی کھانا چاہیے کیوں کہ اس سے محبت بڑھتی ہے۔‘‘

’’تایا ابّا، آپ کو حلوہ دوں یا بعد میں لیں گے ؟‘‘ مقسطیٰ خانم نے پوچھا۔

’’نا لّی، میں بعد میں لے لوں گا،‘‘ انہوں نے جواب دیا۔

’’اچھا بھئی، میں چلا،‘‘ پیارے میاں اٹھتے ہوئے بولے۔

’’ارے چائے تو پیتے جائیں،‘‘ مقسطیٰ خانم نے کہا۔

’’نہیں، میں چائے وہیں پی لوں گا۔‘‘

سلمان بھی پیارے میاں کے ساتھ اٹھ گیا اور بولا، ’’چچا جی، آپ سے ایک بات پوچھنی تھی۔‘‘

’’ہاں بولو،‘‘ انہوں نے سلمان کے کندھے پر ہاتھ رکھتے ہوئے کہا۔

’’آج ہمارا پروگرام گھومنے کے لیے جانے کا ہے۔‘‘

’’ہاں تو جاؤ، کس نے روکا ہے؟‘‘

’’دراصل ہم سوچ رہے تھے کہ کہکشاں کو بھی لے جائیں۔‘‘

پیارے میاں نے اپنا ہاتھ سلمان کے کندھے سے ہٹایا اور ہچکچاتے ہوئے بولے، ’’بھئی مجھے اچھا نہیں لگتا کہ وہ بلاضرورت بھاگی پھرے۔‘‘

’’پھوپھا جان، میں بھی ساتھ ہوں گا۔ آپ فکر نہ کریں،‘‘ جاوید کہہ کر دسترخوان سے اٹھ گیا۔

’’ٹھیک ہے، لے جاؤ، مگر ادھر اُدھر مت بھاگے پھرنا،‘‘ پیارے میاں نے کچھ سوچ کر جواب دیا۔

’’اور مغرب سے پہلے پہلے واپس آ جانا،‘‘ مقسطی خانم نے تاکید کی اور اپنے شوہر کو خدا حافظ کہنے کے لیے اٹھ گئیں۔

’’دیکھا، پھوپھا جان نے تمہیں تو منع کر دیا مگر میری بات مان گئے،‘‘ جاوید سلمان کو چڑانے لگا۔

’’مانتے کیسے نہیں۔ تم اتنے عرصے سے ان کی چمچہ گیری جو کر رہے ہو۔ اگر تمہاری بات نہیں مانیں گے تو پھر کس کی مانیں گے،‘‘ سلمان نے جواب دیا۔

’’تم دونوں بالکل بچے ہو گئے ہو۔ ہر بات میں مقابلہ کرتے ہو،‘‘ کہکشاں نے انہیں ڈانٹا۔

’’بھئی کیا مسئلہ ہے؟‘‘ باقی خاں کو کچھ سنائی تو دیتا نہیں تھا، وہ سمجھے کہ کسی بات پر جھگڑا ہو رہا ہے۔

’’کچھ نہیں دادا، میں ان کو ڈانٹ رہی تھی۔ یہ دونوں بچوں کی طرح لڑتے ہیں،‘‘ کہکشاں نے ان کے نزدیک جا کر زور سے کہا۔

’’چلیں دادا، میں آپ کو کرسی پر بٹھا دوں،‘‘ سلمان نے کہا۔

’’نا بیٹا، مجھے کمرے میں لے چلو، میں تھوڑی دیر لیٹوں گا۔‘‘

’’اچھا، میں تیار ہو کر آتی ہوں،‘‘ کہکشاں نے کہا۔

جاوید اور سلمان باقی خاں کو بستر پر لٹا کر لوٹے تو کہکشاں بھی کپڑے بدل کر آ چکی تھی۔

’’اچھا بھئی اب پروگرام بنا لو۔ جانا کہاں ہے،‘‘ سلمان بولا۔

’’میرا خیال ہے کہ ہم فردوس سنیما میں قلوپطرہ کا مارننگ شو دیکھتے ہیں،‘‘ جاوید نے کہا۔

’’توبہ ہے۔ تم نے قلوپطرہ دس دفعہ تو دیکھ لی ہو گی۔ پچھلے دو سال سے تو آ رہی ہے،‘‘ کہکشاں نے اس کی بات کاٹ کر کہا۔

’’سلمان تم نے قلو پطرہ دیکھی ہے؟‘‘ جاوید نے پوچھا۔

’’دو سال پہلے دیکھی تھی،‘‘ سلمان نے جواب دیا۔

’’پھر کوئی اور فلم دیکھتے ہیں۔‘‘

’’نہیں، قلو پطرہ ہی دیکھ لیتے ہیں۔‘‘

’’کہکشاں تمہارا کیا خیال ہے؟‘‘ جاوید نے کہکشاں کی طرف دیکھ کر پوچھا۔

’’ٹھیک ہے جو تم دونوں کا فیصلہ ہو۔‘‘

***

وہ تینوں گھر سے نکلے تو آسمان پر بادل چھائے ہوئے تھے۔ سلمان نے مشورہ دیا کہ رکشا لے لیا جائے کیوں کہ ہو سکتا ہے کہ بارش شروع ہو جائے۔ جاوید نے کہا کہ بارش ہونے کا کوئی امکان نہیں کیوں کہ بقول شخصے بادل اٹھتے کراچی سے ہیں مگر برستے پنجاب میں ہیں، حیدرآباد تو بادلوں کے لیے صرف ایک گزر گاہ کا کام کرتا ہے۔

’’بھئی جاوید، مجھے تمہارے حیدرآباد میں کہیں ہریالی نظر نہیں آئی،‘‘ سلمان نے کہا۔

’’یار، سندھ تو صحرا ہے اور پھر حیدرآباد تین پتھریلی پہاڑیوں پر بنا ہے تو ہریالی کہاں سے آئے گی۔‘‘

’’باری سال میں کافی سبزہ ہے۔ شاید ہی کوئی جگہ ایسی ہو جہاں قریب ہی کوئی درخت نہ ہو،‘‘ سلمان نے کہا۔

’’ظاہر ہے کہ ایسٹ پاکستان کی ہریالی کا مقابلہ تو سندھ کا صحرا نہیں کر سکتا،‘‘ جاوید نے جواب دیا۔

’’ہمیں ایسٹ پاکستان کو سنہرا بنگال کہنے کی بجائے ہریالا بنگال کہنا چاہیے،‘‘ کہکشاں بولی۔

’’تمہارا کیا خیال ہے سلمان، ایسٹ پاکستان میں ہمیشہ بے چینی کیوں رہتی ہے۔ کہیں ہڑتال ہو رہی ہے، کہیں جلسے جلوس ہو رہے ہیں۔ معلوم ہوتا ہے کہ بنگالی ہمیشہ ناراض رہتے ہیں،‘‘ جاوید نے کہا۔

’’تمہارا یہ خیال صحیح نہیں ہے۔ بنگالی ناراض نہیں، البتہ مایوس ضرور ہیں کہ پاکستان بنایا انہوں نے تھا اور اس پر قبضہ کسی اور نے کر لیا۔‘‘

’’یہ تم کیسے کہہ سکتے ہو۔ پاکستان بنانے میں سب کا حصہ تھا اور سب نے ہی قربانیاں دی ہیں۔‘‘

’’مگر پاکستان کی ابتدا کہاں سے ہوئی، مسلم لیگ کہاں وجود میں آئی؟‘‘

’’اس میں کوئی شک نہیں کہ ابتدا بنگال سے ہی ہوئی،‘‘ کہکشاں نے کہا۔

’’سب سے پہلے مشرقی بنگال ہی میں یہ احساس پیدا ہوا کہ اگرچہ وہاں ہندو صرف 13 فی صد ہیں لیکن سارا عمل دخل ان ہی کا ہے چنانچہ نواب سلیم اللہ خان نے ڈھاکہ میں مسلمان لیڈروں کو مدعو کیا اور انہیں بنگال کے مسلمانوں کی حالتِ زار سے آگاہ کیا۔ اس طرح مسلم لیگ کی بنیاد پڑی مگر جب پاکستان بن گیا تو غاصبوں نے قبضہ کر کے پوری قوم کو محکوم کر دیا۔‘‘

’’اگر تمہارا اشارہ ایوب خان کی طرف ہے تو ان کے دور میں پاکستان نے جتنی ترقی کی ہے، تم اس سے انکار نہیں کر سکتے۔‘‘

’’سلمان، تم جاوید کے سامنے ایوب خان کی برائی نہیں کر سکتے کیوں کہ یہ ایوب خان کا بہت بڑا حامی ہے،‘‘ کہکشاں نے کہا۔

’’جاوید کو پورا حق ہے کہ ایوب خان کی حمایت کرے مگر انصاف بھی تو کوئی چیز ہے۔ ترقی ہو رہی ہے تو کہاں ہو رہی ہے، ملازمتیں نکل رہی ہیں تو کہاں نکل رہی ہیں۔ ہمارے یہاں تو نہیں نکل رہیں مگر اس ترقی میں خون پسینہ ہمارا بھی لگ رہا ہے۔‘‘

’’میں تو سمجھتا ہوں کہ اگر ملک میں ترقی ہو گی تو اس کا اثر پورے ملک پر پڑے گا اور ہمارا معیارِ زندگی بہتر ہو گا،‘‘ جاوید نے کہا۔

’’پوری قوم کا معیارِ زندگی کیسے بہتر ہو گا؟ اگر تم ساری فیکٹریاں حیدر آباد میں ہی لگا دو تو حیدر آباد کے لوگوں کو ملازمتیں ملیں گی اور ان کا معیارِ زندگی بہتر ہو گا۔ اس سے باریسال کے لوگوں کا معیارِ زندگی کیسے بہتر ہو گا؟‘‘

’’تم یہ بھی تو دیکھو کہ ایوب خان نے ملک کو استحکام دیا ہے ورنہ اس سے پہلے جوتیوں میں دال بٹ رہی تھی۔‘‘

’’کوئی جوتیوں میں دال نہیں بٹ رہی تھی۔ پاکستان کو بنے ہوئے گیارہ سال ہی تو ہوئے تھے۔ جمہوریت ایک دن میں تو مستحکم نہیں ہوتی۔ میں تو سمجھتا ہوں کہ یہ شخص پاکستانی عوام کو کوڑا کرکٹ سمجھتا ہے۔ جو اس کے خلاف آواز اٹھائے اسے بند کر دیتا ہے۔ بنگالیوں کے خلاف اس نے نفرت کو ہوا دی۔ نہ سندھی خوش ہیں، نہ بلوچی خوش ہیں، کراچی سے دارلخلافہ ہٹا کر اس شہر کو تباہ کر دیا، مہاجروں

کو دھمکی دیتا ہے کہ آگے سمندر ہے اور فاطمہ جناح کو ووٹ دینے کی سزا کے طور پر اس کا بیٹا وہاں قتل عام کرتا ہے۔ کیا کسی ملک کے حکمران ایسے ہوتے ہیں؟''

کہکشاں، جو اب تک ان کی گفتگو خاموشی سے سن رہی تھی، بولی، ''میں تو سمجھتی ہوں کہ ایوب خان لاکھ اچھا حکمران سہی، لیکن اس کا سب سے بڑا جرم یہ ہے کہ اس نے ملک پر فوج کو قابض کر دیا اور یہ قبضہ ہمیشہ کے لیے ہے۔ یہ معجزہ ہی ہو گا کہ فوج کبھی بیر کوں میں واپس جائے۔''

''مجھے تم سے اتفاق نہیں،'' جاوید نے کہا، ''صرف فوج ہی ایک ایسا ادارہ ہے جس کا وجود پاکستان سے وابستہ ہے۔ اگر یہ ملک ٹوٹ جائے تو مزید وری کرتا رہے گا، تم اور میں اپنی اپنی ملازمتوں پر رہیں گے، مگر فوج کا وجود ختم ہو جائے گا۔ میں سمجھتا ہوں کہ اگر کوئی قائد اعظم جیسا شخص ملک کا لیڈر ہو تو فوج بیر کوں میں کیوں نہ جائے گی۔ فوج غلام محمد اور اسکندر مرزا جیسے لوگوں پر کس طرح اعتماد کر سکتی ہے؟''

''لیکن اگر فوج حکومت کر رہی ہو گی تو وہ قائد اعظم جیسے لوگوں کو پیدا ہی کیوں ہونے دے گی؟'' سلمان نے کہا۔

''میرا خیال ہے کہ ہم اس موضوع پر پھر گفتگو کریں گے کیوں کہ اس کے لیے ہمیں کافی وقت درکار ہو گا۔ ویسے بھی تم دونوں بول بول کر اب ہانپنے لگے ہو،'' کہکشاں نے کہا۔

***

کینٹونمنٹ سے نکل کر اب وہ ٹھنڈی سڑک پر چل رہے تھے۔ جاوید اور کہکشاں میں بحث ہو رہی تھی کہ جب رچرڈ برٹن اور ایلزبتھ ٹیلر کا معاشقہ شروع ہوا اس وقت ایلزبتھ ٹیلر اپنے پچھلے شوہر کو طلاق دے چکی تھی یا نہیں۔ سلمان کو اس موضوع سے کوئی دلچسپی نہیں تھی لہٰذا وہ خاموشی سے پیچھے پیچھے چل رہا تھا۔ کافی دیر کی خاموشی کے بعد جب جاوید نے مڑ کر دیکھا تو سلمان غائب تھا۔ اس نے دور نظر دوڑائی تو معلوم ہوا کہ وہ کافی پیچھے رہ گیا تھا اور ایک گدھا گاڑی کو رو کے کھڑا تھا۔ جاوید نے کہکشاں سے پوچھا کہ اچانک سلمان کیا کر رہا ہے تو اس نے کندھے اچکا کر لا علمی کا اظہار کیا۔ جب وہ دونوں واپس پلٹ کر اس کے پاس پہنچے تو اس نے ان دونوں سے گدھا گاڑی والے کا تعارف کرایا، ''یہ ارشاد بھیّا ہیں۔''

جاوید نے ارشاد کے سراپا کا جائزہ لیا۔ دبلا پتلا جسم، بڑھا ہوا شیو، مسکراتے ہوئے ہونٹوں پر پان کی لالی

اور ان میں دبی ہوئی بیڑی۔

’’سلام علیکم، بھائی جان،‘‘ اس نے ہونٹوں سے بیڑی نکال کر سلام کیا۔

’’ارشاد بھیّا ہمیں اپنی گاڑی چلانے دیں گے،‘‘ سلمان نے کہا۔

’’مگر کیوں؟‘‘ جاوید نے پوچھا۔

’’بھئی ہم ان کی گاڑی میں بیٹھیں گے اور یہ ہماری تصویر لیں گے،‘‘ سلمان نے اپنے کندھے سے کیمرہ اتارتے ہوئے جواب دیا۔

’’یہ تمہیں اچانک کیا سوجھی؟‘‘ جاوید نے جھنجھلا کر کہا۔

’’بھئی ہمارے یہاں گدھاگاڑیاں نہیں ہیں، وہاں سب کو تصویر دکھاؤں گا،‘‘ سلمان نے جواب دیا۔

’’ٹھیک ہے، وہاں تایا اور تائی بھی اپنی بھتیجی کو گدھاگاڑی میں بیٹھا دیکھ لیں گے،‘‘ کہکشاں نے ہنس کر کہا۔

سلمان گدھاگاڑی والے کو ہدایات دینے لگا، ’’دیکھو تم وہاں آگے جا کر اُس کھمبے کے نیچے کھڑے ہونا اور اس کیمرے کو اپنے سینے کے سامنے رکھ کر اس اسکرین پر جھانکو گے تو تمہیں ہم نظر آئیں گے۔ ہم جب نزدیک پہنچیں گے تو ہاتھ اٹھا کر پاکستان زندہ باد کا نعرہ لگائیں گے۔ تم اسی وقت یہ بٹن دبا دینا۔ سمجھ میں آ گئی یا ایک بار اور سمجھاؤں۔‘‘ اس نے کیمرہ ارشاد کو دیتے ہوئے پوچھا۔

’’بالکل سمجھ میں آ گیا۔ میں نے پہلے بھی تصویریں کھینچی ہیں،‘‘ ارشاد نے کیمرہ لیتے ہوئے کہا۔

’’اب تم وہاں اُس کھمبے کے ساتھ کھڑے ہو جاؤ اور ہم جب نعرہ لگائیں تو بٹن دبا دینا۔‘‘

کئی لوگ وہاں جمع ہو گئے اور دلچسپی سے دو پتلونیں پہنے پڑھے لکھے لڑکوں اور ایک ماڈرن لڑکی کو گدھاگاڑی میں بیٹھتے ہوئے دیکھ رہے تھے۔ سلمان نے آگے بیٹھ کر باگیں اپنے ہاتھ میں لے لیں اور پیچھے مڑ کر جاوید اور کہکشاں سے کہا، ’’جیسے ہی میں نعرہ لگاؤں، تم ساتھ دینا، ریڈی؟‘‘

’’ریڈی،‘‘ کہکشاں نے کہا۔ اس کی ہنسی رکنے کا نام نہیں لے رہی تھی۔ ارشاد کھمبے کے پاس کیمرہ لیے ہوئے تیار کھڑا تھا۔ سلمان نے باگوں کو ہلکا سا جھٹکا دیا اور گدھا سرپٹ دوڑنے لگا۔ جب وہ کھمبے کے پاس پہنچے تو سلمان نے ہوا میں گھونسا بلند کر کے کہا، ’’پاکستان!‘‘ اور پیچھے جاوید اور کہکشاں نے ہاتھ اٹھا کر جواب دیا، ’’زندہ باد!‘‘

گدھاگاڑی ارشاد کے برابر سے گزری اور چلتی ہی چلی گئی۔ ارشاد اس کے پیچھے پیچھے بھاگا۔

''ارشاد بھیّا،اس کو روکیں گے کیسے،''سلمان بدحواس ہو کر چیخا۔

''لگام کھینچو،لگام،''ارشاد نے جواب دیا۔

سلمان نے لگام کو ایک جھٹکا دیا تو گدھا اور تیز ہو گیا۔ آخر کار اس کی سمجھ میں بات آگئی تو اس نے گدھے کو پچکار کر آہستہ سے لگام کھینچی تو گدھا آئمے آگے جا کر رک گیا۔ارشاد کافی دور رہ گیا تھا۔انہوں نے مڑ کر دیکھا تو وہ ہانپتا کانپتا چلا آ رہا تھا۔

''ارشاد بھیّا،مجھے اب معلوم ہوا کہ سب سے پہلے مجھے گدھے کو روکنا سیکھنا چاہیے تھا،''سلمان گاڑی سے اتر گیا۔

''میں تو سمجھا کہ آپ لوگ میری گاڑی لے کر بھاگ رہے ہیں،''ارشاد نے ہنستے ہوئے کہا۔

''تم نے بٹن دبایا؟''

''بالکل دبایا۔''

جاوید اور کہکشاں اترنے لگے تو سلمان نے کہا،''ابھی تم دونوں بیٹھو،میں ایک تصویر اور لیتا ہوں،ارشاد بھیّا،تم یہ کیمرہ مجھے دو اور تم اپنی سیٹ پر آ کر بیٹھ جاؤ۔''

''یار ہم یہاں تصویریں لیتے رہیں گے،وہاں فلم شروع ہو جائے گی،''جاوید نے کہا۔

''نہیں یار،ابھی بہت وقت ہے،''سلمان نے جواب دیا۔

اس نے دو تین تصویریں اور لیں۔ کہکشاں اور جاوید گاڑی سے اتر آئے اور سلمان نے ارشاد کو دس روپے کا نوٹ دیا۔

''ارے نہیں بھیّا،پیسے کاہے کے؟''ارشاد نے پیچھے ہٹتے ہوئے کہا۔

''نہیں بھئی یہ رکھ لو۔ہم نے تمہارا اتنا ٹائم بھی تو خراب کیا۔''

ارشاد نے بہت انکار کیا مگر سلمان نے زبردستی اس کی جیب میں وہ نوٹ ٹھونس دیا اور تینوں اسے خدا حافظ کہہ کر وہاں سے چل دیے۔

''یار سلمان،تم بھی بچے بن جاتے ہو،''جاوید نے کہا۔

''ہم میں سے ہر ایک کے اندر ایک بچہ ہوتا ہے۔ اگر تم نے اپنے اندر کے بچے کو بڑا ہونے دیا تو تم اندر سے مر جاؤ گے،لہٰذا اسے بچہ ہی رہنے دو،''سلمان نے ہنستے ہوئے جواب دیا۔

''واہ،کیا بات کہہ دی،''کہکشاں نے کہا۔

جب وہ سنیما ہاؤس پہنچے تو وہاں ہو کا عالم تھا۔ وہی ہوا جس کا ڈر تھا۔ فلم شروع ہو چکی تھی اور لابی میں ہاؤس فُل کا بورڈ رکھا ہوا تھا۔ ٹکٹ کاؤنٹر کی کھڑکی بھی بند تھی۔ دو چار لوگ لابی میں آنے والی فلموں کے پوسٹر دیکھ رہے تھے۔

''یار سلمان، تمہاری گدھا گاڑی کے چکر میں فلم نکل گئی،'' جاوید نے کہا۔

''اگر وقت پر پہنچ جاتے تب بھی ٹکٹ نہ ملتے، تم ہاؤس فُل کا بورڈ دیکھ ہی رہے ہو،'' کہکشاں نے جواب دیا۔

''جاوید، اب تم پر کہکشاں کی فلم ڈیو ہو گئی، اسے بعد میں دکھا دینا، فی الحال چلو کہیں چل کر کچھ کھاتے ہیں۔''

''یار، ابھی تو ناشتہ کر کے نکلے ہو۔''

''چلے بھی تو کتنا ہیں۔ چچی کے پراٹھے تو ہضم ہو گئے۔''

''چلو تو پھر میں تم لوگوں کو سیفی ریسٹورنٹ میں مغز اور روغنی نان کھلاتا ہوں،'' جاوید نے کہا۔

''تو پھر ہم یہاں سے رکشا لے لیتے ہیں،'' سلمان نے جواب دیا۔

''یار، تم چلنے میں بڑے بودے ہو، دور ہی کتنا ہے، پیدل چلتے ہیں۔''

''بھائی، کہکشاں تھک گئی ہوگی، تم کنجوسی مت کرو، رکشا کے پیسے میں دے دوں گا۔''

''نہیں، میں تھکی وکی نہیں ہوں، تم اپنی بات کرو،'' کہکشاں نے کہا۔

''چلو، پیدل ہی چلتے ہیں،'' سلمان نے ٹھنڈی سانس لے کر کہا۔

***

اگلے روز پیارے میاں کام سے جلدی چھٹی کر کے آ گئے۔ مُنّوں میاں اور مشفقی بیگم بھی سر شام سلمان کو خدا حافظ کہنے کے لیے ان کے یہاں آ گئے تھے۔ سلمان کی فلائٹ 8 بجے تھی مگر اسے سوا چھ بجے تک گول بلڈنگ میں شکیل ایکسپریس کے دفتر پہنچنا تھا کیوں کہ ساڑھے چھ بجے ان کی بس وہاں سے مسافروں کو لے کر ائیرپورٹ جاتی تھی۔ جاوید یونیورسٹی سے واپسی میں کہکشاں کو گھر چھوڑ کر سلمان کو شاپنگ کرانے کے لیے لے گیا تھا۔ باقی خاں کرسی پر بیٹھے ہر ایک کو باری باری دیکھ کر مسکرا رہے تھے۔

اگرچہ انہیں سنائی کچھ نہیں دے رہا تھا مگر ان کے لیے یہی کافی تھا کہ ان کے گرد ایسے لوگ موجود تھے جو ان کے بڑھاپے کا سہارا تھے۔ ویسے بھی بڑھاپے میں تنہائی کاٹنے کو دوڑتی ہے، انہوں نے تو پانچ سال قید تنہائی میں گزارے تھے۔

اتنے میں جاوید اور سلمان لدے پھندے گھر میں داخل ہوئے۔ پیارے میاں نے انہیں دیکھ کر کہا، ''بھئی معلوم ہوتا ہے کہ تم پورا بازار خرید لائے ہو۔''

''چچا جی، مجھے جاوید نے شاپنگ کرنے ہی کب دی،'' سلمان نے جاوید کی طرف دیکھ کر کہا۔

''پھوپھا جان، آپ خود سوچیں۔ اس وقت پونے پانچ بجے ہیں اور اس کے پاس پیکنگ کے لیے صرف ڈیڑھ گھنٹہ ہے،'' جاوید نے جواب دیا۔

''ہاں بھئی، جاوید ٹھیک کہتا ہے۔ تم تیاری کرو،'' پیارے میاں نے کہا۔

''پیکنگ ہو چکی ہے۔ بس یہ دو چار چیزیں سوٹ کیس میں رکھنی ہیں۔''

مقسطیٰ خانم اٹھ کر برآمدے میں چارپائی پر رکھے ہوئے کپڑوں کا ڈھیر اٹھا لائیں اور بولیں، ''یہ کپڑے بھی پیک کرنے ہیں۔''

''یہ کہاں سے آ گئے؟'' سلمان نے کہا۔

''بھئی، تمہاری امی کے لیے یہ دو سوٹوں کا کپڑا ہے۔ یہ تمہاری آنٹی لائی ہیں،'' مقسطیٰ خانم نے اپنی نند کی طرف اشارہ کر کے کہا، ''اور یہ بنارسی ساڑھی میری طرف سے ہے۔''

''اور یہ سوئٹر تمہارے ابّا کے لیے ہے۔ یہ بھی تمہاری آنٹی نے بُنا ہے۔''

''خدا کرے کہ ٹھیک آ جائے۔ میں نے پیارے میاں کے ناپ سے تھوڑا سا بڑا سا کھا ہے،'' مشفقی بیگم نے کہا، ''اور یہ قمیصیں تمہارے لیے انکل لائے ہیں۔''

''بہت بہت شکریہ انکل،'' سلمان نے مُنّوں میاں سے کہا، ''مگر سوال یہ ہے کہ میں یہ سب سامان رکھوں گا کہاں، میرا سوٹ کیس تو بھر گیا ہے۔''

''تم میرا سوٹ کیس لے جاؤ، تمہیں دو سوٹ کیسوں کی تو اجازت ہے نا؟'' پیارے میاں نے کہا۔

''چچا جی، آپ کے سوٹ کیس کو تو میں ہاتھ بھی نہیں لگاؤں گا۔ اچھے خاصے سوٹ کیس پر آپ نے زین کا جو غلاف چڑھا رکھا ہے وہ اتنا گندہ ہو گیا ہے کہ دیکھ کر ابکائی آتی ہے۔''

''ٹھہرو، میں لے کر آتا ہوں۔''

پیارے میاں سوٹ کیس لے کر آئے تو سلمان نے اسے اٹھا کر کہا، ''آپ لوگ فیصلہ کریں کہ یہ سوٹ کیس لے جانے کے قابل ہے یا نہیں۔''

''بھئی تو یہ زین کا غلاف اتار دو،'' مُنّوں میاں نے مشورہ دیا۔

''انکل، اگر میں نے یہ غلاف اتارا تو چچا جی برا مان جائیں گے۔''

''نہیں بھئی، میں برا نہیں مانوں گا، تم غلاف اتار دو،'' پیارے میاں نے ہنستے ہوئے کہا۔

مقسطی خانم نے غلاف اتارا تو اندر سے اچھا خاصا صاف ستھرا سوٹ کیس نکل آیا جو بالکل نیا لگ رہا تھا۔ انہوں نے سارے کپڑے سوٹ کیس میں رکھے اور اسے بند کر دیا۔

''بس اب چل پڑو ورنہ تمہاری بس نکل جائے گی،'' پیارے میاں نے کہا۔

سلمان اپنے دادا کے پاس جا کر بولا، ''اچھا دادا میں چل رہا ہوں۔''

باقی خاں نے اپنا ہاتھ اٹھایا اور سلمان جھک کر ان سے چمٹ گیا۔ وہ دیر تک اسے چمٹائے اس کی پیٹھ تھپکتے رہے۔

''میں پھر آؤں گا اور آپ کو اپنے ساتھ لے جاؤں گا،'' سلمان نے کہا۔ باقی خاں کی آنکھیں ڈبڈبانے لگیں اور انہوں نے پھر اپنا ہاتھ اٹھایا۔ سلمان دوبارہ ان کے سامنے جھک گیا اور انہوں نے اس کے کندھے پر ہاتھ رکھ کر کہا، ''اپنے ابا کو میری دعا کہہ دینا۔''

''جی دادا۔''

ہر ایک سے گلے ملنے اور خدا حافظ کرنے میں دیر ہو رہی تھی اور جاوید بار بار گھڑی دیکھ رہا تھا۔ دونوں سوٹ کیس اس کے سامنے رکھے تھے۔ خدا خدا کر کے وہ گھر سے نکلے اور خوش قسمتی سے انہیں سڑک پر پہنچتے ہی رکشا مل گیا۔ جب وہ شکیل ایکسپریس کے دفتر پہنچے تو بس تیار کھڑی تھی۔ جیسے ہی رکشا وہاں پہنچا، بس ڈرائیور نے آگے بڑھ کر سوٹ کیس لے لیے اور بولا، ''بس آپ ہی کا انتظار ہو رہا تھا۔ اگر آپ دو ایک منٹ میں نہ پہنچتے تو آپ کو بس نہ ملتی۔''

''سوری بھئی، ہمیں بہت سے لوگوں کو خدا حافظ کہنا تھا،'' سلمان نے جواب دیا۔

''چلیں، آپ بیٹھیں میں سامان رکھتا ہوں۔''

سلمان پلٹ کر جاوید سے گلے ملا اور بس میں چڑھ گیا۔

''وہاں پہنچتے ہی خط لکھنا،'' جاوید نے کہا اور جیسے ہی بس چلی اس نے ہاتھ ہلا کر سلمان کو خدا حافظ کہا اور وہیں کھڑا رہا جب تک بس اگلے چوک سے مڑ کر نظروں سے اوجھل نہ ہو گئی۔

20

کوئی سوچ بھی نہیں سکتا تھا کہ مُنّوں میاں کے گھر ٹیلی فون لگ جائے گا۔ خود ان کے لیے اچنبھے کی بات تھی۔ ہوا یوں کہ 1953ء میں انہوں نے ٹیلی فون کے لیے درخواست دی تھی مگر کوئی سنوائی نہیں ہوئی۔ وقت گزرنے کے ساتھ وہ بھی بھول بھال گئے مگر 15 سال کے بعد اچانک ان کے پاس پاکستان ٹیلی فون اینڈ ٹیلی گراف ڈپارٹمنٹ سے خط آیا کہ ان کی درخواست منظور ہو گئی ہے۔ اللہ دے اور بندہ لے کے مِصداق مُنّوں میاں نے ٹیلی گراف آفس جا کر فیس جمع کر دی اور اگلے ہفتے ان کے گھر ٹیلی فون لگ گیا۔

اس شام کو ان کے یہاں کھانے پر پیارے میاں کے گھر والے بھی موجود تھے۔ مُنّوں میاں نے سر شام ہی صحن میں چھڑکاؤ کر کے کرسیاں بچھا دیں تھیں۔ کہکشاں اور جاوید یونی ورسٹی سے سیدھے وہیں پہنچ گئے اور مقسطیٰ خانم اپنے سسر کو رکشہ میں بٹھا کر لے آئیں۔ کھانے میں ابھی دیر تھی اور سب لوگ آنگن میں بیٹھے ہوئے تھے۔ مشفقی بیگم نے ٹیلی فون کھانے کی میز کے ایک کونے پر رکھ کر اس پر چادر ڈھک دی۔ ان کا پروگرام تھا کہ باقاعدہ اس کی رونمائی کی رسم ادا کی جائے گی۔ انہوں نے کسی کو کانوں کان خبر نہیں ہونے دی کہ ان کے گھر میں ٹیلی فون لگ گیا ہے۔

’’میرا خیال ہے کہ میں میز لگا دیتی ہوں،‘‘ کہکشاں کہتے ہوئے اٹھ گئی۔

’’نہیں بیٹی، ابھی نہیں۔ اپنے ابا میاں کو آ جانے دو،‘‘ مشفقی بیگم بوکھلا کر اٹھیں اور کہکشاں کے کندھے پر ہاتھ رکھ کر اسے بٹھا دیا۔

مُنّوں میاں مسکرا کر اوپر دیکھنے لگے جیسے اوپر اڑتی ہوئی چیلوں کو گن رہے ہوں۔ کسی کی سمجھ میں نہیں آیا کہ مشفقی بیگم کیوں اتنی گھبرا گئی تھیں۔ جب ان کا دھیان کھانے کی میز کے ایک کونے پر رکھی ہوئی

گھڑی کی طرف گیا تو جاوید نے بھی اِدھر دیکھا اور سمجھ گیا کہ اس کی والدہ کچھ چھپانے کی کوشش کر رہی ہیں۔ اس نے اپنے والد کو بھی مسکراتے ہوئے دیکھ لیا تھا۔ اسے اندازہ ہو گیا کہ دال میں کچھ کالا ہے۔

’’ٹھیک ہے اِمی، میں جب تک میز صاف کیے دیتا ہوں،‘‘ جاوید اٹھتے ہوئے بولا۔

’’بیٹھو، ایسی جلدی کیا ہے،‘‘ مشفقی بیگم نے گھبرا کر کہا۔

اتنے میں پیارے میاں دروازہ کھول کر اندر آ گئے۔

’’آؤ بھئی، تمہارا ہی انتظار ہو رہا تھا،‘‘ مُنّوں میاں نے کہا۔

پیارے میاں سب سے علیک سلیک کرکے اپنے تایا کے پاس گئے اور ان کا حال پوچھا۔

’’بھئی تمہارے نندوئی آ گئے ہیں، اب تم کارروائی شروع کرو،‘‘ مُنّوں میاں نے اپنی بیوی سے کہا۔

’’میں دیکھ رہی ہوں کہ بھا بھی کوئی خوش خبری سنانے کے لیے بے چین ہیں،‘‘ مقسطی خانم نے کہا۔

’’آپ لوگ آئیں۔ ہمارے یہاں ایک نئی چیز کا اضافہ ہوا ہے،‘‘ وہ اٹھ کر سب کو کھانے کی میز کی طرف لے چلیں۔ باقی خاں اپنی کرسی پر بیٹھے رہ گئے۔ ان کی پیٹھ برآمدے کی طرف تھی۔

’’بھئی ہمیں بھی تو دکھاؤ،‘‘ انہوں نے وہیں بیٹھے بیٹھے کہا۔

’’ارے تایا ابا کو تو ہم بھول ہی گئے،‘‘ پیارے میاں نے کہا اور انہیں سہارا دے کر کھڑا کیا۔ جاوید نے ایک کرسی ان کے لیے میز کے ساتھ لگا دی۔

’’چچا جان، آپ ہی یہ چادر اٹھا کر افتتاح کریں،‘‘ مُنّوں میاں نے کہا۔

باقی خاں نے ہاتھ بڑھا کر چادر اٹھائی تو بیک وقت کئی آوازیں آئیں، ’’ٹیلی فون؟‘‘

’’یہ کب لگا؟‘‘ مقسطی خانم نے پوچھا۔

’’آج صبح ہی لگا کر گئے ہیں،‘‘ مشفقی بیگم نے جواب دیا۔

’’اس کا مطلب یہ ہے کہ ہم اب امیر ہو گئے ہیں کیوں کہ ہمارے گھر میں ٹیلی فون لگ گیا ہے،‘‘ جاوید نے کہا اور پھر ایک نئی بحث چھڑ گئی۔

’’اب سوال یہ ہے کہ فون کریں گے کس کو؟‘‘

’’یہ بات تو ہے۔‘‘

’’بھئی کینٹین میں تو ٹیلی فون لگا ہوا ہے۔ اگر کبھی مجھے آنے میں دیر ہوئی تو گھر میں ٹیلی فون کرکے

بتادوں گا، یا کبھی انہیں کچھ منگوانا ہو تو مجھے ٹیلی فون کردیں گی،‘‘ مُنّوں میاں نے اپنی بیوی کی طرف دیکھ کر کہا۔

’’باریسال میں بھائی جان کے دفتر میں بھی ٹیلی فون لگا ہوا ہے۔ چھٹے چھماہے ان سے بھی بات ہو جایا کرے گی،‘‘ پیارے میاں نے کہا۔

’’بالکل،‘‘ مُنّوں میاں نے جواب دیا، ’’اور پھر اگر گھر میں ٹیلی فون ہو تو ایسے لوگوں سے بھی دوستی کی جاسکتی ہے جن کے گھروں میں بھی ٹیلی فون ہوں۔‘‘

’’جب تم اپنے بھیّا سے بات کرو تو میری بات بھی کرا دینا،‘‘ باقی خاں نے پیارے میاں سے کہا۔

’’کیوں نہیں چچا جان، آپ سے تو ان کی سب سے پہلے بات ہوگی،‘‘ مُنّوں میاں نے جواب دیا۔

کافی غور و خوض کے باوجود صرف دو ہی ایسی جگہیں ملیں جہاں ٹیلی فون کیا جاسکتا تھا۔ کینٹین سے بات چیت ہو سکتی تھی یا پھر مشرقی پاکستان میں پیارے میاں کے بھائی سے۔

***

کہکشاں نے جاوید کو بتایا تھا کہ وہ آنرز کے بعد سول سروس کے امتحان کی تیاری کرے گی۔ آخری سال کے امتحان سر پر آپہنچے تھے مگر وہ زیادہ تر وقت ان لوگوں کے ساتھ گزارنے لگی تھی جن کی مستقل مصروفیت سول سروس کے امتحان کی تیاری کرنا تھی۔ وہ ہر سال امتحان دیتے اور فیل ہو جاتے۔ کیمپس پر ایسے لوگوں کی کمی نہیں تھی جو خود تو کامیاب نہیں ہو سکے مگر سول سروس کے گُرو بن گئے اور ان کا محبوب مشغلہ امتحان کی تیاری کرنے والوں کو مشورے دینا تھا۔ جب بھی جاوید کہکشاں کو لینے کے لیے پہنچتا تھا تو وہ عموماً سیڑھیوں پر ان ہی کے درمیان بیٹھی ہوئی ملتی۔ معلوم ہوتا تھا کہ اس نے ان کے ہاتھ پر بیعت کرلی ہے۔ وہ اس وقت دھواں دھار انداز میں سول سروس کے امتحان میں کام یاب ہونے کے گر سمجھا رہے ہوتے اور ان کے شاگرد ہمہ تن گوش ہوتے۔

’’جب تم انٹرویو کے لیے داخل ہو تو تمہارے چہرے سے گھبراہٹ ظاہر نہیں ہونی چاہیے۔ نہ سینہ پھلا کر انٹرویو بورڈ کے سامنے جاؤ اور نہ بالکل مسکین بن جاؤ۔‘‘

جاوید نے محسوس کیا کہ کہکشاں اس گروپ کے ساتھ کافی وقت گزار رہی ہے۔ آخر ایک روز

211

اس نے اپنے خدشے کا اظہار کر ہی دیا۔

’’میرا خیال ہے کہ تم ان لوگوں کے ساتھ کافی وقت ضائع کر رہی ہو،‘‘ اس نے کہا۔

’’کیوں، ایسی بات تو نہیں ہے۔‘‘

’’میں نے سوچا کہ فائنل ایگزام سر پر آ گئے ہیں اور تم سارا زور سی ایس ایس پر لگا رہی ہو۔ کہیں خدانخواستہ اس چکر میں تمہارا سال نہ ضائع ہو جائے۔‘‘

’’فکر مت کرو، میری فائنل ایگزام کی تیاری ٹھیک ٹھاک چل رہی ہے۔‘‘

’’بہر حال، سوچ لو۔ امتحان کے بعد سی ایس ایس کی تیاری کے لیے تمہیں نو دس مہینے ملیں گے۔‘‘

کہکشاں نے کوئی جواب نہیں دیا۔ اس میں ایک خوبی یہ تھی کہ جاوید کی بات سن لیتی تھی۔ اگر اختلاف رائے بھی ہوتا تو بڑی نرمی سے اس کا اظہار کرتی تھی اور کبھی کبھی خاموش بھی ہو جاتی تھی مگر کرتی وہی تھی جو اس کی مرضی ہوتی تھی۔

جیسے تیسے یونی ورسٹی کے امتحانات ختم ہوئے۔ جاوید اور کہکشاں نے آنرز فرسٹ ڈویژن میں مکمل کر لیا اور یونی ورسٹی کی چھٹیاں ہو گئیں۔

21

تلک چاڑھی کے بالائی سرے پر پہنچ کر دائیں جانب باغبان جیولرز ہے اور بائیں جانب فوکس اسٹوڈیوز۔اس زمانے میں فوکس کے دروازے پر سیڑھیاں چڑھتے ہی بائیں طرف سوئمنگ سوٹ میں ملبوس، گُتّے پر بنی ہوئی ایک گوری چٹی، نیم برہنہ عورت کی قد آدم تصویر کھڑی رہتی تھی جس کے ہاتھ میں کوڈک فلم کا ایک بڑا سا ڈبہ تھا۔ وہاں سے گزرنے والے ضرور اس تصویر پر بظاہر اچٹتی سی نظر ڈالتے اور ایک ٹھنڈی سانس لے کر آگے بڑھتے ہوئے اِدھر اُدھر نظر دوڑا کر اطمینان کر لیتے کہ کوئی انہیں تو نہیں دیکھ رہا۔

سو سوا سو قدم آگے چل کر دائیں جانب کیفے یونٹی آتا تھا جو ایک چھوٹا سا ریسٹورنٹ تھا اور ہر وقت بھرا رہتا تھا۔ عموماً لوگ کاؤنٹر کے پاس کھڑے ہو کر کسی میز کے خالی ہونے کا انتظار کرتے تھے اور کچھ دیر کے بعد مایوس ہو کر چلے جاتے تھے۔ شام کے اوقات میں تو سوال ہی پیدا انہیں ہوتا تھا کہ وہاں کوئی خالی میز مل جائے۔ طلباء کے غول کے غول ریسٹورنٹ پر دھاوا بولتے اور رات گئے تک چائے پر چائے کے آرڈر دیتے رہتے۔ ہر شام قوم کے مستقبل کے فیصلے ہوتے، نئے فتوے صادر کیے جاتے، سرمایہ داروں کو سولی پر لٹکا یا جاتا، ایوب خان کو ملک بدر کیا جاتا، اور میزوں پر گھونسے مار مار کر انقلاب کا اعلان کیا جاتا۔ کان پڑی آواز سنائی نہیں دیتی تھی۔ اُس زمانے میں ہر میز پر موضوعِ گفتگو ایک ہی ہوتا تھا اور وہ ایوب خان اور ان کی آمریت۔ اپنی آواز دوسروں تک پہنچانے کے لیے چیخنا پڑتا تھا اور محفل برخاست ہونے تک ہر ایک کا گلا بیٹھ جاتا تھا۔

جب کوئی میز خالی ہوتی تو بیرا اپنے کندھے سے میلی کچیلی تولیہ اتارتا اور اس سے میز صاف کرتے ہوئے انگلیوں کے اشاروں سے کاؤنٹر پر بیٹھے ہوئے ایرانی مالک کو بِل بتاتا۔ چوں کہ اتنے شور میں

اس کی آواز کاؤنٹر تک پہنچنا ممکن تھا الہٰذا انہوں نے اشاروں کی زبان ایجاد کر لی تھی۔ عام طور پر کیفے یونٹی میں اتنا رش شام کو ہی ہوتا تھا مگر ان دنوں میں کسی وقت وہاں تل دھرنے کو جگہ نہیں ملتی تھی کیوں کہ یونی ورسٹی اور کالج احتجاجی جلسوں اور جلوسوں کی نذر ہو گئے تھے۔ ایوب خان کے خلاف ملک گیر احتجاجی مہم زوروں پر تھی۔

جب ایوب خان نے اقتدار سنبھالنے کے چار سال بعد بنیادی جمہوریت کا نظام قائم کر کے صدارتی الیکشن کا اعلان کیا تو فاطمہ جناح نے صدارتی امیدوار کی حیثیت سے انہیں چیلنج کیا جس کا جواب ایوب خان نے خالص فوجی انداز میں دیا، اور وہیں سے ان کا زوال شروع ہو گیا۔ جوں جوں وقت گزرا، ان کے آہنی پنجے کی گرفت مضبوط ہوتی گئی۔ جو اُن کے خلاف آواز اٹھاتا اسے سلاخوں کے پیچھے بھیج دیا جاتا۔ طلبہ کی تنظیموں پر پابندی لگا دی گئی اور اخباروں پر سنسر شپ بٹھا دیا گیا۔ بڑھتی ہوئی مہنگائی اور پکڑ دھکڑ کی فضا نے عوام کے ہر طبقے میں بے چینی اور گھٹن کا احساس پیدا کیا جو وقت کے ساتھ ساتھ بڑھتا ہی گیا۔ ابتدا میں دبے الفاظ میں احتجاج ہونا شروع ہوا مگر آخر کار لاوا پھٹ پڑا اور ہر طرف ایوب خان کے خلاف جلسے، جلوس اور ہڑتالیں ہونے لگیں۔ جوں جوں لاٹھی چارج اور پولیس فائرنگ کے واقعات بڑھتے گئے، عوام کے اضطراب میں اضافہ ہوتا گیا اور جو احتجاج طلبہ سے شروع ہوا تھا اس میں وکیل، مزدور، دکاندار، غرض ہر طبقے اور ہر پیشے کے لوگ شامل ہوتے گئے۔ مشرقی پاکستان میں احتجاج کا مرکز ڈھاکہ یونی ورسٹی تھا۔ پولیس کی فائرنگ سے 200 لوگ مارے گئے تھے جن میں اکثریت طلبہ کی تھی۔ مغربی پاکستان میں بھی لگ بھگ 40 طلبہ مارے گئے تھے۔

ایوب خان کے خلاف تحریک میں ذوالفقار علی بھٹو پیش پیش تھے۔ وہ ایک زمانے میں ایوب خان کی ناک کا بال تھے مگر 1965ء کی جنگ کے بعد وہ ان سے علیحدہ ہو گئے اور شہروں شہروں ان کے خلاف جلسے اور تقریریں کر کے عوام کو ابھارا حتیٰ کہ سارا نظام درہم برہم ہو گیا۔ دانشوروں کی امیدیں بھٹو سے وابستہ ہو گئیں اور انہیں یقین ہو چلا تھا کہ ملک میں سوشلسٹ انقلاب آیا ہی چاہتا ہے۔ مشرقی پاکستان میں شیخ مجیب الرحمٰن کی عوامی لیگ اور مولانا بھاشانی کی نیشنل عوامی پارٹی تحریک کی قیادت کر رہی تھیں۔

اُس شام کیفے یونٹی میں بحث مباحثے میں وہ گرمی نہیں تھی جو ایک روز پہلے تک تھی۔ وجہ اس کی یہ تھی کہ ہڑتالوں، جلسے، جلوس اور توڑ پھوڑ سے تنگ آ کر ایوب خان نے اچانک جنرل یحییٰ خان کو

حکومت سونپ کر استعفیٰ دے دیا۔ عموماً ایوب خان کے طرف داران کے مخالفین کے مقابلے میں کم ہوتے تھے اور ان کا رویہ مدافعانہ ہوتا تھا مگر اس شام وہ بھی بڑھ بڑھ کر بول رہے تھے۔ان ہی میں ایک میز پر جاوید اور اس کے دوست تھے۔

''تم لوگ اس بات سے انکار نہیں کر سکتے کہ ایوب خان نے ملک کو دس سال میں جو استحکام بخشا وہ ان سیاست دانوں کے بس کی بات نہیں تھی جو اس سے پہلے دس سال تک جوتیوں میں دال بانٹتے رہے،'' جاوید نے کہا۔

''استحکام تو اس کی زندگی میں بھی ہوتا ہے جو عمر قید کی سزا بھگت رہا ہو،'' کسی نے جواب دیا۔

''ایوب خان کا سب سے بڑا جرم یہ ہے کہ اس نے فوج کے منہ کو خون لگا دیا ہے۔ اب شاید ہی پاکستان سے فوج کا اقتدار ختم ہو،'' کسی اور نے کہا۔

''اور پھر کوئی جوتیوں میں دال نہیں بٹ رہی تھی۔ نیا نیا ملک تھا، خزانہ خالی تھا اور نا تجربہ کار لیڈر تھے۔ آہستہ آہستہ جمہوریت پروان چڑھتی مگر ایوب خان نے تو جمہوریت کو جڑوں سمیت ہی اکھاڑ پھینکا۔''

''مگر ایوب خان کو لانے والا کون تھا؟ ایوب خان نے خود تو اقتدار پر قبضہ نہیں کیا تھا،'' جاوید نے کہا۔

''مانا کہ اسکندر مرزا ایوب خان کو لے کر آیا مگر اس نے یہ تو نہیں کہا تھا کہ خود اقتدار پر قبضہ کر کے مجھے نکال باہر کرو۔''

کسی نے جواب نہیں دیا کیوں کہ ہر ایک کی نظریں برابر والی میز کی طرف اٹھ گئیں جس پر ایک منحنی سے صاحب موٹے شیشوں کی عینک لگائے، آدھی آستینوں کی قمیص پہنے جن سے ان کی سینک جیسی کلائیاں باہر نکلی ہوئی تھیں، میز پر گھونسے مار مار کر انقلاب کا اعلان کر رہے تھے۔

''اس فرسودہ سماجی نظام کی جڑیں کھوکھلی ہو چکی ہیں۔ اس کے سوا کوئی چارہ نہیں کہ اسے طاقت کے زور سے جڑ سے اکھاڑ پھینکا جائے۔''

ان کی گونجیلی آواز سے پہلے تو ارد گرد کی میزوں پر بحثوں میں گرمی آئی اور پھر اچانک سارے کان ان کی طرف لگ گئے اور پورے ریسٹورنٹ میں خاموشی چھا گئی جس سے ان کی تقریر کی گونج میں اضافہ ہو گیا۔ وہ حلیے سے لینن لگتے تھے۔ رخساروں کی نیلاہٹ سے لگتا تھا کہ روزانہ شیو کرنے کے عادی ہیں مگر ٹھوڑی پر تھوڑی سی داڑھی اور بالائی لب پر گھنی مونچھیں تھیں۔ غالباً انہوں نے لینن کی تقلید کی تھی۔

اگر ذرا سے بھاری ہوتے تو ہو بہو لینن لگتے۔ جاوید نے اسی وقت سوچ لیا کہ ان سے بے تکلفی ہونے کے بعد انہیں لینن کہہ کر پکارا کرے گا۔ان کی میز پر دو لوگ خاموش بیٹھے ان کی تقریر سن رہے تھے۔ان میں سے ایک صاحب بُرے بُرے منہ بنا رہے تھے۔ معلوم ہوتا تھا کہ انہیں موضوعِ گفتگو سے کوئی دل چسپی نہیں تھی۔دوسرے صاحب البتہ ہمہ تن گوش تھے اور بار بار پہلو بدل کر اشارہ کر رہے تھے کہ انہیں اپنی باری کا بے چینی سے انتظار ہے۔

’’استحصالی طبقہ سرخ سویرے کے خوف سے لرز رہا ہے۔ مزدوروں کی زنگ آلود زنجیروں کی کڑیاں کھل رہی ہیں۔ بس ایک آخری زور لگانے کی ضرورت ہے۔‘‘

’’مگر اشتراکی نظام پائے دار بنیادوں پر قائم نہیں۔ نااہلی اور منصفانہ معاوضے کا فقدان جس نظام کی سرشت میں ہو وہ کیسے چل سکتا ہے؟‘‘ ان کے سامنے بیٹھے ہوئے صاحب، جو اپنی باری کا انتظار کر رہے تھے،ان کے تھوک نگلنے کے وقفے سے فائدہ اٹھاتے ہوئے بولے۔

’’مگر سرمایہ دارانہ نظام میں استحکام کہاں؟ وہ تو خود کش نظام ہے جو عوام کو استحصال کی چکی میں پیستے پیستے اپنی قبر کھودتا رہتا ہے اور ایک دن خود اس میں دفن ہو جاتا ہے،‘‘ انہوں نے سوال کا جواب سوال ہی سے دیا۔

باقی میزوں پر بیٹھے ہوئے لوگوں کو اندازہ ہو گیا کہ اس موضوع میں کوئی جان نہیں ہے لہٰذا ایک ایک کر کے سب اپنی بحث کی طرف پلٹے اور توپوں کے رخ دوبارہ ایوب خان کی طرف ہو گئے۔

***

’’اگر میرا بس چلے تو میں اپنے والدین کو مغربی پاکستان منتقل ہونے پر تیار کر لوں یا پھر تم لوگ مشرقی پاکستان آ جاؤ اور ہم سب مل کر ایک بڑا سا گھر بنائیں جس میں سب لوگ اکٹھے رہیں،‘‘ کہکشاں نے سلمان کے خط کے پہلے صفحے کی آخری سطر پڑھ کر ورق پلٹا اور آگے پڑھنے لگی،’’میں بچپن میں جب اپنے دوستوں کے گھروں میں جاتا تھا تو ایک کے بہت سارے بہن بھائی ہوتے تھے جو اکٹھے کھیلتے تھے۔ان کے گھروں میں بڑی رونق رہتی تھی اور کان پڑی آواز سنائی نہیں دیتی تھی۔ ہمارے گھر میں خاموشی رہتی تھی۔ اّبا دن میں دفتر میں ہوتے تھے یا گھر آ کر اپنی کتابوں میں گم ہو جاتے۔ امی دن میں ایک میوزک اسکول میں

216

پڑھاتی ہیں۔ شام کو ان کی شاگردیں آجاتی تھیں اور وہ انہیں گانے کی مشق کرانے میں مشغول ہو جاتی تھیں۔ تمہارے گھر آکر پہلی بار مجھے رشتوں کا احساس ہوا۔"

"سلمان بڑا احساس لڑکا ہے،" باقی خاں نے کہا۔

کہکشاں اپنے دادا کی چارپائی کے پاس کرسی بچھا کر انہیں سلمان کا خط سنا رہی تھی۔

"اور دادا، اس نے یہ بھی لکھا ہے کہ جب میں اگلی بار آؤں گا تو واپسی میں دادا کو اپنے ساتھ لے آؤں گا تاکہ ہمیں بھی ان کے ساتھ وقت گزارنے کا موقع ملے۔"

ہر دوسرے تیسرے ہفتے سلمان کا خط آجاتا تھا۔ وہ ہر خط میں اپنے عزیزوں سے دوری پر اپنے دکھ کا اظہار کرتا تھا۔ تمام خطوط اس کے چچا کے نام آتے تھے اور ان میں ہر ایک کے نام علیحدہ علیحدہ پرچے ہوتے تھے۔ کہکشاں اور جاوید اپنے ہر خط میں ان تصویروں کی یاد دہانی کراتے جو اس نے کھینچی تھیں اور اس کا جواب ہوتا تھا کہ اس نے ساری فلمیں ڈیویلپ کر لی ہیں مگر ابھی تک انہیں پرنٹ کرنے کا موقع نہیں ملا۔

سلمان کو گئے ہوئے تقریباً پورا سال گزر چکا تھا۔ یہ وہ زمانہ تھا جب پورے ملک میں افراتفری کا عالم تھا۔ جاوید اور کہکشاں کا ماسٹرز کا پورا سال اسی ہڑبونگ میں گزرا۔ ہر ہنگامے کے بعد کئی کئی ہفتے کے لیے یونی ورسٹی بند ہو جاتی۔ ممکن تھا کہ امتحانات ملتوی ہو جاتے۔ کہکشاں شماریات میں ایم اے کر رہی تھی اور جاوید کا مضمون مائکرو بایولوجی تھا۔

***

جاوید کے نام سلمان کا خط آیا جس میں اس نے اپنے دوست، مرتضیٰ کا تذکرہ کیا تھا جو کراچی یونی ورسٹی میں کچھ وقت گزارنے کے لیے گیا تھا اور ایک آدھ روز کے لیے اس کے عزیزوں سے ملنے کے لیے حیدرآباد آنا چاہ رہا تھا۔ جاوید نے جواب میں سلمان کو لکھ دیا کہ جب مرتضیٰ آنا چاہے، اسے گھر پر فون کر دے اور وہ اسے لینے کے لیے اسٹیشن چلا جائے گا۔

اگلے روز اتوار تھا اور جاوید کا پروگرام دوستوں کے ساتھ پھلیلی پر پکنک کرنے اور مچھلیاں پکڑنے کا تھا۔ وہ تیار ہو کر نکلنے ہی والا تھا کہ فون کی گھنٹی بجی۔ اس نے فون اٹھایا تو دوسری طرف سے آواز آئی، "غالباً

217

جاوید بول رہے ہیں۔''

''جی، کون صاحب بول رہے ہیں؟''

''میرا نام مرتضیٰ ہے۔''

''اوہ اچھا، کل ہی مجھے سلمان کے خط سے معلوم ہوا۔ آپ کب آرہے ہیں؟''

''کیا مطلب کب آرہے ہیں۔ بھئی میں نہ صرف آگیا ہوں بلکہ تمہارے ابو جی سے تمہاری برائیاں سن رہا ہوں۔''

''مگر آپ ہیں کہاں؟'' جاوید کو مرتضیٰ کی بے تکلفی میں بڑی اپنائیت محسوس ہوئی۔

''بھئی میں یہاں آرمی کینٹین پر ہوں،'' مرتضیٰ نے جواب دیا۔

''اچھا وہیں ٹھہریں، میں آرہا ہوں۔''

جاوید کو اپنے والد کے دفتر میں قدم رکھتے ہی ان کا قہقہہ سنائی دیا۔ جب اس نے دروازہ کھولا تو مُنّوں میاں ہنسی سے بے حال ہو کر رومال سے اپنے آنسو پونچھ رہے تھے۔ ان کے سامنے میز کی دوسری جانب مرتضیٰ بیٹھا مسکرا رہا تھا۔

''آیئے بیٹے،'' انہوں نے رومال تہہ کر کے اپنی جیب میں رکھتے ہوئے کہا۔

مرتضیٰ نے اٹھ کر بازو پھیلائے اور جاوید کو زور سے بھینچ لیا۔ اسے فون پر بات کرکے ہی اندازہ ہو گیا تھا کہ مرتضیٰ میں تکلف نام کی کوئی چیز نہیں ہے۔ اس نے جوابًا مرتضیٰ کو بھینچ کر پیٹھ تھپتھپائی اور پیچھے ہٹ کر اس کے سراپا کا جائزہ لیا۔ اکہرا بدن، سانولا رنگ اور لمبا قد۔ پہلی نظر میں وہ سلمان کا جڑواں بھائی لگتا تھا اور اسی کی طرح آنکھوں سے مسکراتا تھا۔ اس کی پیشانی پر دائیں جانب کسی چوٹ کا دھندلا سا نشان تھا۔

''مجھے امپریس کرنے کے لیے تمہیں بنگلا بولنے کی ضرورت نہیں کیوں کہ مجھے اردو آتی ہے،'' مرتضیٰ نے ہنس کر کہا۔

''تو تمہیں سلمان نے میرے متعلق سب کچھ بتا دیا ہے؟'' جاوید نے پوچھا۔

''مجھے سلمان نے تمہارے متعلق وہ بھی بتا دیا ہے جو تمہیں نہیں معلوم، لہٰذا مجھ سے گفتگو کرتے وقت ذرا محتاط رہنا،'' مرتضیٰ نے جاوید کے ہاتھ پر ہاتھ مار کر مسکراتے ہوئے کہا۔

''اچھا بھئی آپ لوگ باتیں کریں، میں ذرا کام دیکھ لوں،'' مُنّوں میاں بولے۔

”نہیں ابو جی، ہم لوگ بھی چل رہے ہیں،‘‘ جاوید نے جواب دیا،”مرتضیٰ تمہارا سامان کہاں ہے؟“

”بس یہ تھیلا ہے،‘‘ مرتضیٰ نے دیوار کے ساتھ رکھے ہوئے تھیلے کو اٹھاتے ہوئے کہا۔

”لاؤ، میں اٹھا لیتا ہوں،‘‘ جاوید نے پیشکش کی۔

”دیکھو، نہ یہ اتنا بھاری ہے کہ میں نہ اٹھا سکوں اور نہ میں تمہارا بزرگ ہوں کہ تم میرا ادب کرو۔‘‘

”سلمان کے چچا سے مل لیے؟“

”ہاں، چچا سے ملاقات ہو گئی، بلکہ چلو انہیں خدا حافظ کہتے ہوئے چلیں۔‘‘

کینٹین ایک بیرک میں تھی اور پیارے میاں دوسری طرف کاؤنٹر پر بیٹھتے تھے اور گاہکوں سے وہی کیش وصول کرتے تھے۔ پیارے میاں نے انہیں آتے دیکھ کر ہاتھ اٹھایا اور بولے،”کیوں میاں تم لوگ چل دیے؟‘‘

”جی چچا، یہ جاوید لینے کے لیے آ گئے۔‘‘

”سلام علیکم، پھوپھا جان،‘‘ جاوید نے کہا۔

”جیتے رہو بیٹا، دوپہر کو ملاقات ہو گی۔ تم کھانا ہمارے گھر ہی کھانا،‘‘ پیارے میاں نے انہیں رخصت کرتے ہوئے کہا۔

”پھوپھا جان، آپ نے گھر اطلاع دے دی ہے؟‘‘

”ہاں، میں نے ملازم کے ہاتھ تمہاری پھوپھی کو پرچہ بھیج دیا ہے۔“

وہ دونوں وہاں سے نکل کر شہر کی طرف چل دیے۔ کینٹین سے نکل کر، فیملی کوارٹرز کے برابر سے گزرنے کے بعد اس زمانے میں ایک بڑا سا پتھریلا میدان آتا تھا جسے پار کر کے صدر کے جانے والی سڑک آجاتی تھی۔ اب اس میدان میں شاپنگ پلازہ بن گئے ہیں۔

”مرتضیٰ، تم یہ بتاؤ کہ اس طرح اچانک کیسے پہنچ گئے۔ میں نے تو سوچا تھا کہ تم پہلے اطلاع دو گے اور میں تمہیں اسٹیشن جا کر لے آؤں گا،‘‘ جاوید نے کہا۔

”کسی نے بتایا تھا کہ کراچی اور حیدرآباد کے درمیان نئی سپر ہائی وے بن گئی ہے۔ اس لیے میں نے سوچا کہ بس سے آؤں۔‘‘

”پھر بھی، اگر مجھے معلوم ہوتا تو میں بس اسٹاپ پر پہنچ جاتا۔‘‘

”یار، تم بہت تکلیف کرتے ہو۔ میں نے بس اسٹاپ سے رکشہ پکڑا اور اس نے آرمی کی کینٹین پر

پہنچا دیا۔"

"خیر، تو تم اپنا پروگرام بتاؤ تاکہ اس کے مطابق میں بھی اپنا پروگرام مرتب کروں۔"

"پروگرام کوئی نہیں ہے، میں شام کو واپس چلا جاؤں گا۔"

"کیوں اتنی جلدی کیا ہے۔ کچھ دن تو ٹھیرو۔ تمہیں حیدرآباد کی سیر کرائیں گے۔ یہ بڑا تاریخی شہر ہے۔"

"نہیں، پھر آؤں گا۔ اس بار مقصد صرف تم لوگوں کی شکلیں دیکھنا تھا کیوں کہ سلمان مستقل اپنے عزیزوں کی بات کرتا رہتا ہے۔ مجھے بھی اشتیاق ہوا کہ تم سب سے ملوں۔"

"ہم لوگ بھی سلمان کو بہت یاد کرتے ہیں۔ اس نے ہم سب کے دلوں پر اپنے نقش چھوڑے ہیں۔"

"مجھے معلوم ہے۔ میں نے وہ ساری تصویریں دیکھی ہیں جو اس نے کھینچی تھیں۔"

"مگر اس نے وہ تصویریں ابھی تک ہمیں نہیں بھیجیں۔"

"بھئی، دراصل میرے آنے کا ایک مقصد یہ بھی تھا کہ وہ تصویریں تم تک پہنچاؤں،" مرتضیٰ نے تھیلے کی طرف اشارہ کر کے کہا۔

"زبردست! ہم سب کو ان کا انتظار تھا،" جاوید نے کہا، "اچھا یہ بتاؤ کہ تم سلمان کو کب سے جانتے ہو؟"

"جب سے سلمان پیدا ہوا ہے۔ ہم ایک ہی دن سالگرہ مناتے ہیں۔"

"Don't tell me that!"

"مجھے معلوم تھا کہ تم یہی کہو گے۔ سلمان نے بتایا تھا کہ تم، کہکشاں اور وہ ایک ہی دن پیدا ہوئے تھے اور تمہارا خیال ہے کہ تم تینوں کی تقدیریں بھی ایک دوسرے کے ساتھ بندھی ہیں۔"

"میرا خیال تو یہی ہے کہ ہم ایک ہی دن دنیا میں آئے تھے اور ایک ہی دن یہاں سے رخصت ہوں گے۔"

"مگر میں تم تینوں سے ایک سال بڑا ہوں لہٰذا تمہارے حساب کے مطابق مجھے اوپر پہنچ کر سال بھر تمہارا انتظار کرنا پڑے گا،" مرتضیٰ نے ہنستے ہوئے کہا۔

"نہیں بھئی تم آزاد ہو، خدا تمہیں حیاتِ خضر دے،" جاوید نے جواب دیا، "اچھا یہ بتاؤ کہ کراچی میں

تم کیا کر رہے ہو؟‘‘

’’دراصل میں ڈھاکہ یونیورسٹی میں اکنامکس میں ایم فل کر رہا ہوں۔ کراچی یونیورسٹی میں پروفیسر رضاءالحق کا میری فیلڈ میں کافی نام ہے۔ان ہی کا ایک تین مہینے کا کورس اٹینڈ کرنے آیا ہوں اور اس دوران اپنے تھیسس پر بھی کام کروں گا۔‘‘

***

دروازے پر جاوید کے سوا کون ہو سکتا تھا۔اسی کی عادت تھی کہ گھنٹی کے بٹن سے اس وقت تک انگلی نہیں ہٹاتا تھا جب تک دروازہ کھل نہ جائے۔ کہکشاں جاوید کی اس عادت پر بڑی چڑچناتی تھی مگر اس پر کوئی اثر نہیں ہوتا تھا۔اس نے دروازہ کھولا تو سامنے جاوید کھڑا مسکرا رہا تھا۔

’’خدا کے بندے،تم شریفوں کی طرح کال بیل کا بٹن کیوں نہیں دباتے؟‘‘اس نے ڈانٹ کر کہا۔

’’اس لیے کہ تمہیں چھیڑنے میں مزا آتا ہے،‘‘جاوید نے جواب دیا۔

کہکشاں مرتضیٰ کو نہیں دیکھ سکی کیوں کہ وہ دروازے کی اوٹ میں تھا۔ جب جاوید ایک طرف کو ہٹا تو مرتضیٰ نے سامنے آتے ہوئے کہا،’’یہ واقعی بڑا شریر لڑکا ہے۔‘‘

’’آیئے مرتضیٰ صاحب،آپ ہی کا انتظار ہو رہا تھا۔ کل ہی سلمان کے خط سے پتا چلا تھا کہ آپ آنے والے ہیں پھر ابامیاں کا پیغام آیا کہ آپ آ گئے ہیں،‘‘کہکشاں نے جواب دیا۔

’’اور یہ ہوا کے گھوڑے پر سوار ہیں۔ آج شام کو ہی واپس چلے جائیں گے،‘‘جاوید نے کہا۔

’’کیوں،ایسی جلدی کیا ہے؟‘‘کہکشاں نے پوچھا۔

’’دراصل کل میری کلاس ہے جس میں میری حاضری ضروری ہے۔ میں پھر فرصت سے آؤں گا،‘‘مرتضیٰ نے جواب دیا اور تصویروں کا تھیلا کہکشاں کی طرف بڑھا دیا۔

’’اس میں کیا ہے؟‘‘کہکشاں نے پوچھا۔

’’سلمان نے کہا تھا کہ یہ تھیلا تمہیں دے دوں۔ اس میں وہ تصویریں ہیں جو اس نے یہاں کھینچی تھیں،‘‘مرتضیٰ نے جواب دیا۔

’’زبردست! ہم تو ان تصویروں کا تقاضہ کرتے کرتے مایوس ہو گئے تھے،‘‘کہکشاں نے تھیلے سے

ایک البم نکالا۔

’’بھئ پہلے اندر تو چلیں، یہاں دھوپ میں کھڑے کھڑے ساری تصویریں کیسے دیکھو گی؟‘‘ جاوید نے کہا۔

صبح کے ساڑھے گیارہ بج رہے تھے۔ مارچ کی آخری تاریخیں تھیں اور سورج میں تپش آ چکی تھی۔ باقی خاں برآمدے میں ایک کرسی پر بیٹھے تھے۔ ان کے گرد کرسیاں بچھی ہوئی تھیں اور دونوں جانب فرشی پنکھے پوری رفتار سے چل رہے تھے۔ جاوید اور مرتضیٰ سیدھے ان کے پاس آئے اور سلام کر کے ان کے پاس بیٹھ گئے۔ جاوید نے اپنی کرسی آگے بڑھائی اور چیخ کر بولا، ’’دادا، یہ مرتضیٰ ہیں، سلمان کے دوست ہیں۔‘‘

’’مجھے معلوم ہے۔ بیٹیا نے بتایا تھا کہ یہ آ رہے ہیں،‘‘ باقی خاں نے کہکشاں کی جانب اشارہ کر کے کہا۔

’’دادا، آپ کے کیسے مزاج ہیں؟‘‘ مرتضیٰ نے پوچھا۔

’’ذرا زور سے بولو، دادا اونچا سنتے ہیں،‘‘ جاوید نے کہا۔

مرتضیٰ نے اپنی کرسی آگے کھسکائی اور بولا، ’’دادا، آپ ٹھیک ٹھاک ہیں؟‘‘

’’ہاں بیٹا۔ کھاتا پیتا ہوں، ہنس بول لیتا ہوں اور چلتا پھرتا ہوں۔ میری عمر میں اس سے زیادہ اور کیا چاہیے؟‘‘ باقی خاں نے مسکرا کر کہا۔ جب سے پیارے میاں انہیں اپنے گھر لائے تھے، ان کی صحت بہتر ہو گئی تھی، کچھ وزن بھی بڑھ گیا تھا اور اب بغیر سہارے کے چلتے پھرتے تھے۔

اسی وقت مقسطی خانم کمرے سے نکل کر آئیں۔ مرتضیٰ اور جاوید انہیں دیکھ کر کھڑے ہو گئے اور انہیں سلام کیا۔

’’وا علیکم سلام، خیریت سے پہنچ گئے، میاں،‘‘ انہوں نے مرتضیٰ سے پوچھا۔

’’جی چچی جان، آپ لوگوں سے ملنے کا بڑا اشتیاق تھا،‘‘ مرتضیٰ نے جواب دیا۔

’’جب سے سلمان نے آپ کے متعلق لکھا تھا، ہم لوگ بھی آپ سے ملنے کے منتظر تھے،‘‘ مقسطی خانم نے جواب دیا، ’’آپ لوگ بیٹھیں،‘‘

’’آپ بھی بیٹھیں پھوپھی جان،‘‘ جاوید نے کرسی کی طرف اشارہ کیا۔

’’نہیں، آپ لوگ بیٹھیں، میں ذرا باورچی خانہ دیکھتی ہوں، آپ کے پھوپھا آتے ہی ہوں گے،‘‘ مقسطی خانم باورچی خانے کی طرف چل دیں۔

’’امی، میں آرہی ہوں آپ کی مدد کرنے کے لیے،‘‘ کہکشاں نے کمرے سے نکلتے ہوئے کہا۔

’’بیٹی، آپ بیٹھیں۔ کام تو سب ہو گیا ہے، بس چپاتیاں ڈالنی ہیں۔‘‘

’’دادا، آپ کے سر کی مالش ادھوری ہی رہ گئی،‘‘ کہکشاں نے کہا۔ اس کے ہاتھ میں کنگھا تھا۔

’’بس بیٹیا، رہنے دے، پھر کر دینا،‘‘

’’تو بال تو کاڑھ دوں،‘‘ وہ باقی خاں کی پشت پر کھڑے ہو کر ان کے بال کاڑھنے لگی۔

’’ارے دو بال تو رہ گئے ہیں۔ انہیں کیا کاڑھنا،‘‘ انہوں نے مرتضیٰ کی طرف رخ کر کے کہا، ’’یہ لڑکی میری بڑی خدمت کرتی ہے۔ جس گھر میں جائے گی، ساس سسر کو خوش رکھے گی۔‘‘

’’جی دادا، اس کے سسرال والے تو اسے سونے میں تول کر لے جائیں گے،‘‘ جاوید نے مسکرا کر کہکشاں کی طرف دیکھا۔

’’مکھن لگانے سے کچھ نہیں ملے گا،‘‘ کہکشاں نے کہا۔

’’اس میں کوئی شک نہیں کہ یہ لڑکی واقعی سونے میں تول لے جانے کے لائق ہے،‘‘ باقی خاں نے کہا۔ مقسطٰی خانم باورچی خانے سے فارغ ہو کر آئیں اور باقی خاں کے برابر والی کرسی پر آ بیٹھیں۔

’’کیوں للی، سب کام ہو گیا؟‘‘ باقی خاں نے پوچھا۔

’’جی تایا ابا، کھانا تیار ہے، پلاؤ دم پر ڈال دیا ہے۔ بس اُن کا انتظار ہے،‘‘ انہوں نے اپنے دوپٹے کے پہلو سے چہرے کا پسینہ پونچھتے ہوئے کہا۔

اگرچہ باہر خاصی گرمی ہو گئی تھی مگر برآمدے میں پنکھوں کی ہوا میں ابھی تک اچھی خاصی ٹھنڈک تھی، ورنہ حیدرآباد میں جب گرمیوں میں لُو چلتی ہے تو پنکھے سے بھی گرم ہوا کے تھپیڑے نکلتے ہیں۔

’’کیوں بیٹا، تم بھی رومی بستی جاتے ہو؟‘‘ باقی خاں نے مرتضیٰ سے پوچھا۔

مرتضیٰ نے سوالیہ انداز میں جاوید کی طرف دیکھا۔

’’یونی ورسٹی!‘‘ جاوید نے مسکرا کر آہستہ سے کہا۔

’’جی دادا، میں بھی رومی بستی جاتا ہوں،‘‘ مرتضیٰ نے جواب دیا۔

’’معلوم ہوتا ہے کہ آپ سلمان کے بہت پرانے دوست ہیں،‘‘ مقسطٰی خانم نے پوچھا۔

’’چچی، دراصل میرے والد اور سلمان کے والد شروع سے ایک ہی دفتر میں کام کرتے ہیں۔ میرے والد کی شادی بھی سلمان کے والد نے کرائی تھی اور دونوں نے برابر برابر گھر بنائے تھے۔ سلمان اور میں بچپن سے ہی ایک دوسرے کو کزن سمجھتے تھے اور ساتھ ہی پلے بڑھے۔ ہم ایک دوسرے کے والدین کو چچا اور چچی کہتے ہیں۔‘‘

’’مجھے تو بے چینی سے انتظار ہے کہ آپ دونوں کے والدین سے ملاقات ہو،‘‘ کہکشاں نے کہا۔

’’کیوں نہیں، تم دونوں ایسٹ پاکستان آؤ، ورنہ ہم لوگ تمہاری شادی پر تو آئیں گے ہی،‘‘ سلمان نے کہا،

مقسطی خانم زیر لب مسکرا کر دوسری طرف دیکھنے لگیں۔ جاوید اور کہکشاں نے گھبرا کر ایک دوسرے کو دیکھا اور مرتضیٰ کو بھی اپنی غلطی کا احساس ہو گیا۔ نہ جانے کیوں بلاسوچے سمجھے اس کے منہ سے یہ بات نکل گئی تھی۔ سلمان نے اسے بتلایا تھا کہ جاوید کہکشاں سے شادی کرنا چاہتا ہے مگر ابھی دونوں کے والدین تک تو بات پہنچی نہیں تھی حالاں کہ دونوں کے والدین جانتے تھے کہ ان کے بچوں نے پہلے ہی فیصلہ کر لیا ہے اور انہیں کوئی اعتراض بھی نہیں تھا۔ اگرچہ پیارے میاں چاہتے تھے کہ ان کی بیٹی کی شادی ان کے بھتیجے سے ہو مگر جب انہیں اندازہ ہو گیا کہ سلمان کا کوئی رجحان اس طرف نہیں ہے تو وہ بھی خاموش ہو گئے تھے۔

جاوید سوچ رہا تھا کہ مرتضیٰ بڑا منہ پھٹ ہے اور ہر وقت اس کی زبان چلتی رہتی ہے۔ معلوم ہوتا ہے کہ اس کے دماغ اور زبان میں کوئی ربط نہیں ہے۔ ویسے وہ بے حد باتونی تھا۔ اگر کوئی دوسرا بات بھی کر رہا ہوتا تھا تو اس دوران بھی اس کے ادھ کھلے منہ میں اس کی زبان مستقل چھپکلی کی زبان کی طرح ہلتی رہتی تھی۔

مرتضیٰ کو بھی اپنی حماقت کا احساس ہو گیا اور وہ بات بنانے کی ناکام کوشش کرنے لگا۔ ’’بھئی میرے کہنے کا مطلب یہ تھا کہ تم لوگ خیال رکھنا کہ اپنی شادیاں اس طرح رکھو کہ ہم ایک ہی ٹرپ میں دونوں شادیوں میں شرکت کر لیں، ورنہ بار بار اتنا لمبا سفر کرنا مشکل ہو جائے گا۔‘‘ مگر اس نے محسوس کیا کہ بات بنی نہیں۔ کمان سے نکلا ہوا تیر بھلا کبھی واپس آتا ہے؟ وہ تو خدا بھلا کرے پیارے میاں کا کہ اسی وقت وہ دروازہ کھول کر داخل ہوئے اور سب کی توجہ ان کی طرف ہو گئی۔

’’معاف کرنا بھئی، مجھے کچھ دیر ہو گئی،‘‘ انہوں نے آستینیں چڑھاتے ہوئے کہا، ’’تم لوگ کھانا نکالو، بس میں منہ ہاتھ دھو کر آتا ہوں۔‘‘

مقسطٰی خانم اور کہکشاں کھانا نکالنے کے لیے اٹھ کھڑی ہوئیں۔ جاوید بھی اٹھتے ہوئے بولا، ''میں پانی رکھتا ہوں۔''

''یوں کہو کہ انگلی کٹا کر شہیدوں میں نام لکھوا رہے ہو،'' مرتضٰی نے آنکھ مار کر کہا۔

''یوں ہی سمجھ لو،'' جاوید نے جواب دیا، ''تم دادا کو لے کر آؤ۔''

برآمدے میں ایک طرف جازم بچھا کر اس پر ایک دستر خوان لگا دیا گیا تھا۔ کھانے کے بعد دستر خوان کو جھاڑ کر صاف کر کے دوبارہ بچھا دیا جاتا تھا۔ اس طرح گھر میں آنے والے مہمانوں کو اندازہ ہو جاتا تھا کہ وہ حصہ ڈائننگ روم ہے۔ مقسطٰی خانم نے باقی خاں کے لیے ایک سرخ رنگ کا ریشمی گاؤ تکیہ بنایا تھا جس پر سبز رنگ کی گوٹا کناری لگائی تھی۔ وہ تکیہ مستقل ایک دیوار کے سہارے رکھا رہتا تھا۔ دستر خوان پر مختلف کھانوں اور پھلوں کی رنگ برنگی تصویریں تھیں اور بیچوں بیچ ایک شعر لکھا ہوا تھا۔

مجھے مال و زر کی ہوس نہیں

مجھے بس تو رزق حلال دے

پیارے میاں غسل خانے سے نکلے تو مرتضٰی باقی خاں کو سہارا دے کر کرسی سے اٹھا رہا تھا۔

''تایا ابا آپ خود اٹھنے کی کوشش کریں۔ دیکھیں اب آپ ماشاء اللہ بغیر کسی سہارے کے چل پھر رہے ہیں۔ یہ آپ کی مستقل ورزش کا نتیجہ ہے،'' پیارے میاں نے کہا۔

مرتضٰی نے باقی خاں کے کندھے سے ہاتھ ہٹا لیا۔ وہ آہستہ آہستہ چلتے ہوئے دستر خوان تک آئے اور اپنی جگہ آ کر بیٹھ گئے۔

پیارے میاں نے سالن کے ڈونگے کا سرپوش اٹھا کر دیکھا تو اس میں ماش کی دال تھی۔ مقسطٰی خانم ماش کی دال میں بگھار لگاتے وقت ہلکی سی ہینگ ڈالتی تھیں۔ ان کا کہنا تھا کہ ہینگ سے اشتہا میں اضافہ ہو جاتا ہے۔

''لو میاں، ماش کی دال تو تمہیں پسند ہے نا؟'' پیارے میاں نے مرتضٰی کی طرف ڈونگا بڑھا دیا۔

''جی چچا، بھلا کون ہو گا جسے ماش کی دال پسند نہ ہو،'' مرتضٰی نے جواب دیا۔

کہکشاں نے قورمے کے ڈونگے کا سرپوش اٹھایا اور باقی خاں کی پلیٹ اپنی طرف سرکاتے ہوئے بولی، ''دادا ابا، آپ قورمہ لیں گے نا؟''

''ہاں بیٹا، بس تھوڑا سا شوربہ ڈال دے،'' انہوں نے جواب دیا۔

اچانک باقی خاں کو کچھ یاد آیا اور ہاتھ اٹھا کر جاوید سے بولے، ''ارے بیٹا، وہ برآمدے میں پنکھے چلتے ہوئے چھوڑ دیے۔ انہیں ذرا بند کر آؤ۔ خواہ مخواہ بجلی ضائع ہو رہی ہے۔'' ان کی عادت تھی کہ اگر بلا ضرورت کوئی بلب جلتا رہے یا نل کھلا رہ جائے تو وہ ہمیشہ ٹوکتے تھے۔

''خیال رکھنا کہ پلاؤ بھی ہے،'' مقسطیٰ خانم نے کہا۔

''کچھ لوگ پہلے چاول کھاتے ہیں پھر روٹی۔ ہمارے یہاں پہلے روٹی کھائی جاتی ہے پھر چاول،'' پیارے میاں مرتضیٰ کو سمجھانے لگے۔

''ہمارے یہاں پہلے چاول کھاتے ہیں اور پھر بعد میں بھی چاول ہی کھاتے ہیں،'' مرتضیٰ نے ہنس کر کہا۔

''ہاں، تم بنگالی تو چاول خور ہوتے ہو۔''

''جی، ہمارے یہاں جب کسی کا پیٹ خراب ہوتا ہے تو حکیم انہیں روٹی کھانے کے لیے کہتا ہے۔''

''کہکشاں، بیٹی آپ پلاؤ نکال لائیں،'' مقسطیٰ خانم نے کہا۔

''ارے نہیں چچی، میں روٹی سے ہی شروع کر رہا ہوں،'' مرتضیٰ نے جواب دیا۔

کھانے کے بعد سب لوگ برآمدے میں آ بیٹھے۔ کہکشاں نے تھیلے سے تصویروں کے البم نکال کر باقی خاں کی گود میں رکھ دیے اور انہیں بتایا کہ وہ تصویریں سلمان نے بھیجی ہیں۔ وہ ایک البم کھول کر ورق گردانی کرنے لگے اور سب لوگ ان کے گرد کھڑے ہو کر تصویریں دیکھنے لگے۔ زیادہ تر بلیک اینڈ وہائٹ تصویریں تھیں اور ہر تصویر پر رائے زنی کی جا رہی تھی۔

''ارے یہ جاوید کو دیکھیں،'' کہکشاں کھلکھلا کر ہنسی۔

تصویر میں ایک جوگی کالے کپڑے پہنے اور گلے میں مالائیں ڈالے ناچ رہا تھا اور اس کے برابر جاوید تھا جس نے دونوں بازو اوپر اٹھا رکھے تھے۔

''یہ تم لوگ کیا کرتے پھر رہے تھے؟'' پیارے میاں نے قہقہہ لگایا۔

''پھوپھا جان، ہم مکّی شاہ کے مزار پر دھمال ڈال رہے تھے،'' جاوید نے کہا، ''آگے سلمان کی بھی ایک تصویر ہونی چاہیے جو میں نے لی تھی۔''

کہکشاں نے جھک کر البم کا ورق پلٹا اور پہلی تصویر ہی سلمان کی تھی جو آنکھیں بند کیے مجمع کے ساتھ ناچ رہا تھا۔

’’تم دونوں کے متعلق میں یہ فیصلہ نہیں کر پائی کہ دونوں میں سے کون زیادہ پاگل ہے،‘‘ کہکشاں نے سلمان کی تصویر دیکھ کر جاوید سے کہا۔

مرتضیٰ سامنے بیٹھا ہوا سب کو دلچسپی سے دیکھ رہا تھا۔ جس طرح مرغی کے بچے اپنی ماں کے گرد جمع ہو جاتے ہیں اسی طرح ان سب نے بچوں کی طرح باقی خاں کو گھیر رکھا تھا۔ ان کا جوش و خروش قابل دید تھا اور ہر تصویر پر شور اٹھتا تھا۔

’’اور دیکھیں، اس تصویر میں پورا خاندان موجود ہے،‘‘ مقسطی خانم نے اس گروپ کی طرف انگلی سے اشارہ کیا جس میں باقی خاں کی کرسی کے پیچھے مقسطی خانم اور پیارے میاں کھڑے ہوئے تھے اور ان کی دونوں طرف سلمان اور کہکشاں تھے۔ وہ تصویر جاوید نے کھینچی تھی۔

’’بس اس تصویر میں بڑے اور اس کی بیوی کی کمی ہے،‘‘ باقی خاں تصویر دیکھ کر آب دیدہ ہو گئے۔

’’تایا ابا، آپ پریشان کیوں ہوتے ہیں۔ اگلی تصویر میں ان شاء اللہ وہ بھی شامل ہوں گے،‘‘ پیارے میاں نے ان کے کندھے پر ہاتھ رکھ کر کہا۔

جاوید کو ایک لمحے کے لیے احساس ہوا کہ وہ خاندان اس کے بغیر ہی پورا ہو جاتا تھا۔ ’’ظاہر ہے کہ سلمان اس خاندان کا حصہ ہے،‘‘ اس نے سوچا۔ اکثر وہ سلمان کے متعلق سوچتا تھا۔ کبھی کبھی سوتے وقت جب نیند گہری ہونا شروع ہوتی تو اچانک سلمان کا چہرہ اس کے سامنے آ جاتا اور اس کی آنکھیں ایک جھٹکے کے ساتھ کھل جاتیں۔ کبھی کبھی اس کا ضمیر ملامت کرتا کہ اس نے سلمان کو ڈوبنے کے لیے خواہ مخواہ نہر میں پھینک دیا تھا جب کہ اسے معلوم تھا کہ سلمان کو تیرنا نہیں آتا۔ پھر اسے خیال آتا کہ سلمان بہر حال اس کا رقیب تھا اور چوں کہ محبت اور جنگ میں سب کچھ جائز ہے لہذا اسے اپنی حرکت پر پچھتانے کی ضرورت نہیں ہے مگر پھر یہ بات اس کی سمجھ سے بالاتر تھی کہ سلمان کیوں اس کے اعصاب پر سوار رہتا ہے حالاں کہ وہ اس سے چودہ سو میل کے فاصلے پر مشرقی پاکستان میں بیٹھا ہوا ہے اور وہ کہکشاں سے بھی دست بردار ہو چکا ہے۔ ’’مگر کیا واقعی وہ دست بردار ہو چکا ہے؟‘‘ اس نے اپنے آپ سے پوچھا مگر اس سوال کا جواب اس کے پاس نہیں تھا۔

’’بھئی ہمیں کراچی کے لیے بس بھی پکڑنی ہے۔‘‘ اچانک مرتضیٰ کی آواز سے جاوید کے خیالات کا سلسلہ ٹوٹ گیا۔

22

"بیٹے، آپ کے امتحانات کیسے چل رہے ہیں؟" مُنّوں میاں نے چائے کی چسکی لے کر پیالی پرچ میں رکھتے ہوئے پوچھا۔

"ابو جی، آج آخری پیپر تھا،" جاوید نے جواب دیا۔

"فرسٹ کلاس آ رہی ہے؟"

"دیکھیں ابو جی، امید تو ہے۔"

"آپ کے بیٹے کی کبھی فرسٹ کلاس سے کم آئی ہے؟" مشفقی بیگم نے کہا۔

وہ تینوں رات کے کھانے کے بعد آنگن میں بیٹھے چائے پی رہے تھے۔ مشفقی بیگم حسب معمول پڑوس کی کسی بچی کے لیے سوئٹر بُن رہی تھیں۔ دہکتے ہوئے سرخ اور چمکتے ہوئے طوطئی رنگوں کی آمیزش سے انہوں نے ایک دور نگا، لہریہ دار ڈیزائن ڈالا تھا۔ ان کے پیروں کے درمیان دو چھوٹی چھوٹی ٹوکریاں رکھی تھیں جن میں اون کے گولے تھے۔ ایک ٹوکری میں لال اون تھا اور دوسری میں ہرا۔ ان کے ہاتھوں میں سوئٹر بننے کی سلائیاں اتنی تیزی سے چلتی تھیں کہ اگر کوئی ٹکٹکی باندھ کر ان کے ہاتھوں کو دیکھتا رہے تو اسے چکر آنا شروع ہو جائیں۔ وہ گاہے گاہے ہاتھ روک کر چائے کی پیالی اٹھا لیتیں اور ایک گھونٹ لے کر پھر بنائی میں مصروف ہو جاتیں۔ مُنّوں میاں کہتے تھے کہ ان کی بیوی کو سوئٹر بننے کا ہو کا ہو گیا ہے مگر مشفقی بیگم کا کہنا تھا کہ سوچ بچار اور منصوبہ بندی کرنے کے لیے جو ذہنی یکسوئی سوئٹر بنتے ہوئے ملتی ہے وہ کسی اور وقت نہیں ملتی۔ جب انہیں کسی پیچیدہ مسئلے پر غور کرنا ہوتا تھا تو سوئٹر بنانا شروع کر دیتی تھیں۔

برسات کا موسم تھا اور ہوا خلاف معمول بند تھی۔ فضا کی نمی نے جسم پر پسینے کی چپچپاہٹ میں اضافہ

کر دیا تھا۔ آنگن اور برآمدے میں بجلی کے بلبوں پر پتنگوں نے یلغار کردی تھی اور پورے گھر میں پتنگے اڑ رہے تھے۔ جن کے پر جل گئے تھے وہ فرش پر بھاگے پھر رہے تھے۔ تنگ آکر سارے بلب بجھا دیے گئے مگر پھر بھی آنگن میں اچھی خاصی روشنی تھی کیوں کہ چودھویں کا چاند پوری آب و تاب سے چمک رہا تھا۔ اچانک ٹھنڈی ہوا کا ایک جھونکا آیا اور اس کے ساتھ ہی فضا میں سامنے کی دیوار کے ساتھ لگی ہوئی رات کی رانی کی بھینی بھینی خوشبو کا احساس ہوا۔ جاوید کو یاد آیا کہ بچپن میں اسے اور کہکشاں کو یقین تھا کہ چودھویں کی رات کو سانپ رات کی رانی کے نیچے کنڈلی مار کر بیٹھا رہتا ہے۔ کہکشاں ہمیشہ اسے چیلنج کرتی تھی کہ اگر وہ مرد ہے تو جا کر کیاری میں جھانک کر دیکھے کہ وہاں واقعی سانپ بیٹھا ہے یا نہیں۔ ''شریر کہیں کی،'' اس نے سوچا، ''بس تم دیکھتی جاؤ۔ شادی کے بعد میں گن گن کر بدلے لوں گا۔'' وہ دل ہی دل میں مسکرایا۔

''امتحان سے فارغ ہونے کے بعد اب آپ کا کیا پروگرام ہے؟'' مُنّوں میاں کی آواز نے جاوید کو چونکا دیا۔

''ابو جی، بس اگلے ہفتے سے ملازمتوں کے اشتہار دیکھنا شروع کر دوں گا اور رزلٹ آتے ہی پوسٹ کر دوں گا۔''

''میرا مشورہ یہ ہے کہ آپ اگلے ہفتے سے ہی درخواستیں بھیجنا شروع کر دیں اور لکھ دیں کہ آپ ایم ایس سی میں فرسٹ کلاس کی امید کر رہے ہیں، پھر جب نتیجہ آجائے تو ایک خط اور لکھ دیں کہ آپ فرسٹ کلاس میں کام یاب ہو گئے ہیں۔ اس طرح انہیں آپ کا نام یاد رہ جائے گا ورنہ ان کے پاس نہ جانے کتنی درخواستیں آتی ہوں گی۔''

''اچھا مشورہ ہے۔ میں اگلے ہفتے سے ہی اپلائی کرنا شروع کر دوں گا۔''

''اور کہکشاں کے پرچے ہو گئے؟''

''جی، کل اس کا آخری پرچہ تھا۔''

مُنّوں میاں نے چائے کا آخری گھونٹ لیا اور پیالی ایک طرف رکھتے ہوئے بولے، ''اور شادی کے متعلق آپ کا کیا خیال ہے؟''

جاوید نے گلا صاف کر کے پہلو بدلا۔ اپنے والد کے ساتھ اس کا تعلق بچپن سے ہی قدرے پر تکلف تھا۔ پرانے زمانے میں باپ اپنے بچوں کے ساتھ فاصلہ رکھتے تھے کیوں ان کا کام صرف ڈانٹ ڈپٹ کرنا اور

گھر میں ڈسپلن قائم رکھنا ہوتا تھا۔ مُنّوں میاں کو یاد نہیں تھا کہ انہوں نے کبھی اپنے باپ کے سامنے نظریں اٹھا کر بات کی ہو۔ اگرچہ وہ پاکستان آکر کافی تبدیل ہو گئے تھے مگر پھر بھی، تھے تو پرانی چال کے۔

''جی، ابو جی؟'' جاوید سے جواب بن نہیں پڑا۔ اس نے بے بسی کے عالم میں اپنی ماں کی طرف دیکھا مگر وہ مسکرا کر اون کے پھندے گننے میں لگ گئیں۔

''بھئی میرا مطلب یہ ہے کہ ماشاءاللہ آپ کی تعلیم مکمل ہو گئی ہے تو سب سے پہلے شادی کر لینی چاہیے تاکہ اس طرف سے اطمینان ہو جائے،'' مُنّوں میاں نے کہا۔

''ابو جی، کیا یہ مناسب نہ ہوگا کہ پہلے ملازمت مل جائے؟''

''ہاں، ملازمت تو مل ہی جائے گی۔ شادی کون سی ایک دن میں ہو جاتی ہے۔ جب تک شادی ہوگی تب تک ملازمت بھی مل جائے گی۔''

''ابو جی، جیسا آپ مناسب سمجھیں،'' جاوید نے آہستہ سے کہا۔ اُس وقت اسے محمد رفیع کے گانے، چاہے کوئی مجھے جنگلی کہے کا ''یاہُو'' یاد آ گیا۔

''تو پھر ہم لڑکی کی تلاش کرنا شروع کر دیں؟'' مُنّوں میاں نے مسکرا کر پوچھا۔

جاوید کو محسوس ہوا جیسے کوئی من بھر کا پتھر اس کے سر پر آ گرا ہو۔ اس نے اور کہکشاں نے پہلے ہی ایک دوسرے کے ساتھ زندگی گزارنے کا فیصلہ کر لیا تھا اور یہ فرض کر لیا تھا کہ ان کے والدین اس فیصلے کا حصہ ہیں۔ اس نے پھر اپنی ماں کی طرف مسکین صورت بنا کر دیکھا اور آخر انہیں بیٹے کی بے چارگی پر رحم آ ہی گیا۔ انہوں نے ادھ بُنا سویٹر ایک ٹوکری میں رکھتے ہوئے کہا، ''بھئی لڑکی تو گھر میں ہی ہے پھر تلاش کرنے کی کیا ضرورت ہے؟''

''پھر بھی، میں نے سوچا کہ بیٹے سے پوچھ لوں۔ ہمارے زمانے کی بات اور تھی۔ اب تو لڑکے لڑکیاں خود ہی فیصلہ کر کے ماں باپ کو بتا دیتے ہیں۔''

''نہیں بھئی، ہمارا بیٹا ایسا نہیں ہے،'' مشفقی بیگم نے کہا، ''کیوں بیٹے، آپ کا کیا خیال ہے؟''

''میں کیا کہہ سکتا ہوں امی، جیسے آپ لوگ مناسب سمجھیں،'' جاوید نے جواب دیا۔

''تو پھر ہم پیارے میاں اور بھنّو سے بات چھیڑتے ہیں،'' مُنّوں میاں اٹھتے ہوئے بولے۔

***

جاوید کو یقین ہو گیا تھا کہ ساری رات آنکھوں میں ہی کٹ جائے گی۔ لاکھ کروٹیں بدلیں، کبھی
تکیے کو دوہرا کیا کبھی اکہرا، کبھی کروٹ بدلی اور دونوں ہتھیلیوں کو ملا کر رخسار کے نیچے رکھ لیا اور کبھی سکڑ
سکڑا کر گٹھری بن گیا، مگر نیند کا دور دور تک پتا نہیں تھا۔ اس کا بس چلتا تو اٹھ کر سیدھا کہکشاں کے گھر جاتا
اور اس کا دروازہ کھٹکھٹاتا۔ جب وہ دروازہ کھولتی تو آگے بڑھتا اور اسے اپنی آغوش میں دبوچ کر خوش خبری
سناتا۔ اس بار جب کروٹ بدلی تو سامنے میز پر رکھی ہوئی ٹائم پیس پر نظر پڑی۔ حالاں کہ کمرے میں گھپ
اندھیرا تھا مگر اس گھڑی کی سوئیاں اندھیرے میں چمکتی تھیں۔ رات کے سوا تین بج رہے تھے۔ پچھلی بار
جب اس نے وقت دیکھا تھا تو تین بجنے میں پانچ منٹ تھے۔ "معلوم ہوتا ہے کہ وقت گھسٹ گھسٹ کر
چل رہا ہے،" اس نے بڑ بڑاتے ہوئے دوبارہ کروٹ بدلی اور نیند لانے کے لیے شہر میں لگے ہوئے لیٹر
بکس گننا شروع کر دیے۔ ریڈیو پاکستان حیدر آباد کے بالکل سامنے مرکزی ڈاک خانے کے دروازے پر برابر
برابر دو لیٹر بکس تھے۔ سرخ رنگ کا ہوائی ڈاک کے لیے اور نیلے رنگ کا باقی ڈاک کے لیے۔ پھر نیو میجسٹک
سنیما کے سامنے والی سڑک پر کینٹونمنٹ بورڈ کی ایک ڈسپنسری تھی جس کے سامنے ایک لیٹر بکس
تھا۔ تلک چاڑھی کے نیچے جامعہ عربیہ ہائی اسکول کے گیٹ پر بھی ایک لیٹر بکس تھا۔ جاوید پورے شہر میں
لیٹر بکس گنتا ہوا گھومتا رہا اور پچیس کے بعد چھبیسویں کی نوبت آنے تک وہ بے خبر سو گیا۔

صبح کو جاوید کی آنکھ دیر سے کھلی۔ مُنّوں میاں کام پر جا چکے تھے اور مشفقی بیگم کیاریوں میں اگی ہوئی
گھاس کو صاف کر رہی تھیں۔ جاوید انہیں سلام کر کے غسل خانے میں گھس گیا اور جلدی جلدی تیار ہو کر
نکل آیا۔ اس کے ہاتھ میں دو کتابیں تھیں جو لائبریری میں واپس کرنی تھیں۔

"امی، میں ذرا یونی ورسٹی جا رہا ہوں،" اس نے دروازے کے قریب رک کر کہا۔

"ارے بیٹا، ناشتہ تو کرتے جائیں،" وہ کھرپی وہیں چھوڑ کر اٹھ کھڑی ہوئیں۔

"نہیں، امی، مجھے ذرا جلدی ہے۔ وہیں کچھ کھالوں گا،" جاوید نے دروازے سے نکلتے ہوئے کہا۔

"توبہ ہے، ایسی بھی کیا جلدی ہے؟" وہ سر کو جھٹکا دے کر بڑ بڑاتی ہوئی کیاری کے سامنے بیٹھ گئیں
اور کھرپی سنبھال لی۔

جب اس نے اپنی پھوپھی کے گھر کا دروازہ کھٹکھٹایا تو کہکشاں نے ہی کھولا۔

"جلدی سے تیار ہو جاؤ، ہم یونی ورسٹی چل رہے ہیں،" اس نے سرگوشی میں کہا۔

"مگر کیوں؟" کہکشاں نے بھی سرگوشی میں جواب دیا۔

’’تم سے بہت سی باتیں کرنی ہیں۔‘‘

’’کیا باتیں کرنی ہیں؟‘‘

’’تم اندر تو آنے دو۔‘‘

اسی وقت کمرے سے پیارے میاں نکل کر باہر نکلے اور بولے، ’’کیا کھسر پھسر ہو رہی ہے؟ معلوم ہوتا ہے کہ پھر کوئی سازش ہو رہی ہے۔‘‘

’’السلام علیکم پھوپھا جان،‘‘ جاوید نے گھر میں داخل ہوتے ہوئے کہا، ’’وہ میں یونی ورسٹی جا رہا ہوں۔ کہکشاں نے بھی جانا تھا۔ میں نے سوچا کہ اسے بھی لے جاؤں ورنہ بے چاری اکیلی سڑکوں پر ماری ماری پھرے گی۔‘‘

’’اچھا کیا۔ تو اندر تو آؤ، دروازے سے ہی چلے جاؤ گے؟‘‘

’’جی، بالکل،‘‘ جاوید پر سخت بوکھلاہٹ طاری تھی۔ وہ جلد سے جلد کہکشاں سے تنہائی میں ملنا چاہتا تھا۔

اتنے میں مقسطیٰ خانم باورچی خانے سے ناشتے کی ٹرے ہاتھ میں لیے نکلیں اور جاوید نے انہیں سلام کیا۔

’’جیتے رہیں بیٹے، خیریت؟ اتنی صبح ہی صبح؟‘‘

’’پھوپھی جان، وہ دراصل لائبریری کی کچھ کتابیں واپس کرنی تھیں، کہکشاں کو بھی یونی ورسٹی جانا تھا۔ میں نے سوچا کہ اسے چھوڑ دوں گا،‘‘ اس نے اپنی گھبراہٹ پر قابو پانے کی کوشش کرتے ہوئے جواب دیا۔

’’آپ نے ناشتہ کر لیا؟‘‘

’’نہیں پھوپھی جان، ناشتہ تو نہیں کیا، میں صرف چائے پی لوں گا۔‘‘

’’کیوں بیٹے، آپ آئیں اور اپنے پھوپھا جان کے ساتھ ناشتہ کریں تب تک کہکشاں بھی تیار ہو جائیں گی۔‘‘

’’دادا با نظر نہیں آ رہے،‘‘ جاوید نے ادھر ادھر دیکھتے ہوئے کہا۔

’’وہ پہلے ہی ناشتہ کر کے دوبارہ سو گئے ہیں۔ صبح ہی اٹھ جاتے ہیں اور ناشتہ کر کے ایک ڈیڑھ گھنٹے کے لیے پھر سو جاتے ہیں،‘‘ مقسطیٰ خانم نے جواب دیا۔

جاوید پیارے میاں کے ساتھ دستر خوان پر آکر بیٹھ گیا۔ مقسطی خانم بولیں، ''آج آپ کے پھوپھا کو حلوہ پوری کے ناشتے کا شوق ہو رہا تھا۔ آپ شروع کریں، میں اور پوریاں لاتی ہوں۔''

''تمہارے امتحان ختم ہو گئے، جاوید میاں؟'' پیارے میاں نے پوچھا۔

''جی پھوپھا جان، کل آخری امتحان تھا۔''

''آگے اور بھی پڑھنے کا ارادہ ہے؟''

''نہیں پھوپھا جان، فی الحال تو ملازمت ڈھونڈنے کا پروگرام ہے۔''

مقسطی خانم نے باورچی خانے سے مزید کچھ پوریاں لاکر جاوید کے سامنے رکھ دیں مگر اس نے چائے کی پیالی اٹھالی۔

''کیوں میاں، تم نے کھایا ہی کیا؟ کچھ اور لو،'' پیارے میاں نے حلوے کا ڈونگا اس کی طرف بڑھایا۔

''بس پھوپھا جان، میں نے چلتے وقت بھی کچھ کھالیا تھا،'' جاوید نے جواب دیا۔

کہکشاں تیار ہو کر کمرے سے نکلی اور جاوید جلدی جلدی چائے کے گھونٹ بھرنے لگا۔

''اچھا پھوپھا جان، ہم لوگ چلتے ہیں،'' وہ اٹھتے ہوئے بولا۔

''آپ لوگ تو ہمیشہ ہوا کے گھوڑے پر سوار رہتے ہیں،'' مقسطی خانم نے کہا۔

گھر سے نکلتے ہی کہکشاں بولی، ''خدا کے بندے، آخر بتاؤ تو سہی کہ بات کیا ہے؟ کیوں اتنی بد حواسی طاری ہے؟''

''بد حواسی کی بات ہی ہے، تم سنوگی تو اچھل پڑوگی۔''

''تمہید ہی باندھتے رہوگے یا بتاؤ گے بھی؟''

''تم ہی سوچ کر بتاؤ کہ کیا بات ہو سکتی ہے؟''

''ٹھیک ہے۔ تم اپنے سے ہی پہیلیاں بوجھواتے رہو، میں واپس جا رہی ہوں،'' کہکشاں نے مڑتے ہوئے کہا۔

''ارے نہیں نہیں۔ اچھا سنو۔''

''کچھ اگلو بھی تو سہی،'' کہکشاں نے پلٹتے ہوئے جواب دیا۔

''بات راز کی ہے،'' جاوید نے بھویں اچکائیں۔

''جاوید کے بچے، خدا تم سے سمجھے،'' کہکشاں پھر واپس جانے کے لیے مڑی۔

’’اچھا تو سنو۔ ابو جی اور امی جلد ہی پھوپھی جان اور پھوپھا جان سے بات چیت کرنے کے لیے آ رہے ہیں۔‘‘

’’کس قسم کی بات چیت؟‘‘ غالباً کہکشاں سمجھ گئی تھی مگر تجاہل عارفانہ سے کام لے رہی تھی۔

’’بھئی تمہارے لیے میرا پیغام لے کر آئیں گے۔‘‘

کہکشاں اس کے برابر زمین پر نظریں گاڑے چل رہی تھی اور اس کے ہونٹوں پر مسکراہٹ تھی۔

’’اچھی خبر ہے،‘‘ اس نے مسکرا کر جاوید کی طرف دیکھتے ہوئے کہا۔

’’بس صرف اچھی خبر؟ میں تو سمجھا تھا کہ تم یہ خبر سن کر ناچنا شروع کر دو گی۔‘‘

’’یہیں سڑک پر؟‘‘

’’خیر، بعد میں ناچ لینا۔ اس وقت صرف اچھل پڑو۔‘‘

’’اچھل پڑی۔‘‘

وہ دونوں خاموشی سے چلتے رہے۔ کہکشاں کی نظریں زمین پر تھیں اور وہ کچھ سوچ رہی تھی۔

’’کیا سوچ رہی ہو؟‘‘ جاوید نے پوچھا۔

’’میں سوچ رہی ہوں کہ میں دلہن بن کر ماموں جان کے گھر جاؤں گی یا تم گھر داماد بن کر ہمارے گھر آؤ گے۔‘‘

’’کیوں بھئی، یہ کیا بات ہوئی۔ تم رخصتی ہو کر ہمارے گھر ہی آؤ گی۔ پھر ہم اپنا فلیٹ کرائے پر لے لیں گے۔‘‘

’’میں بھی یہی سوچ رہی تھی مگر اس کے لیے تو ضروری ہو گا کہ ہمارے پاس ملازمت ہو۔‘‘

’’بالکل ضروری ہو گا۔ بھئی ہم ملازمت ملنے کے بعد ہی شادی کریں گے۔‘‘

’’میرا بھی یہی خیال ہے۔‘‘

’’ابو جی مشورہ دے رہے تھے کہ ہمیں ملازمت ڈھونڈنا شروع کر دینا چاہیے۔ رزلٹ آنے کا انتظار کرنے کی ضرورت نہیں ہے۔‘‘

’’اچھا مشورہ ہے،‘‘ کہکشاں نے کہا۔ پھر کچھ آگے چل کر بولی، ’’ایک بات میری سمجھ میں نہیں آ رہی۔‘‘

’’وہ کیا؟‘‘ جاوید نے اس کی طرف دیکھ کر پوچھا۔

’’یہ ہم اتنی جلدی جلدی کیوں بھاگ رہے ہیں، کہیں جانے کی جلدی ہے کیا؟‘‘

’’بھئی ہم گھر سے بھاگے ہیں نا،‘‘ جاوید نے ایک قہقہہ لگایا اور اپنی رفتار کم کر دی۔

وہ گلی سے نکل کر کینٹونمنٹ کی سڑک پر مڑ گئے تھے جہاں لوگوں کی چہل پہل کم ہوتی تھی اور ٹریفک بھی برائے نام ہوتا تھا۔

’’ارے یار، غضب ہو گیا،‘‘ جاوید نے کچھ سوچ کر کہا۔

’’کیوں، کیا ہو گیا؟‘‘

’’وہ کتابیں تو تمہارے گھر ہی رہ گئیں جنہیں لائبریری میں واپس کرنا تھا۔‘‘

’’تو واپس چلیں؟‘‘

’’نہیں چھوڑو۔ اگلے ہفتے واپس کر دوں گا۔ ابھی تو ڈیو بھی نہیں ہیں۔‘‘

’’تو پھر اتنی جلدی کیوں پڑی تھی؟‘‘

’’کتابیں واپس کرنا تو ایک بہانہ تھا ورنہ مقصد تو تمہیں گھر سے نکالنا تھا۔‘‘

’’شادی کے بعد بھی کیا مجھے اسی طرح بہانے بنا کر گھر سے باہر لے جایا کرو گے،‘‘ کہکشاں مسکرا کر اس کے قریب آئی اور اس سے پہلے کہ کسی کی نظر ان پر پڑے، وہ اس کا بازو با کر ہٹ گئی۔

’’پھر بہانے بنانے کی کیا ضرورت ہے، ہم نکاح نامہ دکھا دیا کریں گے۔‘‘

’’اچھا اب یہ بتاؤ کہ ہم اب کہاں جا رہے ہیں، لائبریری کی کتابیں تو تم لانا بھول گئے۔‘‘

’’بھئی یونیورسٹی ہی چلتے ہیں۔ وہاں کیفے ٹیریا میں چائے پئیں گے۔ اگر کوئی جاننے والا مل گیا تو گپّیں لگائیں گے اور کہیں باہر دوپہر کا کھانا کھائیں گے۔‘‘

’’ایک بات بتاؤں جاوید؟‘‘

’’ہاں بولو۔‘‘

’’تم ہو بڑے عیاش۔‘‘

’’لو، یہ تم نے کیسے کہہ دیا، تم نے میری کون سی عیاشی دیکھ لی؟‘‘

’’یہ روز روز باہر کھانا عیاشی نہیں ہے تو اور کیا ہے؟‘‘

’’اچھا جی، اب تم مجھ پر پابندیاں لگاؤ گی۔ ابھی شادی تو ہوئی نہیں اس پر یہ حال ہے تو شادی کے بعد کیا حال ہو گا؟‘‘ جاوید نے رک کر کہا۔

’’پابندیاں تو لگیں گی،‘‘ کہکشاں نے ہنستے ہوئے کہا، ’’اگر شوہروں کی لگام کو کھینچ کر نہ رکھا جائے تو کھونٹے سے ہی اکھڑ جاتے ہیں۔‘‘

’’اچھا ایسا کرتے ہیں استاد، کہ میٹنی شو دیکھتے ہیں۔‘‘

’’اب زیادہ آگے مت بڑھو۔ ہمارا خاندان ابھی اتنا ماڈرن نہیں ہوا۔ اگر کسی نے دیکھ لیا تو لینے کے دینے پڑ جائیں گے۔‘‘

’’اگر کسی نے دیکھ لیا تو کیا ہو گا؟ میاں بیوی راضی، تو کیا کرے گا قاضی؟‘‘

’’میں ایک بات سوچ رہی ہوں، جاوید،‘‘ کہکشاں نے ایک توقف کے بعد کہا۔

’’وہ کیا؟‘‘

’’کیا ہم اوٹ پٹانگ باتیں نہیں کر رہے؟‘‘

’’بالکل کر رہے ہیں۔‘‘

’’تو پھر کیوں نہ کام کی باتیں کریں؟‘‘

’’کیوں، اوٹ پٹانگ باتوں میں کیا حرج ہے؟‘‘

’’حرج تو کچھ بھی نہیں۔‘‘

’’تو پھر اوٹ پٹانگ باتیں ہی کرتے ہیں۔‘‘

’’جیسی تمہاری مرضی۔‘‘

’’اچھا چلو چھوڑو، یہ بتاؤ کہ اب تمہارا کیا پروگرام ہے؟‘‘

’’بھئی نوکری ڈھونڈیں گے اور کیا؟‘‘

’’میرا مطلب ہے کہ تمہیں سی ایس ایس کی تیاری بھی تو کرنی ہے۔‘‘

’’میں تو اسی سال فارغ ہو جاتی مگر تم نے پڑھنے ہی نہیں دیا۔‘‘

’’یار تمہیں جلدی کیا ہے۔ تم اب تیئیس سال کی ہوئی ہو۔ تمہارے پاس سات سال پڑے ہیں سی ایس ایس کرنے کے لیے، اور پھر تم نے سکون سے اپنی ڈگری بھی مکمل کر لی۔‘‘

’’اسی لیے تو میں نے تمہاری بات مان لی تھی، اب نوکری کے ساتھ ساتھ امتحان کی تیاری کروں گی۔‘‘

’’میرا مشورہ تو یہ ہے کہ تم اس سال نوکری مت کرو۔ بس سی ایس ایس کی تیاری کرو۔ میں نوکری

کروں گا اور تم پڑھنا۔''

''جاوید، تم تو واقعی سیریس ہو گئے۔ ابھی تو شادی بھی نہیں ہوئی اور تم نے بزرگانہ باتیں کرنا شروع کر دیں'' کہکشاں نے اسے ہلکا سا دھکا مارتے ہوئے کہا۔

وہ گلی سے گزر کر ٹھنڈی سڑک پر نکل آئے۔ سامنے ذرا سا آگے چل کر سندھ یونیورسٹی اولڈ کیمپس کا گیٹ تھا۔

***

مُنّوں میاں اِصرار کرتے تھے کہ پیارے میاں دوپہر کا کھانا اُن کے ساتھ ہی کھایا کریں۔ کینٹین اب ایک جنرل اسٹور کی شکل اختیار کر چکی تھی جسے مُنّوں میاں نے دو حصوں میں تقسیم کر دیا تھا۔ ایک حصہ خود سنبھالتے تھے اور دوسرے کا انچارج پیارے میاں کو بنا دیا تھا۔ ایک ملازم کی ڈیوٹی تھی کہ روزانہ سائیکل پر جا کر دونوں گھروں سے ٹفن کیرئر لے آئے۔

اُس روز کھانے کے بعد مُنّوں میاں نے اپنے بہنوئی کا عندیہ لینے کے ارادے سے تذکرہ چھیڑ دیا، ''بھئی پیارے میاں، یہ تو آپ جانتے ہی ہیں کہ آپ سے زیادہ نزدیک ہمارا کوئی اور نہیں ہے۔''

''جی بھائی صاحب، اس میں کیا شک ہے۔ ہمارا بھی آپ کے علاوہ اور کون ہے؟'' پیارے میاں نے جواب دیا۔

''ہم دونوں میاں بیوی کا خیال ہے کہ ہمارا بیٹا اور آپ کی بیٹی بچپن سے ہی اکٹھے رہے ہیں تو کیوں نہ ان کی دوسراہٹ کو مستقل کر دیا جائے،'' مُنّوں میاں نے ہچکچاتے ہوئے کہا۔

''بھائی صاحب، کیا آپ کہکشاں کے لیے جاوید کا پیغام دے رہے ہیں؟'' پیارے میاں نے پوچھا۔

''جی۔''

''کمال ہے بھائی صاحب، بیٹی آپ ہی کی ہے۔ آپ ہمیں صرف شادی کا انتظام کرنے کے لیے کہہ دیں وہ ہم کر دیں گے۔''

''یہ آپ کی محبت ہے۔ میں نے سوچا کہ باقاعدہ پیغام دینے سے پہلے ذرا اندازہ لگا لوں تا کہ ایسا نہ ہو کہ ہم پیغام لے کر آئیں اور آپ کی طرف سے انکار ہو جائے۔''

”ارے کمال کرتے ہیں بھائی صاحب۔ ہمارے لیے جیسی کہکشاں ہے ویسا جاوید ہے۔“

”پھر بھی ذرا اپنی بیوی سے بھی سُن گن لے لیں۔“

”مجھے معلوم ہے کہ آپ کی بہن کی مرضی شامل ہوگی، بلکہ ہم دونوں اکثر اس سلسلے میں گفتگو کرتے رہتے ہیں مگر بیٹی کے ماں باپ ہونے کی حیثیت سے پہل نہیں کر سکتے۔“

”ٹھیک ہے، تو پھر ہم آپ کے یہاں پیغام لے کر آئیں گے۔“

”ہاں، مگر لڈو لانا نہ بھولیے گا،“ پیارے میاں نے ہنس کر کہا۔

مُنّوں میاں نے اٹھ کر پیارے میاں کو گلے لگایا اور کہا، ”اللہ تعالیٰ دونوں کے حق میں بہتر کرے۔“

***

اسی شام پیارے میاں نے رات کے کھانے پر باقی خاں کے سامنے مُنّوں میاں سے اپنی گفتگو کا تذکرہ کیا۔

”تایا ابا، کل بھائی صاحب اور بھابھی آپ کی پوتی کے لیے اپنے بیٹے کا پیغام لے کر آئیں گے،“ انہوں نے کہا، ”آپ کی کیا رائے ہے؟“

باقی خاں کو مایوسی تو ہوئی مگر انہوں نے اس کا اظہار نہیں ہونے دیا۔ ان کی خواہش تھی کہ ان کی پوتی اپنے تایا کے بیٹے کو بیاہی جائے۔ سلمان سے انہیں بڑی محبت ہوگئی تھی اور وہ چاہتے تھے کہ دونوں بھائیوں کی اولادیں بھی اکٹھی ہو جائیں، مگر پھر انہیں خیال آیا کہ اب زمانے کی ہوا بدل گئی ہے۔ وہ زمانہ اور تھا جب بچوں کے شادی بیاہ کے فیصلے بزرگ کرتے تھے۔ اب تو بچے خود ہی فیصلہ کر لیتے ہیں۔ یہ بھی ان کے بھتیجے کی سعادت مندی تھی کہ اس نے ان کی رائے مانگی تھی۔

”میں کیا کہہ سکتا ہوں بیٹا۔ تم بہتر سمجھتے ہو۔ مجھے تو ان کا بیٹا اچھا لگتا ہے۔ ہماری بیٹی کو خوش رکھے گا،“ انہوں نے جواب دیا۔

کہکشاں اس گفتگو کے دوران سخت بے چینی محسوس کر رہی تھی۔ اس کا بس چلتا تو وہ وہاں سے اٹھ جاتی مگر سر جھکائے ہوئے جلدی جلدی کھانا ختم کرکے اٹھ بیٹھی۔

”بیٹھی رہ بیٹی، کم از کم اپنی مرضی تو بتاتی جا،“ پیارے میاں نے کہا۔

’’میں کیا جانوں ابّا میاں، آپ جو بہتر سمجھیں کریں،‘‘ کہکشاں مسکراتی ہوئی اٹھی اور وہاں سے چلی گئی۔

’’اور بھئی تمہارا کیا خیال ہے،‘‘ پیارے میاں نے مقسطیٰ خانم کی طرف مڑ کر پوچھا۔

’’میں کیا کہہ سکتی ہوں۔ بیٹی آپ کی ہے اور فیصلہ بھی آپ ہی کو کرنا ہے،‘‘ انہوں نے جواب دیا۔

’’پھر بھی، ماں کی مرضی کے بغیر بیٹی کو بیاہ دینا تو زیادتی ہے۔‘‘

’’اچھا رشتہ ہے۔ دونوں ایک ساتھ ہی پلے بڑھے ہیں اور ایک دوسرے کو سمجھتے ہیں،‘‘ مقسطیٰ خانم نے جواب دیا۔

کہکشاں اپنے کمرے میں کھڑی بظاہر کتابوں کو الٹ پلٹ رہی تھی مگر اس کے اندر ایک ہیجان بپا تھا۔ بچپن میں وہ ضرور ناچتی کودتی تھی مگر بڑے ہو کر کبھی کبھار جب ریڈیو پر سلیم رضا کا ’’جانِ بہاراں، رشکِ چمن، غُنچہ دہن، سیمیں بدن‘‘ سنائی دیتا تھا تو اس پر لپک لینے پر ہی اکتفا کر لیتی تھی اور وہ بھی تنہائی میں۔ اس وقت اس کا دل چاہ رہا تھا کہ باہر نکل کر ناچتی پھرے مگر وہ صرف گنگنا کر ہی رہ گئی۔ اسے جاوید کی کمی بری طرح محسوس ہو رہی تھی۔

اگلے روز مُنّوں میاں اور مشفقی بیگم پیارے میاں کے گھر پہنچ گئے۔ کہکشاں شرمائی شرمائی سی ماموں اور ممانی کے سامنے آئی۔ اسے الجھن ہو رہی تھی کہ جاوید کیوں نہیں آیا۔ ’’خود تو غائب ہو گیا اور مجھے اکیلا چھوڑ دیا،‘‘ وہ دل ہی دل میں بڑ بڑائی۔

وہ برآمدے میں کرسیوں پر آ کر بیٹھ گئے اور پیارے میاں نے فرشی پنکھے چلا دیے۔ انہوں نے برآمدے کے دروازوں پر چقیں ڈلوا دی تھیں جنہیں گرمیوں میں گرا دیتے تھے اور برآمدہ ایک بڑا سا کمرہ بن جاتا تھا جو نسبتاً ٹھنڈا رہتا تھا۔ ویسے ابھی اتنی گرمی شروع نہیں ہوئی تھی مگر پھر بھی انہوں نے چقیں گرا دیں۔

’’کیوں، جاوید میاں نہیں آئے؟‘‘ مقسطیٰ خانم نے پوچھا۔

’’آتے ہی ہوں گے۔ وہ ذرا راستے میں ایک کام سے رک گئے تھے،‘‘ مشفقی بیگم نے جواب دیا اور کہکشاں کی جان میں جان آئی۔

’’چچا جان نظر نہیں آ رہے،‘‘ مُنّوں میاں نے ادھر ادھر دیکھ کر کہا۔

’’ذرا لیٹ گئے تھے، اٹھنے ہی والے ہوں گے،‘‘ پیارے میاں نے کہا اور کہکشاں کو مخاطب کر کے

بولے، ''بیٹی، اپنے دادا کو جاکر بتادو کہ ماموں جان آئے ہیں۔''

اس سے پہلے کہ کہکشاں اٹھے، باقی خاں خود ہی اپنی چھڑی ٹیکتے ہوئے کمرے سے نکلے۔ مُنّوں میاں اور مشفقی بیگم نے کرسی سے اٹھ کر انہیں سلام کیا اور وہ انہیں دعائیں دے کر بیٹھ گئے۔ اب وہ چلنے پھرنے کے معاملے میں کسی کے محتاج نہیں رہے تھے، البتہ ڈاکٹر نے احتیاطاً چھڑی کا استعمال کرنے کی ہدایت کی تھی۔

''کیوں میاں، سب خیریت ہے؟'' انہوں نے ہاتھ کا اشارہ کرکے مُنّوں میاں سے پوچھا۔

''جی چچا جان، آپ کی دعائیں ہیں،'' مُنّوں میاں نے جواب دیا۔

کچھ دیر ادھر ادھر کی باتیں کرنے کے بعد مُنّوں میاں مطلب کی طرف آئے اور باقی خاں سے کہا، ''چچا جان، ہم آپ کی خدمت میں ایک درخواست لے کر آئے ہیں۔''

''ہاں بولو،'' باقی خاں نے کچھ سوچ کر جواب دیا۔

''اگر ابا جان زندہ ہوتے تو وہی آپ سے بات کرتے مگر چوں کہ میرا کوئی اور بزرگ نہیں ہے لہٰذا آپ ہی میرے بزرگ ہیں اور آپ سے امید ہے کہ آپ ہمیں مایوس نہیں کریں گے۔''

''میاں، یہ تمہاری سعادت مندی ہے۔ مجھے تو اب بھی جب تمہارے والد کی یاد آتی ہے تو دل مسوس کر رہ جاتا ہوں اور آنکھیں بھیگ جاتی ہیں۔''

''عرض یہ ہے کہ انہوں نے اپنی بیٹی کا ہاتھ آپ کے بھتیجے کے ہاتھ میں دیا تھا، آج ہم اپنے بیٹے کے لیے آپ کی پوتی کا ہاتھ مانگ رہے ہیں۔''

عین اسی وقت کسی نے باہر کا دروازہ کھٹکھٹایا اور کہکشاں چٹ اٹھا کر باہر چلی گئی۔ ویسے بھی وہاں بیٹھ کر اسے خفقان اٹھ رہا تھا۔ اس نے دروازہ کھولا تو جاوید کھڑا مسکرا رہا تھا۔ اس کے ہاتھ میں ایک تھیلا تھا۔

''ہماری منگنی ہو گئی؟'' اس نے اندر داخل ہوتے ہوئے سرگوشی میں پوچھا۔

''ابھی ہو رہی ہے،'' کہکشاں نے دروازہ بند کرتے ہوئے کہا۔

جاوید نے آگے بڑھ کر اس کے کمرے کے گرد بازو ڈال کر اپنی جانب کھینچ لیا۔

''ارے ارے یہ کیا کر رہے ہو؟ کوئی دیکھ لے گا،'' اس نے خود کو چھڑاتے ہوئے سرگوشی کی۔

''کوئی دیکھ لے گا تو کیا ہماری منگنی کینسل کر دے گا؟''

''پھر بھی، ذرا صبر سے کام لو۔''

کہکشاں چق اٹھا کر اندر داخل ہوئی اور اس کے پیچھے جاوید تھا۔ وہ یہ دیکھ کر ٹھٹھک گئے کہ وہاں مبارک سلامت کا دور شروع ہو چکا تھا۔ مُنّوں میاں نے کہکشاں کے سر پر ہاتھ رکھا اور جاوید کے ہاتھ سے تھیلا لے کر مقسطٰی خانم کو دیتے ہوئے کہا، ''لو بھنّو، سب کا منہ میٹھا کرو۔''

23

امتحان کا نتیجہ آگیا۔ جاوید اور کہکشاں، دونوں کی فرسٹ کلاس آئی تھی۔ کہکشاں کو اس کے ہیڈ آف دی ڈپارٹمنٹ، پروفیسر نقوی نے کہہ دیا تھا کہ اگر وہ یونیورسٹی میں ملازمت کرنا چاہے تو وائس چانسلر کے نام درخواست لکھ دے اور وہ منظور کروالیں گے کیوں کہ ان کی نظر میں اس سے بہتر کوئی اور امیدوار نہیں تھا۔ کہکشاں نے ان سے کہا کہ فی الحال وہ جاوید کی ملازمت کا انتظار کرنا چاہتی ہے جو کراچی میں ملازمت ڈھونڈ رہا ہے۔ اگر اسے وہاں ملازمت مل گئی تو شادی کے بعد مشکل ہو گا کہ ان میں سے ایک کراچی میں رہے اور دوسرا حیدرآباد میں۔ پروفیسر نقوی نے جواب دیا کہ وہ اس کا انتظار کریں گے اور اس وقت تک کسی اور کو آفر نہیں دیں گے جب تک کہ وہ کوئی فیصلہ نہ کرلے۔ اس نے کراچی میں بھی دو تین جگہ اپلائی کیا تھا اور جواب کا انتظار کر رہی تھی۔

اسی دوران سلمان کے خط سے معلوم ہوا کہ اس کا ایم ایس سی کا نتیجہ بھی نکل آیا اور اس کی بھی فرسٹ کلاس آئی تھی۔ اس نے لکھا تھا کہ ڈھاکہ یونیورسٹی میں مائیکروبایولوجی ڈپارٹمنٹ نے اسے لیکچرار شپ کی پیش کش کی ہے مگر ابھی اس نے قبول نہیں کی کیوں کہ وہ ایک مہینے کے لیے گھر جا رہا ہے اور اگران ہی دنوں میں اسے کہیں اس سے بہتر ملازمت نہ ملی تو وہ اسی پیش کش کو قبول کرلے گا۔ اس نے مشرقی پاکستان میں بگڑتے ہوئے حالات کا تذکرہ بھی کیا تھا اور خدشہ ظاہر کیا تھا کہ اگر جلد ہی کوئی حل نہ نکالا گیا تو صوبے میں خون خرابہ ہونے کے امکانات تھے۔

جاوید نے کئی جگہ ملازمت کی درخواست دی تھی۔ اس کی خواہش تھی کہ اسے انڈس فارما میں نوکری مل جائے مگر امید قطعی نہیں تھی کیوں کہ اس کمپنی میں ملازمت ملنا ہنسی کھیل نہیں تھا۔ انڈس فارما کوئی

معمولی دواساز کمپنی نہیں تھی۔ عام ادویات بنانے کے علاوہ اس کے اپنے متعدد پیٹنٹ تھے۔ کئی غیر ملکی کمپنیوں کے برانڈ بھی بناتی تھی اور اس کی ادویات افریقہ، مشرق وسطٰی اور مشرق بعید کو برآمد کی جاتی تھیں۔ ادویات پر اس کی تحقیق و تشکیل کی شہرت دور دور تک تھی، خصوصاً متعدی امراض پر اس کے محققین کے مقالے بین الا قوامی سائنسی جرائد میں اکثر چھپتے رہتے تھے۔ انڈس فارما ایک پبلک کارپوریشن تھی اور کراچی اسٹاک ایکسچینج میں اس کا اسٹاک مستقل چڑھتا ہی رہتا تھا۔ پچھلے برسوں میں کئی مرتبہ اس کے حصص اسپلٹ بھی ہوئے تھے۔

شام کو جب جاوید گھر پہنچا تو مشفقی بیگم نے اس کے ہاتھ میں ایک ٹیلی گرام دیا۔ جب اس نے لفافہ کھولا تو معلوم ہوا کہ انڈس فارما سے آیا تھا اور اگلے ہفتے اسے انٹرویو کے لیے بلایا گیا تھا۔

’’کیوں خیریت تو ہے ؟‘‘ مشفقی بیگم نے پوچھا۔

’’جی امی، مجھے اگلے ہفتے ملازمت کے سلسلے میں انٹرویو کے لیے کراچی جانا ہوگا۔‘‘

’’خدا کا شکر ہے۔ میں تو سارا دن فکر مند رہی کہ خدا خیر کرے، نہ جانے کیسا ٹیلی گرام آ گیا،‘‘ ان کے نزدیک ٹیلی گرام صرف رشتے داروں کے انتقال کی خبر دینے کے لیے کیے جاتے تھے۔

’’اچھا امی، میں ابھی آتا ہوں،‘‘ جاوید نے ٹیلی گرام کا لفافہ دہرا کر کے جیب میں رکھتے ہوئے کہا۔

’’کیوں میاں، اتنی جلدی میں کہاں چل دیے ؟‘‘

’’میں کہکشاں کو بتا کر آتا ہوں۔‘‘

’’اب کہکشاں سے آپ کی منگنی ہو چکی ہے۔ شادی سے پہلے منگیتر سے ملنا جلنا اچھا نہیں سمجھا جاتا،‘‘ مشفقی بیگم نے کہا۔

’’ارے امی، آپ کون سے زمانے کی بات کر رہی ہیں ؟‘‘

’’ہمارے زمانے میں تو یہی دستور تھا،‘‘ انہوں نے جواب دیا۔ جاوید نے شاید ان کی بات سنی ہی نہیں کیوں کہ اس وقت تک وہ دروازے سے باہر نکل چکا تھا۔

***

امتحانات ختم ہوتے ہی شہر بھر کے ریسٹورنٹس پر طلبہ کی یلغار ہونے لگی۔ ظاہر ہے کہ کیفے یونٹی کیسے

244

پیچھے رہتا، شام ہوتے ہوتے وہ بھی مچھلی مارکیٹ بن جاتا تھا۔ ہر قضیہ زیر بحث آتا اور ہر مسئلے کے حل پیش کیے جاتے۔ پاکستان میں پہلی مرتبہ براہ راست بالغ رائے دہی کی بنیاد پر عام انتخابات ہوئے تھے جن میں مشرقی پاکستان میں شیخ مجیب الرحمٰن اور مغربی پاکستان میں ذوالفقار علی بھٹو کی پارٹیوں کی اکثریت آئی تھی۔ شیخ مجیب الرحمٰن کی عوامی لیگ کی سیٹیں پورے ملک میں سب سے زیادہ تھیں حکومت بنانے کا حق اسی کا تھا مگر بھٹو بضد تھے کہ اقتدار میں ان کا حصہ بھی ہونا چاہیے کیوں کہ مغربی پاکستان میں ان کی پارٹی کی اکثریت تھی۔

جنرل یحییٰ خان نے ڈھاکہ میں نیشنل اسمبلی کا اجلاس طلب کیا اور شیخ مجیب الرحمٰن کو اگلے وزیر اعظم کی حیثیت سے تسلیم کر لیا مگر عین وقت پر بھٹو نے اجلاس کا بائیکاٹ کر دیا۔ اس روز ہر کیفے میں موضوع بحث بھٹو کا بائیکاٹ تھا۔

''ملک کی تاریخ میں پہلی بار ڈھنگ کا الیکشن ہوا اور بھٹو نے اس کا بھی بیڑا غرق کر دیا،'' صلاح الدین نے کہا۔

''کیا بیڑا غرق کر دیا؟'' جاوید نے اپنی کرسی آگے کھسکاتے ہوئے پوچھا، ''بھئی بھٹو نے مغربی پاکستان میں سب سے زیادہ ووٹ لیے ہیں اور وہ قائد حزب اختلاف ہوگا تو اس کی بات بھی تو سنی جانی چاہیے۔''

''مگر بات کرنے کی بھی تو تمیز ہوتی ہے۔ یہ کہاں کی جمہوریت ہے کہ دھمکی دیتے پھریں کہ جو ڈھاکہ گیا اس کی ٹانگیں توڑ دی جائیں گی،'' صلاح الدین نے جواب دیا۔

''مجھے تو ایسا لگتا ہے کہ اقتدار کی جنگ کے تین فریق ہیں۔ جنرل یحییٰ، بھٹو اور مجیب،'' ناصر نے کہا۔

''جنرل یحییٰ کو کیوں گھسیٹ رہے ہو۔ اس بے چارے کو تو ایوب خان نے صدارت کی کرسی پر بٹھا کر پھنسا دیا ورنہ وہ تو شباب و شراب سے آگے کچھ سوچتا ہی نہیں ہے،'' جاوید بولا۔

''اس نے کم از کم الیکشن تو کروا دیے۔ اب اقتدار سونپنے کے لیے بھی تیار ہے اور...'' صلاح الدین نے کہا۔

''یہ بھی ڈرامہ ہے،'' ناصر نے بات کاٹتے ہوئے کہا، ''کہتے ہیں کہ خفیہ ایجنسیوں نے یحییٰ خان کو رپورٹ دی تھی کہ اکثریت کسی پارٹی کی نہیں آئے گی۔ جوتیوں میں دال بٹتی رہے گی اور تم آرام سے حکومت کرتے رہنا۔ وہ تو ادھر مولانا بھاشانی نے الیکشن کا بائیکاٹ کر کے کھیل بگاڑ دیا اور ادھر پنجاب بھٹو کا

245

کچھ زیادہ ہی گرویدہ ہو گیا ورنہ نہ اُدھر مجیب کی اکثریت آتی اور نہ اِدھر بھٹو کی۔''

''بہر حال معلوم ہوتا ہے کہ حالات بگڑنے والے ہیں۔''

ملک میں ہر ایک کا یہی خیال تھا کہ حالات بگڑنے والے ہیں۔

***

انڈس فارما کا کارپوریٹ آفس کلفٹن پر تھا۔ جاوید ان کی بلڈنگ دیکھ کر ہی مرعوب ہو گیا۔ اس کا انٹرویو ڈاکٹر بخاری کے ساتھ تھا جو ریسرچ اینڈ ڈیویلپمنٹ کے ڈائریکٹر تھے، ان کا آفس تیرہویں منزل پر تھا۔ جاوید جوں جوں آگے بڑھا، اس کی گھبراہٹ میں اضافہ ہوتا گیا۔ اسے اپنے دل کی دھڑکن کانوں میں ہتھوڑے چلاتی ہوئی محسوس ہو رہی تھی، گلا خشک ہو رہا تھا اور سانس لینے کے لیے بھی ذرا زور لگانا پڑ رہا تھا۔ اس نے محسوس کیا کہ جب اس نے لفٹ کا تیرہویں منزل کا بٹن دبایا تو اس کی انگلی کانپ رہی تھی۔ اس نے انٹرویو کے لیے نیا سوٹ پہنا تھا، قمیص بھی نئی تھی اور ٹائی بھی نئی۔ قمیص کے گلے کا سائز شاید ایک نمبر کم تھا کیوں اس کی ٹائی گلے پر زور ڈال رہی تھی اور وہ گاہے گاہے اپنے انگلی سے قمیص کو ڈھیلا کرنے کی کوشش کرتا۔ اسے اپنی حماقت پر بھی غصہ آ رہا تھا۔ کیا ضرورت تھی نیا سوٹ پہننے کی۔ اس نے سوچا کہ اسے ایک مرتبہ پہلے پہن کر ٹیسٹ کر لینا چاہیے تھا۔ یہ پہلا موقع تھا جب وہ کہیں انٹرویو دے رہا تھا، مگر پھر بھی گھبراہٹ کی وجہ سمجھ میں نہیں آئی۔ کوئی زندگی اور موت کا فیصلہ تو نہیں تھا۔ زیادہ سے زیادہ نوکری نہیں ملے گی، مگر پھر اسے خیال آیا کہ اس کی شادی کا دار و مدار ملازمت ملنے پر تھا الہٰذا واقعی وہ اس کی زندگی اور موت کا سوال تھا۔

جب تیرہویں منزل پر لفٹ کا دروازہ کھلا تو وہ ایک گہرا سانس لے کر باہر نکل آیا۔ سامنے ہی دو دروازے چھوڑ کر بائیں جانب ڈاکٹر نعمان بخاری کے نام کی تختی لگی ہوئی تھی۔ لفٹ کے برابر ہی دائیں جانب مردانہ اور زنانہ ٹوائلیٹ تھے۔ اس نے گھڑی دیکھی تو ابھی پندرہ منٹ باقی تھے۔ اس نے اطمینان کا سانس لیا اور ٹوائلیٹ میں گُھس گیا۔ اندر داخل ہوتے ہی ایک جانب واش بیسن تھے اور ان کے ساتھ والی دیوار پر ایک قطار میں کھونٹیاں لگی ہوئی تھیں جن میں سے ایک پر اس نے اپنا کوٹ اتار کر ٹانگ دیا اور چہرے پر اچھی طرح ٹھنڈے پانی کے چھینٹے مارے۔ اب وہ بہتر محسوس کر رہا تھا۔ اس نے پیپر ٹاول سے چہرہ خشک کا

کیا اور کوٹ کی جیب سے کنگھا نکال کر بال کاڑھے۔ باہر ہوا تیز تھی اور اس کے بال بکھر گئے تھے۔ جب وہ کوٹ پہننے لگا تو ٹائی پر نظر پڑی جس پر جگہ جگہ پانی کے چھینٹے پڑے ہوئے تھے۔ چنانچہ اس نے ٹائی کھول کر جیب میں رکھی اور دل ہی دل میں بڑبڑایا، "ٹائی باندھنا کوئی فرض سنت تو ہے نہیں،" اور قمیص کا اوپر کا بٹن کھول کر کالر کو ڈھیلا کر لیا۔ اب وہ قدرے پر سکون تھا۔ اس نے آئینے پر نظر ڈالی اور چہرے پر مسکراہٹ پیدا کرنے کے لیے دونوں بانچھوں کو انگوٹھے اور انگشت شہادت سے دبا کر مزید پھیلا لیا۔ ٹوائلیٹ سے نکل کر اس نے گھڑی پر نظر ڈالی۔ ابھی تین منٹ باقی تھے اور وہ انٹرویو کے لیے تیار تھا۔ جیسے ہی وہ ڈاکٹر بخاری کے دفتر کی طرف بڑھا، ان کے دفتر کا دروازہ کھلا اور ایک صاحب تیزی سے باہر نکلے۔

"کون جاوید صاحب؟" انہوں نے رک کر جاوید سے پوچھا۔

"جی، ڈاکٹر بخاری؟"

"جی، میں نعمان بخاری ہوں،" انہوں نے مصافحے کے لیے ہاتھ بڑھا دیا، "آپ اندر بیٹھیں، مجھے صرف دو منٹ لگیں گے۔"

بخاری صاحب ٹوائلیٹ کا دروازہ کھول کر اندر چلے گئے۔ حالاں کہ جاوید سے ان کا آمنا سامنا صرف چند لمحات کے لیے ہوا تھا مگر وہ ان کی شخصیت سے بے حد متاثر ہو گیا تھا۔ ٹھگنا قد، سانولا رنگ، جسم میں ہلکا سا بھاری پن، بکھرے ہوئے کھچڑی بال اور ڈھیلی ڈھالی پتلون قمیص۔ یہ ان کا حلیہ تھا اور رکھ رکھاؤ سے بڑے بے تکلف لگتے تھے۔ وہ کچھ دیر وہیں کھڑا اس فریم شدہ تصویر کو دیکھ رہا تھا جو ان کے دفتر کے باہر دیوار پر آویزاں تھی۔ تصویر کیا تھی، بس ایک نیلے رنگ کی گیند کی سی تھی جس پر کستھی اور سرمئی رنگ کے چھوٹے چھوٹے پودے اُگ رہے تھے۔ عام دیکھنے والے کو تو یہی نظر آتا مگر جاوید کو معلوم تھا کہ وہ خسرے کے وائرس کی تصویر تھی جسے الیکٹرون مائکروسکوپ کی مدد سے بنایا گیا تھا۔ وہ یہ سوچ کر مسکرایا کہ ایک فارماسیوٹیکل کمپنی میں اگر وائرس کی تصویریں نہیں ہوں گی تو کیا لڑکیوں کی تصویریں ہوں گی۔

"ارے، آپ باہر ہی کھڑے ہیں؟" جاوید نے پیچھے مڑ کر دیکھا تو ڈاکٹر بخاری اس کی طرف آ رہے تھے۔

"بس میں ذرا ان تصویروں کو دیکھنے میں لگ گیا،" اس نے جواب دیا۔

"آئیے،" انہوں نے دروازہ کھولتے ہوئے کہا۔

چھوٹا سا آفس تھا۔ ایک میز، دو تین کرسیاں اور پیچھے ایک چھوٹا سا بک شیلف جس پر کچھ کتابیں اور

فائلیں رکھی ہوئی تھیں۔ جاوید ان کے بے تکلفانہ انداز سے کافی متاثر ہوا۔ اس نے خدا کا شکر ادا کیا کہ ٹائی سے جان چھڑا لی تھی۔ اگر اس کا بس چلتا تو کوٹ بھی اتار پھینکتا۔

''بھئی جاوید، مجھے بڑی خوشی ہوئی کہ آپ نے ہمارے یہاں ملازمت کے لیے درخواست دی۔ آپ کا غائبانہ تعارف تو پہلے ہی ہو چکا ہے۔ پروفیسر قدوائی کو میں عرصے سے جانتا ہوں اور ہم نے دو ایک پروجیکٹ پر ایک ساتھ کام بھی کیا ہے۔''

''اوہ، پروفیسر قدوائی میرے ریسرچ سپروائزر تھے اور میں نے اپنا ایم ایس سی کا تھیسس ان ہی کی رہنمائی میں لکھا تھا۔''

''مجھے معلوم ہے۔ انہوں نے مجھے آپ کے مقالے کی ایک کاپی بھیجی تھی،''ڈاکٹر بخاری نے اٹھ کر بک شیلف سے ایک کتاب نکالی اور اس کا عنوان پڑھنے لگے، ''چوہوں میں ہیپاٹائٹیس وائرس کے پھیلاؤ میں NSP 15 پروٹین کا کردار۔''

جاوید کے ہونٹوں پر مسکراہٹ دوڑ گئی۔ ڈاکٹر بخاری کے ہاتھ میں اس کا مقالہ تھا۔

''بھئی مجھے آپ کا کام بے حد پسند آیا اور میری خواہش تھی کہ آپ ہمارے ساتھ کام کریں۔''

''یہ میری خوش قسمتی ہو گی، ڈاکٹر بخاری۔''

''پہلے تو آپ یہ بتائیں کہ آپ کا پروگرام کیا ہے؟''

''پہلے تو مجھے شادی کرنی ہے،''جاوید نے مسکراتے ہوئے کہا۔

''ہماری کمپنی ملازمین کو کافی سہولیات فراہم کرتی ہے مگر شادی کرانا ان میں شامل نہیں ہے،''انہوں نے ایک زور دار قہقہہ لگایا۔

''اس کی فکر آپ نہ کریں۔ لڑکی کا انتظام ہو گیا ہے، منگنی بھی ہو گئی ہے۔''

''شادی کا پروگرام کب تک کا ہے؟''

''بس جیسے ہی ہم دونوں کو ملازمت مل جائے گی تو شادی ہو جائے گی۔''

''اگر میرا بس چلتا تو میں آج ہی آپ کو ملازمت کی پیشکش کر دیتا مگر سچی بات یہ ہے کہ مجھے منگل کو ایک اور امیدوار کا انٹرویو کرنا ہے اور اس کے بعد ہی فیصلہ کر سکوں گا۔ بہر حال اگلے ہفتے میں کسی دن آپ کو مطلع کر دوں گا۔ اس وقت تک کے لیے گڈ لک۔''

''بہت بہت شکریہ۔ امید ہے کہ آپ کے ساتھ کام کرنے کا موقع ملے گا۔''

’’پروفیسر قدوائی سے ملاقات ہو تو میر اسلام کہیے گا،‘‘ ڈاکٹر بخاری نے اٹھتے ہوئے کہا۔

وہ جاوید کو چھوڑنے کے لیے لفٹ تک آئے اور بٹن دبا کر دروازہ کھلنے کا انتظار کرنے لگے۔

’’اس بلڈنگ میں آپ کی لیباریٹریز بھی ہیں؟‘‘ جاوید نے پوچھا۔

’’نہیں، ہماری فیکٹری اور لیباریٹریز کورنگی میں ہیں، یہاں صرف کارپوریٹ آفس ہیں۔‘‘

اتنے میں لفٹ کا دروازہ کھلا اور جاوید نے مصافحے کے لیے ہاتھ بڑھایا۔ بخاری صاحب نے گرم جوشی سے اس کا ہاتھ دبایا اور اس وقت تک کھڑے رہے جب تک دروازہ بند نہیں ہو گیا۔

جاوید بلڈنگ سے باہر نکل آیا۔ یہ زندگی میں اس کا پہلا تجربہ تھا جب کسی نے اس کے ساتھ پہلی ہی ملاقات میں اتنی اپنائیت کا اظہار کیا ہو۔ ڈاکٹر بخاری نے اس سے برابری کا سلوک کیا تھا جس سے اسے بالکل احساس نہیں ہوا کہ وہ ملازمت کے لیے انٹرویو دے رہا ہے، اور پھر انٹرویو بھی کیا تھا، معلوم ہوتا تھا کہ انہوں نے اسے صرف سلام دعا کے لیے بلایا تھا ورنہ انہوں نے فیصلہ تو پہلے ہی کر لیا تھا۔ اس نے سوچا کہ وہ پروفیسر قدوائی کا شکریہ ادا کرے گا کہ انہوں نے اس کا مقالہ ڈاکٹر بخاری کو بھیج دیا تھا۔

***

جب جاوید اپنی پھوپھی کے گھر میں داخل ہوا تو انہوں نے سخت احتجاج کیا۔ دروازہ انہوں نے ہی کھولا تھا۔ جب سامنے جاوید کھڑا نظر آیا تو راستہ روک کر کھڑی ہو گئیں اور بولیں: ’’نہیں بھئی جاوید میاں، اب کہکشاں کا آپ سے پردہ ہے۔ شادی سے پہلے آپ اس سے نہیں مل سکتے۔‘‘

’’ارے پھوپھی جان، مجھے کہکشاں سے کام کی بات کرنی ہے،‘‘ جاوید نے ہنستے ہوئے کہا اور دروازے میں داخل ہو گیا۔

’’بھئی، ہمارے یہاں تو شادی سے پہلے ایک دوسرے سے ملنا معیوب سمجھا جاتا تھا،‘‘ انہوں نے کھسیانی آواز میں جواب دیا مگر راستے سے ہٹ گئیں۔

’’تو پھر آپ کہکشاں کو آپ برقع پہنا کر بٹھا دیں۔ بھلے نقاب ڈالے رکھے مگر کم از کم کام کی بات تو ہو جائے گی۔‘‘

’’خیر بھئی، آپ لوگ جانیں، میری سمجھ میں تو کچھ نہیں آتا۔ ہر ایک یہی کہتا ہے کہ زمانہ

بدل گیا ہے۔''

''مگر کہکشاں ہے کہاں؟''جاوید نے سنی ان سنی کرکے پوچھا۔

اسی وقت کہکشاں کمرے سے نکل کر آئی اور جاوید نے برآمدے میں کرسی پر بیٹھتے ہوئے کہا،''پوچھو گی نہیں کہ میرا انٹرویو کیسا رہا؟''

''پوچھنے کی کیا ضرورت ہے، تم بتا تو رہے ہو،''کہکشاں اس کے سامنے والی کرسی پر بیٹھ گئی۔

''میرا تو خیال ہے کہ نوکری مل جائے گی۔انٹرویو بہت اچھا ہوا۔''

''زبردست۔کب تک پتا چلے گا؟''

''دیکھو،اگلے ہفتے تک مجھے اطلاع دیں گے۔''

''گُڈ۔یار جاوید،مجھے تو فکر ہونے لگی ہے کیوں کہ ابھی تک کہیں سے جواب نہیں آیا۔اگر نوکری نہ ملی تو ہماری شادی کھٹائی میں پڑ جائے گی۔''

''تم فکر کیوں کرتی ہو یار۔اگر مجھے نوکری مل جائے تو کافی ہے۔میں نے تو پہلے ہی تمہیں مشورہ دیا تھا کہ تم اس سال نوکری کرنے کے بجائے سول سروس کے امتحان کی تیاری کر لو۔''

''مگر ایک تنخواہ پر گزارہ کیسے ہو گا؟''

''کیوں نہیں ہوگا۔ضروری ہے کہ ہم قورمہ قلیہ ہی کھائیں۔دال روٹی کھا کر بھی گزارہ کر سکتے ہیں۔''

''یہ تو بات ہے،مگر میں سوچ رہی تھی کہ اگر دو تنخواہیں ہوں تو ذرا کھل کر خرچ کر سکیں گے۔''

''تھوڑا صبر سے کام لو۔تمہیں نوکری بھی مل جائے گی اور ہم فراخ دلی سے بھی خرچ کر سکیں گے۔جلدی کیا ہے۔ساری عمر پڑی ہے۔''

''جاوید،میں نوٹ کر رہی ہوں کہ تم کچھ کچھ عقل مند ہوتے جا رہے ہو،''کہکشاں نے ہنستے ہوئے کہا۔

''ظاہر ہے بھئ،تمہیں امپریس بھی تو کرنا ہے۔''

''وہ تو کر دیا۔اگر امپریس نہ ہوئی ہوتی تو شادی کے لیے ہاں کیسے کرتی۔''

''امپریشن قائم بھی تو رکھنا ہے۔مجھے تو ایسا لگتا ہے کہ میری پوری زندگی تمہیں امپریس کرنے کے چکر میں ہی گزرے گی۔''

”اچھا ہے۔ زندگی کا کوئی مقصد تو ہونا چاہیے۔“

”خیر، کام کی بات کرتے ہیں۔ میں انٹرویو دے کر نکلا تو وہاں سامنے ہی کوئی دو سو گز کے فاصلے پر ایک دس منزلہ بلڈنگ ہے جس میں ساٹھ فلیٹ ہیں۔ مجھے وہاں بورڈ نظر آیا جس پر لکھا تھا کہ فلیٹ کرائے کے لیے دستیاب ہے۔ میں اندر چلا گیا تو گھستے ہی ان کا دفتر ہے۔ منیجر نے تیسری منزل پر ایک زبردست فلیٹ دکھایا۔“

مقسطیٰ خانم ایک چھوٹی سی ٹرے میں دو چائے کی پیالیاں لے کر آئیں اور بولیں، ”لیں بھئی، آپ لوگ چائے پی لیں۔“

”ارے پھوپھی جان، آپ نے کیوں تکلیف کی۔ ہم لے آتے،“ جاوید نے جلدی سے اٹھ کر ان کے ہاتھ سے ٹرے لے لی۔

”کوئی بات نہیں،“ انہوں نے جاوید کو ٹرے دیتے ہوئے کہا۔

”آئیے، بیٹھیے نا،“ جاوید نے کہا۔

”نہیں، آپ لوگ باتیں کریں، مجھے ابھی اور کام ہیں،“ وہ کہتی ہوئی چلی گئیں۔

”دادا ابا سو رہے ہیں کیا؟“ جاوید نے پوچھا۔

”ہاں، ناشتے کے بعد کچھ دیر کے لیے لیٹ جاتے ہیں۔“

”معلوم ہوتا ہے کہ بڑھاپے میں نیند کی ضرورت زیادہ ہوتی ہے۔“

”ہاں، تم فلیٹ کی بات کر رہے تھے،“ کہکشاں نے جاوید کے ہاتھ سے چائے کی پیالی لیتے ہوئے کہا۔

”ہاں، دو بیڈ روم ہیں، ڈرائینگ روم ہے، اچھا خاصا کچن ہے اور ایک چھوٹا سا ڈائننگ ایریا بھی ہے، اور معلوم ہے کہ کرایہ کتنا ہے؟“

”کتنا ہے؟“

”صرف ڈیڑھ سو روپے مہینہ، اور اس میں بجلی اور پانی بھی شامل ہے۔ اور مزے کی بات یہ کہ اس بلڈنگ میں لفٹ بھی ہے۔“

”زبردست!“

”تو ملاؤ ہاتھ،“ جاوید نے ادھر ادھر دیکھ کر اپنا ہاتھ کہکشاں کی طرف بڑھا دیا۔

کہکشاں نے اپنا ہاتھ بڑھایا اور جاوید کے ہاتھ میں دے دیا۔ دونوں کی نظریں ایک دوسرے پر

جم گئیں۔ سانس گہرے ہوتے گئے اور لبوں کی کپکپاہٹ بڑھتی گئی یہاں تک کہ جاوید نے اٹھ کر کہکشاں کو اپنی طرف کھینچ لیا۔

''نہیں،'' کہکشاں نے سرگوشی میں کہا اور پیچھے ہٹ کر باورچی خانے کی طرف دیکھا جہاں مقسطی خانم کھانا بنانے میں مصروف تھیں۔ جاوید نے اس کے ہاتھ کی پشت پر اپنے ہونٹ ثبت کر دیے۔ کہکشاں نے آہستگی سے اپنا ہاتھ چھڑایا اور جاوید کے رخسار پر پھیر کر پیچھے ہٹ گئی۔

''اچھا، میں چلتا ہوں،'' جاوید نے گہری سانس لے کر سرگوشی میں کہا۔

باورچی خانے کے پاس سے گزرتے ہوئے اس نے اپنی پھوپھی کو خدا حافظ کہا۔

''کیوں بیٹے، چل دیے؟'' مقسطی خانم نے جواب دیا۔

''جی، پھوپھی جان۔''

''اچھا، خدا حافظ۔''

''خدا حافظ۔''

***

جس روز جاوید کو انڈس فارما کی جانب سے ملازمت کی پیش کش موصول ہوئی اسی روز کہکشاں کو ادارہ شماریات پاکستان سے انٹرویو کی دعوت ملی۔ جاوید نے اطمینان کا سانس لیا کیوں کہ کہکشاں پر سخت مایوسی طاری تھی۔ شام کو سب لوگ مُنّوں میاں کے گھر کھانے پر جمع تھے اور بحث ہو رہی تھی کہ کہکشاں انٹرویو کے لیے اکیلی کراچی کیسے جائے گی۔

''ابا میاں، اب میں بڑی ہو گئی ہوں،'' اس نے پیارے میاں سے کہا۔

''ہاں، مجھے معلوم ہے کہ بڑی ہو گئی ہے، مگر ابھی مجھ سے بڑی نہیں ہوئی،'' انہوں نے ہنس کر کہا۔

''آپ لوگ خواہ مخواہ پریشان ہو رہے ہیں،'' جاوید جلدی سے بولا، ''آپ کہیں تو میں کہکشاں کو لے جاتا ہوں۔ اس کا انٹرویو بھی ہو جائے گا اور میں اسے وہ فلیٹ بھی دکھا دوں گا جو میں نے دیکھا تھا۔''

''جی نہیں، آپ کی پیش کش سر آنکھوں پر، مگر نامنظور،'' مُنّوں میاں نے مسکراتے ہوئے کہا۔

''آج کل نیکی کا زمانہ نہیں ہے،'' جاوید منہ بسور کر بولا۔ اس کی حالت دیکھ کر مقسطی خانم اور مشفقی

بیگم نے زوردار قہقہہ لگایا۔

‘‘اچھا بھئی تو ایسا کرتے ہیں،’’مُنّوں میاں نے کچھ سوچ کر کہا، ‘‘کہکشاں کو میں کراچی لے جاتا ہوں اور جاوید میاں، آپ ہمارے ساتھ چلیں، تو کہکشاں کا انٹرویو بھی ہو جائے گا اور ہم فلیٹ بھی دیکھ لیں گے۔ کیا خیال ہے؟’’ انہوں نے پیارے میاں سے پوچھا۔

‘‘اچھا خیال ہے بھائی صاحب۔ میں سوچ رہا تھا کہ مجھے ہی جانا پڑے گا لیکن اگر آپ جائیں تو اور بھی اچھا ہے۔’’

‘‘کیوں بیٹی، ٹھیک ہے نا؟’’مُنّوں میاں نے کہکشاں سے پوچھا۔

‘‘جی ماموں جان۔’’

پہلے تو جاوید کو مایوسی ہوئی کہ اسے اکیلے ہی کہکشاں کو کراچی لے جانے کا موقع نہیں ملا مگر پھر وہ یہ سوچ کر مطمئن ہو گیا کہ بجائے آدھا گلاس خالی ہونے کے آدھا گلاس بھرا ہوا سمجھ کر قبول کر لینا چاہیے۔

‘‘اچھا یہ بتائیں بیٹی، کہ یہ ادارہ شماریات کرتا کیا ہے؟’’مُنّوں میاں نے پوچھا۔

‘‘ماموں جان، ادارہ شماریات ہر چیز کو شمار کرتا ہے مثلاً پاکستان میں کتنے فی صد مرد کنگھا کرتے وقت مانگ بائیں جانب نکالنے کی بجائے دائیں جانب نکالتے ہیں۔ آپ ادارہ شماریات سے معلوم کر لیں، وہ آپ کو تحقیق کر کے بتا دے گا،’’ کہکشاں نے جواب دیا۔

مُنّوں میاں ‘‘ہوں!’’ کہہ کر سوچ میں پڑ گئے اور پھر بولے، ‘‘اچھا چلو اگر مجھے معلوم بھی ہو جائے کہ کتنے فی صد مرد دائیں مانگ نکالتے ہیں تو مجھے کتنی رکعت کا ثواب ملے گا؟’’

‘‘نہیں ماموں جان، میں نے غلط مثال دی،’’ کہکشاں نے جھینپ مٹانے کی کوشش کرتے ہوئے کہا، ‘‘اچھا یوں سمجھیں کہ ملک کی آدم شماری کا ریکارڈ ادارہ شماریات رکھتا ہے اور اس کا حساب بھی رکھتا ہے کہ اگلے دس سال میں آبادی کتنی بڑھے گی اور حکومت کو کتنے نئے اسکول قائم کرنے ہوں گے اور کتنے نئے اسپتال بنانے ہوں گے۔’’

‘‘اس کا مطلب ہے بھائی صاحب کہ کہکشاں آپ کو بتا سکے گی کہ اگلے دس سال میں آپ کو نسوار کی پیداوار میں کتنا اضافہ کرنا پڑے گا،’’ پیارے میاں نے ہنس کر کہا۔

‘‘ہاں بھئی کہکشاں کو ہم اپنے یہاں ہی ملازمت دے دیتے ہیں تاکہ دن بھر گاہکوں کو گنا کرے،’’ مُنّوں میاں نے جواب دیا، ‘‘خیر کام کی بات کرتے ہیں۔ تو یہ طے ہو گیا کہ میں بچوں کے ساتھ

کراچی جاؤں گا۔ وہاں کہکشاں انٹرویو بھی دے دے گی اور ہم فلیٹ بھی دیکھ لیں گے۔ کیوں، ٹھیک ہے نا پیارے میاں؟،،

،،بھائی صاحب، جو آپ مناسب سمجھیں،،، پیارے میاں نے جواب دیا۔

،،دوسری بات یہ کہ اِن کی شادی کا کیا پروگرام ہے؟،، مُنّوں میاں نے خواتین کی طرف اشارہ کرکے کہا۔

،،بھئی ہم تو لڑکے والے ہیں۔ ہمیں تو یہ لوگ تاریخ دیں گے،،، مشفقی بیگم نے اپنی نند کی طرف دیکھ کر کہا۔

،،آپ کیسی بات کرتی ہیں بھابھی، لڑکا بھی آپ کا ہے، لڑکی بھی آپ کی ہے۔ آپ ہی تاریخ بھی طے کریں،،، انہوں نے اپنے شوہر کی طرف دیکھ کر کہا، ،،آپ بھی تو کچھ کہیں۔،،

،،میں کیا کہوں؟ تم ٹھیک کہتی ہو۔ بھائی صاحب اور بھابھی ہمارے بڑے ہیں۔ جیسا مناسب سمجھیں کریں،،، پیارے میاں نے جواب دیا۔

،،پیارے میاں، آپ نے اپنے بھائی سے بات کرلی ہے؟ ان کا کیا پروگرام ہے۔،، مُنّوں میاں نے پوچھا۔

،،میری ان سے خط و کتابت رہتی ہے۔ ان کا آنا اس وقت مشکل ہے کیوں کہ وہ اس سال کی چھٹیاں پہلے ہی لے چکے ہیں اور ابھی بھابھی کا اسکول بھی چل رہا ہے۔ انہوں نے کہا ہے کہ شادی کردیں۔ وہ جنوری میں آنے کا پروگرام بنائیں گے۔،،

،،تو پھر ہم یہ کرتے ہیں کہ اگر کہکشاں کو کراچی میں ملازمت مل جاتی ہے تو شادی کرکے انہیں رخصت کردیتے ہیں۔،،

،،ایسے کیسے رخصت کردیتے ہیں؟،، مشفقی بیگم نے چونک کر کہا، ،،یہ کوئی گڑیا گڈّے کی شادی ہے کہ جب چاہا کردی۔ ہمیں انتظامات بھی تو کرنے ہیں۔ کپڑے بنانے ہیں، زیورات دیکھنے ہیں۔ میں تو کہوں کہ اگر پیارے میاں کے بھائی جنوری میں آرہے ہیں تو شادی بھی تبھی کریں۔،،

،،بھئی اگر کہکشاں کو کراچی میں ملازمت مل گئی تو وہاں اکیلی کیسے رہے گی۔ میرا خیال ہے کہ ہم چار لوگوں کو بلا کر سادہ سی رسم کردیتے ہیں۔ گھر کی بات ہے۔ پھر ولیمہ جنوری میں کرلیں گے جب پیارے

میاں کے بھائی یہاں آئیں گے،‘‘ مُنّوں میاں نے اپنے بہنوئی کی طرف دیکھا۔

’’مجھے آپ سے اتفاق ہے،‘‘ پیارے میاں نے کہا۔

’’بھنّو، تم بھی تو کچھ کہو۔‘‘

’’میں کیا کہوں بھیّا، جو پنچوں کی رائے ہو وہی میری رائے ہو گی۔‘‘

’’ٹھیک ہے تو پھر پروگرام سیٹ ہو گیا۔ بیٹی آپ کا انٹرویو کب ہے؟‘‘

’’بدھ کو ہے تین بجے ماموں جان،‘‘ کہکشاں نے جواب دیا۔

’’تو ٹھیک ہے، ہم صبح کو نکل لیں گے۔‘‘

جاوید نے شکر ادا کیا کہ گاڑی پٹری سے اترتے اترتے رہ گئی تھی۔

24

جاوید اور کہکشاں کی شادی کو ایک ہفتہ گزرا تھا۔ بڑی سادہ سی تقریب تھی۔ دونوں گھروں کا یہی فیصلہ تھا کہ فی الحال سادگی سے فرض کی ادائیگی کردی جائے اور جب جنوری میں پیارے میاں کے بھائی کی فیملی مشرقی پاکستان سے آئے تب ولیمہ کیا جائے۔ جن کی شادی ہو رہی تھی انہیں کوئی دل چسپی نہیں تھی کہ کتنے مہمان بلائے جاتے ہیں یا کتنا دھوم دھڑکّا ہوتا ہے۔ مُنّوں میاں نے نوبیاہتا جوڑے کے فلیٹ میں ضرورت کا فرنیچر ڈلوا دیا اور پیارے میاں نے باورچی خانے کے برتن خرید دیے۔ ان کے والدین جب انہیں کراچی چھوڑنے کے لیے آئے تو ریفریجریٹر کھانوں سے بھر گئے لہٰذا فی الحال کھانا پکانے کی ضرورت بھی نہیں تھی۔ ایک نوبیاہتا جوڑے کو اس سے زیادہ اور کیا چاہیے۔

ان کا چھوٹا سا فلیٹ تھا۔ دروازہ کھولتے ہی سامنے کھلا ہوا ایریا تھا جس میں ایک قالین بچھا کر صوفہ سیٹ اور دو کرسیاں ڈال دی گئی تھیں۔ سامنے دو کمرے تھے۔ ایک طرف غسل خانہ تھا اور دوسری جانب باورچی خانہ جس کے ساتھ ایک چھوٹی سی کھانے کی میز اور چار کرسیاں تھیں۔ اس سے زیادہ اور چاہیے بھی کیا۔ ان کے شب و روز فلیٹ میں ہی گزر رہے تھے۔ حالاں کہ دونوں کی ساری زندگی اکھٹی گزری تھی مگر دونوں محسوس کر رہے تھے جیسے پہلی بار ایک دوسرے کو دیکھا ہو۔ دونوں کی حیثیت ایک دوسرے کے لیے ایک نئے کھلونے کی سی تھی جس کا وہ الٹ پلٹ کر معائنہ کرنے میں دن رات لگے ہوئے تھے۔ معلوم ہوتا تھا جیسے وہ کسی طلسماتی دنیا میں پہنچ گئے ہوں کیوں کہ حقیقی دنیا میں زندگی اتنی حسین کہاں ہوتی ہے؟

شام کے دھندلکے میں کہکشاں دیر سے صوفے پر جاوید کے برابر اس کے شانے پر سر رکھے نیم غنودگی کی حالت میں بیٹھی تھی۔ دونوں میں سے کسی نے اتنی تکلیف نہیں کی تھی کہ اٹھ کر کمرے کی لائٹ

ہی آن کر دے۔

"جاوید" کہکشاں نے سرگوشی میں کہا۔

"ہوں!"

"میں ایک بات سوچ رہی ہوں۔"

"کیا؟"

"اگر بے بی ہو گیا تو کیا ہوگا؟"

جاوید کو کرنٹ سا لگا اور اس نے اٹھ کر لائٹ کا سوئچ آن کر دیا۔ "اس موضوع پر تو ہم نے کوئی بات ہی نہیں کی،" اس نے صوفے پر بیٹھتے ہوئے کہا۔ کہکشاں نے اپنا سر دوبارہ اس کے شانے پر رکھ دیا۔

"تو پھر اگر بے بی ہو بھی گیا تو کیا ہوگا؟" جاوید نے پوچھا۔

"تو پھر میرا سی ایس ایس رہ جائے گا۔"

"یہ بات تو ہے۔ پھر ہم کسی ڈاکٹر سے برتھ کنٹرول کے متعلق بات کرتے ہیں۔"

"گڈ آئیڈیا،" کہکشاں ایک ٹھنڈی سانس لے کر بولی مگر پھر جاوید کے شانے سے اپنا سر ہٹا کر بولی، "یار، کہیں ایسا تو نہیں کہ اب تک کچھ ہو چکا ہو۔"

"کیا مطلب کچھ ہو چکا ہو؟"

"ہفتے بھر سے کیا ہو رہا ہے؟"

"تم فکر کیوں کرتی ہو۔ کچھ نہیں ہوا ہوگا۔ لوگوں کے تو شادی کے کئی کئی سال کے بعد بچے پیدا ہوتے ہیں۔"

"مگر اس بات کی کیا گارنٹی ہے؟"

"تم ٹھیک کہتی ہو،" جاوید نے سوچ کر کہا، "ہمیں شادی سے پہلے ہی اس موضوع پر بات کرنی چاہیے تھی اور برتھ کنٹرول کی گولیاں لے لینی چاہیے تھیں۔"

"تو پھر تم وعدہ کرو کہ اب میرے قریب نہیں آؤ گے جب تک ہم ڈاکٹر سے بات نہ کریں۔"

"ٹھیک ہے۔ وعدہ میں کر لیتا ہوں، نباہنا تمہارا کام ہوگا،" جاوید نے مسکرا کر کہا۔

مگر پھر وہی ہوا جو ہوتا ہے۔ وہ وعدہ ہی کیا جو وفا ہو جائے۔

***

کہکشاں کا انٹرویو اس کی شادی سے دو ہفتے پہلے ادارہ شماریات میں صدیقی صاحب نے لیا تھا جو ادارے کے ڈپٹی ڈائریکٹر تھے، کافی سینئر تھے اور کہکشاں کے ساتھ بڑی شفقت سے پیش آئے۔ انٹرویو بہت اچھا ہوا اور اسے امید تھی کہ ملازمت مل جائے گی۔ فلیٹ میں منتقل ہونے کے بعد اس نے بلڈنگ کے سامنے سڑک پر لگے ہوئے پبلک ٹیلی فون بوتھ سے صدیقی صاحب کو نیا پتہ بتانے کے لیے فون کیا تو انہوں نے کہا، ''اچھا ہوا آپ نے فون کر لیا کیوں کہ ابھی ابھی میں نے آپ کا اپائنٹمنٹ لیٹر ٹائپ کرنے کے لیے سیکریٹری کو دیا ہے۔''

''اوہ، تھینک یو، سر،'' کہکشاں اپنی آواز میں دبے ہوئے جوش کو نہ چھپا سکی۔

''آپ کی شادی ہو گئی یا ابھی نہیں؟''

''جی سر، ہم پچھلے ہفتے ہی اپنے فلیٹ میں منتقل ہوئے ہیں۔''

''مبارک ہو۔''

''شکریہ، سر۔''

''اپنے شوہر کو بھی ہماری طرف سے مبارک باد دیجیے گا۔''

''شکریہ۔''

''تو پھر آپ کب جوائن کریں گی۔''

''جب آپ حکم دیں۔''

''نہیں بھئی، یہ تو زیادتی ہو گی۔ ابھی تو آپ ہنی مون پر ہیں۔''

''جاوید پہلی تاریخ سے کام پر جائیں گے۔''

''تو پھر آپ بھی اگر چاہیں تو پہلی تاریخ سے آ جائیں۔''

''ٹھیک ہے۔''

''مجھے پوری امید ہے کہ آپ کا اضافہ ہماری ٹیم میں قابل قدر ہو گا۔''

''شکریہ سر، میں پوری کوشش کروں گی کہ آپ کی توقعات پر پوری اتروں۔''

''تھینک یو۔ خدا حافظ۔''

’’خدا حافظ۔‘‘

کہکشاں نے ٹیلی فون بوتھ کا دروازہ کھولا۔ جاوید باہر کھڑا تھا۔ اسے اندازہ ہو گیا کہ کہکشاں کو ملازمت مل گئی ہے۔ جس طرح وہ گفتگو کے دوران مسکرا رہی تھی اس سے تو یہی سوچا جا سکتا تھا۔

’’مجھے نوکری مل گئی،‘‘ کہکشاں نے دونوں بازو پھیلا کر کہا۔

’’مجھے معلوم ہے۔‘‘

’’تمہیں کیسے معلوم ہوا؟‘‘

’’تم جس طرح مسکرا مسکرا کر باتیں کر رہی تھیں اس سے اندازہ ہو گیا تھا۔ کب جوائن کرنا ہے۔‘‘

’’میں نے پہلی تاریخ کے لیے کہہ دیا ہے کیوں کہ اس دن تمہارا بھی پہلا دن ہو گا۔‘‘

دونوں جیسے ہی بلڈنگ کی لابی میں گھسے اور لفٹ کا دروازہ کھلا تو پیچھے سے آواز آئی، ’’ذرا روک کر رکھنا۔‘‘

انہوں نے مڑ کر دیکھا تو ایک جوڑا پلاسٹک کے تھیلوں سے لدا پھندا الٹم پشٹم سیڑھیاں چڑھ کر بلڈنگ میں داخل ہو رہا تھا۔ جاوید لفٹ کے دروازے میں کھڑا ہو کر بولا، ’’کوئی جلدی نہیں ہے، آرام سے آئیں۔‘‘ وہ دونوں ہانپتے کانپتے لفٹ میں داخل ہوئے۔ غالباً میاں بیوی تھے۔

’’بہت بہت شکریہ،‘‘ انہوں نے بیک وقت کہا۔

’’کون سا فلور،‘‘ جاوید نے تیسری منزل کا بٹن دباتے ہوئے پوچھا۔

’’تھرڈ فلور پلیز۔‘‘

’’اچھا، ہم لوگ بھی تیسری منزل پر ہیں۔‘‘

’’میرا نام سلیم ہے اور یہ نوشابہ ہیں۔‘‘

’’اور میں جاوید ہوں، یہ کہکشاں ہیں۔‘‘

اتنے میں لفٹ تیسری منزل پر آ کر رکی اور دروازہ کھل گیا۔ جاوید نے جھک کر دو تین تھیلے اٹھا لیے۔

’’ارے آپ کیوں تکلیف کر رہے ہیں،‘‘ نوشابہ نے کہا۔

وہ چاروں لفٹ سے باہر آ کر وہیں کھڑے ہو گئے۔ سلیم نے جاوید سے ہاتھ ملایا اور نوشابہ نے آگے بڑھ کر کہکشاں کے رخسار سے رخسار ملایا۔

’’آپ لوگوں سے پہلے کبھی ملاقات نہیں ہوئی،‘‘ سلیم نے کہا۔

’’دراصل ہم لوگ پچھلے ہفتے ہی یہاں آئے ہیں،‘‘ جاوید نے جواب دیا۔

’’آپ کا فلیٹ کس طرف ہے؟‘‘ نوشابہ نے کہکشاں سے پوچھا۔

کہکشاں نے دائیں جانب والے فلیٹ کی طرف اشارہ کیا۔

’’لیں، آپ تو ہمارے سامنے ہی ہیں۔ وہ ہمارا فلیٹ ہے۔‘‘

سلیم جاوید سے باتوں میں مصروف تھا۔ نوشابہ نے اس کے کندھے کو تھپتھپاتے ہوئے کہا، ’’سلیم، تم نے سنا۔ یہ لوگ تو ہمارے پڑوسی نکلے۔‘‘

’’بھئی، آپ لوگ ہماری طرف آ جائیں۔ چائے پئیں گے اور باتیں بھی ہوں گی،‘‘ سلیم نے کہا۔

’’پھر کسی وقت سہی، ابھی آپ لوگ تھکے ہوئے آ رہے ہیں،‘‘ جاوید نے جواب دیا۔

’’ارے کوئی تھکے ہوئے نہیں ہیں۔ ابھی ہم لوگوں نے پروگرام بنایا تھا کہ گھر پہنچ کر چائے بنائیں گے۔‘‘

’’ٹھیک ہے، پھر آپ لوگ سیٹل ہوں، ہم ابھی دس پندرہ منٹ میں آتے ہیں،‘‘ جاوید نے کہا۔

سلیم اور نوشابہ دونوں بڑے ملنسار نکلے، خصوصاً نوشابہ بڑی ہنس مُکھ تھی اور بات بات میں قہقہے لگاتی تھی۔ دونوں ڈاکٹر تھے اور اکٹھے ہی اپنی کلینک میں کام کرتے تھے۔ اسی کے ساتھ ان کا میٹرنٹی ہوم تھا جس میں زچگی کا سارا انتظام تھا۔ نوشابہ کے علاوہ دیگر کئی لیڈی ڈاکٹر وہ میٹرنٹی ہوم استعمال کرتی تھیں۔

’’آپ دونوں اپنے متعلق بتائیں،‘‘ سلیم نے پوچھا۔

’’ہم دونوں نے اسی سال ماسٹرز کیا ہے۔ مجھے انڈس فارما میں ملازمت مل گئی ہے اور کہکشاں بیورو آف اسٹیٹسٹکس میں ہیں،‘‘ جاوید نے جواب دیا۔

’’بیورو آف اسٹیٹسٹکس، وہ جو سندھی مسلم ہاؤسنگ سوسائٹی میں ہے؟‘‘

’’وہی۔‘‘

’’وہ تو بالکل ہماری کلینک کے سامنے ہے۔‘‘

’’پھر تو کبھی کبھی لنچ پر ملاقات ہو جایا کرے گی،‘‘ کہکشاں نے کہا۔

’’لنچ پر کیوں، تم دفتر کیسے جاؤ گی؟‘‘

’’ابھی تو سوچا نہیں کیوں کہ ابھی تو دو ہفتے باقی ہیں۔‘‘

’’جب تمہارا شیڈول معلوم ہو جائے تو دیکھیں گے۔ کم از کم صبح کو تو تم ہمارے ساتھ چلنا۔ ہم ڈرائیو کرتے ہیں۔ البتہ واپسی میں ہمارا کوئی وقت مقرر نہیں ہے۔‘‘

’’تھینک یو۔‘‘

’’تم لوگوں کی شادی کو کتنے دن ہو گئے؟‘‘ سلیم نے پوچھا۔

’’ہماری شادی پچھلے ہفتے ہی ہوئی ہے،‘‘ جاوید نے کہا۔

’’پچھلے ہفتے شادی ہوئی ہے؟‘‘ نوشابہ نے کہا، ’’کہکشاں، ذرا اپنی ہتھیلیاں تو دکھانا۔‘‘

کہکشاں نے دونوں ہاتھ اٹھا کر اپنی ہتھیلیاں سامنے کر دیں۔

’’ان پر مہندی کیوں نہیں لگی ہوئی؟‘‘

’’مہندی وہندی نہیں لگی،‘‘ کہکشاں نے جواب دیا، ’’دراصل ہمارے والدین نے ہمارا نکاح پڑھوا کر اپنے اپنے گھروں سے نکال دیا۔‘‘

’’اچھا، تو یوں کہو کہ تم لوگوں نے گھپلا کر دیا،‘‘ نوشابہ نے قہقہہ لگایا۔

’’نہیں بھئی، گھپلا و پلا کچھ نہیں۔ دراصل ہم لوگ حیدرآباد سندھ سے ہیں۔ مجھے اور کہکشاں کو نوکریاں کراچی میں ملیں، تو ہم بغیر شادی کے تو اکھٹے نہیں رہ سکتے تھے لہٰذا جلدی میں شادی ہوئی،‘‘ جاوید نے صفائی پیش کی۔

’’بلکہ ہم لوگ کل ہی بات کر رہے تھے کہ فیملی پلاننگ کے سلسلے میں کسی ڈاکٹر سے ملنا چاہیے،‘‘ کہکشاں نے کہا۔

’’تو تم لوگ اب کیا کر رہے ہو؟‘‘ نوشابہ نے پوچھا۔

’’ابھی تو کچھ نہیں،‘‘ کہکشاں نے معصومیت سے کہا۔

نوشابہ نے ایک زوردار قہقہہ لگایا اور سلیم کو آواز دی جو کچن میں چائے بنانے کے لیے چلا گیا تھا، ’’سنا تم نے سلیم؟‘‘

’’یہ تو اسی طرح ہوا کہ مرغی ذبح کرنے کے بعد یاد آئے کہ ارے، تکبیر پڑھنا تو بھول ہی گئے۔ بعد میں تکبیر پڑھ لینے سے مرغی حلال تھوڑا ہی ہو جائے گی۔‘‘

’’اب تو جو ہونا تھا سو ہو گیا۔ ہم کسی وقت آپ کے کلینک آئیں گے،‘‘ جاوید نے کہا۔

’’ہاں، تم لوگ آ جاؤ۔ پہلے تو کہکشاں کا پیشاب ٹیسٹ کر لیں گے تاکہ پتا چل جائے کہ مرغی پہلے ہی

حلال تو نہیں ہوگئی،‘‘ نوشابہ نے ہنستے ہوئے کہا، ’’بلکہ میں تمھیں ابھی ایک شیشی دے دوں گی اور صبح کلینک جاتے وقت سیمپل لے جاؤں گی۔‘‘

’’تھینک یو نوشابہ، دراصل ہم لوگ ایسے معاملات میں بالکل صفر ہیں۔‘‘

’’کہنے کی ضرورت نہیں ہے۔ وہ تو ہمیں معلوم ہو گیا۔‘‘

اتنے میں سلیم چائے کی ٹرے لے کر آگیا اور کہنے لگا، ’’دیکھو میں نے بڑی اسپیشل چائے بنائی ہے۔ چینی اور دودھ اپنی مرضی سے ڈالنا۔ چائے دانی پر ابھی ٹی کوزی ڈھکی رہنے دو۔‘‘

’’بھئی سلیم، میں تم سے امپریس ہو گیا۔ مجھ سے تو چائے بھی نہیں بنتی، بس انڈے ابال لیتا ہوں،‘‘ جاوید نے کہا۔

’’پرواہ مت کرو، تمھاری شادی ابھی ابھی ہوئی ہے۔ ذرا وقت گزرنے دو، بیوی سب کچھ سکھا دے گی۔‘‘

’’ہاں، جیسے کہ آپ تو بہت بڑے شیف ہیں!‘‘ نوشابہ نے جل کر کہا۔

’’بھئی میں چائے بنا لیتا ہوں، انڈے ابال لیتا ہوں۔ اس سے زیادہ تمھیں اور کیا چاہیے،‘‘ سلیم نے جواب دیا۔

سلیم اور نوشابہ کی نوک جھونک کے دوران کہکشاں نے کہا، ’’تم دونوں کی باتوں سے میں بہت متاثر ہوئی ہوں۔ شوہر اور بیوی سے زیادہ دوست معلوم ہوتے ہو۔‘‘

’’ہاں بھئی، میں تو خدا کا لا کھ لا کھ شکر ادا کرتا ہوں کہ ہماری شادی ہوگئی ورنہ اگر ان کی شادی کہیں اور ہوتی ہوتی اور میری کہیں اور، تو دو گھر بگڑتے۔ اب خدا کے فضل سے ایک ہی گھر بگڑا ہے،‘‘ سلیم نے جواب دیا۔

نوشابہ نے دانتوں میں ہونٹ دبا کر سلیم کی ٹانگ پر ایک گھونسا مارا اور بولی، ’’چلو چائے بناؤ۔ اِن بے چاروں کی نئی نئی شادی ہوئی ہے، خواہ مخواہ انھیں کیوں بہکا رہے ہو۔‘‘

***

اگلے روز شام کو دروازے پر دستک ہوئی تو کہکشاں نے کھولا۔ سامنے نوشابہ کھڑی تھی۔

”معلوم ہوتا ہے کہ مرغی حلال ہوگئی ہے،“اس نے مسکرا کر کہا۔

”کیا مطلب ؟“کہکشاں کی سمجھ میں بات نہیں آئی۔

”بھئی تمہارے پیشاب کے ٹیسٹ کا رزلٹ بتا رہا ہے کہ تم امید سے ہو۔“

کہکشاں سوچ میں پڑ گئی کہ اس کا ردِ عمل کیا ہونا چاہیے۔

”مگر ابھی یقین سے نہیں کہا جا سکتا کیوں کہ یہ ٹیسٹ حمل ٹھیرنے کے کم از کم گیارہ دن کے بعد ہونا چاہیے۔ اس سے پہلے اس کے نتائج غیر یقینی ہوتے ہیں۔“

”اس کا مطلب ہے کہ رزلٹ غلط بھی ہو سکتا ہے ؟“

”میرے کہنے کا مطلب یہی ہے۔ دو ہفتے کے بعد دوبارہ ٹیسٹ کر لیں گے۔ تمہیں کوئی اور مسئلہ تو نہیں ہے ؟“

”اور مسئلہ ؟“

”مطلب یہ کہ صبح کو جی مالش تو نہیں کرتا؟“

”نہیں۔“

”تھکن وغیرہ ؟ یا کوئی خاص چیز کھانے کو دل کرتا ہے ؟“

”نہیں۔“

نوشابہ نے اپنے پرس سے ایک چھوٹی سا پیکٹ نکال کر کہکشاں کو دیا اور کہنے لگی، ”فی الحال تم لوگ یہ استعمال کرو۔“

”یہ کیا ہے ؟“کہکشاں نے پیکٹ کو الٹ پلٹ کر دیکھا۔

”اس میں پانچ کنڈوم ہیں۔ ختم ہو جائیں تو جاوید سے کہنا کہ اور لے آئیں،“نوشابہ نے کہا، ”میری سمجھ میں نہیں آتا کہ تم لوگوں نے پہلے سے ہی احتیاط کیوں نہیں کی۔“

”یہ میڈیکل اسٹور پر گئے تو تھے مگر بغیر لیے ہی واپس آگئے۔“

”کیوں ؟“

”بس پوچھنے کی ہمت نہیں پڑی۔“

نوشابہ نے ایک زوردار قہقہہ لگایا، ”میری سمجھ میں نہیں آتا۔ اگر جاوید بچے پیدا کرنے کے قابل ہیں تو انہیں کنڈوم خریدنے کے قابل بھی ہونا چاہیے۔“

’’انہیں شرم بہت آتی ہے۔ کہنے لگے کہ میں نے سوچا کہ میڈیکل اسٹور والا کیا سوچے گا۔‘‘

’’کیا سوچے گا؟ کیا وہ چوری کرنے گئے تھے؟ بھئی کنڈوم ہی تو خریدنے گئے تھے۔ بلاؤ جاوید کو۔ میں ان کی خبر لیتی ہوں۔‘‘

’’وہ ابھی نہانے کے لیے غسل خانے میں گھسے ہیں۔‘‘

’’خیر، میں انہیں بعد میں دیکھ لوں گی۔‘‘

’’تو تم مجھے برتھ کنٹرول کی گولیاں کیوں نہیں دے دیتیں؟‘‘

’’اگر تمہیں حمل ٹھیر گیا ہے تو گولیاں نہیں دی جا سکتیں۔‘‘

’’ٹھیک ہے۔ اس کا مطلب ہے کہ دو ہفتے سے پہلے دوبارہ ٹیسٹ نہیں ہو سکتا؟‘‘

’’ہو کیوں نہیں سکتا، مگر اس پر بھروسہ نہیں کیا جا سکتا۔ خیر، تم پریشان مت ہو۔ جو ہوگا سو ہوگا،‘‘ نوشابہ نے کہا، ’’سلیم انتظار کر رہے ہوں گے۔ ہم سیدھے کلینک سے آ رہے ہیں۔‘‘

’’تھینک یو، نوشابہ،‘‘ کہکشاں نے اسے خدا حافظ کہہ کر دروازہ بند کر دیا۔

***

جاوید اور کہکشاں کی ملازمت شروع ہو گئی۔ ان کی بلڈنگ کے سامنے ہی انڈس فارما کا کارپوریٹ آفس تھا۔ وہاں سے ہر دو گھنٹے کے بعد ایک مائکروبس چلتی تھی جو کورنگی میں ان کی لیباریٹریز کو جاتی تھی۔ شہر کے کئی اور مقامات سے ایسی بسیں دن بھر چلتی رہتی تھیں۔ جاوید صبح سات بجے والی بس پکڑتا تھا۔ کہکشاں صبح کو سلیم اور نوشابہ کے ساتھ جاتی تھی۔ اس کا آفس ان کی کلینک کے بالکل سامنے سڑک کے پار تھا۔ واپسی میں کبھی ان ہی کے ساتھ آ جاتی اور کبھی ٹیکسی لے لیتی۔

دو ہفتے کے بعد جب نوشابہ نے دوبارہ کہکشاں کا پیشاب ٹیسٹ کروایا تو تصدیق ہو گئی کہ وہ امید سے ہے۔ اس دوران خود اسے بھی اندازہ ہو گیا تھا کیوں کہ صبح ہی صبح اس کا جی مالش کرنے لگتا تھا۔ ہوتے ہوتے باقاعدہ الٹیاں ہونی شروع ہو گئیں۔ کبھی کبھار تو صبح کو نوشابہ اسے دفتر لے جانے کے لیے دروازہ کھٹکھٹاتی تو وہ ٹوائلٹ پر جھکی ہوئی الٹیاں کر رہی ہوتی تھی۔ جاوید دروازہ کھول کر نوشابہ کو بتاتا تو وہ اندر آ جاتی اور کہکشاں کی مدد کرتی۔

’’تم صبح ہی صبح ایک آدھ نمکین بسکٹ کھالیا کرو۔اس سے دل مالش ہونے میں کمی ہوگی،‘‘ نوشابہ نے کہا۔

’’مگر یہ الٹیاں آتی کیوں ہیں؟‘‘ کہکشاں نے غرارے کرکے جھنجلا کر پوچھا۔

’’اس لیے کہ تمہارے جسم میں ایسے ہارمون بڑھ رہے ہیں جو بچے کی نشو و نما کے لیے ضروری ہیں۔ صبح ہی صبح الٹیاں آنا اچھا ہے مگر فکر مت کرو، تیسرے مہینے کے بعد کم ہونا شروع ہو جائیں گی۔‘‘

نوشابہ اور سلیم عموماً کہکشاں کی حالت اعتدال پر آنے کا انتظار کرتے اور اسے ناشتہ کروا کے ساتھ لے جاتے۔ کہکشاں اکثر دفتر کے لیے لیٹ ہو جاتی۔ ایک روز اس نے صدیقی صاحب سے معذرت کرکے کہا کہ اس کی سمجھ میں نہیں آ رہا کہ وہ کس طرح وقت پر پہنچے۔ انہوں نے اس سے کہا کہ ان کی بیٹی کے ساتھ بھی وہی مسئلہ ہے۔ وہ بھی امید سے ہے اور اس کی بھی یہی حالت ہے، لہٰذا وہ کہکشاں کی مجبوری سمجھتے ہیں۔ انہوں نے مشورہ دیا کہ جب تک وہ کام چلا سکتی ہے چلائے اور پھر زچگی کی چھٹی پر چلی جائے۔

خدا خدا کرکے کہکشاں کی الٹیاں بند ہوئیں تو اسے کھانسی شروع ہو گئی۔ کھانس کھانس کر اس کا برا حال ہو جاتا تھا۔ نوشابہ کے پاس اس کا کوئی علاج نہیں تھا۔ بس ٹوٹکے بتا دیتی تھی۔ ’’ایک گھونٹ پانی پی لیا کرو، ایک چمچی شہد چاٹ لیا کرو، وکس کی بھاپ لے لیا کرو۔‘‘ کبھی کبھی تو کھانستے کھانستے اس کی آنکھوں سے آنسو نکلنا شروع ہو جاتے تھے۔ جاوید کو زندگی میں پہلی مرتبہ عورت کی قوت برداشت کا احساس ہوا۔ جب کہکشاں پر کھانسی کا دورہ پڑتا تو وہ اسے چمٹا کر کبھی اس کی پیٹھ سہلاتا، کبھی گلے پر وِکس ملتا۔ کبھی کبھی تو کہکشاں کی حالت دیکھ کر خود اس کے آنسو نکل پڑتے اور وہ سوچتا کہ عورت ہونا آسان نہیں ہے۔

جیسے جیسے وقت گزرا کہکشاں کے چہرے پر وہ تازگی اور چمک نظر آنے لگی جو پُر امید ماں کے چہرے پر ہوتی ہے اور جسے دیکھتے ہی اندازہ ہو جاتا ہے کہ وہ ماں بننے والی ہے۔

شادی کے بعد ان کا معمول تھا کہ وہ سنیچر کی شام کو دفتر کے بعد حیدرآباد چلے جاتے تھے اور اتوار کی شام کو واپس آتے تھے۔ طے یہ ہوا تھا کہ آخری مہینہ کہکشاں اپنے والدین کے یہاں گزارے گی کیوں کہ ان کے خاندان کے دستور کے مطابق پہلی زچگی ماں کے گھر میں ہی ہوتی تھی۔ نوشابہ نے کہہ دیا تھا کہ وہ حیدرآباد میں ڈاکٹر رضیہ کو جانتی ہے اور وہ کہکشاں کو ان کے نام ایک پرچہ لکھ دے گی تاکہ وہ خاص خیال رکھیں۔ ابتدا میں تو وہ تقریباً ہر ہفتے حیدرآباد جاتے تھے مگر کہکشاں کی حالت کے پیش نظر مشکل ہوتا گیا۔ نوشابہ نے انہیں بتایا تھا کہ کچھ عورتوں کے لیے حمل کا دورانیہ قدرے مشکل ہوتا ہے، مگر اس نے

نوٹ کیا کہ کہکشاں کچھ زیادہ ہی تھکی تھکی رہتی ہے اور رنگ بھی پیلا پڑ گیا ہے۔ ایک روز صبح کو اس نے کہکشاں کو دفتر جانے سے پہلے کلینک پر روک لیا۔ وہ اس کا خون ٹیسٹ کرنا چاہتی تھی۔

اگلے روز کہکشاں دفتر سے نوشابہ اور سلیم کے ساتھ ہی واپس آئی۔ تیسری منزل پر لفٹ سے اتر کر نوشابہ نے کہا، ''کہکشاں، تم اور جاوید کھانے کے بعد چائے ہمارے ساتھ ہی کیوں نہ پیو،''

''کیوں خیریت؟ تم لوگ تھکے ہوئے تو نہیں ہوں گے؟''

''نہیں، تم دونوں سے کچھ ضروری باتیں کرنی ہیں۔''

''ٹھیک ہے، جاوید آنے والے ہی ہوں گے۔ ہم کھانے کے بعد آئیں گے،'' کہکشاں نے کہا اور اپنے فلیٹ کی طرف مڑ گئی۔

کھانے سے فارغ ہونے کے بعد جب جاوید نے سلیم اور نوشابہ کے فلیٹ کا دروازہ کھٹکھٹایا تو نوشابہ نے کھولا۔ سلیم باورچی خانے میں چائے بنانے میں مصروف تھا۔

''آؤ بھئی، ادھر ہی بیٹھتے ہیں،'' نوشابہ نے کھانے کی میز کی طرف اشارہ کیا، اور کھانے کے برتن سمیٹ کر باورچی خانے میں لے گئی۔ سلیم نے چائے کی ٹرے لا کر کھانے کی میز پر رکھ دی۔

''آج میں نے تم لوگوں کے لیے بڑی اسپیشل چائے بنائی ہے،'' سلیم نے کہا۔

''کیا کچھ مرچ مصالحے ڈالے ہیں؟'' جاوید نے پوچھا۔

''یہ تو تم پی کر ہی بتانا۔''

اتنے میں نوشابہ آ کر ایک کرسی پر بیٹھ گئی اور بولی، ''تم لوگوں کو اس لیے بلایا ہے کہ کچھ ضروری باتیں کرنی ہیں۔''

''تم اتنی سنجیدہ کیوں ہو، نوشابہ؟'' کہکشاں نے کہا۔

''تمہارے ٹیسٹ کا نتیجہ آ گیا ہے۔ تم میں خون کی کمی ہے۔''

''اوہ، تو پھر اس کا علاج کیا ہے؟'' جاوید نے پوچھا۔

''اسے خون چڑھانا پڑے گا۔ کل صبح تم کلینک میں ہی رک جانا،'' نوشابہ نے کہکشاں کو مخاطب کر کے کہا۔

''دوسری بات یہ ہے کہ میں نے تمہارا تھیلیسیمیا (Thalassemia) کا ٹیسٹ کروایا تھا اور وہ

پوزیٹو ہے۔''

''تھیلیسیمیا؟''

''خون کی موروثی بیماری ہے۔''

''وہ کیا ہوتی ہے؟'' جاوید نے پوچھا۔

''تمہیں یہ تو معلوم ہو گا کہ ہمارے خون کے سرخ خلیے پورے جسم میں آکسیجن پہنچاتے ہیں۔''

''کہکشاں کا پتا نہیں لیکن مجھے معلوم ہے کہ سرخ خلیوں میں آکسیجن ہیموگلوبین میں مل کر پورے جسم میں پہنچتی ہے۔''

''بالکل ٹھیک، تھیلیسیمیا کے مریض کی ہیموگلوبین میں ایسا جینیاتی نقص ہوتا ہے کہ وہ آکسیجن کی وافر مقدار اپنے ساتھ نہیں لے جاسکتی اس لیے خون کی کمی ہوتی ہے۔''

''میرے ساتھ پہلے تو کبھی یہ مسئلہ نہیں ہوا۔ تم نے کہا کہ یہ موروثی بیماری ہے مگر مجھے تو یاد نہیں کہ ہمارے خاندان میں کسی کو کبھی خون چڑھایا گیا ہو،'' کہکشاں نے کہا۔

''تمہیں تھیلیسیمیا مائنر ہے جس کا مطلب ہے کہ ممکن ہے کہ تمہیں کبھی کوئی شکایت نہ ہو، البتہ حمل کے دوران ایسا ہو جاتا ہے کہ خون چڑھانے کی ضرورت پڑے۔''

''ٹھیک ہے تو پھر خون چڑھا دیتے ہیں،'' جاوید نے کہا۔

''وہ تو کل اسے دے دیں گے مگر مسئلہ ذرا سا پیچیدہ ہے،'' سلیم نے کہا۔

''سلیم، یار تم پہیلیاں کیوں بجھوار ہے ہو، پوری بات کرو۔''

''تم نے بتایا تھا کہ کہکشاں تمہاری پھوپھی کی بیٹی ہے اس لیے ممکن ہے کہ تمہیں بھی تھیلیسیمیا ہو۔''

کہکشاں اور جاوید انتظار کرتے رہے کہ سلیم آگے کچھ کہے۔

''تم بھی اپنا خون ٹیسٹ کروا لو۔ اگر تمہیں بھی تھیلیسیمیا مائنر نکلا تو اس بات کا امکان ہے کہ بچے کو تھیلیسیمیا میجر ہو، جو تشویش کی بات ہے۔''

''اس کا بچے پر کیا اثر ہو گا؟'' کہکشاں نے پوچھا۔

''کچھ بھی ہو سکتا ہے۔ ممکن کہ تمہارا دورانیہ مکمل ہونے سے پہلے ہی حمل گر جائے یا بچہ ولادت کے بعد مر جائے۔ کبھی بچے کو پیدائش کے فوراً بعد نیا خون دینے کی ضرورت ہوتی ہے۔ اگر بچہ زندہ بچ بھی

جائے تو مستقل خون کی کمی رہتی ہے اور مختلف بیماریاں گھیرے رہتی ہیں۔ ایسے بچوں کی زندگی بھی بڑی تھوڑی ہوتی ہے،‘‘ نوشابہ نے کہا۔

’’تو پھر تم لوگوں کا کیا مشورہ ہے؟ اس بات کا کیا امکان ہے کہ بچہ صحت مند ہو؟‘‘ جاوید نے پوچھا۔

’’یوں سمجھو کہ اگر تمہیں بھی تھیلیسیمیا مائنر ہے تو اگر تم لوگ چار بچے پیدا کرو گے تو ان میں سے دو بچوں کو تھیلیسیمیا میجر ہو سکتا ہے۔ میں تو سمجھتا ہوں کہ اگر نزدیک کے رشتے داروں میں شادی ہو رہی ہو تو لڑکے اور لڑکی کو شادی سے پہلے اپنا خون ٹیسٹ کروانا چاہیے۔‘‘

’’تو پھر ڈاکٹر کی حیثیت سے تمہارا کیا مشورہ ہے؟‘‘ جاوید قدرے جھنجلا گیا۔ کہکشاں گم سم بیٹھی تھی۔

’’پہلے تم اپنا ٹیسٹ تو کرا لو۔ پھر دیکھیں گے۔‘‘

’’اور اگر میرا ٹیسٹ پوزیٹو نکلا تو؟‘‘

’’تو میں تمہیں کیا مشورہ دے سکتا ہوں؟ فیصلہ کرنا تم دونوں کا کام ہے۔ ایک حل یہ ہو سکتا ہے کہ حمل گروا دو،‘‘ سلیم نے ہچکچاتے ہوئے کہا۔

’’کیا؟‘‘ کہکشاں کو جیسے کرنٹ لگا، ’’سلیم، ہم تو سمجھے تھے کہ تم ہمارے دوست ہو۔‘‘ اس نے کرسی کو دھکا دیا اور اٹھ کر کھڑی ہو گئی۔

’’کہکشاں، سنو تو سہی،‘‘ نوشابہ نے کہا۔

سلیم نے ہاتھ کے اشارے سے نوشابہ کو خاموش کر دیا۔ کہکشاں دروازہ کھول کر نکل گئی۔

’’یار، آئی ایم سوری،‘‘ جاوید نے کہا، ’’کہکشاں کو اتنا پھٹ پڑنے کی ضرورت نہیں تھی۔‘‘

’’تم فکر نہ کرو جاوید۔ ایک پُر امید ماں کے لیے سب سے بڑا خزانہ اس کا حمل ہوتا ہے جس کی حفاظت کے لیے وہ شیرنی بن جاتی ہے،‘‘ سلیم نے جواب دیا۔

’’ٹھیک ہے، میں جا کر کہکشاں کو دیکھتا ہوں‘‘ جاوید نے مصافحے کے لیے اپنا ہاتھ بڑھا دیا، ’’تم دونوں کا ہم پر بے حد احسان ہے کہ تم نے اتنی مدد کی ہے۔‘‘

’’ارے یار، احسان و حسان چھوڑو۔ پڑوسیوں کا بھی تو کوئی حق ہوتا ہے۔‘‘

’’جاؤ تم جا کر کہکشاں کو سنبھالو،‘‘ نوشابہ نے کہا اور جاوید ان کا شکریہ ادا کر کے رخصت ہو گیا۔

کہکشاں بیڈ روم میں رکھے پر تکیے پر پیشانی رکھے الٹی لیٹی ہوئی تھی۔ جاوید نے اس کی پیٹھ پر ہاتھ پھیرا تو

اس نے پھوٹ پھوٹ کر رونا شروع کر دیا۔

’’کہکشاں، یار ذرا ہمت سے کام لو،‘‘ جاوید نے کہا۔

وہ بستر سے اٹھ کر جاوید سے چمٹ گئی اور اس کی ہچکی بند گئی۔ جاوید خاموشی سے اس کی پیٹھ پر ہاتھ رکھے اسے تسلی دیتا رہا۔

’’آؤ، تھوڑا سا پانی پی لو۔ اس سے کچھ آرام ملے گا،‘‘ اس نے کہا۔

اس نے کہکشاں کو بیڈ روم سے باہر لا کر صوفے پر بٹھا دیا اور خود باورچی خانے سے پانی کا گلاس لا کر اس کے برابر بیٹھ گیا۔

’’لو، تھوڑا سا پانی پی لو،‘‘ اس نے گلاس کہکشاں کے ہونٹوں سے لگا دیا۔

’’جاوید، میں انہیں اپنا بچہ ضائع نہیں کرنے دوں گی،‘‘ اس نے دو تین گھونٹ پانی پی کر گلاس ہٹاتے ہوئے کہا۔

’’تم سے کون کہہ رہا ہے کہ اپنا بچہ ضائع کرو؟‘‘

’’سلیم کی ہمت کیسے ہوئی کہ ایسی بات کرے؟‘‘

’’بھئی وہ ایک ڈاکٹر ہے۔ اس نے تو ڈاکٹر کی حیثیت سے ایک مشورہ دیا تھا۔ مشورہ دینا اس کا فرض ہے اور ماننا نہ ماننا ہمارا حق ہے۔‘‘

’’مجھے تو ڈر لگ رہا ہے۔‘‘

’’میری جان، ابھی سے ڈرنے کی کوئی بات نہیں ہے۔ ابھی تو میرا ٹیسٹ ہونے دو۔ اگر پوزیٹو نکلتا ہے تب بھی ضروری نہیں ہے کہ بچے پر کوئی اثر پڑا ہو۔‘‘

’’اور اگر کوئی اثر پڑا ہوا تو؟‘‘

’’تو کیا کیا جا سکتا ہے؟ زندگی اسی کا نام ہے۔ قدرت کے فیصلے کو قبول کرنے کے سوا تمہارے پاس اور کیا چارہ ہے؟‘‘

کہکشاں کو نوشابہ نے خون چڑھا دیا۔ دو روز کے بعد جاوید کے تھیلیسیمیا کے ٹیسٹ کا نتیجہ آ گیا جو پوزیٹو تھا۔ سلیم اور نوشابہ نے انہیں مشورہ دیا کہ وہ زچگی کے لیے حیدرآباد جانے کا ارادہ ترک کر دیں اور کراچی میں جناح اسپتال میں کرائیں کیوں کہ وہاں خون کے امراض کے ڈاکٹروں کی بڑی اچھی ٹیم تھی۔

ڈاکٹر نورجہاں رضوی کافی سینیر ڈاکٹر تھیں جو سال ہا سال سے تھیلیسیمیا پر تحقیق کر رہی تھیں اور میڈیکل جرنلز میں ان کے مقالات شائع ہوتے رہتے تھے۔ اکثر بین الاقوامی کانفرنسوں میں انہیں اپنی تحقیق پیش کرنے کی دعوت دی جاتی تھی۔ ان کی ٹیم میں ڈاکٹر رضوان عثمان بھی بین الاقوامی شہرت رکھتے تھے۔

نوشابہ اگلے روز کہکشاں اور جاوید کو جناح اسپتال لے گئی اس نے ان دونوں ڈاکٹروں کو ساری رپورٹیں دے کر ان سے کہکشاں کا معائنہ کروا دیا۔ انہوں نے اسے یقین دلایا کہ وقت آنے پر وہ ہر طرح مدد کریں گے۔

25

قیام پاکستان کے فوراً بعد ہی بنگالی اس نتیجے پر پہنچ گئے تھے کہ انہوں نے پاکستان کے نام پر دھوکا کھایا۔ وہ تحریک پاکستان میں پیش پیش تھے مگر جب پاکستان بن گیا تو انہیں محسوس ہوا کہ وہ دودھ میں سے مکھی کی طرح نکال پھینکے گئے اور مغربی پاکستان والے انہیں ''بھوکے بنگالی'' کہتے تھے۔ ان کی شکایات کی فہرست بڑی طویل تھی۔ ان کا کہنا تھا کہ پاکستان کو نہ ان کی زبان قابل قبول ہے، نہ ان کا کلچر، اکثریت میں ہونے کے باوجود ان کی حیثیت چھوٹے بھائی کی سی ہے اور وہ سرکاری افسر تک مغربی پاکستان سے آتے ہیں ان کے ساتھ غلاموں کا سا سلوک کرتے ہیں۔ پٹ سن وہ پیدا کرتے ہیں اور اس سے جو زر مبادلہ ملتا ہے وہ مغربی پاکستان میں خرچ ہوتا ہے۔ شیخ مجیب الرحمٰن کہتے تھے کہ اسلام آباد کی سڑکوں سے انہیں پٹ سن کی خوشبو آتی ہے۔ جب ایوب خان نے مارشل لا لگایا اس وقت اس کی فی کس آمدنی میں 30 فی صد کا فرق تھا جو ان کے جاتے جاتے 65 فی صد ہو گیا تھا۔ پاکستان کی اشرافیہ نے کبھی بنگالیوں کے احساس محرومی کو نہ سنجیدگی سے لیا اور نہ اس کا کوئی سدّباب کیا۔

الیکشن تو ہو گیا مگر معلوم ہوتا تھا کہ یحییٰ خان کی حیثیت ایک ہرکارے کی سی ہے۔ ان کا کام صرف اتنا رہ گیا تھا کہ وہ ڈھاکہ جا کر مجیب کو پیغام دے دیں کہ بھٹو نے ان کا مطالبہ رد کر دیا ہے اور واپس آ کر بھٹو کو اطلاع دے دیں کہ مجیب نے ان کی بات نہیں مانی۔ ویسے حالات یحییٰ خان کے حق میں لگتے تھے کیوں کہ بات یہاں تک پہنچ گئی تھی کہ ملک میں دو دو رائے اعظم ہوں گے۔ اس طرح یحییٰ خان کی صدارت پکی تھی۔

ایسا لگتا تھا کہ شطرنج کی ایک ایسی ششش پہلو بساط بچھی ہوئی ہے جس پر تین کھلاڑی کھیلتے ہیں۔ سفید، سرخ اور سیاہ فوجیں آمنے سامنے تھیں۔ یحییٰ خان نے فیصلہ کر لیا تھا کہ پہلی چال وہ چلیں گے لہٰذا انہوں

نے اپنے لیے سفید مہرے چنے ، بھٹو نے سرخ فوج کا انتخاب کیا اور مجیب کے حصے میں سیاہ مہرے آئے لہذا انہیں تیسری چال ملی۔ تینوں ہی اقتدار کے لیے جان کی بازی لگا دینے کا عہد کر کے بیٹھے تھے۔ طبل جنگ بجا اور کھیل شروع ہو گیا۔ گھمسان کا رن پڑا، پیادوں پر پیادے گر گر کر بساط چھوڑتے گئے یہاں تک کہ اب دوسرے مہروں کی باری آ چکی تھی۔ ہوتے ہوتے تینوں وزیر بھی رخصت ہو گئے۔ آخر ہر بادشاہ کے گرد صرف ایک فیل ، ایک گھوڑا اور ایک رُخ رہ گیا۔ شہ پر شہ پڑ رہی تھی مگر مات کی نوبت نہیں آ رہی تھی۔ کچھ نہیں کہا جا سکتا تھا کہ کب کس کو مات ہو جائے یا پھر اُن میں سے ایک کھلاڑی بساط الٹ کر باقی دو کو آزاد کر دے۔

شطرنج کی اُس بساط پر تین کھلاڑی آخر کب تک کھیلتے۔ بادشاہ چاہے اکبر اعظم ہو یا بہادر شاہ ظفر ، ایک فیل ، ایک گھوڑے اور ایک رُخ کے بل بوتے پر وہ کب تک لڑ سکتا ہے۔ شیخ مجیب الرحمٰن کی نظر یحییٰ خان کے فیل پر تھی جو بادشاہ کے سامنے سینہ سپر کھڑا تھا مگر ان کے فیل کی زد پر تھا۔ وہ بے چینی سے پہلو بدل رہے تھے کیوں کہ چال بھٹو کی تھی جن کا سارا زور مجیب کو مات دینے پر تھا مگر اپنے بادشاہ کو بچانا ان کی ترجیح تھی۔ چناں چہ انہوں نے اپنے رخ کو ایک گھر پیچھے ہٹا دیا اور شیخ مجیب الرحمٰن نے یحییٰ خان کا فیل مار کر انہیں شہ دے دی۔ یحییٰ خان نے اپنے گھوڑے سے شہ تو بچا لی مگر انہیں یقین ہو گیا کہ وہ اپنے بچے کھچے رخ اور گھوڑے کے بل بوتے پر نہ مجیب کو مات دے سکتے ہیں اور نہ بھٹو کو۔ لہذا انہوں نے بساط الٹنے کا فیصلہ کر لیا اور عین وقت پر شیخ مجیب الرحمٰن کو گرفتار کر کے عوامی لیگ پر پابندی عائد کر دی۔ یہ ان کی بدقسمتی تھی کہ اس چکر میں خود ان کی بساط الٹ گئی اور انہوں نے باقی دو کھلاڑیوں کو آزاد کر دیا تاکہ اپنی اپنی بادشاہتیں قائم کر لیں۔

کہتے ہیں کہ جب فوجی ڈھاکہ میں شیخ مجیب الرحمٰن کی دھان منڈی کی رہائش گاہ پر انہیں گرفتار کرنے کے لیے پہنچے تو وہ بڑے سکون سے ان کی جیپ میں آ بیٹھے مگر پھر کچھ سوچ کر اتر گئے اور بولے ، ''افوہ ، میں اپنا پائپ اور تمباکو کا پاؤچ تو بھول ہی گیا۔'' فوجیوں نے کوئی مزاحمت نہیں کی۔ وہ دروازے پر پہنچے تو ان کی بیوی ان کا پائپ اور تمباکو کا پاؤچ ہاتھ میں لیے انتظار کر رہی تھیں۔ جب انہوں نے واپس آ کر جیپ کے پائے دان پر پاؤں رکھا اور مڑ کر دیکھا تو سفید بادشاہ الٹی ہوئی بساط کے کونے پر اوندھے منہ لڑھکا پڑا تھا اور سرخ بادشاہ مسکرا کر انہیں ہاتھ ہلا رہا تھا۔ وہ ان کا بانگابند ھو بننے کی طرف پہلا قدم تھا۔ ان کے ہونٹوں پر بھی مسکراہٹ پھیل گئی اور وہ اچک کر جیپ میں سوار ہو گئے۔

***

پورے مشرقی پاکستان میں گویا آگ لگی ہوئی تھی۔ لوگ اپنے گھروں سے باہر نکل آئے اور کوئی جگہ ایسی نہیں تھی جو ائے بانگلا کے نعرے سنائی نہ دے رہے ہوں۔ حکومت پاکستان کا وجود ختم ہو گیا اور فضا میں رابندر ناتھ ٹیگور کے نغمے گونجنے لگے۔ ایوب خان نے جہاں شاعروں، دانش وروں اور صحافیوں پر پابندیاں لگائی تھیں وہیں ٹیگور کو دیس نکالا دے دیا تھا۔ ٹیگور کو نہ اسکولوں میں پڑھایا جاسکتا تھا اور نہ ریڈیو پاکستان سے اس کے گیت نشر کیے جاسکتے تھے جب کہ ٹیگور بنگال کی شناخت تھا۔ گھر گھر سے اس کے گیتوں کی صدائیں آتی تھیں، مگر سرکاری طور پر اس کا کوئی وجود نہیں تھا۔ اب برسر عام ریڈیو پاکستان ڈھاکہ سے ٹیگور کے گیت نشر ہو رہے تھے مگر سرزنش کرنے والے ناپید تھے۔

پورے صوبے میں عوامی لیگ کے رضا کار شیچا شیبک سڑکوں پر آگئے۔ ان کا بس کسی اور پر تو نہیں چلا لہٰذا غیر بنگالیوں کو مارنا پیٹنا اور ان کی دکانوں کو لوٹنا شروع کر دیا۔ بازار بند ہو گئے اور لوگ گھروں میں چھپ گئے۔ فوج کے بنگالی سپاہیوں اور افسروں نے بغاوت کر دی اور مکتی باہنی میں شامل ہو گئے۔ پولیس کا عملہ بھی مکتی باہنی کا ساتھ دے رہا تھا۔ فوج کا مقابلہ باغیوں سے تھا جو اسلحے کے ڈپوؤں پر قبضے کر رہے تھے اور بچی کھچی فوج ان کے سامنے بے بس تھی۔

مکتی باہنی، جس میں ہندوستان سے داخل ہونے والے تخریب کار پیش پیش تھے، پاکستانی فوج سے برسرِ پیکار تھی اور شیچا شیبک کے لڑکے ڈنڈوں، کلہاڑیوں، بلّموں، چاقوؤں اور بندوقوں سے لیس محلّوں محلّوں میں گھوم کر گھروں میں چھپے ہوئے غیر بنگالیوں کا صفایا کر رہے تھے۔ عورتوں اور بچوں کو قیدی دھونے والی پولیس کی بسوں میں بھر بھر کر اسکولوں میں قید کر رہے تھے اور مردوں کو علیحدہ لے جا کر بند کر دیتے یا قتل کر دیتے۔ پورے صوبے میں غیر بنگالیوں کا قتل عام ہو رہا تھا۔

باریسال میں غیر بنگالیوں کی تعداد قدرے کم تھی مگر وہاں بھی وہی صورت حال تھی جو شمال میں میمن سنگھ اور دیناج پور سے لے کر جنوب میں چٹاگانگ اور کھلنا تک تھی۔ دفاتر بند تھے، بازار بند تھے، اسکول بند تھے اور لوگ یا تو گھروں میں بند تھے اور یا پھر سڑکوں پر تھے۔

غفار خان اور منظور حسین پریشان تھے کیوں کہ سلمان اور مرتضیٰ ڈھاکہ میں تھے اور ان کا کوئی اتا پتا

نہیں مل رہا تھا۔ ڈھاکہ اور باریسال کے درمیان اسٹیمر سروس کئی دن سے بند تھی۔ منظور حسین نے غفار خان کو تا کید کی کہ وہ گھر سے باہر نہ نکلیں مگر انہوں نے ہنس کر ٹال دیا۔

''یار منظور، کیسی باتیں کرتے ہو۔ میری پوری زندگی بنگال میں گزری ہے۔ کون کہہ سکتا ہے کہ میں بنگالی نہیں ہوں،'' غفار خان نے کہا۔

''میں مانتا ہوں کہ تمہاری چال ڈھال اور بول چال سے کوئی نہیں کہہ سکتا مگر تمہاری چٹری چغلی کھا دیتی ہے۔ مجھے کوئی اتنا گورا چٹّا بنگالی دکھا دو تو میں تمہیں بھی بنگالی تسلیم کر لوں گا،'' منظور حسین نے جواب دیا۔

''تم فکر نہ کرو۔ یہ کچھ دن کی بات ہے، سب کچھ ٹھیک ہو جائے گا۔''

''کون ٹھیک کرے گا، حکومت تو گھروں میں چھپ کر بیٹھ گئی ہے اور غنڈوں نے حکومت سنبھال لی ہے۔''

''بھئی، اونٹ کو کسی کروٹ تو بیٹھنا ہے سو بیٹھ جائے گا۔ فکر کیوں کرتے ہو؟'' غفار خان نے مسکرا کر کہا۔

''تمہیں تو اگر جہنم میں بھی پھینک دیا جائے تو چپ چاپ بیٹھے آگ بجھنے کا انتظار کرتے رہو گے۔''

''اگر اس کے سوا کوئی اور چارہ ہو تو بتاؤ۔''

''یار، میں تم سے صرف اتنا کہہ رہا ہوں کہ فی الحال باہر مت نکلنا۔''

''چلو مان لیا۔ اگر میں باہر نکلوں تو جو چور کی سزا وہ میری سزا۔''

انہیں پوری امید تھی کہ جنرل یحییٰ دو چار دن میں شیخ مجیب الرحمٰن کو رہا کر کے اسمبلی کے اجلاس کی نئی تاریخ کا اعلان کر دیں گے اور حالات معمول پر آ جائیں گے۔ ویسے بھی وہ ایک مہینے کی چھٹی پر تھے کیوں کہ ان کی آنکھوں میں موتیا اتر آیا تھا اور دو ہفتے پہلے انہوں نے آپریشن کروایا تھا۔ ڈاکٹر نے انہیں ایک موٹے شیشوں والی عینک دے دی تھی جس کے بغیر انہیں کچھ نظر نہیں آتا تھا۔

***

غفار خان خود بھی خاموشی پسند تھے اور گھر بھی ایسی جگہ بنایا تھا جو الگ تھلگ تھا۔ صرف ایک جانب

276

سٹرک تھی مگر ٹریفک کی آواز بھی وہاں تک نہیں پہنچتی تھی۔ اس روز سٹرک پر غیر معمولی سرگرمی تھی۔ پچھلی رات بارش ہوتی رہی تھی اور سٹرک کی دونوں طرف جگہ جگہ کیچڑ جمع ہو گیا تھا۔ سینکڑوں نوجوان لڑکے ہاتھوں میں ڈنڈے، برچھے اور کلہاڑیاں لیے جوائے بانگلا کے نعرے لگاتے ہوئے گزرتی ہوئی گاڑیوں کو روک کر چیک کر رہے تھے۔ ان کے ساتھ قیدی ڈھونے والی دو بسیں تھیں۔ اگر کسی گاڑی میں غیر بنگالی نظر آتے تو انہیں اتار کر ان بسوں میں ٹھونس دیتے تھے۔ دونوں بسیں مردوں، عورتوں اور بچوں سے کھچاکھچ بھری ہوئی تھیں۔ اگر کوئی مزاحمت کرتا تو اسے قتل کر کے سٹرک کے کنارے پر ڈال دیتے۔ جگہ جگہ کیچڑ میں لتھڑی ہوئی لاشیں پڑی تھیں۔ کچھ لڑکے گلیوں میں گھس کر غیر بنگالیوں کے گھروں سے ان کے مکینوں کو کھینچ کھینچ کر لا رہے تھے اور قیدیوں کی بسوں میں ڈال رہے تھے۔ ان کے پاس ہر گلی میں رہنے والے غیر بنگالیوں کے پتے تھے جو اس محلے میں رہنے والے لڑکوں نے فراہم کیے تھے۔

جب منظور حسین نے گھر کے باہر آوازیں سنیں تو دریافتِ حال کے لیے باہر نکلے۔ غفار خان کے گھر کے سامنے پندرہ بیس لڑکے ڈنڈوں اور لاٹھیوں سے مسلح نعرے لگا رہے تھے۔

’’غفّار کھان، باہرے آشو۔‘‘

’’بہاری کھان، باہرے آشو۔‘‘

جیسے ہی غفار خان باہر نکلے، ایک لڑکے نے ان کا گریبان پکڑ کر کھینچ لیا۔ منظور حسین انہیں چھڑانے کے لیے آگے بڑھے تو کسی نے ان کی کمر میں ہاتھ ڈال کر کھینچا اور ایک لڑکے نے ان کے پیٹ پر ایسا گھونسا مارا کہ وہ چکرا کر گر پڑے۔ ان کی بیوی باہر نکلیں اور انہیں ہوش میں لانے کی کوشش کرنے لگیں۔

’’آمیں بہاری نوئیں،‘‘ غفار خان بولے مگر لڑکے انہیں دھکے دے کر سٹرک کی طرف لے جانے لگے۔ افروزی بیگم اپنے شوہر کو بچانے کی کوشش کرنے لگیں تو لڑکوں نے انہیں بھی دھکے دینا شروع کر دیے۔

’’آمیں بہاری نوئیں،‘‘ غفار خان نے ہانپتے ہوئے کہا۔

’’بہاری! بہاری! بہاری!‘‘ باقاعدہ نعرے لگنے شروع ہو گئے۔

’’آمیں بہاری نوئیں،‘‘ غفار خان کی کمزور سی آواز نکلی، مگر ’’بہاری!‘‘ کے نعروں میں دب گئی۔ ان کے گرد لڑکوں نے حلقہ بنا لیا تھا اور چاروں طرف سے انہیں دھکے مار کر آگے بڑھا رہے تھے۔ ایک

دھکے میں ان کی عینک اچھل کر دور جا گری۔ وہ ”اِمارِ چشمہ“ کہہ کر زمین پر بیٹھ گئے اور اندھوں کی طرح اِدھر اُدھر زمین پر ہاتھ مار کر عینک ڈھونڈنے لگے۔ پیچھے سے کسی نے انہیں لات ماری اور وہ لڑکھتے ہوئے آگے بڑھ گئے۔

افروزی بیگم کو بھی لڑکے دھکے مارتے ہوئے غفار خان کے پیچھے پیچھے لے کر آ رہے تھے۔ ان کی ساڑھی کے بل کھل گئے تھے اور آدھی ساڑھی زمین پر گھسٹ رہی تھی۔ کسی نے اس پر پاؤں رکھ دیا اور وہ صرف پیٹی کوٹ اور شمیس میں رہ گئیں۔ سڑک پر پہنچ کر لڑکوں نے انہیں اٹھا کر قیدیوں کی بس میں دھکیل دیا۔

غفار خان پر غشی سی طاری ہو گئی تھی۔ ان کی آنکھیں پھٹی ہوئی تھیں مگر نظر کچھ نہیں آ رہا تھا۔ انہیں اتنا احساس ضرور تھا کہ انہیں مار پڑ رہی ہے مگر اس کا ادراک ختم ہو گیا تھا کہ وہ کون تھے، کہاں تھے اور پیٹنے والے کون تھے البتہ ان کے کانوں میں صرف ایک ہی صدا آ رہی تھی، ”بہاری! بہاری! بہاری!“ اچانک ان کے پیٹ میں چاقو کا پھل اتر گیا اور ان کی آنتیں کینچوؤں کی مانند باہر نکل کر لٹکنے لگیں۔ انہوں نے منہ کھولا مگر چیخ نکلنے سے پہلے ہی اوندھے منہ کیچڑ میں گر پڑے۔ کچھ دیر پہلے تک تکلیف کا جو احساس تھا وہ آہستہ آہستہ ختم ہونے لگا اور ان کے دماغ سے دھند چھٹنا شروع ہو گئی۔ انہیں یاد آیا کہ وہ غفار خان تھے اور بچپن میں گھر سے بھاگ لیے تھے۔ کیوں بھاگے تھے؟ یہ انہیں یاد نہیں آیا۔ ان کے ذہن میں ایک سلائڈ شو چل رہا تھا جس میں ان کی زندگی ان کے سامنے سے گزر رہی تھی۔

”ہاں، تایا ابا کا پتا چل گیا۔ میں نے انہیں خط بھی لکھے تھے اور ان کے خط بھی آئے تھے مگر پھر اچانک بند ہو گئے۔ کچھ پتا نہیں چلا۔“

”ہاں ہاں، یاد آیا۔ وہ تو پیارے میاں کے پاس ہیں۔“

”میں جب مغربی پاکستان جاؤں گا تو انہیں ساتھ لیتا آؤں گا۔ پیارے میاں سے کہوں گا کہ اب میری باری ہے تایا ابا کو ساتھ رکھنے کی۔“

”پیارے میاں کی بیٹی بھی تو ہے۔ اس کو بھی سلمان کی دلہن بنا کر لے آئیں گے۔“

پھر کچھ بھولی بسری یادیں ان کے بجھتے ہوئے شعور سے ٹکرائیں۔

”ڈائریکٹ ایکشن!“

”مسلمانانِ ہند!“

"ڈائریکٹ ایکشن!"

"لے کے رہیں گے پاکستان!"

"بٹ کے رہے گا ہندوستان!"

"لے کے رہیں گے پاکستان!"

"لے کے رہیں گے..."

اور پھر...

پھر اس کے بعد چراغوں میں روشنی نہ رہی

فکرؔ یزدانی

***

منظور حسین کو ہوش آیا تو ان کی بیوی ان پر جھکی ہوئی تھیں۔ وہ اٹھنے کی کوشش کرنے لگے مگر پھر چکرا کر گر پڑے۔ ان کی بیوی نے ان کی کمر کے نیچے ہاتھ ڈال کر انہیں بٹھا دیا۔ وہ دیر تک بیٹھے سڑک کو خالی خالی نظروں سے تکتے رہے۔ پھر اٹھ کر لڑ کھڑاتے ہوئے اُس طرف چل دیے۔ خورشیدہ بانو ان کے پیچھے دوڑیں اور ان کا ہاتھ پکڑ کر روکنے کی کوشش کی مگر وہ ہاتھ جھٹک کر چلتے ہی گئے۔ ان کی آنکھوں میں عجیب سی وحشت تھی جیسے انہیں خود پتا نہیں تھا کہ کہاں جا رہے ہیں۔ سڑک پر پہنچے تو وہاں ہو کا عالم تھا۔ ٹریفک تو در کنار، کوئی پیدل چلتا ہوا بھی نظر نہیں آ رہا تھا۔ سڑک کے کنارے کئی کاریں ترچھی کھڑی ہوئی تھیں اور ان کے دروازے کھلے ہوئے تھے۔ ایک کار کا انجن چل رہا تھا مگر آس پاس کوئی نہیں تھا۔ اگلی کار کے کھلے ہوئے دروازے سے ایک لاش لٹک رہی تھی۔ مرنے والا سیٹ پر اوندھے منہ پڑا تھا اور پیر باہر زمین پر تھے۔ پیٹھ سے خون رس رس کر سیٹ پر پھیل گیا تھا۔ سڑک کی دونوں جانب کھائی میں جگہ جگہ لاشیں پڑی ہوئی تھیں۔

منظور حسین پر دیوانگی طاری تھی۔ وہ چیخ چیخ کر غفار خان کو پکار رہے تھے اور ایک ایک لاش کو دیکھ رہے تھے۔ انہوں نے کیچڑ میں لت پت غفار خان کی لاش بھی الٹ کر دیکھی۔ ان کا منہ کھلا ہوا تھا اور آنکھیں پھٹی ہوئی تھیں جیسے کوئی ڈراؤنا منظر دیکھ رہے ہوں مگر چوں کہ پورا چہرہ کیچڑ میں لتھڑا ہوا اس

لیے پہچان نہ سکے۔ اچانک کسی نے ان کے کندھے پر ہاتھ رکھااور انہوں نے مڑ کر اوپر دیکھا۔ان کی بیوی پیچھے کھڑی ان سے پوچھ رہی تھیں۔

"آپ یونی ایکھوں کی کھوج چھین؟"(آپ یہاں اب کیا ڈھونڈ رہے ہیں؟)

"شے ایکھانی نائیں۔"(وہ یہاں نہیں ہے۔)

خورشیدہ بانو نے ان کے کندھوں کے نیچے ہاتھ ڈال کر انہیں اٹھایا اور بولیں، "چولو چولی، ایکھانے شَوب شُئیش۔"(چلو چلیں، یہاں سب کچھ ختم ہو چکا ہے۔)

منظور حسین اٹھ کھڑے ہوئے اور اپنی بیوی کے ساتھ چل دیے۔ اپنی گلی کے نکڑ پر پہنچ کر وہ رکے اور پیچھے مڑ کر دیکھنے لگے۔ ان کے منہ سے ایک ہی بات نکل رہی تھی، "آمی تاکے پائینی۔"(وہ مجھے نہیں ملا۔) سڑک اب بھی سنسان پڑی ہوئی تھی۔ سارا دن تھوڑی تھوڑی دیر کے بعد بارش ہوتی رہی تھی اور اب آسمان سیاہ بادلوں سے ڈھکا ہوا تھا۔ حالاں کہ ابھی سہ پہر تھی لیکن معلوم ہوتا تھا جیسے سورج غروب ہوئے گھنٹہ بھر گزر چکا ہو۔ وقفے وقفے سے کوندے لپکتے اور بادل گرجتے۔ جب تک وہ اپنی گلی تک پہنچے، بادلوں کی چمک اور گرج کے وقفے میں کمی اور شدت میں اضافہ ہوتا گیا یہاں تک کہ جوں ہی انہوں نے اپنے چبوترے پر قدم رکھا، ایک کوند ان کے اوپر سے گزرا اور فضا چوکا چوند ہو گئی۔اس کے ساتھ ہی بادل اتنی زور سے کڑکا جیسے قریب ہی کوئی بم پھٹا ہو۔ بجلی کا وہ جھماکا بس ایک لمحے کا تھا اور اس دوران سڑک کے دونوں جانب پڑی ہوئی لاشیں دور سے نظر آرہی تھیں۔

منظور حسین اپنے مکان میں داخل ہونے سے پہلے رکے اور غفار خان کے گھر کو ٹکٹکی باندھ کر کھڑے دیکھتے رہے۔ مکان کا دروازہ کھلا ہوا تھا مگر اندر مکین نہیں تھے۔ انہوں نے آگے بڑھ کر دروازہ بند کیا اور باہر کی کنڈی لگا کر اپنے گھر میں داخل ہو گئے۔ان کی آنکھوں کی وحشت دیکھ کر معلوم ہوتا تھا جیسے وہ سوتے میں چل رہے ہوں۔ان کے گھر میں قدم رکھتے ہی بادل اتنی شدت سے برسا جیسے آسمان سے بالٹیاں انڈیل دی گئی ہوں۔ سڑک پر پانی دریا کی طرح بہہ رہا تھا اور کناروں پر پڑی ہوئی لاشیں دھل دھلا کر صاف ہو چکی تھیں۔ان پر خون کا ایک قطرہ تک نہیں تھا۔

معلوم ہوتا تھا کہ بارش صرف سڑک پر سے خون دھونے کے لیے ہوئی تھی۔ جتنی تیزی سے آئی تھی اتنی ہی تیزی سے بند ہو گئی۔ سورج نکل آیا اور ہوا میں مٹی کا ایک ذرہ تک نہیں تھا۔ سڑک کے

دونوں جانب درختوں کے پتوں سے بارش کے قطرے ابھی تک ٹپک رہے تھے۔ منظور حسین دوبارہ گھر سے نکلے اور سٹرک پر پڑی ہوئی لاشوں کا جائزہ لینے لگے۔ جو لاشیں اوندھی پڑی تھیں انہیں جھک کر سیدھا کر کے چہرہ دیکھتے اور آگے بڑھ جاتے۔ اچانک انہوں نے اس لاش کو پلٹ کر دیکھا جس کی تلاش تھی۔ یہ ان کے دوست کی لاش تھی جو پچھلے 23 سال سے ان کا پڑوسی تھا۔ وہ خاموش بیٹھے تکتے رہے۔ نہ ان میں اٹھنے کی طاقت تھی اور نہ کچھ کہنے کی سکت تھی۔ آخر کار وہ اپنے گھٹنوں پر ہاتھ رکھ کر آہستہ آہستہ اٹھے اور وہیں کھڑے رہے۔ ان کا چہرہ سپاٹ تھا اور آنکھوں میں آنسو کا ایک قطرہ تک نہ تھا۔ اچانک انہوں نے اپنی ہتھیلیوں سے کنپٹیوں کو دبایا اور منہ آسمان کی طرف اٹھا کر چیخے، ''مکّار!'' ان کی چیخ نہ جانے آسمان تک پہنچی یا نہیں مگر درختوں پر بیٹھی ہوئی چڑیوں تک ضرور پہنچ گئی۔ منظور حسین نے آنسوؤں کے دریا پر جو بند باندھ رکھے تھے وہ اچانک ڈھے گئے۔

غفار خان کی موت دشمن کی موت تھی اور تاریخ کبھی دشمنوں کی ہلاکتوں کو نہیں گنتی۔ نہ ان کا جنازہ اٹھتا ہے اور نہ موت کا سرٹیفکیٹ جاری کیا جاتا ہے۔ وہ تو خدا بھلا کرے اُس بارش کا جس نے انہیں کم از کم غسل میت دے دیا تھا۔ ان ہی کے محکمے کا ٹرک پہنچنے والا تھا جس کا کام ایک گڑھا کھود کر لاشوں کو گاڑنا تھا۔ اگر غفار خان زندہ ہوتے تو وہ ہی یہ فیصلہ کرتے کہ ٹرک کا استعمال سرکاری نوعیت کا تھا یا غیر سرکاری نوعیت کا۔

26

جب نوشابہ اپنے میٹرنٹی ہوم میں ایک خاتون کا معائنہ کرکے اسے خدا حافظ کہہ رہی تھی تو اس کی نظر دروازے کے باہر برآمدے میں کھڑی تسنیم پر پڑی جو کسی سے محو گفتگو تھی۔ نوشابہ نے اسے آواز دی تو وہ اندر آگئی۔

’’تم یہاں کیا کر رہی ہو،‘‘ نوشابہ نے پوچھا۔

’’میں بتانے آئی تھی کہ کہکشاں شاید تیار ہے،‘‘ تسنیم نے جواب دیا۔

تسنیم کہکشاں کے ساتھ کام کرتی تھی اور اکثر نوشابہ کی اس سے ملاقات ہوتی تھی جب وہ چائے کے وقفے میں کہکشاں کے دفتر جاتی تھی۔

’’کتنا کتنا وقفہ ہے؟‘‘

’’تقریباً آدھا گھنٹہ۔‘‘

’’ٹھیک ہے۔ تم چلو میں آتی ہوں۔‘‘

نوشابہ اگر چاہتی تو کہکشاں کو اپنے میٹرنٹی ہوم میں لا سکتی تھی مگر چوں کہ اس کے کیس میں پیچیدگی تھی لہٰذا اس نے جناح اسپتال میں رجسٹریشن کروا دیا تھا۔ اس نے اپنی کار گھما کر کہکشاں کے دفتر کے سامنے پارک کی اور اندر جا کر سیدھی اس کی ڈیسک پر گئی۔ تسنیم نے اسے بتایا کہ کہکشاں کامن روم میں اس کا انتظار کر رہی ہے۔

’’ٹھیک ہے۔ تم میرے ساتھ آؤ اور کامن روم کے دروازے پر کھڑی ہو جانا۔ میں اس کا معائنہ کروں گی،‘‘ نوشابہ نے کہا۔

کہکشاں کامن روم میں ایک صوفے پر لیٹی ہوئی تھی۔ نوشابہ نے اس کا معائنہ کرنے کے بعد کہا،''تم اٹھ کر چل پھر سکتی ہو۔ ابھی کافی وقت ہے مگر ہم اسپتال چلتے ہیں۔ میں اسپتال فون کرتی ہوں اور تم بھی جاوید کو فون کر دو کہ وہ اپنے آفس سے سیدھاا سپتال آ جائے۔''

نوشابہ نے اسپتال فون کرکے بتا دیا کہ وہ کہکشاں کو لے کر آ رہی ہے اور ہدایت کر دی کہ ڈاکٹر رضوی اور ڈاکٹر عثمانی کو بھی مطلع کر دیں۔ میٹرنٹی وارڈ میں ایک نرس ان کا انتظار کر رہی تھی۔

''یہ الزبتھ ہیں۔ ہم ان کو لزی کہتے ہیں،''نوشابہ نے اس کا تعارف کرایا۔

''آیئے، آپ کا کمرہ اس طرف ہے،''اس نے کہا اور ایک کمرہ ولادت کی طرف اشارہ کیا۔

''تم جتنا ٹہل سکتی ہو، کمرے میں ہی ٹہلو۔ بعد میں تمہیں آرام کی ضرورت ہوگی،''نوشابہ نے کہا۔

اسی وقت کہکشاں نے درد زہ کی اگلی لہر محسوس کی۔ نوشابہ نے اپنی گھڑی دیکھی اور بولی،''جیسے ہی اینٹھن کی لہر گزرے، تم گہرا سانس لو اور پھونک مار کر آہستہ آہستہ سانس نکالو اور پھر اپنی توجہ سانسوں پر رکھو۔''

''میری کمر میں بھی درد ہو رہا ہے اور پیٹ میں بھی اینٹھن سی ہو رہی ہے،''کہکشاں ٹہلتے ہوئے ایک ہاتھ کی پشت سے کمر دبا رہی تھی۔

''یہ نارمل ہے۔ تمہارا بچہ نیچے آ رہا ہے۔ یہ درد اور اینٹھن بڑھتی جائے گی مگر ناقابل برداشت نہیں ہوگی۔''

کہکشاں نے ایک اور لہر محسوس کی اور گہرے گہرے سانس لینا شروع کر دیے۔ نوشابہ نے اپنی گھڑی دیکھ کر کہا،''تمہاری اینٹھن دس دس منٹ کے وقفے سے آ رہی ہے۔ میرا خیال ہے کہ تم دو تین گھنٹے تک فارغ ہو جاؤ گی۔''

''آئی ہوپ سو۔''

''ماں بننا آسان نہیں ہے،''نوشابہ نے ہنس کر کہا،''تم لیٹو، میں دیکھوں کہ کتنی پیش رفت ہوئی ہے۔''

کہکشاں بستر پر لیٹ گئی اور الزبتھ نے اس کے گرد ریلنگ پر ٹنگا ہوا پردہ تان دیا۔ نوشابہ نے معائنہ کرنے کے بعد کہا،''اچھی پیش رفت ہے، بچہ کافی نیچے آ گیا ہے۔ تم ہر اینٹھن کے ساتھ زور لگانا

شروع کر دو۔،،

اسی وقت جاوید کمرے میں داخل ہوا۔ وہ کافی گھبرایا ہوا لگ رہا تھا۔

،،یہ تمہارے چہرے پر ہوائیاں کیوں اڑ رہی ہیں؟،،نوشابہ نے پوچھا۔

،،کہکشاں تو ٹھیک ہے نا؟،،

،،کہکشاں ٹھیک ہے۔ تم اپنے حواس درست کرو۔،،

اسی وقت الزبتھ نے پردہ کھینچ دیا اور جاوید نے آگے بڑھ کر کہکشاں کے رخسار پر ہاتھ پھیرتے ہوئے پوچھا، ،،ٹھیک تو ہو نا؟،،

،،فی الحال تو ٹھیک ہوں،،کہکشاں نے مسکراتے ہوئے جواب دیا۔

،،میں نے چلتے وقت ابا میاں کو فون کر دیا تھا۔ وہ لوگ بھی شام تک پہنچ جائیں گے،،جاوید نے کہا۔

درد کی اگلی لہر پر کہکشاں کسمسائی اور گہرے گہرے سانس لینے لگی۔ اس کے ہاتھ میں جاوید کا ہاتھ تھا جو اس نے درد کی شدت سے اتنی زور سے دبا رکھا تھا کہ اس کی کراہ کے ساتھ جاوید کو اپنی کراہ دبانے کے لیے بڑی کوشش کرنی پڑی۔ درد کی شدت میں اضافہ ہو رہا تھا،ان کا دورانیہ بڑھتا جا رہا تھا اور لہروں کے درمیان وقفہ کم ہوتا جا رہا تھا۔

،،تم کہکشاں کے ساتھ ٹھیرو گے، یا باہر انتظار کرو گے؟،،نوشابہ نے جاوید سے پوچھا۔

،،میں کہکشاں کے ساتھ ہی رہنا چاہتا ہوں،،جاوید نے جواب دیا۔

،،ٹھیک ہے، تو پھر تم کہکشاں کی مدد کرو۔ وہ اسٹول کھینچ کر اس کے قریب بیٹھ جاؤ۔،،

اسی وقت کہکشاں کے درد کی ایک اور لہر اٹھی اور اس کی چیخ نکل گئی۔ جاوید نے اسے چمٹا کر زور سے بھینچا اور خود اس کی آنکھوں میں آنسو آ گئے۔ کاش وہ اس کا درد اپنے ساتھ بانٹ سکتا۔

،،آئی ایم سوری، میں اپنی چیخ کو روک نہ سکی،،کہکشاں نے درد کی لہر گزرنے کے بعد معذرت کی۔

،،کوئی بات نہیں، تم جتنا چیخنا چاہو، چیخو بلکہ اس سے تمہیں مدد ملے گی۔ تم چاہو تو جاوید کے بال پکڑ کر اسے دو چار ہاتھ بھی جڑ سکتی ہو کیوں کہ یہ سب اسی کا کیا دھرا ہے،،نوشابہ نے ہنستے ہوئے کہا۔

نوشابہ کہکشاں کے پائنتی جھکی ہوئی اس کی مدد کر رہی تھی۔ کہکشاں کے گھٹنے اٹھے ہوئے تھے اور اوپر سے چادر پڑی ہوئی تھی۔ درد کی اگلی لہر اور بھی شدید تھی۔

،،کہکشاں، اور زور لگاؤ، گہرے گہرے سانس لے کر پھونکیں مارو۔ جاوید، تم بھی سانس لینے میں اپنی

بیوی کی مدد کرو۔ بس اب سر چمک رہا ہے۔ تھوڑا سا زور اور لگاؤ، تھوڑا سا اور۔''

کہکشاں بے دم ہو چکی تھی اور اب اس میں مزید زور لگانے کی طاقت نہیں تھی۔ جاوید بھی پسینے پسینے ہو گیا تھا اور اس کا سانس دھونکنی کی طرح چل رہا تھا۔ اسے اندازہ نہیں تھا کہ بچے کی پیدائش اتنا تکلیف دہ عمل ہے۔

اچانک کہکشاں نے محسوس کیا جیسے درد کا سوئچ آف ہو گیا ہو۔ اسے بچے کے رونے کی آواز آئی اور اس پر غشی طاری ہونے لگی۔ اس نے سوچا کہ اب اس کا کام ختم ہو گیا لہٰذا وہ آرام سے سو سکتی ہے۔

''لڑکا ہے، ماشاءاللہ،'' نوشابہ نے کہا، مگر وہ یہ دیکھ کر گھبرا گئی کہ بچے کا پورا جسم ہلدی کی طرح پیلا تھا۔ ایک آنکھ کا پپوٹا اٹھا کر دیکھا تو وہ بھی پیلی تھی۔ اس نے بچے کو ایک چھوٹی سی چادر میں لپیٹ کر الزبتھ کے حوالے کرے کے کہا، ''لے جاؤ۔''

نوشابہ پہلے سے اس ایمر جنسی کے لیے تیار تھی اور اس نے الزبتھ کو سمجھا دیا تھا کہ بچے کو فوری طور پر آکسیجن اور خون کی ضرورت ہو سکتی ہے۔ اس نے ڈاکٹر رضوی اور ڈاکٹر عثمانی سے بھی اس کی ملاقات کرا دی تھی اور بتا دیا تھا کہ بچے کو ضرورت پڑنے پر کہاں لے جانا ہے۔ سارے انتظامات پہلے سے کر لیے گئے تھے۔

''جاوید، معلوم ہوتا ہے کہ تمہارے بیٹے کو تھیلیسیمیا ہے،'' نوشابہ نے اس کی طرف دیکھے بغیر کہا، ''کہکشاں کو کچھ ٹانکوں کی ضرورت ہے۔ جب تک میں اسے فارغ کروں، تم اگر چاہو تو ڈاکٹر رضوی کے پاس چلے جاؤ۔ وہ تمہارے بچے کا معائنہ کر رہی ہیں۔''

''میرا خیال ہے کہ میں خواہ مخواہ مخل ہوں گا، تم فارغ ہو لو۔ کہکشاں کیسی ہے؟''

''آرام سے ہے۔ اسے تھوڑی دیر سستا لینے دو۔''

الزبتھ بچے کو گود میں لیے ہوئے کمرے سے نکلی اور بائیں جانب مڑ کر کوریڈور کے آخر میں دائیں طرف مڑ گئی۔ وہاں سے دائیں جانب تیسرا کمرہ تھا جس میں دونوں ڈاکٹر اس کا انتظار کر رہے تھے۔ الزبتھ نے بچے کو معائنے کی میز پر رکھ کر چادر کے بل کھولے اور ڈاکٹر رضوی نے دیکھتے ہی کہا، ''بچہ تو ساکت ہے۔''

ڈاکٹر عثمانی نے بھی اسٹیتھسکوپ سے بچے کے دل کی حرکت چیک کی اور تصدیق کر دی۔

''مگر یہ بے بی ابھی تو زندہ تھا،'' الزبتھ رو ہانسی آواز میں چیخی۔

''لزی، اپنے اوپر قابو رکھو، تم ایک نرس ہو،'' ڈاکٹر رضوی نے اسے ڈانٹا۔

”سوری میڈم، پہلی مرتبہ ایسا ہوا ہے کہ ایک بچے نے میری گود میں آخری سانس لیے ہیں۔“

”ٹھیک ہے۔ آہستہ آہستہ اپنے جذبات پر قابو رکھنا سیکھ جاؤ گی۔ جاؤ ڈاکٹر نوشابہ خان کو تمہاری ضرورت ہو گی۔“

الزبتھ جب واپس کمرہ ولادت میں پہنچی تو نوشابہ فارغ ہو چکی تھی۔ اس نے چادر کھینچی اور کہکشاں کی ٹانگوں کو ڈھک کر اٹھ گئی۔ کہکشاں بدستور سو رہی تھی۔ نوشابہ نے اپنے دستانے اتار کر کوڑے کے ڈبے میں ڈالے اور ہاتھ دھونے کے لیے واش بیسن کی طرف بڑھی۔

”کیوں لِڑی، سب خیریت ہے؟“ اس نے پوچھا۔ کوئی جواب نہ پا کر وہ الزبتھ کی طرف مڑی اور سوالیہ نظروں سے اسے دیکھنے لگی۔

”نہیں میڈم،“ الزبتھ نے جاوید کی طرف دیکھتے ہوئے جواب دیا۔

”کیا مطلب؟ بے بی تو زندہ ہے نا؟“ جاوید اسٹول سے اٹھ گیا۔

الزبتھ کی خاموشی نے جاوید کو جواب دے دیا۔ نوشابہ نے تولیہ سے ہاتھ خشک کر کے اسے میلے کپڑوں کی ٹوکری میں ڈالا اور جاوید سے کہا کہ اسے ہمت کی ضرورت ہو گی تا کہ وہ کہکشاں کو سنبھال سکے۔

”چلو، چل کر خود دیکھتے ہیں،“ نوشابہ نے کہا۔

”کہکشاں کو اکیلا چھوڑوں گی؟“

”تم فکر مت کرو، کہکشاں کے پاس الزبتھ ہے۔“

ڈاکٹر رضوی اور ڈاکٹر عثمانی ابھی تک انکیوبیٹر کے گرد کھڑے ہوئے تھے، ڈھکن اٹھا ہوا تھا اور اس میں بچے کی لاش تھی۔ نوشابہ نے نال کاٹ کر پٹی کس دی تھی جس کے گرد خون جم گیا تھا۔ انہوں نے پیچھے مڑ کر دیکھا اور انکیوبیٹر سے ہٹ گئے تا کہ نوشابہ اور جاوید آگے آ جائیں۔ ڈاکٹر عثمانی نے جاوید کے کندھے پر تھپکی دی اور اس کے لیے جگہ چھوڑ دی۔ جاوید گم سم کھڑا اپنے بچے کی لاش کو تکتا رہا اور پھر پیچھے ہٹ کر ایک کرسی پر بیٹھ گیا۔ نوشابہ نے انکیوبیٹر میں ہاتھ ڈال کر لاش کے گرد چادر لپیٹی اور باہر نکال کر جاوید کے بازوؤں پر رکھ دیا۔ جاوید خاموشی سے اسے تکتا رہا اور اس کے آنسو ٹپ ٹپ گرتے رہے۔ اس نے سوچا کہ اگر وہ زندہ رہتا تو بڑے ہو کر بالکل کہکشاں کی کاپی ہوتا کیوں کہ اس کا چہرہ بھی گول تھا۔

کمرے میں خاموشی تھی۔ تینوں ڈاکٹر وہاں سے ہٹ کر کھڑے ہو گئے تھے اور سرگوشیوں میں اس کیس پر گفتگو کر رہے تھے۔ ڈاکٹر عثمانی جاوید کے پاس آئے اور اپنے ہاتھ اس کی طرف بڑھائے۔ جاوید لاش

کو ان کے بازوؤں پر رکھ کر کھڑا ہو گیا۔

’’میاں، تمہیں صبر کرنا ہو گا،‘‘ انہوں نے کہا۔

’’جی، اس کے سوا چارہ بھی کیا ہے؟‘‘ جاوید نے جیب سے رومال نکال کر آنسو پونچھے۔

’’جاوید، میرا مشورہ ہے کہ تم بچے کی لاش کہکشاں کو دکھا دو،‘‘ نوشابہ نے کہا۔

’’نہیں نوشابہ، مجھ سے کہکشاں کی حالت دیکھی نہیں جائے گی،‘‘ جاوید نے جواب دیا۔

’’تمہیں تو صبر آ جائے گا کیوں کہ تم نے بچے کو دیکھ لیا ہے، مگر وہ کہکشاں کے لیے ہمیشہ زندہ رہے گا اور وہ زندگی بھر سوگ مناتی رہے گی۔‘‘

’’کچھ بھی ہو جائے نوشابہ، مجھ میں تمہاری بات ماننے کی ہمت نہیں ہے۔‘‘

’’لیکن اگر کہکشاں خود دیکھنا چاہے تو ہم انکار نہیں کر سکیں گے۔‘‘

’’اس صورت میں میں کچھ نہیں کہہ سکتا۔ ظاہر ہے کہ وہ ماں ہے۔‘‘

جب کہکشاں کی آنکھ کھلی تو اس نے الزبتھ سے پوچھا کہ سب لوگ کہاں ہیں۔ اس نے بتایا کہ بچے کو ڈاکٹر رضوی کے پاس معائنے کے لیے لے گئے ہیں۔ اسی وقت جاوید اور نوشابہ کمرے میں داخل ہوئے اور کہکشاں اپنی کہنیوں کو ٹیک کر اٹھنے کی کوشش کرنے لگی۔

’’میرے بے بی کو کہاں چھوڑ آئے؟‘‘ اس نے کہا۔

جاوید اس کے پاس اسٹول سرکا کر بیٹھ گیا۔ غالباً نوشابہ انتظار کر رہی تھی کہ جاوید اس کے سوال کا جواب دے۔ کہکشاں نے باری باری دونوں پر نظر ڈالی اور چیخ کر بولی، ’’تم دونوں مجھے اس طرح کیوں گھور رہے ہو اور چپ کیوں ہو؟ میرے بچے کو کہاں چھوڑ آئے؟‘‘

’’کہکشاں، بچے کو نہیں بچایا جا سکا،‘‘ جاوید نے اس کی پیشانی پر ہاتھ رکھتے ہوئے کہا۔

’’کیا؟ میں نے خود اس کے رونے کی آواز سنی تھی اور نوشابہ نے کہا بھی تھا کہ لڑکا ہے، پھر تم کیا کہہ رہے ہو۔‘‘

’’بس وہ صرف چند منٹ کی زندگی لے کر آیا تھا،‘‘ جاوید کی آواز اس کے گلے میں رندھ گئی۔

کہکشاں نے اپنی کہنیاں سیدھی کیں اور دوبارہ لیٹ گئی۔ جاوید کا ہاتھ اس کی پیشانی پر تھا اور وہ نوشابہ کو تکے جا رہی تھی۔

’’کہکشاں، تمہیں ہمت اور صبر سے کام لینا پڑے گا،‘‘ نوشابہ نے کہا۔

کہکشاں نے کوئی جواب نہیں دیا۔وہ خالی خالی نظروں سے چھت کو دیکھتی رہی۔

مُنّوں میاں، مشفقی بیگم اور پیارے میاں کو کراچی پہنچتے پہنچتے شام ہو گئی تھی۔ مقسطی خانم چوں کہ اپنے سسر کی دیکھ بھال کر رہی تھیں اس لیے نہ آ سکیں۔اگلے روز سلیم نے بچے کو دفن کرنے کا انتظام کر دیا تھا۔ صبح کو وہ اپنی کار میں انہیں قبرستان لے کر گیا۔ پیارے میاں اگلی سیٹ پر سلیم کے ساتھ بیٹھے تھے۔ جاوید پچھلی سیٹ پر بچے کی لاش کو گود میں لیے بیٹھا تھا۔اس کی آنکھوں سے آنسوؤں کی جھڑی جاری تھی۔ مُنّوں میاں اس کے برابر بیٹھے تھے۔انہوں نے جاوید کے کندھے پر ہاتھ رکھ کر کہا، ''بیٹے،بس صبر کرو۔ وہ اتنی ہی زندگی لے کر آیا تھا۔''

''میرا خیال ہے کہ دفن سے پہلے بچے کا نام رکھ دینا چاہیے،''سلیم نے کہا۔

''ہم اس کا نام عمر دراز رکھیں گے، ہاں عمر دراز خان،''پیارے میاں نے کچھ سوچ کر کہا۔

مشفقی بیگم پچھلی رات اسپتال میں کہکشاں کے پاس ہی رہ گئی تھیں۔ قبرستان سے واپسی پر وہ میٹرنٹی وارڈ میں ملاقاتیوں کے لاؤنج میں جمع ہوئے اور نوشابہ سے مشورہ کیا۔

''کہکشاں گھر جانے کے لیے تیار ہے مگر بہتر ہے کہ ایک روز اور آرام کر لے،''نوشابہ نے کہا۔

''ہم سوچ رہے تھے کہ ایک دو دن میں اسے اپنے ساتھ حیدرآباد لے جائیں، وہیں آرام کر لے گی،''مشفقی بیگم نے کہا۔

''میرا تو خیال ہے کہ آپ اسے ہفتے عشرے تک یہیں چھوڑ دیں کیوں کہ وہ گہرے صدمے میں ہے اور کسی سے بات بھی نہیں کر رہی،''نوشابہ نے کہا۔

''میں بھی یہی سوچ رہا تھا امی جان۔ ابھی اسے اکیلا ہی چھوڑ دیں۔ اگلے ہفتے میں خود اسے لے جاؤں گا۔''

''بیٹے،اگر آپ کہیں تو میں رک جاتی ہوں۔''

''امی جان، مناسب یہی ہو گا کہ کہکشاں کو اپنے صدمے پر قابو پانے کا موقع دیں۔''

''میرا بھی یہی خیال ہے،''مُنّوں میاں نے کہا، ''پیارے میاں، آپ کی کیا رائے ہے؟''

''میں کیا کہہ سکتا ہوں، بھائی صاحب۔ جو بچوں کے لیے بہتر ہو اور جیسا ڈاکٹر کا مشورہ ہو۔''

''تو پھر ٹھیک ہے۔ ہم آپ لوگوں کو تنہائی کا موقع دیں گے،ایک دوسرے کا خیال رکھیں،''مُنّوں میاں نے جاوید سے کہا۔

***

جاوید فلیٹ کا دروازہ کھول کر کہکشاں کو راستہ دینے کے لیے ایک طرف ہٹ گیا۔اس نے چابیوں کا گچھا جیب میں رکھااور کہکشاں کی پیٹھ پر ہاتھ رکھ کر اسے اندر چلنے کا اشارہ کیا۔ وہ دو چار قدم آگے بڑھ کر وہیں کھٹری ہو گئی اور اپنے اِرد گرد اس طرح دیکھنے لگی جیسے کسی اجنبی جگہ آ گئی ہو۔

''رک کیوں گئیں، کیا سوچ رہی ہو؟'' جاوید نے پوچھا۔

کہکشاں نے کوئی جواب نہیں دیا۔ جاوید کو اس کے کرب کا احساس تھا۔ جب وہ اسپتال گئی تھی تو اس کے دل میں یہی رہا ہو گا کہ واپسی میں اس کی گود میں بچہ ہو گا، مگر اب اس کی گود خالی تھی۔

''چلو تم آرام سے صوفے پر بیٹھو، میں تمھارے لیے اچھی سی چائے بنا کر لاتا ہوں،'' جاوید نے اس کی پیٹھ تھپتھپاتے ہوئے کہا۔

کہکشاں نے کوئی جواب نہیں دیا۔ اس کے رویے سے لگتا تھا جیسے کچھ ہوا ہی نہیں ہے۔ اس نے اپنے بچے کی موت پر ایک آنسو تک نہیں بہایا تھا بلکہ سرے سے اس کا کوئی تذکرہ ہی نہیں کیا تھا۔ پچھلے روز قبرستان سے واپسی میں جب جاوید کہکشاں کے پاس آیا اور مشفقی بیگم نے بچے کو دفن کرنے کے سلسلے میں اس سے کچھ پوچھا تو کہکشاں اس طرح لاتعلق نظر آئی جیسے اسے اس تذکرے سے کوئی دلچسپی نہیں تھی۔ اس کے نزدیک حالات سے مقابلہ کرنے کا یہی طریقہ کار تھا۔ نوشابہ نے مشورہ دیا تھا کہ اسے کچھ وقت دیا جائے۔ جاوید کا دل چاہتا تھا کہ وہ اسے چمٹائے اور دونوں پھوٹ پھوٹ کر روئیں مگر کہکشاں اس کے لیے ابھی تیار نہیں تھی۔ وہ چپ چاپ صوفے پر جا کر لیٹ گئی اور آنکھیں بند کر لیں۔ جاوید اس کے پاس بیٹھ گیا۔

''کیوں، نیند آ رہی ہے؟'' اس نے کہکشاں کے بالوں میں انگلیوں سے کنگھی کرتے ہوئے پوچھا۔

''بس کمزوری محسوس ہو رہی ہے۔ ایسا لگتا ہے جیسے میلوں پیدل چلی ہوں،'' کہکشاں نے جواب دیا۔

''میرا خیال ہے کہ چائے پی لو اور اس کے ساتھ ایسپرو کی دو گولیاں کھا لو تو تھکن کچھ کم ہو جائے گی۔''

''مجھے تھوڑی دیر آنکھیں بند کر لینے دو پھر میں اٹھتی ہوں۔''

کئی روز گزر گئے مگر کہکشاں کی حالت میں کوئی تبدیلی نہ آئی۔ کبھی کبھی وہ بیٹھے بیٹھے رونا شروع

کر دیتی مگر منہ سے کچھ نہیں کہتی تھی۔ نوشابہ روزانہ کلینک سے واپسی پر پہلے کہکشاں کو دیکھتی پھر اپنے فلیٹ پر جاتی۔ اس نے جاوید سے کہا کہ وہ شام کو اس کے فلیٹ میں آ جائے تو وہ کہکشاں کے لیے ایک دوا لکھ دے گی۔

"کہکشاں جس احساسِ بے چارگی کا شکار ہے اسے پوسٹ پارٹم ڈپریشن کہتے ہیں اور ایک ڈیڑھ مہینے میں اسے نارمل حالت میں آ جانا چاہیے،" نوشابہ نے کہا۔اس نے کچھ گولیاں لکھ کر جاوید کو نسخہ دے دیا۔

"عموماً ڈیلیوری کے بعد نئی ماؤں کا کام بڑھ جاتا ہے، لہٰذا ان میں کچھ ضرورت سے زیادہ ہی پھرتی آ جاتی ہے اور اس کی وجہ سے انہیں تھکن کا احساس ہونے لگتا ہے، مگر چوں کہ کہکشاں کا بچہ ختم ہو گیا لہٰذا اس کے جسم کو پھرتی دکھانے کا کوئی موقع نہیں مل رہا۔ اسی لیے اسے حالات سے نمٹنے میں دقت پیش آ رہی ہے۔"

"میرا مسئلہ یہ ہے کہ میں نے ایک ہفتے کی چھٹی لی تھی جو پرسوں پوری ہو جائے گی۔ میری سمجھ میں نہیں آ رہا کہ کہکشاں کو اکیلا کیسے چھوڑوں۔"

"میرا مشورہ بھی یہی ہو گا کہ تم اسے اکیلا مت چھوڑو۔ اس حالت میں مریض خود کشی کے متعلق تک سوچ سکتا ہے۔ ویسے ان گولیوں سے حالات کو قابو میں رہنا چاہیے۔"

جیسے جیسے وقت گزرا کہکشاں کی حالت بگڑتی چلی گئی۔ دیکھتے دیکھتے وہ ہڈیوں کا ڈھانچہ بن گئی اور آنکھوں کے گرد سیاہ حلقے پڑ گئے۔ نوشابہ کے مطابق اسے مہینے ڈیڑھ مہینے میں ٹھیک ہو جانا چاہیے تھا مگر تین مہینے سے زیادہ ہو چکے تھے۔ کھانا پینا برائے نام رہ گیا تھا بلکہ کھانے کے نام سے ہی ابکائیاں آتی تھیں۔ نوشابہ نے بتایا تھا کہ یہ دوا کے ضمنی اثرات میں سے ایک تھا۔ رات کو اکثر ایسا ہوتا کہ اگر جاوید کی آنکھ کھل جاتی اور اندھیرے میں ہاتھ پھیلا کر بستر ٹٹولتا تو کہکشاں موجود نہ ہوتی۔ وہ ہڑبڑا کر اٹھ بیٹھتا اور سیدھا ڈرائنگ روم میں پہنچتا۔ وہ عموماً صوفے پر بیٹھی دونوں ہاتھوں کی پوروں سے کنپٹیاں دباتی ہوئی ملتی۔

"کیوں کہکشاں، کیا بات ہے؟" جاوید اس کے برابر صوفے پر بیٹھ جاتا اور آہستہ آہستہ اس کی پیٹھ سہلاتا۔

"کچھ نہیں، بس آنکھ کھل گئی اور پھر نیند نہیں آئی۔"

"چلو، بستر پر چلو۔ میں تمہارے سر میں تیل کی مالش کرتا ہوں۔ نیند آ جائے گی۔"

"تم جاؤ، سو جاؤ جاوید۔ بجائے اس کے کہ دو کی نیند حرام ہو کم از کم ہم میں سے ایک تو سو لے۔"

”تم چلو تو سہی۔اگر نیند نہ آئے تو پیسے واپس۔“

غرض وہ ضد کر کے اسے لے جاتا اور دیر تک اس کے سرہانے بیٹھا مالش کرتا رہتا یہاں تک کہ اسے واقعی نیند آ جاتی۔

کہکشاں ہر وقت تھکی تھکی رہتی تھی اور کبھی کبھار رونے کے دورے پڑتے تھے۔ایک رات جاوید کی آنکھ اس کی چیخ و پکار سے کھلی۔اس نے سائڈ ٹیبل پر رکھی ہوئی ٹائم پیس اٹھا کر دیکھا تو تین بج رہے تھے اور وہ بستر سے غائب تھی۔ جاوید اٹھ کر ڈرائنگ روم میں گیا تو وہ صوفے پر بیٹھی بلک بلک کر رو رہی تھی۔ جاوید نے اس کے برابر بیٹھ کر اسے چمٹا لیا۔

”جاوید، کیا میں ہمیشہ سے ایسی ہی تھی؟“اس نے سسکتے ہوئے پوچھا۔

”نہیں، تم بیمار ہو۔ ٹھیک ہو جاؤ گی،“ جاوید نے تسلی دی۔

”نہیں،میں تو سمجھتی ہوں کہ میں ہمیشہ سے ایسی ہی ہوں۔ زندگی میں کبھی کچھ حاصل نہیں کیا۔“

”تم کیسی باتیں کر رہی ہو کہکشاں۔ تم نے زندگی میں بہت کچھ حاصل کیا ہے اور اپنی محنت سے کیا ہے۔“

”مجھے تو لگتا ہے کہ میں ہمیشہ سے بے کار ہوں۔ اگر ایسی ہی رہی تو زندگی کیسے گزرے گی؟“

”میری جان، تم ٹھیک ہو جاؤ گی۔ بس خود کو کچھ وقت دو۔“

”میں اتنی آسانی سے ٹھیک نہیں ہوں گی۔ میں نے اپنے بچے کو قتل کیا ہے۔اس کی پوری پوری سزا بھگتنے کے بعد شاید ٹھیک ہو جاؤں۔“

”کیا کہہ رہی ہو، کہکشاں؟“

”تمہیں یاد ہے کہ سلیم نے حمل گروانے کا مشورہ دیا تھا؟“

”ہاں تو پھر؟“

”اگر میں اس کا مشورہ مان لیتی تو وہ کیوں پیدا ہوتا جس کی تقدیر میں صرف چند سانس تھے؟“

”تم کیوں ایسی باتیں سوچتی ہو؟ بچہ تمہارا تھا اور تمہیں پورا حق تھا کہ تم خود فیصلہ کرو۔“

”اور میں نے یہ فیصلہ کر لیا کہ بچہ پیدا کروں اور پیدا ہوتے ہی مار ڈالوں، ہے نا یہی بات؟“

”کہکشاں، تم خود کو کیوں الزام دے رہی ہو۔ اس کا بھی تو امکان تھا کہ بچہ صحیح سلامت پیدا ہوتا۔

جینیات کی سائنس تو امکانات پر چلتی ہے۔ سلیم نے خود کہا تھا کہ ہمارے چار بچوں میں سے دو کو تھیلیسیمیا ہونے کے امکانات ہیں۔ اب یہ ہماری تقدیر کہ پہلا بچہ ہی اس کا شکار ہو گیا۔''

جاوید حسب معمول اسے سمجھا بجھا کر واپس بستر پر لے گیا اور دیر تک اس کے سر کی مالش کرتا رہا۔ ایسے مواقع پر کبھی کبھار وہ اس کے پاس بیٹھے بیٹھے ہی سو جاتا تھا اور جب صبح کو آنکھ کھلتی تو طبیعت پر عجیب کسل مندی ہوتی۔ دل چاہتا تھا کہ واپس بستر میں گھس کر مزید کچھ نیند لے لے مگر کام پر پہنچنا بھی ضروری تھا۔

نوشابہ نے اسے بتایا تھا کہ حمل کے دوران ماں کے جسم میں ایسے ہارمونز بڑھتے ہیں جن سے بچے کی نشو و نما میں مدد ملتی ہے اور بچے کی پیدائش کے بعد ان ہارمونز میں ایسی تبدیلیاں آتی ہیں جو ماں کے جسم کو بچے کی پرورش کے لیے تیار کرتی ہیں۔ اسی زمانے میں اگر کچھ گڑ بڑ ہو جائے تو ماں مختلف ذہنی بیماریوں کا شکار ہو جاتی ہے۔ کہکشاں کی نگہ داشت آسان کام نہیں تھا۔ آہستہ آہستہ خود جاوید کی صحت پر اثر پڑنے لگا۔ ناکافی نیند اور مستقل ذہنی دباؤ کی وجہ سے طبیعت میں چڑچڑاپن پیدا ہو گیا۔ اس کے ڈائریکٹر، ڈاکٹر بخاری اس کے حالات سے واقف تھے اور اکثر اس سے کہکشاں کی صحت کے متعلق پوچھتے رہتے تھے۔ اگرچہ انہوں نے اس سے کہہ دیا تھا کہ وہ کہکشاں کی دیکھ بھال کو اولیت دے مگر وہ اپنے کام پر پوری توجہ دینا چاہتا تھا تاکہ اس کے رفقائے کار غلط تاثر نہ لیں۔

جب وہ بہت تھک جاتا تو کہکشاں کو سمجھاتا کہ وہ کچھ روز اپنے والدین کے ساتھ حیدر آباد میں گزار لے مگر وہ کسی طرح تیار نہیں ہوتی تھی، بلکہ چڑ جاتی تھی۔ آخر ایک روز جب جاوید بہت پیچھے پڑ اتو اس پر چنچ پڑی اور بولی، ''میں خالی گود ماں کی دہلیز پر پاؤں رکھتے ہوئے اچھی لگوں گی؟''

''خدا کا خوف کرو کہکشاں۔ تم کیسی جہالت کی باتیں کر رہی ہو؟'' غصے سے جاوید کا چہرہ سرخ ہو گیا۔

کبھی کبھی اسے کہکشاں پر سخت غصہ آتا تھا۔ اس کی ازدواجی زندگی تو ختم ہی ہو گئی تھی۔ کہکشاں اسے اپنے قریب بھی نہیں پھٹکنے دیتی تھی۔ شادی سے پہلے اس نے کیسے کیسے رنگین خواب دیکھے تھے۔ اسے اپنے شادی شدہ دوستوں پر رشک آتا تھا اور وہ سوچتا تھا کہ شادی کے بعد اس کا بھی ہر روز روزِ عید ہو گا اور ہر شب شبِ برات ہو گی، مگر ایسا ہونا نہ سکا۔ کہکشاں کا خیال کرنے کے لیے تو وہ موجود تھا مگر اس کا خیال کرنے کے لیے کون تھا۔

27

ایک زمانے میں کنویں کے پانی کو تازہ پانی کہتے تھے۔ گاؤں میں کنویں کی منڈیر پر رسی سے بندھا ڈول رکھا رہتا تھا۔ جب گھروں میں پانی کے مٹکے چلچلاتی دھوپ میں گرمی سے تپ رہے ہوتے تو کنویں سے ٹھنڈا پانی نکلتا تھا۔ راہ گیر ادھر سے گزرتے ہوئے کنویں سے پانی کھینچ کر ڈول سے منہ لگا دیتا اور جب پیٹ بھر جاتا تو جھک کر ڈول کو اوپر اٹھاتا اور باقی پانی اپنے سر پر انڈیل کر آگے بڑھ جاتا۔

وقت کے ساتھ ساتھ کنویں کے پانی میں آرسینک یعنی سنکھیا کی آمیزش بڑھتی گئی جس کی بنا پر وہ زہریلا ہو گیا۔ جاوید دریائے سندھ کے کناروں پر بسنے والی آبادیوں میں کنویں کے پانی میں سنکھیا کی آمیزش پر تحقیق کر رہا تھا۔ عالمی معیار کے مطابق پانی میں سنکھیا کی مقدار 10 مائیکرو گرام فی لیٹر تک محفوظ سمجھی جاتی ہے۔ پاکستان میں 50 مائیکرو گرام فی لیٹر تک قابل قبول سمجھا جاتا ہے۔ جاوید کے پاس پورے سندھ سے کنوؤں کے پانی کے نمونے آتے تھے اور وہ ان میں سنکھیا کی مقدار معلوم کرتا تھا۔ اس کے پاس اب تک ہزاروں کنوؤں کے اعداد و شمار جمع ہو گئے تھے۔ لیب کی ایک دیوار پر سندھ کا قد آدم نقشہ تھا جس میں چھوٹے سے چھوٹے گاؤں کی نشان دہی کی گئی تھی۔ اس نے مختلف رنگوں کے چھوٹے چھوٹے گول لیبل بنا لیے تھے جو وہ ہر کنویں کے مقام پر چپکا دیتا تھا۔ جس کنویں میں سنکھیا کی مقدار 50 مائیکرو گرام فی لیٹر تک ہوتی اس پر سبز لیبل، 100 مائیکرو گرام تک نیلا لیبل، یہاں تک کہ 900 مائیکرو گرام اور اس سے زیادہ پر سرخ لیبل لگاتا تھا۔ پورا نقشہ، کشمور سے کراچی تک دریا کے دونوں جانب رنگ برنگے لیبلوں کی قطار سے ڈھک گیا تھا۔

ان ہی دنوں جاوید کی لیب میں ایک نئی مشین آئی جو اٹامک ابزارپشن سپیکٹرو فوٹو میٹر کہلاتی ہے۔ اس سے ایک سیمپل کے تجزیے میں تیاری سے لے کر ٹیسٹ مکمل ہونے تک ایک گھنٹے سے زیادہ نہیں لگتا اور نتیجے میں غلطی کا امکان بھی بہت کم ہوتا ہے۔ اس سے پہلے ہر ٹیسٹ میں کبھی کبھی پورا دن لگ جاتا تھا۔

جاوید کے لیے یہ مشین کھلونا بن گئی تھی اور وہ چائے کے وقفے کے دوران کامن روم سے غائب رہنے لگا۔ اگر کوئی اس کے متعلق پوچھتا تو جواب ملتا کہ وہ اپنے کھلونے سے کھیل رہا ہوگا۔ دراصل کہکشاں کی ذہنی کیفیت کی بنا پر وہ جس اذیت سے گزر رہا تھا اس کا اندازہ کسی اور کے لیے لگانا ناممکن تھا۔ کوئی لمحہ ایسا نہیں تھا جب وہ کہکشاں کے متعلق نہ سوچ رہا ہو۔ چنانچہ اس نے اپنے گرد ایک حصار کھینچ لیا اور خود کو کام میں غرق کر لیا۔

ایک روز جب وہ اپنے کام میں منہمک تھا تو اسے دروازہ کھٹکھٹانے کی آواز آئی۔ اس نے مڑ کر دیکھا تو مشتاق صاحب دروازے میں کھڑے تھے۔ وہ انڈس فارما میں کافی سینیئر تھے اور جونیئر اسٹاف ان کی کافی عزت کرتا تھا۔

’’ارے سر، تشریف لائیے،‘‘ جاوید انہیں دیکھ کر کھڑا ہو گیا۔

’’بھئی جاوید میاں، ایک صاحب نے فون کیا تھا۔ تم سے بات کرنا چاہ رہے تھے،‘‘ مشتاق صاحب نے جواب دیا۔

’’مجھے فون کیا تھا؟ اور وہ بھی آپ کو؟‘‘

’’ہاں، یہ ان کا فون نمبر ہے،‘‘ انہوں نے جاوید کو ایک پرچہ دیتے ہوئے کہا۔ پرچے پر نام تھا لیفٹیننٹ کمانڈر مزمل، اور اس کے نیچے ٹیلی فون نمبر لکھا ہوا تھا۔

’’میری سمجھ میں نہیں آیا کہ آخر آپ کو کیوں فون کیا،‘‘ جاوید نے کہا۔

’’یہ تو میں نے نہیں پوچھا۔ وہ ایسٹ پاکستان سے آ رہے ہیں اور انہوں نے کہا کہ تم سے ضروری بات کرنی ہے۔‘‘

’’ٹھیک ہے، میں شام کو فون کر لوں گا۔‘‘

’’شام کو کیوں، تم میرے دفتر میں چلے جاؤ، وہاں سے فون کر لو۔ میں ایک میٹنگ میں جا رہا ہوں۔‘‘

’’بہتر ہے، شکریہ۔‘‘

جاوید نے مشتاق صاحب کے دفتر میں پہنچ کر پرچے پر لکھا ہوا نمبر ڈائل کیا۔ مسلسل گھنٹیوں پر گھنٹیاں بجتی رہیں مگر کسی نے فون نہیں اٹھایا۔ وہ مایوس ہو کر ریسیور رکھنے ہی والا تھا کہ دوسری طرف سے فون اٹھانے کی آواز آئی۔

’’ہیلو،‘‘ کسی نے بھرائی ہوئی آواز میں جواب دیا۔

’’کون،مزمل صاحب بول رہے ہیں؟‘‘جاوید نے پوچھا۔

’’جی، کون صاحب بول رہے ہیں؟‘‘

’’میں جاوید ہوں۔آپ کا پیغام ملا تھا۔‘‘

’’اچھا،اچھا۔معاف کیجیے۔مجھے کچھ غنودگی سی آگئی تھی اس لیے فون اٹھانے میں دیر لگی۔‘‘

’’افوہ،معاف کیجیے گا،میں آپ کی نیند میں مخل ہوا۔‘‘

’’ارے نہیں،دراصل میں کل ہی ایسٹ پاکستان سے نیوی کے جہاز سے پہنچا ہوں۔راستے میں کافی نیند اکھٹی ہو گئی تھی۔‘‘

’’ابھی تک میں نہیں سمجھ سکا کہ آپ نے مشتاق صاحب کو کیسے فون کیا۔‘‘

’’دراصل میں نے حیدرآباد آپ کے والد کو فون کیا تھا۔انہوں نے بتایا کہ آپ انڈس فارما میں ہیں اور آپ کے پاس فون نہیں ہے۔انہوں نے کہا تھا کہ وہ آپ کو پیغام پہنچا دیں گے مگر میں نے مناسب نہیں سمجھا۔یہاں میں نے انڈس فارما کے نمبر پر فون کیا تو آپریٹر نے مشتاق صاحب کو ملا دیا۔اب آپ پوچھیں گے کہ آپ کے والد کا نمبر مجھے کہاں سے ملا۔‘‘

’’قدرتی بات ہے،‘‘جاوید نے ہنستے ہوئے کہا۔

’’ان کا نمبر مجھے مرتضیٰ سے ملا۔‘‘

’’اوہ اچھا،مرتضیٰ کیسا ہے؟‘‘

’’غالباً ان سے آپ کی عزیز داری ہے۔‘‘

’’یوں ہی سمجھ لیں۔آپ مرتضیٰ کو کیسے جانتے ہیں؟‘‘

’’میں چٹاگانگ میں پوسٹیڈ تھا۔ایک دفعہ تین دن کی چھٹی ملی تو میں باریسال چلا گیا۔کافی تعریف سنی تھی کہ چھوٹا سا صاف ستھرا شہر ہے۔وہاں مرتضیٰ سے ملاقات ہو گئی۔میں نے تو اسے صرف راستہ پوچھنے کے لیے روکا تھا مگر جب میں نے اسے بتایا کہ میں نیوی میں ہوں اور چٹاگانگ سے آرہا ہوں تو اس نے میری بڑی خاطر کی۔سارا شہر گھمایا اور اپنے گھر بھی لے گیا۔‘‘

’’پھر تو آپ کی ملاقات سلمان سے بھی ہوئی ہو گی۔وہ مرتضیٰ کا پڑوسی ہے۔‘‘

’’نہیں اس ٹرپ میں میری ملاقات سلمان سے نہیں ہوئی کیوں کہ وہ ڈھاکہ میں تھا،مگر اس کے والدین سے ملا ہوں۔‘‘

”مرتضیٰ سے میری ملاقات سلمان کے دوست کی حیثیت سے ہوئی ہے اور سلمان میری وائف کا تایا زاد بھائی ہے۔“

”مجھے معلوم ہے۔ سلمان میرے ساتھ آیا ہے،“ مزمل نے ہچکچاتے ہوئے کہا۔

”کیا؟ سلمان آپ کے ساتھ آیا ہے؟ کہاں ہے؟“ جاوید نے تقریباً چیخ کر کہا۔

”لمبی کہانی ہے۔ سلمان زخمی ہے اور پی این ایس شفا میں ہے۔“

”پی این ایس شفا؟ وہ نیوی کا ہسپتال؟“

”جی، بہتر ہوگا کہ ہم مل لیں۔ میں آپ کے لیے مرتضیٰ کا خط بھی لے کر آیا ہوں۔ اس سے آپ کو ساری تفصیلات مل جائیں گی۔“

”سلمان ٹھیک تو ہے نا؟“

”ہاں، جتنا ٹھیک ہو سکتا ہے اتنا ٹھیک ہے۔ وہ مفلوج ہے اور ڈاکٹروں کا کہنا ہے کہ اب مزید بہتری کی توقع نہیں ہے۔“

”مگر یہ سب کچھ کیسے ہوا؟“

”لمبی کہانی ہے۔ اس کی کمرے میں گولی لگی تھی۔ باقی باتیں ہم ملاقات ہونے پر کریں گے۔“

”وہ تو ہم کریں گے۔ اچھا، اتنا اور بتا دیں کہ اس کے والدین تو خیریت سے ہیں؟“

”نہیں، اس کے والد کی لاش تو مل گئی تھی مگر والدہ کی نہیں ملی۔“

جاوید کے پیروں تلے سے زمین نکل گئی۔ یہ تو اسے معلوم تھا کہ مشرقی پاکستان میں گڑبڑ چل رہی ہے، مگر ریڈیو پاکستان اس سلسلے میں زیادہ تفصیل میں نہیں جا رہا تھا۔ ریڈیو کے مطابق شیخ مجیب الرحمٰن کی گرفتاری کے بعد ہونے والے ہنگاموں پر فوج نے قابو پا لیا تھا البتہ بی بی سی کے مطابق حالات کو قابو میں لانے کے لیے بڑی تعداد میں اموات ہوئی تھیں۔ مغربی پاکستان میں عام خیال یہی تھا کہ یہ سب بی بی سی کا پروپیگنڈا ہے کیوں کہ ریڈیو پاکستان جھوٹ نہیں بول سکتا۔

جاوید نے مزمل سے اس کا پتہ پوچھا تو معلوم ہوا کہ وہ فی الحال کلفٹن میں اپنے والدین کے ساتھ ٹھیرا ہوا ہے اور جاوید کے فلیٹ سے زیادہ دور نہیں ہے۔

”مزمل، ایسا ہے کہ میں دو ڈھائی گھنٹے میں تمہارے پاس پہنچتا ہوں کیوں کہ میری لیب یہاں کور نگی

میں ہے اور کورنگی سے کلفٹن آتے آتے بس کم از کم دو گھنٹے تو لے لیتی ہے،'' جاوید نے کہا۔

''ایسا کرو کہ کل آ جاؤ کیوں کہ میں آج تو اپنے والدین کو لے کر اپنے چچا کے یہاں جا رہا ہوں، کل 6 ستمبر ہے اور یوم دفاع کی چھٹی ہے۔''

''دراصل پیر کی بھی چھٹی ہے کیوں کہ یوم دفاع اتوار کو پڑ رہا ہے۔ میں سوچ رہا ہوں کہ فی الحال اگر مرتضیٰ کا خط مل جائے تو کل صبح حیدرآباد چلا جاؤں کیوں کہ اپنے پھوپھا کو جلد از جلد ان کے بھائی اور بھابی کی موت کی اطلاع پہنچانی چاہیے۔''

''ٹھیک ہے تو پھر آ جاؤ۔ اگر ہم تمہارے پہنچنے سے پہلے نکل لیے تو میں ملازم کو خط دے دوں گا۔''

''اور سلمان سے کب اور کیسے ملاقات ہو گی؟''

''تم حیدرآباد سے واپس آ جاؤ کیوں کہ اسپتال والے اس کے کچھ مزید ٹیسٹ کر رہے ہیں۔ کہہ رہے تھے کہ چار پانچ روز میں چھٹی مل جائے گی۔''

جاوید نے کام سے جلدی چھٹی کرنے کے لیے ڈاکٹر بخاری سے اجازت لینا ضروری سمجھا مگر وہ کہیں باہر گئے ہوئے تھے چناں چہ اس نے ان کے نام ایک پرچہ لکھ کر ان کی سیکریٹری کو دے دیا۔

***

چٹاگانگ

20 اگست 1971

ڈیئر جاوید اور کہکشاں،

تم سلمان سے تو مل ہی لیے ہوں گے۔ چوں کہ وہ اپنی کہانی خود نہیں سنا سکتا لہٰذا میں نے سوچا کہ میں ہی تمہیں ان حالات سے آگاہ کر دوں مگر سمجھ میں نہیں آتا کہ کہاں سے شروع کروں۔

سلمان کو یونی ورسٹی میں ٹیچنگ جاب مل گیا تھا اور وہ ہاسٹل میں ہی رہ رہا تھا۔ میں نے اسے کئی بار سمجھایا کہ وہ میرے فلیٹ میں آ جائے کیوں کہ میرے پاس دو کمروں کا فلیٹ ہے جو

میری ضرورت سے زیادہ ہے۔ دوسری بات یہ کہ ہاسٹل سیاست کا اڈہ بن گیا تھا خاص طور پر اقبال ہال جہاں وہ رہ رہا تھا، عوامی لیگ کا گڑھ تھا۔ دن رات جلسے ہوتے رہتے تھے اور کافی اسلحہ بھی آگیا تھا۔ آخر کار سلمان مان گیا اور میں سامان پیک کرنے میں اس کی مدد کرنے کی نیت سے ہاسٹل چلا گیا۔ وہاں سے فارغ ہوتے ہوتے رات ہوگئی اور دوستوں نے مشورہ دیا کہ رات میں نکلنا مناسب نہیں ہے کیوں کہ شہر میں کافی تناؤ ہے۔ لوگ سڑکوں پر رکاوٹیں کھڑی کر رہے ہیں اور کچھ نہیں کہا جاسکتا کہ کس وقت کیا ہو جائے۔ چنانچہ میں نے وہیں رات گزارنے کا فیصلہ کر لیا مگر رات کو دو بجے کے قریب فوج نے ہاسٹل پر اس طرح حملہ کیا کہ کسی کو کانوں کان خبر نہ ہوئی۔

میری آنکھ شور اور فائرنگ کی آواز سے کھلی۔ میں اور سلمان کمرے سے نکلے تو ہر طرف بھگدڑ مچی ہوئی تھی۔ فوج نے باہر مورچے سنبھال لیے تھے اور سخت فائرنگ ہو رہی تھی۔ گاہے گاہے اسٹین گن کے برسٹ دیواروں میں سوراخ کر رہے تھے۔ برآمدے میں ہر طرف لاشیں پڑی ہوئی تھیں اور طلبا ستونوں کے پیچھے سے فائرنگ کر رہے تھے۔ پورا ہاسٹل روشنی میں نہایا ہوا تھا۔ فوج گاہے گاہے فلیئر چھوڑ رہی تھی جس سے ہاسٹل کے اوپر کا آسمان اس طرح چمک رہا تھا جیسے دو پہر کا وقت ہو۔

سلمان کا کمرہ پہلی منزل پر تھا اور فوج نے اسی طرف مورچے سنبھالے ہوئے تھے۔ کمروں کی قطار کے باہر ایک برآمدہ ہے جس کی فصیل تقریباً چار فٹ اونچی ہے۔ برآمدے میں تھوڑے تھوڑے فاصلے پر چوڑے چوڑے ستون ہیں۔ سلمان کا کمرہ چوں کہ ایک ستون کے پیچھے تھا لہذا فائرنگ کی زد پر نہیں تھا۔

جب ہم کمرے سے نکلے تو سلمان میرے آگے تھا۔ ہم نے جیسے ہی باہر کا منظر دیکھا، میں نے اس کا بازو پکڑ کر اندر گھسیٹ لیا۔ برآمدے سے لوگوں کے ادھر سے ادھر بھاگنے کی آوازیں آرہی تھیں اور مسلح طلبا ستونوں کے پیچھے پوزیشن لے رہے تھے۔ آہستہ آہستہ فائرنگ کی تیزی ختم ہوگئی مگر گاہے گاہے دونوں طرف سے فائر ہوتے رہے۔

سلمان نے کئی بار کمرے سے باہر نکلنے کی کوشش کی مگر ہر بار میں نے اسے پکڑ کر کھینچ لیا۔ میں محسوس کر رہا تھا کہ اس پر دیوانگی سی طاری ہو رہی تھی اور مجھے اسے روکنے کے لیے کافی جدوجہد کرنی پڑ رہی تھی۔ کافی دیر سے کوئی فائر نہیں ہوا تھا مگر کچھ نہیں کہا جاسکتا تھا کہ اگلے

لمحے کیا ہو گا۔ اچانک وہ کمرے سے نکل بھاگا اور فصیل پھاند کر باہر چلا گیا۔ وہ بے تکان بھاگ رہا تھا کہ ہاسٹل کی طرف سے ایک فائر ہوا اور وہ وہیں گر گیا۔ اسی دوران فوج کی طرف سے سرچ لائٹ آن ہوئی اور ایک برسٹ مارا گیا جس سے وہ شخص مر گیا جس نے سلمان پر گولی چلائی تھی۔ میں نے دروازے سے جھانک کر دیکھا تو برآمدے میں کوئی نہیں تھا۔ میں نے فصیل پھلانگی اور دونوں ہاتھ اٹھا کر سلمان کی طرف بھاگا مگر مجھ سے پہلے دو سپاہی اسٹریچر لے کر دوڑے آئے اور اس پر جھک گئے۔ میری سمجھ میں نہیں آیا کہ اس نے ایسا کیوں کیا۔ ہڈاکٹروں کا کہنا ہے کہ غالباً اس نے خودکشی کرنے کی کوشش کی تھی۔

سلمان چار مہینے سی ایم ایچ ڈھاکہ میں رہا۔ میں اس دوران اس کی خبر گیری کرتا رہا۔ آخر انہوں نے یہ کہہ کر اسے ریلیز کر دیا کہ اب مزید اس کے ساتھ کچھ نہیں کیا جا سکتا۔ میں اسے لے کر باریسال پہنچا اور معلوم ہوا کہ اس کے والدین بھی اس دنیا میں نہیں ہیں۔ چچا کی لاش تو میرے والد نے دیکھ لی تھی مگر چچی کے متعلق پتا نہیں چلا۔ عوامی لیگ کے لڑکوں نے محلے کے سارے غیر بنگالیوں کو ایک اسکول میں قید کر دیا تھا۔ جب فوج نے حالات پر قابو پا لیا اور انہیں اسکول سے رہا کروایا تو میرے والد خود دیکھنے کے لیے گئے مگر رہا ہونے والوں میں چچی نہیں تھیں۔ خیال ہے کہ انہیں بھی قتل کر دیا گیا۔

پچھلے دو مہینے سے سلمان ہمارے ساتھ باریسال میں رہا۔ میں اسے یہیں رکھتا مگر میری والدہ کی گٹھیا دن بہ دن بد تر ہوتی جا رہی ہے۔ مجھے بھی واپس ڈھاکہ جانا ہے اور سلمان کو چوبیس گھنٹے مدد چاہیے۔ میں نے بہت کوشش کی کہ تم لوگوں کو تکلیف نہ دوں مگر اب میرے لیے ممکن نہیں ہے کہ اسے اپنے ساتھ رکھ سکوں۔ جب مجھے مزمل کے خط سے معلوم ہوا کہ اس کا جہاز مغربی پاکستان جا رہا ہے تو میں سلمان کو چٹاگانگ لے گیا اور اس کی خوشامد کی کہ وہ اسے تم تک پہنچا دے۔

میں نے سلمان کو مزمل کے پاس چھوڑ دیا ہے اور یہ خط جلدی میں لکھ رہا ہوں۔ دیکھو تم سے کب ملاقات ہو۔ حالات کافی خراب ہیں اور کچھ نہیں کہا جا سکتا کہ کیا ہونے والا ہے۔

خیر اندیش

مرتضیٰ

***

جب جاوید مزمل کے گھر پہنچا تو اس کے ملازم نے اسے خط دے دیا کیوں کہ مزمل گھر سے نکل چکا تھا۔ جاوید نے گھر کے نکڑ پر کھڑے کھڑے ہی خط پڑھا اور تہہ کر کے دوبارہ لفافے میں ڈالتے ہوئے گہرا سانس لیا۔ اس کا فلیٹ وہاں سے پندرہ بیس منٹ کے فاصلے پر تھا لہٰذا وہ پیدل ہی چل پڑا اور راستے بھر اسی ادھیڑ بن میں لگا رہا کہ اگلا قدم کیا ہوگا۔ ظاہر ہے کہ حیدر آباد جا کر سب کو اطلاع دینی ہوگی مگر سمجھ میں نہیں آ رہا تھا کہ کہکشاں کو اکیلا کیسے چھوڑے۔ اس کی حالت دن بہ دن بدسے بدتر ہوتی جا رہی تھی۔ اب تو اسے وہم ہو گیا تھا کہ پوری دنیا اس کی دشمن ہو گئی ہے اور اس کے خلاف سازشیں کر رہی ہے۔ اس کے نزدیک نوشابہ اس کے بچے کی موت کی ذمہ دار تھی کیوں کہ اس کا اپنا کوئی بچہ نہیں تھا، اسی لیے وہ اس سے حسد کرتی تھی۔ وہ اپنی ماں کو بھی موردِ الزام ٹھیراتی تھی کیوں کہ اسے تھیلیسیمیا اسی کی طرف سے ملا تھا۔ جاوید اسے بہتیرا سمجھاتا مگر اب تو وہ اسے بھی اپنا دشمن سمجھنے لگی تھی۔ نوشابہ نے جاوید کو بتایا تھا کہ یہ وہم بھی کہکشاں کی بیماری کا نتیجہ تھا۔ بچے کی پیدائش اور موت کو چھ مہینے ہونے کو آ رہے تھے مگر وہ اب تک ماں باپ کے پاس نہیں گئی تھی۔ باپ تو خیر ہفتے عشرے میں چکر لگا لیتے تھے مگر وہ ماں سے ملنے کے لیے تیار نہیں تھی۔

جاوید دروازہ کھول کر فلیٹ میں داخل ہوا تو کہکشاں سامنے ہی صوفے پر لیٹی ہوئی چھت کو تک رہی تھی۔ حالاں کہ اس نے دروازہ کھلنے کی آواز سنی تھی مگر مڑ کر نہیں دیکھا۔ نہ جانے کن خیالات میں گم تھی۔

''خیریت؟ کیا سوچ رہی ہو؟'' جاوید نے اس کے پاس جا کر پوچھا۔

''کچھ نہیں، بس یوں ہی،'' کہکشاں اٹھ کر بیٹھ گئی، ''خیریت؟ آج جلدی کیسے آ گئے؟'' کہکشاں اٹھ کر بیٹھ گئی۔

''خیریت نہیں ہے۔ تم یہ خط پڑھ لو میں جب تک کپڑے بدلتا ہوں،'' جاوید نے جیب سے مرتضیٰ کا خط نکال کر اسے دیتے ہوئے کہا۔

جاوید کپڑے بدل کر کمرے سے نکلا تو کہکشاں خط پڑھ کر تہہ کر رہی تھی۔

''تو تمہاری ملاقات سلمان سے ہو گئی؟'' اس نے پوچھا۔

''نہیں۔ میں حیدر آباد جا رہا ہوں تاکہ پھوپھا جان کو اطلاع دے دوں۔ وہاں سے واپس آ کر سلمان سے ملوں گا۔''

’’ٹھیک ہے،‘‘ کہکشاں نے جواب دیا۔

جاوید اس کے برابر بیٹھ گیا اور اس کی پیٹھ پر ہاتھ رکھ کر بولا، ’’کہکشاں، میری مانو تو تم بھی چلو۔‘‘

کہکشاں نے کوئی جواب نہیں دیا۔ بس خاموش بیٹھی سامنے تکتی رہی اور ٹپ ٹپ آنسو گرتے رہے۔

’’کہکشاں، تم آخر کب تک سوگ مناتی رہو گی۔ تم اس دنیا میں اکیلی نہیں ہو۔ نہ جانے کتنی مائیں ایسی ہیں جن کے بچے مر جاتے ہیں، مگر وہ اپنی زندگی کو اس طرح ختم تو نہیں کر دیتیں جس طرح تم کر رہی ہو،‘‘ جاوید نے جھنجھلا کر کہا۔

’’تم مجھے میرے حال پر کیوں نہیں چھوڑ دیتے؟‘‘ کہکشاں نے دوپٹے سے آنسو پونچھتے ہوئے کہا۔

’’میں نے تم سے شادی اس لیے نہیں کی تھی کہ تمہیں تمہارے حال پر چھوڑ دوں یا تم مجھے میرے حال پر چھوڑ دو۔ میں تمہیں اس اذیت میں نہیں دیکھ سکتا۔‘‘

’’مت دیکھو۔ میں تم سے کچھ اور نہیں مانگتی۔ بس مجھے میرے حال پر چھوڑ دو۔‘‘

’’یار کہکشاں، ذرا ہمت اور صبر سے کام لو۔ ابھی زندگی میں بہت کچھ باقی ہے،‘‘ جاوید نے اسے چمٹا لیا۔

’’میں حیدرآباد نہیں جا سکتی۔‘‘

’’اچھا ہم نہیں جائیں گے۔ تم رونا بند کر دو۔ میں ابو جی کو فون کر کے تمہارے تایا اور تائی کی موت کی خبر دے دوں گا۔‘‘

’’انہیں ابھی سلمان کے متعلق مت بتانا۔‘‘

’’کیوں؟‘‘

’’پھر وہ اسے دیکھنے کے لیے یہاں دوڑے آئیں گے۔‘‘

’’کہکشاں تمہیں کیا ہو گیا ہے؟‘‘ جھنجھلاہٹ سے جاوید کی مٹھیاں بند ہو گئیں مگر فوراً ہی اس نے اپنے اوپر قابو پا لیا اور بولا، ’’ٹھیک ہے نہیں بتاؤں گا۔ تم اٹھو اور منہ ہاتھ دھو لو۔ میں چائے بناتا ہوں۔‘‘

***

جاوید اور کہکشاں جیسے ہی پی این ایس شفا کے آرتھوپیڈک وارڈ میں ملاقاتیوں کے کمرے میں داخل

303

ہوئے، سامنے ہی کرسی پر بیٹھا سفید یونی فارم میں ملبوس نیوی کا ایک افسر کسی رسالے کا ورق گردانی کر رہا تھا۔

’’جاوید؟‘‘اس نے اٹھ کر مصافحے کے لیے ہاتھ بڑھاتے ہوئے سوالیہ انداز میں پوچھا۔

’’جی، آپ مزمل ہیں؟‘‘جاوید نے ہاتھ ملاتے ہوئے کہا۔

’’جی۔ بڑی خوشی ہوئی آپ سے مل کر۔‘‘

’’اور یہ کہکشاں ہیں۔‘‘جاوید نے کہا۔

’’السلام علیکم،‘‘مزمل نے کہکشاں کی جانب قدرے جھک کر کہا۔

’’سوری، آپ کو زیادہ انتظار تو نہیں کرنا پڑا؟‘‘جاوید نے پوچھا۔

’’ارے نہیں، میں بھی بس ابھی ابھی پہنچا ہوں،‘‘مزمل نے جواب دیا۔

’’شکر ہے۔ ہم ڈر رہے تھے کہ کہیں لیٹ نہ ہو جائیں۔‘‘

’’آپ لوگ بیٹھیں، میں سلمان کو لے کر آتا ہوں،‘‘مزمل کمرے کے پچھلے دروازے سے وارڈ میں چلا گیا۔

کمرے میں دیواروں پر فریم کی ہوئی بلیک اینڈ وہائٹ تصاویر ٹنگی ہوئی تھیں جن میں اسپتال کے مختلف وارڈوں اور لیبارٹیریوں کے مناظر تھے۔ جاوید اٹھ کر ان تصویروں کا نزدیک سے جائزہ لینے لگا۔

اتنے میں مزمل ایک وہیل چیئر دھکیلتا ہوا کمرے میں داخل ہوا اور اپنی کرسی کے برابر لا کر کھڑی کر دی۔ جاوید اور کہکشاں اسے دیکھ کر ہکا بکا رہ گئے کیوں کہ وہیل چیئر میں جو بھی تھا، سلمان نہیں ہو سکتا تھا۔ اس کا منہ کھلا ہوا تھا جیسے قہقہہ لگا رہا ہو اور ایک آنکھ کاسۂ چشم سے باہر نکل آئی تھی جیسے مینڈک کی آنکھیں باہر کو نکلی ہوئی ہوتی ہیں۔ جھاڑو کی تیلی جیسے پتلے پتلے بازو، بلکہ پورا جسم سکڑا اسکڑایا تھا جیسے اسے نچوڑ دیا گیا ہو۔ چہرہ بھی کسی بچے کا لگتا تھا۔ اسے دیکھ کر خوف سا محسوس ہوتا تھا۔ ایسا لگتا تھا جیسے وہیل چیئر پر کوئی بندر بیٹھا ہو۔ جاوید نے اسے اس کی پیشانی پر چوٹ کے اس نشان سے پہچانا جو اس وقت لگی تھی جب اس نے سلمان کو نہر میں پھینکا تھا اور اس کا سر کسی پتھر سے ٹکرایا تھا۔

’’سلمان؟‘‘جاوید آگے بڑھ کر اس کے سامنے جھکا اور اپنے چہرے کو اس کے سامنے لا کر اسے آواز دی۔

’’ایں!‘‘سلمان نے بڑے جوشیلے انداز میں کہا۔

’’سلمان صرف ایک ہی لفظ بول سکتا ہے اور وہ ہے،ایں،‘‘مزمل نے کہا،’’مگر وہ اپنا مطلب اس ایں کے انداز سے سمجھا سکتا ہے۔ آپ لوگ آہستہ آہستہ اس کا مافی الظمیر سمجھنے لگیں گے۔‘‘

’’سلمان، تم ٹھیک تو ہو نا؟‘‘ کہکشاں نے چیخ کر پوچھا۔

’’ایں،‘‘سلمان نے اثباتی لہجے میں جواب دیا۔

’’سلمان کی سماعت بالکل ٹھیک ہے لہذا اونچی آواز میں بولنے کی ضرورت نہیں۔ اس کی ذہنی حالت بالکل نارمل ہے لہذا آپ اس سے ہر قسم کی گفتگو کر سکتے ہیں کیوں کہ وہ سب کچھ سمجھتا ہے، صرف بول نہیں سکتا۔ مجھے مرتضیٰ نے ایک پرچہ دیا تھا جس میں سلمان کے متعلق ساری ہدایات ہیں جو اسے ڈھاکہ میں سی ایم ایچ سے ملی تھیں۔ میں آپ کو وہ سمجھا دوں گا،‘‘مزمل نے کہا۔

’’یہ اس کی گردن میں اتنا چوڑا کالر کیوں ہے؟‘‘ کہکشاں نے پوچھا۔

’’اس کے بغیر اس کی گردن ایک طرف ڈھلک جاتی ہے۔ رات کو سوتے وقت جب بستر پر لٹائیں تو کالر نکال دیں اور اٹھاتے وقت پہنا دیں۔ یہاں سے چلتے وقت آپ کو مفصل ٹریننگ دی جائے گی کہ سلمان کی نگہ داشت کیسے کرنی ہے۔‘‘

جاوید کی نظر مستقل سلمان پر تھی۔ وہ کسی طور سلمان نہیں لگتا تھا۔ جس سلمان نے اس کے ساتھ وقت گزارا تھا اس کی تونس نس اور پور پور زندگی سے بھر پور تھی مگر اب وہ ایک گھڑی کی طرح و ہیل چیئر پر بیٹھا انہیں تک رہا تھا اور اس کی رال بہہ بہہ کر اس کی قمیص کو گیلا کر رہی تھی۔ وہ اٹھا اور اپنا رومال نکال کر اس کی قمیص پر پھیلا دیا۔

’’اس کا بھی خیال رکھیں۔ یہاں عموماً اسے بِب باندھ دیتے ہیں۔ میں جلدی میں اسے بستر سے اٹھا کر لے آیا اور بِب باندھنا بھول گیا،‘‘مزمل نے کہا۔

’’اور کھانے پینے میں اسے کیا دیتے ہیں؟‘‘ کہکشاں نے پوچھا۔

’’آپ کو مفصل ہدایات مل جائیں گی۔ ویسے سلمان ٹھوس غذا نہیں کھا سکتا کیوں کہ یہ چبا نہیں سکتا۔ اسے کسی گاؤ تکیے سے ٹیک لگا کر اس طرح بٹھائیں کہ منہ اوپر کی طرف ہو۔ پھر صرف سوپ یا بالکل پتلی کھچڑی چمچے سے اس کے منہ میں تھوڑی تھوڑی کر کے ڈالیں تو یہ خود ہی نگل لیتا ہے۔‘‘

سلمان ان کی باتیں اس بچے کی طرح سن رہا تھا جس نے ابھی بولنا نہ سیکھا ہو مگر اسے احساس ہو کہ اس کے متعلق باتیں ہو رہی ہیں۔ جاوید کچھ دیر کے لیے غائب الذہن ہو گیا اور اس نے کہکشاں اور مزمل کے

درمیان ہونے والی گفتگو کا ایک لفظ نہیں سنا۔اس کی نظریں سلمان پر تھیں اور وہ سوچ رہا تھا کہ پہلی مرتبہ جب ان کی ملاقات ہوئی تھی تو وہ سلمان کی شخصیت سے بے حد متاثر ہوا تھا اور دونوں نے بڑا اچھا وقت گزارا تھا۔اسے قدرت کی ستم ظریفی نہیں تو اور کیا کہیں گے کہ اب وہ اس قدر مجبور و لاچار ہو گیا کہ ایک انگلی تک نہیں ہلا سکتا تھا۔وہ سر کو جھٹک کر مزمل اور کہکشاں کی گفتگو کی طرف متوجہ ہو گیا۔

’’میں نے معلوم کیا تھا،‘‘مزمل کہہ رہا تھا، ’’کل ڈاکٹر تیموری سلمان کا معائنہ کریں گے اور اگر انہیں اسے یہاں رکھنے کی مزید ضرورت محسوس نہیں ہوئی تو سنیچر کو اسے چھٹی مل جائے گی۔‘‘

’’یہ ڈاکٹر تیموری کون ہیں؟‘‘کہکشاں نے پوچھا۔

’’ڈاکٹر تیموری نیورو سرجن ہیں،‘‘مزمل نے جواب دیا۔

’’تو پھر ہماری ملاقات سنیچر کو ہو گی،‘‘جاوید نے کہا۔

’’آپ مجھے سنیچر کو صبح نو دس بجے فون کر لیجیے گا۔ میں اس وقت تک اسپتال سے معلوم کر لوں گا،‘‘مزمل نے اٹھا تو جاوید اور کہکشاں بھی اٹھ گئے۔ سلمان خاموشی سے انہیں گھورتا رہا۔

جاوید نے سلمان کی پیٹھ تھپتھپائی اور بولا، ’’سلمان، ہم تمہیں سنیچر کو لے جائیں گے۔‘‘

’’ایں!‘‘سلمان نے بڑے پُرجوش انداز میں جواب دیا۔

’’خدا حافظ سلمان۔ سنیچر کو ملاقات ہو گی،‘‘کہکشاں نے اس کی پیٹھ پر ہاتھ رکھ کر کہا۔

’’خدا حافظ،‘‘مزمل نے وہیل چیئر موڑتے ہوئے کہا۔

28

اسپتال سے ان کی بلڈنگ تک ٹیکسی میں آدھا گھنٹہ لگا اور اس دوران دونوں خاموش بیٹھے سلمان کے متعلق سوچتے رہے۔اس سے ملاقات ان دونوں کے لیے ایک انوکھا تجربہ تھا۔سلمان کے جسم کی حیثیت صرف ایک خول کی سی رہ گئی تھی جس میں اس کی پوری ذات مقید تھی۔اس کے جسم کا باقی کوئی کام نہیں تھا مگر اس کے باوجود وہ مطمئن نظر آ رہا تھا،اور اس کا جوش اور ولولہ اب بھی زندہ تھا۔اس کی باہر نکلی ہوئی، بینائی سے محروم آنکھ اور پھٹے ہوئے منہ کو دیکھ کر ایسا لگتا تھا کہ وہ اپنے سامنے بیٹھے ہوئے شخص کے اندر جھانک کر اسے سن رہا ہے اور دیکھ رہا ہے۔یا پھر ممکن ہے کہ اب اس کے اندر اٹھتے ہوئے طوفان کے لیے باہر نکلنے کا کوئی راستہ نہ ہو اور اس نے اپنے سینے میں لاوا اگلتے ہوئے آتش فشاں کو زبردستی دبوچ کر رکھا ہو کہ کہیں پھٹ نہ پڑے۔اس کے لیے مستقبل، کیریئر،بیوی،بچے،سب بے معنی الفاظ ہو گئے تھے۔

ٹیکسی کا کرایہ ادا کرکے وہ اپنی بلڈنگ میں داخل ہوئے اور جاوید نے لفٹ کا بٹن دباتے ہوئے کہا، ''میں گھر فون کرکے پھوپھا جان کو سلمان کے متعلق اطلاع دے دوں گا۔''اتنے میں لفٹ کا دروازہ کھلا اور جاوید نے تیسری منزل کا بٹن دبا دیا۔

''تم گھر میں سلمان کے متعلق کسی کو اطلاع مت دو،''کہکشاں نے کہا۔

''کیا مطلب؟ پھر سلمان کہاں رہے گا؟''

''وہ ہمارے ساتھ کیوں نہیں رہ سکتا؟''

''کہکشاں،تم کیا کہہ رہی ہو؟ سلمان کو چوبیس گھنٹے دیکھ بھال کی ضرورت ہے۔یہاں کون اس کی دیکھ بھال کرے گا؟''اسی دوران لفٹ کا دروازہ کھلا اور جاوید جیب سے فلیٹ کی چابی نکالتا ہوا باہر آ گیا۔

307

’’اس کی دیکھ بھال ہم کیوں نہیں کر سکتے ؟‘‘کہکشاں نے کہا۔

’’تم ہوش کے ناخن لو،کہکشاں۔تم اپنی دیکھ بھال تو کر نہیں سکتیں،سلمان کی دیکھ بھال کیا کرو گی۔رہا میرا سوال تو میں نوکری کروں گا یا تم دونوں کی دیکھ بھال کروں گا؟‘‘

’’تم فکر نہ کرو،میں سب کر لوں گی۔‘‘

’’اور تمہاری نوکری کا کیا بنے گا؟ابھی تو صدیقی صاحب نے تمہاری بیماری کی وجہ سے چھٹی دے رکھی ہے مگر آخر کب تک؟‘‘

’’میں استعفیٰ دے دوں گی۔‘‘

’’کہکشاں آخر تمہیں ہو کیا گیا ہے ؟‘‘جاوید نے زچ ہو کر کہا، مگر پھر اپنی آواز دھیمی کر کے کہا، ’’دیکھو میری جان، ہم پھوپھا جان کو بلا لیتے ہیں۔ وہ سلمان کو لے جائیں گے، یا پھر ہم پہنچا دیں گے۔ وہاں پھوپھی جان اس کی نگہ داشت زیادہ بہتر طریقے پر کر سکیں گی۔‘‘

’’نہیں،امی جان پہلے ہی دادا کی خدمت میں لگی ہوئی ہیں۔اب ان پر مزید بوجھ نہیں ڈالا جا سکتا۔‘‘

’’سلمان کو چوبیس گھنٹے خدمت کی ضرورت ہو گی۔ تم کر لو گی؟‘‘ جاوید نے فلیٹ کا دروازہ کھولا اور کہکشاں کو آگے بڑھاتے ہوئے کہا۔

’’کر لوں گی۔اگر اپنوں پر وقت آ کر پڑتا ہے تو اپنے ہی کام آتے ہیں۔تم اتنے خود غرض کیوں ہو رہے ہو،جاوید؟‘‘

’’میں خود غرض نہیں ہو رہا۔مجھے تو تمہاری فکر ہے۔تم بیمار ہو اور تمہیں خود دیکھ بھال کی ضرورت پڑتی ہے۔‘‘

’’میری فکر مت کرو۔‘‘

’’تمہاری فکر میں نہیں کروں گا تو اور کون کرے گا؟‘‘

’’اچھا دیکھو، ہم ایک مہینہ ٹرائی کر لیتے ہیں،اس کے بعد بھی اگر تم محسوس کرو کہ ہم اس کی دیکھ بھال نہیں کر سکتے تو پھر اسے حیدر آباد بھیجنے کی بات کریں گے۔‘‘

’’میں نے تو تمہارے ساتھ زندگی گزارنے کے جو حسین خواب دیکھے تھے وہ سب چکنا چور ہوتے نظر آ رہے ہیں۔بس شروع کے چند ماہ اچھے گزرے،اس کے بعد تمہارا حمل کا زمانہ بھی تکلیف میں گزرا، پھر ہمارے بچے کی موت نے تمہیں بیمار کر دیا۔اب تم ایک اور ذمہ داری سنبھال رہی ہو۔آخر وہ حسین خواب

کب حقیقت بنیں گے؟''

''زندگی اسی کا نام ہے، پیارے!'' کہکشاں نے مسکرا کر جواب دیا اور جاوید سے چمٹ گئی، ''تم آرام سے بیٹھو جاوید، میں چائے بناتی ہوں۔''

جاوید سوچ رہا تھا کہ کہکشاں میں یکایک حیرت انگیز طور پر تبدیلی آئی تھی۔ کل تک تو وہ برسوں کی بیمار نظر آتی تھی، سوکھ کر کانٹا ہو گئی تھی، ہر وقت تھکی تھکی رہتی تھی اور سارا دن صوفے پر لیٹی خیالات میں گم رہتی تھی اور آج اچانک چاق و چوبند ہو گئی۔ معلوم ہوتا تھا کہ وہ معجزانہ طور پر صحت یاب ہو گئی ہے۔

اگلے روز جب جاوید سلمان کی وہیل چیئر دھکیلتا ہوا فلیٹ میں داخل ہوا تو سلمان قلقاری مارنے کے انداز میں بولا، ''ایں ں!''

''تمہیں ہمارا فلیٹ پسند آیا سلمان؟'' کہکشاں نے اس کے سامنے جھک کر پوچھا۔

''ایں،'' سلمان نے جواب دیا۔

جاوید اور کہکشاں نے سارا دن اسپتال میں گزارا تھا۔ مزمل بھی پہنچ گیا تھا اور اس نے ان کا تعارف لیفٹیننٹ کرّار حسین سے کرایا جو اس وارڈ کے ہیڈ نرس تھے۔ انہوں نے سلمان کی دیکھ بھال کے سلسلے میں انہیں تفصیل سے سمجھایا اور تحریری ہدایات بھی دے دیں۔ اسپتال کی ایمبولنس نے ہی انہیں گھر تک پہنچا دیا تھا۔

***

جوں جوں وقت گزرا، جاوید کی بوریت اور جھنجھلاہٹ میں اضافہ ہوتا گیا۔ زندگی بڑی پھیکی سیٹھی گزر رہی تھی۔ جب وہ شادی کر کے کراچی اپنے فلیٹ میں آئے تھے تو زندگی بڑی حسین تھی۔ کبھی کبھار ریسٹورنٹ میں کھانا بھی کھا لیتے تھے اور فلم بھی دیکھ لیتے تھے۔ کراچی کے مشہور مقامات بھی دیکھ لیے تھے۔ ایک بار انہوں نے احمد رشدی کے گانے پر عمل کرتے ہوئے بندر روڈ سے کیماڑی تک گھوڑا گاڑی پر سیر بھی کی تھی مگر پھر اچانک ایسا لگا جیسے زندگی کے حسن کا سوئچ آف ہو گیا ہو۔

سلمان کی نگہ داشت ایک شیر خوار بچے کی پرورش کی طرح کل وقتی کام تھا۔ کہکشاں اس کے لیے پتلی سی کھچڑی یا دلیہ بناتی تھی جسے چائے کی چمچی سے اس کے حلق میں انڈیلتی تھی۔ اسپتال سے ملنے والی ہدایات

کے مطابق اس سے زیادہ مقدار سے اسے پھند الگ کر سکتا تھا۔ رات کو جاوید بڑی احتیاط سے ایک ہاتھ اس کے کولہوں کے نیچے رکھتا اور دوسرا ہاتھ اس کے سر کے پیچھے لگاتا تاکہ اس کی گردن نہ ڈھلکنے پائے اور اپنے سینے سے چمٹا کر اسے وہیل چیئر سے اٹھاتا اور بستر پر لٹا کر اس کی گردن کا کالر نکال دیتا۔ بچپن میں جاوید ماچس کی تیلیوں سے مختلف شکلیں بناتا تھا۔ سلمان کو گود میں لیتے ہوئے وہی شکلیں یاد آ جاتیں۔ جب وہ اسے چمٹا کر اٹھاتا تھا تو اس کے بے جان بازو اور ٹانگیں لٹکتی رہتی تھیں۔ اس کا وزن یہ مشکل ساٹھ ستر پاؤنڈ رہ گیا تھا۔

جب سلمان کو بیت الخلا جانے کی ضرورت ہوتی تھی تو عموماً ایک طویل "ایں ں" سے اشارہ کر دیتا تھا مگر چوں کہ اسے زیادہ کنٹرول نہیں تھا لہٰذا پوتڑا باندھنے کی ضرورت ہوتی تھی۔ رات کو جاوید اسے سلاتے وقت اس کا پوتڑا چیک کرتا اور اگر ضرورت محسوس ہوتی تو اسے دھلا کر صاف پوتڑا پہنا دیتا۔ کہکشاں روزانہ گندے پوتڑے دھو کر سوکھنے کے لیے لٹکا دیتی تھی۔ ابتدا میں جاوید بہت برا مانتا تھا جب کہکشاں خود اسے اٹھا کر بیت الخلا لے جاتی تھی مگر وہ کب تک اس کا دھیان رکھتا کہ یہ کہکشاں کو یہ نہ کرنا پڑے کیوں کہ اسے سارا دن اپنے کام پر بھی جانا ہوتا تھا۔ ہوتے ہوتے جاوید نے کہکشاں کو اس کے حال پر چھوڑ دیا۔ وہ سارا دن سلمان کی نگہ داشت میں لگی رہتی اور جب تک جاوید کام سے واپس آتا تب تک تھک تھک کر چُور ہو چکی ہوتی۔

ایک شام جاوید نے نوشابہ کے فلیٹ کا دروازہ کھٹکھٹایا تو سلیم نے کھولا اور جاوید کے چہرے پر مردنی دیکھ کر بولا، "خیریت تو ہے، کچھ پریشان سے لگ رہے ہو۔"

"بس میں تم لوگوں سے کچھ باتیں کرنا چاہتا ہوں۔ تم لوگ فارغ ہو؟"

"کیوں نہیں، آ جاؤ،" سلیم نے ایک طرف ہٹتے ہوئے جواب دیا۔

اسی وقت نوشابہ کمرے سے نکل کر آئی اور بولی، "اب تو معلوم ہوتا ہے کہ تم لوگ کہیں اور منتقل ہو گئے ہو کیوں کہ ہفتوں ملاقات نہیں ہوتی۔"

"بس زندگی گھن چکر بنی ہوئی ہے،" جاوید نے جواب دیا۔

"ظاہر ہے۔ سلمان کی دیکھ بھال کرنا آسان کام نہیں ہے۔ میں تو تم لوگوں کی بے لوثی سے بے حد متاثر ہوئی ہوں۔"

"مگر ہم اس کی بڑی بھاری قیمت ادا کر رہے ہیں۔ میری سمجھ میں نہیں آتا کہ کہکشاں کو کیا ہو گیا ہے۔ وہ سارا دن پھر کنی کی طرح سلمان کی خدمت میں لگی رہتی ہے۔"

’’اور تمہیں حسد ہونے لگا ہے، کیوں؟‘‘ نوشابہ نے ہنس کر کہا۔

’’حسد کی بات نہیں، میں سارا دن کام کرنے کے بعد تھکا ہارا گھر آتا ہوں۔ کم از کم اتنا حق تو رکھتا ہوں کہ بیوی کے ساتھ کچھ دیر سکون کے ساتھ وقت گزار سکوں۔‘‘

’’تم لوگ باتیں کرو، میں چائے بناتا ہوں،‘‘ سلیم نے اٹھتے ہوئے کہا۔

’’میرے لیے تو تم تکلیف نہ کرو۔ چائے کی خواہش بالکل نہیں ہے،‘‘ جاوید نے کہا۔

’’جاوید، تم ذرا صبر سے کام لو اور کہکشاں کو اس کے حال پر چھوڑ دو،‘‘ نوشابہ بولی۔

’’اس نے دوائیں بھی چھوڑ دی ہیں۔‘‘

’’ٹھیک ہے۔ اب اسے دواؤں کی ضرورت بھی نہیں ہے کیوں کہ اس نے اپنا علاج خود کر لیا ہے۔‘‘

’’تو اب تمہیں میرا علاج شروع کرنا پڑے گا۔‘‘

’’بس تھوڑا سا صبر کرو۔ یوں سمجھو کہ سلمان اس کے لیے وہی بچہ ہے جو پیدا ہوتے ہی مر گیا تھا۔ اس کی خدمت کر کے کہکشاں کی ممتا کی تسکین ہو رہی ہے۔‘‘

’’اب میں تو سلمان کا باپ بننے سے رہا۔‘‘

’’تمہارا سلمان سے حسد کرنا فطری امر ہے۔ اگر تمہارا اپنا بچہ زندہ رہ جاتا اور کہکشاں اس کی پرورش میں مصروف ہو جاتی تو تم اپنے بچے سے بھی حسد کرنے لگتے۔ نئے نئے باپ یہ پسند نہیں کرتے کہ ان کی بیوی کی توجہ ان کی طرف سے ہٹ کر کسی اور طرف چلی جائے لہٰذا باپ اور بیٹے کے رشتے کی ابتدا رقابت سے ہوتی ہے۔‘‘

’’لیکن اگر ہمارا اپنا بچہ ہوتا تو آخر کار بڑا ہو جاتا مگر سلمان تو کبھی بڑا نہیں ہو گا۔ اس کا مطلب ہے کہ میں نے کہکشاں کو ہمیشہ کے لیے کھو دیا ہے۔‘‘

’’ایسی بات نہیں۔ تم اس کی مدد کرتے رہو۔ آہستہ آہستہ وہ نارمل ہو جائے گی،‘‘ نوشابہ نے جواب دیا۔

سلیم خاموشی سے ان کی گفتگو سنتا رہا، آخر وہ بولا، ’’میرا خیال ہے کہ تم اور کہکشاں کبھی کبھار باہر چلے جایا کرو۔ کوئی فلم دیکھ لو یا کہیں کھانے کے لیے چلے جاؤ۔ سلمان کو تھوڑی دیر کے لیے تم اکیلا بھی چھوڑ سکتے ہو، یا پھر پروگرام پہلے سے طے کر کے ہمارے پاس چھوڑ دو۔ تم دونوں کو بھی کچھ وقت ساتھ گزارنے کی ضرورت ہے۔‘‘

’’تھینک یو، سلیم۔ میں کہکشاں کے سامنے یہ تجویز رکھوں گا۔‘‘

***

رات کے گیارہ بج چکے تھے۔ کہکشاں تھکن سے چور ہو گئی تھی۔ وہ تینوں ڈرائنگ روم میں بیٹھے تھے۔ کہکشاں ریڈیو پر گیتوں بھری کہانی سن رہی تھی اور جاوید کوئی کتاب پڑھ رہا تھا۔ سلمان سامنے اپنی وہیل چیئر پر تھا۔ اس کی آنکھ نیند سے بوجھل تھی اور بار بار بند ہو جاتی تھی۔

’’جاوید، مجھ سے تو اب بالکل نہیں بیٹھا جا رہا،‘‘ اس نے ریڈیو بند کرتے ہوئے کہا۔

’’تم چلو۔ میں ذرا یہ چیپٹر ختم کر کے آتا ہوں،‘‘ جاوید نے جواب دیا۔

’’میں سلمان کو لٹا دوں یا تم لٹا دو گے؟‘‘

’’تم چلو، میں اسے لٹا کر آ جاؤں گا۔‘‘

کہکشاں اٹھ گئی اور سلمان کے کندھے کو تھپتھپا کر سونے کے کمرے میں چلی گئی۔

جاوید نے کتاب سے نظریں ہٹا کر سلمان کی طرف دیکھا۔ اس کی آنکھ بند ہو گئی تھی۔ جاوید پھر اپنی کتاب کی طرف متوجہ ہو گیا۔ ابھی چند صفحے ہی آگے بڑھا تھا کہ اچانک بجلی چلی گئی۔ ایک زمانہ وہ تھا کہ باقاعدہ جنگ میں بڑا سا اشتہار آتا تھا کہ کراچی کے فلاں محلے میں فلاں تاریخ کو اتنے سے اتنے بجے تک بجلی نہیں ہو گی، مگر اب تو بلا کسی نوٹس کے بجلی چلی جاتی تھی۔ اسی لیے جاوید نے کارنس پر چائے کی ایک طشتری پر موم بتی جما کر ماچس کی ایک ڈبیہ ساتھ ساتھ رکھ دی تھی۔ وہ اٹھا اور اندھیرے میں احتیاط سے قدم بڑھاتا ہوا کارنس تک پہنچ کر ماچس ٹٹولنے لگا اور ایک تیلی جلا کر موم بتی روشن کر دی۔ کمرے میں ہلکی سی روشنی پھیل گئی۔ اس نے موم بتی اپنے سامنے میز پر رکھ دی اور کتاب پڑھنے کی کوشش کرنے لگا مگر روشنی ناکافی تھی لہٰذا کتاب کا ورق موڑ کر اپنی گود میں رکھ لی اور کرسی پر ٹیک لگا کر سلمان کو گھورنے لگا۔

کمرے کی کھڑکی کھلی ہوئی تھی اور ہوا کا کوئی بھولا بھٹکا جھونکا اندر آ جاتا تھا جس سے موم بتی کا شعلہ ہلکا سا ہٹ جاتا اور فرنیچر کے سائے دیواروں پر ہل جاتے۔ سلمان کی وہیل چیئر کے سائے نے سامنے کی دیوار کو تقریباً ڈھک لیا تھا کیوں کہ موم بتی اس کے بالکل سامنے تھی۔

جاوید کی نظریں سلمان پر جمی ہوئی تھیں۔ اس کی آنکھ بند تھی اور ہلکے ہلکے خراٹے لے رہا تھا۔ اس کی

کھلی ہوئی آنکھ میں موم بتی کا شعلہ ہلتا ہوا نظر آ رہا تھا اور اس کا منہ پھٹا ہوا تھا۔ جاوید کا سامنا جب سلمان سے ہوتا تو وہ ہمیشہ اس کشمکش میں مبتلا ہو جاتا تھا کہ وہ اس پر ترس کھائے یا اس سے نفرت کرے۔ سلمان کی حالت قابل رحم تھی مگر اس نے آ کر اس کی اور کہکشاں کی زندگی کو جہنم بنا دیا تھا۔

اسے وہ منظر یاد آیا جب اس نے سلمان کو اٹھا کر نہر میں پھینک دیا تھا مگر بعد میں اس نے معافی بھی مانگ لی تھی۔ سلمان نے ہنسی میں بات اڑا دی تھی مگر اس دھمکی کے ساتھ کہ ''میں آج کی خواری کا ایسا بھیانک انتقام لوں گا کہ تمہیں چھٹی کا دودھ یاد آ جائے گا۔'' کیا یہی اس کا انتقام تھا؟

اس نے دل ہی دل میں سلمان پر دانت پیسنا شروع کر دیے، ''کیا اسی لیے تم فائرنگ کے دوران اپنے کمرے سے نکل کر بھاگے تھے کہ اپنی پیٹھ پر گولی کھا کر ہماری زندگی میں شامل ہو جاؤ۔ سلمان، اگر تم نے ایسا کیا تھا تو تم سے زیادہ ذلیل کوئی نہیں ہو سکتا۔ تم نے ذلالت کی انتہا کر دی کہ پہلے تو تم میرے حق میں دست بردار ہو گئے پھر کہکشاں کو ماں بنا کر اس سے آ چمٹے۔ تم نے پہلے ہی کہا تھا کہ ہم تینوں کی تقدیریں ایک دوسرے سے منسلک ہیں کیوں کہ ہم ایک ہی دن پیدا ہوئے تھے۔ سب بکواس ہے۔ میں تقدیر وقدیر کو نہیں مانتا۔''

یہ پہلا موقع نہیں تھا۔ وہ اکثر سلمان پر برس پڑتا تھا مگر دل ہی دل میں۔ کبھی کبھار تو راستہ چلتے ہوئے یا بس میں کام سے گھر آتے ہوئے آنکھیں بند کیے سلمان کو ڈانٹتا رہتا تھا، ''اب تو میں اس نتیجے پر پہنچا ہوں سلمان، کہ تم سے بڑا شیطان کوئی نہیں ہے۔ بھٹو کو تم نے ہی ورغلایا تھا، شیخ مجیب کو تم نے ہی چڑھایا تھا اور یحیٰی خان کو تم نے ہی بہکایا تھا صرف اس لیے کہ مشرقی پاکستان میں بدامنی پھیلا کر تم ہماری زندگیوں پر قابض ہو جاؤ۔''

جیسے ہی جاوید نے اپنی گود سے کتاب اٹھا کر میز پر رکھی، بجلی آ گئی اور اس نے پھونک مار کر موم بتی بجھا دی۔ وہ اٹھ کر وہیل چیئر کو سلمان کے سونے کے کمرے میں لے گیا اور اسے اٹھا کر بستر پر لٹاتے ہوئے بڑبڑایا، ''شیطان کہیں کا!'' سلمان صرف گہری سانس لے کر رہ گیا۔

٭٭٭

جاوید اور کہکشاں کی سمجھ میں نہیں آتا تھا کہ سلمان دن بھر کیوں سوتا رہتا ہے۔ جاوید تو صبح ہی کام پر

313

چلا جاتا تھا۔ کہکشاں سلمان کو جگا کر تیار کرتی تھی اور اسے وہیل چیئر میں بٹھا دیتی تھی۔ ناشتے سے فارغ ہو کر وہ اپنی آنکھ بند کر لیتا تھا اور کوئی نہیں جانتا تھا کہ وہ کسی اور ہی دنیا میں لوٹ جاتا ہے، اس دنیا میں جو اس نے خود تعمیر کی تھی اور وہ اس میں خوش تھا۔ اُس دنیا میں مشرقی پاکستان اب بھی قائم تھا اور وہ اب بھی ڈھاکہ یونی ورسٹی میں مائکرو بایولوجی ڈپارٹمنٹ میں پڑھا رہا تھا۔ اس نے کہکشاں کو شادی کی پیش کش کی تھی جو اس نے قبول کر لی تھی۔ وہ کہکشاں کو بیاہ کر لے آیا تھا۔ سلمان کی والدہ کی خواہش تھی کہ کہکشاں ان کے ساتھ ہی رہے اور سلمان ویک اینڈ پر آ جایا کرے۔ چناں چہ وہ اس کے والدین کے ساتھ ہی رہ رہی تھی۔

سلمان نے اپنی دنیا کے ہر کردار، ہر منظر اور ہر واقعے کی تشکیل خود کی تھی۔ کبھی کبھی وہ سوچتا تھا کہ کیا یہ وہ تصوراتی دنیا ہے جو کہکشاں کا پسندیدہ موضوع ہے۔ کافی سوچ بچار کے بعد وہ اس نتیجے پر پہنچا کہ یہ اس کی ذاتی دنیا ہے جس کے کن فیکون کا مالک وہ خود ہے۔ اسے یاد آیا کہ ابتدا میں مسئلہ یہ تھا کہ وہ ڈھاکہ میں رہ رہا تھا اور کہکشاں باریسال میں اس کے والدین کے ساتھ تھی جو ڈھاکہ سے ڈیڑھ سو میل دور ہے۔ چناں چہ اس نے فیصلہ کیا کہ اس فاصلے کو سکیڑ کر آدھا فرلانگ کر لے۔ اب وہ جیسے ہی یونی ورسٹی سے نکلتا تھا، سامنے ہی دائیں جانب مڑ کر اس کے گھر کی گلی تھی لہٰذا وہ پانچ منٹ میں گھر پہنچ جاتا تھا، بلکہ اکثر دوپہر کو لنچ کے لیے بھی آ جاتا تھا۔

کہکشاں اس کے والدین کے ساتھ بہت خوش تھی۔ برابر میں اس کے تایا اور تائی رہتے تھے اور وہ ان کے ساتھ بھی وقت گزارتی تھی۔ شام کو وہ دونوں ٹہلنے کے لیے جھیل پر جاتے تھے۔ سلمان کا محبوب مشغلہ تھا کہ وہ ٹھیکریاں جھیل میں پھینکتا تھا اور وہ پانی کی سطح پر اچھلتی ہوئی جاتی تھیں۔ اسے اتنی مہارت ہو گئی تھی کہ اس کی ٹھیکری ڈوبنے سے پہلے تین چار بار اچھلتی تھی۔ کہکشاں بھی اس کے مشغلے میں شامل ہو گئی اور دونوں میں مقابلہ ہونے لگا۔ وہ گھنٹوں جھیل کے کنارے ٹھیکریاں تلاش کرتے، اور دیکھتے کہ کس کی ٹھیکری کتنی دور جاتی ہے اور کتنی بار اچھلتی ہے۔

سلمان کے لیے اس کا جسم ایک بوجھ بن گیا تھا۔ وہ سوچتا تھا کہ کاش وہ اپنے جسم کو اتار پھینک سکے اور مستقل اپنی دنیا میں رہ سکے۔ کبھی کبھی اس تذبذب میں مبتلا ہو جاتا کہ کون سی دنیا حقیقی ہے، وہ دنیا جس میں کہکشاں اس کی بیوی ہے اور جاوید کا کوئی وجود نہیں، یا وہ دنیا جس میں جاوید اور کہکشاں اجنبیوں کی طرح اس کی خدمت میں لگے ہوئے ہیں اور وہ ان سے یہ تک نہیں پوچھ سکتا کہ وہ کون ہیں۔

کچھ دن سلمان اسی شش و پنج میں مبتلا رہا، پھر سوچا کہ یہ فیصلہ کرنا ممکن نہیں کہ حقیقت کیا ہے اور اس کا کوئی وجود ہے بھی یا نہیں۔ جن لوگوں کو یقین ہے کہ سورج زمین کے گرد گھومتا ہے، وہی ان کے لیے حقیقت ہے۔

اس نے سوچا کہ ماہرین طبیعیات ہر مسئلے کو حل کرنے کے لیے پہلے اسے ریاضی کی زبان میں ڈھالتے ہیں اور پھر اس کے لاتعداد حل سامنے آتے ہیں۔ ہر حل کا ایک خاص احتمال ہوتا ہے اور ہر حل ایک دنیا کو جنم دیتا ہے۔ سلمان اس ادھیڑ بن میں لگا رہتا کہ یہ دنیائیں حقیقی ہوتی ہیں یا محض ریاضی کی مساوات کی پیداوار ہوتی ہیں۔ آخر وہ اس نتیجے پر پہنچا کہ حقیقت کی تلاش بے کار ہے جب کہ ہم حقیقت کی صحیح تعریف تک متعین نہیں کر سکتے۔ چناں چہ اس نے فیصلہ کر لیا کہ جس دنیا کی اس نے خود تخلیق کی ہے وہی حقیقی دنیا ہے۔

***

شاید ہی کوئی ایسا لمحہ ہو جب جاوید سلمان کے متعلق نہ سوچ رہا ہو۔ اس کا کام تحقیقی نوعیت کا تھا جس میں محتاط پیمائشیں ضروری تھیں کیوں کہ ذرا سی بداحتیاطی غلط نتائج دے سکتی تھی۔ جاوید ایک روبوٹ کی طرح سارا دن کام میں لگا رہتا اور دماغ میں چکی سی چلتی رہتی۔ جب وہ نیا نیا ملازمت میں آیا تھا تو اپنی ٹیم میں بڑی جلدی اپنی جگہ بنا لی تھی اور خاصا پاپولر ہو گیا تھا مگر اب بجھا بجھا سا رہتا تھا۔ اس کے کچھ ساتھیوں نے کریدنے کی کوشش کی مگر وہ کسی کے سامنے نہیں کھلا۔ چناں چہ انہوں نے بھی اسے اس کے حال پر چھوڑ دیا۔

جب اس پر قنوطیت کا دورہ پڑتا تو کام سے فارغ ہونے کے بعد کمپنی کی بس کے بجائے رکشہ لے کر کورنگی سے صدر آ جاتا اور ایمپریس مارکیٹ کے سامنے اتر کر لوگوں کے جمِ غفیر میں گم ہو جاتا۔ وہ اجنبی لوگوں کے ہجوم میں خود کو زیادہ محفوظ سمجھتا تھا۔ نہ اسے اس بات کا ڈر تھا کہ وہاں کوئی اسے پہچان لے گا اور نہ یہ خطرہ تھا کہ اسے کسی سے علیک سلیک کرنے کے لیے رکنا پڑے گا۔ لوگوں کے سمندر میں تنہا محسوس کرنے کا لطف ہی کچھ اور تھا۔

اُس روز وہ ٹہلتا ہوا چودھری فرزند علی کی دکان کے سامنے سے گزرا تو حسبِ معمول اس میں تِل

دھرنے کی جگہ نہیں تھی اور فٹ پاتھ پر بھی قلفی کھانے والوں کا جمگھٹ لگا ہوا تھا۔ جب وہ اور کہکشاں نئے نئے کراچی آئے تھے تو اکثر شام کو چوہدری فرزند علی کی قلفی کھانے کے لیے صدر آجاتے تھے۔ اب تو وہ سال بھر سے کہیں باہر سیر کے لیے نکلے ہی نہیں تھے۔ اس نے سوچا کہ وہ کہکشاں سے کہے گا کہ سلیم اور نوشابہ کی پیشکش قبول کر کے سلمان کو کچھ دیر کے لیے ان کے پاس چھوڑ دیں اور دونوں باہر نکلیں تاکہ ذرا ماحول کی کچھ تبدیلی ہو۔ پھر وہ صدر آ کر چوہدری فرزند علی کی قلفی کھائیں گے۔

وہ سڑک پار کر کے ایمپریس مارکیٹ کی طرف واپس چل دیا۔ وہاں ہر وقت اتنا رش رہتا تھا کہ لوگوں کا کھوے سے کھوا چھلتا تھا اور وہ اس بھیڑ میں اپنی تنہائی سے لطف اندوز ہوتا اور چلتے چلتے سامنے سے آتے ہوئے لوگوں کو مختلف قسموں میں بانٹتا رہتا۔ پان چباتے لوگ، بیڑی پیتے لوگ، ڈاڑھی والے لوگ، مونچھوں والے لوگ، ٹوپی پہننے والے، کندھے پر انگوچھا رکھنے والے، تھوکنے والے، غرض بھانت بھانت کے لوگ اس کے سامنے سے گزرتے۔

اسے افلاطون کی وہ تصوراتی دنیا یاد آ گئی جسے وہ کہکشاں کی تصوراتی دنیا کہتا تھا۔ اس نے سوچا کہ اس کے ارد گرد سارے لوگ ان لوگوں کی نقل ہیں جو تصوراتی دنیا میں گھوم پھر رہے ہیں۔ اصلی دنیا تو وہی ہے جو قوانینِ فطرت کا اسکرین پلے ہے۔ اسے ہم تقدیر کہہ لیں یا مستقبل کی تاریخ، حقیقت یہ ہے کہ ہم تو صرف کردار ہیں جنہیں فلم بندی کے لیے چنا گیا ہے اور جو ساری زندگی اس اسکرپٹ اور ڈائریکٹر کی ہدایات کے مطابق ایکٹنگ کرتے رہتے ہیں اور اپنا رول مکمل ہونے کے بعد سیٹ سے اتر جاتے ہیں۔

''پھر تو ہمارا کھانا پینا، چلنا پھرنا، سب کچھ ایکٹنگ ہے،'' اس نے سوچا، ''نہ ہماری خوشی ہماری ہے، نہ ہمارا غم ہمارا ہے، ہمارے عیش و عشرت اور ہمارا دکھ درد، سب کچھ ایکٹنگ ہے۔ پھر اتنا واویلا کیوں۔ سیدھے سادھے اپنا رول ادا کرو اور ڈائریکٹر کی ہدایات پر عمل کرو تاکہ فلم ہِٹ ہو جائے۔ ہو سکتا ہے کہ تمہیں بہترین اداکاری کا ایوارڈ بھی مل جائے...''

پھر اچانک اس کے خیالات کا سلسلہ اس وقت ٹوٹ گیا جب کوئی اس کے کندھے سے کندھا ٹکرا کر گزرا۔ اس نے مڑ کر دیکھا تو ایک شخص کھڑا اسے گھور رہا تھا۔

''دیکھ کر نہیں چلتے؟'' اس نے ڈانٹ کر جاوید سے کہا۔

''معاف کیجیے گا،'' جاوید نے مسکرا کر جواب دیا اور چل دیا۔

''ہاں، تو جب اداکاری ہی کرنی ہے تو ڈھنگ سے کرو۔ اس کے سوا کوئی چارہ بھی تو نہیں،'' جاوید کے

316

خیالات کا سلسلہ وہیں سے شروع ہو گیا جہاں ٹوٹا تھا، ''خواہ مخواہ ٹھنڈی سانسیں بھرتے رہنے اور پریشان ہوتے رہنے سے فائدہ ہی کیا ہے۔ رہا سلمان کا مسئلہ تو ممکن ہے کہ سلمان جلد ہی مر جائے کیوں کہ اب اس میں رہا ہی کیا ہے۔ جتنی خوراک اس کے پیٹ میں جاتی ہے اس سے زیادہ تو چڑیا کھا لیتی ہو گی پھر وہ کب تک زندہ رہے گا؟'' یہ سوچ کر اس کے ہونٹوں پر مسکراہٹ آ گئی۔ اس نے سوچا کہ اسے تھوڑے سے صبر سے کام لینا ہو گا۔

''لیکن سلمان مرے گا نہیں،'' اس کی مسکراہٹ سے پھیلے ہوئے ہونٹ دوبارہ سکڑ گئے، ''سلمان نے خود کہا تھا کہ ہم تینوں کی تقدیریں ایک دوسرے سے وابستہ ہیں۔ ہم ایک ہی دن پیدا ہوئے تھے اور ایک ہی دن مریں گے۔''

''لیکن یہ بھی تو ممکن ہے کہ ایک دن سلمان اچانک وہیل چیئر سے اتر کر کھڑا ہو جائے،'' اس کے ہونٹوں پر دوبارہ مسکراہٹ آ گئی، ''معجزے بھی تو ہوتے ہیں۔ اور پھر جسم اپنے اندر ٹوٹ پھوٹ کی خود بھی تو مرمت کرتا رہتا ہے۔ ممکن ہے کہ اس کی چوٹ خود بہ خود ٹھیک ہو جائے اور اس کے اعصاب جاگ جائیں۔''

''لیکن یہ بھی ممکن ہے کہ سلمان کبھی ٹھیک نہ ہو،'' اس کے ہونٹ پھر سکڑ گئے، ''معجزے روز روز کہاں ہوتے ہیں؟ ایسا لگتا ہے کہ وہ ہمیشہ ایسا ہی رہے گا، ہمارے ساتھ ہی رہے گا اور ہمارے ساتھ ہی مرے گا۔''

جاوید کے چہرے پر پھر مردنی چھا گئی۔ اس نے ایک ٹھنڈی سانس بھری اور چلتا رہا مگر پھر سوچنے لگا کہ اگر باقی زندگی کو اسی طرح گزارنا ہے تب بھی کیا فرق پڑے گا۔

''اگر کہکشاں نے سلمان کی پرورش کا ذمہ اٹھا لیا ہے تو میں بھی اس کا ساتھ دوں گا۔ اسکرپٹ تو لکھا جا چکا ہے۔ ایکٹنگ ہی تو کرنی ہے۔ پریشان تو وہ ہو جو افلاطون کی تصوراتی دنیا کا بشندہ ہے۔''

اس کی چشمِ تصور نے اپنے آپ کو کسی پرانی ہندوستانی فلم کے ہیرو کے روپ میں دیکھا۔ ایمپریس مارکیٹ، اس کے سامنے صدائیں لگاتے ہوئے ٹھیلے والے، سب سیٹ کا حصہ تھے۔ اس کی چشمِ تصور نے دیکھا کہ اس کے سامنے ایک پک اپ پر بڑا سا کیمرہ لدا ہوا ہے۔ جب اس نے ڈائریکٹر کی آواز سنی، ''کیمرہ۔ ایکشن۔'' تو اس نے سوچا کہ کیوں نہ کوئی اچھلتا، کودتا، ناچتا، گاتا اور پھر کتا سین فلمایا جائے۔ اس نے اپنا ہاتھ پھیر کر بال سیدھے کیے، ہونٹوں پر مسکراہٹ طاری کی اور سینہ پھلا کر سہیل عنایا کو کورینا کی دھن پر

317

سیٹی بجاتا ہوا تیز قدموں سے چلنے لگا۔ اس نے سوچا کہ زندگی تو صرف ایک راستہ ہے جو کسی منزل تک نہیں لے جاتا۔ ہمارا سفر جاری رہتا ہے اور پھر ہمیں اچانک بیچ راستے ہی میں روک کر ہٹا دیا جاتا ہے کیوں کہ ہمارا رول ختم ہو چکا ہوتا ہے۔

اے تحیرِ عشق

نہ جنوں رہا نہ پری رہی

رفیع مصطفیٰ کے اس ناول کی کہانی اس زمانے کی ہے جب ایک روپے کا ڈھائی سیر آٹا آتا تھا اور دو آنے کی "چالو" چائے ملتی تھی۔ نوجوان لڑکے ریسٹورنٹوں میں بیٹھے میز پر مار مار کے سرخ انقلاب کی باتیں کیا کرتے تھے اور اگر زیادہ ہی عیاشی کا موڈ ہو تو چونی کی اسپیشل چائے کا آرڈر دیتے تھے۔

بلال کے ماموں جان نے پاکستان پہنچتے ہی ایسی کینچلی بدلی کہ دیکھنے والوں نے دانتوں میں انگلی دبا لی۔ اچکن کی جگہ اجرک، علی گڑھ کٹ پاجامے کی جگہ بڑے بڑے گھیر کی شلوار اور جناح کیپ کی جگہ سندھی ٹوپی نے لے لی۔

دوسری طرف بلال اپنی محبوبہ سے تنگ آچکا تھا۔ عجیب جھگڑالو لڑکی تھی۔ بات بات میں بحث کرتی تھی۔ وہ ماموں جان سے مشورہ کرنے گاؤں گیا مگر وہاں کوئی اور ہی ڈرامہ چل رہا تھا۔

یہ وہ دور تھا جب ٹی وی نہیں تھا اور رات کو کھانا کھانے کے بعد گھر کے سارے افراد صحن میں چار پائیوں پر بیٹھ کر ریڈیو پاکستان سے گیتوں بھری کہانی اور فرمائشی پروگرام سنتے تھے۔ سیدھی سادھی زندگی تھی۔ جو کھانے کو مل گیا، شکر ادا کر کے کھالیا۔ جو پہننے کو مل گیا، خوش ہو کر پہن لیا۔ عید پر بچوں کو نئے جوتے ملتے تھے جنہیں وہ کئی کئی دن تکیے کے نیچے رکھ کر سوتے تھے۔ ذرا سی مٹی لگی دیکھی اور انگوٹھا چاٹ کر اس پر مل دیا۔ چھوٹی چھوٹی خوشیاں تھیں، چھوٹے چھوٹے مسائل تھے۔

اس کہانی میں سبھی کچھ ہے۔ آنسو بھی ہیں، قہقہے بھی ہیں، محبتیں بھی ہیں، نفرتیں بھی ہیں، مگر زیادہ تر لوگ اچھے ہی ہیں۔ ویسے بھی بُرے لوگ تو خال خال ہی ہوتے ہیں۔

فضلی سنز، اردو بازار، کراچی
ISBN: 978-9-6944124-2-9
ISBN: 978-1-9995631-0-3 Available from Amazon

WHIMSY PUBLICATIONS
19 Legacy Drive,
Markham, ON L3S 4C4
Canada

www.rafimustafa.org
rafi.mustafa@indusflow.com

Ik Raasta Hai Zindagi
November2021

ISBN: 978-1-9995631-4-1

FICTION, GENERAL

IK RAASTA HAI ZINDAGI
A NOVEL BY RAFI MUSTAFA

اِک راستہ ہے زندگی

(ناول)

رفیع مصطفیٰ

WHIMSY PUBLICATIONS